LICHT UND DUNKELHEIT
LEVARDA

KERSTIN RACHFAHL

Deutsche Erstausgabe September 2013

Lektorat, Korrektorat: Martina Takacs
Umschlaggestaltung: Alexander Kopainski, www.alexanderkopainski.de
Bildmaterial: Shutterstock, Willyam Bradberry (Jag_cz), Vasa Kobelev

Kerstin Rachfahl
Heiligenhaus 21
59969 Hallenberg

E-Mail: itsme@kerstinrachfahl.de
Webseite: www.kerstinrachfahl.de

INHALT

Für Carsten, meinem Licht in der Dunkelheit

❧ 1 ❧

BEGEGNUNG

Levarda schloss die Augen und sog tief die würzige Waldluft ein. Sie stand auf einem Felsvorsprung. Unter ihr rauschte der Fluss, der die Ebene in zwei Hälften teilte. Die Sonne schickte ihre letzten Strahlen auf ihr emporgehobenes Gesicht. Hitze und Energie strömten durch ihren Körper. Sie öffnete die Augen und sah die Hügel im Tal in rotes Licht getaucht. Eine tiefe, unbändige Liebe zu diesem Land überzog sie mit einem warmen Schauer.

Ihr Blick schweifte vom Waldrand über die grüne Landschaft, die Waldflächen zwischen den Feldern rund um die Burg Hodlukay, die kleinen Dörfer, die sich an die Hügel schmiegten, wo die Bäume weniger dicht standen. Dünne Rauchwolken stiegen aus den Hütten auf, die Zeit für das Abendessen brach an. Bis in weite Ferne sah Levarda das Auf und Ab der Hügel und Täler, das der Landschaft ihre wilde Lebendigkeit verlieh.

Sie fühlte einen warmen Hauch an ihrem Hals, weiche Nüstern, die ihre Schulter anstupsten. Sie drehte den Kopf, sah in die dunklen Augen ihrer Stute und streichelte die Stirn des Tieres.

»Sita, mein Mädchen, kannst du es nicht erwarten, wieder in den Wäldern von Mintra herumzutollen?«

Wie zur Bestätigung warf das Pferd den Kopf hoch und schnaubte.

»Wir sind beide nicht besonders mit Geduld gesegnet, nicht wahr, meine Schöne? Ich würde jetzt auch lieber mit dir über unbekannte Pfade galoppieren und mir auf deinem Rücken den Wind um die Nase wehen lassen, anstatt zur Burg zurückzukehren.«

Seit Levarda bei ihrer Tante und Lord Blourred auf Burg Hodlukay lebte, hatte sie viel von ihrer Freiheit aufgeben müssen. – Es würde noch mehr werden. Aber sie hatte sich so entschieden.

Sie kraulte die Stute hinter den Ohren, warf einen letzten Blick auf den Asambra, dessen kahle, schneebedeckte Spitze alle Berge überragte, und hinüber zu den Wäldern von Mintra, wo der See Luna verborgen lag. Mit einem schwungvollen Satz federte sie auf den Pferderücken. Reiten war für sie eine natürliche Fortbewegungsart wie das Laufen. Einen Sattel brauchte sie nicht. Sie drückte ihre Schenkel in Sitas Flanken und kehrte in vollem Galopp durch den lichten Baumbestand zur Burg zurück.

Sie nahm den versteckten seitlichen Eingang bei den hinteren Ställen, wo sie besser unbemerkt hineinschlüpfen konnte. Es war die Bedingung von Onkel und Tante gewesen, dass sie ihre Ausflüge vor den Burgbewohnern möglichst verbarg.

Erst vor dem letzten Stall parierte sie ihre Stute durch. Schweißnass blieb Sita schnaubend stehen und Levarda klopfte ihr den Hals.

»Tut mir leid, mein Mädchen, aber anders hätten wir es nicht zeitig geschafft.«

Sie sprang vom Pferd. Dem Stallburschen, der sie mit aufgerissenen Augen ansah, reichte sie die Zügel.

»Führ sie trocken! Dann reib sie mit Stroh ab und gib ihr von dem Futter, das ich heute Morgen gemischt habe.«

Der Bursche starrte sie noch immer an. »Ja, Mylady«, stammelte er, »Ihr werdet von Ihrer Ladyschaft erwartet. Die Abgesandten des hohen Lords sind eingetroffen.«

Levarda fuhr bei dieser Nachricht der Schreck in die Glieder, aber sie zwang sich vor dem Jungen zur Ruhe und nickte nur knapp einen Dank.

Also war es soweit.

Sie vermied jeden Gedanken an die Freiheit, die sie nun vollends hinter sich lassen würde und überquerte den Hof zu einer Tür, die abseits der offiziellen Burgzugänge lag. Sie wurde beobachtet, das spürte sie. Die Intensität der Verbindung ließ die Energie unter ihrer Haut prickeln.

Das war nicht der Stallbursche. Sie spähte hinüber zu den Ställen, in denen die Pferde der Garde untergebracht sein mussten. In der zunehmenden Dämmerung konnte sie nicht viel erkennen, denn die Wände warfen Schatten, die auch sie selbst verbargen. Sie sah die von Pferdehufen aufgewühlte Erde, bemerkte Unruhe im ersten Stall und folgte ohne nachzudenken dem schmalen Weg zu den vorderen Ställen.

»Halt, keinen Schritt weiter!«

Zwei Speere kreuzten ihren Weg. Levarda verharrte. Die beiden Männer waren vor ihr aus dem Nichts aufgetaucht, und geistesgegenwärtig senkte sie die Augen, wie sie es am Hof gelernt hatte. Sie schalt sich selbst. Als würden die Gardesoldaten ihre Tiere ohne Aufsicht lassen!

Bevor sie den Rückzug antreten konnte, baute sich der eine Mann drohend vor ihr auf. »Was sucht Ihr bei den Ställen?«

»Verzeiht, Ihr Herren, ich hörte die Unruhe bei den Pferden und wollte nachsehen, ob alles in Ordnung ist.«

»Ihr? – Eine Frau!« Unverständnis klang aus der Stimme des zweiten Wächters.

Levarda überlegte fieberhaft, wie sie ihre Anwesenheit bei den Ställen erklären sollte. Als Magd konnte sie sich hier auf keinen Fall ausgeben. In diesem Land hätte sie fern von Haus und Garten nichts zu suchen. Außerdem verriet sie ihre Kleidung, die trotz ihrer Schlichtheit doch kostbar war. Nur gut, dass der lange, ausladende Saum ihres Kleides wenigstens die Stiefel und Beinkleider verbarg. Die Wahrheit würden die Wachen nie akzeptieren, denn eine Lady pflegte sich nicht in Stallnähe aufzuhalten oder gar zu reiten, aber ihr Rang konnte sie vielleicht vor weiteren Fragen schützen. Schließlich war Hierarchie in diesem Land von höchster Bedeutung.

Sie straffte die Schultern, hob ihren Kopf so weit, dass sie gerade eben an den Männern vorbeisah. Direkter Blickkontakt ziemte sich für eine Frau nicht gegenüber Männern.

»Ich bin Lady Levarda«, sagte sie sittsam, »und mein Weg führte mich nur zufällig hier vorbei.«

Die beiden musterten sie unverändert mit drohender Haltung. Sie sah die Hand des einen Mannes auf dem Heft seines Schwertes ruhen. Während sie über den Grund dafür nachdachte, hörte sie schrilles, wütendes Wiehern aus dem Stall, ein Splittern, das Donnern von Hufen auf Stein. Dann preschte ein Pferd aus der Stalltür direkt auf sie zu.

Erschrocken fuhren die Wächter herum. Der Hengst bäumte sich vor den Lanzen auf, die Spitze der einen zeigte mitten auf seine Brust. Der Wächter würde das Tier schwer verletzen oder selbst von den Hufen getroffen werden.

Levarda reagierte instinktiv. Mit einem Sprung riss sie den Soldaten mit sich zu Boden, sah aus dem Augenwinkel den anderen zur Seite springen. Sie stützte sich mit einer Hand, drehte den Oberkörper, um aufzuspringen und das Pferd zu beruhigen, da sah sie einen weiteren Mann von hinten aus dem Schatten treten und hielt inne.

Mit erhobener Hand näherte er sich dem Hengst, und das Tier beruhigte sich augenblicklich, lehnte den Kopf an seine Schulter und ließ sich von ihm die Stirn reiben. Leise sprach er dem Pferd ins Ohr.

Levarda stemmte sich aus ihrer prekären Lage auf der Brust des Wächters hoch. Nur schnell jetzt, hier gab es nichts mehr zu erklären. Sie rannte den Weg zurück, schlüpfte durch die Tür und hetzte die Treppe hoch in den Trakt der Frauen und bis in ihr Zimmer.

Sie warf die Tür hinter sich zu und ließ sich auf den Boden fallen. Was für ein Schlamassel! Prächtig hatte sie sich aufgeführt als zukünftige Lady im Hofstaat der hohen Gemahlin! Zerzaustes Haar, verdreckte Kleider, am Stall erwischt und sich zuletzt noch auf einen Wächter geworfen – einen Soldaten! Was nutzte es da, dass sie die Augen damenhaft gesenkt hatte?

Sie stöhnte auf und kontrollierte ihre Atmung, um sich wieder in den Griff zu bekommen. Es war klar, wer der Mann war, der das Pferd aufgehalten hatte. Die Schönheit seines Hengstes, Umbra, wurde in den Liedern besungen, doch was waren Lieder im Vergleich zu dieser Statur, den Muskeln, der Kraft, den schlanken Fesseln dieses stolzen Tieres? Die Farbe seines Fells erinnerte Levarda an glänzend marmorierte Kastanien. In dem wachen Blick des Pferdes hatte sie Intelligenz schimmern sehen.

Der Mann, an dessen Schulter das Pferd sich geschmiegt hatte, war sein Herr – Lord Otis!

Levarda konnte nur hoffen, dass er sich ihre Anwesenheit, ihr ungebührliches Verhalten mit Neugier erklärte oder noch besser, dass er sie nicht bemerkt hatte.

Mit einem tiefen Seufzer erhob sie sich. Sie würde so tun, als wäre das alles nicht geschehen. Warum nur hatte sie ihren Namen genannt? Aber wahrscheinlich vergaßen die Wächter ihn über dem Schreck, das kostbare Tier beinahe verletzt zu haben. Und Lord Otis? Ihre Stimme war zurückhaltend und leise gewesen, er konnte sie nicht gehört haben, außerdem hatte er in diesem Moment doch nur auf sein Pferd geachtet.

Sie war zu spät. Auf die Schnelle frisch zurechtgemacht und in ein sauberes Gewand gekleidet betrat Levarda mit klopfendem Herzen den Vorraum der Frauengemächer. Lautes Schnattern nahmen ihre Sinne zuerst wahr, dann glitzernde, bunte

Farben, kunstvolle Hochsteckfrisuren, rot geschminkte Lippen, eine Mischung betörender Düfte, die ihr den Atem raubte – und ihre Cousine, in all ihrer Pracht.

Levarda blieb an der Tür stehen und verspürte den Drang, in ihre Gemächer zurückzukehren.

Lady Smiras Gesicht wurde von einem Schleier verdeckt. Kein Mann durfte mehr einen Blick auf ihr Antlitz werfen, da sie schon jetzt als Eigentum des hohen Lords galt, dessen Gemahlin sie bald werden sollte. Doch der Stoff war durchscheinend genug, um die feinen Gesichtszüge des jungen Mädchens darunter erahnen zu lassen, das volle, goldfarbene Haar kunstvoll geflochten um ihren Kopf drapiert. Ein goldener Reif mit blauem Saphir steckte darin – der hohe Lord hatte ihn als erstes Brautgeschenk seiner Werbung beigefügt.

Lady Tibana stand ihrer Tochter, der blutjungen Braut, an Schönheit nicht nach. Ihr Haar schimmerte im gleichen warmen Goldton, ihre Haut war hell, zart und ebenmäßig. Levarda dachte an ihr eigenes, durch die Sonne getöntes Gesicht. Es passte nicht in diese Gesellschaft. Sie sah den Blick von Lady Tibana zufrieden auf ihre Tochter gerichtet, die völlig in ihrem Glück erstrahlte. Es gab keine höherstehende Dame im Land als die Frau des hohen Lords.

Lady Tibanas blaue Augen hatten Levarda entdeckt und ihr Ausdruck wandelte sich.

»Wo bleibt Ihr denn? Wir warten seit einer Ewigkeit auf Euch!« Sie musterte ihre Kleidung, schnappte nach Luft. »Und wie seht Ihr aus?!«

Levarda sank in einen demütigen Knicks. »Verzeiht, Lady Tibana, ich wusste nicht, dass mit der Ankunft der Garde zu rechnen war.«

»Wäret Ihr in Euren Gemächern gewesen, wie es sich für eine Hofdame geziemt, anstatt durch die Wälder zu reiten, hätte Euch ihr Eintreffen nicht überrascht!«

Levarda blieb in dem Knicks, schwieg und wartete.

Mit einer knappen Geste gestattete ihre Tante ihr, sich aus der Verneigung wieder aufzurichten. »Seit drei Monaten bereiten wir Euch auf diesen Tag vor, und das ist alles …«, ihre Hand zeigte von oben nach unten an Levardas Gestalt entlang, »was Ihr zustande bringt? Offenes Haar, schlichtes Kleid, ungepudertes Gesicht, glanzlose Lippen! Ihr kennt die Maßstäbe, an denen Ihr in Zukunft gemessen werdet. So genügt Ihr den Ansprüchen nicht! Es kommt auf das Äußere einer Frau an, gepaart mit Abstammung, Haltung und Anmut. Wie sollen wir Euch so …«, ihre Stimme wanderte hysterisch nach oben, »… in den Kreis der Hofdamen beim hohen Lord bekommen?«

Das Schnattern ihrer Damen verstummte schlagartig. Aller Augen richteten sich auf Levarda. Sie hasste es, im Mittelpunkt zu stehen, darum hatte sie das schlichte Festkleid aus Mintra gewählt. Sie wollte nicht auffallen und kein männliches Interesse wecken, sondern besser unsichtbar bleiben.

Ihr matt glänzendes Kleid, das in seiner Gewebestruktur in verschieden Nuancen von Grün schillerte, hob sich von denen der anderen ab, denn sein Glitzern kam nicht von goldenen Fäden, Perlen und Pailletten, sondern von der natürlichen Gewebeart des Stoffes, der durch das Licht, das auf ihn fiel, und durch Levardas besondere Eigenschaften lebendig schimmerte. Der grüne Stoff symbolisierte das Wasser.

Während sich ihr Oberteil vorn mit einer dunkelgrünen Schnürung schließen ließ, wurden die Kleider der Forranerinnen hinten geschlossen, sodass immer eine Dienerin das Gewand schnüren musste. Der runde Ausschnitt an Levardas Oberteil reichte bis zum Schlüsselbein und besaß eine kunstvolle Stickerei aus hellgrünem Garn, das eine Blumenranke abbildete. Levarda selbst hatte Tage damit verbracht, diese Verzierung an ihrem Gewand anzubringen. Bis zur Taille schmiegte sich ihr Kleid auf bequeme Weise der Form ihres Oberkörpers an. Ihre Hüfte umwand ein schwarzer Gürtel, in den die Zeichen der vier Elemente – Wasser, Luft, Feuer und Erde – geprägt waren. Der

Rock war weit genug geschnitten, umschmeichelte ihre Beine bei jedem Schritt. Vorn reichte er bis knapp über ihre Fußknöchel und berührte hinten den Boden.

Ihre Cousine kam Levarda zu Hilfe. »Mutter, seid nicht so streng zu ihr«, bat sie, » Ihr wisst, dass ihr Kleid von hoher Qualität ist, wenn auch ungewöhnlich, und es besitzt seinen eigenen Charme. Außerdem ist es zu spät für einen Wechsel des Gewands.« Sie stockte. »Erst recht für die Frisur, fürchte ich.«

Lady Tibana seufzte tief. »Du hast recht, mein Kind, und alle Aufmerksamkeit wird sich ohnehin dir zuwenden.«

Als die Trompeten zum Beginn der Feierlichkeiten ertönten, zuckten die Damen zusammen. Angeführt von Lady Tibana und Lady Smira formierte sich die Prozession der Frauen zur Festhalle.

Es hatte Levarda in Erstaunen versetzt, dass Lord Blourred auf die vier Tage andauernde Festlichkeit bestanden hatte. Zwar entsprach dies der Tradition im Land Forran, wenn eine Braut vom Gemahl aus ihrem Elternhaus abgeholt wurde, aber hier handelte es sich um eine reine Farce. Weder war der Bräutigam gekommen, noch ging die Braut mit ihrer Hochzeit einer strahlenden Zukunft entgegen – eher ihrem Todesurteil.

Inwieweit war es eine Ehre, Gemahlin dieses hohen Lords zu werden? Levarda grübelte seit Wochen über Fragen wie diese. Sie fand darauf keine Antwort. Wenn sie nur an das Schicksal der vorherigen Ehefrauen des Herrschers von Forran dachte, lief es ihr kalt den Rücken herunter.

Es war eine Chronik des Todes – fünf Gemahlinnen zum Tode verurteilt! Ob sich seine erste Frau wirklich selbst das Leben genommen hatte? Wenn sie auch ihrem Gemahl keinen Thronfolger schenken konnte, wieso hatte man die Verbindung nicht gelöst?

Levarda verwarf ihre Gedanken. Es gab keine verständliche Erklärung für die Sitten in diesem Land, nur die, dass Männer für sie verantwortlich waren.

Es war allein ein Affront vonseiten des hohen Lords, dass er nicht selbst kam, um seine Braut in ihr zukünftiges Heim zu geleiten, sondern stattdessen den Anführer der Garde schickte – Lord Otis. Ihr Onkel ignorierte nicht nur diese Beleidigung, sondern richtete Lord Otis noch dazu einen besonders ehrwürdigen Empfang mit der glanzvollen Abschiedsfeier für seine Tochter aus.

Levarda verstand nur eines: Die Hoffnung der Brauteltern lag auf ihren Schultern. Mit ihrem Heilwissen und ihren Fähigkeiten waren sie und ihre Mutter Kaja die Einzigen, die Lady Smira würden unterstützen können, darum hatte Tibana sich an Kaja gewandt. Im Gegensatz zu ihrer Mutter war schließlich Levarda bereit gewesen, in das Geschick des hohen Paares und des Landes Forran unterstützend einzugreifen, obwohl dies gegen den Willen des Ältestenrates ihres Volkes geschah.

Damit war ihr der Weg zurück nach Mintra für immer verwehrt. Nie wieder könnte sie ihre Heimat betreten. Die Entscheidung war ihr schwergefallen, aber sie ahnte, dass dieser Weg ihr bestimmt war.

Im Moment verzweifelte sie schon an den Einschränkungen und Regeln des Hoflebens. Auch konnte sie die Beweggründe des Lords nicht verstehen. Wer gab seine Tochter freiwillig diesem skrupellosen Herrscher? Dem so geehrten Hause blieb doch offensichtlich keine andere Wahl, als die Tochter an den hohen Lord auszuhändigen. War es nicht passender, Trauer anzulegen oder das Kind wenigstens in Stille ziehen zu lassen? Es graute ihr vor den endlosen Festlichkeiten, die mit einem strengen Protokoll einhergingen.

Die Aufmachung der Hofdamen von Lady Smira lieferte einen Vorgeschmack davon, was in den nächsten Tagen auf sie zukam. Die Oberteile ihrer Kleider waren eng geschnürt und ihr Ausschnitt verlief bis zum Brustansatz. Durch die Enge der Schnürung hoben sich so die Brüste rund und voll dem Betrachter entgegen. Je nach Reichtum der Familie waren die Kleider mit Perlen, goldenen und silbernen Stickereien und Edelsteinen verziert. Die Röcke bestanden aus verschiedenen Lagen. Die letzte Stoffbahn wurde nach vorne offen geschnitten wie ein Vorhang, reichte hinten zwei Schritte weit auf den Boden und besaß die gleiche Machart wie das Oberteil. Der letzte Unterrock, einfarbig gehalten, reichte vorn wie bei Levardas Kleid bis knapp zu den Knöcheln. Beim Tanzen musste die Dame ein Band im Oberrock fassen, das die lange Schleppe ihres Kleides ein wenig anhob, damit sie nicht darauftrat.

Inmitten der Frauen mit kunstvoll aufgesteckten Haaren, die mit Perlen und Blumen geschmückt waren, wünschte sie sich, sie hätte wenigstens ihre Haare zusammengebunden und am Kopf befestigt. Stattdessen trug sie nur die vorderen Strähnen geflochten, sodass ihre dunkelbraunen, glatten Haare aus dem Gesicht gehalten wurden.

Sie fasste unwillkürlich an ihr Amulett mit dem weißen Kristall in der Mitte. Mehr Schmuck trug sie nicht. Mehr Schmuck besaß sie nicht. In ihrem Volk galt es als unschicklich, sich mit Gold, Silber und Edelsteinen zu behängen.

Welch eine Umstellung, all die bunten Farben, all den Glitzer, all den Reichtum und Überfluss hier so offen zur Schau gestellt zu sehen. Die Frauen trugen sogar Farbe auf ihre Gesichter auf. Äußerliche Attraktivität, so schön von ihrer Tante hervorgehoben, war wichtig für die Frauen von Forran. Für ein angenehmes Leben an der Seite eines hochrangigen Mannes. In Forran waren Frauen völlig abhängig von ihrem Mann.

Heute herrschte besondere Aufregung unter den Damen des Hofes, in deren Mitte sich Levarda eingereiht hatte. Lord Otis stand an erster Stelle der begehrenswerten Kandidaten, wegen seiner Macht und seines Einflusses bei der Garde und bei Hofe, und er wurde von vier Offizieren begleitet, die bis auf einen ebenfalls alle potenzielle Heiratskandidaten waren, wie gemunkelt wurde.

Den Gesprächen der Hofdamen zu folgen, war für Levarda

eine Herausforderung gewesen. Fast so sehr, wie das Erlernen der Tanzregeln. Es widerstrebte ihr, aber sie musste sich eingestehen, dass dies in Zukunft ihre einzige Informationsquelle wäre. Es ging um Schmuck, Aussehen, Stoffe, Schuhe und darum, welcher Mann was zu wem gesagt hatte. Auf Letzteres sollte sie laut Lady Tibana besonders achten.

Levarda fuhr sich mit der Zungenspitze über die trockenen Lippen. Sie hatten den Saal erreicht. Die rechte Seite der Tafel war den Männern vorbehalten, die Frauen saßen links. Vor Kopf neben dem Lord und seiner Gemahlin fanden die verheirateten Paare Platz, soviel hatte Levarda schon erfahren. Einzig Lord Otis als Ehrengast und Lady Smira als die zukünftige Gemahlin des hohen Lords saßen mit am oberen Ende der Tafel.

Levarda hörte, wie um sie herum das Getuschel losging. Zu ihrer Erleichterung fand sie sich am oberen Ende der Frauenreihe untergebracht, so brauchte sie, als sie Platz nahm, nicht zu befürchten, den Gesprächsfluss der anderen Damen zu behindern.

Lady Eila neben ihr flüsterte: »Ist das Lemar, der mit dem Pferdekopf auf seinem Gewand?«

»Ja. Habt Ihr bemerkt, wie groß er neben dem jungen Timbor wirkt?«, wisperte Lady Sophia kichernd zurück.

»Oh, diese blonden Haarwellen! Sie sehen ganz weich aus, da möchte man hinlangen und sie streicheln.«

Wieder kicherte Lady Sophia und senkte hastig den Kopf, als sie merkte, dass sie die Aufmerksamkeit der männlichen Seite auf sich zogen. Sie wartete etwas, bevor sie Lady Eila antwortete. »Also, mir gefallen seine vollen Lippen noch mehr, und die Grübchen in seinen Wangen, seht nur, wenn er lacht«, piepste sie. Sie hatte noch einen Blick riskiert, bevor sie wieder auf ihren Teller schaute.

»Ihr solltet vorsichtig bei Lemar sein«, mischte sich eine weitere Hofdame in das Gespräch ein. »Sein Charme hat schon mancher Lady nicht nur das Herz gebrochen, sondern ihre Ehre in Gefahr gebracht.«

Levarda erhaschte ebenfalls einen kurzen Blick auf Lemar, als die Diener den nächsten Gang servierten. Er hatte feine Gesichtszüge, aber vor allem seine hellblauen Augen fesselten sie. Eben lachte er laut, hob seinen Kopf und zwinkerte Levarda zu.

Hastig richtete sie ihre Aufmerksamkeit zurück auf ihren Teller. Er flirtete mit ihr!

Lady Smira saß mit geröteten Wangen zwischen ihrer Mutter und Lord Blourreds Schwester und machte ihr aufgeregt Zeichen. Levarda war gerührt, wie sie sich über die Ehre, die ihr zuteilwurde, freute.

Lady Smira war erst achtzehn, zwei Jahre jünger als Levarda, aber sie beide trennten Welten. Verträumt, lebensfroh, in allem nur das Gute sehend, schien Smira sich blind in ihr Schicksal zu fügen. Sie schritt mit einer Leichtigkeit durch ihr Leben, ohne Verantwortung dafür zu tragen oder Entscheidungen zu treffen, die Levarda an die Mintraner erinnerte, die dem Element Luft unterlagen. Nicht im Geringsten schien ihrer Cousine bewusst zu sein, dass die Axt des Henkers über ihr schwebte, seit der hohe Lord sie zu seiner Gemahlin ausgewählt hatte. Sie lächelte Lady Smira zu und neigte kurz den Kopf.

Lord Blourred stand auf, und Ruhe kehrte in die Gesellschaft ein.

»Lord Otis«, sprach er den Gesandten an, »seid willkommen an meinem Hof. Ihr seid hier, um meine Tochter, Lady Smira«, er drehte sich voller Stolz zu seiner schönen Tochter hin, »an den Hof des hohen Lords Gregorius ...«, alle erhoben ihre Becher und tranken einen Schluck, »... zu begleiten, auf dem Weg zu ihrem hohen Gemahl. So schmerzlich der Fortgang meiner Tochter für mich ist –«, er machte eine Pause, bis er sich gesammelt hatte, »es ist das Los eines jeden Vaters, dass er seine Kinder ziehen lassen muss. So lasst uns mit einem rauschenden Fest den Schmerz und die Traurigkeit dieses Abschieds bannen. Hoch lebe die zukünftige Gemahlin des hohen Lords.« Lord Blourred erho seinen Becher, und diesmal standen alle auf, prosteten ihm zu und tranken.

Als man sich gesetzt hatte, erhob sich Lord Otis würdevoll. Im Saal wurde es still. Selbst die Diener rührten sich nicht.

Bisher hatte Lord Blourred Levardas Sicht auf Lord Otis verdeckt. Ihr Herzschlag beschleunigte sich, weil sie befürchtete, er würde zu den Frauen herüberschauen und sie womöglich erkennen. Aber dann versicherte sie sich, dass er ihr Gesicht nicht gesehen haben konnte, da er ja hinter ihr aufgetaucht war. Sie hob ihre Augen und wagte einen Blick auf den Mann – und war bis ins Mark erschüttert.

Lord Otis überragte den Hausherrn fast um einen Kopf, sein welliges Haar war tiefschwarz, dichte Augenbrauen lagen über dunkelbraunen Augen. Den Bart, wie die Männer ihn sich auf ihren Reisen stehen ließen, hatte er abrasiert, was ihm mit der sonnengebräunten Haut der oberen Gesichtshälfte ein seltsam gschecktes Aussehen verlieh. Eine Narbe, die sich von der Mitte seines Kinns quer über die Nase, das linke Auge und die Stirn zog, teilte die linke Braue in zwei Hälften. Diese Mischung aus Finsternis und perfekten Proportionen machte sein Gesicht anziehend und abstoßend zugleich. Zusammen mit seinem schlanken, kampfgestählten Körper, den breiten Schultern, wirkte sein Auftreten furchteinflößend.

Levarda glaubte zum ersten Mal den Geschichten der Frauen darüber, dass es Feinde gegeben habe, die sich beim Anblick von Lord Otis auf seinem Hengst Umbra lieber gleich ergaben. Auch wenn das ein wenig übertrieben schien – Levarda konnte kaum an diesem Mann vorbeisehen. Sie fühlte, wie sie zu zittern begann und wie sie nur mit Mühe den Drang unterdrücken konnte, aufzustehen und zu fliehen. Sie hatte geglaubt, einen ersten Blick auf ihn zu werfen, doch Lord Otis war ihr mehr als einmal zuvor begegnet! – Er war der Mann aus ihren Träumen.

Sie schloss die Augen, verstört von den vielen Bildern, die

durch ihren Kopf jagten, durch den Schmerz, den diese Bilder verursachten. Panik kroch in ihr hoch. Sie sprach in ihrem Kopf das Mantra, welches ihr Meister und sie nach und nach in den vergangenen Jahren gefunden hatten, um den Albtraum zu vertreiben. Es verfehlte auch diesmal nicht seine Wirkung. Langsam beruhigte sich ihr Innerstes und sie konnte wieder atmen. Sie durchlebte ihren Traum, sah sich durch einen Wald rennen, verfolgt von einem Mann, der Dunkelheit hinter ihr her schleuderte. Eine Hetzjagd. Dann stolperte sie, die dunkle Energie umschlang sie, brannte auf ihrer Haut und brachte solche Schmerzen, dass sie schier den Verstand verlor. Da stand er lachend über ihr, mit glühenden, schwarzen Augen, zückte sein Schwert und durchstach ihr Herz. So endete ihr Traum, mit der Kälte des Metalls, das ihr Herz durchschnitt.

Sie spürte ein Zupfen an ihrem Ärmel. Levarda schlug die Augen auf und stellte entsetzt fest, dass die Blicke aller Festbesucher auf sie gerichtet waren. Sie saß als Einzige noch, während die Anwesenden sich erhoben hatten, um mit ihrem Becher Lord Otis zuzuprosten. Hastig stand sie auf. Ihre Beine zitterten, und ohne Lady Eilas Hilfe hätte sie sich nicht halten können. Sie trank einen winzigen Schluck und ließ sich dankbar auf ihren Stuhl sinken, nachdem sich die hohen Herrschaften gesetzt hatten.

»Was ist mit Euch, Lady Levarda? Ist Euch nicht gut?«, flüsterte Lady Eila besorgt.

»Mir ist ein wenig unwohl, vermutlich habe ich mich heute körperlich zu sehr verausgabt.«

»Das wundert mich nicht, es gibt einen Grund, warum Frauen nicht reiten sollen. Die körperliche Anstrengung ist viel zu groß. Sicher werdet Ihr mir bald zustimmen, wenn es für Euch auch ein Ende hat, glaubt mir.«

Levarda musste Lady Eila zugutehalten, dass sie aufrichtig freundlich sein wollte. Die Abneigung der Frauen, sich körperlich zu betätigen, war groß. Jeder Weg, jede Treppe, schien ihnen zu viel. Die Idee, für einen Spaziergang hinauszugehen oder einen Ausritt zu machen, wäre ihnen nie gekommen.

Levarda verbiss sich eine Bemerkung. Sie senkte den Blick auf ihren Teller. Mit konzentrierten Schnitten zerteilte sie ihr Fleisch und schob ein Stückchen in ihren Mund. Beim Kauen schloss sie die Augen, um sich zu beruhigen, sodass ihre Hände mit dem Zittern aufhörten. Sie fühlte, dass Lady Eila sie beobachtete.

»Seid Ihr sicher, dass es Euch gutgeht?«

»Ja, gewiss«, murmelte sie.

Ein verschmitzter Ausdruck trat in Lady Eilas Gesicht. »Ich dachte im ersten Moment, Lord Otis sei der Grund für Eure Schwäche gewesen.«

Levarda verschluckte sich beinahe an ihrem Stück Fleisch. Sie fühlte Röte in ihr Gesicht schießen.

Das Lächeln ihrer Nachbarin vertiefte sich. »Und ich dachte immer, Ihr wäret an Männern nicht interessiert.«

Einen Moment war Levarda versucht, ihr eine passende Antwort zu geben, doch sie besann sich eines Besseren. Sollte der Hof lieber über ihre vermeintliche Verliebtheit tratschen als über ihre Angst. Allein seinen Namen auszusprechen, hatte ihr Innerstes zum Zittern gebracht.

Der Nachtisch half ihr. Süßigkeiten gab es in ihrem Volk immer nach geistigen Herausforderungen und energiezehrender Arbeit. Auch wenn sie einen Menschen geheilt hatte, aß Levarda getrocknete, süße Früchte oder Samen, die mit Honig ummantelt waren.

Lady Eila schob ihr ihren Nachtisch hin, und Levarda genoss zum zweiten Mal die Süße in ihrem Mund. Die Frauen hier aßen geradezu wie junge Vögel. Das flaue Gefühl in ihrem Körper ließ nach und sie fühlte ihre Kraft zurückkehren.

Der Zeremonienmeister klopfte auf den Boden und der Lärm nahm zu, während die Gesellschaft sich zu einem anderen Saal bewegte.

Hier standen nur an einem Ende des Raumes gemütlich aussehende Stühle auf einer über zwei Stufen erhöhten Plattform, wo sich die ranghöchsten Geladenen mit Lord Blourred und Lady Tibana niederließen. Die verheirateten Paare verteilten sich mit ihren Gesprächspartnern bunt gemischt im Saal, die unverheirateten Gäste in lockeren Grüppchen an den Seiten, Männer rechts, Frauen links.

Schon hörte Levarda wieder die Damen plappern, für die nun der interessanteste Teil des Abends gekommen war. Sie selbst hingegen hätte sich lieber einem wilden Emunck gestellt als dem Tanz. In diesem Land war Tanzen die einzige Möglichkeit, sich dem anderen Geschlecht auf unverfängliche Art zu nähern. Selbstverständlich musste ein Mädchen aber warten und sich von einem Mann zum Tanz auffordern lassen. Was für ein Ereignis und so willkommener Anlass für Spekulationen! Die Augen sittsam gesenkt, lauschten die Mädchen alsdann den Worten ihrer Tanzpartner und gaben ihnen so das Gefühl, der wichtigste Mensch für sie zu sein.

Levarda hatte in den letzten Monaten das seltsame Gebaren zwischen den Geschlechtern belustigt verfolgt. Man hatte schnell gemerkt, dass sie weder eine anmutige Tänzerin war noch ihren jeweiligen Tanzpartner angemessen anbetete. So beschränkte sie sich meistens darauf, zu beobachten.

Heute hoffte Levarda, dass ihr schlichtes Äußeres ihr Schutz bieten würde. Allerdings wollte Lord Blourred sie Lord Otis vorstellen, darum war sie ins Protokoll aufgenommen. Als ihr das wieder einfiel, gaben ihre Beine zum zweiten Mal nach. Sie hielt sich an einer Säule fest und suchte verzweifelt nach einer Möglichkeit, sich fortzustehlen. Morgen würde es noch Gelegenheit geben, sich bekanntzumachen. Bis dahin hätte sie ihre Angst hoffentlich unter Kontrolle.

Zu spät – der Zeremonienmeister winkte in ihre Richtung. Sie konnte nicht fliehen, schloss nur kurz die Augen und fasste ihr Amulett mit der linken Hand, spürte die Kraft des Steins im selben Moment. Es war, als tauche sie in den See Luna ein. Kühl floss die Energie über ihren Körper und gab ihr Stärke.

Mit zügigem Schritt ging sie auf Lord Blourred zu, bevor ihr Mut sie verlassen konnte. An Lord Otis‘ Hand befand sich bereits Lady Tibana auf dem Weg zur Tanzfläche. Levarda beneidete Lady Smira, der es vergönnt war, an ihrem erhöhten Platz von der Stirnseite der Halle aus dem Treiben zuzusehen. Allerdings zeugte deren Blick eher von Unmut, denn Tanzen gehörte zu ihren Leidenschaften, und sie war die anmutigste Tänzerin überhaupt.

Lord Blourred, der einzige Mann, in dessen Begleitung Levarda sich auf der Tanzfläche nicht zum Gespött machte, reichte ihr die Hand und zwinkerte aufmunternd. Er besaß genug Selbstsicherheit, um ihre Fehler zu kaschieren, und war darüber hinaus den Umgang mit einer Frau aus dem Volk von Mintra gewohnt.

Levarda hatte es getröstet, mit welchem Wohlwollen er ihr immer begegnete. Er besaß Vertrauen in ihre Fähigkeit, seine Tochter zu beschützen. Lady Tibana hatte mit außerordentlichem Geschick erreicht, dass er überzeugt war, es sei von Anfang an seine Idee gewesen, seine Tochter von seiner Nichte begleiten zu lassen.

»Ihr habt unvernünftig gehandelt, indem ihr sitzen geblieben seid, als Lord Otis seinen Toast auf den hohen Lord aussprach«, tadelte er leise.

»Verzeiht, es geschah nicht mit Absicht. Ich war mit meinen Gedanken woanders, doch ich weiß, dass es unverzeihlich ist.«

»Ich habe Lord Otis erklärt, dass Ihr erst seit Kurzem in die Gepflogenheiten des Hofes eingewiesen werdet. – Ist sie nicht wunderschön?«

Seine Augen ruhten auf seiner Tochter. Lady Tibana hatte mit der Geburt seiner sechs Söhne mehr für die Macht und das Ansehen ihres Mannes getan, als es je der Frau eines Lords in diesem Land gelungen war. Levardas Onkel liebte seine Tochter jedoch über die Maßen, das konnte man sehen.

Jetzt seufzte er auf. Levardas Bemühungen bei der Abfolge der Tanzfiguren waren hoffnungslos. Seine Augenbrauen zogen sich zusammen, doch in seinen Augen blitzte es belustigt.

»In der Tat, Ihr seid heute wirklich sehr abgelenkt. Übrigens habt Ihr mit Eurem Verhalten Lord Otis irritiert. Das ist noch niemandem gelungen. Er hat nachgefragt, wer Ihr seid. Sein Interesse an Euch hat mir gefallen, doch passt Euch in Zukunft mehr den Gebräuchen unseres Landes an, Lady Levarda.«

Bevor sie etwas erwidern konnte, verstummte die Musik. Ihr Herz begann heftig zu klopfen, ihre Hände wurden kalt.

Lord Blourred drückte ihre Hand fester. »Keine Angst, er weiß, dass Ihr meine Nichte seid und meine Tochter begleiten sollt. Er hat sich bereit erklärt, darüber nachzudenken.«

Levarda hatte völlig vergessen, dass dieser Mann darüber entscheiden würde, ob sie Lady Smira überhaupt begleiten durfte oder nicht. Sie hatte nur Angst, ihren eigenen Tod zu berühren.

Lord Otis verneigte sich vor Lady Tibana und führte sie zu ihrem Mann.

Levarda hielt den Blick gesenkt und wartete auf ihren Tanzpartner. Sie wollte ihm eben die Hand reichen, da drehte er sich weg, schritt auf Lady Eila zu und führte sie auf die Tanzfläche.

Selbst Levarda wusste, dass ein solches Verhalten das Protokoll verletzte und einen peinlichen Affront gegenüber dem Gastgeber darstellte. Ganz zu schweigen davon, dass damit Levarda vor dem ganzen Hof bloßgestellt wurde. Missbilligend verharrte Lord Blourred auf der Stelle, unentschlossen, wie er reagieren sollte. Aber bevor Lord Otis‘ Verhalten zu einer Missstimmung führen konnte, verneigte Levarda sich vor dem Hausherrn.

»Verzeiht Mylord, mir ist nicht wohl. Ich bitte darum, mich in meine Gemächer zurückziehen zu dürfen.«

Sichtlich erleichtert nickte Lord Blourred. So blieb ihm eine Reaktion erspart.

2

FREIHEIT

Den restlichen Abend verbrachte Levarda in ihren Gemächern, froh über Lord Otis' Betragen, das ihr den Rückzug ermöglicht hatte. Mochte sich der Hof den Mund darüber zerreißen, wie er sie beleidigt hatte. Ihre Haltung und ihre Höflichkeit ihm gegenüber wären zu ihrem Vorteil.

Sie nutzte die gewonnene Zeit, meditierte Stunde um Stunde, suchte nach einer Antwort. Was bedeutete die Menschwerdung des Schreckens aus ihrem furchtbarsten Albtraum? Dass sie mit ihrem Auftrag scheitern würde?

Im Geist ging sie die Worte ihres Meisters aus Gesprächen über ihre nächtlichen Visionen durch. Er hatte ihr erklärt, dass am Tage der Verstand die Kontrolle über die Handlungen und Eindrücke eines Menschen hatte. Im Traum, wenn der Verstand eingeschlafen war, übernahm sie der Geist. Je weiter sich ein Mensch während des Tages von seinem Geist entfernte, desto stärker und intensiver waren die Träume. Meditation diente dazu, dieses Zwiegespräch zwischen Verstand und Geist zu fördern, sodass ein Ungleichgewicht erst gar nicht entstand. Für Menschen wie Levarda, die über eine ausgeprägte Verbindung zu den Elementen verfügten, war ein Gleichgewicht zwischen Verstand und Geist unerlässlich.

Aus diesem Grund war ihr wiederkehrender Albtraum ein Anlass zu tiefer Besorgnis für ihren Meister gewesen. Er konnte sich nicht erklären, weshalb ihr Geist ihr unabänderlich immer dieselben Bilder zeigte. Sie hatten sich lange Zeit in der Meditation mit diesem Traum beschäftigt. Der Meister deutete ihn so, dass der Mann für Levardas Verstand stehe und das Schwert für dessen Schärfe. Die dunkle Energie sei ein Symbol für die Elemente. Die Impulsivität, mit der diese sie verzehrten, veranlasse ihren Verstand dazu, sie aus Selbstschutz zu kontrollieren. In ihrer Arbeit konzentrierten sie sich darauf, ihren Verstand davon zu überzeugen, dass nicht die Elemente ihren Geist beherrschten, sondern ihr Geist die Elemente. Das hatte funktioniert und der Traum verschwand.

Was würde ihr Meister nun dazu sagen, dass das Symbol für ihren Verstand ein Mensch aus Fleisch und Blut war? Einer, der mit dem Schwert umgehen konnte und es benutzen würde, wenn Lady Smira dem hohen Lord keinen Thronfolger gebar?

Steifgefroren und mit Kopfschmerzen vom Grübeln sah Levarda endlich ein, dass sie Schlaf brauchte. Vielleicht würde ihr Geist ihr bei der Lösung des Problems helfen. Sie legte ein paar Holzscheite ins Feuer und wärmte sich an den Flammen, bevor sie zu Bett ging.

DIE NACHT HATTE IHR KEINE LÖSUNG GEZEIGT, DAFÜR HATTE sich zumindest ihre Angst gelegt. Sie würde dem, was geschah, ins Auge sehen. Lady Tibanas Zofe kam und richtete ihr aus, dass diese sie im Garten erwarte.

Hinter der Burg, im Süden gelegen, befand sich mit hohen Mauern umgeben der Garten der Hausherrin. Der Duft der Blumen und das leise Plätschern der angelegten Bachläufe beruhigten Levardas Geist. Selbst Heilkräuter gab es hier. In den letzten Monaten war sie mehrmals eingeladen worden, sich an der Bearbeitung und Pflege der Pflanzen zu beteiligen. Sie zeigte kein Geschick darin. In der Wildnis besaß sie ein außergewöhnliches Gespür, Wildkräuter aufzuspüren. Beim Erkennen der Bedürfnisse einer kultivierten Pflanze versagte sie.

Gemeinsam mit der Hausherrin wanderte sie die Wege entlang. Ab und an beugte sich Lady Tibana herab und zupfte ein paar Halme oder ein komplettes Gewächs aus der Erde.

»Es war gestern überaus ungeschickt von Euch, Lord Otis zu beleidigen.«

Levarda hob zu einer Entschuldigung an, doch ihre Tante gebot ihr mit einer Handbewegung, zu schweigen.

»Egal, was Euch abgelenkt hat – Ihr könnt Euch solch ein Verhalten nicht leisten. Ihr vergesst, wie mächtig Lord Otis ist. Sollte er entscheiden, dass Ihr für den Hof des hohen Lords nicht geeignet seid, wird es ein Machtkampf für uns werden, Euch diese Stellung zu ermöglichen.«

Levarda neigte den Kopf. Sie wusste, es hatte keinen Zweck, ihrer Tante zu widersprechen. Sie war selbstbewusst, manipulativ, und entschied in Wahrheit über die Geschicke des Landes im Machtbereich von Lord Blourred. Sie wusste, wie das Leben in dieser Gesellschaft funktionierte und Levarda bewunderte sie dafür.

»Ihr wisst, dass ich gegen Euch war«, sagte Lady Tibana jetzt, »und meine Meinung darüber hat sich in den letzten Monaten nicht geändert. Mir wäre es lieber gewesen, dass meine Schwester ihre Nichte begleitet. Kaja besitzt so viel Erfahrung in der Heilung von Krankheiten. Den einzigen Vorteil versprach ich mir bei Euch von Eurer Jugend und Eurem äußeren Erscheinungsbild. Ich dachte, damit könntet Ihr das Interesse von Lord Otis wecken.«

Levarda blieb abrupt stehen und Lady Tibana runzelte unwirsch die Stirn. »Seht Ihr, genau das meine ich. Eine Frau mit mehr Erfahrung würde es nicht stören, ihren Charme im Sinne ihres Volkes einzusetzen.«

»Ich hoffe, Ihr erinnert Euch, dass ich nicht die Absicht habe, mir einen Ehemann zu nehmen.«

Lady Tibana lachte freudlos auf. »Ich bin nicht so vermessen zu glauben, dass Lord Otis Euch zu seiner Gemahlin wählt. Euer Äußeres ist ansprechend, aber Ihr seid nicht attraktiv, und seine Auswahl ist wahrhaft unerschöpflich. Mit ein wenig geschickter Verführung könntet Ihr es allerdings in sein Bett schaffen.«

Levardas Züge verhärteten sich. In ihrem Land konnten sich Frauen und Männer frei entscheiden, ob sie eine geschlechtliche Verbindung eingingen, ohne dafür eine Zeremonie zu brauchen. Dies geschah immer aus Liebe und in gegenseitigem Einvernehmen, niemals in manipulativer Absicht.

»Nun, wenn ich mich recht erinnere, so zeigte Lord Otis Interesse an Lady Eila. Vielleicht liegt hier der nötige Vorteil, den Ihr im Blick habt«, gab sie kühl zurück.

»In der Tat wäre das interessant. Zu meinem Bedauern verteilte er seine Aufmerksamkeit recht gleichmäßig an dem Abend, was Euch entgangen sein wird. Ihr zogt es ja vor, in Eure Gemächer zu verschwinden.«

Levarda verbiss sich eine Erwiderung. Dass sie für einen Ausweg aus der peinlichen Verletzung des Protokolls gesorgt hatte, schien Lady Tibana zu vergessen.

»Ihr werdet Euch heute Abend bemühen, den Fehler von gestern wiedergutzumachen. Lord Otis ist ein Führer, dem die Männer mit Liebe und Treue durch jede kriegerische Auseinandersetzung folgen. Manch einer behauptet sogar, dass er den hohen Lord Gregorius jederzeit stürzen könnte, wenn er es wollte. Ihr seht also, welch einen mächtigen Verbündeten oder auch Feind er abgibt, je nachdem.«

Levarda nickte ergeben.

Zum ersten Mal wurde Levarda ihre Abhängigkeit von der Gunst dieses Mannes ganz bewusst. Dass sie Lady Smira begleiten wollte und dafür auch bereit war, ihr Leben zu lassen, spielte keine Rolle. Auch nicht die Tatsache, dass sie ihre Entscheidung gegen den Wunsch des Ältestenrats von Mintra getroffen hatte.

»Ich hoffe, Euer langes Schweigen bedeutet, dass Ihr Euch meine Worte zu Herzen nehmt. Ich habe gehört, dass Ihr die strategische Kriegführung nach Larisan studiert habt. Demnach brauche ich Euch nicht zu sagen, wie begnadet Lord Otis in diesen Dingen ist.«

Verwirrt blieb Levarda stehen. Das Studium der Kriegskunst war vor vielen Jahren in ihrem Land verboten worden. Ihre Mutter musste Lady Tibana davon erzählt haben, denn sie war die Einzige, die davon wusste. Was aber hatte ein Buch der Mintranerin Larisan mit Lord Otis zu tun?

»Wie meint Ihr das?«, fragte sie unsicher.

Lady Tibana kniff die Augen zusammen und musterte Levarda. Als sie feststellte, dass sie tatsächlich nicht die geringste Ahnung hatte, seufzte sie.

»Lord Otis ist Larisans Enkel. Ich nahm an, Ihr wüsstet es. So ist dies nicht der wahre Grund für Eure Entscheidung, meine Tochter zu begleiten?« Sie beobachtete Levarda prüfend, die die Lippen aufeinanderpresste.

Was dachte Tibana von ihr? Nein, davon hatte sie nichts gewusst. Woher auch? In Mintra sprach niemand über die Welt außerhalb der Grenzen. Die Menschen, die Mintra verließen, kehrten nicht zurück. Larisan hatte Mintra verlassen, und nur durch Zufall war Levarda eines Tages in einer Hütte in den Besitz des Buches gelangt.

Mit zügigem Schritt durchmaß Lady Tibana den Garten, sodass Levarda nichts anderes übrigblieb, als ihr schweigend zu folgen. Rückte diese neue Erkenntnis alles in ein anderes Licht? Larisans Enkel in ihrem Albtraum – als ihr Mörder? Sie brauchte Ruhe, um über alles nachzudenken.

Abrupt blieb Lady Tibana stehen.

»Also gut, nun wisst Ihr es. Nutzt das Wissen weise und zieht Euren Vorteil daraus.«

»Wenn Ihr erlaubt, würde ich mich bis zum Abend gern in meine Gemächer zurückziehen.«

»Es sei Euch erlaubt. Vergesst nicht, Euch in den Regeln des Anstandes und der Höflichkeit zu üben. Ich werde Lady Eila in Eure Gemächer schicken. Sie ist die Begabteste, was diese Dinge betrifft, und sie ist geduldig.«

»So sei es.« Ergeben verneigte sich Levarda.

An diesem Abend trug Levarda ihr blaues Kleid zu Ehren des Luftelements. Es sollte ihr die Leichtigkeit verleihen, die ihr bei dem Gedanken an ein erneutes Fest so schmerzlich fehlte. Sie hatte sich gewappnet, die reine Quelle in ihrem Innersten besucht und Kraft geschöpft. Ihre Angst und die Bilder ihres Albtraums waren während der Meditation beständig durch ihren Körper gezogen, so übte sie sich darin, diese zu kontrollieren. Das hatte sie sich aus den Büchern von Larisan angeeignet, der einzigen Kriegerin in ihrem Volk, von der sie wusste. Wissen war die Macht, seine Feinde zu besiegen. Sie würde sich mehr Wissen über Lord Otis aneignen, ihn beobachten, seine Schwachpunkte kennenlernen. Wenn es zu einer Konfrontation zwischen ihnen kam, musste sie gewappnet sein.

Der Abend verlief ähnlich wie der vorherige. Männer und Frauen trugen andere Kleider, nur die Garde erschien in den Uniformen wie am Tag zuvor. Allerdings bemerkte Levarda diesmal heimlich getauschte Blicke zwischen Hofdamen und Soldaten.

Sie bemühte sich, höflich und interessiert den Gesprächen zu folgen. Am Nachmittag hatte Lady Eila zwei Stunden damit verbracht, ihr alles zu erzählen, was an dem gestrigen Abend geschehen war. Dabei kreisten ihre Gedanken schwärmerisch immer wieder abwechselnd um Lemar und Lord Otis. Aufmerksamer als je zuvor folgte Levarda ihren Worten.

Am heutigen Abend entfielen die Ansprachen, sodass man nach dem Essen direkt zum Vergnügen überging. Erneut eröffnete der Hausherr mit seiner Gemahlin den Tanz, und danach forderte Lord Otis die Frau des Gastgebers auf. Zum Glück blieb Levarda ein zweiter Tanz mit ihrem Onkel erspart. Sie wusste nicht, ob es an ihrem Luftkleid lag oder an den gelockerten Regeln für diesen Abend – es fiel ihr jedenfalls leichter, unbemerkt in die Festgesellschaft einzutauchen.

Lord Otis ignorierte sie völlig, so blieb Levarda genügend Zeit für ihre Beobachtungen. Sie stellte fest, dass keine Frau am Hofe seine Aufmerksamkeit auf sich lenken konnte, ausgenommen Lady Tibana und Lady Smira, denen gegenüber er sich ausgesprochen zuvorkommend verhielt. Sein kühler Gesichtsausdruck ließ sie vermuten, dass sein Benehmen eher auf Anstand als auf echtem Interesse beruhte. Vielleicht wollte er sich ja nur über die Verhältnisse am Hof informieren.

Sie wagte sich nicht in seine Nähe, nahm aber wahr, dass sein Offizier Egris und er sich oft abseits der Menge besprachen, und zu gerne hätte sie erfahren, worum es dabei ging.

Mit seinen breiten Schultern und den schmalen Hüften hatte Egris die Blicke der Frauen schon zuvor auf sich gezogen. Das war Levarda nicht entgangen, allerdings ebenso wenig die Tatsache, dass er nicht mehr zur Auswahl stand, da er vermählt war.

Egris war es schließlich, der Levarda zum Tanz aufforderte. Als er vor ihr stand, sah sie fasziniert in seine hellbraunen Augen, die sie an das Harz der Bäume ihrer Heimat erinnerte. Sein dunkelbraunes, glattes Haar hielt er mit einem Band zurück. Der Zopf war schulterlang. Ein Löwenkopf zierte seine Uniform.

Levarda blieb keine andere Wahl, als sich ihrem Schicksal zu ergeben, und sie bemühte sich, ihn nicht mit ihrer Ungeschicklichkeit zu blamieren. Überraschenderweise fruchteten offenbar ihre Bemühungen des heutigen Tages mit Lady Eila. Allerdings konnte sie von Egris nichts in Erfahrung bringen, denn anstatt von sich zu erzählen, wie es Männer meist taten, stellte er ihr seinerseits beharrlich Fragen.

Angeblich war er nach Lord Otis am längsten bei der Garde. Levarda beschränkte sich daher lieber darauf, seine Fragen schlicht und höflich zu beantworten, ohne zu viele Informationen preiszugeben. Ihre Tante hatte ihren Lebenslauf bis ins kleinste Detail ausgearbeitet. Dabei entsprach er wenigstens in allen maßgeblichen Fakten der Wahrheit, denn lügen könnte Levarda niemals, das musste auch Lady Tibana akzeptieren.

Das Geschick bestand darin, immer nur das Notwendigste zu sagen und ihr Gegenüber den Rest wie zufällig selbst schlussfolgern zu lassen. Sie musste sich mitunter auf die Lippen beißen, um nicht ihrerseits Fragen zu stellen. Wenn Egris etwas von sich erzählte, um sie aus der Reserve zu locken, hörte sie umso genauer zu.

Ab jetzt gab es kein Verstecken mehr. Die Männer der Garde hatten sie für sich entdeckt. Nach und nach tanzte jeder Offizier mit ihr.

Ihr Misstrauen erwachte. War dies ein Trick von Lord Otis, um mehr über sie zu erfahren? Sie blieb auf der Hut, überlegte, was sie in ihren Gesprächen mit den Offizieren erwähnen durfte.

In den Tanzpausen hörte sie den Damen zu, wenn sie von ihren Tanzpartnern erzählten. So ergab sich bald ein klareres Bild von den Anführern der Garde.

Timbor war der Jüngste von ihnen. Das silberne Schlangenwappen auf seiner Uniform passte gut zu seinem schmalen Körperbau. Mit den kurzen, blauschwarzen Haaren, kräftig und voller Wirbel, erweckte er den Eindruck, sich ständig die Haare zu raufen, was ihm etwas Jungenhaftes verlieh, zumal alle Männer ihn überragten. Während sie tanzten, sah Levarda seine grünen Augen stetig in Bewegung. Sie stellten sich beide gleich ungeschickt an und tanzten daher nicht allzu lange.

Lemar stahl sich als Erster ein Lächeln von Levarda. Charmant hatte er sich bei ihr dafür entschuldigt, dass er sich nicht in der Lage sah, ihrem eigenwilligen Tanzstil zu folgen. Seine hellblauen Augen blinzelten sie dabei vergnügt an.

»Was bedeutet das Pferd auf Eurer Uniform?«, fragte Levarda mutig.

»Dass ich der beste Reiter der Garde bin.«

Levarda musste lachen. Gerne hätte sie sich einem Wettkampf mit ihm gestellt. Sie sah, wie er seinen anderen Tanzpartnerinnen mit seinem Charme den Kopf verdrehte.

Von Lemar erfuhr sie, dass die Wachleute, die ihr beim Stall begegnet waren, zur Strafe die Boxen hatten ausmisten und jedes Pferd auf Hochglanz putzen müssen. Eine Frau erwähnte er in diesem Zusammenhang nicht, sang nur sein eigenes Loblied auf Umbra, den Hengst seines Herrn.

Beim Tanz mit Sendad hatte Levarda das Adleremblem auf seiner Brust vor Augen, so hoch ragte der Offizier vor ihr auf. Während er schweigsam seine Runde mit ihr drehte, fragte sie sich verwirrt, weshalb er sie trotz seiner Zurückhaltung überhaupt aufgefordert hatte. Anscheinend war sie die Einzige, mit der er überhaupt tanzte. Er weckte jedoch ihr Interesse mit seiner ruhigen Art.

Der ganze Abend war für Levarda ohne einen Zwischenfall verlaufen. Sie hatte sich am Abend rechtzeitig vom Fest zurückgezogen. Während die letzten Hartnäckigen in den frühen Morgenstunden den Tanzsaal verließen, stand Levarda in ihrem Reitkleid vor dem Stall. Die Zeit des Sonnenaufgangs gehörte ihr.

Der Stall wurde Tag und Nacht abwechselnd von den Soldaten aus Lemars Regiment bewacht. Jetzt, wo Levarda wusste, dass sie auf die Wachen achten musste, war es ein Leichtes für sie, diese zu meiden. Jeder Mensch besaß eine Aura, ein eindeutiges Energiemuster, das sie wahrnahm. So konnte sie die Männer der Garde von denen Lord Blourreds unterscheiden.

Leise führte sie Sita aus dem Hauptstall, ging an der Mauer entlang, bis sie den seitlichen Ausgang erreichte. Sie nickte Lord Blourreds Wachen kurz zu, und sie gaben den Weg frei.

Hinter der Mauer sprang sie auf Sitas Rücken, deren Sattel und Zaumzeug sie im Stall gelassen hatte, da sie ihr heute die Freiheit schenken wollte. Für einen Moment fühlte sie sich beobachtet. Sie sandte ihre Sinne aus, konnte aber nichts feststellen. Die Männer der Garde waren noch immer da, wo sie sein sollten.

Die Stute griff freudig zum Wald hin aus, ihre Ohren spielten und sie schlug mit dem Schweif. Als sich der Wald in eine weite Ebene öffnete, lehnte sich Levarda nach vorn und krallte ihre Hände in Sitas Mähne. Mehr bedurfte es zwischen ihr und dem Tier nicht. Wie ein Pfeil schoss die Stute los. Der Wind pfiff Levarda durchs Gesicht, ihre Haare flatterten und sie stieß einen Schrei vor lauter Übermut und Lebensfreude aus. Dann schloss sie die Augen, ließ sich vom Gefühl der Freiheit tragen, bis sie den Rausch des Glücks in ihren Adern fühlte. Erst dann parierte sie Sita durch. Sie hatten bereits den Wald mit der Weggabelung erreicht. Rechts ging es tiefer in das Land von Lord Blourred. Links führte der Pfad nach Mintra – für Menschen, die Erlaubnis erhielten, es zu betreten. Wer sie nicht hatte, irrte umher, unfähig, seinen Weg zu finden, obwohl der Asambra weithin sichtbar den Mittelpunkt des Landes markierte.

Sie klopfte Sita den Hals, verschloss das Gefühl von Glück und Zufriedenheit tief in ihrem Herzen. Dann glitt Levarda vom Pferd, lehnte ihre Stirn an die der Stute.

Es war Zeit, Abschied zu nehmen, den letzten Faden, der sie an ihr altes Leben band, zu durchtrennen. In der Sprache ihres Volkes flüsterte sie: »Geh mein Mädchen, geh zurück nach Hause, suche die Weiden am Fuße von Asambra und sei frei – für uns beide.« Tränen liefen ihr über die Wangen.

Sie scheuchte Sita von sich. Die Stute zögerte. Ein letzter

Blick, dann drehte sie sich abrupt auf der Hinterhand und jagte über den Pfad Richtung Heimat. Ihre Hufe donnerten auf dem Weg, als sie davonstob.

Levarda sah ihr nach und merkte erst nach einer Weile, als Sitas donnerndes Hufgeräusch sich entfernte, dass ein anderer Hufschlag immer lauter wurde. Sie sah sich um und sah einen Reiter auf sich zukommen. Zu spät, sich in den Büschen zu verbergen. Sie entschied sich, auf dem Weg stehenzubleiben.

Erst kurz vor ihr parierte er seinen Hengst durch und sprang ab. »Unglückseliges Weib!«, fuhr er sie an. »Was habt Ihr getan?«

Er packte Levarda am Arm, die völlig überrumpelt von seinem Ausbruch vergaß, sich zu wehren. Die Zeit reichte ihr nicht, um einen Schutzschild gegen den Zorn aufzubauen, der ihr entgegenflammte. Die ungezügelte, wilde Kraft, die aus ihm herausströmte, traf geballt auf ihre eigene, und gegenseitig entluden sich die Energien wie in einer Explosion.

Er ist ein Kind des Feuers, dachte sie noch. Dann verlor sie das Bewusstsein.

Das Erste, was sie spürte, als ihr Geist langsam aus der Dunkelheit zurückkehrte, war die Kraft der Energien ihres eigenen und seines Feuers. Levarda fühlte in ihrem Nacken und in den Kniekehlen, wie seine Flammen in sie eindrangen. Sie musste die Zufuhr unterbrechen, sonst würde es zu einer weiteren unkontrollierten Entladung kommen. Sie konzentrierte sich auf die Quelle in ihrem Innern, aktivierte sie und führte ihre Wasserkräfte zuerst an ihre Kniekehlen und den Nacken. Aber erst mit der Kraft der Erde gelang es ihr, einen Schutzwall an diesen Stellen aufzubauen, der die Energiezufuhr unterbrach. Sie begann, die sich umschlingenden Feuerenergien, die weiter durch ihren Körper tobten, zu kanalisieren.

Noch nie hatte sie von so etwas gehört oder etwas dergleichen erlebt. Da sie keine Möglichkeit sah, die Kräfte zu trennen, bannte sie diese in ihrem tiefsten Inneren und versiegelte die

Pforte mit Wasser. Das musste genügen, bis sie in ihren Gemächern die Kraft in einen Energiestein ableiten konnte.

Sie spürte warmen Atem und weiche Lippen an ihrer Wange. Erschrocken riss sie die Augen auf und sah die aufgeblähten Nüstern von Umbra vor sich.

»Umbra, lass das«, zischte Lord Otis. Er hielt Levarda in seinen Armen, eine Hand in ihrem Nacken, die andere in ihren Kniekehlen. Er konnte den neugierigen Hengst nicht von ihr fernhalten.

»Lasst mich sofort runter!« Levardas Stimme vibrierte und knisterte von der Energie, die in ihr getobt hatte.

Auf der Stelle beförderte Lord Otis sie unsanft auf die Beine. Sie wankte, krallte sich in Umbras Mähne fest und lehnte kurz ihre Stirn an seinen Hals. Geduldig ließ der Hengst sie gewähren.

Der Mann hinter ihr atmete scharf ein. »Wie könnt Ihr es wagen, ein so kostbares Tier in die Wildnis zu schicken, in der es womöglich nicht einen Tag überlebt?«

Levarda drehte sich bedächtig zu dem ersten Offizier der Garde um. Sie wusste, dass ihre Haut – genährt von der Energie – leuchtete.

Lord Otis' Erscheinung aber loderte geradezu, bläulich nahe am Körper, rötlich, orange und gelb mit wachsendem Abstand von ihm.

Was für eine Verschwendung der Kräfte, schoss es ihr durch den Kopf. Als sie die kalte Wut in seinen Augen sah, wich sie erschrocken zurück. War es schon soweit? War der Tag der Erfüllung ihres Albtraums gekommen? Ihr Blick wanderte zu seinem Schwert. Instinktiv legte sich seine Hand darauf, als er ihrem Blick folgte.

Levarda lächelte herablassend. Sie mochte kein Schwert besitzen, aber so einfach könnte er sie nicht töten. Sie stand neben dem Pferd, brauchte sich nur umzudrehen und aufzuspringen, vorausgesetzt, das Tier war bereit, seinen Herrn zu verlassen.

»Das geht Euch nichts an«, erwiderte sie kalt, indem sie ihm direkt in die Augen sah, denn seine Absicht, das Schwert zu ziehen, würde sie einen Bruchteil vor der Bewegung genau dort ablesen.

Sein Mund zuckte spöttisch. »Ihr habt recht«, erwiderte er gefährlich leise. «Lassen wir Lord Blourred entscheiden, was mit Euch geschehen soll. Er wird nicht erfreut sein, dass Ihr ein solches Tier aus seinem Besitz diesem Schicksal preisgebt.«

Levarda gelang es nicht, ihre Befriedigung zu verbergen. »Lord Blourred weiß längst, dass ich meiner Stute die Freiheit schenke, bevor ich weggehe«, sie betonte das ‚meiner'. »Am Hof des hohen Lords habe ich sicherlich keine Möglichkeit mehr, auszureiten.«

Ihre Worte verfehlten ihre Wirkung nicht.

»Euer Pferd?«, fragte er zwischen zusammengebissenen Zähnen.

»Nun, angesichts Eurer Herkunft großmütterlicherseits sollten Euch Frauen, die den Umgang mit Pferden gewohnt sind und solche besitzen, vertraut sein.« Sie hätte sich ohrfeigen können.

Das Leuchten um seinen Körper schwand. Seine Kiefermuskeln entspannten sich und er sah sie mit interessiertem, wachsamem Blick an.

Levarda sammelte sich und trat wortlos an ihm vorbei den Rückweg zur Burg an.

»Was habt Ihr vor?«, klang seine Stimme nun eher belustigt in ihrem Rücken.

»Wonach sieht es für Euch aus, Lord Otis?«, spottete sie ihrerseits, ohne den Schritt zu verlangsamen oder sich umzudrehen. »Ich gehe zurück zur Burg.«

»Das ist ein weiter Weg zu Fuß.«

»Aber nicht mein erster weiter Weg zu Fuß.«

. . .

Der Weg war weiter als gedacht. Die Sonne ging bereits hinter den Bergen auf und kletterte ein Stück über den Horizont, bevor Levarda den Seiteneingang erreichte.

Es herrschte geschäftiges Treiben, doch sie schlüpfte von Herrschaft und Garde unbemerkt in die Frauengemächer.

In ihrer Kammer angekommen, öffnete sie ihre Truhe, holte den Beutel mit Steinen heraus und begann mit der Übertragung der überschüssigen Energie. Ruhe, Gelassenheit – wo war ihr Verstand geblieben? Wie hatte sie nur so unvernünftig reagieren können? Aber war es verwunderlich? Niemand hatte sie auf so etwas je vorbereitet.

Die Stimme ihres Meisters klang in ihrem Kopf: »Egal, wie viel du weißt. Egal, wie viel du lernst. Egal, wie viel du trainierst. Du wirst im Leben immer auf Situationen treffen, die neu für dich sind. Wirklich weise ist der, der mit der Ungewissheit umgeht.«

Noch nie hatte sich Levarda so unwissend und hilflos gefühlt wie jetzt. Ihr bangte es vor dem Abend, wenn sie wieder auf Lord Otis treffen würde. Was, wenn er sich wirklich, wie von Lady Tibana befürchtet, gegen sie als Lady Smiras Begleitung aussprach?

Angst ist es, die uns wachsam macht für das, was auf uns zukommt. Nur ein Narr hat keine Angst. Zu viel Angst ist, was uns lähmt. Was unsere Gedanken verwirrt und uns Fehler machen lässt. Zu viel Angst entsteht durch Unwissenheit, die sich in der Fantasie durch die Vorstellung potenziert, was alles passieren könnte. Die Kunst besteht darin, sich der Angst zu stellen, Wissen zu sammeln und sich so ihrer Macht zu bedienen.

So stand es in den Büchern von Larisan. Levarda schnaubte grimmig. Noch war sie nicht am Ende. Noch war nichts entschieden.

Levarda trug ihr rotes Kleid des Elements Feuer. Ihre Haare waren sorgsam geflochten und hochgesteckt. Hocherfreut über ihre Anfrage hatte ihre Tante dafür gern eine Magd geschickt.

Die Dienerin hatte sie dazu überredet, ein wenig Gold auf ihre Lider aufzutragen und die Augen mit einem schmalen schwarzen Strich zu betonen. Das Ergebnis gefiel Levarda sogar, da es ihrem Aussehen etwas Gefährliches verlieh, das auf gewisse Weise zu dem Kleid passte.

Lady Tibana schenkte ihr diesmal ein wohlwollendes Lächeln, als sie Levarda in einer Gruppe von Frauen auf dem Fest entdeckte. Inmitten des Glitzerns der anderen Hofdamen fiel sie zum Glück trotzdem nicht auf. Sie war entschlossen, heute zu zeigen, dass sie sich anpassen und fügen konnte. Sie vermied jeden Augenkontakt mit Männern, senkte demutsvoll den Kopf und gab sich bescheiden.

»Hmm, Lord Otis scheint sich heute sehr angeregt mit Lord Blourred zu unterhalten.« Lady Eila, die vor ihr stand und über ihre Schulter einen Blick auf die Stirnseite der Halle warf, runzelte die Stirn. Levarda unterdrückte den Impuls, sich umzudrehen.

Stattdessen fragte sie: »Was denkt Ihr, erscheint Euch Lord Blourred verstimmt?«

Erstaunt, dass sie sich für ihre Bemerkung interessierte, antwortete Lady Eila eifrig: »Nein, wohl nicht, er sieht eher amüsiert aus. Er lacht.«

Erleichtert stieß Levarda die angehaltene Luft wieder aus, jedoch nur, um sie erneut anzuhalten, weil Lady Eila plötzlich zusammenzuckte.

»Oh«, stieß sie hervor, »Lord Otis kommt auf uns zu!«

Hastig senkte Levarda den Blick und wollte dem Offizier den Weg zu Eila freigeben, da hörte sie seine herrische Stimme.

»Lady Levarda? Dieser Tanz gehört mir!«

Obwohl er sie erneut mit seinem Mangel an Höflichkeit bloßstellte, wahrte Levarda die Fassung. Sie spürte die Wärme auf ihrer Haut, während sie gegen seine Feuerkraft einen Schutzwall aufbaute, bevor sie sich langsam umdrehte. Die Augen demütig auf den Boden gesenkt, reichte sie ihm ihre Hand, um die herum sie sicherheitshalber einen weiteren Schutz wob.

Der Lord nahm ihre Hand und führte sie zur Tanzfläche. Als die Musik einsetzte, versuchte sie sich die Abfolge der Figuren in Erinnerung zu rufen. Zumindest half das bei der Wahrung ihrer inneren Ruhe.

»Hebt den Kopf, ich möchte Euer Gesicht und Eure Augen sehen, Lady Levarda.«

Sie bemühte sich um Fassung. Ihr Blick haftete weiter am Boden. Keinesfalls würde sie ihn ansehen. Sie wollte nicht ein zweites Mal in die Augen ihres Todes blicken und hoffte, ihr Tanzpartner würde es auf ihre Schüchternheit zurückführen. Schweigend beendeten sie den Tanz. Levarda atmete auf, machte einen Knicks.

Der Lord indes ließ ihre Hand nicht los. »Der nächste Tanz gehört mir ebenfalls.«

Dies war keine Bitte, sondern ein Befehl. Doch wenn er glaubte, sie würde ihre Höflichkeit vergessen und ihn stehenlassen, irrte er sich. Levarda lächelte sanftmütig, erstarrte aber, als sie fühlte, wie seine Hand sich um ihre Taille legte. Tatsächlich erklang die Musik für einen Tanz, der üblicherweise verheirateten Paaren vorbehalten war. Unverheiratete Tänzer verstießen nur in dem Fall nicht gegen die Regeln, sofern sie gebührenden Abstand voneinander hielten. Levarda versteifte sich augenblicklich und stolperte bei den ersten Schritten über ihre eigenen Füße, doch äußerst geschickt sorgte Lord Otis‘ Griff wieder für ihr Gleichgewicht, ohne dabei den Abstand zu ihr zu verringern.

»Entspannt Euch. Wenn Ihr mich führen lasst, den Kopf hebt und nicht mehr verkrampft auf Eure Füße starrt, wird es mir leichter gelingen, Euch eine Blamage zu ersparen.«

Levarda biss die Zähne zusammen und hob den Kopf ein

wenig, um dezent an ihm vorbeizusehen, aber das half nicht. Im Gegenteil. Die schnellen Wendungen und Drehungen machten sie schwindlig.

»Schließt Eure Augen, vertraut mir und lasst mich führen«, raunte Lord Otis ihr zu.

Vertrauen! Welch eine Ironie! Sie kam erneut aus dem Gleichgewicht. Nur zögernd schloss sie die Augen, versuchte sich seiner Führung anzuvertrauen. Er hatte recht. So ging es leichter. Allerdings blieb die Steifheit in ihrem Körper bestehen, denn es wollte ihr nicht gelingen, sich in seiner Nähe zu entspannen. Sie biss die Zähne so fest zusammen, dass ihr die Kiefermuskeln wehtaten.

Als die Musik endete, öffnete sie die Augen und sah den spöttischen Ausdruck auf Lord Otis' Gesicht. Er löste die Hand von ihrer Taille, doch mit der anderen hielt er sie fest. So blieb ihr keine Wahl, als einen weiteren Tanz mit ihm auszuführen. Winzige Schweißperlen traten auf ihre Stirn, aber zum Glück erklang die Musik für einen Tanz aus komplizierten Figuren mit gehörigem Abstand zwischen den Tanzenden. Sie senkte den Blick erneut auf ihre Füße.

»Ich habe Euch noch nicht gedankt.«

Verwirrt hob sie den Kopf und musterte ihn unverhohlen.

»Ihr habt Umbra vor den Lanzen meiner Männer gerettet«, fügte er erklärend hinzu.

Er wusste es! Levarda mahnte sich, auf der Hut zu sein. Hatte Sie damals seine Anwesenheit gefühlt? Sie fragte sich, was er mit dieser Offenbarung erreichen wollte.

»Möchtet Ihr meinen Dank nicht annehmen?«

»Natürlich, Lord Otis«, Levarda wählte ihre Worte mit Bedacht. »Ich hoffe, Ihr verzeiht mir mein ungebührliches Benehmen an jenem Tag.«

»Ihr handeltet instinktiv, da gibt es nichts zu verzeihen.«

»Habt Ihr Euch eben darüber so eingehend mit Lord Blourred ausgetauscht? Oder ging es um die Tatsache, dass ich mein Pferd freiließ?« Sie wollte wissen, wo sie stand.

Ein Grübchen erschien auf seiner Wange. »Ihr beobachtet mich«, stellte er unverhohlen amüsiert fest.

Levarda spürte, wie eine feine Röte ihr Gesicht überzog, und senkte die Augen, zornig über sich selbst.

Lord Otis schwieg, aber sein Spott blieb fühlbar. Als die Musik endete, führte er sie endlich zurück zu ihrem Platz und verbeugte sich vor ihr. Mit leicht zur Seite geneigtem Kopf, sodass er besser in ihr Antlitz sehen konnte, verabschiedete er sich.

»Keines von beiden«, sagte er leise.

Verwirrt sah sie ihm nach.

3

AUFBRUCH

Die Festlichkeiten waren vorüber. Die nächsten Tage verbrachte die Garde mit Vorbereitungen für die Rückreise.

Am vierten Festabend hatte ihr Onkel Levarda noch einmal zu sich gerufen. Der freundliche Ausdruck in Lord Blourreds Gesicht stand im Gegensatz zu der ernsten, strengen Miene von Lord Otis, der neben ihm Levarda längere Zeit musterte. Levarda trug ein Kleid im Braunton des Elements Erde.

»Ich möchte Euch eine Frage stellen, Lady Levarda«, richtete der Abgesandte des hohen Lords endlich das Wort an sie, »ehe ich meine endgültige Entscheidung darüber treffe, ob Ihr Eure Cousine begleiten dürft.«

Höflich neigte sie den Kopf zur Seite als Ausdruck für ihr Einverständnis.

»Ist Euch bewusst, dass Ihr Euer Leben verliert, wenn Lady Smira dem hohen Lord nicht innerhalb eines Jahres einen Thronfolger schenkt?«

Bevor sie antworten konnte, ergriff er ihre Hand. Prickelnd prallte seine Energie an ihrem Schutzschild ab. Er legte ihr den rechten Zeigefinger sachte auf die Lippen, als wollte er verhindern, dass sie direkt antwortete.

Darauf war sie nicht vorbereitet. Seine Energie drang ungehindert in ihren Kopf, zauberte dort Bilder, die ihr den Atem nahmen. Eine hübsche junge Frau, die vor ihr auf dem Boden kniete, sich an die Beine desjenigen klammerte, durch dessen Augen Levarda die Szene sah. Tränen liefen der Frau die Wange herab, sie schrie, weinte, kämpfte. Das Bild wechselte, und diesmal sah sie die junge Frau auf einem Podium knien. Der Henker hob sein Schwert.

Levardas Amulett reagierte und unterbrach den Zufluss seiner Energie. Jemand hatte ihr einen Stuhl untergeschoben. Lord Otis hielt immer noch ihre Hand, ein kaltes, unbarmherziges Lächeln auf seinen Zügen. Sie sah den missbilligenden Blick von Lady Tibana, den besorgten ihres Onkels. Langsam zog sie ihre Hand aus seiner und richtete sich auf.

»Ja, Lord Otis, und ich werde dieses Schicksal schweigend und ohne um mein Leben zu betteln akzeptieren, denn ich tue es aus freiem Willen.«

Er neigte den Kopf. »So sei es.«

Levarda brauchte ihre restliche Kraft, um sich ohne zu zittern umzudrehen.

»Lady Levarda?«

Sie hielt inne.

»Mein Ohr wird immer offen für Euch sein, während wir uns hier auf der Burg Eures Onkels befinden. So lange könnt Ihr es Euch anders überlegen, danach ist Euer Schicksal besiegelt.«

Sie nickte nur. Sie hatte verstanden.

LADY SMIRA VERBRACHTE DIE TAGE MIT IHREN ELTERN, während die Dienerinnen ihre Sachen packten. Levarda besaß nicht viel. Ihre Kleidung passte in eine Truhe. Ihre Tasche war gefüllt mit den Kräutern, die sie in den letzten drei Monaten gesammelt hatte.

Dank der großzügigen, unbeabsichtigten Gabe von Lord Otis, als sie Sita die Freiheit geschenkt hatte, waren alle ihre Steine angefüllt mit Energie. Die Art eines Steines entschied darüber, für welche Aufgabe sie die Kraft daraus nutzen konnte. Die meisten ihrer Steine taugten zur Heilung von Wunden und zur Stärkung der Fruchtbarkeit.

Levarda hatte Lady Smiras Rhythmus im Zyklus so angepasst, dass erst nach der Hochzeitsnacht die Tage der Fruchtbarkeit beginnen würden. Ihre Mutter Kaja hatte es ihr so empfohlen. Der Genuss von viel Essen und Alkohol war keine gute Basis für die Zeugung eines Kindes. Für die nachfolgenden Tage wäre eine hohe Fruchtbarkeit wichtiger.

Es fiel Levarda schwer, in dieser Art über die Verbindung von Lady Smira mit dem hohen Lord zu denken. Sie fragte sich, wie es für ihre Cousine sein würde. Die Vereinigung zweier Menschen auf körperlicher Ebene galt in ihrem Volk als etwas Reines, Vollkommenes, gewidmet der Verehrung der irdischen Fruchtbarkeit. Sie diente nicht der Machterhaltung, und es kam niemals infrage, dass ein Partner zur Vereinigung gezwungen wurde.

Hier herrschten andere Sitten. Väter verheirateten ihre Töchter zum Zweck strategischer Allianzen und Beziehungen. Söhne bekamen zwar ein Mitspracherecht, aber nur, soweit es zu den Plänen der Eltern im Streben nach Macht passte.

Die Berührung ihrer Lippen durch Lord Otis‘ Zeigefinger – eine Überschreitung jeglicher höfischen Etikette – und ihre darauffolgende Schwäche waren Anlass für grenzenlosen Tratsch unter den Frauen. Es hatte zwei Tage gedauert, bis sich Eila beim Nähen wagte, Levarda danach zu fragen, was für ein Gefühl es gewesen sei. In dem Raum war es mucksmäuschenstill geworden, weil alle auf die Antwort warteten. Levarda hatte sich für die Wahrheit entschieden.

»Kalt, grausam und erbarmungslos.«

Die Frauen hatten sie angesehen, als zweifelten sie an ihrem Verstand. Danach ignorierten sie Levarda, aber dennoch konnte sie spüren, wie ihre Gespräche um sie kreisten. Es war kein angenehmes Gefühl, wenn hinter ihrem Rücken über sie gesprochen wurde. Zum ersten Mal taten ihr die Männer leid, die sonst im Mittelpunkt der Frauengespräche standen.

ALS LEVARDA AM TAG IHRER ABREISE DIE KUTSCHE SAH, IN DER sie zusammen mit Lady Smira und deren zwei Dienerinnen reisen würde, konnte sie sich gemischter Gefühle nicht erwehren. Das Gefährt wirkte so klein! Sie war es nicht gewohnt, den Tag über dicht mit anderen Menschen eingesperrt zu sein.

Schließlich bestieg sie seufzend die Kutsche, nicht ohne einen kurzen, neidvollen Blick auf die Pferde mit ihren Reitern zu werfen. Als der Tross sich in Bewegung setzte, winkte Lady Smira aus dem Fenster und hörte nicht auf, bis sich die Burg ihren Blicken entzog. Levarda hatte sie nachdenklich beobachtet. Als ihre Cousine in unkontrolliertes Weinen ausbrach, nahm sie Smira in die Arme und bettete ihren Kopf an ihre Brust, strich ihr beruhigend übers Haar und summte leise ein Lied.

Die Dienerinnen wischten sich ebenfalls verstohlen die Augen. Während Lina gefasster wirkte, gab sich Melisana hemmungslos ihrem Kummer hin. Levarda hatte sich die Namen der zwei Zofen, die Lady Smira begleiteten, endlich eingeprägt und fragte sich, ob auch die beiden Dienstboten dem Tod geweiht waren, wenn es keinen Thronfolger gab.

»Erzählt eine Geschichte von der Liebe«, bat ihre Cousine.

Wenn die Tage kürzer wurden im Land Mintra und sich das Volk in die Höhlen am Berg Asambra zurückzog, dann kam die Zeit der Geschichten. Viele handelten von der Liebe.

Also begann Levarda mit ihren Erzählungen. Bald hatte auch Melisana mit dem Weinen aufgehört und lauschte gebannt ihren

Worten, bis sie schließlich nach einer Weile wie die anderen von ihrer Stimme getragen in einen ruhigen Schlaf fiel.

Das Rumpeln der Kutsche war für die Frauen ungewohnt und anstrengend. Levarda beschäftigte ihren Geist mit dem Aufsagen schwieriger Beschwörungsformeln für die verschiedenen Elemente. Die Enge in dem Gefährt verursachte ihr körperliches Unwohlsein.

GEGEN MITTAG HIELT DIE KUTSCHE AN. SIE STIEGEN AUS, vertraten sich die Beine und verrichteten ihre Bedürfnisse im Wald. Dafür wurde ein Bereich mit einem Sichtschutz aus Stoff abgetrennt, und die Soldaten bewachten mit einem weiträumigen Abstand das Refugium der Frauen.

Wie kompliziert das Reisen im Land Forran war, dachte Levarda, der es im Wald hinter den Büschen angenehmer gewesen wäre, wie sie es sonst tat, egal, ob sie mit Frauen oder Männern auf Reisen war. Sie spürte die Abhängigkeit der Frauen in jeder Hinsicht. Und sie vermisste ihren Bogen.

Kein Wunder, dass sich die Frauen in Forran so unselbstständig benahmen. Jede Sitte, jede Regel, selbst das Reisen in der freien Natur, weg von allen Zwängen am Hofe, gaben ihnen das Gefühl, nicht allein zurechtzukommen und auf männliche Unterstützung angewiesen zu sein.

Nach einer kurzen Stärkung in dem kleinen Zelt, das für diesen Zweck aufgebaut worden war, stiegen sie zurück in die Kutsche. Während die anderen Frauen – allen voran Lady Smira – den Schutz der Kutsche suchten, zögerte Levarda den Moment des Einstiegs so lange wie möglich hinaus. Allein der Gedanke an die nächsten Stunden in dem engen Verschlag verursachte ihr Übelkeit.

Ein Räuspern ließ sie innehalten und sich umdrehen. Sendad stand bei ihr. Sie visierte den Adler auf seiner Uniform an.

»Verzeiht Lady Levarda«, seine Finger bewegten sich unruhig.

»Lord Otis lässt fragen, ob Ihr vielleicht eine andere Art des Reisens bevorzugt.«

Überrascht hob sie den Kopf und starrte Sendad direkt in die Augen, unsicher, wie sie seine Worte verstehen sollte. Dem Offizier schoss die Röte ins Gesicht. Verlegen wich er ihrem Blick aus, während er nach einer passenden Formulierung suchte. Schweißperlen erschienen auf seiner Stirn. Levarda musste lächeln und senkte hastig die Augen. Sie wollte es sich nicht mit ihm verderben.

»Was meint Ihr damit?«, fragte sie äußerlich gleichmütig, aber ihre Stimme zitterte vor Aufregung.

Eine längere Pause trat ein. Sendad sammelte all seinen Mut für die nächsten Worte.

»Reiten auf einem Pferd?«, brachte er vorsichtig über die Lippen.

Levarda verkniff sich einen freudigen Aufschrei. Stattdessen formulierte sie höflich: »Es ist zuvorkommend und nachsichtig von Lord Otis, mir dieses Angebot zu machen.«

»Ihr nehmt es an?«

»Sehr gerne nehme ich dieses großzügige Angebot an.«

Noch immer zögerte Sendad. »Tragt Ihr die richtige Kleidung dafür?«, brach es dann stotternd aus ihm heraus, während er sie musterte.

»Ja, ich bin passend gekleidet«, antwortete sie lächelnd, dann stockte ihr der Atem. Hinter Sendads Füßen tauchte ein Paar graziler Hufe auf.

»Sita!« Levarda lief auf ihre Stute zu und fiel ihr um den Hals. Die seltsamen Blicke der Männer bemerkte sie so wenig wie die kritischen von Lady Smira und den Dienerinnen. Ohne Zweifel stand ihre Stute leibhaftig vor ihr, samt Zaumzeug und – ihr stockte der Atem – ihrem Bogen und Köcher ordentlich am Sattel befestigt in ihrer Halterung.

Während Sendad besorgt seinen Blick zwischen ihr und der Stute hin und her wandern ließ, setzte Levarda bereits ihren Fuß in den Steigbügel. Sie saß auf dem Pferd, ehe Lady Smira etwas sagen konnte. Sendad war sichtlich erleichtert, dass er Levarda nicht auf das Tier zu helfen brauchte, und schwang sich auf seines.

Der Tross setzte sich in Bewegung.

«Reitet neben mir«, klang sein kurzer Befehl, dann besann er sich des Tons und runzelte die Stirn. »Verzeiht, Lady, aber so lautet der Befehl von Lord Otis.«

Sie winkte ab. Wenn das die einzige Einschränkung war, nahm sie diese gerne in Kauf. Tänzelnd ließ sich Sita von ihr neben Sendads Wallach treiben.

»Seid Ihr sicher, dass das Tier nicht zu temperamentvoll für Euch ist?«

Sie sah Sendads besorgten Blick und lachte nur, um ihn zu beruhigen. Bald gewöhnte Sendad sich an ihre Anwesenheit und versank neben ihr in sein Schweigen, was auch Levarda angenehm war.

Sie ritten vor der Kutsche. Vor ihnen befanden sich sechs Reihen mit je zwei Reitern, die Lord Otis an der Spitze anführte. Hinter ihnen schlossen sich weitere zehn Reihen an. Zuletzt folgte mit ein wenig Abstand Egris, zwischen dessen Männern die zwei Wagen mit Lady Smiras Sachen, weiteren Dienerinnen und dem Proviant fuhren. Ein langer Tross zog durch das Land.

Es fiel Sita schwer, sich hinter den anderen Pferden einzureihen. Sie war nicht daran gewöhnt, in einer Formation zu gehen. Levarda hatte alle Hände voll zu tun, und Sendad warf ihr immer wieder besorgte Blicke zu. Je länger sie neben ihm ritt, desto klarer erkannte Levarda seine Fähigkeiten. Er sah jede außergewöhnliche Bewegung, nahm jedes Geräusch wahr, das sich von den üblichen unterschied. Alle seine Sinne waren angespannt. Ein geborener Kundschafter, dachte sie und fragte sich, warum er nicht an der Spitze ritt.

. . .

Die Antwort bekam sie am nächsten Tag. Sendad verschwand, und Levardas Platz war an diesem Tag an Egris‘ Seite.

So ritt sie nun jeden Tag bei einem anderen Offizier und an unterschiedlichen Positionen im Tross, und manchmal wünschte auch Lady Smira ihre Gesellschaft. Mit der Aussicht, bald wieder auf ihrem Pferd zu sitzen, fiel ihr die Unterhaltung mit den Frauen leicht.

Nach und nach wurde Levarda besser mit den Männern bekannt. Lemar, der mit den sechs Ersatzpferden hinter dem Proviantwagen ritt, lernte sie als Meister der zweideutigen Rede kennen. In seiner Gegenwart musste sie ihre Worte achtsam wählen. Er kam schnell mit ihr ins Gespräch.

»Ihr solltet einen Schluck Wasser trinken, Lady Levarda, es ist heute heiß.«

»Mir ist nicht heiß.«

»Tatsächlich nicht? Und ich dachte immer, jeder Frau würde heiß, wenn sie an meiner Seite in der Sonne reitet. Eure Wangen färben sich schon rot.«

»Das liegt aber an Euren Worten, nicht an der Sonne!«

»Ich denke, wir sollten dennoch die Plätze tauschen.«

Lemar wendete sein Pferd und platzierte es so, dass er mit seinem Körper ihr Gesicht vor der Sonne schützte.

»Eure Lippen sind trocken, ihr solltet sie befeuchten.«

Genervt nahm Levarda den Wasserschlauch von ihrem Sattelknauf und trank ein paar Schlucke.

»Zufrieden?«

Er grinste sie an. »Ja. Seht Ihr, es ist leicht, mich zufriedenzustellen.«

Mit Egris führte sie tiefsinnigere Gespräche. Er interessierte sich für ihre Beweggründe, Lady Smira zu begleiten.

»Am Hof des hohen Lords werdet Ihr keine Gelegenheit mehr haben, zu reiten.«

»Ich weiß.«

»Werdet Ihr es vermissen?«

»Ja, sehr.« Ihre Hand kraulte gedankenverloren Sitas Mähnenkamm.

»Weshalb habt Ihr Euch entschieden, mit Eurer Cousine zu gehen?«

»Weil mich meine Tante darum bat.«

»Seid ihr immer so pflichtbewusst?«

»Ja.«

Nachdenklich runzelte Egris die Stirn. »Sind denn alle Frauen so pflichtbewusst?«

»Die Frauen im Land Forran werden selten um ihre Meinung gefragt, nicht wahr? Was bleibt ihnen anderes übrig, als zu gehorchen?« In ihrem Fall entsprach das nicht der Wahrheit.

»Aber wenn ich nach Eurer Meinung fragte, würdet Ihr mir ehrlich antworten?«

»Ja.«

»Würden alle Frauen ehrlich antworten?«

Verwirrt sah sie ihn an. »Ich denke, es käme auf ihren Charakter an. Aber wenn Ihr mir sagt, um wen es geht ... Vielleicht kann ich Euch helfen?«

Nach und nach verstand sie seine Frage. Er betete seine Frau an, fürchtete aber, dass diese seine Liebe nicht erwiderte. Überrascht von seinem Bedürfnis, wissen zu wollen, ob seine Gemahlin dasselbe für ihn empfand, wählte sie ihre Worte mit Bedacht und viel Raum für eigene Gedanken.

Timbor wiederum war völlig anders. Er ritt mit seinen Männern am Ende des Trosses. In seiner kühnen und unbekümmerten Art fragte er sie, womit er bei den Hofdamen Aufmerksamkeit erregen konnte, was einer Frau gefiel und was nicht. Zum ersten Mal sah sich Levarda genötigt, einem anderen die Regeln von Anstand und Höflichkeit erklären zu müssen.

AM FRÜHEN ABEND EINES JEDEN TAGES SCHLUGEN DIE MÄNNER das Lager auf. Für die Frauen gab es ein großes Zelt. Dort servierten die Dienerinnen das Essen für Lady Smira und Levarda. Ein zweites großes Zelt diente Lord Otis als Unterkunft. Dort speisten auch seine Offiziere mit ihm. Den Offizieren stand ein kleineres Zelt für die Nacht zur Verfügung.

Es erstaunte Levarda, wie wenig Lady Smira von den vielen Männern um sie herum wahrnahm, weil so sorgfältig auf ihre Abschirmung geachtet wurde. Kaum erging es ihr selbst anders. Obwohl sie jeden Tag mit ihnen ritt, bekam sie außer zu den Offizieren keinen Kontakt zu den Soldaten. Sie kannte weder deren Namen noch ihre Pferde.

Es war ein seltsames Gefühl, so dicht mit Menschen beieinander zu sein und dabei so weit von ihnen entfernt, als trennten sie Mauern wie in der Burg.

In der zehnten Nacht ihrer Reise erwachte Levarda vom Mond. Voll stand er am Himmel und erleuchtete das Zelt. Sie liebte den Mond, der in so geheimnisvoller Weise das Wasser beeinflusste. An Schlaf war nicht mehr zu denken. Leise stand sie auf und lauschte in die Nacht. Im Lager war es ruhig. Obwohl sie bisher nie Wachen wahrgenommen hatte, wusste sie, dass das Frauenzelt bewacht wurde. Ebenso das Lager.

Sie suchte mit ihren Sinnen die Gegend um das Zelt ab. Ihr Zelt stand in der Mitte, rundherum gruppiert die Zelte von Lord Otis und seinen Offizieren. Jenseits von diesen folgten die Wagen, und um diese herum waren die Soldaten verteilt.

Levarda suchte sich einen Weg, der sie am weitesten von dem Zelt wegführte, in dem Sendad mit den feinen Sinnen schlief. Sie nutzte den Schatten und die Lücken zwischen den wachenden Männern, bis sie einen kleinen Baum fand, an den sie sich lehnen konnte. Aus der Tarnung heraus wandte sie ihr Gesicht dem Mond zu, genoss seine geheimnisvollen Kräfte, die sie anzogen und abstießen wie in einer Wellenbewegung. Sie verlor sich ganz in der Faszination dieses Gefühls.

Dann fühlte sie Kälte an ihrem Hals. – Eine Klinge. Levarda erstarrte.

»Ihr seid äußerst geschickt«, vibrierte seine Stimme an ihrem Rücken, als Lord Otis ihr ins Ohr sprach.

Sie wagte nicht, sich zu bewegen.

»Dennoch werde ich morgen die Wachen für ihren Mangel an Aufmerksamkeit bestrafen müssen.«

Die Klinge wurde zurückgezogen. Er setzte sich ihr gegenüber auf den Boden. Sein Antlitz lag im Schatten, während auf ihrem der Mondschein ruhte. »Was sucht Ihr hier draußen?«

»Ich konnte nicht schlafen bei dem Mondschein.« Ihre Stimme war brüchig vor Panik, die sie noch gefangenhielt. Sie spürte seinen Blick, der über ihr Gesicht wanderte. Befriedigte es ihn, ihr Angst einzujagen?

Lord Otis langte in seinen Umhang und zog einen Apfel heraus, den er ihr reichte. Sie nahm ihn entgegen. Machte er ihr ein Friedensangebot? Eine kurze Prüfung mit ihren Sinnen – sie konnte an dem Apfel nichts feststellen. Sein Duft ließ ihr das Wasser im Mund zusammenlaufen. Die Mahlzeiten fielen für ihre Bedürfnisse zu klein aus, doch wollte sie mit einer Forderung nach mehr Verpflegung nicht die Proviantplanung durcheinanderbringen. Zwei-, dreimal war sie versucht gewesen, Gebrauch von ihrem Bogen zu machen oder wenigstens um ihren Lagerplatz herum nach Beeren und essbaren Wurzeln zu suchen. Ihr Magen knurrte.

Herzhaft biss sie in die Frucht. Das Innere des Apfels war süß, fruchtig und knackig. So wie sie es liebte. Voller Genuss ließ sie sich Zeit beim Kauen. Sie hörte auch Lord Otis in einen Apfel beißen. Eine Weile durchbrach nur ihr leises Schmatzen die Stille.

Schließlich fasste sich Levarda ein Herz.

»Ihr solltet die Männer nicht bestrafen. Sie können nichts dafür«, wagte sie sich vor. Der Gedanke, dass Menschen ihretwegen leiden mussten, widersprach ihrer Natur.

»Entweder Euch oder die Wachen«, sagte er gelassen.

»Dann mich«, antwortete sie leise.

Er schwieg, hörte mit dem Kauen auf. »Also gut, Ihr werdet die nächsten zwei Tage in der Kutsche reisen.«

Levarda schloss die Augen und nickte. »So sei es.«

Sie aß den Rest vom Apfel. »Ich möchte Euch danken.«

»Wofür?« Seine Stimme verriet ihr, dass er genau wusste, wovon sie sprach. Es jagte ihr einen Schauer über den Rücken, wie er seine Macht über sie genoss. Nie hatte sie sich einem Mann gegenüber so hilflos gefühlt. Hatte sie sich bereits so weit von ihrem früheren Leben entfernt?

»Ihr erlaubt mir das Reiten auf Sita«, sagte sie schlicht.

»Oh, das«, er warf den Rest seines Apfels weg. »Nun, in gewisser Weise muss ich Euch danken. Immerhin habe ich eine wunderbare Stute für meine Zucht erhalten.«

Für den Bruchteil einer Sekunde wollte sie ihm an die Gurgel springen, egal, welche Konsequenzen das nach sich zog, aber sie besann sich. Er provozierte sie.

Niemals dürft Ihr auf einen Feind reagieren. – Seid immer diejenige, die agiert.

So hörte sie die Worte aus Larisans Buch der Kriegskunst in ihrem Kopf. Sie lockerte ihre Körperhaltung, zwang sich zu lächeln.

»In diesem Fall, Lord Otis, schuldet Ihr mir das erste Fohlen von Eurem Hengst und meiner Stute.«

Er stand ohne einen Kommentar auf.

Zwei Tage in der Kutsche lagen vor ihr. Sie ging voran ins Lager, bedacht darauf, dass sie die schlafenden Männer nicht weckte. Im Gegensatz zu Lord Otis, der sich nicht einmal den Anschein gab, rücksichtsvoll zu sein.

Erst in ihrem Zelt wurde Levarda bewusst, welchen entsetzlichen Fehler sie begangen hatte. Hier, in diesem Land, gab es keine Freundschaft zwischen Männern und Frauen. Sie hatte in leichtsinniger Weise ihren Ruf in Gefahr gebracht.

4

ANGRIFF

Die zwei Tage in der Kutsche krochen endlos dahin. Lady Smira und die Dienerinnen waren erschöpft und gereizt von der Enge und der ungewohnten körperlichen Anstrengung, die ihnen das ewige Rumpeln des Wagens bereitete. Die Lady jammerte über ihr furchtbares Aussehen, den Staub in ihrem Gesicht, der ihre Haut ruinierte, den Gestank, der sich langsam breitmachte.

Verwundert hakte Levarda nach, weshalb sich die Frauen nicht an den Rastplätzen gewaschen hatten. Allein der Pferde wegen wurde das Lager immer in Wassernähe aufgeschlagen. Die Antwort war einfach. Sie hatten keine Ahnung, wie sie auf einer Reise mit solchen Angelegenheiten umgehen sollten.

Am Abend sprach Levarda Sendad an, und er stellte ihr vier Männer zur Verfügung, die in der Nähe eines Flüsschens eine Grube aushoben. Er selbst begleitete sie, nachdem er die Erlaubnis von Lord Otis eingeholt hatte, mit zwei weiteren Soldaten auf ihrer Suche nach Blüten und Kräutern.

Während Levarda sammelte, sahen die Männer ihrem Treiben gelangweilt zu. Als sie auf einen Busch voller Himbeeren traf, nutzte sie dankbar auch diese Gelegenheit.

Sendad musterte sie nachdenklich, wie sie hungrig die Beeren verschlang.

Wieder im Lager, ließ Levarda die Männer die Grube mit dem Bachlauf auf zwei Seiten verbinden. Von einer Seite floss das Wasser in die Grube, auf der anderen zurück in den Bach. So zirkulierte das Wasser langsam, aber beständig durch das Bassin.

Sie bat um Sendads Zelt und ließ es über der Grube aufbauen. Innen entzündete sie ein Feuer, über dem sie in einem Kessel voll Wasser die gesammelten Kräuter erhitzte. Bald verbreitete sich ein angenehmer Duft, und die Hitze trieb ihr den Schweiß auf die Stirn.

Sie beeilte sich, die Frauen in das Zelt zu holen, die sich, von der angenehmen Wärme überrascht, gegenseitig beim Entkleiden halfen. Sie begannen die Körperreinigung bei Lady Smira. Levarda verteilte sparsam ihren Vorrat an Ölen, die sie zum Einreiben auf dem Körper verwendete, an die Frauen. Sorgfältig wuschen die Dienerinnen sich Schweiß und Schmutz von der Haut, bis sie schließlich rosig glänzten.

Zuletzt unterwies sie die Zofen im Waschen der Reisekleidung, die sie anschließend selbst mit ein wenig Energie der Elemente Luft und Feuer trocknete, von den Frauen unbemerkt. Sie sorgte dafür, dass sich der Kräuterduft eng mit dem Stoff der Kleider verband, sodass es für die nächsten Reisetage ausreichen würde.

Während Lady Smira mit ihren Zofen – geschützt von Schleiern – in ihr eigenes Zelt verschwand, nutzte Levarda das restliche Wasser, um sich selbst zu reinigen. Wenn sie einen solchen Aufwand betrieb, wollte auch sie ihren Vorteil daraus ziehen. Bisher hatte ihr das normale Waschen an den kalten Bächen mit ihren in Kräuter eingeweichten Lappen vollkommen genügt. In dieser Vorgehensweise konnte sie die Damen hoffentlich bei einer folgenden Rast unterweisen.

. . .

Am Abend sah sie, wie Sendad seine Schlafstatt unter freiem Himmel aufschlug, und konnte sich ein Grinsen nicht verkneifen. Der Arme! Sein Zelt musste riechen wie ein Frauengemach.

Am dritten Tag nach der Verhängung ihrer Strafe schwang sie sich glücklich in den Sattel. Zu ihrem Bedauern sandte Lord Otis Sendad voraus, um den Weg zu sichern. Sie freute sich, als Egris neben ihr auftauchte und nicht Lemar oder Timbor. Letzterer hatte sie seit der Mondnacht mit gierigen Blicken verschlungen, sodass sie seitdem das Messer, mit dem sie ihre Pflanzen schnitt, am Körper trug. Lemar hatte ihr anzügliche Bemerkungen zugeworfen, wann immer sich die Möglichkeit bot. Die konnte sie mühelos ignorieren. Timbor war ihr jedoch zweimal zu nahe gekommen und sie hatte ihm energisch seine Grenzen aufzeigen müssen.

Lord Otis schenkte ihr keinerlei Beachtung, und das regte die Soldaten zum Gerede an. Levarda selbst ritt mit hoch erhobenem Haupt, vermied direkten Augenkontakt und schaffte eine Aura von Kühle um sich her. Ansonsten versuchte sie sich unauffällig zu verhalten. Es dauerte, bis ihre Selbstdisziplin bei den Männern Wirkung zeigte. Egris verhielt sich ihr gegenüber höflich, war aber schweigsamer als sonst. In diesem Fall behagte es Levarda.

Vorn ließ Lord Otis den Tross durchparieren.

»Warum halten wir?« Die Frage rutschte ihr heraus, bevor sie daran dachte, als Frau niemals zuerst das Wort an einen Mann zu richten.

»Diese Strecke ist nicht sicher für Reisende. Auf dem Hinweg sind wir über die Berge geritten, doch das geht mit den Kutschen nicht. Also müssen wir durch den Wald. Es wäre besser, Ihr würdet Euch in die Kutsche begeben.«

Levarda schüttelte es bei dem bloßen Gedanken. »Nein – ich denke, ich bin in Eurer Nähe sicher«, schmeichelte sie Egris.

Mit einigen Handzeichen veränderte Lord Otis die Formation seiner Soldaten. Es brauchte keine Worte unter den Leuten, was Levarda widerwillige Bewunderung abrang.

Egris nötigte sie mit Sita hinter die Kutsche, und ein Kreis von zwanzig Mann formierte sich um den Wagen herum.

Sie konnte die Anspannung der Männer förmlich greifen. Ihr Herzschlag beschleunigte sich, bis sie daran dachte, dass sie mehr Sinne besaß, als Augen, Ohren und Nase ihr boten. Sie schob die Kapuze ihres Reisemantels tief ins Gesicht, verknotete die Zügel vor sich und schloss die Lider.

Der Zug setzte sich in Bewegung. Levarda sandte ihre Energie aus. Dabei musste sie erst jeden einzelnen Mann der Garde in seinem Energiemuster kennenlernen. Mit ihren Sinnen umrundete sie die Truppe. An der Spitze traf sie auf die Aura von Lord Otis.

Inzwischen befand sich der Tross in den Tiefen des Waldes. Levarda bemerkte einen Reiter, der ihnen zügig entgegenkam, und hob alarmiert den Kopf, doch es handelte sich nur um Sendad, wie ihre Sinne ihr mitteilten. Seine Ausstrahlung war ihr am vertrautesten. Für einen Moment entglitt die Umgebung ihrer feinen Wahrnehmung – dann ging alles unglaublich schnell.

Fast gleichzeitig mit Sendads Warnschrei bemerkte sie die Angreifer, die vorn und hinten auf den Tross zustießen. Den Bogen packen, die Sehne spannen und einen Pfeil einlegen war eine einzige fließende Bewegung für sie. Levarda spannte und schoss. Der Mann fiel von einem tief hängenden Ast auf die Kutsche herab. Sie spürte, wie Übelkeit in ihr aufstieg. Noch nie im Leben hatte ihr Pfeil einen Menschen getötet. Instinkte hatten sie handeln lassen, ohne nachzudenken. Erst jetzt bemerkten die Gardisten, dass die Gefahr in den Bäumen lauerte.

Während Lemar und Timbor den rückwärtigen Angriff im Zaum hielten und Lord Otis den vorderen, sah sie, wie Sendad mit seinen Reitern Egris zu Hilfe eilte. Auch er hatte bemerkt, dass die Angreifer es auf die geschützte Kutsche abgesehen hatten.

Levarda drängte Sita in den freien Raum vor das Gefährt hinter die kämpfenden Männer.

Der Ring zog sich dichter um sie. Einige Angreifer sprangen von den Bäumen auf das Dach der Kutsche. Ein paar holten die Soldaten von der Garde mit ihren Pfeilen herunter, aber es wurde schwierig für sie, die Angreifer von der Seite und die von den Bäumen gleichzeitig zu bekämpfen.

Es half nichts. Levarda sah sich gezwungen, einzugreifen. Mit kühlem Kopf stellte sie sich vor, dass sie Tiere jagte, schoss so ihre Pfeile sicher und tödlich.

Erst nahm sie sich die in den Bäumen vor, dann zielte sie auf die Angreifer, die sich von der Seite näherten. Dabei scheute sie sich auch nicht, zwischen den kämpfenden Männern hindurch auf ihr Ziel zu schießen. Sie besaß ein sicheres Augenmaß und ihre Pfeile reichten weit.

Sendad sah auf, als sie einen Mann direkt über ihm abschoss, starrte sie an und vergaß, auf die Gegner zu achten.

Levarda schrie auf – zu spät. Ein Schwert durchstach von hinten seine Brust – glitt wieder heraus. Sie stieß Sita die Fersen in die Flanken, drängte sich zu Sendad durch, sprang vom Pferd und fing ihn auf, als er gerade mit überraschtem Gesichtsausdruck aus dem Sattel rutschte.

Sie legte ihn am Boden ab, schob ihren Arm unter seinem her um seine Brust, fixierte mit ihren Händen die Arme des Verletzten und zog ihn Richtung Kutsche, wo sich das Kampfgetümmel inzwischen lichtete. Sie war nur einen Moment abgelenkt, hörte hinter sich ein Geräusch und ließ Sendad los, um sich blitzschnell aus der gebückten Haltung aufzurichten. Sie erstarrte, als ein Schwert unterhalb ihrer Rippen ihre Haut ritzte – hinter ihr steckenblieb. Sie sah Lord Otis‘ wutverzerrtes, hasserfülltes Gesicht vor sich, verstand nicht, warum sie lebte, warum er an ihr vorbeigezielt hatte. Dann sackte der Mann, der sie von hinten angegriffen hatte, über ihr zusammen.

DIE KAMPFHANDLUNGEN WAREN WENIG SPÄTER BEENDET. Nach dem Schock hatte Levarda sich unter dem Toten hervorgearbeitet und sich neben den verwundeten Sendad gekniet. Ihre Hände legten sich auf seine Wunde, aus der das Blut in Strömen herausfloss. Verzweifelt sandte Levarda all ihre Energie in seinen Körper, tastete sich mit ihrem Geist zu der Verletzung vor.

»Lasst ihn sofort los«, hörte sie eine barsche Stimme, die sie mit aller Kraft zu ignorieren versuchte. Sie musste schnell handeln, sonst würde sie nichts mehr für ihn tun können.

Da vernahm sie die tonlose, schwache Stimme von Lady Smira.

»Lord Otis, bitte lasst sie machen, sie weiß, was sie tut, vertraut mir.«

Levarda blendete alles aus, konzentrierte sich auf die Wunde, führte Adern zusammen, gab ihnen Energie, weckte die Selbstheilungskräfte in Sendads Körper, doch sein Zustand verschlechterte sich mit jedem Augenblick, der verstrich. Sie suchte nach der Stelle, aus der er all das Blut verlor, und fand sie in der Nähe des Herzens. Das überstieg ihre Kräfte.

Sie tauchte aus seinem Körper auf in ihr Bewusstsein und öffnete die Augen. Um sie herum wimmelte es wie in einem Ameisenhaufen. Sie erblickte Lord Otis, der auf Sendads anderer Seite kniete, sah die Energie um seinen Körper lodern und setzte alles auf eine Karte.

»Steht auf«, richtete sie sich ohne Umschweife an ihn. »Tretet hinter mich. Legt Eure Hände auf meine Schultern«, schoss sie atemlos Befehle auf ihn ab. Für Höflichkeit war keine Zeit.

Er starrte sie an.

»Macht, sonst stirbt er vor Euren Augen. Wollt Ihr dafür verantwortlich sein?«

Er stand gehorsam auf, trat hinter sie, und noch bevor er sie berührte, schloss Levarda ihre Lider. Mit der Energie des Wassers empfing sie seine Feuerenergie, hielt sie von ihrer eigenen fern, die sich bereits nach der Verbindung verzehrte. Sie führte beide Kräfte zusammen zur Wunde an Sendads Herz.

Noch nie hatte sie etwas dergleichen gewagt. In der Theorie ihrer Heilbücher gab es eine Schilderung darüber, wie man Energien zweier Heiler verband, um eine Wunde zu verschließen, doch taten dies immer ausgebildete Mintraner, die ihre Kräfte bändigen konnten. Sie musste beides tun: heilen und die Feuerenergie kanalisieren. Dafür schien sein Vorrat unerschöpflich, außergewöhnlich bei einem Mann. Frauen beherbergten normalerweise mehr Energien als Männer, zumindest galt das in Mintra.

Die Blutung ließ tatsächlich langsam nach und stoppte endlich. Sendads Herz schlug langsam, aber regelmäßig.

In Levardas Gedanken zogen Bilder eines furchtbaren Kampfes vorbei. Ein Mann, der eine Frau tötete, die wiederum versuchte, ein Kind zu schützen. Ein Schwert zerschnitt brutal das zarte Kindergesicht hinter der Frau, als es durch deren Leib fuhr. Levarda fühlte den Hass in dem kleinen Jungen auflodern. Er öffnete seine Hand und ein Blitz schoss heraus und tötete den Schwertträger. Erschrocken drängte sie die Bilder zurück. »Ihr könnt mich loslassen«, brachte sie erstickt hervor.

Sofort löste Lord Otis seine Hände von ihren Schultern. Levarda zitterte am ganzen Körper. Aus der Kutsche reichte Lina ihre Kiste mit Süßigkeiten. Gierig stopfte sich Levarda trockene Aprikosen, mit Honig überzogene Nüsse und geröstete Bananen in den Mund.

»Wird er überleben?«, fragte Lord Otis, während er ihr beim Kauen zusah. Sein Gesicht sah bleich und eingefallen aus.

»Ich weiß es nicht«, gab sie zu. »Er hat viel Blut verloren und ist sehr schwach.« Sie wandte ihren Kopf zur Kutsche. »Melisana, reich mir bitte meine Tasche – die neben der Kiste.«

Sie öffnete die Tasche und holte eine Rolle Verband und blutstillende Moose heraus. »Richtet ihn auf.«

Ohne Umschweife packte er diesmal Sendad unter den Achseln und brachte ihn in eine sitzende Stellung.

Mit flinken Fingern löste Levarda den Knoten von seinem Umhang.

»Was macht Ihr da?«, Lord Otis' Stimme schwankte zwischen Schärfe und Entsetzen.

Sie blickte kurz auf, während sie die Schnallen von Sendads ledernem Brustpanzer löste. »Ich kann ihm schlecht einen Verband über seiner Kleidung anlegen.«

Vorsichtig entfernte sie sein Untergewand. Dort, wo die Schwertklinge den Stoff zerteilt hatte, waren dessen Ränder mit der Wunde verwoben. Sie seufzte tief, riss dann mit einem Ruck den Stoff los und sofort begann das Blut wieder zu fließen. Levarda nahm die Moose, presste sie an Brust und Rücken gegen die Wunde. Wie aber sollte sie so den Verband anbringen?

Diesmal kam ihr Lord Otis ohne Aufforderung zu Hilfe. »Lemar, komm her und halte Sendad fest«, befahl er. Dann nahm der Lord selbst die Verbandrolle aus Levardas Schoß und wickelte sie gleichmäßig fest um die Brust des Verletzten. Als er mehrere Runden gewickelt hatte, konnte Levarda ihre Hände von der Wunde nehmen. Er übergab ihr den Rest der Rolle, und geschickt vollendete sie den Verband. Aus dem kleinen Beutel an ihrem Gürtel nahm sie einen Heilstein für Stichwunden, führte ein Band hindurch und schlang es um Sendads Hals.

Mit den Fingern strich sie darüber. So wurde er aktiviert und ließ mit einem matten Schimmern seine Kräfte langsam in den verletzten Körper strömen. Levarda hob die Kleidung auf, in der Absicht, Sendads Nacktheit zu verhüllen, doch Lord Otis nahm sie ihr wortlos ab und kleidete seinen Offizier selbst an.

»Er kann in die Kutsche«, bot Lady Smira an.

Überrascht sah Lord Otis auf, runzelte die Stirn und schüttelte den Kopf.

»Doch, das ist ein sinnvoller Vorschlag«, meldete sich Levarda zu Wort. »Ich muss bei ihm bleiben. Er ist schwer verletzt und ich weiß nicht, ob Bewegung ihm schadet.«

Seinem Blick konnte sie entnehmen, dass sie zu weit gegangen war. Was aber nutzte es, Sitte, Anstand und Regeln zu beachten, wenn ein Mann dabei starb?

Sie maßen sich mit den Augen, und Levarda gewann das stumme Duell. Der Verletzte wurde auf den Boden der Kutsche zwischen die Bänke gebettet. Levarda kniete sich hin und nahm seinen Kopf in ihren Schoß. So konnte sie seinen Körper bei dem Heilungsprozess unterstützen.

Die Frauen kletterten vorsichtig zurück in das Gefährt und legten ihre Füße auf die gegenüberliegende Bank. Ihre Kleider bedeckten den Leib des Kriegers.

Die Pferde zogen an, und der Tross setzte sich in Bewegung.

In der Kutsche herrschte bedrücktes Schweigen. Auf einer getrockneten Feige kauend, verdrängte Levarda jedes Bild des Kampfes und derer, die sie getötet hatte, ebenso die Vision aus Lord Otis' Vergangenheit. Alle Energie, die sie aus der Nahrung zog, gab sie an Sendad weiter. Er durfte nicht sterben. Sie gab sich die Schuld, weil sie ihn abgelenkt hatte.

Wie lange sie fuhren, konnte Levarda nicht sagen. Sie bewegte sich wie in Trance zwischen zwei Welten. Zwischendurch wechselte sie den Heilstein aus, und allmählich schöpfte sie Hoffnung. Sendads Herz schlug kräftiger, der Körper begann mit seinem Heilungsprozess.

Als die Kutsche anhielt, legte sie vorsichtig den Kopf des Verletzten ab und stieg aus. Beim Meditieren verharrte sie oft stundenlang in einer Haltung, doch dabei schöpfte sie Energie und gab sie nicht ab, so wie jetzt. Kaum berührten Levardas Füße den Boden, sackte sie zusammen. Unendliche Müdigkeit ergriff sie, aber sie durfte nicht schlafen. Mühsam zog sie sich an der Kutsche hoch.

Lord Otis kam in Begleitung mehrerer Leute heran. »Wie geht es ihm?«

»Er lebt.«

Der Lord gab seinen Männern ein Zeichen und vorsichtig zogen sie Sendad aus der Kutsche.

»Passt auf und haltet in waagrecht, hüllt ihn in warme Decken. Wie lange können wir rasten?«, feuerte Levarda Anweisungen und Fragen ab.

»Ein paar Stunden, dann müssen wir wieder aufbrechen«, erklärte Lord Otis knapp. Er wandte sich an Lady Smira: »Verzeiht Mylady, aber wir können Euer Zelt nicht aufbauen. Egris wird Euch in eine Höhle geleiten. Die Männer haben bereits Eure Betten aufgebaut. Ruht Euch dort aus, Ihr werdet Eure Kräfte für den morgigen Tag brauchen.«

Er richtete sich an Levarda, die an der Kutsche lehnte und verfolgte, wie die Soldaten Sendad wegtrugen. »Ihr solltet Euch ebenfalls ausruhen.«

Sie schüttelte den Kopf. »Ich brauche einen kleinen Schluck Wein, viel Wasser und Fleisch, könntet Ihr mir das besorgen?«

Er nickte.

Sie stieß sich ab, aber ihre Beine zitterten noch immer vor Schwäche. Entschlossen packte er sie und hob sie in seine Arme. Levarda protestierte nicht. Es gab auch keine Energie mehr, die in ihr explodieren konnte, als die Hitze seines Feuers auf sie traf. Sie ließ es einfach zu, dass sich ihre Kräfte verbanden. Erschöpft lehnte sie ihren Kopf an seine Schulter.

Er trug sie einen schmalen Pfad hoch, betrat die Höhle, in die bereits Sendad gebracht worden war, und setzte sie behutsam auf ihre Füße. Levarda ließ sich direkt auf der Erde nieder.

Ein Soldat brachte Wein, Wasser, Fleisch und Brot. Lord Otis goss Wein in einen Becher, verdünnte ihn mit Wasser und flößte ihr das Getränk ein.

Der Alkohol entspannte Levardas Körper, und wie ausgetrocknete Erde saugte er die Feuchtigkeit in sich ein. Gierig trank sie alles aus.

Als Lord Otis ihr reines Wasser nachfüllte, leerte sie einen Becher nach dem anderen, aß das Fleisch, das der Soldat auf einem Teller vor ihr abgestellt hatte. Langsam hörte das Zittern auf und ihre Kraft kehrte zurück.

Nicht mehr lange, dann würde die Sonne untergehen. Sie streckte ihren Körper und kroch zu dem stillliegenden Sendad hinüber. Der Heilstein um seinen Hals leuchtete matt. Inzwischen hielt er etwas länger. Levarda suchte sich eine bequeme Stellung und bettete erneut seinen Kopf in ihren Schoß. Sie legte ihre Hände über seine Stirn.

»Ich möchte Euch helfen«, Lord Otis' Stimme klang rau, »sagt mir wie.«

»Er bedeutet Euch sehr viel«, stellte sie leise fest.

»Ja«, antwortete er schlicht. Die einsilbige Antwort berührte Levarda, denn sie zeigte ihr, wie ehrlich er zu ihr sprach. Er musste gemerkt haben, was bei der Heilung vor sich gegangen war – wie sie ihre beiden Energien miteinander verbunden hatte. Sollte sie ihn in einen Teil ihrer Geheimnisse einweihen? Vielleicht könnte sie die übrigen so vor seinem Zugriff schützen.

»Was habt Ihr gespürt, als Ihr mir zuvor Eure Hände auf die Schultern legtet?«

Mit einem Wink schickte er seine Männer hinaus, bevor er sich in gebührendem Abstand zu ihr setzte. »Für jeden Einzelnen von ihnen lege ich meine Hand ins Feuer«, sagte er eindringlich, »dennoch solltet Ihr in ihrer Gegenwart über solche Dinge nicht reden.«

Levarda nickte, schloss die Augen und wandte sich ihrer Aufgabe zu. Seine Vorsicht in dieser Angelegenheit beruhigte sie. Andererseits zeigte es ihr, dass sie sein Wissen unterschätzt hatte. Er ahnte mehr über die Energie der Elemente, als es ihrer Sache dienlich war.

»Es fühlte sich an, als würde ich eintauchen in einen See, mit dem Unterschied, dass ich atmen konnte«, hörte sie seine leise Stimme. »Erst war mir warm, dann wurde es kälter und kälter.«

Also konnte er fühlen, wie sie seine Kräfte von ihm abzog. Eine wichtige Erkenntnis.

»Ich sah einen alten Mann und ein Mädchen«, fuhr er fort, zögerte einen Moment. »Sie sprachen von Energien, die überall in jedem noch so kleinen Wesen verborgen sind.«

Levarda öffnete erstaunt die Augen, blickte über Sendad hinweg in eine andere Zeit. Dieses Gespräch war ihr bei der Heilung durch den Kopf gegangen. In dessen Verlauf hatte ihr Meister ihr erklärt, wie sie Energie durch Nahrung aufnahm, wie sie diese von besonderen Orten abzog, und dass Energie auch von Mensch zu Mensch übertragen werden konnte. Aber wieso hatte er ihre Gedanken sehen und hören können, ohne dass sie es ihm erlaubte?

»Sie sprachen darüber, dass es Menschen gibt, die Energien sammeln und sie bei Bedarf abgeben können. Wie ein Gefäß, in das ich Wasser fülle, um es über den Tag zu trinken.«

Levarda hatte sich ihm zugewandt und betrachtete ihn nachdenklich.

»Ich gehöre zu diesen Menschen, richtig? Nur dass ich das Abgeben nicht kontrollieren kann.«

Sie runzelte die Stirn. Er hatte viel mehr verstanden, als ihr lieb war.

»Es hat Euch Kraft gekostet, meine Energie kontrolliert an Sendad zu geben. Was muss ich tun, damit Ihr sie leichter nutzen könnt?«

»Gebt mir Euren Umhang.«

Sie rollte das Kleidungsstück zusammen und schob es unter Sendads Kopf. Sein Vergleich mit dem Gefäß hatte sie auf eine Idee gebracht. Wenn sie sich darauf konzentrierte, Energie von einem Ort zu sammeln, der über besondere Reserven verfügte, könnte sie das die nächsten Stunden bei Kräften halten. Sie wollte nur nicht riskieren, dass er tiefer in sie hineinsah. Sie wusste nicht, weshalb das passierte. Die Erinnerung, wie sie damals bei seiner ersten ungeschützten Berührung das Bewusstsein verloren hatte, mahnte sie zur Vorsicht mit ihm. Ihre Hände waren am geschicktesten bei der Arbeit mit Energien. Mit ihrer Hilfe gab und empfing sie üblicherweise Energie. Im Moment gab es um seine Aura keine abstrahlende Kraft. Es mochte an der Narbe liegen und an seinem Hass, der darin brannte, dass er so heftig reagierte, wenn er in Wut geriet. Sie hob ihre Hand, hielt inne. »Darf ich Euch berühren?«

Er nickte stumm und schloss die Augen.

Sie umgab ihre Finger mit den Energien des Wassers und der Erde. Sachte, nur mit den Fingerspitzen, glitt sie der Spur nach, die das Schwert des Mörders seiner Mutter durch sein Gesicht gezogen hatte. Sie zweifelte nicht, dass die Frau in seiner Vision seine Mutter war, das hatte sie an seinen Gefühlen erkannt.

Es knisterte – mehr nicht. Keine Bilder, die durch ihren Kopf schossen, keine heftigen Entladungen. Er atmete gleichmäßig ein und aus. Ihre Hände umfassten sein Gesicht, die Mittelfinger ruhten an seinen Schläfen. Diesmal gab sie ihm eine Vision von einem Ort ihrer Kraft – dem See Luna.

Sein Atem gewann an Tiefe.

Ihre Hände wanderten hinunter, glitten an seinem Hals entlang, überquerten seine Brust, bis unter die Rippen und über den Bereich seines Nabels. Hier befand sich der Ort aller Kraft und Energie eines Menschen. Sie verharrte so, streckte ihre Sinne aus und entdeckte das blaue Leuchten. Dieses Bild schickte sie ihm. »Könnt Ihr das sehen?«

Er schluckte hörbar, räusperte sich. »Ja.«

»Gut. Stellt Euch jetzt vor, Ihr würdet dieses Licht nehmen und mir mit Euren Händen herüberreichen.« Sie legte ihre Hände in seine und wartete. Der Energieball, den er ihr reichte, war zu umfangreich.

»Nicht alles!«

Er verkleinerte den Ball. Levarda nahm ihn und führte ihn ihrem Körper zu. Es fühlte sich unbeschreiblich lebendig an, ihre Müdigkeit verflog mit einem Schlag. Zufrieden öffnete sie die Augen.

Er sah sie ungläubig an. »Das war es? Mehr war nicht nötig?«

Levarda verzog spöttisch den Mund. »Mehr braucht ihr dazu nicht. Wenn Ihr gelassen und ruhig seid, könnt Ihr die Energie abgeben, ohne einen Menschen damit zu töten.«

»Ich muss mich um meine Männer kümmern.« Er ließ ihre Hände abrupt fahren und stand auf.

5

RESPEKT

Kurz vor dem Morgengrauen öffnete Sendad die Augen. Levarda flößte ihm Schluck für Schluck einen Sud aus aufgebrühten Kräutern ein. Dafür hatte sie ihre Kräfte genutzt, da sie kein Feuer hatte machen dürfen, um Wasser zu erhitzen.

Erschöpft vom Trinken schloss er kurz die Augen. »Ihr habt mir das Leben gerettet«, flüsterte er.

»Schlaft, ruht Euch aus, wir brechen bald wieder auf.«

Sendad sah sie an. In seinem Blick lag Verwunderung. »Ich habe noch nie jemanden gesehen, der auf die Distanz einen so präzisen Schuss abgibt«, sagte er. »Der Pfeil hat ihn sofort getötet!«

Levarda versteifte sich. Davon also sprach er. Sie hatte eher an seine Wunde gedacht, an das Töten wollte sie sich nicht erinnern. Sanft strich sie ihm die Haare aus dem Gesicht und legte ihre Hand auf seine Stirn. Seine Temperatur war leicht erhöht. Sie ging, um einen weiteren Becher ihrer Kräutermischung zu schöpfen, aber als sie zurückkehrte, schlief er tief und fest.

Später kam Egris mit einigen Männern herein. »Wir brechen

auf.« Sie hatten zwischen zwei Stangen ein Tuch gespannt, auf das sie Sendad legten.

Levarda füllte die Reste ihres Gebräus in die Flüssigkeitsbehälter aus Tierhäuten, die – mit einem dichten Verschluss versehen – jeder während der Reise bei sich trug. Sie räumte die restlichen Utensilien in ihre Tasche und folgte den Männern.

Überrascht blieb sie stehen, als sie sah, dass zwei Wagen in den Büschen versteckt waren. Sie wandte sich an Egris.

»Ich dachte, wir wollten aufbrechen.«

Er folgte ihrem Blick. »Die bleiben hier. Lord Otis möchte, dass wir an Tempo gewinnen, deshalb verzichten wir auf die zwei Wagen. Alles Wertvolle wurde auf die verbleibenden Wagen verteilt. Die Zugpferde können sich so abwechselnd ausruhen. Das macht uns schneller. Außerdem meinte er, wären die überlebenden Angreifer mit der Ausbeute vielleicht zufrieden und würden uns nicht weiter verfolgen. Die beiden Wagen enthalten nur die –«, er zögerte, »nun ja, die wertlosen Dinge.«

»Wertlosen Dinge?«, echote Levarda, die die Truhe mit ihren wenigen Habseligkeiten auf einem der Wagen entdeckt hatte. Sie kletterte hoch und öffnete die Truhe, holte ihren Gürtel und ein Nachtgewand heraus.

»Kommt sofort da runter!« Lord Otis war auf Umbra sitzend hinter Egris aufgetaucht.

Levarda zeigte auf die Sachen. »Weiß Lady Smira davon?«, fragte sie mühsam beherrscht.

»Ich diskutiere meine strategischen Entscheidungen nicht mit einer Frau.«

»Das war nicht meine Frage, mit Verlaub. Weiß Lady Smira, dass ihr Eigentum hier zurückbleibt?« Sie dachte nicht daran, sich von ihm einschüchtern zu lassen.

»Sie ist von mir in Kenntnis gesetzt worden. Nun kommt herunter, wir brechen auf.« Mit einer knappen Geste winkte er einen Soldaten mit der gesattelten Sita heran. Aber sie war nicht nur ordentlich gesattelt, jemand hatte auch die Pfeile in ihrem

Köcher erneuert, und der Bogen, den sie achtlos beim Kampf fallengelassen hatte, war daran befestigt.

Mit einem wehmütigen Blick auf all ihre Sachen, die letzten Überbleibsel ihres bisherigen Lebens, klappte Levarda mit Schwung die Truhe zu. Die Pferde der Reiter in der Nähe machten einen Satz zur Seite, während Umbra stieg. Sita dagegen kannte das Temperament ihrer Reiterin. Sie zuckte nicht einmal zusammen, als Levarda mit einem Sprung vom Wagen herab auf ihrem Rücken landete.

Lord Otis' Fluchen beachtete sie nicht. Sie wendete ihr Pferd und lenkte es hinter die Männer, die Sendad bereits in eine Konstruktion auf dem verbleibenden Wagen geschoben hatten, so dass er bequem in dem Tuch liegenbleiben konnte.

Der Tross formierte sich, und Lord Otis preschte im Galopp an ihr vorbei. Egris reihte sich neben ihr ein. Seine Lippen umspielte ein Lächeln.

Sie ritten den ganzen Tag, mit einer kurzen Pause, um die Pferde vor den Wagen auszutauschen. Levarda sah in dieser Zeit nach Lady Smira. Sie traf die zukünftige hohe Gemahlin müde, verdreckt, verheult und völlig aufgelöst an. Es tat ihr leid, das Mädchen in diesem Zustand zu sehen. Sie rührte ein Getränk an, das sie ihr gab.

»Keine Angst, wir sind bald da, dann finden wir einen Platz, wo wir alles wieder in Ordnung bringen können«, sprach sie ihr Mut zu. Lady Smira nickte, doch in ihren Augen bemerkte Levarda, dass die Vorkommnisse deutliche Spuren hinterlassen hatten.

Nachdem sich der Tross erneut in Bewegung gesetzt hatte, tauchte ein Reiter bei ihr auf. »Ihr sollt mit mir nach vorn kommen, Lord Otis möchte Euch sprechen.«

Sie prüfte das Befinden von Sendad, bevor sie mit Sita ausscherte und dem Soldaten folgte.

Endlich durfte die Stute an die Spitze aufschließen. Levarda spürte die Ungeduld des Tieres, das die Ohren anlegte, mit dem

Schweif schlug und buckelte.

»Macht es Euch etwas aus, wenn wir das Tempo erhöhen?«, fragte sie. Der Mann sah sie überrascht an, schüttelte aber den Kopf. Also beugte sie sich vor und ließ Sita laufen. Der Wind fegte durch ihr Haar, der Körper des Tieres unter ihr streckte sich lang, sie konnte die Freiheit geradezu spüren. Viel zu schnell tauchte die Spitze des Trosses auf. Sie parierte Sita durch. Der wilde Ritt hatte ihre Lebensgeister geweckt.

Lord Otis warf ihr einen missbilligenden Blick zu. »Ihr solltet die Kräfte Eures Tieres schonen.«

Sie ignorierte die Bemerkung. »Ihr wolltet mich sprechen, Mylord?«

Der Reiter, der sie geholt hatte, tauchte auf. Er verbeugte sich entschuldigend vor seinem Anführer, aber dieser nickte nur kurz. »Reiht Euch ein und haltet Abstand.«

Schweigend ritten sie weiter. Levarda fragte sich verwundert, was er von ihr wollte.

Endlich begann er zu sprechen. »Egris sagt, dass Ihr die Männer an der Kutsche vor dem Angriff aus den Bäumen gewarnt hättet, stimmt das?«

Levarda zögerte mit ihrer Antwort. »Ja?«

Er warf ihr einen kurzen Blick zu. »Habt Ihr das oder habt Ihr das nicht?«

»Ja, das habe ich.«

»Wie habt Ihr das gemacht?«

Jetzt wusste sie, worauf das Ganze hinauslief. Sie hätte mit Nein antworten sollen, aber dann wäre womöglich Egris in Schwierigkeiten geraten, und sie wollte nicht noch einmal Anlass für eine Bestrafung sein. Sie brauchte schließlich nicht alles preiszugeben. »Nehmen wir an, Ihr müsstet im Dunkeln durch einen Wald gehen, ohne dass Ihr etwas sehen könnt, wie ginget Ihr vor?«

»Ich würde meine Hände ausstrecken und tasten.«

»So ähnlich funktioniert die Sache bei mir auch, nur, dass ich dafür keine Hände benötige.«

Wieder dieser Blick aus zusammengekniffenen Augen.

»Ihr sendet Eure Energie aus?«

»Ja«, sagte sie nur, und es war keine Lüge, aber auch nicht die volle Wahrheit. Sollte er ruhig glauben, dass sie Energie dafür brauchte.

»Auf welche Entfernung funktioniert das bei Euch?«

»Ich weiß nicht.«

Er sah sie an, und Levarda spürte die Röte in ihren Kopf steigen. Sie vermochte es einfach nicht, zu lügen.

»Wie weit?«

»Ein paar Decads«, wich sie ein zweites Mal aus.

»Fünf, zehn oder mehr?« Er gehörte nicht zu den Männern, die lockerließen.

»Vielleicht zehn.«

»Ausgezeichnet, das reicht«, sagte er mit Nachdruck und fügte wie zur Erklärung hinzu: »Ich denke, dass wir verfolgt werden.«

Levarda schauderte bei dem Gedanken an den Kampf.

»Ich möchte, dass Ihr mit Lemar und zehn seiner besten Reiter zurückreitet und feststellt, wie viele uns verfolgen. Die Distanz, mit der Ihr arbeiten könnt, müsste Euch einen ausreichenden Spielraum geben, um den Vorsprung halten und uns warnen zu können.«

Er machte eine winzige Pause, um sie zu mustern. »Denkt Ihr, Eure Stute schafft das?«

Levarda durchschaute die Frage. Er meinte nicht nur ihr Pferd. Körperlich gab es für sie bei der Durchführung seines Plans kein Problem. Ihre Gefühle, der gewaltsame Tod und dessen Aura, das alles bereitete ihr Kopfzerbrechen. Nie wieder wollte sie einen Menschen töten müssen. Sie sah vor ihren Augen den Ausdruck von Angst und Verzweiflung in dem Gesicht ihrer Cousine. Wenigstens hatte sie die Möglichkeit, den Lauf der Dinge zu beeinflussen.

»So sei es.«

»Halt«, hielt er sie zurück, »benötigt Ihr noch etwas?«

Verwirrt sah sie ihn an.

Sein Blick verriet ihr, was er meinte. »Nein, Mylord«, entgegnete sie würdig, »ich habe, was ich brauche.«

»Tinad wird Euch zu Lemar begleiten und ihn unterrichten.« Ein kurzer Wink zu dem Reiter, der sie geholt hatte, und Levarda war auf dem Weg zu Lemar.

Sie ritten bereits zwei Stunden, Levarda mit Lemar an der Spitze, aber sie folgten nicht dem direkten Weg, sondern bahnten sich einen eigenen durch die Wälder. Die meiste Zeit überließ sie Sita die Aufgabe, sich einen trittfesten Pfad zu suchen, während sie ihre Sinne in die Umgebung hinausstreckte.

Die Männer verhielten sich still und ließen sie in Ruhe. Selbst der wortgewandte Lemar gab keinen Ton von sich.

»Da sind sie«, flüsterte Levarda so leise wie möglich. Die Verfolger waren am Rande ihrer Wahrnehmung aufgetaucht.

Lemar parierte sein Pferd durch. »Wo?«

Sie schloss die Augen, holte sich das Bild in ihren Kopf.

»An dem schmalen Durchlass bei den Felsen, wo wir die Pferde am Morgen getränkt haben.«

Er schnaubte spöttisch. »Das ist noch zwölf Decads entfernt. Wie wollt Ihr das wissen?«

Levarda sah Lemar scharf an. Er wand sich unter ihrem Blick, gleichzeitig sah sie seinen Widerstand. Er würde nicht einfach zurückreiten. »Ihr habt einen Befehl, Lemar. Wir sollen zum Tross umkehren und unsere Leute warnen.«

»Wie viele sind es?«

»Etwa vierzehn«, erwiderte sie gereizt.

»Ihr könnt das nicht wissen!«, beharrte er.

»Vertraut Ihr Lord Otis nicht?«

»Doch, aber nicht Euch. Wir reiten weiter.«

Levarda biss die Zähne zusammen, unschlüssig. Der Befehlshaber hatte ihr seine Männer anvertraut, sie konnte sie nicht im Stich lassen. Leise fluchend folgte sie ihnen.

»Ihr werdet Euch vor Lord Otis verantworten müssen«, fauchte sie Lemar an.

Er warf ihr einen spöttischen Blick zu. »Bei solchen Unternehmungen haben Frauen nichts zu suchen. Ihr mögt geschickt im Umgang mit dem Bogen sein, aber das macht Euch noch lange nicht zu einem Krieger.«

»Ich habe nicht behauptet, ein Krieger zu sein.« Levardas Gefühle schwankten zwischen Zorn und purer Angst, so fernab vom Tross.

Lautlos bahnten sie sich ihren Weg durch das Gehölz. Levarda blieb nichts anderes übrig, als die Angreifer weiter mit ihren Sinnen zu beobachten. Sie trieb Sita neben das Pferd von Lemar und er ließ sie gewähren.

Mit der Hand deutete er den Männern an, ihnen leise zu folgen. Zumindest schlug er das, was sie gesagt hatte, nicht vollständig in den Wind, aber sein Verhalten hatte ihre Konzentration gestört. Als ihre Sinne die Reiter wieder aufspürten, trabten sie und hatten die Richtung gewechselt. Statt auf dem Weg ritten sie direkt im Wald auf sie zu.

Impulsiv griff Levarda Lemar in die Zügel, der sich ihr darauf erbost zuwandte. Ihr Gesichtsausdruck jedoch und der Finger auf ihrem Mund ließen ihn schweigen. Die Männer hielten ebenfalls, und jetzt konnten alle die näherkommenden Verfolger hören.

»Sie reiten zusammen in einem ungeordneten Haufen«, flüsterte Levarda.

Lemar nickte und machte seinen Männern ein Zeichen, woraufhin sie ausschwärmten. Ihr Angriff traf die Verfolger völlig überraschend. Trotzdem kam es zu einem heftigen, blutigen Kampf.

Levarda blieb mit Sita, die unruhig tänzelte, hinter den Linien. Weil sich das Pferd nicht beruhigte, stieg sie ab, streichelte der

Stute die Nüstern und flüsterte ihr beruhigende Worte zu. Wenn sie ehrlich war, flüsterte sie sich damit selber Mut zu.

Der Kampflärm, die Schreie und der dumpfe Aufprall der gefallenen Krieger auf dem Waldboden hallten überlaut in ihren Ohren. Tod legte sich über die Bäume und nahm ihr das Licht und die Luft. Da brach vor ihr einer der Soldaten der Garde rückwärts kämpfend durchs Gestrüpp. Einer der Verfolger – einen Kopf größer und von kräftiger Statur – schlug mit dem Schwert auf ihn ein. Trotz geschickt parierter Hiebe war es offensichtlich, dass dem Soldaten die Kraft schwand. Ein Hieb traf sein Schwert nah am Griff und es flog aus seiner Hand direkt vor Levardas Füße.

Entsetzen lähmte sie. Aus dem Augenwinkel sah sie Lemar und zwei weitere Männer der Garde, die dem Räuber hinterherstürmten, um ihrem bedrängten Kameraden zu helfen. Aber sie waren noch zu weit entfernt.

Sie sah das böswillige Funkeln in den Augen des Schurken, als dieser mit einem Lächeln entschied, dass die Frau ihm nicht gefährlich werden konnte. Der Soldat, jetzt waffenlos, ergab sich seinem Schicksal.

Das alles erfasste Levarda im Bruchteil einer Sekunde und reagierte instinktiv. Sie griff sich das Schwert, das leichter in ihrer Hand lag, als sie erwartet hatte. Beherzt schwang sie es durch die Luft, wie sie es beim Training der Männer auf der Burg gesehen hatte. Wäre der Räuber auf ihren Angriff vorbereitet gewesen – sie hätte keine Chance gehabt. Aber so durchschnitt die Klinge seine Brust, bevor er an Deckung auch nur denken konnte, glitt zwischen seinen Rippen hindurch direkt in sein Herz. Wenn sie töten musste, dann wenigstens, ohne Qual zu bereiten,

Mit erstaunt aufgerissenen Augen fiel der Angreifer tot zu Boden.

Stille breitete sich aus, der Kampf schien beendet. Keiner der insgesamt vierzehn Verfolger hatte überlebt.

Zögernd näherte sich Lemar dem Angreifer auf dem Boden,

drehte den Mann um, hielt sein Schwert bereit für einen tödlichen Stich. Er starrte auf den Toten, zog dann das Schwert aus dessen Leib und hielt es dem Soldaten hin, der es verloren hatte.

»Lasst Euch nie wieder die Waffe aus der Hand schlagen«, presste er mit einem drohenden Unterton hervor, warf einen Blick auf Levarda, die zitternd neben Sita stand. Sein Mund verzog sich leicht, und er nickte ihr zu.

»Sammelt die Pferde ein, wir reiten zurück«, klang seine Stimme laut durch den Wald. Er wandte sich zu ihr: »Es sei denn, Levarda, Ihr hättet Einwände?«

Sie schüttelte stumm den Kopf und schwang sich auf ihre Stute. Den Umstand, dass er die Anrede ‚Lady' weggelassen hatte, nahm sie nur am Rande wahr.

Zurück wählten sie den normalen Weg. Lemar schlug ein scharfes Tempo an. Ab und an warf er ein Blick auf Levarda, die neben ihm ritt. Sie blickte konzentriert nach vorne. Das Bild des Mannes mit seinen erstaunt aufgerissenen Augen verdrängte sie in die hinterste Ecke ihres Kopfes. Das Reiten erforderte den Einsatz ihrer letzten Kraftreserven, und darüber war sie sogar froh.

Lemar verlangsamte das Tempo, ließ seinen Wallach in den Schritt fallen und hielt schließlich an.

»Die Pferde brauchen eine Pause, lasst sie grasen und saufen!«

Levarda ging mit Sita direkt zum Bach. Sie nahm ein Tuch aus der Satteltasche. Während Sita trank, kühlte sie die Beine ihrer Stute, wischte ihr den Schweiß von Brust und Flanken. Sie prüfte den Sitz ihres Sattelzeugs, lockerte ein wenig den Gurt.

»Zieht den Gurt wieder an«, knurrte Lemar, »ein Krieger muss immer parat sein, habt Ihr nichts gelernt aus dem heutigen Tag?«

Sie wandte sich mit funkelnden Augen zu ihm um, doch er tadelte bereits den Nächsten, der seinem Pferd das Gebiss herausgenommen hatte.

Ihr Ärger verflog, als ihr bewusst wurde, dass er sie nicht mehr wie irgendeine Frau behandelte, sondern wie einen seiner Leute.

Als sie mit Sita auf die Wiese ging, hätte sie sich liebend gern dort ausgestreckt. Sie brauchte keinen Gedanken daran zu verschwenden, dass ihr Pferd davonlief, denn sie konnte die Energien zwischen sich und Sita miteinander verbinden.

Die Männer dagegen teilten sich in Gruppen auf. Während ein Mann die Pferde nahm und sie grasen ließ, setzte oder legte sich der andere hin.

Levarda kraulte Sitas Mähnenkamm, lehnte sich an deren Schulter, um wenigstens ein bisschen auszuruhen. So bemerkte sie den Soldaten erst, als er sie ansprach: »Wenn Ihr Euch ausruhen möchtet, übernehme ich Eure Stute.«

Es war der junge Mann, dem sie das Leben gerettet hatte.

»Das Angebot ist verlockend«, Levarda schenkte ihm ein Lächeln, »und ich nehme es dankbar an.« Sie übergab ihm die Zügel, setzte sich etwas abseits an einen Baum.

Es war ein alter Baum, dem viel Energie innewohnte. Sie schloss die Augen, konzentrierte sich auf die Aura der Pflanze. Langsam und sanft spürte sie die Ruhe in sich einkehren. Das Sonnenlicht, von den Blättern aufgefangen, pulsierte gleichmäßig. Nach einigen Minuten öffnete sie die Augenlider. Sie fühlte sich gestärkt, als hätte sie mehrere Stunden geschlafen, ließ den Blick über Männer und Pferde gleiten.

Der junge Soldat zuckte zusammen, als Sita ein wenig an den Zügeln zog. Levarda stand auf und ging zu ihm hinüber.

Überrascht hob er den Kopf: »Seid Ihr bereits ausgeruht?«

»Wie heißt Ihr?«

»Gerolim, Mylady.«

»Ich sehe, dass Eure Hand Euch Beschwerden bereitet. Würdet Ihr sie mir zeigen?« Sie hielt ihre rechte Hand vor ihn hin.

Schüchtern legte er zögernd seine verletzte Hand in ihre, nachdem er die Zügel beider Pferde in seine linke genommen hatte.

Als Sita die Situation ausnutzen und mit angelegten Ohren das

Pferd neben sich beißen wollte, erntete sie einen kurzen tadelnden Blick von Levarda. Sofort ließ die Stute von ihrer Absicht ab.

Mit beiden Händen tastete Levarda das geschwollene Gelenk von Gerolims Hand ab. Die Schwellung kam von einer Entzündung. Mit gerunzelter Stirn konzentrierte sie sich auf das Gelenk. Ein kleiner Knochen im Handgelenk ließ einen Riss erkennen.

»Wartet, ich mache Euch einen kühlenden Verband.« Sie holte aus ihrer Satteltasche einen Verband und einige Blätter einer Pflanze, die entzündungshemmend wirkte, ging zum Bach und tränkte beides mit kaltem Wasser.

Ein schrilles Wiehern ließ sie herumfahren.

Sita hatte die Gelegenheit genutzt. Mit einem Biss ins Ohr des anderen Pferdes und einem gezielten Tritt hatte sie sich aus Gerolims Griff befreit und fegte mit wilden Bocksprüngen zwischen den grasenden Pferden umher.

Levarda schüttelte resigniert den Kopf. Die ganze Reise über hatte sich der Frust in ihrer Stute angestaut. Sie war eine Leitstute durch und durch, was es ihr schwermachte, in der Herde hinter den anderen zu bleiben. Der Tross war für sie eine Herde, und obwohl sie heute hatte vorne gehen dürfen, vielleicht sogar aus diesem Grund, musste sich ihr Unmut wohl jetzt Raum verschaffen.

Bevor ihre Stute den Trupp auseinandernehmen konnte – und sie wusste, dass Sita da nicht zu unterschätzen war –, pfiff Levarda scharf durch die Zähne.

Immer noch bockend, den Kopf kreisend und auskeilend, kam Sita zu ihr. Levarda tadelte sie auf Mintranisch für ihr Benehmen und spendete ihr Verständnis für ihren Frust. Aber erst, als sie ihr mehrmals beteuert hatte, dass sie das beste und klügste Pferd von allen sei, ließ sich das Tier beruhigen.

Levarda legte ihr den Zügel um den Hals. Ohne die Stute weiter zu beachten, ging sie zurück zu Gerolim, dessen Gesicht feuerrot angelaufen war. Seine Kameraden sammelten ihre Pferde zusammen und er konnte sich ihre ärgerlichen oder spöttischen Bemerkungen anhören.

Sita trottete brav an Levardas Schulter hinter ihr her. Die Männer machten ihnen Platz. So blieb sie vor Gerolim stehen, Sita hinter sich.

Erst legte sie die Blätter um sein Handgelenk herum. Mit festem Zug umwickelte sie das Gelenk und stabilisierte die Hand, indem sie den Stoff zwischen Daumen und Zeigefinger wickelte. Zuletzt gab sie vor, mit den Fingern ihr Werk zu betasten, sandte dabei in Wirklichkeit ihre heilende Energie in die Fissur am Knochen.

»Besser so?« Fragend sah sie Gerolim an.

Der betrachtete verblüfft sein umwickeltes Handgelenk. »Ja, Mylady, viel besser.« Er lächelte breit. »Hätte ich gewusst, dass Ihr so etwas könnt, ich wäre direkt zu Euch gekommen.«

Sie nickte. »Geht jetzt und ruht Euch aus. Ich werde die Pferde halten.«

Verlegenheit überzog Gerolims Züge. »Verzeiht, dass mir Eure Stute entwischt ist.«

Sie lachte laut auf, gab Gerolim einen freundschaftlichen Fausthieb auf den gesunden Arm. »Keine Sorge, das ist schon ganz anderen Männern mit Sita passiert.«

Gerolim gab ihr sein Pferd und Levarda zog mit den beiden Tieren auf ein anderes Stück der Wiese, wo sie Klee entdeckt hatte. Er war sehr reichhaltig und würde den beiden Kraft geben. Wohlweislich nahm sie Sita nicht mehr am Zügel, sondern ließ sie frei grasen. Sollten die Männer denken, was sie wollten.

LEMAR GAB DAS ZEICHEN ZUM AUFSITZEN.

Nachdem Levarda zu ihm aufgeschlossen war, sah dieser ihre Stute nachdenklich an. »Es wird nicht leicht werden, Euer Pferd in die Herde zu integrieren.«

»Lasst sie vorn laufen und sie wird keinen Ärger machen.«

»Mag sein, aber wer kann sie reiten?«

Die Worte versetzten Levarda einen Stich. Sie fühlte, wie sich ihr Hals verengte, und schluckte. Tränen traten in ihre Augen. Die Vorstellung, dass ein anderer Reiter auf Sita sitzen würde, tat ihr weh. Als sie bemerkte, wie Lemar sie aufmerksam beobachtete, riss sie sich zusammen.

ERST AM FRÜHEN ABEND ERREICHTEN SIE DAS LAGER, TROTZ des strengen Tempos. Selbst Sita schien froh über das Ende des Rittes.

Lord Otis hatte wie immer eine ausgezeichnete Wahl für den Lagerplatz getroffen. Das Zelt der Frauen befand sich an einer Felswand, die steil aufragte und so dieser Seite des Lagers Schutz bot. Nicht weit davon, mit einem Gang aus Tüchern vor neugierigen Blicken verborgen, stand das kleine Zelt, in dem die Frauen ihre Notdurft verrichten konnten. An der anderen Seite, durch Bäume und Buschwerk hindurch eben noch sichtbar, lag ein See. An den beiden verbleibenden Seiten öffnete sich der Platz auf reichhaltige Wiesen, wo bereits Pferde grasten. Jeweils an einem eigenen Pflock befestigt, hatte ein jedes von ihnen genügend Fläche, um sich den Bauch mit frischem Gras vollzuschlagen.

Zuerst versorgte Levarda ihre Stute, dann suchte sie nach Sendads Zelt. Sie entdeckte es nahe den Bäumen, wo es vor der Sonne geschützt stand. Dem Mann vor dem Eingang kurz zunickend, betrat sie es.

Der verletzte Offizier schlief friedlich. Sein Brustkorb hob und senkte sich mit regelmäßigen Atemzügen. Sie trat neben ihn, legte ihre Hand an seine Stirn und stellte verblüfft fest, dass seine Temperatur normal war. Der Heilungsprozess verlief erstaunlich schnell, vor allem angesichts der Schwere seiner Verwundung.

Vorsichtig, um ihn nicht zu wecken, zog sie die Decke zurück, damit sie ihre Hand auf die Wunde legen konnte.

Blitzschnell und mit überraschend festem Griff packte er ihr

Handgelenk und zog sie zu sich herab. An ihrem Hals spürte sie die Spitze eines Dolches. Levarda verharrte kurz und bemerkte trocken: »Mir scheint, Ihr befindet Euch auf dem Weg der Besserung.«

Sofort ließ Sendad sie los, als er erkannte, wen er vor sich hatte. »Verzeiht – es war ein Reflex.«

»Ein sehr guter, wie ich bemerken darf.« Sie massierte ihr Handgelenk.

Er grinste. »Ich bin ein Krieger.«

Sie suchte seinen Blick. Sein Gesicht, im Schlaf so entspannt, wirkte konzentriert, die blauen Augen glitzerten erregt, und Levarda ging ein Schauer durch den Körper. Ja, die Männer der Garde waren gefährlich. Traurig sah sie ihn an.

»Ich weiß. Darf ich mir Eure Wunde anschauen?«

Er sah an sich herunter, bemerkte die herabgezogene Decke und zog sie sich hastig bis zum Hals.

Levarda unterdrückte ein Grinsen über seine Schüchternheit. »Ich dachte, Ihr wäret ein Krieger. Ihr habt doch keine Angst vor einer Frau?«

»Und diese Frau sollte nicht allein das Zelt eines Offiziers betreten«, klang eine kühle Stimme hinter ihr.

Lord Otis stand im Eingang. Wortlos richtete Levarda sich auf und trat einen Schritt von Sendads Lagerstätte zurück. Ebenso kalt erwiderte sie: »Ich hatte nicht vor, ihm zu schaden. Ich wollte mich um seine Wunde kümmern.«

»Dennoch hättet Ihr erst zu mir kommen und Euch die Erlaubnis einholen müssen. Abgesehen von Eurer zunehmend selbstständigen Art zu handeln, die sich für eine Lady nicht ziemt, könnte ein solches Verhalten von meinen Männern falsch verstanden werden. Euch ist hoffentlich klar, dass eine Lady mit zweifelhaftem Ruf in keinem Fall ein Mitglied am Hofe des hohen Lords werden kann.«

Levarda lag eine scharfe Erwiderung auf der Zunge. Hatte nicht ihr selbstständiges Handeln Sendads Leben gerettet? Und war nicht Lord Otis selbst es gewesen, der sie mit Lemar auf Kundschaft geschickt hatte? Was ging in diesem Kerl vor? Meinte er, sie herumschubsen zu können, wie es ihm beliebte? Mal war sie würdig genug, ihren Mann zu stehen, mal war sie eine einfache Frau ohne Rechte? Seinetwegen hatte sie einen weiteren Menschen auf dem Gewissen. – Aber sie presste nur stumm die Lippen zusammen, senkte den Kopf und die Augen. Eine Weile verharrte sie so auf der Stelle.

Sie konnte spüren, wie er sich an seiner Überlegenheit labte. Mühselig schluckte sie Zorn und Stolz herunter. Wenn er glaubte, er könne sie demütigen, konnte er lange warten!

Die Stille zog sich fast schmerzhaft hin. Er wartete auf ein Wort von ihr, aber sie blieb stumm.

Schließlich sprach er als Erster. »Ihr könnt gehen. Lady Smira erwartet Euch.« Er trat einen Schritt beiseite und machte den Eingang frei.

In langsamen, würdevollen Schritten durchmaß sie das Zelt. Als sie auf einer Höhe waren, konnte sie die Wärme seiner Aura spüren, und für einen kurzen Augenblick schwanden ihr fast die Sinne.

»Halt!«, gebot er.

Sie zog ihren Schutzschild hoch, schirmte sich vor seiner Energie ab. Aber er öffnete nur die Hand. »Gebt mir etwas von diesen Blättern, ich sorge dafür, dass jemand den Verband wechselt.«

Levarda entnahm ihrer Tasche die Pflanze, drückte sie Lord Otis in die Hand, darauf bedacht, ihn nicht zu berühren.

»Das sind Moose, keine Blätter.« Mit erhobenem Kopf verließ sie das Zelt.

6

FEINDE

Im Zelt der Frauen kniete Levarda eine Stunde lang vor Lady Smira. Ihr für eine Frau ungebührliches Benehmen erforderte offenbar diese Strafe. Wie absurd die Situation war! Erst rettete sie dem einfältigen Mädchen und vielen Männern das Leben, dann musste sie sich schelten lassen.

Sie schloss die Augen, beschwor sehnsüchtig Bilder ihrer Heimat herauf. Sie sah sich im Kreis der Ältesten, gewürdigt für ihre Leistungen, die sie gegenüber den Menschen ihres Volkes erbracht hatte. Niemals wäre jemand in ihrem Land so gedemütigt worden. Nie wäre es einem Mintraner eingefallen, sich so über einen anderen zu stellen.

»Ihr dürft Euch erheben. Ab jetzt werdet Ihr in der Kutsche reisen.«

Wortlos stand Levarda auf. Dann sah sie Lady Smira tief in die blauen Augen. »Vergesst nicht, Mylady, ich bin keine Eurer Dienerinnen. Ich bin aus freien Stücken hier.« In Gedanken fügte sie hinzu: Und ohne mich seid Ihr dem Tod geweiht. Sie kehrte ihr den Rücken und wandte sich zum Ausgang.

»Wohin geht Ihr?«, fragte ihre Cousine ängstlich.

»Ich sorge dafür, dass es einen Ausweg gibt, wenn Ihr versagt«, erklärte sie der jungen Frau kühl.

LEVARDA SCHLUG DEN WEG ZUM SEE EIN. NIEMAND HIELT SIE auf. Sie bemerkte aber neugierige, mit Achtung erfüllte Blicke. Grimmig lächelnd, die Augen zum Boden gerichtet, schloss sie, dass ihre neueste Heldentat bereits die Runde gemacht hatte.

Auch wenn die Anerkennung der Männer für sie den Tod eines Räubers nicht rechtfertigte, wäre sie vielleicht einmal wichtig, wenn es hart auf hart käme. Hoffentlich würde es nie dazu kommen.

Sie hatte den See erreicht. Ihr Blick schweifte über das Ufer, das nicht geradlinig verlief, sondern sich in vielen Biegungen und Windungen in der Landschaft ausbreitete.

Sie kroch durch das Gebüsch, bis sie eine geschützte kleine Ausbuchtung fand, hängte ihre Tasche ins Geäst, stieg ins Wasser und zog sich aus. Genussvoll tauchte sie in ihr kühles Element ein, doch bevor sie sich völlig ihrem Vergnügen hingab, wusch sie zuerst sorgfältig ihre Kleidung, dann sich selbst ausgiebig, bis der Wohlgeruch einer frischen Frühlingswiese an ihr haftete.

Ihre Kleidung ließ sie in der Bucht treiben, sie selbst tauchte ins Wasser ein, schwamm mit kraftvollen Zügen tiefer, glitt über dem Seeboden dahin, spürte das Wasser ihren Körper entlangziehen.

Tiefe, absolute Stille schloss sie ein. Dies war der Moment, wo sie Frieden empfand. Einen Frieden, den sie lange nicht mehr verspürt hatte. Sie kostete diesen Augenblick aus, bis der Mangel an Sauerstoff sie an die Wasseroberfläche zwang.

Vorsichtig durchbrach sie die Spannung des Wassers. Ihre Augen erforschten das Ufer. Niemand, der ihr Vergnügen gestört hätte. Sie wiederholte den Vorgang, bis sie den Frieden auch im letzten Winkel ihres Körpers verspürte. Erst dann tauchte sie zu der kleinen Bucht am Ufer zurück. So leise wie zuvor durchschnitt ihr Kopf die Wasseroberfläche. Sie erstarrte. In der Nähe hörte sie gedämpft, aber deutlich, wie sich zwei Männer unterhielten. Eine Stimme gehörte Lord Otis, die andere Lemar.

»Ihr habt meinen Befehl missachtet. – Warum?«

Zu Levardas Bedauern klang die Stimme von Lord Otis erstaunlich gefasst.

»Ihr hättet mir sagen können, dass sie so weit sehen kann, dann wäre ich umgekehrt. Aber da waren nur etwa vierzehn Mann, die uns verfolgten. Es wäre strategisch unklug gewesen, dafür den Vorsprung aufzugeben.«

»Ich hätte wahrscheinlich genauso gehandelt. Allerdings wäre es mir lieber gewesen, Lady Levarda nicht ein zweites Mal in ein Gefecht verwickelt zu sehen.«

»Da gebe ich Euch recht. Wenn sie dem Henker zugeführt werden muss, könnt Ihr meine Männer vergessen.«

»Wie meint Ihr das?«

Diesmal klang Lord Otis' Stimme schärfer. Levarda konnte in der Dämmerung regelrecht fühlen, wie Lemar die Achseln zuckte.

»Sie scheint nicht nur zu wissen, wie man mit einem Bogen umgeht, sie kann auch das Schwert schwingen.«

»Das Schwert?«

»Gerolim wurde von einem verdammt muskulösen, großen Typen bedrängt. Bei dem Gefecht verlor er sein Schwert und es wäre um ihn geschehen gewesen, hätte sie es nicht aufgehoben und dem Mann direkt ins Herz gestoßen.«

Aus Lemars Stimme hörte Levarda Bewunderung heraus.

»Es ging durch seinen Brustkorb wie Butter.« Er hielt inne, fügte dann hinzu: »Ich möchte niemals gegen sie kämpfen müssen, ...« Er holte Luft, doch anscheinend schnitt ihm Lord Otis das Wort ab. Stille entstand und Levarda wagte nicht, sich zu rühren. Schließlich hörte sie einen tiefen Atemzug.

»Ich hätte nicht zulassen sollen, dass diese Frau mitkommt.«

»Und direkte Konfrontation riskieren?«, erwiderte Lemar.

»Ich frage mich, was Lord Blourred mit ihr bezweckt.

Verflucht sei die Zeugungsunfähigkeit des hohen Lords!«, stieß Lord Otis heftig hervor.

Erneut trat Stille ein, die schließlich Lemars Stimme beendete.

»Otis, ich bin froh, dass ich nicht in Eurer Haut stecke. Sendads Männer halten Levarda für eine Schutzheilige. Meine Männer halten Levarda für eine Heldin. Eine gefährliche Mischung, wenn Ihr mich fragt.«

»Hört auf, sie Levarda zu nennen! Sie ist ‚Lady' Levarda, also gewöhnt Euch die Anrede besser wieder an.«

»Das fällt mir schwer, vor allem wenn ich sehe, wie sie auf ihrer Stute durch unsere Reihen fegt.«

Levarda musste bei seinen Worten grinsen.

»Lemar!«

»Schon gut. Ich werde in Zukunft daran denken. Aber sorgt Ihr besser dafür, dass Lady Levarda erst gar nicht das Schloss des hohen Lords betritt, sonst – « es entstand eine unheilvolle Pause.

»Eine interessante Idee, Lemar.«

Levarda stockte der Atem. Planten die zwei Männer ihren Tod? Sie hörte, wie sich die beiden entfernten.

Am Ufer zog sie ihre Sachen an, trocknete sich und ihre Kleidung, während sie sich bemühte, ihre Gedanken zu ordnen. Bevor sie sich den Weg durch die Büsche suchte, ließ sie ihre Sinne umherstreifen, damit sie niemandem über den Weg lief. Vorsichtig schlich sie in einem weiten Bogen um das Lager. Erst bei den Pferden verließ sie ihre Deckung. Sie ging zu Sita und gab ihr ein paar saftige Beeren, dann schlenderte sie zurück zum Lagerplatz.

An mehreren Feuern saßen die Männer beim Essen. Sie hörte, wie sie gegenseitig mit ihren Heldentaten prahlten. Ab und an fiel auch Levardas Name. Zufrieden stellte sie fest, dass in diesem Zusammenhang das Wort ‚Lady' nicht vorkam. Vielleicht waren die Umstände wahrhaftig ein Vorteil für sie. Konnte Lord Otis es sich erlauben, sie vor den Augen seiner Männer zu töten?

Nein, entschied sie, das würde ihn die Loyalität der Krieger kosten.

Also musste sie immer in der Nähe der anderen bleiben. Sie war gewarnt, und Lord Otis täuschte sich, wenn er dachte, er könnte sie einfach umbringen. Er gewann nichts, sofern ihr Tod nach Mord aussah. Sollte sein Plan erfolgreich sein, musste es wie ein Unfall aussehen. Grübelnd suchte sie sich ihren Weg zwischen den Feuern, Richtung Frauenzelt.

»Levarda, wollt Ihr Euch zu uns setzen?«, hörte sie jemanden rufen, als sie eines der Lagerfeuer passierte. »Wir haben noch einen Teller mit Essen für Euch.« Es war Gerolim.

Sie zögerte kurz, doch es konnte schließlich nicht ganz verkehrt sein, einen Feind besser kennenzulernen.

»Wenn es Euch nichts ausmacht.« Kurzerhand ließ sie sich im Schneidersitz zwischen Gerolim und einem anderen Mann nieder.

Er gab ihr einen Teller voll Fleisch und legte ihr ein Stück Brot dazu.

Levarda spürte erst jetzt, wie hungrig sie war. Gierig nahm sie das Stück Fleisch in die Hand und begann zu essen. Es schmeckte köstlich. Sie kaute, schluckte, tunkte das Brot in das Fett, nahm die Menschen um sich herum nicht mehr wahr. Mit dem letzten Brocken vom Brot wischte sie den Teller blitzblank sauber und leckte sich zuletzt jeden einzelnen Finger ab. Dabei erst hob sie die Augen und bemerkte, dass niemand am Feuer weitergegessen hatte. Alle sahen ihr zu. Sie ließ die Hand sinken und blickte in die Runde. »Was ist? Warum starrt ihr mich so an?«

Einem der Männer kroch ein breites Grinsen übers Gesicht. »Verzeiht«, sagte er, »aber ich habe noch nie eine Frau so essen sehen.« Die anderen Männer nickten zustimmend.

Gerolim mischte sich ein: »Sie ist die ganze Strecke mit uns geritten und hat gekämpft, wieso sollte sie nicht auch Hunger haben wie wir?«

»Schon wahr«, gab der Erste zu, »aber sie hat eine Portion

verdrückt, die selbst Andame«, er deutete auf seinen wohlbeleibten Nachbarn, »in dem Tempo nicht schafft.«

»Das mag sein«, verteidigte sich Levarda, »Ihr musstet Euch ja auch bisher nicht eine einzige Portion zu viert mit drei anderen Frauen teilen.« Sie betrachtete traurig ihren leeren Teller.

»Hier, fangt! Wir wollen ja nicht, dass Ihr verhungert.«

Jemand warf ihr einen Apfel über das Feuer zu. Die Männer lachten. Levarda fing den Apfel geschickt auf und biss hinein.

»Ich bin froh, dass Ihr anders seid als die Frauen, die ich kenne«, brummelte Gerolim, »sonst würde ich jetzt nicht hier am Feuer sitzen.« Er hob seine Hand hoch, schaute sie an und grinste. »Tut nicht einmal mehr weh.«

Levarda zuckte die Achseln. »Bei uns weiß jedes kleine Kind, was es machen muss, wenn es sich verletzt.« Das entsprach nicht komplett der Wahrheit, doch sie wollte nicht, dass sich die Männer zu viele Gedanken über ihre Fähigkeiten machten.

»Sind denn dort, wo Ihr herkommt, alle Frauen so wie Ihr?«

Levarda überlegte, wie sie antworten sollte. Vielleicht würden die Männer sie besser verstehen, wenn sie ihnen von Mintra erzählte. Oder war darin eine Gefahr zu sehen, dass sie so anders lebten? Es könnte sie immerhin zum Nachdenken bringen. Und wenn nur einer von ihnen daraufhin Frauen mehr Respekt entgegenbrachte, war das eine Veränderung, die dieses Land ihrer Meinung nach brauchte. »Ein Mensch gleicht nie vollkommen einem anderen. Aber ich denke, so meint Ihr Eure Frage nicht. Ja, es gibt Frauen wie mich, dort wo ich herkomme. Sie reiten und gehen auf die Jagd mit Pfeil und Bogen. Genauso gibt es Frauen, die nähen, kochen oder sich um das Land kümmern.«

»Was machen die Männer, wenn die Frauen jagen und kämpfen?«

»Dasselbe.« Amüsiert betrachtete sie die verständnislosen Blicke der Soldaten um sich herum. »Seht ihr, bei uns wird Arbeit nicht in Männer- oder Frauenaufgaben eingeteilt. Ein jeder hat seine Begabungen, Talente, Schwächen oder Begrenzungen. Wäre es nicht furchtbar, einen Mann zu zwingen, ein Schwert zu schwingen, wenn er mit verständiger Hand aus dem Boden die Nahrung wachsen lässt?«

»Das machen bei uns auch Männer, aber kein Mann käme er auf die Idee, ein Kleid zu nähen.« Der Sprecher machte eine Grimasse, als hätte er in eine Zitrone gebissen. »Oder zu kochen!«

»Tatsächlich nicht?«, fragend zog Levarda eine Augenbraue hoch. Ihr Blick glitt zu ihrem Teller, dann zu einem Mann, der dabei war, einen Riemen seines Steigbügels zu flicken. Der Soldat brummelte etwas Unverständliches in seinen Bart, ohne aufzublicken und schüttelte den Kopf.

Levarda schwieg. In einer Gesellschaft wie dieser, in der Frauen keinerlei Rechte besaßen, wäre es tollkühn, Verständnis für diese Dinge zu erwarten. Dennoch akzeptierten die Krieger sie am Feuer, und sie konnte ihnen sogar offen ins Gesicht blicken. Das war mehr, als sie jemals zu hoffen gewagt hatte.

In ihrem Land galten Frauen als vollkommene Wesen, denn sie trugen das Feuer des Lebens in sich. Ein Mann strebte nur zeitlebens nach dieser Vollkommenheit. Der Rat der Ältesten bestand zum überwiegenden Teil aus Frauen. Es erregte mittlerweile Besorgnis im Land, dass hauptsächlich Männer Mintra verließen, und zum ersten Mal in ihrem Leben verstand Levarda, wie sich manche Männer in ihrem Volk fühlen mochten – benötigt fast ausschließlich zum Zeugen von Kindern. Das konnte kein sehr ausgefülltes Leben sein.

Es herrschte ein angenehmes, müdes Schweigen in der Runde, doch schien eine unausgesprochene Frage im Feuer zu schwelen. Levarda lauschte in das Knistern der Zweige, die die Flammen verzehrten.

»Werdet Ihr kämpfen, wenn der Zeitpunkt gekommen ist?« Es war kein Mann aus der Runde, der die Frage gestellt hatte, sondern Timbor, der jüngste Offizier der Garde des hohen Lords. Gelassen stand er an einen Baum gelehnt Levarda gegenüber.

Sie wusste nicht, ob er dort die ganze Zeit gestanden hatte.

Wissend, worauf Timbor anspielte, wollte sie ihn dennoch zwingen, seinen Gedanken auszusprechen.

»Wenn welcher Zeitpunkt gekommen ist, Timbor?«, sanft schwang ihre Stimme durch die Nacht.

Der Offizier stieß sich vom Baum ab, ging in die Hocke. Die Männer machten ihm respektvoll Platz. Levarda konnte die Spannung mit den Händen greifen. Er sah ihr in die Augen, musterte ihr Gesicht. »Wenn wir Euch zum Henker führen, weil der hohe Lord es uns befiehlt.«

Ihr Lachen glich dem lockenden Gurren eines Nevarn, des Raubvogels, der hoch in den Lüften schwebend seine Beute mit einem betörenden Singsang in Sicherheit wiegte.

»Dafür müsste Euer Herrscher in seinem Urteil gefehlt haben. Denn war nicht er es, der sich Lady Smira zur Frau aussuchte? Und traf er nicht eine ausgezeichnete Wahl? Schenkte ihre Mutter doch sechs Söhnen und einer Tochter das Leben.«

Die meisten Männer am Lagerfeuer nickten erleichtert, aber nicht alle, und Timbor ließ nicht locker. »Nehmen wir nur mal an, es käme zu diesem Tag.«

Die Soldaten sahen Levarda ins Gesicht. Die Flammen des Feuers tanzten auf ihrer Haut. Ihr Blick wanderte zu jedem Einzelnen, bis er zuletzt auf dem Offizier ruhte.

»Dann, Timbor, werde ich mein Schicksal ohne Widerstand annehmen.«

Ihre Augen blieben auf den jungen Mann gerichtet und sie fühlte Ruhe und Gelassenheit in sich. Nicht die Aussicht auf den Tod machte ihr Angst, sondern das Leben – ein Leben als Gefangene auf der Festung des hohen Lords.

DER ABEND MIT DEN MÄNNERN AM FEUER HATTE LEVARDA versöhnlich gegen ihre Cousine gestimmt. Um dem Gespräch eine andere Wendung zu geben, hatte sie ihrerseits die Soldaten nach dem Leben auf der Festung ausgefragt.

Sie nahm Lady Smiras Nachtgetränk aus Melisanas Hand, um es ihr selbst ans Bett zu bringen. Melisana, die von der Anstrengung der Reise dunkle Ränder unter den Augen hatte, überließ es ihr dankbar.

Erst ignorierte Smira sie bockig. Levarda erzählte ihr jedoch von der Festung des hohen Lords, den prachtvollen Räumen und den Festlichkeiten, die dort regelmäßig stattfanden. Sie schilderte die Ankunft von ausländischen Botschaftern und deren Begleitung, beschrieb die Geschenke, von denen die Männer der Garde mit glänzenden Augen erzählt hatten. Sie berichtete von exotischen Tieren, die im Park herumstolzierten, von der Stadt mit ihrem Markt und den Händlern, die Waren feilboten, die es sonst nirgends im Land gab, erzählte über Köstlichkeiten, die nur von den Köchinnen am Hof des hohen Lords auf den Tisch gezaubert wurden.

Lady Smira hing an ihren Lippen. Die müden Falten verschwanden aus ihrem Gesicht und in ihre Augen trat ein Glanz, wie ihn Levarda von der Zeit her kannte, als sie ihr zum ersten Mal begegnet war. Sie stand auf, machte einen zweiten Kräutertrank in einer Kanne, die sie zusammen leerten, während sie weitere Geschichten vom hohen Lord zum Besten gab.

»Ich frage mich, wie er aussehen mag«, seufzte Lady Smira und sank mit träumerischen Augen in die glänzende Zukunft, die vor ihr lag.

»Nun, er ist nur vier Jahre jünger als Euer Vater, und dennoch erzählt man sich, dass er eine recht angenehme Erscheinung sei«, erklärte Levarda vorsichtig.

»Außerdem ist er äußerst gebildet und weitsichtig«, fügte Lady Smira hinzu. Sie drehte sich auf die Seite, stützte ihren Kopf auf die Hand und sah Levarda mit ihren großen blauen Augen an.

»Das hoffe ich. Immerhin ist er für eine Vielzahl von Menschen verantwortlich«, erwiderte Levarda ernst.

»Ja, er ist mächtig.« Lady Smira drehte sich wieder auf den

Rücken. »Und bald bin ich die mächtigste Frau in diesem Land«, flüsterte sie.

Die letzten Worte verursachten Levarda eine Gänsehaut. Nachdenklich betrachtete sie ihre Cousine, in deren Augen sie den Traum von Reichtum, Macht und Anerkennung sah. In Levardas Heimat konnte eine machtvolle Stellung nie durch Reichtum, Geburt oder Aussehen erreicht werden. Bei ihrem Volk entschieden die Weisheit eines Menschen, die Reinheit seiner Taten und Handlungen, sein Charakter und seine Tugenden darüber, wie viel Macht jemand zugesprochen bekam. Und selbst dann war es nur die vom Volk geliehene Macht.

Was passierte, wenn eine solche Macht, wie sie die Frau des hohen Lords erhielt, so einem jungen Mädchen in die Hände fiel? Verdarb sie ihren Charakter oder würde sie sich der Verantwortung bewusst werden und sich der Bürde nach und nach als würdig erweisen? Verglichen mit der des hohen Lords, fiel die Macht seiner Frau vielleicht nicht allzu sehr ins Gewicht.

»Ihr seht mich so nachdenklich an, Levarda. Seid Ihr mir noch böse wegen der Züchtigung?« Eine leichte Röte huschte über ihr Gesicht.

Als Levarda weiter schwieg, setzte sie sich auf und faltete die Hände übereinander. Sie machte eine ernste Miene und erklärte: »Meine Mutter sagte immer, dass ich ein Vergehen meiner Dienstboten scharf bestrafen muss, sonst denken sie, ich sei schwach.«

»Ich bin aber nicht Euer Dienstbote, vergesst das nicht.«

»Aber eine Lady seid Ihr auch nicht.«

Levarda nickte bedächtig. »Das stimmt, ich bin keine Lady, ich bin eine Frau und Eure Cousine. – Genug geredet. Abgesehen davon halte ich Euch nicht für schwach, sondern für mutig. Schlaft jetzt.«

Gefügig kuschelte sich Lady Smira in ihre Decke. Levarda löschte das Licht und fragte sich kopfschüttelnd, wie dieses junge Mädchen sie einerseits in die Position einer Dienerin drängen wollte, auf der anderen Seite aber gehorsam ihren Anweisungen folgte wie ein Kind seiner Mutter. Sie hörte Melisanas tiefe Atemzüge und das leise Schnarchen von Lina. Levarda mochte weder das seltsame Bett noch den Geruch im Zelt. Sie zog ihr Nachthemd an, nahm sich ihr Fell und die Decken. Ihr fiel ein, dass dies alles war, was sie noch besaß. Eine Lady hätte so etwas niemals akzeptiert, dachte sie ein wenig amüsiert.

Sie richtete sich ihr Nachtlager am Zelteingang ein, gerade nahe genug, dass sie beim Einschlafen fühlte, wie ihr der Nachtwind um die Nase wehte.

SCHWEIßGEBADET ZUCKTE LEVARDA HOCH. UM SIE HERUM WAR tiefe Dunkelheit. Etwas hatte sie mit Gewalt aus dem Schlaf gerissen. Aber was? Ihr Atem ging stoßweise, als wenn sie gerannt wäre. Sie versuchte sich zu orientieren, doch die undurchdringliche Schwärze gab ihr keinen Anhaltspunkt. Glühende Punkte tauchten vor ihr auf, näherten sich unaufhaltsam. Sie wich zurück, schrie auf. Panisch tastete sie nach ihrem Dolch, den sie beim Schlafen neben sich gelegt hatte, doch da war nichts – gar nichts, nur Kies. Verwirrt hielt sie mit dem Tasten inne, sie hatte sich doch auf ihr Fell gelegt und das Zelt stand auf Gras. Jemand rief sie mit leiser Stimme. Erneut schrie sie auf, dann kristallisierten sich aus der schwarzen Dunkelheit die Gesichter von Männern heraus. Sie zählte sieben von ihnen. Einer davon war der Räuber, den sie mit dem Schwerthieb getötet hatte. Die Männer kamen immer näher und bildeten einen enger werdenden Kreis um sie. Voller Panik flüsterte Levarda: »Ich wollte Euch nicht töten. Ich wollte Euch nicht töten.«

Sie spürte einen festen Schlag auf ihrer Wange und einen dumpfen Ruck, als ihr Geist in ihren Körper zurückkehrte.

Zitternd vor Kälte sah sie zwei Soldaten vor sich stehen. Lord Otis hockte mit finsterer Miene vor ihr, die Hand zu einem zweiten Schlag erhoben. Als er ihren Blick bemerkte, ließ er sie sinken. Die Finsternis in seinem Gesicht lichtete sich.

»Ihr könnt ins Lager zurückkehren.« Mit einer knappen Handbewegung schickte er die Soldaten weg.

Verwirrt sah sich Levarda um. Sie hockte am Ufer des Sees, rund um sie herum war der Boden aufgewühlt. Vorsichtig legte Lord Otis seinen Umhang über ihre Schultern. Sie starrte ihn verständnislos an, nicht sicher, ob sie träumte oder wach war, hatte keine Luft mehr.

»Versucht es mit Atmen«, hörte sie Lord Otis‘ Stimme in beruhigendem Tonfall.

Levarda saugte Luft in sich hinein. In ihrem Kopf klopfte es heftig, am liebsten hätte sie die Augen geschlossen, aber sie wagte es nicht, aus lauter Angst, ihr Geist würde sich erneut von seiner Hülle lösen. Denn das hatte er ohne Zweifel getan. So steif und kalt, wie ihr Körper sich jetzt anfühlte, fing ihr Herz doch langsam wieder an zu schlagen. Alle ihre Organe waren stehengeblieben, da es nichts gegeben hatte, das die lebenswichtigen Funktionen steuerte. Aus diesem Grunde war es nicht ratsam, Körper und Geist länger zu trennen. Überhaupt wurde diese Technik nur selten praktiziert. Levarda hatte sie noch nie angewandt und konnte sich beim besten Willen nicht einmal daran erinnern, es heute getan zu haben. Das entsetzliche Gefühl, fremd in ihrem eigenen Körper zu sein, steckte ihr in den Knochen.

Sie starrte in das Gesicht ihres Gegenübers, um herauszufinden, ob es nur so aussah wie das von Lord Otis und ob sich dahinter in Wirklichkeit eine Gestalt der Getöteten verbarg.

»Levarda, seid Ihr hier? Könnt Ihr mich verstehen?« Seine Stimme klang eigenartigerweise sanft, und das war verkehrt, so sprach der erste Offizier der Garde nicht mit ihr. Sie wagte nicht, einen Laut von sich zu geben oder sich zu rühren, lauerte stattdessen auf den nächsten Angriff.

Lord Otis rückte ein Stück näher an sie heran, hob die Hand.

»Nein, nicht«, Levarda zuckte zurück, ihre Wange brannte noch von dem ersten Schlag.

Er hielt inne.

Langsam tastete sie mit ihrer Hand nach der schmerzenden Wange. Sie fühlte sich heiß an. »Es tut weh«, flüsterte sie erstaunt.

Der Ausdruck in seinem Gesicht verschloss sich. »Verzeiht, dass ich Euch wehgetan habe. Ich hatte keine Ahnung, wie ich Euch sonst erreichen kann.«

Für Levarda ergab das alles keinen Sinn. Aber eines war sicher – sie träumte nicht. Fröstelnd zog sie seinen Umhang enger an sich. Sein Feuer steckte fühlbar in dem Stück Stoff. Es hüllte sie ein, entfachte die Wärme ihres eigenen Feuers. Nach und nach spürte sie ihren Körper wieder. Ihr Geist streckte sich darin aus. Sie bewegte vorsichtig ihre Finger, schob ihre Beine aus dem Stoff, wackelte mit den Zehen. Langsam strich sie mit ihren Händen darüber, bis ihre Lebenskraft in einem gleichmäßigen Strom durch ihren Körper zirkulierte.

»Bedeckt Euch«, befahl Lord Otis schroff.

Überrascht hob sie ihren Kopf und sah ihn an. Seine Anwesenheit war ihr völlig entgangen. Sie zog ihre Beine unter sich.

»War es das erste Mal, dass Ihr Menschen getötet habt?«

Forschend sah er sie an. Sie starrte zurück, bemüht, das Grauen und die Panik, die seine Worte in ihr auslösten, zu verdrängen.

Ihre Augenlider schlossen sich wie von selbst. Da kroch sie erneut heran, die undurchdringliche Dunkelheit, und griff mit langen Tentakeln nach ihr. Und obwohl sie instinktiv verstand, dass ihre eigene Angst der Dunkelheit Macht gab, schaffte sie es nicht, sie zu unterdrücken. Sie schluchzte auf. Jemand packte ihren Kopf, sie schrie. Heißer Atem traf auf ihr Gesicht. Sie wollte sich aus dem Klammergriff befreien, zerrte an den Händen, schüttelte den Kopf, wand sich mit ihrem ganzen Körper.

»Seht mich an!«, befahl er, keinen Widerspruch duldend.

Das Feuer seiner inneren Quelle rann durch seine Hände und

loderte in Flammen über ihr Antlitz. Die Flammen verdrängten die Dunkelheit und Levarda riss die Augen auf.

Erst sah sie alles verschwommen, dann wurde ihre Wahrnehmung klarer. Sie sah das Gesicht von Lord Otis dicht vor ihrem eigenen. Der Blick aus seinen tiefschwarzen Augen verhakte sich in ihrem. Ihr Atem ging flach, sie hörte auf, sich zu wehren. Entsetzt stellte sie fest, dass sie ihrer Kräfte beraubt war. Seine Stimme drang an ihr Ohr – unerbittlich.

»Hört mir genau zu«, sagte er. »Es gibt ein Ritual, mit dem Ihr Lishar um Vergebung bittet, dafür, dass Ihr ein Leben genommen habt. Ihr benutzt es bei der Jagd, wenn Ihr ein Tier getötet habt. Genau das führt Ihr jetzt durch! Bittet jeden einzelnen der getöteten Männer um Verzeihung.«

Angstvoll schüttelte Levarda den Kopf. Sie konnte nicht noch einmal die Augen schließen. Dann würde sie die Dunkelheit holen und es gäbe keinen Weg mehr zurück.

Über seine Hände floss ein weiterer Strom von Energie. Sein Feuer rann glühend durch ihren Körper, traf auf das ihre. Beide Flammen, die rotglühende und die blau leuchtende, verbanden sich miteinander, woben ein festes Netz um ihr inneres Zentrum.

»Ihr dürft keine Angst haben, ich bin bei Euch. Nehmt meine Energie.«

Sie griff danach, öffnete ihr Herz, tauchte hinab in die Tiefe ihrer Kraftquellen. Sie spürte ihre Verbindung zu den Elementen, die sie verloren hatte. Das Wasser gab ihr die Ruhe, die Erde den Halt, die Luft trug ihren Geist hinaus in die Dunkelheit. Sie veränderte sich von Schwarz zu Grau, bis dichter Nebel sie umgab. Der erste Mann trat hervor, gewann an Kontur, ein Pfeil ragte aus seinem Kopf.

»Verzeiht, dass mein Pfeil Euch tötete«, sprach sie leise.

Der Tote nickte, verschwand. Der Nächste tauchte aus dem Nebel hervor, einen Pfeil in der Brust. Levarda wiederholte ihre Worte und auch dieser Mann nickte, bevor er verschwand. So kam ein Geist nach dem anderen, bis der letzte Getötete, in dessen Brust ein Spalt klaffte, vor ihr auftauchte. Der Nebel verfärbte sich, wurde dunkler, und für einen Moment spürte Levarda wieder die Angst. Aber das rotblaue Band des Feuers gewann erneut an Kraft, erhellte die Dunkelheit.

»Verzeiht mir, dass ich mit dem Schwert Euer Herz durchschnitt.«

Der Mann nickte nicht. Er sah sie traurig an, dann hörte sie eine Stimme wie einen Windhauch. »Auch ich hätte Euch getötet.« Seine Gestalt verflüchtigte sich. Die roten Flammen zogen sich aus ihr zurück.

Levarda öffnete die Augen und warf sich in Lord Otis‘ Arme, der ihren Kopf losgelassen hatte. Sie umschlang ihn, drückte ihr Gesicht an seine Schultern, ließ ihren Tränen freien Lauf.

Er rührte sich nicht. Sie wünschte sich, dass er seine Arme um sie legen würde, sie tröstete, so wie es ihre Mutter getan hatte, wann immer sie die Erkenntnis traf, dass sie anders war als die anderen, und sie an ihrer Einsamkeit zu ersticken drohte. Aber seine Arme hoben sich nicht. Seine Hand streichelte nicht ihren Kopf. Steif und bewegungslos wie ein Fels blieb er in ihrer Umklammerung.

Irgendwann ging ihr Schluchzen in ruhiges Atmen über. Sie spürte, wie sich das lähmende Gefühl in ihr verflüchtigte. Sie ließ Lord Otis los und rückte von ihm ab.

Sie schämte sich ihrer Schwäche und der Tatsache, dass sie sich an ihn geklammert hatte wie ein kleines Kind. Nach und nach beruhigte sie sich und die Hitze aus ihrem Inneren bahnte sich einen Weg nach draußen. Ihr war heiß. Mit der Hand wollte sie den Umhang von ihrem Körper ziehen, aber seine Stimme bremste sie.

»Was habt Ihr vor?«

»Mir ist warm. Ich brauche Euren Umhang nicht mehr.«

»Lasst ihn an. Im Licht des Mondscheins bietet Euch der Stoff Eures Nachtgewandes wenig Schutz.«

Levarda spürte das Blut in ihren Wangen. Sie senkte den Blick auf ihre Hände, die in ihrem Schoß lagen. Er hatte nicht nur die Silhouette ihres Körpers gesehen, sondern diesen Körper auch gespürt, als sie sich an ihn klammerte, und das peinigte sie.

Stille breitete sich zwischen ihnen aus.

Er ließ ihr Zeit, sich zu fangen – eine feinfühlige Geste, die sie ihm nicht zugetraut hätte. Levarda dachte darüber nach, was geschehen war. Sie hatte ihren alten Traum geträumt, in dem sie von Lord Otis verfolgt und mit Feuer verbrannt wurde. Sie war gerannt, doch diesmal stoppte kein Baum ihr Fortkommen, stattdessen öffnete sich ein See vor ihr. Als sie sein Ufer erreichte, kam die Dunkelheit aus dem See herangekrochen.

Sie schüttelte den Kopf. Wann hatte sich die Realität mit dem Traum vermischt? Sie konnte sich nicht erinnern, ihr Schlaflager verlassen zu haben und zum See gegangen zu sein. Auf ihrer Zunge brannten Fragen, aber sie wagte keine davon zu stellen. Die Stille zwischen ihnen dehnte sich weiter. Ein angenehmes Gefühl, das ihr Raum gab, ihre innere Mitte wiederzufinden. Woher wusste er, was sie tun musste, um der Dunkelheit zu entfliehen? Wie konnte es sein, dass er mit seinem Feuer all ihre Kräfte bändigte und kanalisierte?

Langsam aber begann sie zu verstehen, was passiert war, begriff die Verunreinigung ihres Geistes, weil sie Leben genommen hatte, ohne dafür um Verzeihung zu bitten. Kein Leben, keine Energie durfte sie leichtfertig der Welt entziehen. Alles war eins und doch getrennt. Ihr eigener Geist hatte sich zur Wehr gesetzt.

Sie hatte völlig vergessen, zu meditieren. In der Meditation wäre ihr der verdorbene Zustand ihres Geistes aufgefallen und er hätte sich nicht ungewollt von ihrem Körper trennen können. Sie seufzte tief. Sie verstand jetzt, was passiert war. Aber eine Frage blieb.

Er saß ihr noch immer gegenüber, die Beine gekreuzt. Seine Arme ruhten auf den Knien, das Gesicht hinter dem Bart und in den Schatten verborgen, unergründlich für sie.

»Woher wusstet Ihr –«, sie brach ab, suchte nach unverfänglichen Worten, die ein Mann aus Forran verstehen konnte.

»Ihr vergesst, dass meine Großmutter eine Frau aus dem Volk von Mintra war.«

Sie schluckte schwer. »Seit wann wisst Ihr, dass ich aus Mintra stamme?«

»Von dem Moment an, als ich Euch zum ersten Mal sah.«

Seine Worte sickerten langsam in ihren Verstand durch. Wenn er es gewusst hatte, weshalb hatte er eingewilligt, sie mitzunehmen? Lemars Worte vom Abend zuvor fielen ihr ein. Er hatte keine andere Wahl gehabt. Levarda setzte ihre erste Frage neu an. »Woher wusstet Ihr, was Ihr tun müsst, um meinen Geist in meinen Körper zurückzuholen?«

»Ihr meint den Schlag?«

Sie nickte.

Er zuckte mit den Achseln. »Es war ein Versuch, und es hat funktioniert.«

Levarda spürte die Lüge hinter den Worten. Sie versuchte sein Gesicht im Dunkel zu ergründen. Kannte er den Vorgang, dass ein Geist seinen Körper verließ? Praktizierte er es womöglich selbst? Ein Schauer überlief sie bei dem Gedanken, was es noch gab, von dem sie nichts wusste und was ihr der Meister verschwiegen hatte.

»Ist das der Grund, warum Ihr Lady Smira begleitet? Soll Euer Geist heimlich in das Gemach des hohen Lords schleichen und ihn um seinen Verstand bringen?«

Entsetzt von der Vorstellung schüttelte sie den Kopf.

»Das würde ich Euch auch nicht raten, denn in diesem Moment wäre Euer Körper mir völlig schutzlos ausgeliefert.«

Mehr brauchte er nicht zu sagen. Levarda hörte die Drohung in seinen Worten. Sie wusste, dass er sie töten würde. Es war nur eine Frage der Zeit. Wie leicht wäre es heute für ihn gewesen! Sie spürte noch immer die Kraft, mit der er ihren Kopf umklammert gehalten hatte. Ein kleiner Dreh nur –. Sie schauderte bei dem Gedanken, dass sie so zerbrechlich war.

»Das Ritual«, sprach sie ihn an, »wie kamt Ihr darauf, dass es mir helfen würde?«

»Meine Großmutter vollzog es nach jeder Schlacht. Sie wandelte direkt nach dem Kampf durch die Reihen der Toten, blieb bei denen, die durch sie den Tod gefunden hatten, stehen, und sprach die Worte. Ich beobachtete sie als junger Mann dabei, und sie erklärte es mir.«

Levarda zog die Augenbrauen hoch. »Eure Großmutter kämpfte mit Euch in einer Schlacht?« Sie wusste nicht, was sie mehr entsetzte. Die Tatsache, dass jemand aus Mintra in die Schlacht zog, um Menschen das Leben zu nehmen, oder dass es eine Frau gegeben hatte, die für den hohen Lord in die Schlacht zog.

Als hätte er ihren letzten Gedanken gehört, antwortete er ihr: »Niemand wusste, dass sie eine Frau war. Schneidet Euch die Haare ab, wickelt Eure Brust mit Bandagen ein und arbeitet mit dem Vorurteil, dass keine Frau so kämpfen kann wie ein Mann.« Seine Augen verengten sich zu schmalen Schlitzen. »Meine Soldaten brauchen nicht die Verkleidung, um Euch als Gefährtin in der Schlacht zu akzeptieren. So ändern sich die Zeiten.«

Levarda schwieg. Sie musste über das nachdenken, was er ihr gesagt hatte. Es war mehr, als sie heute Nacht verstehen konnte. Eine Frau aus Mintra – eine Kriegerin. Das widersprach allen Regeln, auf denen ihr bisheriges Leben beruhte. Aber war sie denn besser? Erneut stiegen Tränen in ihr auf, die sie wütend unterdrückte.

Sie erhob sich langsam. »Ich danke Euch für Eure Hilfe. Ich stehe in Eurer Schuld.«

Geschmeidig glitt auch Lord Otis in die Höhe. »Ihr habt mir in den letzten Tagen ebenfalls einen großen Dienst erwiesen. Seht es als Ausgleich dafür.«

Schweigend gingen sie ins Lager zurück. Zwischen ihnen lag

genug Abstand, sodass Levarda kein unsittliches Verhalten vorgeworfen werden konnte. An seine Hände in ihrem Gesicht und daran, dass sie vor weniger als einer Stunde in seinen Armen gelegen hatte, wollte sie nicht denken. Sie zog seinen Umhang fester um ihren Körper.

Vor dem Frauenzelt standen zwei Wachsoldaten. Neugier glomm in ihren Augen, die aber schwand, als ein scharfer Blick von Lord Otis sie traf.

Levarda sah auf den Umhang, der sie warm umhüllte.

»Behaltet ihn, Ihr könnt ihn mir morgen zurückgeben.«

Sie neigte den Kopf, knickste tief und verschwand im Zelt. Dort ließ sie sich auf ihrem Fell nieder, rollte sich zusammen, wickelte den Umhang um sich und vergrub die Nase in dem Stoff.

7

BURG IKATUK

Die letzten Tage der Reise verbrachte Levarda gemeinsam mit den Frauen in der Kutsche. Diesmal ertrug sie es mit Gelassenheit. Die Erlebnisse in der Nacht waren ihr eine Warnung gewesen. Sie war keine Kriegerin und es war ihre eigene Entscheidung gewesen, die Aufgabe anzunehmen. Es wurde Zeit, dass sie sich fügte.

Sie holte ihr Buch über Anstand und Regeln am Hofe hervor und vertiefte sich darin, las es mehrmals und lernte sogar die unverständlichen Vorschriften auswendig, was ihr den gutmütigen Spott von Lina und Melisana einbrachte.

Abends, nach dem Aufbau des Frauenzelts, übten die Dienerinnen die Regeln mit Levarda ein. Selbst Lady Smira schloss sich ihren Übungen an, und bald hallte vergnügtes Lachen im Zelt, was Levardas Herz leichter werden ließ.

Sendad kam bei der Kutsche vorbei, nachdem er so weit genesen war, dass er wieder reiten konnte.

Sita hatte zunächst für Wirbel gesorgt, sodass sich Lemar hilfesuchend an Levarda richtete. Gemeinsam suchten sie einen einfühlsamen Reiter mit weicher Hand für sie aus, der mit den Soldaten von Lord Otis ritt. So war Sita direkt in der dritten

Reihe, vorn im Tross, und diese Lösung schien ihr zu gefallen. Dennoch hatte es Levardas Herz fast in Stücke gerissen, als sie jemand anderes auf ihrem Pferd reiten sah.

Vier Tage darauf erreichten sie am späten Nachmittag eine kleine Burg, eingebettet in hügeliges Gelände auf der Kuppe eines höheren Berges. Es gab Wälder ringsherum, die dicht und grün in der Sonne leuchteten. Die Landschaft erinnerte Levarda an die Täler ihre Heimat, nur fehlten das Gebirge und der mächtige Berg Asambra. Ihre Reise hatte mehr als drei Wochen gedauert und sie konnten froh sein, dass der Frühling sie auf der Reise gnädig vor längeren Regengüssen verschont hatte.

»Ist das die Festung des hohen Lords?«, fragte Levarda erstaunt, weil die Burg klein wirkte. Sie hatte eine Stadt und einen prachtvollen Bau für den Herrscher von Forran erwartet.

Lady Smira, die ebenfalls seit einiger Zeit die Gegend aus dem Fenster der Kutsche betrachtete, lachte.

»Nein, das ist Burg Ikatuk, der Sitz von Lord Otis. Wir werden uns hier eine Woche erholen, bevor wir meinem zukünftigen Gemahl unter die Augen treten.« Sie sah an sich herab. »Was würde er von mir denken, wenn er mich so sähe?«

»Er würde denken, wie wunderschön Ihr seid, und dass Euch keine andere Frau im Land auch nur bis zur Nasenspitze reicht.«

Ihre Cousine senkte verlegen den Kopf und knetete ihre Hände in den dünnen Handschuhen.

Die Kutsche ratterte über die Zugbrücke und hielt vor dem Eingangsportal. Auf dem Hof wirbelten bald Soldaten mit Knechten durcheinander. Ein Tumult entstand. Levarda schien es, als würden die Menschen planlos herumrennen, doch nach und nach lichtete sich das Getümmel. Sie überlegte, ob sie Ihrem Bedürfnis folgen und aussteigen sollte, oder ob das unschicklich wäre. Bisher hatte der Kutscher immer für sie die Türen geöffnet. Sie verstand den Grund für die Verzögerung nicht, bis sie vor dem Portal die hochgewachsene Gestalt von Lord Otis entdeckte, der mit einer Magd sprach.

Die Magd hielt den Blick gesenkt, ihre Lippen waren aufeinander gepresst und die Stirn gefurcht. Ihre Kleider besaßen eine außergewöhnliche Qualität. Levarda hatte lang genug mit den Tuchmachern in ihrem Dorf gearbeitet, dass sie es selbst auf die Distanz einschätzen konnte. Sie fragte sich, was der Hausherr mit einer Dienerin so ausführlich besprach. Außerdem interessierte es sie, ob dies der Grund dafür war, dass der Kutscher sie nicht aus dem Gefährt herausließ. Bevor sich Levarda zu einem Entschluss durchringen konnte, wurde die Tür geöffnet.

Zuerst stiegen die Dienerinnen aus, dann Lady Smira und zuletzt Levarda. Von beiden Dienerinnen flankiert ging Lady Smira gemessenen Schrittes die fünf Stufen bis zur Eingangstür hoch. Levarda folgte ihrer Cousine und spürte die neugierigen Blicke der Knechte vor der Burg. Zwei weitere Mägde erschienen an der Tür. Die Augen gesenkt, warfen sie verstohlene Blicke auf die Ankömmlinge, wobei sich ihre Aufmerksamkeit auf die zukünftige hohe Gemahlin konzentrierte.

Mit einem knappen »Es ist alles gesagt« beendete Lord Otis gebieterisch sein Gespräch mit der Frau.

Gemeinsam betraten alle die Eingangshalle.

Levarda hielt einen Moment inne und ließ ihren Blick schweifen. Die Halle bestach durch ihre schlichte Eleganz. Eine Treppe führte in ein Obergeschoss, das sich am Absatz in zwei Gänge teilte. Links von der Treppenbasis gab es ein Portal mit verzierten Türflügeln. Blumenranken wanderten die Türbogen hoch und sie fragte sich, was sich dahinter verbarg. Rechts neben der Treppe gab es eine schlichte, hölzerne Tür, aus der soeben ein Diener trat und sich dem Hausherrn dezent näherte.

Ohne hinzusehen löste Lord Otis seinen Reisemantel und überließ ihn dem Diener. Darunter kamen seine Stiefel, von der Reise mit Lehm bespritzt, die enganliegende braune lederne Reithose, der Gurt mit dem Schwert und die tailliert geschnittene dunkelblaue Uniformjacke zum Vorschein. Das silberfarbene Emblem auf der linken Brust, der hohe Kragen und sein schwarzer Bart, von der Narbe im Gesicht geteilt, ließen ihn verwegen und gleichzeitig würdevoll aussehen.

Hier in seiner Burg strahlte seine Aura in einer Art, die Levardas Plusschlag beschleunigte. Das war sein Grund und Boden. Sie befanden sich in seinem Machtbereich.

Mit einer knappen Kopfneigung – höflich – wandte sich Lord Otis an Lady Smira.

»Willkommen in meinem Heim, Lady Smira. – Rika«, er zeigte auf die gutgekleidete Magd, »wird Euch Eure Räume für die nächsten Tage zeigen.«

Er deutete als Nächstes auf eine ältere, rundliche Magd mit auffallend rotem Haar, die neben Rika stand. »Kijana wird Euch neben Euren eigenen Dienerinnen hier zur Verfügung stehen. Bitte scheut Euch nicht, Eure Wünsche zu äußern. Ich möchte, dass Ihr Euch auf meiner Burg wie zu Hause fühlt.«

Er winkte eine weitere Magd zu sich, die jetzt aus Rikas Schatten trat. Schwarze, kurze Locken umrahmten das Gesicht des Mädchens, das auf der einen Seite durch ein handgroßes Brandmal entstellt war.

»Das ist Adrijana. Sie wird sich um Euch, Lady Levarda, kümmern.« Weder wandte sich Lord Otis dabei ihr zu, noch richtete er seine Worte direkt an sie.

Seit der Nacht am See war es das erste Mal, dass sie so nah bei ihm stand. Levarda war am Morgen nach dem Vorfall mit einem seltsamen Gefühl aufgewacht, das sie nicht einordnen konnte. Geborgen von dem Mantel, der seine Aura ausströmte, mit seinem Geruch in ihrer Nase, hatte sie ohne weitere Albträume tief und fest geschlafen. Lag es an dem erholsamen Schlaf, dass sie sich so ruhig gefühlt hatte? Nein, ruhig war nicht das richtige Wort. Es gab keine Zweifel, keine Angst mehr in ihr, stattdessen leuchtete ein kleines Licht in ihrem Innern, das sie ausfüllte und zufrieden machte. Gleichzeitig fühlte sie sich leicht wie nach einer langen Meditation.

Jetzt stand er nur drei Schritte vor ihr, drehte ihr halb den

Rücken zu und erschien ihr dabei weiter entfernt als die Sterne am Himmel. Dennoch spürte sie dieses Licht, das eine so intensive Wärme abstrahlte, dass sie glaubte, es müsse von außen sichtbar sein. Doch niemand schien es zu bemerken. Fasziniert nahm sie wahr, was da in ihrem Innersten geschah.

Erst, als Lord Otis durch die Eingangstür verschwand, als sich die Intensität des Lichts verringerte und Rika sie mit vorwurfsvollem Blick musterte, merkte Levarda, dass sie geträumt hatte.

Hastig folgte sie den übrigen Frauen. Als sie am oberen Treppenabsatz mit Lady Smira und den Dienerinnen nach rechts abbog, blieb Rika stehen und blockierte ihr den Weg. Adrijana hatte indes die andere Richtung eingeschlagen.

»Ihr, Mylady«, abschätzend spuckte sie die Anrede aus, »schlaft nicht auf dieser Seite der Burg. Die Räumlichkeiten hier sind begrenzt und wir wussten nicht, dass noch eine zweite Lady bei uns ihr Quartier bezieht.« Sie sah Levarda unverfroren ins Gesicht.

Levarda mahnte sich, einen höflichen Ton zu wahren, obwohl sich die Magd ihr gegenüber eindeutig zu viel herausnahm.

»Wirklich? Hatten denn die anderen Gemahlinnen auf der Durchreise keine begleitende Lady bei sich? Das erschiene mir – unwahrscheinlich.«

»Eine Gesellschafterin – ja, eine Lady – nein. Niemand riskiert das Leben einer weiteren Adeligen.« Der letzte Satz hatte den Geschmack eines offenen Affronts.

Levarda wog einen Moment ab, ob es lohnte, mit einer Bediensteten zu argumentieren, die – Benehmen hin oder her – doch nur die Anweisungen ihres Herrn ausführte.

»Meine Ansprüche sind nicht hoch«, sagte sie daher äußerlich gleichmütig, »es macht mir nichts, wenn ich nur einen kleinen Raum zur Verfügung habe.«

Spitz erwiderte die Magd: »Mein Herr sagt, dass Ihr andere Räume beziehen sollt, und danach richten wir uns. Wenn Euch das nicht behagt, steht es Euch frei, das mit ihm zu besprechen.«

Mit diesen Worten wandte sich Rika brüsk ab, schenkte Lady Smira ein freundliches Lächeln. »Folgt mir bitte, Mylady.«

Unsicher, ob sie das unverschämte Verhalten der Magd rügen sollte oder nicht, sah ihre Cousine kurz zu Levarda hinüber, während Rika vorausging.

»Ich denke, wir können das später mit Lord Otis klären, derweil sollten wir uns fügen«, flüsterte Levarda ihr zu und bedeutete ihr mit einem Kopfnicken, Rika zu folgen.

Eine eigene Dienerin hatte Levarda noch nie benötigt, doch vermutlich stand das genauso wenig zur Diskussion wie die Raumverteilung.

Adrijana war stehengeblieben und hatte den Wortwechsel stumm verfolgt. Nun drehte sie sich mit einem vielsagenden Lächeln in die andere Richtung.

Levarda folgte ihr.

DIE BURG GEFIEL LEVARDA. SIE WAR VÖLLIG ANDERS ALS DIE pompöse Burg Hodlukay. In den Gängen wurde eine schlichte Eleganz gewahrt. Es gab Bilder an den Wänden, aber nur vereinzelt, sodass jedes für sich den Betrachter zum Verweilen einlud. Manche von ihnen bildeten Menschen ab, andere wiederum Landschaften. Alles war in hellen Farben gehalten, wirkte freundlich. Licht strömte durch vielerlei Fenster, die kein Vorhang bedeckte. Der Fußboden aus hellbraunem Holz glänzte matt im Sonnenlicht.

Immer wieder blieb Levarda stehen, weil sie die Lebendigkeit der Bilder gefangennahm. Geduldig wartete die Magd jedes Mal, bis sie mit ihren Betrachtungen fertig war.

Endlich erreichten sie eine Tür, und ein Lächeln zauberte einen weichen Zug auf das entstellte Gesicht der Dienstmagd und ließ die frühere Schönheit darin hervorschimmern. Levarda konnte nicht anders, als zurückzulächeln. Dieses Mädchen rührte sie.

Adrijana öffnete die Tür und forderte Levarda mit einem Wink auf, vor ihr einzutreten.

Beim Betreten des Raums wurde ihr schlagartig klar, in wessen Räumlichkeiten sie sich befand.

»Das ist ein Missverständnis.«

Doch Adrijana schüttelte nur mit verschmitztem Blick den Kopf. »Nein, die Anweisungen des Herrn waren eindeutig, und glaubt mir, Rika hätte jeden Spielraum seiner Worte genutzt.« Kichernd zog sie Levarda in die Gemächer und schloss die Tür. »Verzeiht mir mein ungebührliches Benehmen, Mylady, aber ich habe so etwas bisher auch noch nicht erlebt. Ihr seid die erste Frau, die er hier einquartieren lässt.«

Levarda versteifte sich. Allein sein Geruch, der in diesem Zimmer hing, verursachte ihr einen Schauer.

»Ich denke, dass du es nicht erleben wirst. Es ist mir egal, welche Anweisung er gegeben hat, ich möchte einen anderen Raum.« Levarda wandte sich zur Tür, aber die Magd hielt sie scheu am Arm zurück.

»Es wäre sehr unhöflich, Lady, ein so großzügiges Angebot von Lord Otis abzulehnen.«

Levarda hielt inne. Sie war müde, fühlte sich schmutzig und brauchte einmal Zeit für sich allein. Sie wusste, dass Lord Otis ihrem Wunsch nach einem anderen Zimmer nicht einfach nachgeben würde. Ihr fehlte im Moment die Kraft für eine Auseinandersetzung mit ihm. Dennoch musste sie eine dringende Frage klären.

»Wo wird Lord Otis sein Quartier beziehen?«

»Kein Sorge, Mylady, es gibt genügend Räume auf dieser Burg.« Die Spitze in ihren Worten war unüberhörbar.

Levarda beschloss, nicht weiter nachzufragen und das zugewiesene Zimmer erst einmal zu akzeptieren. Sie hatte keine Ahnung, was Lord Otis mit dieser Geste beabsichtigte, die sein Dienstpersonal offensichtlich genauso befremdlich fand wie sie.

Sie sah sich um. Ein großes, ausladendes Bett dominierte den

Raum. Es gab einen Kamin, zwei gemütliche Sessel und einen kleinen Tisch auf einem Teppich aus mehreren zusammengenähten Bärenfellen. Im Kamin brannte ein kleines Feuer, das seine Wärme in das Zimmer abgab. Auf der anderen Seite stand ein Schreibtisch am Fenster. An der Wand zog sich ein langes Regal mit Büchern entlang. Überrascht trat Levarda an das Regal und überflog die Titel.

»Ihr könnt lesen?«

Levarda hatte Adrijanas Anwesenheit völlig vergessen.

»Ja, aber das ist nicht so ungewöhnlich.«

Die Stille hielt nur kurz, dann kam die nächste Frage.

»Ihr stammt nicht aus Forran?«

Die Bestimmtheit, mit der die Magd das sagte, erschreckte Levarda. Ihr war nicht bewusst gewesen, dass sie einen Fehler gemacht hatte.

»Wieso fragst du das?« Levarda sah ängstlich an sich herab. Gut – die Hose war unter ihren Röcken nicht zu sehen.

»Eine Frau, die lesen kann, ist im Land Forran sehr ungewöhnlich«, stellte Adrijana schlicht fest. »Um Eure Reisekleidung macht Euch mal keine Gedanken. Alle Frauen kommen hier in einem solchen Zustand an.«

Sie schwieg und musterte Levarda schüchtern. Offensichtlich war ihr der letzte Satz unabsichtlich herausgerutscht.

Levarda gefiel ihre ehrliche Art. »Keine Sorge, du kannst in meiner Gegenwart offen reden. Schließlich weiß jeder, dass Lady Smira nicht die erste Frau ist, die sich der hohe Lord zur Gemahlin ausgesucht hat.«

»Die Knechte bringen gleich Eure Kleidertruhen hoch, dann suche ich etwas Nettes für Euch heraus.«

»Meine Truhen?«, echote Levarda entsetzt. Seit sie auf dem Wagen gestanden und ihren Gürtel gerettet hatte, war der Gedanke an ihre Kleider völlig in Vergessenheit geraten. Alles, was sie noch an Kleidung besaß, trug sie am Leib, mit Ausnahme ihres Nachtgewandes, das in der Stofftasche war, in der sich auch all ihre Kräuter, Öle, Tücher, Bandagen und Werkzeuge befanden.

»Wenn Eure Kleider dreckig sind«, sagte Adrijana, um sie zu beruhigen, »ich bekomme sie schon wieder sauber.«

Levarda schüttelte bedauernd den Kopf. »Ich habe gar keine Kleider mehr.«

»Keine Kleider?«, Adrijana riss die Augen auf.

»Wir mussten den Wagen nach einem Angriff zurücklassen.« Dass da nur eine Truhe gewesen war, erwähnte sie nicht, denn sie schämte sich etwas ihrer wenigen Habseligkeiten wegen. – Ein seltsames Gefühl, das ihr Unbehagen verursachte. War sie bereits dabei, sich zu verändern?

Adrijana runzelte die Stirn, doch dann hellte sich ihr Gesicht auf. »Keine Sorge, Lady Levarda, ich spreche mit Lord Otis, dem wird bestimmt etwas einfallen.«

Noch ehe Levarda die Magd aufhalten konnte, war diese bereits aus dem Zimmer gestürmt. Levarda seufzte tief, aber dann schüttelte sie ärgerlich den Kopf. Sollte sich doch ruhig Lord Otis darum kümmern, immerhin war es seine Schuld, dass sie nichts mehr besaß.

Sie wollte sich eben erschöpft in einem der Sessel niederlassen, da entdeckte sie, dass unter einer zweiten Tür in dem Raum feine Nebelschwaden hervorzogen. Vorsichtig drückte sie die Klinke herunter und öffnete sie mit wachsendem Erstaunen über die Wärme, die ihr entgegenschlug.

Ein großes steinernes Becken, eingelassen in die rückwärtige Wand des Raumes, war bis zum Rand mit dampfendem Wasser gefüllt. Ein Kamin mit einem prasselnden Feuer trieb Levarda den Schweiß auf die Stirn.

Sie zögerte nicht, schloss die Tür und entledigte sich hastig ihrer Kleidung. Das Wasser umschloss sie heiß, als sie sich hineingleiten ließ. Duftessenzen mit einem feinherben Geruch, für ihren Geschmack ein wenig zu herb, umströmten ihre Nase. Das

Becken war tief genug, dass sie darin untertauchen konnte, himmlisch entspannend nach der anstrengenden Reise.

Sie spürte, wie die Hitze den Schmutz aus ihren Poren brannte. Es war wie ein Wunder – ein kleiner See im Innern einer Burg.

Lachend tauchte sie auf, schüttelte sich das Wasser aus den Haaren, nur, um gleich wieder unterzutauchen. An diesen Luxus könnte sie sich gewöhnen. Nur langsam kühlte das Wasser ab. Einmal erlaubte sich Levarda, es mit ihrer Energie zu erhitzen. Dann entschied sie sich seufzend, das Becken zu verlassen. Sie sah sich suchend um und entdeckte ein Tuch, in das sie sich hüllte. Sie hob ihre Kleidung auf, ging zum Becken und wusch sie aus. Kaum war sie fertig, hörte sie einen entsetzten Schrei.

»Lady Levarda?«

»Ich bin hier, in dem Raum mit dem See«, antwortete sie der Magd.

Vorsichtig ging die Tür auf. Adrijana schlüpfte mit verängstigter Miene herein.

»Ein Glück, ich dachte, ich müsste sterben.«

»Wieso solltest du sterben, wenn ich in einem anderen Raum bin?«

»Nein, Mylady, aber wenn Ihr geflohen wäret, dann! Lord Otis hätte mich auf jeden Fall hingerichtet. Es standen ja noch keine Wachen vor der Tür.« Adrijana schlug sich ertappt die Hand vor dem Mund. Sie sah Levarda entsetzt an.

»Interessant«, bemerkte Levarda, »und ich glaubte, wir wären Gäste.« Sie lächelte die Dienerin beruhigend an. »Ich werde mich hüten, eine falsche Bewegung zu machen. Ich fände es schade, wenn es dich auf Erden nicht mehr gäbe.«

Erleichtert kam die Magd zu ihr herüber. »Wo habt Ihr Eure Reisekleider, Mylady?«

Levarda deutete zum Becken, wo sie ihre nasse, aber saubere Kleidung hingelegt hatte.

Adrijana runzelte die Stirn. »Was habt Ihr getan? Ihr benehmt Euch wirklich eigenartig«, tadelte die Magd.

Levarda befand sich in einer misslichen Lage. Die Chance, ihre Kleidung schnell zu trocknen und wieder anzuziehen, war vertan. Es blieb ihr nichts anderes, als sie über dem Kamin zu trocknen.

»Stellt Euch vor, Lord Otis wäre nichts eingefallen, dann hättet Ihr jetzt nichts zum Anziehen gehabt.«

»Du hast etwas für mich?« Neugier flammte in Levarda auf. Wie hatte er das Problem so zügig gelöst?

Das Mädchen strahlte. »Ja, und glaubt nicht, es wäre einfach gewesen. Der Herr war schlechter Laune, weil er sich mit der kleinen Wanne begnügen musste. Und dann wurde er zornig, als er hörte, Ihr hättet keine Kleidung. Zum Glück fiel ihm ein, weshalb Ihr keine mehr habt, denn mir verschlug es vor lauter Angst die Sprache.«

Eben in diesem Moment hörte Levarda die Schritte von Männern, die ächzend etwas Schweres auf den Boden stellten.

Adrijana fuhr herum. »Bleibt hier, Mylady, rührt Euch nicht. Ich hole Euch, wenn Ihr rauskommen könnt.« Flink huschte sie aus dem Raum.

Amüsiert über den Eifer des Mädchens holte Levarda ihren Kamm aus der Tasche, setzte sich auf die einfache Holzbank, die vor dem Kamin stand, und begann, die Knoten aus ihrem Haar zu entfernen.

Sie war gerade damit fertig, als die Magd mit einem Kleid hereinkam. Ihr Gesicht war auf der eigentlich unverletzten Seite krausgezogen, und es gefiel Levarda, wie offen das Mädchen seine Stimmungen zeigte. Es schien unzufrieden mit der gebotenen Kleiderauswahl zu sein, wohingegen Levarda die Machart des Kleides sofort in ihren Bann zog.

Sie stand auf und nahm es der Dienerin aus der Hand. Ganz eindeutig – ein Gewand aus Mintra, mit seinem lebendigen Gewebe. Ihre Finger glitten über den weichen Stoff. Es war in einem dunklen, fast schwarzen Rot gehalten, ein Kleid vom Element Feuer, mit langen Ärmeln sowie einer Schnürung bis knapp unter Schlüsselbeinhöhe, wo es in einer Rundung endete.

»Das ist altmodisch und zeigt nichts von Eurer Weiblichkeit«, maulte die Magd, als Levarda in das Kleid schlüpfte. »Ich hoffe nur, die anderen Kisten erweisen sich als ergiebiger, sonst habe ich eine Menge Arbeit vor mir, bis alle Kleider umgenäht sind.«

Levarda schwieg, fühlte intensiv das Prickeln des Stoffes auf ihrer Haut. Die Energie ihres Feuers verband sich direkt mit dem Kleid und ließ den Stoff matt glänzen.

»Hmm, der Stoff ist hübscher als ich dachte, daraus lässt sich etwas machen. Nur der Ausschnitt muss tiefer, die Schnürung von vorne nach hinten, eine Perlenverzierung an die Brust ...«

Levarda hörte nicht mehr zu. Sie rannte aus dem Raum in das Schlafzimmer, wo jetzt drei Kisten an der Wand standen. Eine war geöffnet und enthielt weitere Kleider. Levarda jauchzte vor Freude, hüpfte, tanzte, drehte sich einmal im Kreis, sah die Tür und brach abrupt ihren Tanz ab.

Im Türrahmen lehnte Lord Otis, das Haar noch feucht, in enganliegender schwarzer Hose, halb offenem weißen Hemd und Stiefeln. Seine Augen glitzerten, seine flammende Aura leckte zu ihr herüber.

Hastig senkte Levarda ihren Kopf und umzog sich mit einem Schutzschild.

»Anscheinend macht Ihr Euch doch etwas aus Kleidung«, schnaubte er verhalten. »Weshalb habt Ihr damals nichts gesagt?«, fügte er gereizt hinzu.

Levarda zuckte die Achseln. Was sollte sie auch sagen? Sie hatte versucht, einige Habseligkeiten zu retten. Er hatte ihr befohlen, von dem Wagen herunterzukommen. Als ob er ihr zugehört hätte in diesem Moment des Aufbruchs. Aber es war einfacher, ihr die Schuld zu geben, anstatt einen Fehler einzugestehen oder sich zu entschuldigen.

»Bernar, Mitas!«, er winkte den zwei Dienern, die hinter ihm standen. »Normalerweise würde ich Euch nicht stören, aber meine Knechte, die Euch die Kisten brachten, sagten mir, Ihr wäret anderweitig beschäftigt.« Sein Blick glitt zur Tür, wo Adrijana stand, ebenfalls mit gesenktem Kopf.

»Vielleicht war es keine gute Idee, Euch Adrijana als Magd zu geben.«

»Doch, Mylord, eine ausgezeichnete. Gebt ihr nicht die Schuld für mein mangelhaftes Benehmen«, erwiderte Levarda und erntete von Adrijana einen dankbaren Blick.

»Wir werden sehen. – Ich benötige einige Dinge aus meinem Raum.« Er durchquerte das Zimmer mit langen Schritten. Während er Bücher, Papiere und Schreibzeug aus dem Regal zog und vom Tisch nahm, beobachtete ihn Levarda. Die Diener verstauten hastig alles in einer Kiste.

Es geschah fast geräuschlos, und ihr war schnell klar, weshalb. In jeder seiner Bewegungen konnte sie Lord Otis' Gereiztheit und Ungeduld spüren. Seine Diener kannten vermutlich seine Launen zur Genüge und wussten mit ihnen umzugehen.

Levarda betrachtete den Rücken des Mannes, sah, wie die Muskeln sich unter seinem Hemd bewegten. Der Anblick irritierte sie. Sein gesamter Körperbau war der eines Kriegers. Sie konnte sich ihn beim besten Willen nicht lesend am Kamin oder am Schreibtisch sitzend vorstellen. Doch hier stand er vor ihr, blätterte mit gerunzelter Stirn einige Schriftstücke durch, scheinbar unschlüssig, ob er sie benötigte oder nicht.

»Weshalb beobachtet Ihr mich?«, fragte er unvermittelt mit scharfer Stimme, hob den Kopf und sah sie an.

Gefangen von seinem Anblick konnte sie ihre Augen einfach nicht abwenden. Sein frisch rasiertes Gesicht mit der Narbe faszinierte sie in seiner Verschlossenheit. Sie fragte sich, ob er diese immer so zur Schau trug oder ob sich das Bild veränderte, wenn er schlief. Erschrocken über ihre eigenen Gedanken senkte sie die Augen, das kleine Licht in ihrem Innern begann zu strahlen und breitete sich aus. Ehe sie es verhindern konnte, entzündete sich daran ihr Feuer und die Energie setzte sich in dem Kleid fort. Sie wusste, dass sie den Vorgang nicht mehr bremsen konnte. Hastig ging sie zum Kamin, in der Hoffnung, dass das Flackern ihres Kleides als eine Reflexion der Flammen erscheinen würde. Sie setzte sich in den Sessel, faltete ihre Hände und konzentrierte sich auf die Erregung in ihrem Innern. Es war unglaublich, welche Energie dieses kleine Licht besaß. Sie machte gar nicht erst den Versuch, es einzufangen, sondern packte das Element Erde darum herum, in dem es sich genügsam einkuschelte.

»Verzeiht, es war nicht meine Absicht, Euch anzustarren.« Sie ärgerte sich, dass es ihr so schwerfiel, sich in seiner Gegenwart wie eine Lady zu verhalten. »Vielleicht liegt es an dem Raum«, ergriff sie die Gelegenheit beim Schopf, die Sache anzusprechen. »Es macht mir nichts aus, wenn mein Gemach klein ist, darum bitte ich Euch, mich umzuquartieren. Außerdem würde ich Euch gern den Umstand ersparen, dass Ihr hier alles herausräumen müsst.«

»Es gibt keinen anderen Raum für Euch, wir werden uns beide damit arrangieren müssen.« Sein Ton ließ keinen weiteren Widerspruch zu. »Er besitzt Vorteile, die Ihr sicherlich bald zu schätzen wisst.«

Levarda hob den Kopf und sah zu dem angrenzenden Zimmer mit dem Wasserbecken. Er folgte ihrem Blick.

»Oh, nicht nur das«, setzte er mit einem Bedauern in seiner Stimme hinzu. Auf seinen Wink packten die Diener die beiden Kisten, die sie inzwischen fast vollständig gefüllt hatten und gingen gemeinsam mit ihrem Herrn zur Tür. Lord Otis drehte sich im Rahmen noch einmal um.

»Das Kleid, das Ihr da anhabt, steht Euch.«

Tiefe Röte suchte sich ihren Weg über Levardas Wangen. Das Licht in ihrem Innern hüpfte wild umher. Es entwischte der erdigen Aufsicht, und ein neues Flammenmeer ließ den Stoff lebendig schimmern.

Zum Glück hatte sich die Tür bereits hinter ihm geschlossen.

. . .

In der Nacht wachte Levarda stöhnend auf. Erschrocken fuhr sie hoch, um sich gleich in die Kissen fallenzulassen. Sie legte die Hand über ihre Augen.

Dieser Traum war furchtbarer als jeder Albtraum, den sie je gehabt hatte. Sie spürte noch immer die Erregung als Widerhall in ihrem Körper. Eine Gänsehaut hatte sich auf ihren Armen gebildet. Sie rollte sich zusammen, verbarg ihr Gesicht in den Kissen. Verdammt, selbst diese Kissen rochen nach ihm. Wuschen seine Diener denn nicht die Bettwäsche, bevor sie jemand anderen darin schlafen ließen?

Verstört sprang sie aus dem Bett. Hier würde sie diese Nacht kein Auge zu bekommen, nicht bei diesen beschämenden Gedanken. Was war nur los mit ihr? Sie war doch kein kleines Mädchen mehr! Vor ihr stand eine schwierige Aufgabe, auf deren Erfolg so viele hofften – und sie träumte von der Liebe.

Erregt lief sie auf und ab. Dann setzte sie sich in den Sessel, nahm ihr Amulett in die Hand und ließ die überschäumende Energie aus ihrem Körper hineinfließen. Als Nächstes knöpfte sie sich die durch Sendads Verletzung geleerten Heilsteine vor. Einen nach dem anderen füllte sie mit der Kraft und spürte, dass sich langsam Ruhe in ihr ausbreitete.

Sie sah auf das Bett, verwarf aber den Gedanken, sich dort zum Schlafen zu legen, sofort wieder. Stattdessen nahm sie sich ihren Reiseumhang, den Adrijana vor dem Kamin zum Trocknen aufgehängt hatte, schob die Sessel beiseite und rollte sich auf dem Fell ein. Ihren Umhang benutzte sie als Decke. Die Augen auf das Spiel der Flammen gerichtet, schlief sie ein.

»Guten Morgen, Mylady!«

Levarda hörte, wie die Vorhänge vom Fenster zurückgezogen wurden.

Ein Kreischen durchschnitt die Stille, gefolgt von Männerschritten, die ins Zimmer stürmten. Erschrocken richtete sie sich auf. Adrijana stand mit der Hand über dem Mund vor dem leeren Bett. Zwei Soldaten liefen mit gezücktem Schwert im Raum herum und suchten ihn hektisch ab.

»Ich bin hier«, meldete sich Levarda verschlafen.

Drei Augenpaare starrten sie verdutzt an. Die Männer grinsten – zwei aus Sendads Truppe – und nickten ihr kurz zu. Dann war sie wieder allein mit ihrer Magd.

»Es tut mir so leid, dass ich dich immer in Verlegenheit bringe«, entschuldigte sich Levarda. Sie erhob sich und ließ sich in den Sessel fallen. Ihre nackten Füße schob sie unter ihren Po und legte den Umhang um sich.

Das Fell war nicht so bequem gewesen, wie sie es gehofft hatte, der Fußboden war in diesem Zimmer aus Stein, härter als die warme Erde. Aber immerhin hatte sie geschlafen – ohne verwirrende Träume. Sie gähnte verschlafen.

Adrijana klatschte in die Hände, die Tür öffnete sich und ein Mädchen kam mit einem Tablett herein, von dem es köstlich duftete.

Sobald es auf dem Tisch neben Levardas Sessel stand, stürzte sich Levarda hungrig auf das duftende, warme Brot mit kaltem Fleisch. Zusätzlich gab es eine Schüssel mit klein geschnittenen Äpfeln, Beeren und Trauben, eine heiße Suppe aus Milch mit gepresstem Hafer und einem Klecks Honig. Adrijana machte derweil ihr Bett, öffnete auch den Vorhang an dem Fenster, das in die andere Richtung blickte. Sonnenlicht flutete durch den Raum, und wohlig reckte Levarda sich den warmen Strahlen entgegen.

Nachdem sie alles bis auf den letzten Krümel aufgegessen hatte, ging sie in das Zimmer mit dem Wasserbecken. Dort stand eine Waschschüssel für sie bereit.

Kaum war sie mit dem Waschen fertig, betrat Adrijana den Raum mit einem Kleid für sie, diesmal aus einer der anderen Kisten, wie Levarda enttäuscht feststellte. Sie überlegte kurz, ob sie sich ein anderes Kleid aus der mintranischen Truhe aussuchen sollte, entschied sich aber dagegen. Die neue Energiequelle in ihr war einfach zu unberechenbar und sie war den Umgang mit ihr nicht gewohnt.

Adrijana musste Levarda beim Anziehen all der Kleidungsschichten helfen. Allein hätte sie sich niemals zurechtgefunden. Im Gegensatz zu den Kleidern aus Mintra besaß das Oberteil eine Schnürung hinten. Sie fragte sich, wer sich so einen Blödsinn ausgedacht hatte. Die Gesamtlänge und die Ärmellänge passten, der Brustumfang und die Taille waren zu weit, aber das störte Levarda nicht.

»Hmm«, machte Adrijana mit schiefgelegtem Kopf, »das lässt sich leicht beheben. Erstaunlich, dass Euch die Sachen beinahe passen. – Der Herr hat ein gutes Augenmaß!«

Levarda hatte nachgedacht, ob sie es alleine schaffen würde, das Kleid auszuziehen, und hatte nicht hingehört.

»Was?«, merkte sie jetzt auf, »worin hat er ein gutes Augenmaß?«

»Was Euren Körperbau betrifft«, sagte Adrijana unschuldig und faltete das Gewand im Rücken, um eine Nadel hineinzustecken.

Levarda erstarrte bei dem Gedanken, woher er ihre Maße hatte.

»Macht Euch nicht so steif, Ihr wollt doch, dass Euer zukünftiger Gemahl etwas zum Sehen hat.«

»Was?!« Das war zu viel. Levarda riss sich von der Magd los. »Du brauchst das Kleid nicht zu ändern, es ist in Ordnung so!«

»Nein«, widersprach diese ungerührt, »auf keinen Fall bleiben die Kleider so. Der Herr würde mir das nie durchgehen lassen.«

»Unfug! Dem Herrn ist es völlig egal, wie ich herumlaufe.«

Levarda tat ihre Heftigkeit sofort leid und sie fügte versöhnlich hinzu: »Wie auch immer – er verschwendet keinen Blick an mich.«

»Das sah gestern Abend aber anders aus«, erwiderte die Magd vielsagend.

Levarda fuhr herum. »Wie meinst du das?«

Adrijana zuckte mit den Achseln und antwortete nicht auf die brüsk vorgebrachte Frage. »Verzeiht, Mylady, aber ich brauche das Kleid.«

Levarda verdrehte genervt die Augen. Widerwillig ließ sie sich beim Auskleiden helfen. Schrecklich, immer brauchte man jemanden. Sie schnappte sich das Kleid von gestern und zog es an, während sich die Dienerin auf einen kleinen Schemel ans Fenster hockte. Dort hatte sie einen Korb mit allerlei Nähutensilien und machte gleich die ersten Stiche.

Levarda ging zum Fenster und blieb dort stehen. Adrijana machte das äußerst geschickt. Schließlich zeigte sich die Magd gnädig.

»Aber Ihr versprecht, dass es unter uns bleibt«, kam sie auf Levardas Frage zurück.

Wortlos hob diese die Hand und legte sie auf ihr Herz. Die Dienerin sah offen zu ihr auf und lächelte verschwörerisch.

»Wie Ihr da gestern Abend am Kamin standet, mit gesenktem Kopf und doch so erhaben in Eurer Haltung! Der Schein des Feuers spiegelte sich auf Eurem Kleid«, ihre Augen glänzten schwärmerisch, »und Ihr saht wunderschön aus.«

Levarda schnaubte impulsiv. »Ich bin nicht schön«, widersprach sie.

Das Mädchen schwieg.

»Lady Smira ist schön«, fügte Levarda bekräftigend hinzu.

»Das stimmt«, gab Adrijana zu. »Selbst Rika war beeindruckt, und glaubt mir, so schnell lässt die sich von den Frauen, die der Herr hier anschleppt, nicht beeindrucken. Sie sind sowieso bald tot, sagt sie immer.«

Levarda erschreckte die Sachlichkeit der Dienerin, mit der sie von der Ermordung der Ehefrauen des hohen Lords sprach. Die Magd hatte es ohne besondere Emotion gesagt. War es so eine

Selbstverständlichkeit, dass sich der Herrscher von Forran jedes zweite Jahr eine andere Tochter aus einem Herrschaftshaus holte? Wäre sie bald selbst nur eine verschwommene Erinnerung für das Mädchen? Wie lange würden die Häuser dabei überhaupt mitspielen? Und wie mochten die anderen Familien zu ihren Kindern stehen? Lord Blourred – da war sie sich sicher – würde den Tod von Smira nicht einfach hinnehmen.

LEVARDAS VOLK LEBTE SEIT LANGER ZEIT AUßERHALB DES politischen Gefüges. Die Mintraner hatten sich in die tiefen, unwegsamen Wälder östlich des Asambra zurückgezogen. Die Machtkämpfe der Herrschaftshäuser von Forran und zwischen den Ländern interessierten sie nicht, auch nicht, dass Lord Blourred ihr Gebiet offiziell zu seinem Herrschaftsgebiet zählte.

Es war Tibanas Entscheidung gewesen, den Heiratsantrag von Lord Blourred anzunehmen. Zu diesem Zeitpunkt war ihr Vater der Vorsitzende des Ältestenrates von Mintra gewesen. Nur aus diesem Grund leitete Lord Blourred irrtümlicherweise seine Ansprüche auf das Gebiet ab – als ließe sich Land besitzen.

Niemand in Mintra hatte sich bemüßigt gefühlt, ihn aufzuklären. Stattdessen schwanden die Grenzen zum Gebiet der Mintraner unmerklich. Nur, wem Erlaubnis erteilt war, konnte das Land betreten. Wer sie nicht hatte, ging durch einen Wald, ohne je die andere Seite zu erreichen, und kam stattdessen an einem anderen Ende wieder heraus. Demjenigen erschien es dann, als habe er den Wald durchschritten, doch war er einem weiten kreisförmigen Bogen gefolgt, dessen Inneres verborgen lag.

LEVARDA BESCHLOSS, DIE OFFENHEIT IHRER MAGD ALS Informationsquelle zu nutzen, »Diese Rika«, tastete sie sich vor, »nimmt sich für eine Dienerin viel heraus.«

Adrijana zuckte mit den Schultern. »Für die Bettzofe eines unverheirateten Lords nicht ungewöhnlich.«

Levarda stutzte, aber Adrijana fuhr unbeirrt mit dem Nähen fort.

»Für die was?«, hakte sie verwirrt nach.

Die Magd sah überrascht auf. »Die – naja – Bettzofe?« Als habe sie ihr ein klares Stichwort geliefert, wartete sie offenbar auf Levardas Zustimmung, so etwas wie ‚ach so' oder ‚Das meinst du!'

»Ihr kennt – keine Bettzofe?«, fragte das Mädchen unsicher und schaute befremdet.

Levarda schüttelte den Kopf, obwohl sie bereits eine Ahnung beschlich. »Nein, kannst du es mir erklären?«

Eine feine Röte schlich sich in das Gesicht der Jüngeren, konzentriert blickte sie auf ihre Näharbeit und Levarda musste genau hinhören, um ihre leisen Worte zu verstehen.

»Manche Herren halten sich mehrere Bettzofen. Lord Otis hat eigentlich nur Rika. Ihr könnt Euch doch bestimmt denken, was damit gemeint ist.«

Ja, Levarda dachte es sich. In ihr wallte Zorn hoch über die Art der Dienstleistung, die er seiner Magd abverlangte. Sie wusste, dass die weiblichen Dienstboten außer einem Dach über dem Kopf, Kleidung und etwas zu essen keinerlei Lohn erhielten, im Gegensatz zu den männlichen Dienern. Sie galten als Besitz und durften ohne Erlaubnis des Lords ihren Herrn nicht wechseln. Das alles hatte ihr Lady Tibana erklärt, doch das Wort Bettzofe war von ihrer Seite niemals gefallen.

»Nein«, stieß sie schärfer als beabsichtigt hervor. »Ich habe keine Ahnung, was du meinst.« Sie wollte eine Erklärung.

Adrijana zuckte zusammen, duckte den Kopf noch tiefer über ihre Arbeit. »Naja, er – ist ein Mann, und – ähm, jeder Mann hat körperliche Bedürfnisse, die er befriedigen muss. Also wählt er sich aus seiner Dienerschaft eine Frau, die die Nächte mit ihm verbringt.« Es klang, als würde die Magd ihren Herrn verteidigen.

Obwohl sie es geahnt hatte, traute Levarda ihren Ohren nicht.

Sie hockte sich vor der Magd auf den Boden und hielt deren Hände fest.

»Was macht er?«, fragte sie fassungslos nach.

Adrijana sah ihr jetzt ängstlich ins Gesicht. »Ihr braucht keine Sorge zu haben«, stammelte sie, »er ist nicht so wie andere. Wenn Ihr seine Gemahlin seid, hat das sicherlich ein Ende. Darum mag Rika Euch ja nicht.«

Der Widerstreit ihrer Gefühle gegenüber Rika ging Levarda durch den Kopf, aber Adrijana verstand ihren Ausdruck falsch.

»Er hat sie diesmal nicht angerührt. Ehrlich! Und Rika hat sich deshalb gestern Nacht in den Schlaf geweint.«

»Weil sie ihn liebt?« Levarda wurde bewusst, dass ihre Frage eher nach einer Feststellung klang.

»Nein, weil sie es vermisst. Lieben tut sie Bernar, doch der will sie nicht, solange sie eine Bettzofe ist.«

»Aber Lord Otis zwingt sie doch, seine Bettzofe zu sein«, in Levardas Stimme schwang Abscheu mit.

»Nein, der Herr zwingt keine Dienerin in sein Bett«, Adrijana kicherte verunsichert, »das hat er nicht nötig.« Sie zwinkerte Levarda verschwörerisch zu. »Er versteht etwas von diesen Dingen, Ihr werdet es sehen. Schade, dass ich keine Lady bin.«

Was Adrijana damit meinte? Ein Bild aus ihrem gestrigen Traum schob sich in Levardas Gedanken. Kein Wunder, dass dieses Bett eine solche Aura ausströmte und ihr so einen Albtraum beschert hatte. Sie würde heute Abend dagegen vorgehen, versprach sie sich grimmig. Dann erst formten die verschiedenen Äußerungen der Dienerin einen Sinn in ihrem Kopf. Fassungslos von den wirren Worten der Magd holte sie sich einen Sessel vom Kamin, den sie ans Fenster zu Adrijana stellte. Bevor sie die nächste Frage formulierte, musste sie sich setzen. Allein der Gedanke daran jagte ihr das Grauen durch ihren Körper, aber es musste geklärt werden.

»Wie kommst du auf die absurde Idee, dass mich Lord Otis zur Frau nehmen will?«

Erstaunt sah das Mädchen sie an. Es hob die Hand und umfasste mit einer Bewegung den Raum, hob die Schultern. »Deshalb.«

Nachdenklich sah sich Levarda um. In einem war sie sich sicher, nämlich dass dies auf keinen Fall der Grund war, weshalb sie in diesem Zimmer schlief. Sie brauchte nur an die Nacht am See zu denken und an seine Haltung wie eine steingemeißelte Statue. Lord Otis hegte genauso wenig irgendwelche Gefühle für sie, wie sie für ihn. Er war gefährlich, viel gefährlicher, als sie es bisher angenommen hatte. Grausam, herrisch, blutrünstig, so würde sie noch viele Ausdrücke für ihn finden. Sie schüttelte den Kopf.

»Du vergisst eine Kleinigkeit«, stellte sie kalt fest. Adrijana sah von ihrer Handarbeit hoch.

»Wenn Lady Smira bis zum nächsten Jahr nicht schwanger wird, tötet er auch mich. Meinst du nicht, das wäre bezüglich deiner Idee ein wenig hinderlich?«

Die Magd schüttelte den Kopf. »Nein, er wird Euch nicht töten. Er findet eine Lösung.«

»Tatsächlich? Dann hat er nur noch ein Problem.«

Überrascht und verwirrt musterte das Mädchen sie. Anscheinend konnte Adrijana sich nicht vorstellen, dass es ein Problem geben sollte, das ihr Herr nicht lösen würde. Ihr absolutes Vertrauen in die Allmacht von Lord Otis ließ in Levarda Trotz aufwallen.

Sie lehnte sich im Sessel zurück. »Dass ich nicht die Absicht habe, ihn zu heiraten.«

Adrijana lachte ungehemmt los und schüttelte den Kopf. »Das ist kein Problem für ihn. Ihr habt kein Mitspracherecht bei dieser Entscheidung.« Sie holte tief Luft, rang nach Atem. »Aber keine Sorge«, beschwichtigte sie Levarda, die verdattert dreinsah, »spätestens nach der Hochzeitsnacht werdet Ihr Eure Meinung von ihm ändern, da bin ich sicher.«

»Du musst es wohl wissen«, stellte Levarda kühl fest, »aber

auch, wenn du ebenfalls mit ihm das Bett geteilt hast«, fügte sie hinzu, »sollst du wissen, dass ich –«, das letzte Wort mit Nachdruck betonend, machte sie eine bedeutungsschwere Pause, »gewiss nicht seine Gemahlin werde. Eher sterbe ich.«

Adrijana zuckte ein wenig zusammen und schwieg. Ob es an ihren Worten lag oder daran, dass sie sich mit der Nadel in den Finger gestochen hatte, war Levarda egal. Es hatte keinen Zweck, mit der Magd zu streiten oder ihr zu erklären, dass sie es nicht nötig hatte, das Bett mit ihrem Herrn zu teilen. Sie seufzte tief. Auf was hatte sie sich nur eingelassen?

Sie stand auf, unschlüssig, was sie mit diesem Tag, eingesperrt in einem Raum, anfangen sollte. Ihr Blick wanderte herum und blieb an den Kleiderkisten hängen. Sie hockte sich vor der Kiste nieder, in der sich die Kleider aus Mintra befanden. Wie kamen sie auf diese Burg? Dann fiel es ihr wie Schuppen von den Augen. Seine Großmutter! Larisan, Meisterin des Feuers, Schreiberin des Buches der Kriegskunst, die irgendwann aus Mintra verschwunden war.

Ihr Herz klopfte heftig. Tausendmal hatte sie sich gefragt, aus welchen Beweggründen Larisan Mintra verlassen hatte. Niemand in ihrem Land sprach von den Menschen, die eines Nachts aufbrachen und Mintra verließen. Levarda begann, die Kleider aus der Kiste zu holen, Nachtwäsche, Unterkleidung. Bei jedem Stück strichen ihre Hände sanft über den Stoff. Und jedes Stück erwiderte ihre Berührung mit einem leisen Knistern. Enttäuscht starrte sie schließlich auf den leeren Boden. Nichts von Bedeutung, nur Kleider. Prüfend warf sie einen Blick über die Fugen und Wände. Ihre Hände strichen den mit Samt ausgeschlagenen Boden entlang, suchten nach Unebenheiten, bis ihre Finger eine kleine Ausbuchtung ertasteten, die sich als winziger Hebel entpuppte. Sie zog daran, aber nichts geschah. Vermutlich war er verklemmt. Sie holte ihr Messer. Verfolgt von den wachsamen

Blicken der Magd schob sie es unter den Hebel, drückte es vorsichtig hoch, und der Boden sprang auf.

Eilig hockte sich die Dienerin zu ihr und Levarda verfluchte ihre eigene Ungeduld. Sie hätte warten sollen, bis sie allein war. Aber würde sie überhaupt jemals wieder allein sein? Sie musste einfach nachschauen, hob den Boden hoch, und ihre Augen bekamen einen ehrfürchtigen Glanz. Drei Bücher lagen in dem Fach. Andächtig holte sie eines davon heraus.

»Ist das alles?«, fragte Adrijana enttäuscht. »Kein Schmuck, keine Edelsteine, kein Gold?« Sie verlor im selben Moment das Interesse und kehrte flugs ans Fenster zurück.

Levarda pustete vorsichtig den Staub von dem Buch, das sie in ihren Händen hielt, löste das Band darum und schlug die erste Seite auf. In der feinen, ihr wohlbekannten verschnörkelten Schrift stand da: »Mein Leben auf Burg Ikatuk«. Levarda sog scharf die Luft ein.

8

LARISAN

Alle drei Bücher lagen vor Levarda auf dem Schreibtisch, jeder Band eingebunden in feingegerbtes, hellbraunes Leder, äußerlich schlicht und voll Leben im Inneren. An vielen Stellen sah sie dunkle Spuren von Fingern. Auf einem befand sich ein rostfarbener Fleck. Die Tagebücher von Larisan.

Das erste handelte von ihrem Leben in Mintra, das zweite von ihrem Leben auf Burg Ikatuk und das letzte von ihrem Leben in der Garde des hohen Lords. Beinahe wäre Levarda beim letzten Titel ein Überraschungsschrei herausgerutscht, aber sie beherrschte sich rechtzeitig, zumal Adrijana anwesend war. Dieses Buch über die Garde besaß den Fleck und Levarda spürte, dass es sich um Blut handelte. Die Frage war nur, wessen Blut.

Ihr fielen die Worte von Lord Otis, ein: Schneidet Euch die Haare ab, umwickelt Eure Brust mit Bandagen und arbeitet mit dem Vorurteil, dass keine Frau so kämpfen kann wie ein Mann. Er hatte ihr erzählt, dass seine Großmutter in der Garde gewesen war.

Sanft glitten Levardas Hände über die Einbände. Sie überlegte, ob sie Lord Otis von dem Fund in Kenntnis setzen sollte, entschied sich aber dagegen, nachdem sie den Eintrag auf der letzten Seite des dritten Buches gelesen hatte.

»Mögen dereinst diese Aufzeichnungen einer Tochter Mintras helfen, mein Leben besser zu verstehen und ihr selbst ein Wegweiser in dieser Welt sein – damit sich nicht dieselben Fehler wiederholen und damit mein Geist Ruhe finde.«

Sie starrte in das Feuer, das mit wenig Holz am Brennen gehalten wurde, da die Sonne den Raum wärmte. Wäre sie nicht mitgereist, dann wäre der Überfall anders verlaufen. Hätten sie nicht fliehen müssen, so wäre ihre Kleiderkiste nicht aussortiert worden. Nur so war sie auf diese kostbaren Schriften gestoßen, geschrieben in der Hochsprache Mintras und daher nicht lesbar für die Menschen aus Forran, denn gewiss beherrschte niemand diese aus hiesiger Sicht unbedeutende Sprache.

Sie waren für Levarda bestimmt. Nur so ergab alles einen Sinn. Nur so fügten sich die Ereignisse zusammen. Sie schob das erste Buch beiseite und begann mit der Lektüre des zweiten. Dem über Larisans Leben auf Burg Ikatuk.

»Meinem Herzen folgend, traf ich in einer Vollmondnacht auf Burg Ikatuk ein«, las Levarda. Vor ihrem geistigen Auge sah sie das Bild der schwarzgelockten, hohen Gestalt von Larisan, die des Nachts Einlass in Burg Ikatuk verlangte. Warum sie sich Larisan so vorstellte, wusste sie auch nicht genau. Das Buch zog sie immer mehr in seinen Bann. Sie erlebte die Freude von Lord Otis' Großvater, als dieser seine geliebte Larisan vor den Toren entdeckte. Aha, offensichtlich waren sich die beiden bei einer Verhandlung der Forraner mit den Mintranern begegnet. Dann ihre Weigerung, ihn zu ehelichen, weil sie nicht bereit war, in die Welt der Frauen ohne Rechte einzutauchen. Sie wollte unabhängig bleiben, frei und geliebt.

Levarda las von den zunehmenden Schwierigkeiten zwischen den beiden aufgrund der verschiedenen Auffassungen über das Leben einer Frau. Kilja, der damalige Lord von Burg Ikatuk, liebte die Unabhängigkeit an Larisan. Gleichzeitig kannte er den

Umgang mit einer selbstbewussten Frau nicht. Die Mintranerin nahm keine Anweisungen an, blieb nicht im Hause. Sie ritt über das Land, mischte sich in seine Aufgaben ein. Sie redete mit seinen Lehnsmannen und erteilte Ratschläge, wie er sie behandeln sollte. Es gab nichts, zu dem sie keine Meinung hatte, und sie stellte Lord Kiljas Entscheidungen auch in Anwesenheit anderer Herrschaften infrage. Auf einem Fest beim hohen Lord sorgte sie für einen Skandal, indem sie sich in die politische Diskussion der Männer freimütig einmischte. Das führte dazu, dass Lord Kilja seine Stellung als dessen Berater einbüßte.

All das akzeptierte er, weil er Larisan liebte. Sie blieben dem Hof des Herrschers von Forran von da an fern. Lange weigerte sich Larisan, Lord Kilja ein Kind zu schenken. Dann erfüllte sie ihm seinen Wunsch und schenkte ihrer Tochter Gunja das Leben.

Die Mutterschaft drückte die freiheitsliebende Frau in eine Rolle, die sie völlig aus der Bahn warf. An das Haus gebunden in der Verpflichtung, die sie ihrer Tochter gegenüber fühlte, verweigerte sie sich Kiljas Wunsch nach einem zweiten Kind.

Larisans Konflikt glühte Levarda aus jeder Zeile entgegen. Sie war eine Frau des Feuers – voller Leidenschaft. Levarda sah Larisans Liebe zu Kilja, die Liebe zu ihrer Tochter und ihre Unfähigkeit, sich den Regeln in diesem Land zu fügen.

Sie seufzte tief, als das Licht am Kamin zum Lesen nicht mehr ausreichte. Sie stand auf und ging ans Fenster, das ein breites Sims besaß, holte sich noch ein Kissen vom Bett, bevor sie es sich bequem machte.

Im Burghof unter ihr herrschte geschäftiges Treiben. Zwei Schmiede hatten ihre Feueressen im Betrieb, Pferde wurden neu beschlagen, Schwerter und Helme ausgebessert. Den Blick auf das Hier und Jetzt gerichtet, schweiften Levardas Gedanken in die Vergangenheit. Ob Larisan einst an diesem Platz gesessen hatte wie sie? Ein wunderschöner Sitzplatz. Sie konnte über die Mauern hinaus in das Land hineinsehen. Die Wälder begannen hinter einer freien Fläche, die sich kreisrund um die Burgmauern zog.

Zu Hause in Mintra lebten die Menschen in den Bergen und Wäldern, die einen in Höhlen, die anderen in den Bäumen. Der Blick auf die Bäume beruhigte ihren Geist. Ob Larisan dasselbe gefühlt hatte? Oder überwog der Schmerz, in die Weite zu sehen, so dicht an dem Wald, und ihn doch nicht berühren zu können? Würde es ihr selbst bald genauso gehen? Levarda vertiefte sich erneut in die Aufzeichnungen und vergaß die Welt um sich herum.

ES KAM, WIE ES KOMMEN MUSSTE. GEDRÄNGT VON EINER schlechten Ernte und Larisans Weigerung, ihm einen Sohn zu schenken, kam es zu heftigen Auseinandersetzungen zwischen den Liebenden. Larisan gab ihrem Liebhaber die Schuld an der schlechten Ernte, weil er sich weigerte, auf ihren Rat zu hören.

Dann kam der Brief vom hohen Lord. Er bat Kilja, Vernunft anzunehmen und eine Lady aus dem Hause der Keralen zu heiraten. So würde das Land neue Verbündete gewinnen und Kilja könnte seine Stellung als Berater zurückerhalten. Er könne Larisan ja als Bettzofe weiterhin behalten.

Bei diesen Worten musste Levarda für einen Moment das Buch beiseitelegen, so heftig wallten ihre Gefühle in ihr hoch. Überhaupt überlief es sie bei dieser Lektüre abwechselnd kalt und heiß.

Kilja wagte einen letzten Versuch bei Larisan, und nach ihrer Abfuhr willigte er in die arrangierte Hochzeit ein. Die Wogen in der Gesellschaft glätteten sich um Lord Kilja. In den ersten paar Monaten schien sich sogar Larisan mit der Situation arrangieren zu können. Aber dann gewann die Ehefrau nicht nur immer mehr Kiljas Gunst, auch Larisans Tochter Gunja vergötterte die herrschaftliche Dame. Entzückt von dem anziehenden Geschöpf zeigte diese wiederum dem Mädchen, was für Eigenschaften eine Lady brauchte. Bald imitierte Gunja sie perfekt. Ihr Vater bestärkte seine Tochter in ihrem Bestreben, und darüber kam es eines Nachts zu einem furchtbaren Streit zwischen Larisan und Kilja. Er endete mit einem Feuer, entfacht von der Wut Larisans, das die Hütten der Dienerschaft in Brand setzte. Erschüttert von dem Zorn und der Macht ihrer Mutter flüchtete Gunja endgültig zu der Frau ihres Vaters. Das brach Larisan das Herz.

Drei Diener verloren bei dem Brand ihr Leben. In dieser Nacht packte sie ihre Habseligkeiten, schnitt sich die Haare ab, kleidete sich in Männersachen, nahm ein Pferd aus dem Stall und verschwand.

TRÄNEN STAHLEN SICH AUS LEVARDAS AUGEN.

Schmerz brannte aus jeder einzelnen Zeile. Unschuldige Menschen hatten ihr Leben verloren, weil Larisan ihre Macht einsetzte. Das durfte niemals passieren. Wer sich in Mintra eines solchen Vergehens schuldig machte, musste sich der Reinigung unterziehen. Levarda hatte davon nur gehört, es bedurfte des gesamten Rates der Ältesten und bedeutete vier Tage qualvoller Schmerzen. Danach war die Fähigkeit, sein Element zu benutzen, für immer verloren. Sie konnte sich nicht vorstellen, wie sich ein solches Leben anfühlen musste. Jetzt verstand sie, warum es für Larisan keinen Weg zurück nach Mintra gegeben hatte. Sie zuckte erschrocken zusammen, als sie Adrijanas Stimme vernahm.

»Ihr habt den ganzen Tag nichts gegessen, Ihr seid stumm, interessiert Euch weder für die Kleider, die ich Euch nähe, noch kümmert ihr Euch um Euer Aussehen.«

Adrijana trat zu ihr ans Fenster, und hastig wischte Levarda sich die Tränen aus den Augen.

»Es wird bald Zeit, und ich möchte doch, dass Ihr zum Abendessen mit dem Herrn hübsch ausseht«, setzte das Mädchen hinzu. Levarda ließ sich vom Sims ziehen.

Die Sonne stand so tief, dass das Licht zum Lesen sowieso nicht mehr reichte. Außerdem fühlte Levarda sich wie gelähmt von all der Traurigkeit, über die sie gelesen hatte. Eine Tochter, die ihre Mutter nicht liebte. Ein Mann, dessen Liebe nicht ausreichte, um die Frau zu nehmen, wie sie war. Eine Frau, die nicht die Kraft fand, sich zu ändern, weder für ihre Tochter, noch für den Mann, den sie liebte. Diese Liebe, für die sie ihr Land verlassen, alles, was sie war und sein sollte, aufgegeben hatte. Denn noch heute sprachen die Mintraner mit Achtung von ihr und ihrem Talent für das Feuer. Sie war mächtig gewesen, konnte mit dem Feuerelement spielen wie niemand vor ihr. Aber sie war auch ein Mensch des Feuers, temperamentvoll und voller Leidenschaft.

Levarda ließ ohne Einwand ihre Haare bürsten, ölen und flechten. Als Adrijana sich daranmachte, ihr Gesicht einzufärben, wich sie zurück.

»Lass das. Ich mag es nicht, wenn ich mein Gesicht im Spiegel nicht mehr erkenne.«

»Aber Ihr habt eine so schöne Augenform, wenn ich sie ein wenig mit einem schwarzen Strich betone.« Levarda hielt die Hand des Mädchens fest, in deren Fingern ein Stift lag.

»Ich sagte nein!«

Bei dem scharfen Klang ihrer Stimme fügte sich die Magd, allerdings nicht ohne schmollend die Unterlippe vorzuschieben. Levarda ließ sich von ihr anziehen, völlig in Gedanken versunken.

»So, jetzt seht Ihr hübsch aus«, stellte Adrijana selbstzufrieden fest.

»Danke«, erwiderte Levarda, ohne auch nur einen Blick in den Spiegel zu werfen.

Beleidigt folgte ihr die Dienerin in den Flur.

Am Treppenabsatz, der in die Halle führte, trafen sie auf Lady Smira, die dort bereits mit Rika wartete. Die Magd riss die Augen auf, als sie Levarda sah, was ein zufriedenes Grinsen in Adrijanas Gesicht zauberte.

Während die Dienerinnen vorausgingen, beugte sich ihre

Cousine zu ihr. »Wie verhalten wir uns jetzt?«, flüsterte sie ihr fragend ins Ohr. »Ich habe noch nie allein mit unverheirateten Männern zu Abend gegessen.«

Levarda starrte sie verständnislos an.

»Was reden wir? Soll ich die ganze Zeit die Augen gesenkt halten? Ohne den Schleier anzuheben, kann ich nichts essen!«

»Gibt es dafür keine Regeln?«

Lady Smira schüttelte den Kopf. »Nein. Normalerweise kommen unverheiratete Frauen nicht in solche Situationen.«

»Nun, ich denke Lord Otis und seine Offiziere machen das nicht zum ersten Mal. Vertraut einfach auf die Führung des Mannes, so haltet Ihr es doch in Eurem Leben«, erklärte sie ungewohnt spitz, ihre eigenen Gefühle und Gedanken noch völlig durcheinander von der Geschichte. Trotz und Zorn aus den Aufzeichnungen von Larisan drangen wie Funken in ihr Gemüt und entfachten ein Feuer.

»Beleidigt Ihr mich?«, schnappte Lady Smira zurück.

Am liebsten hätte Levarda die Frau gepackt und kräftig geschüttelt. Ihr innerer Aufruhr machte ihr selbst Angst. Versöhnlicher, als sie sich in Wahrheit fühlte, antwortete sie ihr: »Nein, ich denke nur, dass Ihr nicht viel falsch machen könnt. Schließlich sind wir hier allein und niemand wird ein Wort darüber verlieren, wenn Ihr einen Fehler in der Etikette macht – die ja, wie Ihr selbst sagtet, für dieses Ereignis sowieso nicht existiert.«

Lady Smira schwieg, und Levarda konnte gleichsam hören, wie sie über ihre Worte nachdachte.

Sie erreichten die verzierten hohen Türen in der Halle. Zwei Diener öffneten die Flügel, und gemeinsam schritten sie in einen Flur, von dem weitere Eingänge abzweigten. Am Ende des Ganges öffnete sich eine Tür, und sie traten in Begleitung der Dienerinnen ein.

Ein reichhaltig gedeckter Tisch stand in der Mitte des Raumes. Die Männer waren bereits anwesend, in ihre offiziellen

Uniformen gekleidet: schwarze Stiefel bis über die Wade, weiße, enganliegende Hosen, dunkelblaue Uniformjacken mit den unterschiedlichen Emblemen. Sie standen am Kamin, jeder mit einem Glas Wein, und unterhielten sich leise. Während Lady Smira, von der ungewohnten Situation eingeschüchtert, ihren Kopf demutsvoll gesenkt hielt, machte Levarda dasselbe aus purem Selbstschutz, obwohl es ihr ungewollt schwerfiel. Sie hatte ihre Gefühlswelt noch nicht unter Kontrolle und befürchtete, dass einer der Männer das in ihrem Gesicht lesen konnte.

Allein an den Schritten hörte sie, wie sich Lord Otis aus der Gruppe löste und auf Lady Smira zuging. Aus den Augenwinkeln sah sie, wie er ihre Hand nahm, sie bis kurz vor seine Lippen führte und losließ.

»Es ist mir eine Freude, Euch heute Abend als mein Gast begrüßen zu dürfen. Habt Ihr alles erhalten, was Ihr brauchtet?«

Vor Verlegenheit stammelnd hauchte ihre Cousine: »Ja, Ihr seid sehr großzügig zu mir, Lord Otis.«

Er lächelte ihr ermutigend zu. »Ihr dürft mich ruhig ansehen, Lady Smira. Ich weiß, es ist für Euch ungewöhnlich, in der Gesellschaft von fremden Männern zu essen.«

Ein heißer Energiestrom schwappte zu Levarda herüber und ließ sie erschrocken einen Schritt zurückweichen. Sie rieb sich die Arme. Sie brannten. Sie griff an ihr Amulett. Eine kühle Flut durchströmte gleich ihren Körper. Endlich kehrte Ruhe in sie ein. Verwundert schüttelte sie den Kopf über sich selbst. Warum hatte sie nicht früher daran gedacht, die Kraft ihres Amuletts zu nutzen? Bei ihrem aufgewühlten Gemütszustand! War das die Absicht ihres Gastgebers gewesen? Sie daran zu erinnern, sich zu fassen?

»Wir alle werden für Euer Wohlergehen persönlich verantwortlich sein, sobald Euch die Zeremonie zur Gemahlin des hohen Lords gemacht hat«, fuhr er unbeirrt fort.

Was für eine Ironie, dachte Levarda, da wurde ja der Henker zum Beschützer! Sie konnte nicht anders, sah den ersten Offizier der Garde an und musterte sein Gesicht. Wie brachte man es nur fertig, mit solcher Verlogenheit zu leben, fragte sie sich. Er ignorierte ihre Anwesenheit völlig, und seine Mimik blieb bewegungslos, wie in Stein gemeißelt.

»Wir möchten, dass Ihr uns kennenlernt und Euch in unserer Gesellschaft wohlfühlt.«

Fast wäre Levarda ein boshaftes Lachen herausgerutscht. Sie verkniff es sich im letzten Moment. Nachdenklich runzelte sie die Stirn. Misstrauen wallte in ihr auf und die Gewissheit überkam sie, dass irgendetwas anderes hinter dem Essen steckte.

Lady Smira lächelte geschmeichelt. »In Eurer Nähe fühle ich mich sicher, Lord Otis.«

Diesmal rutschte Levarda ein Schnauben über die Lippen. Er tat so, als hätte er nichts gehört. Ihre Cousine sah sie entsetzt an. Galant reichte der Hausherr seinem weiblichen Gast die Hand und brachte die Lady zum Kopfende des Tisches. Levarda kannte das Verhalten von Lord Otis, der sie betont ignorierte, und verschwendete keinen Gedanken an ihn. Ihr Blick traf den von Rika, und sie sah Genugtuung darin.

Gerade überlegte sie, wo sie sich hinsetzen sollte, da tauchte Egris vor ihr auf. Er lächelte sie an, führte ihre Hand ebenfalls bis kurz vor seine Lippen.

»Darf ich Euch zu Eurem Platz geleiten, Mylady?«

»Ja«, brachte Levarda als einzige Antwort heraus, verwirrt von seiner Förmlichkeit.

»Ihr sitzt heute Abend neben mir, wenn Euch das nichts ausmacht«, fügte er hinzu.

»Nein, im Gegenteil. Ich freue mich über diese Sitzordnung.«

Es gab am Tisch überhaupt nur zwei Männer, in deren Gesellschaft sie sich absolut wohlfühlte – Egris und Sendad. Egris führte Levarda auf die rechte Seite neben Lady Smira und nahm auf ihrer anderen Seite Platz. Timbor vollendete die Reihe.

»Lady Smira, wir haben für diesen Abend eine besondere Regel aufgestellt«, erklärte Lord Otis mit sanfter Stimme, »die es

Euch erleichtert, Euer Essen zu genießen. – Ihr dürft ausnahmsweise das Tuch vor Eurem Gesicht entfernen.«

Lady Smira warf Levarda einen verunsicherten Blick zu.

Das Schaf zeigt seinen Wolfspelz, zuckte es dieser durch den Kopf. Steckte hier die wahre Absicht hinter dem netten Abend? Mal sehen, wie wichtig Euch dieser Punkt ist, dachte Levarda.

Mit einem höflichen Lächeln wandte sie sich an Lord Otis.: »Wie Ihr sicherlich wisst, ist es der zukünftigen Gemahlin des hohen Lords nicht erlaubt, ihr Gesicht vor der Hochzeit anderen Männern gegenüber zu entblößen. Erschwerend kommt der Umstand hinzu, dass es sich mit Ausnahme von Egris um – unverheiratete Männer handelt.«

Mit einem gekonnten Wimpernschlag, die Augen gesenkt, fügte sie hinzu: «Lady Smira wäre andernfalls nicht mehr rein für den hohen Lord. Euch ist bekannt, dass dies eine strenge Regel der Etikette ist.«

»Ihr versetzt mich in Erstaunen, Mylady. Ich hätte nicht erwartet, dass Ihr sie kennt.« Er betonte das ‚Ihr', und in seinen Augen funkelte es. »Das hier ist eine Ausnahme, wie ich bereits erwähnte. Eine Ausnahme, die selbstverständlich vom hohen Lord persönlich genehmigt wurde, damit seine zukünftige Gemahlin ihre Beschützer von Angesicht zu Angesicht kennenlernt. Es freut mich aber, dass Ihr auf der langen Reise etwas dazugelernt habt.«

Sie zeigte sich betont unbeeindruckt. »Wer sagt mir, dass Ihr die Wahrheit sprecht?«

Sie hörte, wie mehrere Personen scharf die Luft einzogen. Für einen Moment herrschte völlige Stille im Raum.

Levarda spürte Lord Otis' brennenden Blick auf ihrem Haar und war froh, dass sie die Augen weiter auf ihren Teller gerichtet halten konnte. Andernfalls hätte er ihren Zorn sehen können – über seine Lüge, die ihm so glatt über die Lippen gegangen war. Bei seinen Worten war ihr klargeworden, weshalb es dieses Essen mit der Ausnahme gab. Es ging doch hier nur darum, sicherzustellen, dass am Tag der Hochzeit nicht die falsche Frau vor dem Altar des hohen Lords stand.

Eigentlich eine interessante Idee, dachte sie, als sie sich etwas beruhigt hatte, und fragte sich, weshalb Lord Blourred nicht darauf gekommen war. Ob das bereits einmal jemand versucht hatte? Eine zweite Frage formte sich in ihrem Kopf. Wie konnte Lord Otis überhaupt sicher sein, dass Lady Smira wirklich Lady Smira war? Bei seinem Empfang auf Burg Hodlukay hätte man ihm eine falsche Frau unterjubeln können.

Sie runzelte die Stirn, dachte nach. Das Schweigen hielt an, gab ihr mehr Zeit zum Nachdenken. Die Erkenntnis schoss ihr so überraschend durch den Kopf, dass sie erschrocken auffuhr und Lord Otis direkt in die Augen sah.

Er schien ihre Gedanken zu lesen, denn sein Mund verzog sich spöttisch, als hätte er darauf gewartet, dass sie hinter das Geheimnis kam. »Niemand kann Euch sagen, ob ich die Wahrheit spreche. Ihr müsst mir vertrauen.«

Seine Stimme war samtig weich. »Vertraut Ihr mir?«

So hatte er damals mit seinem Hengst gesprochen, als dieser in Panik aus dem Stall gerannt war. Levarda starrte Lord Otis entsetzt an. In seinem Gesicht zeigte sich keine Regung, sein kalter Blick ließ sie erschauern.

Sie neigte den Kopf zur Seite, für einen Moment versucht, ihn mit ihrer Erkenntnis zu konfrontieren. Er konnte Energiemuster wahrnehmen! Vermutlich war das der Grund, weshalb ihn der hohe Lord entsandte, um seine Gemahlinnen für ihn zu holen. Das Muster eines jeden Menschen besaß eine einzigartige Struktur. Wer über ein feines Gespür verfügte, konnte mit Sicherheit feststellen, ob es sich bei Personen um Vater, Mutter und Tochter handelte.

Sie löste ihren Blick von ihm und ließ ihn hinüber zu Sendad wandern, der sie aufmerksam beobachtete. Nein, er besaß nicht die gleichen Kräfte wie sein Vorgesetzter. Sie alle mussten sich auf ihre normalen Sinne verlassen, deshalb das Essen und kein Schleier.

Ihr kühles Element Wasser gewann allmählich die Oberhand. Sie entschied sich gegen eine weitere Provokation und sah ihren Gastgeber an.

»Ja, Lord Otis, ich vertraue Euch.« Sie kaute lange an dem Wort »vertrauen«, doch schließlich brachte sie es über ihre Lippen.

Seine Mimik verriet nichts von seinen Gefühlen. Genauso beherrscht und ausdruckslos war seine Aura. Ungewöhnlich für ihn.

Sie richtete sich wieder an Lady Smira. »Ich denke, Ihr könnt Eurem zukünftigen Beschützer«, sie ließ das Wort in der Tonlage nach oben wandern, machte eine kurze Pause, bevor sie fortfuhr, »in dieser Angelegenheit vertrauen.«

Langsam hob Lady Smira ihre Hand, löste das Tuch zögernd von ihrem Gesicht. Unverhohlen neugierige Blicke trafen die junge Frau, die sofort verlegen den Kopf noch tiefer senkte, wobei ein Lächeln unmerklich ihre Lippen umspielte. Levarda erkannte, dass ihr die entgegengebrachte Bewunderung schmeichelte. Ja, ihre Cousine war mit ihren feingezeichneten Gesichtszügen, der hellen Haut, dem dicken, goldenen Haar und ihren außergewöhnlich langen Wimpern eine Frau, die das Herz der Männer höher schlagen ließ.

»Nun, dann wäre das geklärt.« Lord Otis klatschte in die Hände und in die Dienerschar kam Bewegung.

Egris sprach Levarda an. »Wie gefällt Euch das Zimmer, in dem Ihr schlaft?«

Unsicher, ob dies ein erlaubtes Gesprächsthema zwischen einer unverheirateten Lady und einem verheirateten Offizier war, zögerte sie.

»Es ist geräumig und mir gefällt das Zimmer mit dem See«, antwortete sie möglichst unverfänglich.

»Mit dem See?«, fragte Sendad überrascht.

Levarda senkte den Löffel mit der Suppe, den sie zum Mund geführt hatte. »Nun gut, es ist natürlich kein See, ich nenne es nur so, das steinerne Becken mit dem heißen Wasser.«

Verwirrt sahen die Männer sie an. Auf Lady Smiras Gesicht erschien eine tiefe Röte. Kein erlaubtes Gesprächsthema, seufzte Levarda innerlich auf.

»Sie meint mein Bad«, warf Lord Otis ein. Sein Ton verriet Ärger.

Unsicher, ob sie der Anlass für seine schlechte Laune darstellte oder Egris, presste sie die Lippen aufeinander. Schließlich hatte er ihr die Frage gestellt, und einem Mann nicht zu antworten, wäre genauso unhöflich gewesen, oder etwa nicht?

Ein breites Grinsen trat in das Gesicht von Egris.

»Oh, ich verstehe. Das Bad, mit Verlaub, war gar nicht für Euch gedacht, das hatte der Lord nur zu seinem Ärger nicht bedacht, als er Euch so großzügig sein Zimmer überließ.«

»Egris!«, schallte es vom Kopfende her.

»Ihr schlaft in dem Gemach des Lords?« Lady Smiras Stimme hatte sich um eine Oktave erhöht und augenblicklich breitete sich tiefe Verlegenheit in Levarda aus. Am liebsten hätte sie sich ein Loch gesucht, um darin zu verschwinden. Wieso musste alles in diesem Land so verflucht kompliziert sein? Zu allem Überfluss schwiegen die Männer ebenfalls, selbst ihr Gastgeber schien keine Antwort parat zu haben.

Schließlich räusperte er sich. »Lady Smira, meine Burg ist ein bescheidenes Heim. Ich war nicht darauf eingerichtet, zwei Ladys hier unterzubringen. Diesen Umstand habe ich Eurem Vater, Lord Blourred, zu verdanken. Aber ich nehme gern die Unannehmlichkeiten in Kauf, damit sich Lady Levarda später nicht beschweren kann, ich hätte ihr die nötige Gastfreundschaft verwehrt, die sich einer Frau ihrer Stellung gegenüber ziemt.« Sein Ton unterband jede weitere Diskussion über den Punkt.

Sendad wandte sich überraschend geschickt mit der Frage, ob

ihr die Suppe munde, an Lady Smira. Es schloss sich ein Gespräch über Lady Smiras Vorlieben Speisen betreffend an.

Levarda löffelte still die abgekühlte Suppe. Ihre Gedanken schweiften ab. Die Begründung des Lords klang plausibel und auch wieder nicht. Seine Burg erweckte keinesfalls den Eindruck, als könne sie eine weitere Lady nicht beherbergen. Im gleichen Sinne hatte sich auch Adrijana geäußert. Außerdem wusste Levarda aus Larisans Buch, dass Ikatuk sogar Ehefrau und Geliebte des Lords geborgen hatte. Erneut begannen ihre Gedanken, um den tieferen Sinn ihrer Einquartierung in seinem Zimmer zu kreisen.

Egris wies Timbor leise zurecht, der seine Augen nicht mehr von Lady Smira abwandte, seit sie den Schleier gelüftet hatte.

Levardas Gedanken wanderten zu Larisans Geschichte zurück. Was passierte, wenn man Menschen tötete, die völlig unschuldig waren? Sie spürte eine Gänsehaut auf ihrem Arm, als sie darüber nachdachte, wie es ihr ergangen war, nachdem sie die Wegelagerer getötet hatte. Sie zuckte zusammen, als Egris sie mit dem Fuß anstieß. Für den Bruchteil eines Augenblicks verdichtete sich die Luft um sie herum, wehte durch den Raum, sodass ein Diener sich nach dem offenen Fenster umdrehte.

Dann hatte sie ihre Gefühle wieder im Griff. Sie sah Egris an. Mit einem Zucken seiner Augenbrauen wies er auf Lord Otis, der anscheinend eine Frage an sie gerichtet hatte.

»Verzeiht, Mylord, ich war mit meinen Gedanken woanders. Wonach fragtet ihr?«

Er betrachtete sie aus schmalen Augen, wiederholte seine Frage. »Schmeckt Euch das Essen nicht?«

Überrascht sah sie auf den Teller vor sich. Sie hatte ihn bis zu diesem Moment nicht bemerkt.

»Um das zu beurteilen, muss ich es erst probieren.«

Sie schnitt ein Stück von dem Fleisch ab, führte es zum Mund, schloss die Augen, während sie kaute. Ausgezeichnet, das Fleisch besaß die perfekte Konsistenz aus Zartheit und Biss. Sie öffnete die Augenlider. Lord Otis beobachtete sie. Erwartete er eine Antwort?

»Es schmeckt vorzüglich, Mylord.« Ausgerechnet in diesem Moment fiel ihr sein Gespräch mit Lemar ein, das sie am See belauscht hatte. Mitten in der Bewegung zum zweiten Bissen hielt sie inne. War das Fleisch vergiftet?

Ein amüsierter Ausdruck erschien auf seinem Gesicht. »Was ist, schmeckt es Euch doch nicht?«

Levarda legte die Gabel auf den Teller. »Vielleicht ist es ein wenig zu üppig für eine Abendmahlzeit.«

»Das sagt Ihr?«, wandte Timbor keck ein. Er zeigte mit seiner Gabel auf sie. »Am Lagerfeuer hättet Ihr ein zweites Stück gegessen, wäre eines übrig gewesen.«

Wie zur Antwort knurrte ihr Magen. Levarda stöhnte innerlich auf.

»Vielleicht probiert Ihr das Fleisch auf Lady Levardas Teller, Egris, ich möchte sichergehen, dass es nicht verdorben ist«, bat der Gastgeber.

Stirnrunzelnd sah Egris erst auf den Lord, dann auf Levarda. »Darf ich?«

Noch bevor sie antworten konnte, schnitt er sich ein Stück von ihrem Fleisch ab und schob es sich in den Mund. »Da ist nichts dran, Ihr könnt es ruhig essen«, erklärte er mit vollem Mund und einem Augenzwinkern.

Das Grinsen in Lord Otis‘ Gesicht vertiefte sich.

Levarda senkte den Blick, beschämt von ihren eigenen Gedanken und Vorurteilen. Stumm aß sie den Teller leer, und bevor sie etwas sagen konnte, lud der Diener auf einen Wink seines Herrn ein zweites Stück darauf.

Lemar beugte sich zu ihr herüber. »Würdet Ihr gerne sehen, wie Eure Stute untergebracht ist?«

Erstaunt sah Levarda in sein offenes Gesicht. Das Gespür der Offiziere für ihre Bedürfnisse und ihre Gedanken war beinahe beängstigend. Durfte sie das Angebot annehmen? Bevor sie ihre Überlegung abgeschlossen hatte, mischte sich Lord Otis ein.

»In der Tat, Lady Levarda, da Ihr keinen Zugang zu einem Garten habt, könnte Euch mein Gemach doch recht eintönig werden, also sollen meine Diener Bernar und Adrijana Euch begleiten.«

»Das geht nicht, mein Herr, ich muss noch die Kleider ändern, sie sind oben und in der Taille zu weit«, warf Adrijana ein, ohne nachzudenken.

Über Rikas Gesicht flog ein Grinsen. Kein Wunder, verfügte sie doch selbst über eine üppige Oberweite. Levarda spürte die Blicke der Männer auf ihrer Brust.

»Dann hast du in der Tat einiges zu tun«, merkte Lord Otis an. Am liebsten wäre Levarda aufgestanden und hätte ihm eine Ohrfeige verpasst. Sie beherrschte sich mühsam.

»Also gut, dann wird Rika Euch begleiten.« Ein scharfer Blick von seiner Seite ließ Rika ihren Widerspruch hinunterschlucken.

»Ich hole Euch gegen drei Uhr in der Halle ab«, erklärte Lemar, und damit war die Sache beschlossen, ohne dass Levarda ihre Meinung geäußert hatte. Adrijanas Worte hallten durch ihren Kopf. *»Das ist kein Problem für ihn. Ihr habt kein Mitspracherecht bei dieser Entscheidung.«* In diesem Fall konnte sie mit der Entscheidung leben.

»Wisst Ihr noch, worüber wir bei der Reise gesprochen haben?«, ließ sich Sendads warmer Bariton vernehmen.

Überrascht sahen die anderen ihn an. Levarda nickte und diesmal bekamen ihre Augen einen erregten Glanz.

»Der See, von dem ich sprach, ist hier in der Nähe. Vielleicht eine Stunde zu Fuß entfernt. Würdet Ihr ihn gerne sehen?«

»Ich denke, das ist zu weit, Sendad«, wandte Lord Otis ein.

Levarda räusperte sich. Diesmal würde sie die Entscheidung selbst treffen und das Feld nicht ihm überlassen. »Das ist nicht zu weit, mit Verlaub, Mylord. Ich bin bereits längere Strecken gelaufen, solltet Ihr es vergessen haben?«

Lord Otis lehnte sich in seinem Stuhl zurück und verzog sein Gesicht zu einem spöttischen Grinsen. »Ja, ich gebe zu, es ist mir entfallen.«

Die anderen sahen die beiden verständnislos an.

Der Hausherr beugte sich nach vorn und stützte die Ellenbogen auf den Tisch. »Ihr erhaltet meine Erlaubnis, am darauffolgenden Tag mit Sendad zum See zu gehen.« Er runzelte nachdenklich die Stirn.

Sie mied seinen durchdringenden Blick und beschäftigte sich mit ihrem Teller.

»Es ist sogar eine ausgezeichnete Idee. Die körperliche Bewegung könnte Eure heutige Unruhe vertreiben.«

Levarda verschluckte sich an dem Bissen.

Egris klopfte ihr unbekümmert auf den Rücken. Hastig griff sie nach dem Becher, der vor ihr stand, und trank einen Schluck, hielt aber erschrocken inne, als sie merkte, dass sich kein Wasser, sondern Wein darin befand. Suchend schaute sie sich nach einem Krug mit Wasser um. Auf einen Wink von Lord Otis bekam sie einen Becher angereicht.

»Ihr scheint heute ziemlich durcheinander zu sein«, merkte der Hausherr mit hochgezogenen Brauen an.

»Verzeiht, aber ich bin es nicht gewohnt, im Mittelpunkt so viel männlicher Aufmerksamkeit zu stehen.«

Das war noch nicht einmal gelogen. Obwohl Levarda klar war, dass sie besser schweigen oder sich belangloseren Themen zuwenden sollte, konnte sie sich die nächste Frage nicht verkneifen. »Aber verratet mir eins, Lord Otis. Wie kommt Ihr darauf, dass ich heute unruhig war?«

Seine Augen richteten sich auf Adrijana, die schräg hinter ihr an der Wand stand. Levarda folgte seinem Blick, und das Mädchen senkte beschämt den Kopf.

Levarda drehte sich zurück zu ihrem Gastgeber. In seiner schwarzen Iris glomm ein Feuer. Diesmal brauchte sie ihre Hand nicht an das Amulett zu legen, es sandte bereits seine schützende Energie über ihren Körper.

Er wandte sich von ihr ab, nur um seine Augen fragend auf Lady Smira zu richten. »Möchtet Ihr vielleicht ebenfalls einen kleinen Ausflug machen, Mylady?«

Sie schaute erschrocken. »Nein! Auf keinen Fall! Ich bin froh, dieser Kutsche entflohen zu sein. Außerdem möchte ich meinem Gemahl erholt gegenübertreten.«

Die Gesprächsthemen wandten sich daraufhin dem Hof des hohen Lords zu. Lady Smira kam in den Genuss der Erzählungen über Feierlichkeiten, in denen ihr in Zukunft eine besondere Rolle zugedacht war. Aufgeräumt plauderte die Braut mit den Offizieren über ihre Familie und ihre Brüder, tauschte sich mit ihnen über die Familienstammbäume der einzelnen Hofdamen aus.

Levarda atmete erleichtert auf, als sich das Interesse von ihr abwandte. Sie lauschte den Gesprächen, beobachte heimlich die Offiziere. Sie bemerkte, wie Lady Smira laufend von ihrem Wein trank, der beständig nachgefüllt wurde. Auf ihren Wangen bildeten sich langsam rote Flecken, die Artikulation fiel ihr immer schwerer. Die Gesprächsthemen hatten indes gewechselt und drehten sich um die Verbindungen Lord Blourreds mit den anderen forranischen Adelshäusern.

Levarda erinnerte sich an Gespräche mit einer alten Frau aus dem Land Forran, die eines Tages an den Grenzen von Mintra aufgetaucht war. Sie hatten Freundschaft geschlossen. Ihr war es vorgekommen, als suche sie das Land Mintra, das den meisten Menschen den Zutritt verweigerte. Sie hatte ihr geholfen, eine Unterkunft zu bauen, in der sie vor Unwettern geschützt war. Für diese Frau gab es nur noch eine Reise, das wusste Levarda, nachdem sie ihre Hand gehalten hatte.

Fast jeden Tag hatte sie bei ihr vorbeigeschaut. Kilihael, so bezeichnete sie sich selbst – ‚die ohne Namen' – ein Wort aus dem

Land der Tarieken, einem Volk, das Levarda nur aus Erzählungen kannte.

Die Greisin hatte eine Aura von Traurigkeit, Reue und Schuld ausgestrahlt. Ihre lockigen, dunkelgrauen Haare reichten ihr bis zum Kinn und stahlen sich vorwitzig unter ihrem Kopftuch hervor. Tiefe Falten waren in das wettergegerbte Gesicht gezeichnet gewesen. Wenn sie von ihrem Leben in Forran erzählte, waren ihre Hände ständig in Bewegung und in ihren Augen glitzerte es, mal vor Vergnügen, mal von Tränen.

Alles an Kilihael war ihr intensiv und trotz des nahenden Todes lebendig erschienen. Das hatte sie in den Bann der Frau gezogen, die gar nicht so war, wie Levarda sich eine Forranerin vorstellte, so voller Erfahrung und Weisheit. Sie kannte sich mit Pflanzen aus, und manchmal schien sie Verbindung zum Element Feuer zu haben, aber es gab kein Anzeichen von Energie an ihr. Die Frage, weshalb sie Mintra suche, hatte sie nie beantwortet.

Von ihr hatte Levarda Geschichten über die Tarieken gehört, von denen sie voller Verachtung sprach, denn sie behandelten ihre Frauen wie Eigentum. Aber Forran stand immer im Mittelpunkt, der hohe Lord, die Herrschaftshäuser. Es überraschte Levarda, wie verworren die politischen Strukturen des Landes sich darstellten.

Selbst mit ihrem rudimentären Wissen zeichnete sich, während sie auf die Worte ihre Cousine achtgab, eine klare Linie der Allianzen ab.

»Ich habe einst an der Seite Eures Bruders, Eskath, gekämpft«, bemerkte Lemar, »Lord Blourred braucht sich keine Gedanken zu machen, dass jemand sich seinen Grenzen nähert.«

»In der Tat sind alle meine Brüder ausgezeichnete Krieger.«

»Umso besser, dass Ihr eine Verbindung mit dem hohen Lord eingeht.« Der Ton in der Stimme von Lord Otis ließ den Satz in Levardas Ohren falsch klingen. Wenn ein Todesurteil im Raum stand, war es eine strategisch unvernünftige Entscheidung, sich mit dem Herrschaftshaus anzulegen.

»Hat Euer zweitältester Bruder nicht in das Haus von Poridur eingeheiratet?« Die Frage kam von Timbor, der sich bisher bei dem Gespräch zurückgehalten hatte.

Die zukünftige hohe Gemahlin lächelte dem jüngsten Offizier scheu zu. »Ja, Ihr seid gut unterrichtet. Lord Fingan selbst hat Anthan ein Angebot unterbreitet.«

»Euer Bruder hat nicht den Heiratsantrag gestellt?«, warf Egris erstaunt ein.

Ein arrogantes Lächeln erschien auf Lady Smiras Lippen. »Anthan hat eine reichhaltige Auswahl gehabt, was ihn zögern ließ. Lord Fingan hat seine Unentschlossenheit zum eigenen Vorteil genutzt, aber auch mein Vater scheint mit diesem Bund zufrieden, sichert er doch unsere östlichen Grenzen ab.« Von all der Aufmerksamkeit berauscht, plapperte sie munter aus, was die Männer interessierte.

Für Levarda spielte es keine Rolle, dass Smira strategische Geheimnisse ausplauderte, schließlich wären sie im gegebenen Fall ohnehin beide nicht mehr am Leben. Hingegen wurde ihr bewusst, wie gefährdet der Frieden in diesem Land war, und dass viele Menschenleben von ihrer eigenen erfolgreichen Mission abhingen.

Als Levarda sah, wie der Diener erneut ansetzte, Smira nachzufüllen, legte sie entschlossen ihre Hand über den Becher. Die Gespräche waren in einer entspannten Atmosphäre erfolgt, die Männer überaus höflich und unterhaltend. Selbst sie hatte sich des Öfteren beim Schmunzeln ertappt. Sie gönnte ihrer Cousine diesen vergnüglichen, von der Etikette befreiten Abend, bevor sie die Verantwortung als Gemahlin des hohen Lords auf die Schultern gepackt bekam. Dennoch passte ihr die Art nicht, wie sie betrunken gemacht wurde, um ihr Informationen zu entlocken.

»Ich denke, Ihr habt genug Wein getrunken.«

Sie winkte dem Diener. »Bitte bringt Mylady Wasser.«

Der Blick des Mannes wanderte zu seinem Herrn, erst nach einem Wink von ihm folgte er Levardas Bitte.

Lady Smira versuchte wenig erfolgreich, die Lippen zusammenzupressen. »Ich entscheide selbst, ob ich Wein oder Wasser trinken will.«

»Selbstverständlich, Mylady«, ging Levarda auf sie ein. »Ihr möchtet aber gewiss nicht, dass Euer Aussehen durch den übermäßigen Konsum von Alkohol Schaden nimmt.«

Sie konnte sehen, wie das Mädchen sich bemühte, über ihre Worte nachzudenken. Der Wein benebelte ihren Verstand, ließ keine vernünftigen Gedanken mehr zu. Sie bekam unerwartet Hilfe von Lord Otis.

»Ich denke, wir alle haben genug getrunken, und ich nehme an, dass wir heute selbst Lady Levarda satt bekommen haben.« Er warf ihr einen spöttischen Blick zu, bevor er weitersprach. »Ihr dürft Euch in Eure Räume zurückziehen, Myladys.«

LEVARDA SASS AUF DEM FENSTERSIMS BEI GEÖFFNETEM FENSTER. Der Abend war mild und sie genoss den leichten Wind, der mit ihren Haaren spielte. Sie beobachtete den Wachwechsel auf der Burg und überlegte, welche Vorteile dieses Zimmer noch bergen könnte. Aber ihr wollte einfach nichts einfallen. Schließlich rutschte sie vom Sims, schloss das Fenster und stand unschlüssig vor dem Bett, das Adrijana ihr aufgeschlagen hatte.

In diesem Bett schlief einst Larisan mit Lord Kilja. Andererseits schlief in diesem Bett auch Lord Otis mit Rika und mit Adrijana, davon war sie überzeugt, egal, was Adrijana behaupten mochte.

Levarda schüttelte sich innerlich. Sie ging zur ihrer Tasche, holte verschiedene Duftkräuter hervor, band sie zu kleinen Sträußen und beträufelte sie mit einem Öl. Sie stellte sich auf das Bett und befestigte an jedem der vier Pfosten eines der Sträußchen. Zufrieden betrachtete sie am Ende ihr Werk. So, wie es Kräuter gab, die das Verlangen zwischen Mann und Frau steigerten, gab es welche, die das Gegenteil bewirkten. Wenn sie Glück hatte, würden diese für längere Zeit den körperlichen Appetit von Lord Otis bremsen. Eine kleine Rache für seine Gemeinheiten ihr gegenüber am heutigen Abend.

Sie fühlte sich nicht im Geringsten müde. Die Energie der reichhaltigen Mahlzeit pulsierte durch ihre Adern. Unschlüssig, was sie mit ihrem Tatendrang als Nächstes anstellen konnte, ging sie auf nackten Füßen zum Kamin, in dem ein kleines Feuer brannte. Angesichts der Fähigkeiten von Lord Otis war es bestimmt nicht verkehrt, sich mit dem Element vertrauter zu machen. Ein paar Übungen wären gewiss hilfreich.

Ein sanfter Lufthauch umschmeichelte ihre Beine. Sie drehte sich zum Fenster und wollte zurückgehen, um es zu schließen, sah aber, dass sie es richtig geschlossen hatte. Erstaunt betrachtete sie die Gänsehaut auf ihren Beinen, fühlte nach, ob sie vielleicht erneut unbewusst mit dem Element Luft spielte. Nein, der Lufthauch kam nicht von ihr. Sie folgte mit ihren Sinnen dem Weg der Brise bis zu der Wand neben ihrem Bett. Mit gerunzelter Stirn musterte sie sie, auf der Suche nach einer überzeugenden Erklärung, wie Wind durch eine Mauer ziehen konnte. Es war nur ein winziger Hauch, der ihr ohne ihre feinen Sinne sicher nicht aufgefallen wäre. Nein, auch sie selbst hätte es nicht bemerkt, wäre sie nicht so voller Energie gewesen, die all ihre Sinne schärfte.

Sie ließ ihre Sinne aufmerksam über die Oberfläche wandern. Nichts – nur eine ganz gewöhnliche Zimmerwand. Mit den Händen tastete sie die Mauer ab. Nichts. Nur, dass der feine Luftzug sich an ihren Füßen intensiver bemerkbar machte. Sie legte sich flach auf den Boden, schloss die Augen, sog den Duft der Luft ein. Sie roch nicht frisch, sondern muffig und abgestanden. Hinter der Wand musste es einen Hohlraum geben. Levarda nahm ein wenig Abstand und betrachtete das Gemäuer aufs Neue. Wenn es hinter der Wand etwas gab, wäre es ziemlich sinnlos, wenn man es nicht von diesem Zimmer aus erreichen könnte.

Die einzige Unregelmäßigkeit an der Wand war eine Art Fackelhalterung, zumindest konnte man den Haken dort als solche ansehen. Sie griff danach, drückte daran, und mit einem leisen Schnacken öffnete sich ein schmaler Spalt in der Wand, um eine Öffnung erkennen zu lassen, drei Mann breit und anderthalb Mann hoch. Sie befand sich etwa drei Schritt weit vom Bett entfernt. War dies eine Tür, um einer Bettzofe unbeobachtet Zutritt zu gewähren? Doch weshalb sich mit Unbequemlichkeiten abgeben, wenn es doch kein Geheimnis war, dass eine Dienerin das Bett mit dem Lord teilte? Levardas Neugierde war geweckt. Sie stemmte sich gegen die Öffnung, und die getarnte Tür schwang komplett in die Dunkelheit zurück.

Levarda spürte, wie die Entdeckung eine Erregung durch ihren Körper spülte. Aus dem Raum schlug ihr Kälte entgegen und ließ sie frösteln. Sie huschte zur Truhe, holte sich ihren Reiseumhang und hüllte sich darin ein. Dann schloss sie die Augen, sammelte ihren Geist, bis dieser die Dunkelheit mit einem blauen Licht durchbrach.

Sie merkte, wie dies ihre volle Aufmerksamkeit erforderte, eine schwierige Übung auf höchstem geistigen Niveau. In Gedanken sah sie den Gang, konnte aber die Augen nicht gleichzeitig öffnen, damit sie das Bild nicht verlor. Langsam setzte sie sich so in Bewegung und folgte Schritt für Schritt dem Weg, den sie in ihrem Kopf sah.

Zuerst führte eine Treppe nach unten. Der Gang war so eng, dass ihr wenig Bewegungsspielraum blieb. Ein langer Weg in die Tiefe. An einem Absatz angelangt, machte der Gang eine Biegung nach links. Gleichzeitig verbreiterte er sich, sodass bequem drei Menschen nebeneinander gehen konnten. Levarda dachte nach. Dieser Weg führte sie also weg vom Hof und näher an die äußere Burgmauer heran. Irgendetwas flackerte in ihrem Blickfeld. Sie öffnete die Augen und sah das Licht einer Fackel, das von der Biegung her kommen musste. Genau in diesem Moment hörte sie Stimmen.

»Sie ist hier. – Lady Levarda! Ihr könnt Euch zeigen. Ich verspreche Euch, dass Euch nichts geschieht.«

»Sendad, deine Sinne in allen Ehren«, entgegnete Lemar, »aber wenn sie hier wäre, müssten wir ein Licht sehen oder hören, wie sie sich den Hals bricht, weil sie die Treppe hinunterfällt.«

Das also war der Vorteil des Zimmers? Ein Geheimgang, an dessen Ende die Mörder warteten? Sie war in eine Falle getappt! Ein abgekartetes Spiel, auf das sie in ihrer Naivität hereingefallen war. Einen Stich aber versetzte es ihr, dass Sendad hier unten mit den anderen auf sie lauerte und auch noch behauptete, ihr würde nichts geschehen. Entschlossen trat sie um die Ecke.

Die beiden Männer fuhren erschrocken zusammen, als Levarda aus der Dunkelheit im Licht erschien. Trotzdem lag eine Schwertklinge an ihrem Hals, bevor sie einen weiteren Atemzug gemacht hatte. Sie spürte, wie die Klinge ihre Haut anritzte. Ihr Körper spannte sich, bereit zur Gegenwehr, als die Waffe sich senkte.

»Verzeiht, Mylady, aber Ihr habt mir einen solchen Schrecken eingejagt. Ein Reflex, ich wollte Euch nicht verletzen.« Sendad trat zu ihr, hob die Hand an ihren Hals und wischte das Blut ab.

Überrascht von der intimen Berührung verharrte Levarda stocksteif. Der Mann, der sie um Haupteslänge überragte, sah auf sie herab. Für einen Moment, kamen ihr seine Züge, wie sie im Licht der Fackel warm schimmerten, irritierend vertraut vor.

Sendad, der sich ihrer Nähe erst jetzt bewusst zu werden schien, wich zurück. »Verzeiht, Mylady, mein Verhalten ist ungehörig.«

»Sendad, hast du völlig deine Manieren vergessen?«, schalt Lemar leise. »Übrigens – du schuldest mir zwei Goldstücke.«

»Noch nicht«, erwiderte Sendad mit gerunzelter Stirn. »Ist alles in Ordnung mit Euch?«

Levarda erwachte aus ihrer Erstarrung. Inzwischen begriff sie, dass dies keine Falle war, um sie zu töten. Allerdings hatten die beiden Offiziere sie erwartet.

Sendad schien ihre Verwirrung zu spüren. »Kommt mit, es ist

einfacher, wenn wir es Euch zeigen. Lemar, geh mit der Fackel voran.«

Ohne ein weiteres Wort drehten sich die Männer um und liefen den Gang entlang. Zögerlich folgte ihnen Levarda, versicherte sich aber zuvor, dass keine weiteren Überraschungen auf sie warteten. Deutlich spürte sie außerdem Sitas Anwesenheit in der Nähe, was sie noch mehr verwirrte. War mit ihr etwas nicht in Ordnung? Stumm liefen sie den dunklen Pfad entlang, der sich schier endlos zog. Levarda bedauerte, dass sie keine Schuhe angezogen hatte, doch nun war es zu spät, also tapste sie auf nackten Füßen weiter hinter ihnen her.

Endlich sichtete sie das Ende des Ganges. Ein eisernes Gitter schützte den Zugang vor ungebetenen Gästen von außen. Fast lautlos ließ es sich in die Höhe ziehen. Sie hörte ihre Stute leise schnauben. Sie traten ins Freie.

»Lemar, was ist mit Sita? Warum ist sie hier? Warum habt Ihr mir beim Abendessen nichts gesagt?«, schossen ihr die Fragen aus dem Mund.

Die Stute rieb ihren Kopf an Levardas Schulter, ließ sich von ihr liebkosen und kraulen.

Lemar lachte. »Mit Eurem Pferd ist alles in bester Ordnung. – Na los, Sendad, her mit meinen Goldstücken«, triezte er seinen Kumpan gutgelaunt weiter.

»Falls es deinem scharfen Sinn entgangen sein sollte, mein Freund, schau mal genauer hin! Sie trägt ein Nachthemd unter dem Umhang und sie ist barfuß!«, gab Sendad zurück.

Sie sah von einem zum anderen. »Was soll denn das alles? Und um was für Goldstücke geht es überhaupt? – Lemar?«

Sendad trat zu ihr neben die Stute und blickte ihr forschend ins Gesicht. »Ich verdanke Euch mein Leben, Levarda. Heute bietet sich mir die Gelegenheit, es Euch zu vergelten. Sitas Satteltaschen sind gepackt mit Proviant, einem Fell zum Schlafen und ein paar Decken. Wir haben den Köcher mit Pfeilen voll gemacht, sodass Ihr unterwegs jagen könnt.«

»Oh, und –«, fügte Lemar hinzu und wies auf Sitas Beine, »seht Euch Eure Stute an! Ihre Hufe sind frisch beschlagen und ich habe ihr die letzten Tage nur das beste Futter gegeben.« Er tätschelte Sita die Kruppe.

Levarda legte ihren Kopf an den Hals ihres Pferdes, ließ dabei den Blick nicht von Sendad. Wenn sie einem der Offiziere vertraute, dann ihm. Sein Gesicht war offen, voller Ehrlichkeit, und doch gab es da eine kleine Spannung in ihm.

»Ihr habt mir immer noch nicht gesagt, was hier los ist.«

War das die Falle? Sollte sie wegreiten und sozusagen auf der Flucht getötet werden? Ein kluger Plan, der aufgehen konnte. Allerdings musste den Männern klar sein, dass sie eine gefährliche und wehrhafte Beute darstellte. Sie zu töten war ungleich härter, doch das wussten sie nicht.

»Na, für eine intelligente Frau, wie Ihr es seid, ist das nicht so schwer zu erraten. Ihr setzt Euch aufs Pferd und reitet einfach zurück nach Hause«, mischte sich jetzt Lemar in das Gespräch ein.

Levarda sah unverwandt Sendad an.

»So ist es gedacht, und Ihr braucht von uns nichts zu befürchten. Ihr solltet allerdings dem Pass über den Berg folgen. In Eurer Satteltasche steckt eine Karte, mit der Ihr den Weg findet. Seid Ihr in der Lage, eine Karte zu lesen?«

Unwillkürlich musste sie lächeln. Sie konnte die ehrlichen Absichten der Männer spüren. Keine Falle, sie boten ihr die Freiheit an.

»Glaubt mir, es ist besser so«, beschwor sie Sendad. »Seid Ihr in der Festung des hohen Lords, gibt es kein Zurück mehr. Und es gibt nichts, wirklich überhaupt nichts, was ich tun könnte, um Euer Leben zu retten. Also ergreift bitte diese letzte Gelegenheit zur Flucht!«, sprach er eindringlich auf sie ein.

»Wenn Ihr mich fliehen lasst, seid Ihr tot!« Levarda hoffte, ihre Worte klangen so nachdrücklich, wie sie gemeint waren. »Lord Otis wird Euch töten lassen.«

Seine Lippen verzogen sich zu einem spitzbübischen Grinsen, als er erwiderte: »Ich würde ja gerne behaupten, dass dies meine Idee war, aber, um ehrlich zu sein – sie stammt von ihm.« Er kratzte sich verlegen im Nacken und wich ihrem verdutzten Blick aus.

»Oh.« Mehr brachte sie nicht heraus, so ungeheuerlich erschien ihr alles. Außerdem spürte sie, dass die Ereignisse des Tages langsam ihre Kräfte überstiegen: angefangen vom Aufwachen im Zimmer des Lords über die Sache mit den Kleidern, die Kiste mit den versteckten Büchern, die Geschichte von Larisan auf Burg Ikatuk, das Abendessen unter erhöhter Konzentration, bis hin zu der geheimen Tür und dem Gang. Sie gab sich Mühe, einen klaren Kopf zu bewahren. War das hier der wahre Grund, weshalb Lord Otis ihr seine Gemächer überlassen hatte? Er überraschte sie.

Levarda verbarg ihr Gesicht an Sitas Hals, nahm tief den Pferdegeruch in sich auf. Das beruhigte sie. Es bedeutete Leben und Freiheit und nach der Geschichte von Larisan erkannte sie die Kostbarkeit des Geschenks.

Sie fühlte in sich hinein und fragte sich, ob sie es schaffte, dieses Angebot abzulehnen. Einen Tag zuvor hätte sie keinen Gedanken daran verschwendet. Doch jetzt, mit all dem Wissen aus Larisans Tagebuch? Wollte sie in dieser Welt leben? Sie retten? Für immer ein Teil im Besitz des hohen Lords sein? Ohne jemals wieder eigene Entscheidungen zu treffen?

Die beiden Männer schwiegen, ließen Raum für ihre Gedanken. Aber das hier war nicht ihre eigene Entscheidung, sondern vielmehr die von Lord Otis! Ein letztes Mal klopfte sie Sita den Hals, dann wandte sie sich Sendad zu.

»Ich danke Euch für dieses großzügige Angebot, aber meine Entscheidung traf ich vor langer Zeit.«

Zu ihrem Erstaunen vertiefte sich das Lächeln in Sendads Gesicht. Er nickte.

Lemar konnte man seine Fassungslosigkeit ansehen.

»Ihr lasst diese Möglichkeit ungenutzt?«, fragte er ungläubig. »Ist Euch überhaupt klar, was das bedeutet?«, setzte er eindringlich nach.

»Aber ja«, erwiderte sie schlicht und warf Sendad ein wissendes Lächeln zu. Sie drehte sich um, doch Lemar stellte sich ihr in den Weg und packte sie an den Schultern.

»Levarda, das dürft Ihr nicht!«

Seine Stimme klang rau und in seinen Augen glomm ein tiefer Schmerz, der sich über seine Hände in ihren Körper übertrug. Ihr schossen die Tränen in die Augen, mit solcher Macht trafen sie seine Gefühle.

»Bitte werft Euer Leben nicht so einfach fort, flieht, wenn nicht für Euch, dann für uns!«

Levarda schnürte es die Kehle zu.

Sendad aber legte seine Hand auf Lemars Schulter. »Lass sie, Lemar. Wir haben ihre Entscheidung zu respektieren.«

Mit einem Ruck ließ Lemar sie los und entfernte sich eilig, doch sie hatte den feuchten Glanz in seinen Augen gesehen. Sie musste ihr inneres Gefühlschaos sortieren. Was um alles in der Welt war Lemar passiert, dass er einen solchen Schmerz in sich trug? Sie zögerte. Sie wollte zu ihm gehen und ihn fragen. Sie musste es wissen.

Aber Sendad hatte Lemar eingeholt. Dies war nicht der richtige Zeitpunkt. Sie durfte in die Nähe zwischen den beiden Kameraden jetzt nicht eindringen. Sie ging zum Gang zurück. Da hörte sie eilige Schritte hinter sich, sah das Feuer der Fackel auf der Felswand tanzen. Sendad folgte ihr und brachte Licht in die Dunkelheit der Höhle.

Schweigend liefen sie zusammen den Weg zurück. Als sie an den Eingang zu Lord Otis‘ Schlafzimmer kamen, zog er sich die Stiefel aus, bevor er den Raum betrat.

Mit seiner Fackel entzündete er die Kerzen im Zimmer, betrachtete dann mit gerunzelter Stirn die dunklen Spuren auf dem Boden, die Levardas nackte Füße hinterlassen hatten.

»Ihr müsst Euch die Füße waschen«, sagte er mit überraschend weicher Stimme.

Sie schaute befremdet. »Jetzt?«

»Unbedingt. Das ist eine Geheimtür. Von ihrer Existenz weiß außer Euch und uns niemand etwas. Wir wollen doch nicht, dass die Dienerschaft auf dumme Gedanken kommt, oder? Geht ins Bad, ich kümmere mich um den Fußboden.«

Widerstrebend ging Levarda ins Bad. Dort stand noch ihre Waschschüssel vom Abend. Sie stellte sie auf den Boden, stieg hinein und wusch sich die Füße.

Sendad kam mit einem Tuch und entfernte die übriggebliebenen Spuren auch in diesem Raum.

Levarda hob den ersten Fuß, um aus der Schüssel zu steigen.

»Wartet, ich helfe Euch.«

Bevor sie protestieren konnte, legte Sendad einen Arm um ihre Schulter und hob sie hoch.

»He! Lasst mich runter, ich kann alleine gehen.« In seinen Armen kam sie sich furchtbar machtlos vor.

»Ich weiß, aber ich habe keine Lust, noch mal Eure Spuren zu beseitigen.«

»Meine Füße sind sauber.«

Er stellte Levarda auf dem Bett ab. »Ja und nass«, setzte er ein wenig spöttisch hinzu.

»Bis morgen früh wäre der Boden trocken gewesen.«

»Mag sein, aber so ist es sicherer.« Seine Augen wanderten zu einem der Bettpfosten. »Was ist das?« Er zeigte auf den dort befestigten Strauß.

Levarda grinste zufrieden, da sie bereits die beruhigende Aura spürte. Für einen kurzen Augenblick, als Sendad sie in seinen Armen gehalten hatte, war ein ganz anderes Gefühl durch sie hindurchgehuscht.

»Das ist mein Geheimnis und ich werde es Euch nicht verraten.«

Er sah sie belustigt an. »Euch ist klar, dass dieses Gemach Lord Otis gehört?«

»Und?«

»Ich glaube nicht, dass ihm diese Sträuße gefallen werden.«

Spürte er die Wirkung der Kräuter? Sie zuckte mit den Achseln. »Sobald ich aus seinen Räumlichkeiten ausgezogen bin, kann er sie abhängen, wenn es ihn stört.«

Sie zog den Umhang aus, reichte ihn Sendad und kroch unter die Decke, vom Duft ihrer Kräuter umhüllt. Dieses Mal konnte sie die Schwere des Schlafes schon spüren. »Schlaft gut, Sendad, und träumt etwas Schönes.«

9
GESPRÄCHE

Am nächsten Morgen war Levarda auf den Beinen, bevor Adrijana kam. Sie saß auf dem Fenstersims und las in dem dritten Buch von Larisan, während die Magd ihr ein reichhaltiges Frühstück auf das Sims stellte. Es gab Brot, Honig, einen Getreidebrei und Äpfel.

Trotz des gehaltvollen Abendmahls verspürte Levarda Hunger und vertilgte alles bis auf den letzten Krümel.

»Wenn Ihr in den Mengen weiteresst, werdet Ihr bald dick und rund sein«, bemerkte die Dienerin mit einem Augenzwinkern.

»Dann bin ich sicher auch nicht mehr so unruhig. Wie kamst du gestern darauf, ich sei unruhig gewesen?«

Verblüfft sah Adrijana Levarda an. »Das dachte ich nicht. Ihr habt den ganzen Tag gelesen, wieso – « Das Mädchen biss sich auf die Lippen, als ihm klar wurde, dass es seinen Herrn verraten hatte. Betreten senkte Adriana den Kopf über ihre Näharbeit.

Konnte er ihre Gefühle erspüren? Lag es an ihrer Verbindung, als sie seine Energie genutzt hatte, um Sendad zu heilen? Oder an der Nacht am See, als sein Feuer die Dunkelheit vertrieb? Wenn er ihre Unruhe wahrnahm, musste sie seine nicht genauso fühlen?

Levarda lehnte sich an die Mauer, schloss die Augen, konzentrierte sich auf ihren Atem, wanderte langsam durch ihren Körper. Sie stieß auf das Leuchten in ihrem Innern, das sie seit dieser Nacht am See in sich trug. Es war keine fremde Energie, sondern ein Teil von ihr, soviel hatte sie herausgefunden. Nein, daran konnte es nicht liegen. Sie streckte ihre Sinne aus und suchte das Muster von Lord Otis. Er befand sich nicht in der Burg. Sie nahm ihn in weiter Ferne wahr. Er war nicht allein. Sie spürte Umbra in seiner Nähe. Ein Stich durchzuckte sie. Wie gerne wäre sie selbst an diesem schönen Morgen ausgeritten. Sie versuchte, mehr von ihm wahrzunehmen als seine Aura, doch da war nichts, absolut nichts.

Levarda öffnete die Augen und sah aus dem Fenster. Am Rande des Waldes konnte sie einen Reiter sehen. Sie schüttelte den Kopf. Nein, es war unmöglich, dass er wahrgenommen hatte, wie aufgewühlt sie durch die Lektüre des Buches gewesen war. Vermutlich hatte Adrijana einfach unbedacht etwas gesagt. Das war keineswegs beruhigend. Dennoch schob sie ihre Überlegungen zur Seite und vertiefte sich in das Buch auf ihrem Schoß.

Larisan war in die Berge von Gestork geritten, in der Absicht, dort eine neue Heimat zu finden. Sie rettete dem hohen Lord das Leben, als dieser bei einem Zusammentreffen mit einem Bären den Kürzeren zog.

Das Angebot, sie in seine Garde aufzunehmen, nahm sie an, denn nach einem Jahr der Einsamkeit sehnte sich Larisan nach ihrer Tochter und Kilja. Sie nannte sich nun Bihrok, stieg mit ihren Fähigkeiten, weit in die Ferne zu sehen, und mit ihrem strategischen Feinsinn schnell in der Hierarchie der Garde auf. Keine zwei Jahre später übernahm sie die Position eines im Kampf gefallenen Offiziers.

So erhielt sie schließlich als Offizier die Einladung zur Hochzeit ihrer eigenen Tochter. Nur Kilja erkannte Larisan in dem Offizier Bihrok, aber er bewahrte ihr Geheimnis. Für ihre Verdienste im Kampf bekam sie einen

Gutshof geschenkt, den sie von einem älteren Ehepaar bewirtschaften ließ. Dieser lag in der Gemarkung Lord Kiljas, und es dauerte nicht lange, bis die gegenseitige Anziehungskraft sie erneut zueinander führte. Fortan trafen sich Kilja und Larisan heimlich bei Vollmond auf ihrem Gutshof und liebten einander.

Es klopfte an der Tür.

»Tretet ein«, rief Levarda und klappte das Buch zu, um es hastig hinter ihren Rücken zu schieben, wo sie es zwischen sich und der Mauer verbergen konnte.

Melisana kam herein, erschreckend blass im Gesicht. »Verzeiht die Störung, Lady Levarda«, rief sie von der Tür aus, »Ihr müsst schnell kommen, Mylady ist krank.«

Rasch sprang Levarda vom Fenstersims, schnappte sich ihre Tasche und folgte Melisana durch die Gänge.

Bei Lady Smira waren die Vorhänge zugezogen.

»Geht raus, geht alle raus, lasst mich in Ruhe«, stöhnte ihre Cousine von ihrem Bett her. Dann lehnte sie sich seitlich aus dem Bett und erbrach sich auf dem Boden. Rika rümpfte angewidert die Nase, sie war eben mit einem Eimer Wasser hereingekommen und reichte ihn gleich an Lina zum Aufwischen weiter.«

Lady Smira legte sich stöhnend zurück. »Ich sterbe«, flüsterte sie kaum hörbar.

Levarda eilte alarmiert an ihre Seite und legte die Hand auf Smiras Stirn, die einen säuerlichen Geruch ausströmte. Sie schloss die Augen, tauchte ein in den Körper der jungen Frau und wich sofort wieder zurück in ihren eigenen.

Lady Smira starrte sie an. »Sterbe ich?«, stieß sie verzweifelt aus.

Levarda schüttelte den Kopf über so viel Dramaturgie. »Natürlich sterbt Ihr nicht, Ihr habt nur gestern Unmengen an Wein getrunken und das ist das Ergebnis.«

»Es war nicht mehr als ein Becher!«

»Ja, ein Becher, der Euch beständig aufgefüllt wurde.«

Ein lautes Klirren ließ beide zusammenfahren.

Lady Smira richtete sich auf. »Raus, habe ich gesagt, alle raus aus diesem Zimmer, und zwar sofort!«, schrillte ihre Stimme durch den Raum.

Rika, die sich gerade gebückt hatte, um den heruntergefallenen Gegenstand aufzuheben, sah Lady Smira nur verschreckt an.

Mit einem Nicken bedeutete Levarda Lina und Melisana, das Zimmer zu verlassen. Rika schloss sich ihnen an.

»Gibt es in diesen Gemächern einen Raum zum Waschen?«

Lady Smira zeigte auf eine Tür in der Nähe ihres Bettes.

Mit einem feuchten Tuch, in das sie Kräuter eingewickelt hatte, kam Levarda zurück. Sie legte es der jungen Frau, die immer noch unangenehm aus dem Mund roch, auf die Stirn und holte von einem Tisch einen Becher Wasser, mischte ein wenig Minze darunter und reichte ihn ihr.

Gehorsam und fast gierig trank Smira den Becher leer.

Bei diesen Maßnahmen beließ es Levarda. Sollte ihre Cousine nur ihre Lehre aus den Folgen des übermäßigen Alkoholgenusses ziehen. Rikas Reaktion zeigte, dass hier kein Zufall im Spiel war.

Die Kräuter wirkten, und Lady Smiras Züge entspannten sich etwas. »Sind wir allein?«, fragte sie unvermittelt mit rauer Stimme.

»Ja, ich habe Eure Dienerinnen aus dem Zimmer geschickt.«

»Was für ein wunderbarer Abend.«

»Meint Ihr wegen des Weins?«, spottete Levarda.

Die leidende Frau schnaubte ärgerlich und öffnete ihre Augen ein wenig. »Das meine ich nicht!« Ihr Blick verlor sich in der Ferne, und ihr Gesicht verklärte sich. »Er konnte seinen Blick nicht von mir abwenden.«

»Habt Nachsicht mit Timbor, er ist jung und muss noch einiges lernen.«

»Doch nicht Timbor!«, stöhnte Smira, und ihre Hand machte eine wegwerfende Bewegung. »Lord Otis.«

»Lord Otis?« Nachdenklich runzelte Levarda die Stirn und ließ den gestrigen Abend an ihrem inneren Auge vorbeiziehen. Sie hatte nicht weiter auf ihn geachtet und lieber versucht, seine Anwesenheit zu vergessen, was ihr gelungen war, mit Ausnahme der Momente, in denen er sie bloßstellte. Sie konnte sich nicht erinnern, dass er Smira ungewöhnlich viel Aufmerksamkeit geschenkt hatte. Eher schob sich das Bild von Sendad in ihre Gedanken, der der zukünftigen hohen Gemahlin immer wieder aufmunternd zuprostete, sie zum Trinken animierte. Aber der Hausherr?

»Habt Ihr sein Gesicht gesehen?«, ließ sich Smira mühsam vernehmen. »Seine dunklen Augen? Als könnten sie einen verschlingen. Die gerade Nase, diese hohe Stirn, die vollen Lippen ...«

»Die Narbe im Gesicht, der finstere Blick, die Kälte und Grausamkeit in den Zügen um seinen Mund«, führte Levarda bitter die Aufzählung weiter. Lady Smira hatte doch wohl nicht vor, sich in Lord Otis zu verlieben?

»Denkt Ihr, der hohe Lord ist so wie er?«

»Wie meint ihr das – wie er?«

»So stark – so voller Kraft. In seiner Nähe macht mir nichts Angst. Er strahlt so eine Sicherheit aus, als könnte ihn nichts auf der Welt erschüttern.«

Levarda stand auf, trat ans Fenster, um die Vorhänge zurückzuziehen und es zu öffnen. Es ging hinaus in einen Garten. Ein kleiner Teich bildete den Mittelpunkt, und von ihm aus zweigten lauschige Laubgänge ab. Überall waren Rosenbeete verteilt, deren Duft im Verlauf des weiteren Jahres das Zimmer füllen würde. Vögel hatten sich in den Zweigen der niedrigen Bäume niedergelassen und zwitscherten fröhlich vor sich hin. Der Ort strahlte eine Ruhe und Kraft aus, die sie bei einem Mann niemals empfinden könnte. »Ihr begebt Euch auf einen gefährlichen Weg, Lady Smira«, antwortete sie.

»Keine Angst, Lady Levarda, ich bin nicht wie Ihr. Ich weiß, was von mir erwartet wird.«

»Nein, Ihr seid nicht wie ich.«

»Die hohe Gemahlin zu werden, ist mehr, als mein Vater je für mich erhoffen konnte. Ich werde ihn ganz gewiss in dieser Hinsicht nicht enttäuschen. Dennoch ist es ein erregender Gedanke, Lord Otis in Zukunft immer in meiner Nähe zu wissen.«

Levarda wandte sich abrupt vom Fenster ab. »Benötigt Ihr noch meine Hilfe?«, fragte sie kühl.

Lady Smira drehte sich in ihrem Bett zur Seite. »Nein. Ihr dürft gehen.«

Sie eilte in ihr Zimmer zurück. Adrijana saß noch immer auf dem Hocker beim Fenster und nähte, wobei sie leise ein Lied summte. Levarda lief unruhig auf und ab, erntete fragende Blicke, die sie aber nicht beachtete. Sie konnte beim Nachdenken nicht stillsitzen. Alles war ihr so einfach erschienen: Sie begleitete Lady Smira an den Hof des hohen Lords, sorgte dafür, dass diese ihm ein Kind gebar, und der Lauf der Dinge würde sich ändern.

Vor allem trug sie die tiefe Hoffnung in sich, dass sich das Leben der Frauen im Land Forran ändern würde. Sie hatte immer gedacht, die Frauen hier lebten in einem Zwang, einer Sklaverei, aus der sie sich befreien wollten. Langsam beschlich sie das Gefühl, dass diese Frauen gar nicht mehr fähig waren, ihr Leben selbst in die Hand zu nehmen. Sie schnaufte verärgert. War sie überhaupt in der Lage, diese Gesellschaft in eine andere Richtung zu schubsen? Wollten diese Frauen überhaupt ein anderes Leben? Mit gleichen Rechten?

Sie fragte sich, wie es kam, dass ein Mann wie Lord Otis auf das weibliche Geschlecht so anziehend wirkte. Bemerkten die Frauen seine Grausamkeit nicht? Seine Art, Menschen für seine Zwecke und sein Wohlbefinden auszunutzen? Sie hatte nur eine

Verbündete, die ihre Fragen beantworten konnte, eine, die ihr half, zu verstehen.

Das Sims war leer. Suchend sah sie sich im Zimmer um. Larisans Buch war fort. Bevor sie Adrijana fragen konnte, ob sie es gesehen hatte, klopfte es.

Es war Bernar. »Herr Lemar lässt anfragen, ob Ihr Eure Verabredung vergessen habt.«

»Ist es so spät?«, entfuhr es Levarda. »Warte, ich komme gleich herunter, ich ziehe mir etwas anderes an.« Der Diener zog die Tür zu. Sie schlüpfte in ihre Beinkleider, zog ihr Reisekleid aus dunkelbraunem Stoff über den Kopf. Sie zerrte ihren geflochtenen Zopf aus dem Kleid, schnürte hastig das hochgeschlossene Oberteil zu und ließ die Bänder nach innen verschwinden. Zuletzt zog sie ihre Stiefel an.

»Wollt Ihr nicht was Hübscheres anziehen? Seht mal das Kleid da vorne.« Adrijana deutete auf ein Gewand, das sie auf Levardas Bett drapiert hatte. Der Stoff war in einem dunklen Grün gehalten, ein langer, weiter Rock ließ viel Bewegungsfreiheit, so wie sie es mochte. Das Oberteil war nicht zu aufwendig genäht, aber dennoch mit Stickereien verziert, die es elegant wirken ließen.

»Ich gehe in den Stall, nicht zum Nachmittagskaffee!«

Beleidigt schob Adrijana die Unterlippe vor.

Levarda eilte aus der Tür und stoppte abrupt vor den gekreuzten Lanzen der Wachen vor ihrem Gemach.

Ärgerlich pustete sie eine Strähne aus dem Gesicht, die sich beim hektischen Anziehen aus dem Zopf gelöst hatte. Bevor sie den Mann zurechtweisen konnte, stand bereits Bernar bei ihr. Auf seinen Wink hin ließen die Soldaten sie beide gehen.

Seltsam – einerseits besaß sie einen Geheimgang aus dem Zimmer, andererseits wurde die Tür bewacht. Wie absurd das war! Die letzten Stufen sprang sie in die Halle hinab, froh, endlich rauszukommen. Noch lieber wäre es ihr gewesen, wenn sie heute den Spaziergang mit Sendad hätte machen können.

Am Treppenabsatz warteten Lemar – mit einem breiten Grinsen – und Rika. Höflich verbeugte er sich und reichte ihr den Arm. Sie legte leicht ihre Hand darauf.

Bernar reihte sich mit ausdruckslosem Gesicht hinter ihnen ein, während Rika ein Gesicht machte, als hätte sie Zahnschmerzen.

DIE STÄLLE WAREN HIER ÄHNLICH ANGELEGT WIE AUF BURG Hodlukay. Im Norden lag der Eingang des Burghofes, westlich davon die Ställe – ein innerer und ein äußerer. Im inneren Stall standen die Pferde der Offiziere. Sie hatten große, bequeme Boxen, dick mit Stroh ausgepolstert. Die Gänge waren sauber gefegt, und durch Rillen in den Mauern kam frische Luft herein. Auch Sita stand in einer eigenen Box. Das Tier drehte sich im Kreis, als es Levarda sah, und wieherte schrill.

Sie lachte. »Ich glaube, Lemar, so werdet Ihr mit meinem Pferd nicht glücklich.«

»Euer Wort in Lethos' Mund. Zuerst stand sie in dem äußeren Stall. Sie hat sich zweimal befreit, und beim zweiten Mal nahm sie zwölf weitere Pferde mit sich. Aus dieser Box ist sie erst einmal geflohen«, entgegnete er.

Als hätte das Pferd gehört, was sie sprachen, steckte es seinen Kopf durch das Gitter und zog mit dem Maul an dem Riegel, den eine Kette sicherte.

»Dieses Biest ist unglaublich.« Lemar sprang zu der Box und Sita zog flink ihren Kopf zurück.

»Habt Ihr hier eine Stutenherde für die Zucht?«

»Ja, außerhalb der Burg, im Westen, geschützt von einem Berg und vom See.«

»Steckt sie dort hinein und Ihr habt Eure Ruhe. Außerdem verspreche ich Euch, dass sich die Fohlen in Zukunft leichter einreiten lassen. Sita ist in der Erziehung der Jungpferde äußerst geschickt.«

»Ich werde Euren Rat befolgen, sobald wir aufbrechen. Im Moment habe ich keine Wahl – fällt Euch etwas ein?«

Levarda ging zu Sita, öffnete die Tür und betrat die Box.

Lemar wahrte Abstand, sodass sie in Ruhe mit ihrer Stute sprechen konnte. Danach verhielt sich das Tier ruhig.

Gemeinsam gingen sie in den äußeren Stall. Hier waren an die fünfzig Pferde untergebracht. Sie standen an der Wand angebunden und Levarda bedauerte die Tiere.

Obwohl sie sich bestimmt nur eine begrenzte Zeit in dem Stall aufhielten, entsprach das doch nicht der Lebensweise dieser Geschöpfe. In Mintra wurden Pferde in Herden gehalten. Die Weideplätze waren so angelegt, dass entweder ein Stück Wald oder eine Höhle den Tieren Schutz bot, wenn die Hitze es erforderte. Sturm, Regen und Schnee waren meist kein Anlass für die Tiere, Schutz zu suchen.

Sie seufzte, und als Lemar sie nach dem Grund fragte, erklärte sie ihm, wie sie es in ihrer Heimat mit den Pferden hielten.

Eines musste Levarda diesem Stall aber lassen: Er war genauso sauber, ordentlich, hell und gut durchlüftet wie der andere.

Rika war draußen geblieben, während Bernar ihnen in einigem Abstand folgte.

Levarda senkte die Stimme. »Lemar, darf ich Euch etwas Persönliches fragen?«

»Gewiss, Mylady«, flüsterte er genauso leise zurück, ohne ihr sein Gesicht zuzuwenden, doch sie sah auch so das Zucken seiner Mundwinkel.

»Worum ging es gestern bei Eurer Wette mit Sendad?«

Er schwieg. Sie schlenderten weiter durch den Stall und er wandte sich an den Diener: »Bernar, hol bitte Lady Levarda einen Becher Wasser aus der Kanne in der Sattelkammer.«

Als Bernar außer Hörweite war, sprach Lemar: »Im ersten Teil um den Zeitpunkt, wann Ihr den Gang entdecken würdet.«

»Die Wette habt Ihr gewonnen?«

Lemar grinste. »Ich habe Eure Fähigkeiten erlebt, habt Ihr das vergessen? Timbor dachte, Ihr würdet niemals darauf kommen. Die anderen meinten, Ihr würdet länger brauchen.«

»Und der zweite Teil?«

Er brummte. »Ob Ihr die Gelegenheit zur Flucht nutzt oder nicht. Da waren sich alle einig, nur Sendad glaubte, Ihr würdet Euer Wort Eurem Onkel gegenüber nicht brechen.«

Er wandte sich zu ihr, diesmal nicht mit dem üblichen Schalk in seinen Augen, sondern mit der Traurigkeit des gestrigen Abends. »Eines habt Ihr allerdings vergessen.«

»Und was wäre das?«

»Was, wenn Ihr keine Möglichkeit bekommt, den Lauf der Dinge zu ändern? Euer Tod wäre völlig umsonst!«

Seine Worte trafen sie mehr, als sie es sich anmerken ließ. Immerhin wurde sie von denselben Zweifeln geplagt. Sie betrachtete ihn aufmerksam, kämpfte mit sich, ob sie ihn berühren und ihm ein Stück seiner Traurigkeit nehmen sollte. Sie bezweifelte, dass er ihr seine Geschichte erzählen würde.

»In dem Fall habe ich wenigstens alles in meinen Kräften Stehende versucht, um einer Frau das Leben zu retten. Und würde es nicht gleichzeitig die politische Situation in diesem Land klären? Meint Ihr nicht, das wäre das Risiko meines eigenen Todes wert?«

Er sah sie an und nickte schließlich. »Ihr seid eine aufmerksame Zuhörerin, versteht etwas von Politik, könnt kämpfen und seid mutig.« Seine Hand griff nach ihrer Strähne, er zog daran und grinste. »Ihr seid eine gefährliche Frau.«

Bernar kam mit einem ramponierten Holzbecher voll Wasser. Lemar ließ ihr Haar los und wich zurück.

»Verzeiht, Mylady, aber ich habe nichts anderes gefunden.«

»Danke, Bernar, das war sehr zuvorkommend.«

Überrascht sah der Diener sie an. Eine Lady dankte einem Dienstboten nicht. Sie nahm den Becher aus seiner Hand und trank ihn in einem Zug aus. Ihr Magen knurrte, weil sie noch nicht zu Mittag gegessen hatte.

Lemar zauberte aus seiner Tasche einen Apfel und reichte ihn ihr. »War eigentlich für mein Pferd, aber ich glaube, Ihr braucht ihn nötiger.«

Während Levarda den Apfel kaute, schlenderten sie aus den Ställen zurück zum Haupthaus. Ein viel zu kurzer Ausflug, aber allein die Sonne auf ihrer Haut zu spüren und den Wind im Gesicht, war der pure Genuss.

An der Treppe löste sie ihre Hand von Lemars Arm. Er nahm ihre Hand, führte sie an seinen Mund, blinzelte ihr zu und drückte einen Kuss darauf.

Levarda schüttelte in gespieltem Tadel den Kopf. »Ihr seid ungezogen.«

»Nur, weil Ihr Augen habt, die mich verzaubern, Mylady.«

»Dafür darf ich Euch noch eine Frage stellen«, flüsterte sie. Verwundert zog er die Augenbrauen hoch.

»Laufen weitere Wetten, die meine Person betreffen?«

Er grinste breit. »Das kann ich Euch nicht verraten, es würde den Ausgang beeinflussen.«

Damit ließ er Levarda sprachlos zurück.

RIKA VERSCHWAND SCHIMPFEND IM DIENSTBOTENEINGANG. Obwohl sie außerhalb der Ställe geblieben war, hatte sich bei dem Spaziergang Schmutz in ihren Kleidern verfangen. Amüsiert sah ihr Levarda nach.

Freundlich sprach sie Bernar an: »Du brauchst mir nicht mehr zu folgen. Ich begebe mich direkt in mein Zimmer, versprochen.«

Er nickte. Levarda stieg langsam die Treppe hoch, aber bevor sie den Absatz erreichte, hörte sie hinter sich die Stimme des Dieners.

»Mylady«, rief er, »Lord Otis möchte Euch sprechen. Er wartet in der Bibliothek auf Euch.«

Sie zögerte. Nach einem Gespräch mit dem Hausherrn stand ihr nicht der Sinn. Sie überlegte, ob sie eine Unpässlichkeit vortäuschen könnte, aber angesichts der Tatsache, dass sie soeben noch draußen herumgelaufen war, stieg sie folgsam die Treppe hinab. Bernar wartete unten und ging dann voran.

»Verzeih meine Neugierde, Bernar, aber woher wusstest du plötzlich, dass Lord Otis mich sprechen möchte?«

»Mitas kam in die Halle, um Euch zu holen, aber ich dachte, ich bringe Euch selbst zum Herrn.« Er öffnete die Tür zur Bibliothek. »Mylord, Lady Levarda«, kündigte er sie an.

»Kommt zu mir, Mylady, und setzt Euch«, kam der knappe Befehl aus dem hinteren Teil des Raumes.

Levarda hatte zum ersten Mal eine Bibliothek auf Burg Hodlukay gesehen, doch diese hier erstreckte sich über mehrere Ebenen. Die Wände standen voll mit Büchern. Es gab Treppenaufgänge und Galerien, die jede Ebene erreichbar machten. Alles war offen. Der Anblick dieser Vielzahl von Büchern, die Präsenz von Wissen, das diese enthielten, überwältigte Levarda.

Es gab einen Kamin mit einer Couch und zwei Sesseln mitten im Raum. Am Ende, direkt gegenüber der Tür, stand ein ausladender Schreibtisch, an dem Lord Otis mit Blickrichtung zur Tür saß, den Kopf gesenkt, und seine Feder über das Papier huschen ließ.

Bernar schloss die Tür hinter ihr, blieb aber selbst im Raum, was Levarda sehr entgegenkam.

Da Lord Otis bisher nicht einmal sein Haupt gehoben hatte, schlenderte sie ehrfurchtsvoll an der Wand entlang zum Schreibtisch. Sie betrachtete staunend die Bücher und las die Titel. Als sie einen Band aus Mintra entdeckte, rutschte ihr ein leiser Ausruf heraus. Sie zog ihn vorsichtig heraus.

»Übersicht der Heilkräuter« las sie auf dem Einband. Sie schlug es auf und sah den Namen der Verfasserin – Grimasaldis.

Behutsam blätterte sie eine Seite um. Dieses Buch war eine absolute Kostbarkeit. Grimasaldis gehörte zu den ersten Ältesten, die ihr Wissen in schriftlicher Form hinterlassen hatten. In Mintra gab es eine Niederschrift von ihr, zu dem nur die oberste

Heilerin Zugang bekam. Levarda betrachtete die bogenförmige, feine Schrift, die alten, komplizierten Wörter, die selbst ihr nicht mehr geläufig waren.

»Wenn Ihr versprecht, es mir wiederzugeben, dürft Ihr es mit in mein Gemach nehmen.«

Levarda zuckte erschrocken zusammen. Sie hatte die Anwesenheit von Lord Otis völlig vergessen. Ihre Reaktion löste ein unwilliges Grunzen von seiner Lordschaft aus.

»Setzt Euch, ich muss den Brief noch fertig schreiben.«

Das Buch in ihren Händen, platzierte sie sich brav auf dem Stuhl vor dem Schreibtisch. Sie wollte durch ihr Benehmen nicht sein Missfallen wecken, denn sie brannte darauf, darin zu lesen. Mit gesenkten Lidern betrachtete sie den Mann vor sich. Seine feingeschwungenen Augenbrauen saßen diesmal an der Stelle, wo sie hingehörten. Seine Narbe war blass, sein Mund konzentriert und entspannt, wie ihn Levarda bisher nie gesehen hatte.

In diesem Augenblick begann die Veränderung. Seine Augenbrauen trafen sich in der Mitte. Seine Kiefermuskeln spannten sich.

»Ihr beobachtet mich«, seine Augen wurden Schlitze, »unterlasst das!«

Sie wollte schnippisch erwidern, dass er ihr ja keine andere Wahl ließ, schwieg aber. Stattdessen öffnete sie erneut das Buch und vertiefte sich in das erste Kapitel.

»Alles, was wir brauchen, schenkt uns Lishar. Unsere Augen müssen lernen, die Wunder zu erkennen, denn viel leichter fällt es uns, mit dem Herzen die Energien der Pflanzen zu erspüren als mit den Sinnen. Mehr und mehr verlieren unsere Töchter dieses Gespür. Aus diesem Grunde habe ich mich entschlossen, ein Buch zu schreiben …«

Levarda ließ sich in den Text hineinziehen. Vor ihrem inneren Auge sah sie eine gestrenge alte Frau, die sich über die Unfähigkeit der Mädchen ärgerte.

Sie spürte, wie ihre Erregung ihr Hitze in die Wangen trieb.

»Ihr scheint Euch mehr für Bücher zu interessieren als für Euer äußeres Erscheinen.«

Levarda flog die Niederschrift aus der Hand, aber sie fing sie geschickt im letzten Moment kurz über dem Boden ab.

»Es ist beleidigend, wie leicht Ihr meine Anwesenheit vergesst, Mylady«, erklärte er unwirsch.

»Verzeiht, ich wollte nicht unhöflich sein, doch Ihr wart so vertieft ins Schreiben, dass ich Euch nicht stören wollte.«

Sie sah ihn an. Sein Gesicht hatte sich verschlossen, aber nicht verfinstert. Sie konnte nur hoffen, dass sie sich die Chance auf die Geschichte nicht verspielt hatte. Sie richtete sich in dem Stuhl auf, straffte die Schultern, legte das Buch in ihren Schoß und faltete die Hände darüber. Die Strähne hing in ihrem Gesicht. Hastig schob sie sie in die hochgesteckten Haare zurück. Er nahm sie in Augenschein. Sie ärgerte sich, dass sie nicht wenigstens auf die Frisur geachtet hatte.

»Ihr wolltet mich sprechen, Mylord?«, begann sie wieder, um ihn von seiner Musterung abzulenken.

Lord Otis hatte sich in seinem Stuhl zurückgelehnt, die Arme auf die Lehnen aufgestützt, die Finger beider Hände gespreizt gegeneinander gelehnt. Seine Augen ruhten auf ihr.

»Ja.«

Er schwieg. So saßen sie sich gegenüber.

»Verzeiht, Mylord«, setzte sie erneut an, »Ich möchte nicht ungeduldig erscheinen, aber ich würde gern in mein Gemach gehen und ein Bad nehmen. – Worüber, bitte, wolltet Ihr mit mir sprechen?«

»In *mein* Gemach, Mylady.«

Angesichts des verärgerten Untertons sah sie ihn verwirrt an. War das der Grund für dieses Gespräch? Wollte er seinen Raum zurück, nachdem sie den Geheimgang entdeckt und seine Nutzung abgelehnt hatte?

Sie neigte höflich den Kopf zur Seite. »Mylord, wenn Ihr Euer Zimmer zurückhaben möchtet – es macht mir nichts aus.«

Mit einer Handbewegung schnitt er ihr das Wort ab. »Man hat mir berichtet, dass Lady Smira unpässlich sei und Eure Hilfe angefordert hat.«

»Das ist richtig.« Levarda war auf der Hut. Aufmerksam beobachtete sie seine Gesichtszüge, die sich nicht verändert hatten.

»Ist es etwas Ernstes?«, hakte er nach.

»Nein.«

Er hob die Brauen, doch Levarda wusste beim besten Willen nicht, worauf er hinauswollte. Sein Gesicht verzog sich missmutig, da sie nicht weitersprach.

»Eine weibliche Angelegenheit? Sollten wir den Hochzeitstermin verschieben?«, konkretisierte er seinen Gedankengang für sie.

Erleichtert atmete sie aus. »Ach so. Nein, Mylord, es ist alles in Ordnung. Sie hat gestern Abend lediglich zu viel Wein getrunken.«

»Oh, dann werde ich in Zukunft darauf achten, dass die Lady nicht so viel trinkt.«

»Es reicht, Mylord, wenn Ihr die Diener anweist, ihr nicht in den halb vollen Becher nachzuschenken. Werden dabei noch interessante Gespräche geführt, ist es für eine Frau einfach schwer, den Überblick zu behalten.«

Innerlich schnaubte sie, denn sie wusste, dass der gestrige Abend genau so verlaufen war, wie ihr Gegenüber es geplant hatte.

Ein Lächeln umspielte seine Lippen.

Levarda machte Anstalten, sich zu erheben. »Wenn das alles wäre?«

»Setzt Euch.«

Sie zog ihre Augenbrauen hoch, um ihrer Gereiztheit Ausdruck zu verleihen. Sicherheitshalber seufzte sie tief, für den Fall, dass er nicht so viel Feinsinn besaß, ihre Gesichtszüge zu lesen.

»Morgen breche ich mit Egris und Timbor zur Festung des

hohen Lords auf. Ihr Frauen werdet mit Sendad und Lemar hierbleiben.« Er machte eine Pause. »Ich muss einiges auf der Festung umorganisieren, nicht zuletzt, da mit einer zweiten Lady auch dort nichts gerechnet wird. Ich kehre vor der Hochzeit nicht mehr zurück. Meine beiden Offiziere werden die Braut zu ihrem Bräutigam begleiten. Bitte richtet das Lady Smira aus.«

»Ich richte es ihr aus, Mylord.« Levarda grübelte, warum er ihr das sagte. Wollte er ihr damit nochmals erklären, dass sie die Chance zur Flucht ergreifen sollte? Ein anderer Gedanke kroch in ihr hoch. Interessiert beugte sie sich zum Tisch. »Darf ich Euch eine indiskrete Frage stellen, Lord Otis?«

Er betrachtete sie eingehend, aber Levarda hielt seinem Blick stand. Schließlich neigte er kurz den Kopf.

»Habt Ihr gestern zwei Goldstücke verloren?« Ihre Augen glitzerten belustigt bei dem Gedanken, dass er sie falsch eingeschätzt hatte.

Seine Mundwinkel zuckten, er beugte sich vor, legte seine Hände auf den Tisch. »Habt Ihr sie gefunden?«

Sie lachte auf. »Nein, tut mir leid, Mylord, ich fürchte, sie sind für immer verloren.« Er hatte mitgewettet!

Sie stand auf und drehte sich zur Tür.

»Ich habe Euch nicht die Erlaubnis erteilt, zu gehen.«

Sie hörte das Rücken des Stuhls, Schritte, die kurz hinter ihr hielten. Ein Knarren des Tisches.

»Es gibt da noch eine Kleinigkeit, die wir beide zu klären hätten.«

Seine Stimme, so dicht bei ihr, verursachte Levarda ein unangenehmes Prickeln im Nacken. Sie wandte sich ihm zu, das Buch vor ihre Brust gedrückt wie einen Schutzschild. Er hatte es sich auf der Tischkante bequem gemacht, die Arme vorne verschränkt. Aus seiner Position musste er zu ihr aufsehen. Während er sie im Auge behielt, fasste er hinter sich und zog einen ledernen Band hervor, hob ihn hoch und hielt ihn ihr vor die Nase.

Larisans Tagebuch, das sie heute Morgen auf dem Fenstersims liegengelassen hatte. Wie hatte sie nur so dumm sein können? Zum Glück lagen die anderen Bücher wohlverborgen unter ihrem Kissen.

»Woher habt Ihr das?« Sein lauernder Blick ruhte auf ihr.

Levarda überlegte, ob es ratsam war, ihn zu belügen. Dabei gab es drei Probleme. Das erste: Sie konnte nicht lügen, nur geschickt Worte wählen. Das zweite: Vermutlich wusste er längst von Adrijana, wo sie es gefunden hatte. Das dritte: Wenn er Mintranisch lesen konnte, wusste er, dass dieses Buch von seiner Großmutter stammte und ihm gehörte.

Unsicher, welche Konsequenz ihr Geständnis haben würde, entschied sie sich für die Wahrheit.

»Es befand sich in einer der Kisten mit Kleidern, die Ihr mir freundlicherweise überlassen habt.«

»Habt Ihr es gelesen?«

Erneut zögerte sie, senkte den Kopf, um seinem Blick auszuweichen. Dann antwortete sie leise: »Zum Teil.«

»Wie bitte? Ich kann Euch nicht verstehen.«

Sie spürte, wie die Hitze in ihrem Körper anstieg. Sie schaute hoch und antwortete laut: »Zum Teil, Mylord. Allerdings ist es Schicksal, dass ich auf das Buch gestoßen bin.« Sie schob trotzig ihr Kinn vor.

»In der Tat? Und wie kommt Ihr darauf?«

In seinen Augen leuchtete es, und Levarda hatte keine Ahnung, was das zu bedeuten hatte.

»Ihr habt mir meine Kleider genommen. In den Kisten, die Ihr mir habt bringen lassen, und die seit Jahren in Eurem Besitz sind, fand ich die Bücher.«

Seine Augen verengten sich. »Bücher?«

Levarda stöhnte, sie hatte sich tatsächlich verplappert! Es galt zu retten, was zu retten war.

»Ich weiß nicht, ob Ihr Mintra lesen könnt, aber wenn Ihr die letzte Seite in diesem Buch lest, werdet Ihr sehen, dass die Niederschrift für mich bestimmt ist.«

Ihre Hand griff nach dem Band, doch er zog das Buch weg, schlug es hinten auf.

Als er gelesen hatte, hob er langsam den Kopf und musterte sie aufmerksam. Sein Ausdruck war unergründlich.

»Das gibt Euch noch nicht das Recht, die Tagebücher meiner Großmutter an Euch zu reißen. – Wo sind die anderen?«

Sie entschied sich zur Kapitulation, was ihr unendlich schwerfiel. »Oben«, gestand sie.

»Geht voraus.«

Zögernd drehte sich Levarda um. Sie spürte seine Anwesenheit in ihrem Rücken überdeutlich, obwohl sie keinen Laut hörte. Bernar sah sie an, schenkte ihr ein kurzes Lächeln und öffnete die Tür.

Sie nahm zwei Stufen auf einmal. Oben angekommen ignorierte sie die Soldaten an der Tür, die ihre Körper strafften, als sie Lord Otis hinter ihr erblickten. Levarda betrat schwungvoll den Raum, sodass Adrijana vor Schreck aufschrie, die Augen aufriss, hastig aufstand und einen Knicks machte.

»Lord Otis«, stammelte sie.

Die Tür des Zimmers schlug hinter ihm ins Schloss. Er nickte der Magd zu.

Levarda ging zum Bett, hob die Decke hoch, griff unter die Kissen. Mit den Büchern drehte sie sich um. Lord Otis stand am Bettpfosten und hielt einen der Kräutersträuße in der Hand.

»Was ist das?« Er steckte seine Nase in den Strauß und schnupperte daran. »Riecht nach Lavendel, Melisse ...«

»Das sind Kräuter, die mir helfen, besser zu schlafen«, unterbrach sie ihn hastig. Sie hoffte, dass seine ausgeprägten Sinne nicht merkten, dass die Kräuter noch eine andere Wirkung ausübten. Ein Mann, der über die Fähigkeit verfügte, Pflanzen anhand ihrer Düfte zu unterscheiden – er entpuppte sich einmal mehr als unberechenbare Gefahr.

Sie streckte ihm die Bücher entgegen. Er ließ den Strauß los und nahm sie ihr ab, dabei strichen seine Finger an ihren Händen entlang.

Als kehrte sich die Wirkung der Kräuter von seiner Berührung um, sah Levarda ihn plötzlich mit nacktem Oberkörper im Bett liegen. Die Bettdecke war bis unter seine Hüften heruntergerutscht. Unter ihm lag eine Frau, ihr Gesicht von ihm verdeckt, indem er sie küsste. Unfähig, ihre Augen von der Szene abzuwenden, blieb Levarda in ihrer Vision gefangen. Sein Kopf rutschte tiefer zur Brust seiner Geliebten und gab den Blick auf sie frei.

Erschrocken wich Levarda zwei Schritte zurück, schüttelte den Kopf, um sich von dem Bild zu befreien. Immer noch sah sie deutlich ihr eigenes Gesicht, weich mit verklärten Augen und den Spuren seiner Küsse auf ihren Lippen.

»Lady Levarda, geht es Euch gut?«, rief Adrijana. »Ihr seid auf einmal so blass!«

Das war alles nur eine Vision, sprach Levarda sich selber Mut zu. Es hatte nichts mit der Gegenwart zu tun. Sie stand hier im Zimmer und Lord Otis lehnte mit den beiden Büchern noch immer am Bettpfosten, seine Aufmerksamkeit konzentriert auf die Seiten eines der Bücher gerichtet, das er aufgeschlagen hatte.

Er hatte ihre Vision nicht bemerkt. Allein der Gedanke, er hätte sie sehen können, trieb ihr die Schamesröte in die Wangen. Bei Lishar, was war nur in sie gefahren?

»Ich denke, ich habe zu wenig gegessen. Könntest du mir Brot aus der Küche holen, Adrijana?«

Die Magd warf einen Blick auf Lord Otis.

»Hol der Mylady etwas zum Essen. Wir wollen doch nicht, dass sie verhungert.« Seine Augen streiften Levarda, und um seine Lippen lag ein seltsames Lächeln, das ihren Herzschlag beschleunigte. »Und lass die Tür auf.«

Er klappte das zweite Buch auf, runzelte die Stirn. Schließlich stieß er sich vom Bettpfosten ab und ging zu den Kisten hinüber.

»Welches von den Tagebüchern habt ihr gelesen?«

»Burg Ikatuk.«

»Ihr wisst, dass Ihr damit in die tiefsten Geheimnisse meiner Familie eingedrungen seid?«

Sie schwieg, denn sie hatte keine Lust, sich noch weiter in den Schlamassel zu reden. Außerdem wollte sie ihn loswerden. Er beunruhigte sie.

»Wo habt Ihr die Bücher gefunden?«

Sie deutete auf die Kiste, in der die schlichten Kleider von Mintra lagen.

Er hockte sich davor und begann sie auszuräumen.

»Ich kann nichts sehen, zeigt es mir.« Sein Befehlston drückte die Entschlossenheit aus, sie nicht eher in Frieden zu lassen, bis er alles wusste.

Seufzend ging sie zu ihm. Mit einem kurzen Griff an ihr Amulett verstärkte sie vorsichtshalber ihren Schutzschild. Sie hatte zwar keine Ahnung, wie seine Berührung diese Bilder hatte auslösen können, doch sie wollte sichergehen, dass es nicht noch einmal geschah.

»Rückt ein Stück beiseite.«

Er machte ihr Platz. Sie kniete sich neben ihn, tastete, bis sie den Hebel fühlte. Er folgte ihren Händen, und sie zuckte zurück. Gefasst auf eine Berührung, hielt sie den Atem an, doch er vermied sie geschickt. Er betätigte den Hebel selbst, und der Boden glitt zur Seite. Sie sah zu, wie er den gesamten Boden abtastete.

»Was sucht Ihr? Das Fach ist leer.«

Er schaute hoch. »Habt Ihr auch die anderen Kisten untersucht?«

Levarda schüttelte den Kopf, der Gedanke war ihr nicht gekommen. Gemeinsam packten sie die nächste Kleiderkiste aus, tasteten nacheinander Boden und Seitenwände ab, fanden nichts. Bei der letzten Kiste stoppten seine Finger. Er versuchte, den Haken zu betätigen, scheiterte.

»Lasst mich.« Levardas Fingerspitzen glitten über den Hebel.

Sie zog und zerrte, drückte, aber er ließ sich nicht bewegen.

»Habt Ihr ernsthaft gedacht, Ihr würdet mehr Erfolg haben als ich?«, spottete er.

Sie warf ihm einen verärgerten Blick zu.

»Hört auf, es hat keinen Zweck, ich hole eine Axt.«

Sie schloss die Augen, holte ein wenig Druck von der Luft her, und der Boden sprang auf. Triumphierend sah sie den Lord an. »Geschicklichkeit siegt immer über Gewalt.«

Bevor sie ihren Disput weiter austragen konnten, fesselte ein rotes Blitzen vom Grund der Kiste her ihre Aufmerksamkeit. Sachte schob Levarda den Zwischenboden beiseite. Vor ihr strahlte ein Amulett aus Mintra ein weiches Feuer aus. Sie hielt die Luft an, die Aura leuchtete sanft aus dem Schatten vergangener Zeiten. So etwas durfte, so etwas konnte es nicht geben! Ein Amulett folgte immer demjenigen, der es mit seinem Blut geschaffen und mit seiner Energie gefüllt hatte.

Ein weiterer in Samt eingeschlagener Gegenstand befand sich am Boden. Vorsichtig, ohne das Amulett zu berühren, holte Lord Otis den zweiten Gegenstand heraus und öffnete das samtige Tuch. Eine Kette aus dreißig winzig kleinen Rubinen und einem großen in Form eines Tropfens in der Mitte erschien vor ihren Augen. In seiner Hand begannen die Steine zu pulsieren, eine Flamme entzündete die Edelsteine und brachte sie zum Funkeln.

»Die Rubinkette meiner Großmutter. Mein Großvater schenkte sie ihr bei der Geburt meiner Mutter. Er dachte, sie hätte sie fortgeworfen, als sie ihre Tochter verlor.« In seiner Stimme lagen Staunen und Ehrfurcht.

»Sie ist wunderschön«, flüsterte Levarda andächtig. So viel Liebe, so viel Leid. Eine Mutter, die ihre Tochter verlor, ein Sohn, der seine Mutter verlor, Großmutter und Enkel. Sie sahen sich an, und für einen kurzen Moment fühlte sie den Wunsch in sich, seine Narbe zu berühren. So viel Schmerz.

Er streckte die Hand aus und wollte nach dem Amulett greifen, das sich in der Kiste befand, aber sie packte ihn am Ärmel und hielt ihn zurück.

»Nicht!«

Er sah sie fragend an.

»Ich habe so etwas noch nie gesehen«, erklärte sie ernst.

»Ihr tragt selber ein solches Amulett um Euren Hals.«

Levarda nahm ihr Amulett, das sich warm in ihre Hand schmiegte, und sah ihn an.

»Wenn ein Kind das Alter erreicht, in dem die Elemente in ihm wachwerden, dann geht es auf die Suche nach einem Stein. In den Lavaströmen des Asambra wird der Anhänger geschmiedet und der Stein eingefügt«, sie ließ weg, dass ein Tropfen Blut ebenfalls dazukam, »ab dann trägt das Kind dieses Amulett und trennt sich nie davon«, und das Amulett nicht von dem Kind, dachte sie, aber auch das behielt sie für sich.

»Niemals?«

»Niemals.«

»Was passiert, wenn es stirbt?«

»Es wird mit verbrannt.«

»Ein Stein verbrennt nicht.«

»Dieser schon, er ist Teil meiner Energie, Teil meines Lebens.«

Sie wies auf das Amulett in der Truhe. »Ist es das von Larisan?«

Er zuckte mit den Achseln. »Das weiß ich nicht, ich habe sie niemals damit gesehen.«

»Sie muss es abgelegt haben, als sie damals in ihrem Zorn die unschuldigen Menschen in ihrem Feuer verbrannte.«

Seine Augen verengten sich zu schmalen Schlitzen.

Verschämt senkte Levarda den Kopf. Es war eines der Geheimnisse seiner Familie, die er sicherlich nicht ausgeplaudert haben wollte.

»Verzeiht, ich vergaß, dass sie Eure Großmutter war.«

»Kann das Amulett gefährlich sein?«

»Ich weiß es nicht. Wenn Ihr Eure Hand über dem Stein schweben lasst, was spürt Ihr?«

Seine Hand legte sich über den Stein, er schloss die Augen. »Ein Kribbeln, warme Luft, die über meine Hand streichelt, sich an sie schmiegt.« Er öffnete die Augen und das Amulett lag in seiner Hand.

Levarda sah ihn an. »Es hat Euch gewählt«, flüsterte sie fassungslos. Noch nie hatte sie von so etwas gehört.

Nachdenklich betrachtete Lord Otis das Amulett in seiner Hand. Das Leuchten war erloschen.

»Der Stein ist rot.«

»Ja, Larisans Element war das Feuer, aber das wisst Ihr, es ist auch Eures.«

»Was bedeutet der weiße Stein in Eurem Amulett?«

Levarda lächelte ihn an und schwieg. Sein wachsamer Geist war seine reizvollste und zugleich seine gefährlichste Eigenschaft. Er lebte in Forran, aber war er auch im Innern Forraner? Sie fühlte sich ihm in einer Art verbunden, die sie nicht deuten konnte.

»Steht der Stein für das Luftelement? Es würde immerhin erklären, wie Ihr den Haken bewegen konntet.«

Die gekränkte Eitelkeit eines Mannes. Sie grinste ihn an.

»Ein interessantes Element, nicht wahr?« Sie hatte nicht gelogen. Diesmal wählte sie ihre Worte geschickter.

Sie hörten Schritte. Lord Otis ließ die Gegenstände in seiner Tasche verschwinden und richtete sich auf. Der Zauber des Augenblicks verflog.

Adrijana kam mit einer Dienerin in das Zimmer, die ein Tablett trug. Levarda betätigte den Hebel, und der Boden der Kiste glitt zu.

»Was habt Ihr getan?«, Adrijana besah das Chaos. »Die schönen Kleider! Jetzt weiß ich nicht mehr, welche ich geändert habe und welche noch nicht.«

»Mylady, vielen Dank für die Bücher.« Er zwinkerte ihr kurz zu, verbeugte sich knapp. »Ich werde Euch alleinlassen. Adrijana, du kommst heute Abend bei mir vorbei.«

Levarda sah sich die Unordnung an. Es würde eine Zeit dauern, die Kleider zu sortieren. Sie hob den Kopf und sah die feine Röte im Gesicht der Magd. Erst da wurde ihr bewusst, was Lord Otis' Worte bedeuten mochten.

Die Nacht glitt dem Tag davon, als Levarda auf dem Fenstersims saß. Sie hatte versucht, auf dem Fell zu schlafen, und es war misslungen. Sie fühlte überall die blauen Flecken und hatte sich selber heilen müssen. In dem Bett zu schlafen, wagte sie nicht nach der Vision vom Nachmittag.

Auf dem Hof bereiteten sich die Männer auf den Abmarsch vor. Umbra wartete auf seinen Reiter.

Gestern hatte Adrijana mit Levardas Hilfe die Kleider neu sortiert. Als weiteres Friedensangebot half ihr Levarda beim Nähen. Das gab ihr ebenfalls Gelegenheit, mehr Weite in die Gewänder einzuarbeiten. Irgendwann hatte sie in das Schweigen hinein gesagt: »Du musst das nicht tun.«

Ein feines Lächeln erschien auf Adrijanas Gesicht. »Seid Ihr mir böse, wenn ich es mache?«

»Nein, wie ich dir bereits sagte, empfinde ich für Lord Otis nichts.«

»Er braucht es. Die nächste Zeit wird für ihn anstrengend werden.«

»Dann hilfst du ihm, sich zu entspannen?« Ein amüsierter Ausdruck trat auf Levardas Gesicht.

»Ich mache Euch das Leben leichter.«

»Das weiß ich zu schätzen. Dennoch, du brauchst es nicht zu tun, wenn es nicht das ist, was du willst. Ich helfe dir, versprochen.«

»Das braucht Ihr nicht, er zwingt keine Frau in sein Bett«, wich Adrijana aus.

Levarda hatte selbst die Fähigkeiten des Hausherrn erlebt. Sie zweifelte, dass die Magd überhaupt eine Ahnung hatte, wie gefährlich ihr Herr war. Den restlichen Tag hatten sie schweigend miteinander verbracht.

LORD OTIS TRAT AUF DEN HOF UND SCHWANG SICH AUF UMBRA. Auf sein Zeichen hin setzten die Soldaten sich in Bewegung.

Levarda beobachtete, wie sie eine Zweierreihe bildeten und aus der Burg ritten. Der Ausmarsch dauerte lange. Der erste Offizier blieb mit einem tänzelnden Umbra im Hof, bis die letzten zwei Reiter das Tor hinter sich ließen. Er schaute zu ihr hinauf, als hätte er gespürt, dass Levarda ihn beobachtete. Ihre Blicke trafen sich, dann gab er Umbra die Zügel und jagte seinen Männern nach. Im Schatten des Tores entdeckte sie Adrijana, die ihrem Herrn nachsah.

10

ADRIJANA

Die Burg erschien Levarda um einiges stiller an diesem Tag. Sie freute sich auf ihren Ausflug mit Sendad. Diesmal stand sie pünktlich in der Halle. Bernar hatte sie wie am Tag zuvor an ihrer Tür erwartet.

Sie wandte sich Rika zu, die mürrisch unten vor der Treppe wartete. »Es ist in Ordnung, wenn uns Bernar begleitet, Rika, du kannst zu Hause bleiben.«

Bernar nickte unmerklich, so machten sie sich nur zu dritt auf den Weg zum See. Levarda passte sich mühelos Sendads Tempo bei der Wanderung an. Sie redeten nicht, was ihnen beiden behagte. Mit ihm konnte sie auf die Laute der Natur lauschen und ihre Sinne ausstrecken. In der Luft hing der Geruch von Seraren, die das Ende des Frühlings verkündeten, ein süßlich schwerer Duft von Büschen mit winzigen roten Blüten. Nach kurzer Zeit hörten sie Bernar hinter sich keuchen. Sie warfen sich einen Blick zu und verlangsamten ihr Tempo.

Der Umgang mit Sendad fiel Levarda leicht. Sie verstanden sich ohne viele Worte. Sie mochte seine ruhige Art, seine Besonnenheit. In Mintra hätte sie ihn zu ihren Freunden gezählt. Hier, in diesem Land, wusste sie nicht, ob es so etwas wie Freundschaft zwischen Männern und Frauen gab.

Sie folgten einem schmalen Pfad. Erst führte er über den östlichen Teil der Wiesen hin zu dem Berg, dann wand er sich durch einen Wald einen Hügel empor.

An der höchsten Stelle hielten sie an. Sendad zeigte in das Tal und dort lag er – der See. Rundherum von Bergen umschlossen, glitzerte sein Wasser in der Nachmittagssonne. Den Weg hinunter zum See säumten Wiesen, auf denen viele Kräuter wuchsen, und die an einer Seite des Seeufers nahtlos in einen Schilfbereich übergingen. Zwischendrin gab es vereinzelt Bäume.

Langsam begannen sie den Abstieg zu dem See, folgten einem Pfad, der sich in Schlangenlinien den Hang hinunter wand. Sendad führte sie zu einer Stelle, an der es einen Steg gab. Daran schaukelte ein kleines Ruderboot sacht auf dem Wasser.

»Und – wie gefällt Euch der See?«

Levarda strahlte von innen nach außen. »Er ist wunderschön.«

»So schön wie Euer See Luna?«

Sie schüttelte den Kopf. »Nein. Schöner.«

Sie zog sich die Schuhe aus, lief barfuß zum See und bis zu den Knien in das Wasser hinein, froh, dass sie in weiser Voraussicht auf ihre Beinkleider verzichtet hatte. Das eiskalte Wasser kühlte ihre vom Laufen erhitzten Beine. Wie erfrischend es sein musste, an einem warmen Sommertag darin zu schwimmen. Sie watete am Ufer entlang. Mit der Hand spritzte sie Wasser und ließ kleine Fontänen emporsteigen.

Lachend rannte sie schließlich aus dem Wasser, suchte am Rand flache Steine, die sie über die Wasseroberfläche flitzen ließ.

Sendad war ein ebenbürtiger Gegner und Levarda musste sich mit zehn Hüpfern schlagen lassen, allerdings nur, weil sie ihre Energie nicht einsetzte.

Sie hörte einen Frosch quaken und machte sich auf die Suche, bis sie ihn fand und sich schnappte. Sie hielt ihn verborgen in ihrer Hand, flüsterte Liebkosungen in sein Ohr, bevor sie ihn vorsichtig in das Gras setzte. Sehnsüchtig verfolgte sie seinen Weg ins Wasser, kletterte auf den Steg und legte sich flach auf den Bauch, um zu sehen, wie der grüne Geselle im Schilf verschwand.

Sendad folgte ihr auf den Steg, nachdem er sie und den Frosch beobachtet hatte. Bernar indessen machte es sich unter einem Baum im Schatten bequem.

Levarda setzte sich auf die Kante und ließ die Beine ins Wasser baumeln, während sie ihr Gesicht zurücklehnte, damit es die Sonnenstrahlen aufnehmen konnte – ein Moment vollkommenen Glücks, den sie in ihrem Herzen aufbewahren würde.

»Dieser Ort erinnert mich an meine Kindheit, ich habe oft mit meinem Vater Ausflüge an diesen See gemacht. Er liebte ihn so wir Ihr, zeigte dieselbe Freude und Verspieltheit«, sprach Sendad sie an.

»Es tut mir leid, ich verhalte mich vermutlich nicht wie eine Lady. Es ist einfach so über mich gekommen.«

»Macht Euch keine Gedanken. Euer Geheimnis ist bei mir sicher.«

Levarda schloss die Augen vor dem Sonnenlicht. »Das weiß ich, Sendad. Wenn es in diesem Land einen Menschen gibt, dem ich vertraue, dann Euch.«

»Das solltet Ihr nicht.« Er warf einen Stein über das Wasser.

»Sendad – Ihr macht Euch zu viele Gedanken.«

»Und Ihr macht Euch zu wenige. Wenn Ihr erst mal auf der Festung seid, ist Euer Schicksal besiegelt.«

Das war es lange vorher, dachte Levarda und fragte: »Warum habt Ihr gewettet, dass ich bleiben werde, wenn Ihr wolltet, dass ich fliehe?«

»Weil Ihr ein ehrbarer Mensch seid, der vor Schwierigkeiten nicht fortrennt. Was nicht heißt, dass ich mir nicht wünschte, Ihr würdet es tun.«

Sie senkte den Kopf, zog die Beine aus dem Wasser und wandte sich ihm mit gekreuzten Beinen zu. »Wie kommt Ihr auf den Gedanken, dass Ihr mich kennt?«

Er zuckte die Achseln und starrte konzentriert auf die Wasseroberfläche. Levarda betrachtete ihn nachdenklich. Sie hatte noch nie einen Menschen gerettet, der dem Tod so nahe gewesen war. Vielleicht übersah sie die Konsequenzen ihrer Handlung nicht vollständig.

»Erzählt es mir. Ich kann zuhören.«

Als er weiter schwieg, setzte sie hinzu: »Ihr könnt mir alles erzählen.«

Mit schmalen Augen sah Sendad in die Ferne. »Kennt Ihr den Grund, weshalb ich bei uns für die Kundschaft eingesetzt werde?«

»Ich denke, ja.«

»Erklärt es mir.«

»Eure Sinne sind besser als die von anderen. Ihr spürt es, wenn jemand in Eurer Nähe ist, erkennt, wo sich ein Verfolger befindet, vielleicht sogar die Zahl derer, die sich nähern, und das auf eine Distanz, bei der die Augen versagen.«

Er nickte. »Ich habe von Lemar gehört, dass Eure Distanz weiter ist als meine, und dass Ihr präzise sagen könnt, wie viele Menschen sich genau wo befinden.«

Levarda ließ ihm Zeit, seine Gedanken zu sammeln.

»Als ich spürte, wie das Schwert durch meinen Körper glitt, wusste ich, ich sterbe. Ich sank zu Boden und schloss die Augen. Ich sah meinen Vater hier am See weilen und mir winken, während ich auf dem Hügel stand.«

Er zeigte auf den Punkt, von wo er ihr den See gezeigt hatte. »Ich ging zu ihm runter. Je näher ich kam, desto mehr veränderte er sich. Sein Gesicht blieb dasselbe, doch seine Züge verjüngten sich, die Falten verschwanden, und – sein Haar wuchs und wurde schwarz und lockig, und seine blauen Augen leuchteten, sein Körper war schlank und –.«

Er schüttelte den Kopf, während er sich erinnerte. »Ich blieb stehen, verängstigt von seiner Veränderung. Er lächelte mir zu und winkte mich näher heran.«

»Wie hieß Euer Vater?«

»Er war Offizier in der Garde. Sein Name war Bihrok.«

Levarda hatte Mühe, ihre Gesichtszüge zu wahren. Sendad, der Sohn von Larisan. Konnte das denn überhaupt sein? Tausend Fragen warfen sich auf, doch sie biss sich auf die Lippen.

»Was geschah weiter?«

»Ich ging näher, und als ich mich vielleicht noch fünf Schritte vom See entfernt befand, drehte er – oder sie – sich um und tauchte ein in den See. Als sie nicht wieder auftauchte, bekam ich Panik. Ich zog meine Sachen aus und sprang hinterher. Das Wasser war eiskalt, doch ich sah ihren Körper, der im See versank. Ich tauchte, ergriff ihre Hand und zog sie hoch. Ihr Kopf durchbrach die Wasseroberfläche und sie lachte, und dann sah ich, es war nicht mehr die Frau, in die sich mein Vater verwandelt hatte, sondern Ihr wart es.«

Sie schwiegen.

Levarda musste nachdenken. Es war nicht ungewöhnlich, dass sie den Menschen, denen sie half, in ihren Träumen begegnete. Aber weshalb erschien Larisan Sendad im See und nicht in ihrem Element Feuer?

Sie ärgerte sich, dass sie das Buch nicht mehr hatte zu Ende lesen können. Es gab so vieles, was sie nicht verstand. Wieso ein Amulett existierte und Energie enthielt von einem Menschen, der nicht mehr auf der Erde weilte.

Wie alt mochte Sendad sein? Zwanzig? Höchstens vierundzwanzig. Lord Otis musste älter sein. Aber wenn Lord Otis der Enkel von Larisan war, und selbst wenn Gunja ihren Sohn in so jugendlichem Alter wie Lady Smira bekommen hatte, musste seine Mutter bereits vierzig gewesen sein, als sie Sendad bekam.

»Lord Otis sagte mir, dass Ihr mein Herz in den Händen gehalten habt«, durchbrach Sendad die Stille.

»Er meinte es nicht im wörtlichen Sinne.«

Er kreuzte ebenfalls die Beine und legte seine Arme darauf. »Ich weiß, dass Otis besondere Fähigkeiten hat. Mein Vater unterrichtete ihn einst in diesen Künsten. Mich lehrte er das nie. Eines

Tages verschwand er spurlos, ohne eine Nachricht zu hinterlassen. Otis war in dieser Zeit für mich da. Er lügt mich nicht an. Sagt mir die Wahrheit. Was habt Ihr gemacht?«

Levarda sah ihn an. Er besaß die blauen Augen seines Vaters, nein, seiner Mutter, korrigierte sie sich. Wie konnte sie diesen Augen widerstehen?

Sie reichte ihm ihre Handflächen und bedeutete ihm, seine Hände daraufzulegen, umschloss seine Hände. Sanft nahm sie das Fließen des Feuers in ihm wahr, kaum spürbar und doch vorhanden. Sachte ließ Levarda ihre Energie dagegenströmen. Sie nahm ihr Wasser und löschte sein Feuer bis zu seinen Ellenbogen. Überrascht sah er sie an.

»Was fühlt ihr?«, fragte sie ruhig.

»Mein Arm ist kalt.«

Sie zog ihre Energie zurück, fütterte sein Feuer ein wenig mit ihrem.

»Es wird warm, nein, heiß.«

Levarda ließ seine Hände los.

»Das ist es, was ich machen kann. Ich helfe einem Körper, wenn er krank ist und seine Lebensenergie schwach wird. Ich versuche meine Energie an die Stellen zu bringen, die besonders gefährdet sind, und zeige dem Körper, wo er seine Heilung beginnen muss, mehr nicht, Sendad. Ich kann keine Toten erwecken und keine tödlich Verletzten heilen. Meine Kräfte stärken einfach die des Menschen, der das in dem Moment selber nicht kann. Dass ich Euer Herz in Händen hielt, ist eine poetische Ausdrucksweise«, sie schmunzelte, »eine, die ich Lord Otis nicht zugetraut hätte.«

Sendad betrachtete seine Hände. »Es passiert nicht immer, wenn Ihr mich berührt.«

Levarda lachte. »Nein, wenn ich es nicht kontrollieren könnte, würde ich all meine Lebensenergie verlieren und müsste sterben. Ich weiß, es klingt kompliziert, ist es aber nicht. Schaut Euch diesen See an. Was passiert, wenn ich einen Eimer nehme und beginne ihn auszuschöpfen?«

»Ihr müsstet lange schöpfen, bis etwas geschieht.«

»Einverstanden. Versuchen wir es anders. Denkt an den Sommer. Ist dieser Steg an derselben Stelle im See wie heute?«

»Nein, natürlich ist das Ufer näher, das Wasser nimmt ab durch die Hitze, aber zum Herbst hin, wenn die Regentage länger andauern, füllt er sich wieder.«

»Seht ihr, genauso ist es mit der Energie in Eurem Körper. Ihr esst, Ihr schlaft, ruht Euch aus, damit gewinnt Ihr Energie. Ihr seid wach, bewegt Euch, damit verliert Ihr Energie.«

»Ich glaube, ich verstehe, was Ihr mir erklären wollt.«

»Dann seid Ihr an der Reihe, mir eine Frage zu beantworten. Wieso glaubt Ihr, mich so gut zu kennen, dass Ihr wusstet, ich würde nicht fliehen?«

Er wand sich, aber Levarda ließ ihn nicht aus den Augen.

Schließlich begann er zu erzählen: »Zu den Zeiten, wenn ich einschlief und Ihr bei mir wart, träumte ich.« Er rieb sich mit dem Mittelfinger über die Nasenwurzel. »Ich sah eine Höhle, und darin standet Ihr. Ihr wart nicht allein, ich zählte acht Frauen und vier Männer, die in verschiedenfarbigen Roben um Euch herum standen. Sie sprachen darüber, wie ernst die Lage im Land Forran sei, dass Töchter leiden müssten, um die Macht des hohen Lords Gregorius zu sichern. Einige vertraten die Meinung, man müsse einschreiten und die Herrschaft der Männer im Land Forran brechen. Andere widersprachen und meinten, Mintra müsste sich heraushalten. Sie glaubten, mit der Zeit würden die Forraner verstehen, dass es ohne die Bereitschaft der Frauen, Kinder zu gebären, keine Zukunft für ihr Volk gäbe. Der hohe Lord müsste diese schmerzliche Lektion lernen, dass nicht er über Leben und Tod entscheidet, sondern Lishar und Lethos. In einem waren sich aber alle einig. Niemand wollte, dass ein Opfer für einen Mann gebracht wird, dessen Macht allein durch seine Geburt begründet ist und nicht durch die Weisheit in seinen Taten. Für einen, der diese Macht nicht zum Wohl seines Volkes einsetzt, sondern mit Gewalt nur für seinen persönlichen Vorteil nutzt. Das Risiko, zu scheitern, wäre zu hoch, denn nicht nur der Körper einer Frau sei entscheidend dafür, ob Leben entstehen kann, sondern der Samen eines gesunden Mannes sei dazu vonnöten. Selbst bei einem Erfolg und einer Schwangerschaft bei Lady Smira wäre nur die Macht dessen gestärkt, der zu Unrecht handelt. Sie fragten, wo der Sinn läge, das zu unterstützen. – In der Stille hörte ich Eure Stimme sagen: Werden mehr Menschen sterben, wenn wir helfen oder wenn wir dem Schicksal seinen Lauf lassen? Alle schwiegen, bis auf einen Mann, der aus den Reihen der Zwölf in die Mitte trat und Eure Hand ergriff. Er appellierte an Eure Vernunft und daran, dass ihr nicht irgendeine Tochter von Mintra seid, sondern Levarda. Ihr müsstet die Entscheidung des Rates akzeptieren oder die Konsequenzen tragen, wenn Ihr dagegen handeltet.«

Levarda starrte ihn an. Wie und wann war es dazu gekommen, dass er alles gesehen hatte, was sie so tief in ihrem Innern verborgen hielt? Mit heiserer Stimme stellte sie die nächste Frage, deren Antwort sie bereits kannte.

»Habt Ihr Lord Otis davon erzählt?«

Sendad wich ihrem Blick aus, sah auf seine Hände und nickte.

Levarda drehte sich um und ließ die Füße in den See baumeln. Die Berührung mit dem kühlen Wasser klärte ihre Gedanken. Welche Schlüsse konnte der erste Offizier der Garde, dessen Aufgabe darin bestand, den Herrscher von Forran zu schützen, aus dieser Vision ziehen? Dass niemand sie geschickt hatte? Dass sie gegen den Willen des Ältestenrats ihres Volkes handelte und es keinen Weg zurück für sie gab? Dass, wenn sie, eine Tochter von Mintra, den Tod fände, die Forraner keinen Angriff der Mintraner zu befürchten hätten?

Sie fühlte sich seltsam erleichtert. Es war gut, was Sendad gesehen hatte. Nichts konnte Lord Otis besser versichern, dass sie keine Gefahr darstellte.

»Ich weiß, dass Ihr versucht, eine Änderung im Land herbeizuführen«, unterbrach Sendad mit ruhiger Stimme ihre Gedanken. »Ich weiß nur nicht, wie weit Ihr dafür gehen werdet.«

Levarda schwieg. Darauf konnte sie ihm keine Antwort geben, denn sie wusste es selbst nicht.

Bernar winkte vom Ufer aus und deutete auf die Sonne.

»Ich glaube, wir müssen zurück«, sagte sie, ohne auf die letzten Worte von Sendad einzugehen. Sie stand auf, aber er hielt ihre Hand fest, als sie an ihm vorbeiging.

»Wir Offiziere haben einen Eid gegenüber dem hohen Lord geschworen, den niemand von uns brechen wird.«

Sie sah ihn an. »Ich weiß, Sendad, und das würde ich von Euch auch niemals erwarten.«

AM NÄCHSTEN TAG HALF LEVARDA ADRIJANA BEI DEN LETZTEN Kleidern. Zwischendurch saß sie auf dem Fenstersims und las in dem Heilkräuterbuch. Ein umfassenderes Werk über Heilkräuter hatte sie bisher nicht gelesen. Nach dem gestrigen Ausgang fehlte ihr die Natur heute umso mehr.

Die Sonne stand hoch, das Blau des Himmels lockte nach draußen. Schließlich fragte sie an, ob sie Lady Smira in ihren Gemächern besuchen dürfe. Sie erhielt die Erlaubnis, und es wurde ihr gestattet, sich ohne einen Diener auf den Weg zu machen.

Ihre Cousine saß über einer Stickerei und bekam von Melisana die Füße mit duftenden Ölen eingerieben. Dann wurden ihre Nägel mit einem rauen Stein bearbeitet, der sie fein abschmirgelte. Allen Überredungskünsten Levardas trotzend, blieb sie im Zimmer, während sich Levarda in den Garten begab.

Sie steckte voller Energie nach diesen Tagen der Muße. Ihre Heilsteine waren bis oben hin aufgefüllt, genauso wie ihr Amulett. Es gab einfach nicht genug für sie zu tun. Außerdem fehlten ihr die kleinen Spiele, die sie zu Hause in Mintra mit ihrer Energie durchführte.

Sie war eine Meisterin darin gewesen, Tiere aus Wasser nachzubilden. Auch das Spiel mit den Flammen beherrschte sie perfekt, konnte ihnen verschiedene Formen geben und eine lange Säule gestalten. Die Erde, ein Element, das langsam und behäbig reagierte, benötigte Geduld und Ruhe, beides Eigenschaften, die nicht ihrem Temperament entsprachen. Das Spiel mit der Luft fand sie am faszinierendsten. Sie hatte einen Freund gehabt, der unglaublich geschickt darin war, sich in die Lüfte zu erheben. Das erforderte ein hohes Maß an Konzentration und Fingerspitzengefühl.

All die Spiele dienten dazu, die Fähigkeiten und das Geschick bei der Arbeit mit den Elementen zu fördern. Ein weiterer Effekt bestand darin, dass sie die Energie im Gleichgewicht hielten. Levarda sehnte sich danach, endlich einen Ort zu haben, an dem sie ungestört ihre täglichen Übungen absolvieren konnte. Das Warten trieb sie an den Rand des Wahnsinns.

Am Nachmittag nahm sie zusammen mit Lady Smira eine kleine Mahlzeit ein. Sie erzählte ihr von dem Ausflug mit Sendad und von dem See, doch diese zeigte sich nicht sonderlich interessiert. Als sich Levarda aber bereiterklärte, ihr bei der Entscheidung zu helfen, welches Kleid sie bei der Reise zum hohen Lord tragen sollte und welche Frisur ihr am meisten zusagte, gewann sie die Aufmerksamkeit ihrer Cousine.

Obwohl Levardas Urteil eigentlich keine Rolle spielte, machte es ihr Spaß, sich unter ihren bewundernden Blicken zu drehen. Es schien ihr ebenso viel Freude zu bereiten wie Levarda der gestrige Tag am See.

Schließlich hatte Levarda genug von den Gesprächen über Kleider, Schmuck, Schuhe und Frisuren, verabschiedete sich und schlenderte durch die Flure zurück zu ihren Räumen. Kurz bevor sie die Treppe erreichte, die hinunter in die Halle führte, hörte sie zwei erregte Frauenstimmen im Streit.

»Wenn du glaubst, du könntest mir meinen Platz streitig machen, hast du dich geschnitten!«

»Verzeih mir Rika, bitte, ich wollte dich nicht erzürnen. Er hat einfach nach mir gefragt!«

»Nach dir gefragt, nach dir gefragt«, äffte die Ältere höhnisch nach. »Angebiedert hast du dich, du Schlampe. Schöne Augen hast du ihm gemacht!«

»Das habe ich nicht! Wann hätte ich das machen sollen, ich bin ja die ganze Zeit über mit Nähen beschäftigt. Er mag mich eben.«

»Er mag dich?«, spuckte Rika aus, »Du glaubst, dass jemand eine Fratze wie deine mag?! Du bist abstoßend hässlich, und die Vorstellung, ich müsste dein verunstaltetes Gesicht anfassen, ekelt mich. Berührt Lord Otis es etwa?«

Levarda hörte ein Aufschluchzen, dann Schritte, die sich stolpernd entfernten. Bevor sie ausweichen konnte, fegte Rika um die Ecke, fuhr erschrocken zurück und sah Levarda mit zornigem Blick an.

»Und Ihr – denkt ja nicht, ich würde Euch nicht durchschauen! Ihr, eine Lady? Dass ich nicht lache! Wenn Ihr glaubt, Ihr könntet Lord Otis täuschen, irrt Ihr Euch gewaltig. Ihr werdet sterben, genauso wie die anderen.« Damit rauschte sie an ihr vorbei.

Levarda öffnete die Tür ihres Gemachs. Adrijana wischte sich hastig über die Augen und fing geschäftig an, das Zimmer aufzuräumen, packte Nähzeug weg, machte den Tisch sauber, nahm Kleider, faltete sie und legte sie sorgfältig in die Kisten. Zwischendrin zog sie die Nase hoch.

Levarda ging zu ihr hinüber und ergriff ihre Hände. Das Mädchen senkte den Kopf, während ihm Tränen über die Wangen liefen. Levarda schob ihren Zeigefinger unter Adrijanas Kinn und hob ihr Gesicht an. Nachdenklich musterte sie das Mal. Es handelte sich um ein Brandmal, das sich vermutlich durch mangelhafte Versorgung entzündet hatte und die ganze rechte Seite des Gesichts bedeckte.

»Komm mit ans Fenster, ich möchte dein Gesicht näher betrachten.«

Adrijana schüttelte den Kopf, riss sich los. »Nein! Ich bin hässlich, mich wird nie jemand lieben oder heiraten.« Tränen strömten über ihre Wangen.

»Ich habe gehört, was Rika gesagt hat, und ich kann dir sagen: Es stimmt nicht. Du bist ein Mensch mit einem warmen Herzen. Sie ist nur eifersüchtig auf dich und deswegen wütend.«

Sie zögerte vor den nächsten Worten. »Und wenn du es willst, wirst du jemanden finden, der dich heiratet.«

»Nein, sie hat recht, ich bin abstoßend.«

Levarda stellte sich ans Fenster und streckte die Hand aus. Geduldig wartete sie, bis sich die Magd entschloss, zu ihr zu treten. Sachte strich sie über das Mal. Es brannte heftig unter ihren Fingern, glühte regelrecht, was ihr zeigte, dass es immer noch von Unreinheiten genährt wurde.

»Wie alt warst du, als es passierte?«

»Vierzehn«, flüsterte das Mädchen.

»Wie alt bist du jetzt?«

»Zweiundzwanzig.«

Levarda sah ihr forschend in die Augen. Es war ungewöhnlich, dass eine Narbe so lange brannte. Sie überlegte, ob sie es wagen konnte, Adrijana zu helfen. Es gab keinen direkten Befehl von Lady Tibana, dass sie ihre Heilkünste nicht anderen Menschen zur Verfügung stellen durfte. Andererseits würde all ihre Kraft gebraucht werden, sobald sie in die Festung des hohen Lords kamen und sich ihre Cousine mit ihm vermählte, und es durfte nicht auffallen, dass Levarda Kräfte besaß, damit sie kein Misstrauen weckte. Allerdings hatte sie zweimal diese Künste ohne unmittelbare negative Folgen bei den Soldaten angewandt, ein Umstand, den sie Lord Otis verdankte.

Levarda erinnerte sich daran, was ihr Lady Tibana erzählt hatte. Dass es eine Strömung im Land Forran gab, die in der Anbetung von Lishar eine Verehrung der dunklen Mächte sah. In einem Dorf seien eine Frau und ihre Tochter von den Bewohnern verbrannt worden, nur weil jemand beobachtet hatte, wie die Mutter bei Vollmond Lishar um die Segnung ihrer Tochter bat. Levarda schenkte solchen Schauermärchen keine Beachtung, doch hatte Lady Tibana sie zur Vorsicht gemahnt. Sowohl was die Erwähnung des Namens der Göttin betraf, als auch die offene Anwendung ihrer Kräfte.

Das Leid des Mädchens rührte sie an. In Levarda steckte so viel Energie, dass es ihr sogar guttun würde, etwas davon an jemand anderen abzugeben. Sie mochte Adrijana trotz deren Zuneigung zu Lord Otis.

»Lass mich dir helfen.«

»Wie wollt Ihr das anstellen? Ihr könnt nicht ungeschehen machen, was in der Vergangenheit passiert ist. Außerdem tut es nicht mehr weh.«

Levarda konnte am Brennen der Haut unter ihren Fingern spüren, dass dies eine Lüge war. In Adrijana brannte ein Hass, der sich deutlich in dem verunstalteten Gesicht zeigte. Noch einmal zögerte sie, da sie keine Ahnung hatte, was sie erwartete. Acht Jahre waren eine lange Zeit für so ein Gefühl.

»Wir werden sehen. Leg dich in das Bett.«

Die Magd sah sie zweifelnd an.

»Ich weiß nicht, ob ich dir helfen kann, Adrijana, aber du verlierst auch nichts, wenn du es mich versuchen lässt.«

Ihre Worte überzeugten das Mädchen. Während es die Tagesdecke vom Bett zurückzog, holte Levarda einige Kräuter aus ihrer Tasche. Sie würden die Magd schläfrig machen. Das wiederum würde ihr den Zugang zu dem Ereignis erleichtern, welches zu der Narbe geführt hatte, ohne die Gefahr, dass die Gefühle des Mädchens sich zu sehr auf sie übertrugen.

Sie musste eine lange Zeit zurückgehen, und so, wie die Narbe aussah, würde sie Schmerzvolles aufdecken. Ein Teil der Arbeit als Heilerin bestand darin, den Herd der verunreinigten Energie zu finden und ihn zu klären. Das ging nur, wenn man noch einmal das Erlebnis durchging.

Sie erhitzte einen Krug mit Wasser, füllte die Kräuter hinein, ließ sie einige Minuten ziehen und wartete, bis sie sich abgesetzt hatten. Sie schüttete das Getränk in einen Becher, kühlte es ab, damit Adrijana es direkt trinken konnte, und brachte es ihr ans Bett.

Die Augen des Mädchens weiteten sich angstvoll. »Wird es wehtun?«

»Ja, es wird noch einmal wehtun, aber du brauchst keine Angst zu haben, ich bin bei dir, ich werde dich nicht verlassen und dir deinen Schmerz nehmen.«

Gehorsam trank Adrijana.

Levarda wartete, bis der Magd die Augen zufielen. Sie setzte sich zu ihr auf das Bett und ergriff eine Hand. Ihre andere Hand legte sie auf die Narbe in Adrijanas Gesicht. Sie schloss die Augen und tauchte ein in die Seele des Mädchens.

Zuerst sah sie alles nur verschwommen. Warme Blicke, streichelnde Hände, ein wohliger Schauer. Das waren keine Erinnerungen, die sie interessierten. Sie spürte die Schmerzen der Narbe unter ihrer Hand. Pochend, brennend pulsierten sie, je weiter und tiefer Levarda hinabstieg. Sie sah eine Frau in weißem Gewand auf einem Bett liegen, sah ein kleines Mädchen mit lockigen Haaren davor stehen. Sommersprossen zierten die Stupsnase, aber dem Mädchen rannen Tränen die Wangen hinab. Ein Mann stand bei der Kleinen, legte ihr die Hände auf den Kopf und zog sie in seine Arme.

Levarda richtete eine vorsichtige Frage an Adrijanas Seele, hörte sich die Antwort an. Ja, auf dem Bett lag ihre Mutter, die gestorben war, und der Mann, der sie tröstete, war ihr Vater. Beide trauerten um Mutter und Ehefrau. Trotz des Kummers passte dieser Zeitpunkt nicht. Adrijana zählte höchstens acht Jahre.

Sie wanderte ein Stück höher in der Zeit. Die Klarheit, in der das nächste Bild vor ihrem inneren Auge erschien und der schmerzhafte Stich, der von der Narbe her durch ihre Hand in ihren Körper schoss, zeigten, dass der Zeitpunkt diesmal richtig war. Die Intensität des Schmerzgefühls überraschte sie. Sie stoppte, baute erst ihren Schutzschild neu auf, ließ dann die Erinnerungen weiterlaufen.

Sie befanden sich in demselben Zimmer wie zuvor beim Tod der Mutter. Adrijana kam mit einem Korb voll Feuerholz durch die Tür. Draußen schneite es. Schnee lag auf ihrem Umhang und ihre Wangen glühten von der Kälte. Ihr Vater saß jetzt als gebeugte ältere Gestalt am Feuer. Er bedachte sie mit einem mürrischen Blick.

»Was hast du so lange gebraucht, um das bisschen Holz zu holen?«, herrschte er sie an.

»Verzeih bitte, Vater, aber wir hatten keines mehr. Ich musste welches vom Nachbarn borgen.«

»Vom Nachbarn?« Sein Blick, soeben noch mürrisch, bekam einen bedrohlichen, irren Glanz. »Du hast dich bei dem nichtsnutzigen Snören rumgetrieben und ihm schöne Augen gemacht!«, geiferte er.

Heftig schüttelte Adrijana den Kopf. »Nein, er hat nur gesehen, dass wir kein Holz mehr hatten und mich rübergewunken.«

»Schweig«, donnerte ihr Vater und kam zu ihr herüber. Angstvoll drückte sich das Mädchen an die Wand, aber ungerührt baute sich der Vater drohend vor ihm auf. »Meinst du, ich hätte nicht gemerkt, dass du zur Frau geworden bist?« Er packte sie an den Haaren und zog sie vor das Feuer, warf sie dort zu Boden und kniete sich auf ihre Brust.

Das Mädchen stöhnte nur kurz auf, wagte nicht, sich zu rühren. Angst kroch durch jede Pore in ihren Körper. So etwas hatte der Vater noch nie gemacht.

»Ich schwöre dir, Vater, ich habe nichts getan«, keuchte sie heiser.

Sein Gesicht näherte sich ihrem. In seinen Augen glänzte eine

Gier, die ihre Panik verstärkte. Sie ahnte, dass das Schlimmes bedeutete, begann sich zu wehren. Sie wand sich und kämpfte darum, aufzustehen. Er war viel stärker, als sie vermutet hatte. Er fing an, sie zu schlagen, so fest, dass ihr Kopf auf den Boden schlug. Sie verlor kurz das Bewusstsein, kam zu sich und wünschte, sie wäre gestorben.

Der Vater hatte ihr den Rock hochgeschoben und sie von ihren Unterkleidern befreit. Er zog sich die Hose herunter. Der Anblick seines Geschlechts weckte in Adrijana die letzten Kräfte. Sie bäumte sich auf, stieß dabei mit dem Kopf gegen den Kessel, in dem die Suppe über dem Feuer brodelte. Die heiße Flüssigkeit ergoss sich über eine Seite ihres Gesichts. Sie schrie vor Schmerzen, verlor jede Kraft, sich zu wehren. Wieder und wieder drang ihr Vater in sie ein. Geifernd näherte sich sein Mund ihrem unverletzten Ohr. »Jetzt weißt du, was ein Mann mit einer Frau macht. Du kannst aufhören, Snören schöne Augen zu machen. Ich werde dir ab heute jeden Tag geben, was du brauchst.«

Als ihr Vater endlich von ihr abließ, rollte sich Adrijana schluchzend zusammen. Der Schmerz war überall. Ihr Blick fiel auf das Feuer. Sie raffte sich auf, stürzte sich mit einem Schrei der Verzweiflung und der Scham in die Flammen. Sie hörte den Aufschrei des Vaters, wurde gepackt und in den Raum geschleudert. Doch da war es zu spät, die Flammen an ihrem Kleid entzündeten die Schlafmatten und steckten die Hütte in Brand. Dann flog die Tür auf, und der Luftzug, mit wirbelnden Schneeflocken gefüllt, jagte die Flammen noch weiter empor. Jemand packte Adrijana und zerrte sie in den Schnee. Dann wurde es schwarz um sie.

Levarda war vor Entsetzen gelähmt. Sie verlor die Distanz, fühlte den Schmerz der heißen Suppe auf der Haut, das Eindringen des Vaters und den Wunsch, in den Flammen den Tod zu finden. Das Feuer floss durch ihren Körper, nahm dem Mädchen die Scham, seinen Schmerz, die Wut und den Hass, und ließ sie aus der Gesichtsnarbe herausfließen. Sie gab ihr Trost,

Wärme, Geborgenheit, Licht und die unendliche Liebe Lishars zurück. Stark floss die Energie des Wassers kühlend über Adrijanas Narbe, schenkte ihr die Erde Ruhe und Gelassenheit, während der Wind allen Kummer fortwehte.

Levarda öffnete die Augen und zog ihre Hände von dem schlafenden Mädchen zurück. Es drehte sich wimmernd zur Seite.

Levarda wusste, dass sie einen Fehler gemacht hatte. In ihrem Mitgefühl waren viele ihrer ruhigen, heilenden Energien zu dem Mädchen geflossen, aber sie hatte nicht genug der vergifteten Gefühle aus ihrem eigenen Körper abfließen lassen. Adrijanas jahrelanger Hass auf ihren Vater hatte sich mit ihrem Entsetzen und Zorn gepaart, die sie bei den Bildern empfunden hatte. Die Luft in dem Raum begann sich zu drehen, der Boden unter ihren Füßen vibrierte. Levarda musste hinaus, musste in die freie Natur und diese Energie aus sich strömen lassen, und zwar schnell – so schnell es ging. Die Wogen des Zorns bebten bereits durch ihren Körper, ließen keinen Platz mehr für Kontrolle oder auch nur Vernunft. Levarda rannte zur Tür, wusste nicht, wie viel Zeit ihr noch blieb, bis sie völlig die Kontrolle über sich verlor.

Die Wachen stellten sich ihr in den Weg. Mit einer Handbewegung wischte sie die Soldaten von den Füßen und ließ sie gegen die Wand prallen, lief den Gang entlang und die Treppe hinunter in die Halle. Im Nu standen zwanzig Männer, Sendad eingeschlossen, um sie herum. Sie fauchte zornig. Die Soldaten hatten keine Ahnung, in welcher Gefahr sie sich befanden. Levarda musste ins Freie – musste einfach. Mit einer letzten Willensanstrengung fixierte sie ihren Blick auf Sendads blaue Augen.

»Lasst mich nach draußen! Sofort!«, presste sie mühevoll beherrscht hervor.

Sie wusste nicht, was es war, das Sendad gleich reagieren ließ. Spürte er die Energie, die aus ihr strömte, die fast in ihr explodierte, oder lag es an ihrem Blick? Er machte den Männern ein Zeichen und sie blieben stehen, rührten sich nicht. Levarda stürmte aus der Burg. Aus der Ferne schon sprengte sie den Riegel von Sitas Box beiseite. Die Stute erreichte das Tor zur selben Zeit wie sie. Levarda sprang mit einem Satz auf ihren Rücken und galoppierte in die Nacht hinein – in eine Nacht, die durch einen Sturm entstanden war, der zu toben begonnen hatte. Eisiger Wind peitschte Regentropfen in ihr Gesicht. Der Himmel war voller schwarzer Wolken, Blitze jagten darüber hinweg. Ein Donner grollte heran, Luft wirbelte um sie herum.

Sie erreichte den Wald, tauchte ein in seinen Schutz. Weiter und weiter ritt sie, bis vor ihr der See auftauchte. Sie sprang ab, eilte zum Wasser. Der Sturm gewann immer mehr an Stärke, bündelte seine Kraft mit ihr im Zentrum. Levarda hob die Hände in die Luft, legte den Kopf in den Nacken, schloss die Augen und ließ ihrer Wut freien Lauf. Ein langgezogener Schrei gellte durch die Nacht. Das Wasser bäumte sich auf zu einer Säule, die sich in den Himmel reckte und in einem weiten Bogen zur Erde zurückströmte.

Levarda ließ die Elemente toben. Es dauerte eine Ewigkeit, aber schließlich entstand um sie herum ein Raum der absoluten Stille.

»Warum?«, flüsterte sie erschöpft, als sie spürte, wie eine Wesenheit ihren Kreis betrat.

»Auf ein Warum, meine Tochter, gibt es nie eine Antwort.«

Wie das leise Zirpen eines Vogels hörte sie die Stimme einer Frau in ihrem Kopf. Sie öffnete die Augen, konnte aber nichts erkennen.

»Wie kann ein Vater seiner eigenen Tochter so etwas antun?«

Stille.

Levarda spürte erneut Zorn in sich aufwallen. »Sprich mit mir. Ich will es wissen!«, schrie sie heraus.

Nebel ballte sich zusammen und formte sich zu der Gestalt einer Frau.

»Lass deine Wut und den Hass gehen.«

»Das kann ich nicht, der Schmerz ist zu groß. Er ist zu groß für mich«, presste Levarda zwischen den Zähnen hervor.

»Wie kann dein Schmerz größer sein als der Schmerz der Tochter?«

Levarda schüttelte den Kopf. Tränen stiegen in ihre Augen. »Du hast meine Frage nicht beantwortet. Wie kann ein Vater seinem Fleisch und Blut so etwas antun?«

»Das ist die Welt. So ist sie, nicht anders.«

Sie schüttelte heftig den Kopf, nicht bereit, die Antwort gelten zu lassen. »Nein, so ist sie nicht. In Mintra ist sie so nicht.«

Die Stimme lachte, und es hörte sich an wie das Klingen von kleinen Glöckchen. »Mintra!«, spottete die Stimme, »Meine Töchter und Söhne haben sich zurückgezogen von der Welt. Sie verschließen die Augen vor dem Leid der Menschen, und es wird schlimmer kommen, viel schlimmer.«

»Was soll es Schlimmeres geben als das, was ich gesehen habe?« Levarda bereute ihre Worte, noch bevor sie ganz ausgesprochen waren.

Der Nebel kam auf sie zu, verdichtete sich und trug sie fort in der Zeit. Sie sah Dinge, Unaussprechliches, Schmerz und Leid von Frauen, Männern und Kindern. Winselnd tat sie alles, um sich den Bildern zu verschließen. Unerbittlich drängte die Wesenheit sie ihr weiter auf, und als sich der Nebel lichtete, fand sie sich zusammengerollt auf dem Boden wieder. Regen strömte auf sie herab, vermischte sich mit den Tränen auf ihrem Gesicht. »Was soll ich tun? Was kann ich tun?«, jammerte sie.

»Verzeihen«, sagte die Stimme.

Levarda schluchzte auf. Wie sollte sie all die Grausamkeiten verzeihen können?

»Meine Tochter, öffne deine Augen, sieh die Welt in ihrer Unvollkommenheit und nutze, was ich dir geschenkt habe, um den Menschen zu helfen, die deiner Hilfe bedürfen. Aber setze niemals deine Macht ein, um anderen Menschen deinen Willen aufzuzwingen oder sie zu verletzen.«

»Bitte warte«, rief Levarda, die spürte, dass sich die Wesenheit zurückzog.

»Es ist alles gesagt.«

Stille breitete sich aus.

Levarda richtete sich auf. Sie konnte unmöglich solche Taten verzeihen. Suchend drehte sie sich um die eigene Achse. Sie war allein. Völlig überfordert damit, einen klaren Gedanken zu fassen, tat sie, was sie von ihrem Meister für den Fall gelernt hatte, wenn ihr Geist Ruhe brauchte. Sie begann mit der Übung des Wassers.

Sie wiegte sich hin und her. Ihre Hände formten Wellenbewegungen nach rechts und links. Mit dem Körper nahm sie die Bewegungen auf, ließ ihre Energie fließen. Ihr Rücken bog sich nach hinten, die Hände erreichten den Boden, ihr Körper formte eine Brücke. Sie legte die Ellenbogen auf die Erde und holte ihre Beine nach. Stück für Stück bewegte sie sich durch jede einzelne Form der Elemente. Mal flog sie wie ein Vogel im Sturm, stand auf einem Bein wie ein Reiher, der auf Beutezug in einem Bach verharrte. Sie wand sich wie die Schlange im Sand. Streckte ihre Arme empor wie der Baum seine Äste in den Himmel. Schweiß rann ihr in Strömen den Körper herab.

Schließlich erreichte sie die letzte Figur. Sie führte in einem weiten Bogen die Hände in der Luft zusammen, brachte sie zur Stirn, zu ihrem Herzen, horchte in sich hinein und sprach laut: »Ich verzeihe dir, Vater.«

Der strömende Regen hatte aufgehört. Die Wolken am Himmel brachen auf. Levarda hatte jedes Zeitgefühl verloren. Sie wusste nur eines: Sie musste zurück zur Burg. Leise pfiff sie, und Sita kam von den Bäumen her zu ihr.

Sie ritt im Schritt zurück zur Burg. Es war früher Abend, das merkte sie, als die Wolken aufrissen und das Rot der Abendsonne am Himmel leuchtete. Mehr als ein Tag und eine Nacht waren vergangen.

Am Waldrand blieb sie stehen und sah zur Burg Ikatuk, wo

sich das Tor öffnete und zwei Reiter herauskamen. Hinter ihnen schloss sich das Tor.

Levarda gab Sita ein Signal, und langsam setzte die Stute sich wieder in Bewegung. An der Haltung des einen Reiters erkannte sie Sendad. Dabei wirkte er angespannt und nervös. Sie konnte es ihm nicht verdenken. Ihre Kräfte schonend, beschränkte sie sich darauf, mit ihren normalen Sinnen zu erkennen, um wen es sich bei dem zweiten Mann handelte. Seine Haltung erinnerte sie an Lord Otis, doch das Pferd war nicht Umbra. Nein, Unsinn, er befand sich auf der Festung, regelte die Ankunft von Lady Smira bei ihrem Gemahl. Als sie aber erkannte, dass es sich bei dem Reiter um niemand anderen handeln konnte als ihn, parierte sie Sita durch. Die Situation war kritischer, als sie befürchtet hatte.

Die beiden Männer ritten unbeirrt auf sie zu. Sie spürte den kraftvollen Schutzschild, der die Reiter umgab, ließ ihre Hände sichtbar herabhängen, um zu zeigen, dass sie nicht vorhatte, zu kämpfen.

Welchen Zusammenhang hatte Sendad erkannt? Wusste er, dass der Sturm der Elemente mit ihr zu tun hatte?

Erst kurz vor ihr blieben die Reiter stehen. Levardas Blick suchte Zuflucht in Sendads blauen Augen.

»Es tut mir leid, dass ich Euch erschreckt habe mit meinem Zorn.« Sie wartete auf eine Antwort von Sendad, aber beide Männer schwiegen.

»Ich habe einen Fehler gemacht.« Levardas Stimme verlor den Halt. Sie musste sich sammeln, bevor sie fortfahren konnte: »Es wird nie wieder vorkommen.« Ihr Blick wanderte zu Lord Otis, dessen Miene ausdruckslos blieb.

»Was genau ist passiert?«, verlangte er zu wissen.

»Die Narbe in Adrijanas Gesicht. Ich wollte ihr helfen, sich nicht mehr so hässlich zu fühlen.«

»Weiter.«

»Ich unterschätzte die Gefühle, die mit einer solchen Verletzung einhergehen können.«

»Meine Burg hat gebebt«, die Ausdruckslosigkeit in seiner Stimme schwand. »Das nennt Ihr Unterschätzen von Gefühlen?«

Levarda schloss die Augen. »Ich hatte in letzter Zeit nur wenig Gelegenheit, meine Energie anderweitig abzubauen. Das bin ich nicht gewohnt.«

»Sie hat niemanden verletzt«, mischte sich Sendad zu ihrer Verteidigung ein.

»Es hätte aber leicht passieren können.«

Levarda öffnete die Augen. »Nein, hätte es nicht«, erklärte sie bestimmt und sah Lord Otis fest in die Augen. »Niemals würde ich einem Menschen mit meiner Energie Schaden zufügen. Darum floh ich von Eurer Burg.«

»Und die Männer vor Eurer Tür?«, erwiderte er leise.

Levardas Blick huschte unsicher zu Sendad hinüber. Sie wusste, dass sie den Wachen keinen Schaden zugefügt hatte. An seinem verwirrten Gesichtsausdruck erkannte sie die Falle, die ihr der erste Offizier gestellt hatte.

»Ich verspreche – ich schwöre Euch, dass dies nie wieder vorkommen wird.«

»Schwört Ihr es bei Eurer Göttin Lishar?«, erwiderte Lord Otis kühl.

Levarda sah auf, musterte den Mann, unsicher, ob er seine Worte ernst meinte. Sein Gesichtsausdruck ließ keinen Zweifel zu. Sie straffte die Schultern, wandte ihr Gesicht nach oben, hob beide Hände gegen den Himmel. Die Macht seiner Energie traf sie und lähmte für einen Moment alle ihre Kräfte. Sie besaß kaum noch Energie, doch in solchen Fällen schützte sie normalerweise ihr Amulett – nicht diesmal. Irritiert sah sie darauf, sah auf Lord Otis, dessen Augen glühten. Wenn er es wollte, könnte er sie jetzt, in diesem Moment, töten. Das zweite Mal, seit sie auf diesen Mann getroffen war, lag ihr Leben in seinen Händen.

Levarda ließ ihren Kopf in den Nacken fallen, brachte ihre Hände über dem Kopf zusammen, ein Zeichen dafür, dass sie die Macht der Göttin Lishar umfasste. Sie führte die gefalteten

Hände gegen die Stirn, gegen den Mund und öffnend zu ihrem Herzen. Sie sah erst Sendad an, dann Lord Otis.

»Bei der Göttin Lishar schwöre ich, dass ich keinem Menschen etwas zuleide tun werde.«

»Das reicht nicht«, vernahm sie erneut seine Stimme, während Sendad beeindruckt schwieg. Sie wusste, dass ein Schwur an die Göttin ihre Aura leuchten ließ. Lord Otis jedoch blieb davon unberührt.

Sie wiederholte das Ritual, und als ihre Hände am Herzen lagen, fokussierte sie ihren Blick auf Sendad. »Bei der Göttin Lishar schwöre ich, dass ich mein Schicksal, wie immer es lauten wird, annehme, ohne mich zu wehren oder einem Menschen ein Leid anzutun.«

Aus dem Augenwinkel nahm sie wahr, wie Lord Otis kurz nickte. Sie wandte sich ihm zu. Ihre Augen verengten sich. »Unter einer Bedingung.«

Seine Energie schlang sich stärker um sie, das Feuer verbrannte ihre Haut. Seine Schultern strafften sich, seine Hand lag über dem Schwert bereit.

»Es muss Euer Schwert sein, Lord Otis, das mir den Tod bringt«, vollendete Levarda ihren Satz. Die Augen fest auf seine Waffe gerichtet, erwartete sie seinen tödlichen Stoß. Zum ersten Mal verspürte sie bei diesem Gedanken keine Angst.

Sein verschlossenes Gesicht öffnete sich kurz. Er nickte sein Einverständnis. »So sei es.«

Levarda schüttelte den Kopf. »Das reicht mir nicht. Schwört es bei der Göttin Lishar.«

»Ihr wisst, dass ich Eurem Glauben nicht angehöre?«, versicherte er sich.

»Das spielt keine Rolle für Euren Schwur. Mein Glaube reicht dafür.«

Er hob beide Hände, wie sie es gemacht hatte, brachte sie über dem Kopf zusammen. In seinen Händen flammte das Rot des Himmels auf. Levarda zog scharf die Luft ein. Er führte die

Hände zur Stirn, zu seinem Mund, und legte sie öffnend auf sein Herz.

»Bei der Göttin Lishar schwöre ich, dass mein Schwert, geführt von meiner Hand, Euch töten wird ...«, er machte eine Pause, sein Blick verhakte sich in ihrem, »... sofern über Euch das Todesurteil gesprochen wird.«

Sie nickte. »So sei es.«

Ohne ein sichtbares Zeichen wendeten beide Männer ihre Pferde, machten Platz für Levarda in der Mitte. Gemeinsam ritten sie zum Burghof.

LEVARDAS ANSPANNUNG WICH, IHR SCHICKSAL WAR BESIEGELT. Es war eine Eingebung gewesen, dass sie Lord Otis diesen Schwur abverlangte. Seine Worte, sein Schwur, sie hatten Ruhe in ihr aufgewühltes Inneres gebracht.

Sie glitt vom Pferd, klopfte ihrer treuen Stute den Hals, streifte das Halfter, das ihr ein Stallbursche reichte, über ihren Kopf. Der Bursche nahm auch das Pferd von Lord Otis mit. Sendad folgte ihm.

Zusammen mit dem Burgherrn ging Levarda in die Halle, wo Bernar mit zwei weiteren Dienern bereits wartete. Sie schickte sich an, die Treppe hochzugehen.

»Nicht so eilig, Mylady, ich möchte Euch in meiner Bibliothek sprechen. Bernar, bring uns was zum Essen aus der Küche. – Ein Becher Wein?«, wandte er sich an Levarda, die stumm nickte. »Und zwei Becher Wein.«

Müde folgte sie Lord Otis in seine Bibliothek. Sie hatte sich völlig verausgabt, war an ihre Grenzen gegangen. Sie hatte keine Ahnung, was der Lord noch von ihr wollte, sehnte sich nach einem Bett und nach Vergessen. Aber das interessierte Lord Otis nicht, soweit kannte sie ihn. Er würde ihr erst Ruhe gönnen, wenn er hatte, was er wollte. Also war es das Einfachste, ihm zu gehorchen.

Er zeigte auf die Sessel beim Kamin. Levarda setzte sich, zog die verschlammten Schuhe aus, die Spuren auf dem Boden hinterlassen hatten, und schob sich die Füße unter.

Lord Otis beugte sich zu dem Holz in der kalten Feuerstelle und streckte den Arm aus. Eine Flamme bildete sich in der Innenfläche seiner bloßen Hand und entzündete ein prasselndes Feuer. Im Profil sah sie, wie das Licht auf seinem Gesicht tanzte. Um seine Augen lagen tiefe Schatten. Seine Schultern hingen herab. Er schloss die Augen.

Nach einem Moment des Sammelns nahm er in dem Sessel ihr gegenüber Platz. Levarda wappnete sich.

»Was ist mit Eurem Haar passiert?«, fragte er.

Sie fasste sich an den Kopf. »Was ist damit?«

»Ihr habt eine weiße Strähne darin.«

Levarda öffnete ihr Haar, schüttelte es, griff hinein. An der linken Schläfe zog sich daumenbreit eine weiße Strähne durch ihr Haar. Entsetzt sah sie diese an. Wenn jemand in ihrem Land eine weiße Strähne bekam, stand er über allen anderen Mintranern. Solche Menschen galten als weise, denn die Göttin Lishar war ihnen begegnet. Jeder suchte den Rat einer so gezeichneten Person. Sie hatte einmal von einem Mann gehört, der in die Einsamkeit der Berge geflüchtet war, um dem Ansturm zu entfliehen.

Nicht die Tatsache, dass sie eine weiße Strähne hatte, entsetzte Levarda, sondern dass sie sich nicht im Geringsten weise fühlte. Im Gegenteil – sie kam sich so hilflos vor wie noch nie in ihrem Leben.

Mit ihrem Gesichtsausdruck hatte sich anscheinend die Beantwortung der Frage erübrigt. Lord Otis beobachtete sie nur.

Bernar trat mit einem vollen Tablett ein, sah Levarda mit nackten Füßen, dem offenen Haar, und blieb abrupt stehen.

»Verzeiht, Mylord, ich wollte nicht stören.«

Lord Otis winkte ihn heran. »Ihr stört nicht. Setzt das Essen auf dem Tisch ab.« Er selbst stand auf, stellte den kleinen Tisch vor Levarda und schob seinen eigenen Sessel dichter zu ihr.

Sie konnte in Bernars Gesicht lesen, was er dachte: die nächste Bettzofe für Lord Otis. Bei dem Gedanken schüttelte es sie. Ihre Zähne pressten sich zusammen, sodass diesmal ihre eigenen Kiefermuskeln hervortraten wie sonst die des Lords.

Der Hausherr musterte sie aufmerksam. Er wartete, bis Bernar alles hingestellt hatte, nahm sich seinen Wein und setzte sich. Nach einem kräftigen Schluck ließ er die Flüssigkeit im Becher kreisen.

Levarda griff sich ihren Becher und nippte vorsichtig. Sie war sich nicht sicher, welche Wirkung das Getränk in ihrem erschöpften Zustand auf sie haben würde. Der Alkohol strömte gleich spürbar durch ihren Körper, ihre Muskeln entspannten sich auf angenehme Weise. Vielleicht half ihr der Wein, wenigstens heute Nacht zu vergessen, was sie gesehen hatte.

»Was hat Euch so in Zorn versetzt?«, vernahm sie seine leise Stimme.

»Ich sagte, dass ich einen Fehler gemacht habe. Es wird nicht wieder vorkommen.«

»Das reicht mir nicht. Ich möchte wissen, was der Auslöser dafür war. Was hat Adrijana angestellt?«

»Nichts!«, schoss es aus ihr heraus. Gleichzeitig spürte sie, wie die Bilder erneut an sie herantraten. Hastig trank sie einen weiteren Schluck Wein.

»Ich brauche eine Antwort.«

»Mehr kann ich nicht sagen.«

»Gut, dann geht hoch und packt Eure Sachen.«

Sie sah ihn fassungslos an. »Das ist nicht Euer Ernst!« Aber in seinem Gesicht sah sie, dass sein Entschluss feststand. »Ihr habt meinen Schwur angenommen und mir Euren gegeben.«

»Ja.«

»Wie könnt ihr mich dann wegschicken?«

»Ich habe nicht geschworen, dass ich Euch auf die Festung des hohen Lords lasse.«

»Wortklauberei.«

»Nein. Entweder Ihr sagt mir, was passiert ist, damit ich Sorge dafür tragen kann, dass so etwas nicht noch einmal geschieht, oder Ihr packt Eure Sachen und verschwindet.« Er machte eine Pause. »Wohin auch immer.«

Tränen stiegen in Levardas Augen. Sie wollte sich nicht mehr an das erinnern, was sie gesehen und gefühlt hatte. Schon gar nicht wollte sie mit einem Mann darüber reden. Aber welche Wahl blieb ihr? Sie wischte sich die Tränen von den Wangen, hielt inne, fragte sich, ob er dafür empfänglich wäre. Manchmal machten die Tränen einer Frau einen Mann weich. Sie wagte einen winzigen Blick. Es beeindruckte ihn nicht im Geringsten.

Sie fragte sich, wie viele Frauen ihn auf Knien um Gnade angefleht hatten. Sein Herz musste aus Stein sein! Dann schoss ihr ein entsetzlicher Gedanke durch den Kopf.

»Was habt Ihr mit Adrijana gemacht?«, flüsterte sie.

»Eingesperrt.«

»Lasst sie sofort raus, sie kann nichts dafür.«

Seine Augenbrauen schnellten in die Höhe. »Werdet Ihr jetzt wütend?«

Sie atmete tief ein und aus. Langsam drehte sie sich im Sessel, hob die Füße an und faltete die Beine neben ihrem Körper. Sie schmiegte ihre Wange an den weichen Stoff des Stuhls. Ihre Haare bedeckten die ihm zugewandte Seite ihres Gesichts, sodass sie das Gefühl hatte, allein zu sein. Sie sah in das Feuer und beobachtete das Spiel der Flammen.

»Es war allein meine Schuld«, fing sie leise an zu erzählen. »Ich hörte, wie Rika Adrijana wegen ihres Brandmals verhöhnte. Es tat mir leid, weil ich Adrijana mag. Ich bot ihr an, ihr zu helfen. Ich wusste nicht, was mich erwartete.« Sie brach ab, nippte an dem Wein. »Als sie mir erzählte, dass die Narbe schon sehr alt sei, gab ich ihr ein Beruhigungsmittel. Je weiter etwas zurückliegt, desto tiefer ist es in uns verborgen und desto größer kann der Widerstand sein, wenn man es heilen möchte. Ich verband mich mit ihr und sah, was damals mit ihr geschehen ist.« Tränen suchten sich ihren Weg über ihr Gesicht.

»Was ist geschehen?« Seine Stimme drang wie durch Watte in ihr Bewusstsein.

»Das kann ich nicht erzählen.«

»Ihr müsst es, ich will alles wissen.«

Levarda suchte nach ihrem Widerstand, doch sie fand keinen mehr in sich. »Eines Abends kam Adrijana nach Hause, ihr Vater wartete auf sie. Er dachte, sie hätte dem Nachbarn schöne Augen gemacht. Er packte sie, warf sie zu Boden –«, sie brach ab. Der Schmerz rann erneut durch ihren Körper, schüttelte sie. »Immer wieder drang er in sie ein. In ihrer Not warf sie sich in die Flammen. Sie wollte lieber sterben, als das zu ertragen. Das Haus fing Feuer, jemand kam herein und muss sie wohl gerettet haben.« Sie zuckte mit den Achseln.

»Darum ging es?« Er reichte ihr ein Taschentuch.

Sie schnäuzte sich, begann sich zu fangen.

»Er starb in den Flammen«, hörte sie ihn sagen.

Sie sah in an. Ihre Hände fielen in ihren Schoß. »Ihr wusstet davon?«

Er wich ihrem Blick aus, senkte den Kopf. »Nein. Jeder dachte, es wäre ein Unglück gewesen. Niemand wusste, dass ihr Vater –«, er schwieg einen Moment. »Damals wäre sie fast gestorben. Ein Nachbar bat mich um Geld, damit sie sich einem Heilkundigen anvertrauen könnte. Ich nahm sie stattdessen in meinen Haushalt auf.«

Levarda schnäuzte sich. Erschöpft ließ sie ihren Kopf gegen die Sessellehne fallen.

»Was passiert ist, ist furchtbar, aber solche Dinge passieren, und noch viel schlimmere.«

Abrupt hob sie ihre Hand, um ihn zum Schweigen zu bringen. Er verwendete fast dieselben Worte wie die Stimme am See. Es war unheimlich. Aber ein Lord Otis ließ sich von ihr nicht zum Schweigen verdammen.

»Wenn Adrijana damit leben kann, was hat Euch so erzürnt, obwohl Ihr es nur gesehen habt?«

»Nur gesehen?« Sie wollte ihrer Stimme einen scharfen Klang geben, es gelang ihr nicht. Genauso wenig konnte sie ihre Zunge am Sprechen hindern. »Ich habe es gesehen, gefühlt, die Schmerzen gespürt, die Scham empfunden, die Demütigung ertragen; meine Würde wurde mir genommen, ich habe meinen Lebenswillen verloren, und zurückgeblieben ist der Hass.«

»Ist es immer so intensiv?«

Sie schüttelte den Kopf. »Nein, es lag an dem Beruhigungsmittel.«

Levarda stutze, sah in ihren leeren Becher und hob den Blick zu Lord Otis. Seine Augen senkten sich.

»Was habt Ihr in meinen Wein getan?«

»Nichts Schlimmes, es wird dafür sorgen, dass Ihr länger schlaft und morgen ein wenig Kopfschmerzen habt.«

»Und es löst meine Zunge.«

Er schwieg.

Sie wollte aufstehen, aber ihr Körper gehorchte ihrem Bewusstsein nicht mehr. Der Becher entglitt ihrer Hand.

Er stand auf, nahm ihn vom Boden und stellte ihn auf den Tisch. »Ich musste sichergehen, dass Ihr mir nichts verschweigt.«

Als sich sein Arm unter ihren Nacken schob, wehrte sie sich, so gut es noch ging.

»Hört auf, ich tue Euch nichts, ich bringe Euch ins Bett.«

Levarda gab auf, schloss die Augen und ließ ihren Kopf erschöpft an seine Schulter fallen.

»Schau mich nicht so an, Bernar, öffne mir lieber die Tür. Ich habe nicht vor, mich an einer schlafenden Frau zu vergehen.«

Sie konnte fühlen, wie er sie die Treppen hochtrug und sie sanft ins Bett legte.

»Ihr müsst mir beim Auskleiden helfen, Lord Otis«, drang die besorgte Stimme von Adrijana an ihr Ohr.

Er hatte sie belogen – ihre Zuneigung zu der Magd schamlos ausgenutzt!

»Nein, ich werde sie nicht ausziehen.«

»Dann hättet Ihr Mylady nicht so viel von dem Mittel einflößen dürfen. Sie ist bewusstlos, seht Ihr denn nicht?«

Levarda wollte widersprechen, scheiterte aber an der mangelnden Kontrolle über ihre Zunge. Ebenso wenig konnte sie die Augen öffnen oder einen Finger bewegen.

»Helft mir wenigstens, ihr das obere Kleid auszuziehen«, bat Adrijana verärgert.

Levarda spürte starke Hände, die ihren Oberkörper stützten. Andere zerrten an ihrem Kleid, dann lag sie ausgestreckt im Bett und wurde zugedeckt.

»Sorge dafür, dass sie morgen ein warmes Bad nimmt. Sie war völlig durchgefroren.«

»Bleibt sie hier auf der Burg?«

»Nein, sie wird Lady Smira begleiten.«

»Und wie wollt Ihr sicherstellen, dass sie überlebt?« Sie konnte die Sorge in Adrijanas Stimme hören.

»Gar nicht. Im Gegenteil. Wenn sie verurteilt wird, ist es mein Schwert, das sie tötet.«

»Das könnt Ihr nicht tun!«

»Es war ihr ausdrücklicher Wunsch.«

Levarda hörte Adrijanas Aufschluchzen und spürte den warmen Trost in der Stimme von Lord Otis, als er sagte: »Deine Narbe ist verblasst.«

»Ich weiß«, flüsterte sie.

»Warum hast du mir nie gesagt, was dein Vater dir angetan hat?«

»Ich wollte es vergessen.«

»Wie konntest du in mein Bett kommen?«

»Ihr habt mir gezeigt, dass es so nicht sein muss, dass es schön sein kann, eine Frau erhebt, nicht erniedrigt.«

Stille breitete sich im Zimmer aus.

»Ich muss gehen.«

»Ihr wollt heute noch zurückreiten? Zur Festung?«

»Ja, es geht nicht anders. Es muss viel vorbereitet werden. Adrijana, du wirst sie als Zofe begleiten. Ich möchte, dass jemand bei ihr ist, dem ich vertraue.«

»Heißt das, dass ich sterbe, wenn Lady Smira dem hohen Lord keinen Thronfolger gebiert?«

»Ab heute ist dein Leben mit ihrem verbunden.«

»Ich verstehe.«

Sanft streichelte seine Stimme die Dunkelheit: »Nein. Du verstehst nichts. Du bist wie Sendad. Ihr beide glaubt immer daran, dass das Gute siegen wird, aber so ist diese Welt nicht.«

»Sie hat mir Hoffnung gegeben und mein Leben verändert.«

»Ja, und es wird sich zeigen, ob es ein langes oder ein kurzes Leben ist.«

11
ZEREMONIE

Levarda wartete an der Kutsche. Sie trug ein Kleid, das Adrijana ihr aufgezwungen hatte. Das enge Oberkleid war innen mit weichem Leder verstärkt, sodass es ihre Körperlinie modellierte. Die Magd hatte es zuerst in einer Art geschnürt, dass Levarda keinen tiefen Atemzug mehr zuwege brachte. Erst nach der dritten Schnürung hatten sie sich einigen können. Die Ärmel weiteten sich ab dem Ellbogen. Zwei Unterröcke bauschten den oberen Rock auf, der hinten so lang war, dass er ein Stück weit auf dem Boden lag. Der Ausschnitt war tiefer, als sie ihn normalerweise trug, aber hoch genug, dass sie sich nicht unwohl fühlte. Das steife Kleid war unbequem, doch die Magd meinte, es müsse sein, damit sie am Hofe des Lords gleich Eindruck machte. Trotzdem war Levarda nahe daran gewesen, es wieder auszuziehen, wären da nicht die flehenden Blicke von Adrijana gewesen und die leise gemurmelte Bemerkung, dass sie die Konsequenzen für eine Nichtachtung tragen müsste.

Die Last der Verantwortung für ein weiteres Leben lag schwer auf Levardas Schultern, was sie einzig und allein Lord Otis verdankte.

Ein ehrfurchtsvolles Raunen ging durch die Reihen der Soldaten, die seit einer halben Stunde abmarschbereit auf ihren Pferden saßen.

Das Geräusch riss Levarda aus ihren trübsinnigen Gedanken. Als sie hochsah, dachte sie für den Bruchteil eines Augenblicks, die Göttin Lishar hätte die Erde betreten.

Lady Smiras Kleid funkelte und glitzerte in der aufgehenden Sonne. Das Oberteil war so eng geschnürt, dass Levarda den Eindruck hatte, sie könnte mit ihren Händen die Taille ihrer Cousine umfassen. Es war reich mit Perlen und Edelsteinen bestickt. Unterhalb der Taille weitete sich das Kleid. Vorn reichte es bis knapp über den Boden, und bestickte Schuhe blitzten darunter hervor. Hinten besaß es eine lange, aufwendige Schleppe, ebenfalls reichlich mit Perlen und Edelsteinen bestickt. Im Zentrum der Schleppe leuchtete, aus goldenen Fäden gestickt, eine Sonne. Levarda konnte sich nicht erinnern, das Kleid von Lady Smira vorgeführt bekommen zu haben. Die Haltung der zukünftigen hohen Gemahlin war würdevoll. Hoch aufgerichtet reckte sie stolz ihren Kopf in die Höhe, ihr goldenes Haar kunstvoll hochgesteckt, rundherum voller eingeflochtener Perlen. Ihre schmale Statur wurde durch den Schnitt des Kleides noch betont, und obwohl sie den Schleier vor ihrem Gesicht trug, konnte man die Gleichmäßigkeit ihrer Gesichtszüge erkennen.

Langsam stieg Lady Smira die Treppe hinunter. Melisana und Lina trugen ihre Schleppe. Der Umhang war aus hauchfeinem, silbernen Tuch. In ihrem Haar steckte ein Goldreif, von dem eine weiße Perle ihr vorn in die Stirn hing.

Bernar öffnete die Tür der Kutsche, Lady Smira stieg ein, die beiden Dienerinnen falteten die Schleppe kunstvoll zusammen und drapierten sie auf dem gegenüberliegenden Sitz. Für Levarda blieb in der Kutsche nicht mehr viel Platz.

»Verzeiht, Mylady«, Melisana senkte den Blick vor Levarda, die ihren Fuß bereits auf dem Tritt stehen hatte. »Lady Smira möchte, dass Ihr in unserer Kutsche mitfahrt.«

Überrascht sah Levarda zu ihrer Cousine hinüber. Sendads

ausdrücklicher Befehl hatte gelautet, dass sie in der Kutsche mit der zukünftigen hohen Gemahlin fahren sollte. Diese sah jetzt starr geradeaus und verzog keine Miene. Ein glattes, weißes Gesicht aus Marmor schimmerte durch den Schleier.

»Wie Ihr wünscht, Lady Smira.«

Levarda zuckte die Schultern, ihr sollte es recht sein, wenn sie mit den Dienerinnen fahren konnte. Der Gedanke an die Aufmerksamkeit, die sie bei der Fahrt und vor allem bei der Ankunft mit Lady Smira unweigerlich auf sich ziehen würde, hatte ihr ohnehin Unbehagen bereitet. Sendad an der Spitze seiner Leute war damit beschäftigt, den Tross zu sortieren und Befehle zu bellen. Levarda schloss die Tür der Kutsche und ging mit Melisana zu der anderen hinüber, in der bereits Adrijana und Lina saßen.

IM NACHHINEIN FREUTE SICH LEVARDA. DIE FAHRT MIT DEN Dienerinnen war kurzweilig. Die drei Mägde plauderten über die Soldaten, das Essen und über Rika. Lina erzählte Anekdoten von ihrem kleinen Bruder, den sie großgezogen hatte. Seine Streiche erinnerten Levarda an ihre Kindheit. Die Mädchen benahmen sich völlig ungezwungen in ihrer Gegenwart. Lina bewunderte Adrijanas Locken. Obwohl das Brandmal in ihrem Gesicht noch sichtbar war, verunstaltete es das Mädchen nicht mehr. Adrijana strahlte von innen heraus über die neue Aufmerksamkeit, die ihr zuteilwurde. Manchmal schob sie ihre Hand in die von Levarda, die sie sanft drückte.

Als Levarda morgens mit Kopfschmerzen aufgewacht war, hatte Adrijana auf ihrem Bett gesessen. Seitdem wich sie ihr nicht mehr von der Seite. Zwischen ihnen bestand ein Band aus geteiltem Leid und Wissen.

Der Gedanke, dass Adrijanas Leben in ihren Händen lag, lastete als schwere Bürde auf Levardas Schultern. Insgeheim glaubte sie, dass genau dies der Grund war, weshalb Lord Otis so entschieden hatte.

Lord Otis – allein sein Name weckte ihren Unmut. Das Licht, das einst in ihrem Innern geleuchtet hatte, war verschwunden. Die Naivität ihres Vertrauens in seinen Schwur ärgerte sie. Vor allem, da er es gewagt hatte, ausgerechnet ihr ein Mittel in den Wein zu mischen.

Bernar würdigte sie seit diesem Abend keines Blickes. Hatte nicht er ihr den Wein gegeben? Ein Zwinkern von ihm hätte gereicht, doch seine Loyalität galt nur seinem Herrn – ein weiteres Gesprächsthema in der Kutsche, denn nicht nur Levarda war die Treue des Dienstpersonals zu ihrem Herrn aufgefallen. Wie die Soldaten ihm überallhin folgten, so las sein Personal ihm jeden Wunsch von den Augen ab.

Von Lina danach gefragt, erging sich Adrijana in einer langen Lobeshymne über die guten Taten ihres Herrn. Es schien keinen einzigen Menschen in seinem Haushalt zu geben, den er nicht aus einer misslichen Lage oder einer hoffnungslosen Situation gerettet hatte. Der schweigsame Mitas war deshalb so schweigsam, erfuhr sie, weil man ihm die Zunge abgeschnitten hatte.

Als Adrijana keinerlei Anstalten machte, aufzuhören, während Melisana und Lina gebannt an ihren Lippen hingen, verdrehte Levarda die Augen. »Du solltest ihm einen Sockel bauen, auf den du ihn stellen und ihn anbeten kannst.«

Als sie die gerunzelte Stirn von Adrijana sah, die über ihren Vorschlag nachdachte, setzte sie stöhnend hinzu: »Das war ein Scherz, Adrijana, nur ein Scherz!«

DIE KUTSCHE HIELT UND LEVARDA SAH AUS DEM FENSTER. SIE standen vor den Toren einer Stadt, die sich, soweit sie blicken konnte, vor ihr ausbreitete. An der einen Seite führte ein Fluss entlang, auf dem Schiffe fuhren: Kriegsschiffe, Handelsschiffe,

Segelschiffe und kleine Fischerboote. Mehr konnte Levarda von ihrer Seite aus nicht sehen.

»Wieso sitzt Ihr in dieser Kutsche, Lady Levarda?«

Sie zuckte bei den scharfen Worten zusammen. Sendads Gesicht schob sich in ihr Blickfeld.

»Es war der Wunsch von Lady Smira.«

Sendad drehte sein tänzelndes Pferd einmal über die Hinterhand. »Lady Smiras Wünsche sind mir egal. Ich habe meine Befehle. Wechselt die Kutsche!«

»Euch mögen die Wünsche der hohen Gemahlin egal sein, ich hingegen werde sie respektieren.« Levarda war versucht, die Arme vor der Brust zu verschränken, doch sie beherrschte sich.

Ein Blick aus schmalen Augen traf sie. Sendad bellte einige Befehle an die Soldaten, dann verschwand er aus ihrer Sicht.

»Ich bin gespannt, was jetzt passiert«, bemerkte Lina.

»Sei still, Lina«, schalt Melisana.

»Worum gehts?«, fragte Adrijana leichthin.

»Lord Otis hat Lady Smira vor zwei Tagen davon in Kenntnis gesetzt, dass Lady Levarda in ihrer Kutsche mitreisen soll. Er möchte, dass sichtbar wird, welche Stellung sie am Hof des hohen Lords einnimmt. Das hat Lady Smira gar nicht gepasst. Sie mag es nicht, wenn irgendjemand von ihr ablenken könnte.«

Levarda lachte bei der Vorstellung, dass sich jemand für sie interessieren könnte, selbst wenn sie aus der Kutsche von Lady Smira stieg.

»Lady Smira war der Meinung, es wäre der Stellung der hohen Gemahlin nicht angemessen, wenn eine zweite Frau in ihrer Hochzeitskutsche säße.«

»Womit sie recht hat«, warf Melisana mit einem schnellen Seitenblick auf Levarda ein.

»Egal. Jedenfalls meinte Lord Otis, er hätte das zu entscheiden. Sie hat so getan, als würde sie nachgeben. Aber in Wahrheit spuckte sie die letzten zwei Tage nur Gift und Galle.«

»Lina!«, rief Melisana aus.

Sendad erschien erneut vor der Kutsche und machte die Tür auf, an der Levarda saß. Er reichte ihr die Hand. »Kommt auf mein Pferd, ich bringe Euch rüber. Ich möchte nicht, dass Eure Schuhe oder das Kleid Dreck abbekommen.«

Levarda wollte protestieren, doch als sie den Zorn in seinen blauen Augen sah, schwieg sie, stieß sich ab, und Sendad zog sie vor sich auf sein Pferd. Dann brachte er sie zu der anderen Kutsche.

Die kunstvoll drapierte Schleppe war zur Seite geschoben worden. Lady Smira hatte ihr Gesicht abgewandt. An ihrer geballten Faust war ihre Wut erkennbar.

Seufzend kletterte Levarda geschickt von Sendads Pferd in die Kutsche. Zuvor flüsterte sie ihm noch zu: »Ich hoffe, Ihr wisst, was Ihr mir damit angetan habt.«

Er nickte ihr nur kurz zu. Dann wendete er sein Pferd, galoppierte nach vorn, und der Zug setzte sich wieder in Bewegung.

Der Anblick der geschmückten Straßen, der vielen Menschen in ihrer festlichen Kleidung, die sie säumten, überwältigte Levarda.

Kinder und Frauen winkten ihnen zu. Sie sah aufgeregte Fingerzeige auf Lady Smira und fragende auf sich gerichtet. Je näher sie der Festung kamen, desto dichter wurde die Menschenmenge.

Schließlich passierten sie ein zweites Tor. Hier standen Leute in edlen Gewändern Spalier. Die Häuser waren größer und die Wände mit Figuren verziert.

Sie kamen durch ein drittes Tor. In Sechserreihen säumten die Männer der Garde ihren Weg. Hier öffnete sich die Straße zu einem riesigen Platz voller prächtig gekleideter Männer und Frauen, umsäumt von der Garde in Gewändern mit goldgestickten Emblemen: der Schlange für die Männer von Timbor, dem Pferd für die von Lemar, dem Löwen für die von Egris, dem Adler von Sendads Männern.

Levarda sah Embleme mit den gekreuzten Schwertern, dem Wappen von Lord Otis, und welche mit einer Axt, einem Schild und einem Bogen. In ihrem Magen bildete sich ein Knoten, denn noch nie in ihrem Leben war sie einer solchen Menschenmasse begegnet.

Die Kutsche hielt an.

Levarda betete, dass sie nicht zuerst aussteigen müsste. Sie wurde erhört. Sendad öffnete die andere Seite der Kutsche. Lina und Melisana erschienen, beide mit einem roten Gesicht, den Kopf gesenkt.

Lady Smira schien von dem ganzen Aufmarsch nicht im Geringsten beeindruckt. Sie wartete, bis die beiden Mädchen ihre Schleppe auseinandergefaltet hatten. Dann erhob sie sich. Ganz langsam, jeden Moment auskostend, stieg sie Schritt für Schritt aus der Kutsche.

Levarda hörte wie einen Windstoß den Ausruf der Menschen, dann brach Jubel aus. Ja, Lady Smira war eine hohe Gemahlin, wie sie sich jeder vorstellte.

Levarda zögerte den Moment ihres Aussteigens so lange wie möglich hinaus. Sendad warf ihr einen scharfen Blick zu. Sie trat auf die Stufe, verhedderte sich in ihrem Gewand und verdankte es nur Sendads Geschick, dass sie nicht auf der Nase landete.

Zum Glück zog Lady Smira alle Blicke auf sich, und niemand bemerkte ihre Ungeschicklichkeit.

»Danke.«

»Beeindruckend?«

»Einschüchternd!«

»Gut. Das war der Zweck.«

Für einen Moment schien der alte Sendad durch den gestrengen hindurch, als er ihr mit einem Auge zuzwinkerte. Wie gern hätte sie sich von ihm die Stufen hochbegleiten lassen! Doch er wich zurück und nahm einen anderen Weg, hinauf zu den

Reitern auf der zweiten Plattform, die Levarda erst jetzt sehen konnte.

Da war er, der hohe Lord auf seinem schneeweißen Pferd. Der Schimmel war mit einer roten Decke mit goldenen Stickereien angetan, auf dem Kopf geschmückt mit einer buschigen weißen Feder in goldener Halterung. Vergoldete Zügel und Brustgeschirr rundeten den imposanten Auftritt des königlichen Reittieres ab.

Der hohe Lord trug bis zum Knie reichende glänzend schwarz polierte Stiefel über einer dunkelroten, enganliegenden Hose. In Taillenhöhe teilte sich der Rock seiner dunkelblauen Uniformjacke, die mit Gold und Edelsteinen bestickt war, und um seine Hüfte lag ein goldener Gürtel, an dem er in einer reich verzierten Scheide ein Schwert trug.

Sein Gesicht, schmal geschnitten und wohlproportioniert, wirkte erstaunlich jung. Nur an den Falten um die Augen erkannte Levarda sein Alter. Sein Blick richtete sich in einem Ausdruck tiefer Zufriedenheit auf die Braut, die sich in kleinen, würdevollen Schritten Stufe für Stufe näherte.

Neben ihm, auf seiner rechten Seite, saß Lord Otis auf Umbra, der auf Hochglanz gestriegelt stolz den Kopf wölbte. Das Tier trug sein normales Sattelzeug, aber die blaue Decke war ausgetauscht gegen eine, auf der die Schwerter in goldenen Fäden prangten.

Lord Otis trug die gleiche Uniform wie seine Männer: weiße, enganliegende Hosen, unter denen sich muskulöse Beine abzeichneten, einen schlichten, blauen Waffenrock mit dem in goldenen Fäden eingestickten Emblem der gekreuzten Schwerter auf der linken Brust. An einem schwarzen Gürtel steckte auf der linken Seite das Schwert in einer schlichten ledernen Scheide. Der Griff seines Schwertes, abgenutzt und dunkel vom Schweiß, setzte sich von dem glänzenden Schwertgriff des hohen Lords einprägsam ab. Levarda war sich nicht sicher, ob es an Umbra lag oder ob Lord Otis seine Aura einsetzte. Er wirkte stolz, unnahbar und furchteinflößend, sodass Levarda ein Schauer über den Rücken lief. So, wie er dort auf seinem Pferd saß, glich er so sehr dem Mann aus ihren Träumen, dass sie fast das Schwert fühlen konnte, das ihren Körper durchstach. Wie hatte sie nur ihr Leben in seine Hände legen können?

Zur Linken des hohen Lords saß ein weißhaariger Mann auf einem Rappen, der in feinstem Silber gezäumt und ebenso geschmückt war wie der Waffenrock seines Reiters. Dies musste Lord Hector sein, der Heerführer des hohen Lords.

Levarda schluckte, denn ein Hauch von Tod umwehte das Dreigestirn. So nahe war sie der Gewalt, der Grausamkeit und dem Tod noch nie gewesen. Sie konzentrierte sich auf die Stufen und folgte dem Schatten von Lady Smiras Glanz.

Die hohe Braut erreichte den Absatz, auf dem die Reiter standen. Sie ging weiter, bis ihre Schleppe zwischen Melisana und Lina in ihren silbernen Kleidern ausgebreitet auf dem Absatz lag.

Die drei Männer stiegen ab. Gemessenen Schrittes kamen sie auf die Braut zu. Kurz vor ihr blieb der hohe Lord stehen. Kleiner als seine Begleiter, überragte er dennoch seine zukünftige Gemahlin mitsamt ihrer kunstvoll hochgesteckten Haarpracht fast um Hauptеslänge.

Die Frisur machte es Smira schwer, den Kopf demutsvoll gesenkt zu halten. Erst als Levarda ihre Haltung sah, fiel ihr ein, dass es auch ihr nicht zustand, den hohen Lord mit seinen zwei ranghöchsten Offizieren so offen anzustarren. Sie senkte den Kopf und richtete ihren Blick auf die letzte Stufe, die vor ihr lag.

Die Stimme des hohen Lords war laut und trug weit, als er sprach: »Lady Smira, seid willkommen in meinem Reich.«

Er besaß einen wohlklingenden Bariton, der einem angenehm ins Ohr floss.

»So weit führte Euch der Weg von Burg Hodlukay bis hierher in meine Festung. Ich fühle mich geehrt, dass Ihr all dies auf Euch genommen habt, und ich hoffe, was ich Euch zu bieten habe ...«, seine Arme breiteten sich aus, « ... kann sich Eurer Mühe wert erweisen.«

Er wandte sich an sein Volk: »Heißt meine Braut willkommen!«

Die Menschenmenge brach in Jubel aus.

Levarda zuckte bei dem Lärm zusammen und schaute auf. Der hohe Lord nahm Lady Smiras Hand, hob sie an seine Lippen und küsste sie. Die beiden anderen Männer verbeugten sich knapp.

Der Herrscher von Forran legte die Hand der Braut auf seinen Arm. Flankiert von Lord Otis auf Lady Smiras Seite und von Lord Hector auf der Seite des hohen Lords, gingen sie auf die Festung zu.

Levarda zögerte. Sie wusste nicht, ob sie den Dreien folgen sollte oder nicht. Sie stieg die letzte Treppe hoch und sah Lemar und Egris vor sich. Egris lächelte sie an. Das erste Mal, seit sie aus der Kutsche gestiegen war, fühlte sie sich geborgen. Hier standen zwei Menschen, die sie kannte und mochte.

»Kommt, Lady Levarda, sonst verlieren wir den Anschluss«, forderte sie Egris auf, dem Brautpaar zu folgen.

Von den beiden Männern flankiert, schritt Levarda hinter Lady Smira her und fühlte tausende Augen auf sich gerichtet.

»Wieso kann ich nicht einfach am Ende gehen? Ich mag es nicht, wenn mich so viele Menschen anstarren.«

Lemar lachte. »Das hätte Euch heute sowieso geblüht. Immerhin wart Ihr in den letzten Tagen Gesprächsthema Nummer eins am Hof.«

»Lemar, mach ihr nicht noch mehr Angst«, ermahnte ihn Egris.

»Eingeschüchtert, Lady Levarda?«, schmunzelte Lemar.

»Beeindruckt«, verwendete sie die Worte von Sendad.

Statt in die Eingangstür zur Festung zu gehen, bogen sie zu einem runden, hoch aufragenden Gebäude ab. In der Mitte lief es auf einen Turm zu, der die Form einer Zwiebel besaß. Auf dem Dach ragte an einem Stab befestigt eine golden glänzende Sonne empor. Direkt unter dem Dach leuchteten Fenster in bunten Mustern.

»Was ist das?«, fragte sie leise.

»Die Sirkadel, erbaut von dem ersten hohen Lord für seine Krönung zum Herrscher. Hier finden die Hochzeiten statt, die Begrüßung der Neugeborenen eines hohen Lords auf Erden, die Krönungen und die Todesfeiern«, flüsterte Egris zurück.

Die Tür öffnete sich, und Musik kam aus dem Inneren der Sirkadel. Beim Eintreten zog Levarda scharf den Atem ein, riss die Augen auf und blieb stehen. Die Halle erstrahlte in einer leuchtenden Farbenflut. Mehrere Bänke standen um ein Podium in der Mitte, direkt unter der Spitze des Turms. Die Fenster hatten keine Muster, sondern zeigten Szenen aus dem Leben. Wessen Leben, fragte sich Levarda. Egris holte sie mit einem Räuspern aus ihrer Betrachtung. Hastig schloss sie zu ihnen auf.

In jeder Reihe, die Levarda mit den beiden Offizieren hinter sich ließ, fing leises Getuschel an. Unsicher sah sie an sich herunter und fragte sich, ob sie irgendetwas an sich hatte, das diese Reaktion auslösen konnte. Lemar bemerkte ihre Verunsicherung und neigte seinen Kopf zu ihrem Ohr.

»Ihr braucht Euch keine Sorgen zu machen. Ihr seht in dem Kleid wunderschön aus.«

»Warum tuscheln die Leute dann, wenn wir vorbeigehen?«, raunte Levarda zurück.

»Zum einen, weil jeder inzwischen weiß, dass Lord Otis Euch das Kleid hat anfertigen lassen.«

Levarda runzelte finster die Stirn. Jetzt kannte sie den Grund, weshalb Adrijana auf dem Kleid bestanden hatte.

»Lemar«, mahnte Egris von der anderen Seite.

Der zog kurz die Augenbrauen hoch, ließ sich aber von Egris nicht stoppen. »Zum anderen strahlt Ihr heute einen Zauber aus, dem selbst ich mich nicht entziehen kann.«

Wider Willen musste Levarda lächeln. Dieser Mann besaß eine eigene Art, ihr Gemüt aufzuhellen.

»Lemar, Ihr solltet mich inzwischen gut genug kennen, um zu wissen, dass solche süßen Worte an mich verschwendet sind.«

»Ihr habt gelächelt, wie könnt Ihr da von Verschwendung reden?«

Sie hatten die vorderste Reihe erreicht und wandten sich zu den Sitzenden um. Lemar trat einen Schritt zur Seite und wies auf den letzten freien Platz in der ersten Sitzreihe neben einer Dame, deren Alter Levarda auf gut sechzig Jahre schätzte. Ein missmutiger Ausdruck und zusammengepresste Lippen prägten ihr Gesicht.

»Wo sitzt Ihr?«, wisperte Levarda.

Mit dem Kopf zeigte Lemar nach vorn zum Podium, auf dem zwei prunkvolle Stühle standen. Soeben ließen sich der hohe Lord und Lady Smira darauf nieder. Neben Lady Smira stand Lord Otis, hinter ihm Sendad und Timbor. Auf der anderen Seite hatten sich Lord Hector und neben ihm drei weitere Männer in Gardeuniformen platziert.

Levarda setzte sich, während Egris und Lemar zu den anderen Offizieren aufschlossen.

Ein Mann in schwarzem Gewand trat vor. Er hob einen Stab mit einer Kugel am Ende und klopfte dreimal auf den Boden. Der Ton donnerte durch die Halle, viel stärker als er normalerweise hätte klingen sollen. Sofort verstummte das Gemurmel der Menschen in der Halle.

Levarda spürte, wie von dem schwarzgewandeten Mann eine Spur von der Energie des Elements Erde abstrahlte.

Er sprach in die Stille hinein: »Wir haben uns heute versammelt, um den hohen Lord Gregorius den Vierten mit Lady Smira aus dem Geschlecht der Tokaten in einem Gelöbnis zu verbinden. Erhebt jemand unter den Versammelten dagegen einen Einwand?«

Die Spannung in der Stille konnte Levarda als Vibration in der Ebene der Luft fühlen, doch keiner erhob sich oder wagte, die Stimme zu erheben.

Der Schwarzgewandete begann den Familienstammbaum des hohen Lords zu rezitieren, eingeschlossen die Heldentaten seiner Ahnen. Danach folgte die Aufzählung von Lady Smiras Stammbaum. Die Anzahl der Heldentaten dieses Geschlechts war genauso lang wie die des Herrscherhauses. Nur die mütterliche Linie blieb unerwähnt.

»Der Stammbaum stimmt, das Aussehen stimmt, fragt sich nur, ob sie innerhalb eines Jahres einem Thronfolger das Leben schenkt«, flüsterte die alte Dame neben Levarda vor sich hin.

Als Levarda nicht reagierte, bekam sie einen Finger in den Arm gestochen. »Ihr seid die Lady, die die hohe Gemahlin begleitet, richtig?«

Levarda nickte nur, da sich hinter ihnen Leute beschwerten.

»Ihr seht überhaupt nicht verunstaltet aus. Allerdings scheint es, als wäret Ihr stumm, aber das muss ja nicht unbedingt von Nachteil sein.«

»Ich bin nicht stumm«, raunte Levarda hastig zurück, da sie die Hartnäckigkeit in Stimme und Haltung der älteren Dame bemerkte, »aber wir sollten leise sein und die Zeremonie nicht stören.«

»Oh, Ihr könnt reden!«

Lord Otis warf der Frau einen mahnenden Blick zu und sie verstummte. Die Aufzählung von Heldentaten und Stammbäumen war beendet. Die Vermählung der zwei Menschen begann. Levarda hatte noch nie eine solche Zeremonie gesehen.

»Hmm, Ihr habt einen wachen Blick. Aber trotzdem könnt ihr dumm sein.«

Halb verärgert, halb amüsiert von den Bemerkungen der Dame neigte Levarda sich ihr zu. »Mein Name ist Lady Levarda und Eurer?«

»Lady Eluis, die erste Hofdame, zumindest im Moment noch; vielleicht gedenkt Ihr ja, meinen Platz einzunehmen.« Ihre Augen funkelten, als sie Levardas entgeisterten Blick auffing. »Wäre allerdings sowieso nur für die Dauer bis zu Eurer Hinrichtung.«

Levarda hatte sich gefangen und seufzte ergeben. »Was wollt Ihr von mir wissen, damit wir der weiteren Zeremonie still folgen können?«

»Meine Worte bringen Euch nicht aus der Fassung?«

»Nein, ich weiß, dass ich sterben werde, wenn Lady Smira kein Kind bekommt.«

»So?« Die Stirn gerunzelt, verstummte Lady Eluis.

Eine Weile konnte Levarda der Zeremonie folgen. Dann bekam sie die nächste Frage serviert.

»Wieso begleitet Ihr Lady Smira?«

»Weil ich ihre Cousine und beste Freundin bin und nicht wollte, dass sie allein in ein fremdes Land geht.«

»Papperlapapp, das könnt Ihr jemand anderem auftischen.«

Von hinten kamen mehr mahnende Laute.

Levarda betrachtete Lady Eluis genauer. Der missmutige Ausdruck in ihrem Gesicht war verschwunden. Wache blaue Augen musterten sie eindringlich. Viele Falten konzentrierten sich um ihre Augen und den Mund, sicher lachte Lady Eluis gerne. Levarda hatte sie schon ins Herz geschlossen.

»Denkt Ihr, wir haben auf der Feier Gelegenheit, ein wenig zu plaudern?«

Ein breites Lächeln schob sich auf das Gesicht der Älteren. »Selbstverständlich, mein Kind, dafür werde ich sorgen.«

Sie wandten ihre Aufmerksamkeit der Zeremonie zu, die wie eingefroren wirkte. Die Augen der versammelten Menge ruhten auf ihnen, was Levarda die Röte ins Gesicht trieb. Lady Eluis winkte nur locker mit der Hand in die Menge.

»Ihr könnt fortfahren, das Essen wartet auf uns.«

Während der Schwarzgewandete weitermachte, sah Levarda aus den Augenwinkeln Egris grinsen, während Sendad, Timbor und Lemar dreinschauten, als hätten sie in eine Zitrone gebissen. Lord Otis' Gesicht glich einer steinernen Maske.

DER FESTSAAL WAR IN MEHRERE BEREICHE UNTERTEILT. DEN meisten Platz nahm die Tafel ein, die sich am Ende des Raumes befand. Dort saßen der hohe Lord, Lady Smira, Lord Otis, Lord

Hector und seine Frau, wie Levarda von Lady Eluis erfahren hatte. Auf jeder Seite saßen acht weitere Lords und Ladys, die den inneren Zirkel des Rates des hohen Lords formten. Lord Otis saß neben Lady Smira, seine andere Seite war frei.

Es gab mehrere Sitzgelegenheiten an kleineren Tischen, die lose am Rand aufgestellt waren. Die innere Fläche des Raumes blieb frei für einen guten Blick auf die Würdenträger. Auf einem Balkon spielten Musiker Weisen, die das Gemurmel im Saal leise untermalten.

Die Türen waren zu einem Garten hin geöffnet. Das strahlende Frühlingswetter lockte nach draußen. Auch hier gab es verschiedene Sitzgelegenheiten, zumeist in größeren Gruppen. Der Garten, licht und offen gehalten, mit Kieswegen, Blumenbeeten, Brunnen und einem Teich, lud zum Lustwandeln ein. Das Gelände war von einer hohen Mauer umgeben, auf der bewaffnete Männer der Garde standen.

Im Festsaal gab es etwas abseits einen kleineren Raum mit bequemen Sesseln und Sofas. In diesen Bereich hatten sich ältere Gäste zurückgezogen. Hier saß auch Lady Eluis in einem hohen Sessel, ihre Füße auf einen Hocker gelegt. Sie hatte für einen Stuhl neben ihrem kleinen Thron gesorgt, auf dem Levarda saß.

Lady Eluis wurde von allen mit ausgesuchter Höflichkeit und Respekt angesprochen, wohingegen sie selbst sich mit entwaffnender Offenheit äußerte.

Levarda bekam von ihr jeden einzelnen Gast vorgestellt und bald schwirrte ihr der Kopf von all den Namen. Dabei merkte sie, was für einen Vorteil es darstellte, dass sich Lady Eluis ihrer angenommen hatte. Nicht nur schien sie jeden zu kennen, sondern die anderen Herrschaften begegneten Levarda mit derselben Höflichkeit wie der älteren Dame.

Lady Eluis hatte Levarda hoffähig gemacht und ihr jede weitere peinliche Präsentation erspart, die ihr in Gesellschaft von Lady Smira ohne Zweifel zuteilgeworden wäre. Der Gedanke, dass der freie Platz neben Lord Otis ihr bestimmt gewesen war, erzeugte ein mulmiges Gefühl in ihrem Magen.

Wie gut auch, dass sich nur wenige Leute in dem Raum aufhielten, da die meisten der Hauptattraktion beiwohnten, der Hochzeitsfeier des Herrscherpaars.

Diener servierten Speisen und Getränke. Die Ecke lichtete sich dennoch zusehends, als der Zeremonienmeister seinen Stab erklingen ließ.

»Legt Ihr Wert auf das Brimborium wegen des ersten Tanzes des Brautpaars?«

Levarda schüttelte den Kopf. »Nein, nein, darauf kann ich gut verzichten.«

»Und wie steht es mit dem Tanzen?«

»Darauf kann ich erst recht verzichten, der Ablauf der komplizierten Figuren verwirrt mich nur.«

Der Raum hatte sich inzwischen bis auf ein paar ältere Menschen geleert, die sich in die Ecken zurückgezogen hatten. Levarda war mit Lady Eluis allein.

Seit ihrem Gespräch in der Sirkadel überlegte sie, was sie Lady Eluis erzählen sollte. Das Wissen der Menschen in Forran, was die Kräfte der Elemente betraf, der Heilkunst oder dessen, was die Erde für wahre Reichtümer bot, die mit Edelsteinen und Gold nichts zu tun hatten, schien ihr begrenzt. Wie sollte sie einer Frau, die am Hof des hohen Lords die Stellung als erste Hofdame innehatte, erklären, welche Wunder im Wasser existierten oder welche die Erde hervorbrachte? Dass die Menschen nur ein Teil des Ganzen waren, der Einzelne nicht mehr als ein Staubkorn, und dass dennoch in dem Staubkorn die Macht lag, Tod und Verderben zu bringen?

Das waren weitreichende, komplizierte Zusammenhänge, doch Levarda wollte der alten Dame ihre Dankbarkeit wenigstens zeigen, indem sie deren Neugier befriedigte. Lady Eluis sah sie erwartungsvoll an.

»Lady Tibana kam zu uns, als der hohe Lord Lady Smira zur Gemahlin wählte«, begann sie.

Lady Eluis' Lächeln erreichte ihre Augen nicht. »Interessante Formulierung, die Ihr da verwendet.«

Levarda war verunsichert, verstand nicht, was die Dame mit dieser Bemerkung ausdrücken wollte.

Diese winkte ab. »Verzeiht meine Unterbrechung, das war unhöflich von mir. Fahrt bitte fort.«

»Lady Tibana ist die Schwester meiner Mutter, müsst Ihr wissen. Ich verfüge über einiges Geschick in der Heilkunst, darum erbat Lady Tibana meine Hilfe für die Aufgabe, vor der Lady Smira steht.«

»Ah, ich verstehe. Lord Blourred möchte sichergehen, dass seiner Tochter das gelingt, woran zuvor sechs Frauen gescheitert sind.«

Levarda musterte die ältere Dame, die ihrerseits die Stirn in Falten gelegt hatte und sie betrachtete.

»Ihr habt ein ehrliches, offenes Gesicht. Ihr strahlt etwas aus, das mich an einen Menschen erinnert, dem ich vor sehr langer Zeit begegnete. Aber sagt mir, wie hat Lord Blourred Euren Vater zwingen können, Euch in den sicheren Tod zu schicken?«

»Niemand hat –«, Levarda zögerte einen winzigen Moment, »meinen Vater zu etwas gezwungen, und auch mich nicht. Es war meine freie Entscheidung, die mich hergeführt hat.«

»Eure freie Entscheidung? In einer solchen Sache? Wer ist Euer Vater? Mit welchem Lord ist Eure Mutter verheiratet?«

Röte schoss in Levardas Gesicht. Verunsichert senkte sie den Blick, starrte auf ihre Hände. Sie hatte die Festung des hohen Lords gerade erst betreten und machte schon den ersten Fehler.

Die warme Hand der alten Dame legte sich mit sanftem, beruhigendem Druck auf ihre.

»Keine Sorge, mein Kind, von mir wird niemand etwas über Eure Herkunft erfahren. Ich vergaß, dass Lady Tibana aus Mintra stammt.« Sie blinzelte Levarda zu, als diese ihr zögerlich ins

Gesicht sah, »und jetzt, wo ich mich daran erinnere, wundert es mich auch nicht mehr, dass Ihr mich an meinen lieben Freund erinnert. Doch zurück zu Lord Blourred. Welche Lügen hat er Euch erzählt, damit Ihr diese Aufgabe annehmt?«

Levarda schüttelte den Kopf und seufzte. Musste sie sich ein weiteres Mal – in gewisser Weise vor sich selbst – rechtfertigen? »Er hat mir keine Lügen erzählt. Ich wusste, worauf ich mich einlasse.«

Lady Eluis hob die Hand und legte sie auf Levardas Kopf. Zart streichelte sie ihr offenes Haar. Nach dem Streit wegen des Kleides hatte Adrijana die Zeit für eine Hochsteckfrisur gefehlt.

»Wieso verschenkt Ihr dann Euer Leben?«

Tränen traten Levarda in die Augen. Die Worte der Älteren trafen sie mit ihrer Sanftheit tief im Herzen und rührten an ein Wissen, das sie zu verdrängen suchte, wann immer sie darüber nachdachte, welche Möglichkeiten ihr überhaupt zur Verfügung standen.

Sie dachte daran, was Adrijana hatte erleiden müssen, an die sechs toten Ehefrauen des hohen Lords, an die eine, die sie in ihrem Kopf gesehen hatte, vor Lord Otis kniend und um ihr Leben flehend. Sie dachte an die Bilder des Todes und der Zerstörung, die ihr in der Vision am See zuteilgeworden waren und an die sie tagtäglich durch die weiße Strähne in ihrem Haar erinnert wurde.

»Ich möchte, dass das Leid der Frauen auf dieser Welt ein Ende hat. Ich möchte, dass die Menschen in Frieden leben können, wenigstens eine Zeit lang«, sprach sie leise, während ihr still die Tränen die Wange hinunterliefen.

»Dann seid Ihr eine sehr starke, mutige Frau.«

Sie schwiegen beide.

Levarda sammelte sich, wischte sich die Tränen aus den Augen.

Lady Eluis reichte ihr ein Taschentuch.

»Verzeiht. Ich wollte Euer Gespräch nicht stören«, räusperte sich jemand hinter Levarda und sie erkannte die Stimme von Egris.

»Das tut Ihr nicht, Egris«, erwiderte Lady Eluis gelassen, »tretet ruhig näher.«

»Wenn Ihr nichts dagegen habt, Lady Eluis, würde ich Euch gern Lady Levarda entführen.«

»Oh, wenn Ihr mir versprecht, das arme Ding nicht zum Tanzen zu zwingen und es nicht an die Tafel zu führen, könnt Ihr sie mitnehmen.«

Egris grinste. »Ich stelle sie nur meiner Frau vor, versprochen.«

»Eine ausgezeichnete Idee!«

Levarda hatte inzwischen alle Spuren ihrer Tränen beseitigt. Galant reichte er ihr einen Arm. »Lady Levarda, würdet Ihr mich begleiten?«

»Sehr gern, Egris.« Sie stand auf.

»Lady Levarda«, hielt Lady Eluis sie noch auf, »ich freue mich sehr, dass Ihr Eure Cousine begleitet.«

12

NÄCHTE

Der restliche Abend verging für Levarda wie im Flug. Egris stellte ihr seine Frau vor, deren Bauchwölbung verriet, dass sie bald ein Kind erwartete. Außerdem lernte sie zwei weitere Offiziere und deren Ehefrauen kennen: Wilbor mit dem Zeichen der Axt auf der Uniform und Oriander, dessen Uniform einen Schild zeigte. Später bekam sie die Gelegenheit, die Bekanntschaft mit dem letzten Offizier in der Garde des hohen Lords zu machen – Eremis, dem Mann des Bogens.

Er bemerkte, wie sie nachdenklich immer wieder die Embleme auf den Uniformen betrachtete, und fragte sie, ob sie die Bedeutung der Symbole kennen würde. Als sie verneinte, erklärte er sie ihr:

Der Adler, so erfuhr sie, stand für Weitsicht, der Löwe für Stärke, das Pferd für Schnelligkeit, die Schlange für Listigkeit. Die Axt symbolisierte Kraft, der Schild Sicherheit, der Bogen den weitreichenden Arm der Garde. Die gekreuzten Schwerter hingegen stellten ein Symbol für die Bereitschaft der Männer dar, den Herrscher mit ihrem Leben zu schützen.

Die Offiziere der Garde begegneten Levarda mit Offenheit

und einer gewissen Neugierde. Die Gespräche mit ihnen fielen ihr leicht und es überraschte sie, wie zwanglos sie sich in ihrer Gegenwart benahmen. Der Umgang mit den Frauen unterdessen gestaltete sich schwierig.

Einige von ihnen bedachten sie mit einem neidischen Blick oder mit einer gewissen Feindseligkeit, was Levarda verunsicherte, da sie nicht wusste, woher diese Gefühle kamen. Einzig die Frau von Egris, Celina, hatte sich aufrichtig nett und freundlich ihr gegenüber gezeigt.

Das Beste allerdings war, dass sich die Gruppe im Garten tummelte und Levarda die Gelegenheit bekam, die frische Luft und die milde Nacht zu genießen.

Zwischendurch verschwanden die Offiziere, um ihren Pflichten nachzukommen. Celina nahm sie mit zu den unverheirateten Hofdamen, die zum inneren Kreis derjenigen Damen zählten, die der Gemahlin des Herrschers Unterhaltung und Gesellschaft boten.

Levarda hatte das alles von Lady Eluis erklärt bekommen. Sie würde mit den Frauen, Lady Eluis und Lady Smira in dem rechten Gebäudebereich der Festung leben. Die gesamte Festung bestand aus drei quadratischen Gebäudeteilen, die jeweils in der Mitte einen Garten beherbergten.

Der mittlere und bei Weitem größte Teil war für offizielle Anlässe vorgesehen wie den Empfang von Botschaftern anderer Länder, für Feste oder die monatlich stattfindenden Sitzungen des Beraterstabs des hohen Lords. Der linke Gebäudeteil war dem hohen Lord sowie seinen unverheirateten Offizieren vorbehalten. Die verheirateten Offiziere lebten im inneren Kreis der Stadt, rund um die Burg. Hier hatten einige Familien einen zweiten Wohnsitz für den Winter. In dem Gebäudeteil der Frauen besaß jede Hofdame einen Raum für sich. Es gab Gemeinschaftsräume, die allen zur Verfügung standen: einen, in dem alle gemeinsam die Mahlzeiten einnahmen, einen, wo sie ihren Handarbeiten nachgehen oder Gäste empfangen konnten, einen letzten für die körperliche Pflege und dann noch den Garten. Letzterer war nicht so prachtvoll und großzügig wie der des mittleren Teils, dennoch bot er die Möglichkeit, an der frischen Luft zu sein.

In den Kreis der unverheirateten Hofdamen berufen zu werden, galt als eine große Ehre. Die jungen Frauen erhielten so die Gelegenheit, sich den unverheirateten oder verwitweten Männern aus den Herrscherhäusern zu zeigen und durch Heirat politische Verbindungen für ihre Familien zu knüpfen. Eine gewisse Konkurrenz unter den Mädchen war daher ganz natürlich gegeben, schließlich ging es allen um die interessantesten Bündnisse. Lady Eluis hatte sich wenig zuvorkommend so ausgedrückt, dass diese ‚gackernden Hühner' von der ersten Hofdame davor bewahrt werden mussten, sich gegenseitig die Augen auszuhacken. Levarda entschied abzuwarten, ob sie selbst etwas davon zu spüren bekäme oder nicht. Sie hoffte, dass sie in diesem Spiel außen vor blieb, solange das Beil des Henkers über ihrem Kopf schwebte. Sie musterte die Frauen neugierig, als Celina sie ihr vorstellte, und hätte gern ergründet, ob sie sich freiwillig auf dem Markt feilbieten ließen, oder ob sie sich dagegen wehrten.

Es gab insgesamt sechs Hofdamen: Ilana, Serafina, Hamada, Dajana, Felicia, und Galina. Hamada gab in der Gruppe offensichtlich den Ton an. Wenn sie sprach, wagte keine der anderen sie zu unterbrechen. Serafina dagegen war ein sehr schüchterner Mensch und die Jüngste. Felicia kicherte bei jeder passenden und unpassenden Gelegenheit. Die Farbe in den Gesichtern der jungen Mädchen verwischte die Unterschiede in ihrem Aussehen. Levarda sah kostbare Kleider mit feinsten Stickereien und eine schmale Taille neben der anderen, Ausschnitte, so tief, dass Levarda verschämt wegsah. Sie fragte sich sowieso ernsthaft, wie die Mädchen in dermaßen eng geschnittenen Kleidern atmen konnten, ohne diese damit unweigerlich zum Platzen zu bringen.

Sie hatte sich gleich an einen Viehmarkt erinnert gefühlt, den sie einmal mit ihrem Meister besucht hatte, und wo die Händler ihre Tiere auf ähnliche Weise herausgeputzt hatten.

Eine Weile blieb Celina bei ihr, bis Egris kam, um sie nach Hause zu bringen. Feindselige Blicke musterten Levarda, das Lächeln in den Gesichtern der Hofdamen verschwand, außer bei Serafina, als sie allein mit den Frauen zurückblieb.

»Ich habe gehört, Euer Kleid sei ein Geschenk von Lord Otis«, schoss Hamada den ersten spitzen Pfeil ab.

Levarda sah an ihrem Kleid herunter und erinnerte sich an Lemars Worte.

»Um ehrlich zu sein, wusste ich nichts davon«, gab sie zu. »Meine Zofe hat mir heute Morgen das Kleid herausgesucht. Und da sie über den besseren Geschmack von uns beiden verfügt, vertraute ich ihrem Urteil.«

Ihre Blicke sprachen Bände, aber offensichtlich war die Neugier der Hofdamen damit nicht befriedigt.

»Lord Otis hat Euch heute noch gar nicht zum Tanz aufgefordert«, bemerkte Ilana.

»Ich bin keine geschickte Tänzerin, und Lord Otis konnte das bereits am Hof des Lord Blourred feststellen.«

»Aber er scheint Gefallen an Euch gefunden zu haben, sonst hätte er Euch das Kleid nicht machen lassen«, wandte Galina ein. Alle sahen sie an und Levarda kam sich klein und hässlich vor.

»Er sorgte für einen unglaublichen Aufstand bei der Schneiderei. Sie mussten die Nächte durcharbeiten.«

Erstaunt hob Levarda ihre Augenbrauen, sah nochmals an dem Kleid herunter. Die oberste Schicht bestand aus Streifen grünen und braunen Stoffes, das Oberteil war komplett grün gehalten, während die Ärmel wiederum aus braunem Stoff bestanden. Bisher war ihr das Material unter all den unteren Schichten des Kleides nicht weiter ins Auge gefallen. Neugierig streckte sie ihre Sinne nach ihm aus, und der Stoff reagierte mit einem sanften Schimmer.

Ein wohliger Schauer breitete sich in ihr aus, als sie verstand. Der oberste Stoff kam aus Mintra – wie hatte er das in der kurzen Zeit zustande gebracht? Woher stammte der Stoff? Sie runzelte die Stirn. Was steckte hinter dieser scheinbar netten Geste? Er machte nie etwas ohne Grund.

Sie spürte die durchdringenden Blicke der Hofdamen. Ihre Aufgabe wog schwer genug. Sie brauchte keine weiteren Feinde.

»Ich denke, sein schlechtes Gewissen hat ihn dazu bewogen, mir das Kleid zu schenken. Es gab auf unserer Reise einen Überfall, dem mein gesamtes Hab und Gut zum Opfer fiel.«

Sie sah, dass diese Erklärung den Hofdamen vernünftig erschien, nach einer letzten Musterung ihres Aussehens. Zu Levardas Erleichterung begann in diesem Moment eine neue Tanzrunde, und das Interesse der Frauen wurde abrupt von ihr abgelenkt. Es richtete sich auf die adligen Männer, die kamen, um die Damen zum Tanzen aufzufordern.

Levarda drückte sich dezent in den Hintergrund.

Vor allem Dajana schien eine äußerst beliebte Tanzpartnerin zu sein. Serafina hingegen versteckte sich fast so wie Levarda.

»Seid Ihr bei dem Überfall verletzt worden?«, fragte sie leise.

»Nein«, antwortete Levarda, »es handelte sich nur um gewöhnliche Räuber, und die Soldaten wurden ihrer schnell Herr.«

»Hattet Ihr große Angst?«

»Angst? Nein.«

Ein bewundernder Blick traf sie. Fehler, schalt sich Levarda, der zweite an diesem Abend! Natürlich hatte eine Frau Angst, musste Angst haben, aber Serafina ließ ihr nicht viel Zeit zum Grübeln und sagte: »Ich hätte schreckliche Angst gehabt!«

Levarda ergriff die gebotene Ausflucht: »Oh, ich bin nicht besonders mutig, wenn Ihr das denkt, aber wer hat Angst, wenn einen die Garde des hohen Lords beschützt?«

Der Ausdruck in Serafinas Augen wandelte sich, wurde schwärmerisch. »Oh ja, die Männer aus der Garde sind so unglaublich geschickte Kämpfer. Kennt Ihr Timbor?«

Oho!, dachte Levarda, sagte aber nur sachlich: »Ja, er gehörte zu den Offizieren, die uns begleiteten.«

»Er ist erst seit diesem Jahr Offizier und der jüngste Offizier in der Garde, den es je gab.« Stolz schwang in ihrer Stimme mit, als wäre alles ihr Verdienst.

»Ihr seid in ihn verliebt!«

Serafinas Gesicht verfärbte sich tiefrot. »Verratet es bloß nicht Hamada, sonst macht sie sich über mich lustig. Sie ist meine Schwester, müsst Ihr wissen.« Ihr Blick wurde traurig, als sie leise weitersprach: »Er stammt aus einer einfachen Familie.«

Levarda wusste nicht, was Serafina ihr damit sagen wollte, vermied es aber lieber, noch einen Fehler zu begehen.

»Keine Angst, Euer Geheimnis ist bei mir sicher«, sagte sie daher nur.

»Seid Ihr verliebt in Lord Otis?«

Levarda verschluckte sich an ihrem Getränk. Als ihr Husten in Lachen überging, erntete sie einige Blicke von den umstehenden Personen, während Serafina verlegen hin und her trat.

»Nein. Es wäre etwas naiv von mir, mich in den Mann zu verlieben, der mich in einem Jahr dem Henker übergibt, oder?«, erklärte sie Serafina überdeutlich. Eine weitere Möglichkeit sich aus dem Schlachtfeld um die besten Partien zurückzuziehen.

Das Mädchen sah völlig verschreckt aus und das tat ihr leid. Immerhin war sie freundlich zu ihr gewesen.

Als die anderen Frauen sich mit ihren Tanzpartnern auf dem Weg zurück befanden, ergriff Levarda die Gelegenheit zur Flucht und ging in die Räumlichkeiten, wo sie Lady Eluis gelassen hatte.

Zu ihrer Enttäuschung war die alte Dame nicht mehr da. Levarda fragte sich, wie sie selbst zu ihrem Zimmer finden sollte, da sie das Bedürfnis verspürte, sich zurückzuziehen. Auf der Suche nach den unverheirateten Hofdamen bewegte sie sich an den Wänden entlang durch den Festsaal.

»Alles in Ordnung, Lady Levarda?«, hörte sie die vertraute Stimme von Adrijana. Das Mädchen stand an der Wand bei den

Dienern, die die Menschenmenge beobachteten und ständig für Essens- und Trinknachschub sorgten.

»Adrijana!«, rief Levarda sichtlich erfreut und das Mädchen strahlte.

»Weißt du vielleicht, wo ich untergebracht bin?«

»Natürlich. Was denkt Ihr, was ich heute den Tag über gemacht habe?«

Levarda stellte ihr Glas auf dem Tablett eines Dieners ab und folgte Adrijana. Auf den Fluren standen überall Soldaten. Sie kamen an eine Tür.

»Wer ist das in deiner Begleitung?«, fragte einer der beiden Wachsoldaten Adrijana herrisch.

»Das ist meine Herrin, Lady Levarda, die mit Lady Smira auf der Festung eingetroffen ist.«

»Tut mir leid, Mylady, aber Ihr habt keinen Zugang zu diesem Bereich, da wir Euer Gesicht nicht kennen.« Auf der Brust des Soldaten prangte das Zeichen des Schildes.

»Euer Befehlshaber, Offizier Oriander, kennt mich.«

»Mag sein, aber ich kenne Euch nicht. Ihr werdet warten müssen, bis mir jemand bestätigt, dass Ihr Lady Levarda seid.«

»Ich kann es bestätigen«, erklärte Adrijana triumphierend.

Das Gesicht des Soldaten verzog sich zu einem geringschätzigen Grinsen. »Mit Verlaub, das Wort einer Dienstmagd reicht mir nicht.«

»Euer Benehmen ist schändlich«, schimpfte Adrijana. »Lady Levarda hat einen langen, anstrengenden Tag hinter sich und möchte sich in ihre Gemächer zurückziehen. Lord Otis hat ihr ein Zimmer bei den Hofdamen zugewiesen, und Ihr weigert Euch, sie hereinzulassen?«

Levarda legte ihr die Hand auf den Arm. »Die Männer tun nur ihre Pflicht, Adrijana.« Sie wandte sich an den Soldaten. »Wie kann ich Euch überzeugen, dass ich Lady Levarda bin?«

Die Tür wurde von der anderen Seite geöffnet, und Lemar

kam heraus. »Lady Levarda, Ihr wollt Euch doch noch nicht in Eure Gemächer zurückziehen? Ich hatte keine Gelegenheit, mit Euch zu tanzen.«

Der Soldat sah Lemar an. »Könnt Ihr bestätigen, dass es sich bei der Dame um Lady Levarda handelt?«

Lemar grinste Levarda an. »Lasst mich mal sehen.« Er ging um sie herum und ließ seine Blicke über ihren Körper gleiten. Levarda runzelte ärgerlich die Stirn. Als er an Adrijana vorbeikam, verpasste diese ihm einen Schlag auf den Arm. »Hört mit dem Spielen auf, Lemar.«

Er verbeugte sich vor Levarda.

»Männer, diese junge Dame ist in der Tat Lady Levarda, und ihr solltet Euch ihr Gesicht einprägen. Sie wird nicht zum letzten Mal diese Schwelle überschreiten.« Damit zwinkerte er ihr zu und verschwand.

Levarda bekam die Erlaubnis, das Reich der Hofdamen zu betreten. Sie gingen nach rechts und kamen an eine Ecke, die aus einem Turm bestand. Der Gang ging weiter, doch Adrijana wählte den Weg über die Treppe. Sie liefen die erste Treppe hoch, die in einem weiteren Gang, ähnlich dem von zuvor, endete. Das Treppenhaus nach oben in den eigentlichen Turm hinein verschloss eine schwere, eisenbeschlagene Holztür, die sich von außen verriegeln ließ. Adrijana öffnete sie und sie stiegen eine dritte, diesmal schmale Treppe hoch. Dort öffnete das Mädchen eine einfache Tür zu einem Raum, halb so groß wie das Gemach von Lord Otis auf Burg Ikatuk. An der einen Seite stand ein ausladendes Bett, an der Wand gab es einen Schrank, vor dem bereits Levardas leere Kisten standen. Ihr Nachthemd lag auf dem Bett. Auf der anderen Seite befand sich ein Tisch mit einer Waschschüssel, daneben eine niedrige Kommode mit einem Spiegel, vor dem ein Stuhl stand. Ein weiterer Gegenstand im Raum lenkte Levardas Interesse besonders auf sich. Sie trat zu dem Schreibtisch, auf dem Schreibpapier mit einem runden Stein beschwert war. Es gab eine Feder, Tinte und ein Buch – das Buch, welches sie in der Bibliothek von Lord Otis entdeckt und schweren Herzens zurückgelassen hatte: ‚Übersicht der Heilkräuter'. Sie nahm es in die Hand.

»Er dachte, Ihr könntet es vielleicht gebrauchen, und bat mich, es mit einzupacken.«

»Das war sehr zuvorkommend von ihm. Von dir war es aber nicht besonders zuvorkommend, mir vorzuenthalten, dass das Kleid, das ich anhabe, ebenfalls ein Geschenk von ihm ist.«

Adrijana sah zu Boden. »Er wollte nicht, dass ich es Euch sage.«

»Ja, nur, dass es der ganze Hof wusste und er damit wilde Spekulationen über mich in Gang gesetzt hat. Es wäre mir lieber gewesen, wenn ich es gewusst hätte.«

»Ihr solltet ihm mehr vertrauen. Er hatte bestimmt seine Gründe, schließlich hat es mit Lady Eluis auch wunderbar geklappt. Ich habe gehört, dass sie Euch bereits in ihr Herz geschlossen hat.«

»Erzählst du ihm eigentlich alles?«

»Nur, was er wissen möchte«, erwiderte Adrijana freimütig. »Aus diesem Grund bin ich hier«, fügte sie ernst hinzu.

»Ja, ich weiß. Dieses Zimmer besitzt einen etwas ungewöhnlichen Eingang.«

Adrijana kicherte. »Ja, darüber wurde bereits in der ganzen Dienerschaft getratscht.«

Alarmiert sah Levarda die Dienstmagd an.

Adrijanas Lächeln verschwand. Ihre Pupillen weiteten sich. »Versprecht Ihr mir, dass Ihr nicht böse werdet?«

Sie nickte ergeben.

»In das Turmzimmer kommen die Zofen der hohen Gemahlin, wenn klar ist, dass diese keine Kinder gebären wird. Über uns sind die Zimmer für die hohe Gemahlin selbst. Unten befinden sich die Räumlichkeiten für die Soldaten, deren Aufgabe es ist, sie alle zu bewachen. Gleich rechts neben der Tür zum Aufgang in den Turm.«

Levarda betrachtete ihre Umgebung aus einem anderen Blickwinkel. »Also dies ist der Raum der letzten Tage vor dem Tod. Ein Gefängnis – nur hübsch verpackt.«

»Ihr seid doch böse.«

»Nein. Ich hätte wissen müssen, dass er mir nicht traut.«

»Er ist vorsichtig. Wäre er es nicht, so hätte er nicht siebenunddreißig Anschläge auf den hohen Lord verhindert.«

»Siebenunddreißig?«, echote Levarda erstaunt.

»Ja, sechsundzwanzig davon in den letzten vier Jahren! Ich frage mich, wie lange er das noch durchhält. Bei dem dreißigsten kam Krimbald ums Leben, der Offizier, der vor Timbor das Abzeichen der Schlange trug. Ihr solltet also nicht so hart mit Eurem Urteil sein. Seht Euch um, er hat versucht, es so komfortabel wie möglich für Euch zu gestalten.«

Levarda schwieg. Sie wusste, dass Adrijana Lord Otis gegenüber absolut loyal war und nicht erkannte, wie grausam er sein konnte. Sie ließ sich von ihr aus dem Kleid helfen, wusch sich, setzte sich an den Spiegel und betrachtete ihr Gesicht.

Adrijana begann, ihre Zöpfe aufzuflechten. Mit langsamem, gleichmäßigem Bürstenstrich kämmte sie Levardas Haar. Levarda schloss die Augen, gab sich dem Genuss der Kopfhautmassage hin. Zuletzt flocht ihr Adrijana einen Zopf für die Nacht.

Mit einem Mal drang Lärm von unten herauf. Sie hörten Stimmen von Männern, konnten aber keine Worte verstehen.

»Der hohe Lord kommt mit Lady Smira«, flüsterte Adrijana. Levarda trat an das Fenster. Es besaß ein breites Sims, das ebenso wie beide Rahmen mit einem Kissen ausgekleidet war. Erstaunt betrachtete sie die ungewöhnliche, bequeme Sitzgelegenheit.

»Lord Otis dachte, so wäre es gemütlicher für Euch, da Ihr so oft auf dem Fenstersims in seinem Raum gesessen habt.«

»Adrijana, können wir uns darauf einigen, dass du nicht ständig Lobeshymnen auf Lord Otis anstimmst, und ich verspreche dafür, dass ich in deiner Gegenwart nicht über ihn schimpfe?«

»Das wird mir schwerfallen«, gab das Mädchen zu.

»Ich weiß«, seufzte Levarda und schwang sich auf das Fenstersims. Der Platz war so gemütlich, wie er ausgesehen hatte. Von ihrem Turmzimmer aus konnte sie das gesamte Quadrat des Gebäudes erkennen, das den Garten im Herzen der Anlage umschloss. An allen vier Ecken gab es Türme, die die Gebäude um ein Stockwerk überragten. Ihr gegenüber auf der langen Seite gab es ein Zimmer im zweiten Stock, das hell erleuchtet war. Adrijana trat neben sie.

»Ist das Lady Smiras Gemach?«

»Ja, der gesamte Komplex, den Ihr seht, einschließlich der unteren Räume, steht nur Lady Smira zur Verfügung. Links von uns befinden sich die Zimmer der Hofdamen. Rechts ist die Unterkunft von Lady Eluis, und die andere Seite beherbergt die gemeinsamen Räumlichkeiten.«

»Das ist eine Menge Platz für so wenige Menschen.«

»Nun ja, wir Dienerinnen sind ebenfalls hier untergebracht. Im zweiten Stock sind die Ladys, im ersten die Zofen. Möchtet Ihr schlafen?«

Levarda nickte, rutschte von ihrem Fenstersims herunter. Sie wusste nicht, ob sie heute Nacht Schlaf finden würde, aber es war wichtig, dass sie ihre Kräfte schonte.

LEVARDA WACHTE MITTEN IN DER NACHT AUF. SIE SPÜRTE, DASS sie von ihrer Cousine gebraucht wurde, und zwar dringend. Hastig stand sie auf, packte ihre Kräutertasche, zog einen Umhang über ihr Nachthemd und stieg die Treppe hinab. Sie drückte die Klinke der eisenbeschlagenen Tür herunter, doch sie ließ sich nicht öffnen. Erneut drückte sie dagegen – nichts. Sie streckte ihre Sinne aus, doch bevor sie die Tür weiter untersuchen konnte, hörte sie, wie ein Riegel weggeschoben wurde. Erschrocken wich der Soldat zurück, als er Levarda im Treppenhaus stehen sah.

»Verzeiht, Mylady, Ihr habt mich erschreckt. Ich wollte gerade zu Euch hochgehen, hier ist eine Dienerin von Lady Smira.«

Melisana tauchte hinter dem Soldaten auf, bleich wie ein Bettlaken. »Ihr müsst kommen, Lady Levarda.« Die Stimme der Magd überschlug sich. »Sie braucht dringend Eure Hilfe.«

Levarda drückte sich an dem Soldaten vorbei, lief Melisana hinterher, die bereits die Treppe erreicht hatte. Über den ersten Stock liefen sie den Gang entlang bis zum nächsten Turm. Dann ging es die Treppe wieder hoch. Ein weiterer Soldat stand am Turm, hielt sie aber nicht auf. Melisana öffnete die Tür zum Reich der hohen Gemahlin, und Levarda sah aus dem Augenwinkel marmorne Wände und üppige Wandbilder, verschwendete aber keinen zweiten Blick darauf.

Sie liefen weiter bis zur Mitte des Trakts, wo Melisana eine Tür öffnete. Während in den Gängen in regelmäßigen Abständen Laternen Licht spendeten, lag dieser Raum in völliger Dunkelheit.

»Mylady, Lady Levarda ist da«, stieß Melisana atemlos hervor. Eine Antwort bekam sie nicht.

»Denkst du, du kannst heißes Wasser besorgen?«, Levarda erahnte mehr, wie Melisana nickte. »Dann lauf, ich kümmere mich um sie.«

Sie trat ans Bett. Eingerollt und vollkommen verborgen lag ihre Cousine unter ihrer Decke, die zitterte und bebte. Leises Schluchzen drang hervor.

Sanft streichelte Levarda ihren Rücken und ließ aus ihren Händen beruhigende Wellen herausschwingen. Sie wartete, bis Lady Smiras Kopf aus den Laken hervorkam.

»Levarda, du bist da!«, warf sie sich schluchzend in ihre Arme. Levarda, die sich auf das Bett gezogen hatte, nahm Lady Smiras Kopf an ihre Brust und streichelte das goldene Haar ihrer Cousine.

»Wollt Ihr darüber reden?«, raunte sie leise in das Haar hinein. Innerlich wappnete sie sich davor, was ein Mann dieser so schönen Frau angetan haben könnte.

»Meine Mutter – sie sagte mir, wie alles sein wird, aber ich dachte dennoch, dass es sich anders anfühlt, nicht so –« Ihre Stimme brach ab. Tränen stiegen in ihre Augen.

Melisana kam mit einem Krug heißen Wassers herein.

»Wartet, ich mache einen Tee, der wird Euch wärmen. Melisana, du kannst ruhig ins Bett gehen.«

Die Dienerin sah auf Lady Smira.

Die Treue des Mädchens gegenüber ihrer Herrin erwärmte Levardas Herz. »Du kannst gehen, Melisana, es ist in Ordnung.«

Levarda rührte die Kräuter in das heiße Wasser, ließ sie einen Moment ziehen und füllte das Getränk in den Becher. Heimlich gönnte sie sich selbst einen großen Schluck des beruhigenden Trankes, wappnete sich innerlich, bevor sie zu ihrer Cousine ans Bett zurückkehrte.

Smira setzte sich auf, nahm den heißen Becher entgegen, steckte ihre Nase in den warmen Dampf. In winzigen Schlucken trank sie ihn bis zum Boden leer.

Levarda stellte ihn ab und kroch zurück zu Lady Smira ins Bett. Wie ein kleines Kind legte diese erneut ihren Kopf an ihre Brust und Levarda streichelte ihr über Haar und Rücken.

»Habt Ihr gesehen, wie gutaussehend er ist? Sein schmales Kinn, die Ausgewogenheit seiner Züge und die wunderschönen hellbraunen Augen?«

Dass Lady Smira die Höflichkeitsanrede verwendete, zeigte Levarda, dass der Trank seine Wirkung nicht verfehlt hatte.

»Ihr meint den hohen Lord?«

»Ja, er sieht noch so jung aus, nicht wahr?«

»Es stimmt, das ist mir auch aufgefallen.«

»Als er mir dort oben auf der Treppe zulächelte, war es um mich geschehen.«

Levardas Lippen verzogen sich zu einem spöttischen Lächeln. Lady Smira schien mit ihren Gefühlen recht wankelmütig zu sein.

»Und ich dachte, es ginge ihm genauso. Seine Lippen waren so weich, als sie meinen Handrücken berührten. Der Blick aus seinen hellen Augen. Und dann nahm er meine Hand und hat sie den ganzen Tag nicht mehr losgelassen.«

Sie schwieg, schien in Erinnerungen versunken.

»Als er mit mir tanzte, kam es mir vor, als schwebten wir über dem Boden. Sein Arm um meine Taille ...«

Sie seufzte. »Ist Euch aufgefallen, dass alle Tänze hier am Hof Paartänze sind?«

»Nein, ich gestehe, ich habe nicht darauf geachtet.«

»Ich habe Euch nach der Zeremonie überhaupt nicht mehr gesehen, wo habt Ihr Euch herumgetrieben? Ich dachte, Ihr würdet an meiner Seite sitzen, doch diese Lady Eluis hat anscheinend die Sitzordnung durcheinandergebracht.«

Levarda schickte einen stummen Dank an Lady Eluis. Der Gedanke, die Feier über zwischen der Braut und Lord Otis zu sitzen, die Aufmerksamkeit der Gäste auf sich gerichtet – vor Grauen lief ihr ein Schauer über den Rücken.

»Jedenfalls warf er mir einen Blick zu, der mich zum Glühen brachte, und dann flüsterte er mir ins Ohr, dass ich mich zurückziehen solle.«

Levarda spürte das Glühen unter ihren Händen, das von Lady Smira ausging, als sie sich erinnerte. Aber was konnte schiefgelaufen sein, wenn sich beide so begehrten?

»Er kam nicht allein.«

Levardas Hand verharrte auf Lady Smiras Rücken.

»Lord Otis begleitete ihn. Er stand neben der Tür, als der hohe Lord sich meinem Bett näherte. Entschuldigend erklärte er, dass eine seiner früheren Gemahlinnen versucht habe, ihn zu töten. Seitdem müsse einer der Offiziere immer im Zimmer bleiben, ich solle einfach nicht hinsehen.« Mit einem Stöhnen presste sie die Hände vor ihr Gesicht.

In Levarda ließ die Vorstellung dieser Demütigung Zorn aufflammen.

Lady Smira sammelte sich. »Nur zu Anfang nahm ich ihn wahr. Er verharrte so still, als wäre er ein Geist. Aber der hohe Lord –«, sie brach ab und die Tränen kehrten zurück. »Er verhielt sich so anders. Die Leidenschaft in seinen Augen war einfach erloschen. Er war so distanziert, richtig kühl, sein Blick so konzentriert. Er küsste mich kurz, vollzog den Akt und verließ mich.« Sie schluchzte verzweifelt. »Ich dachte, er würde mich lieben, mich streicheln, mir Zärtlichkeit schenken und mir Liebeserklärungen ins Ohr flüstern. Nichts! Das Ganze dauerte nicht mal fünf Minuten!«, rief sie schrill.

Levarda atmete auf. Erleichtert, dass es nur um solche Dinge ging, streichelte sie Lady Smira über den Rücken.

»Ich dachte, er hätte sich in mich verliebt. Weshalb schenkte mir Lethos dieses Aussehen, wenn mich mein Mann nicht liebt?«

»Ist es das, was Ihr wollt?«

»Ja! Er soll mich begehren, sich nach mir verzehren! Ich möchte, dass er seine Finger nicht von mir lassen kann«, erklärte sie so leidenschaftlich, dass Levarda sich darüber amüsierte.

»Das, Lady Smira, liegt in Eurer Hand. Da kann ich Euch nicht helfen. Aber dass Euer Gemahl sich im Bett Zeit für Euch nimmt ...«, sie blinzelte ihrer Cousine verführerisch zu. Das Glühen der Leidenschaft verlieh ihr einen Glanz, der selbst an Levarda nicht spurlos vorüberging. »Ich bin mir sicher, dass Ihr das hinbekommt.«

Lady Smira richtete sich im Bett auf und musterte Levardas Gesicht. »Meint Ihr es ernst? Ihr könnt mir dabei helfen?«

Levarda lachte und nickte. Sie legte sich hin und Lady Smira legte sich ihr gegenüber.

»In meinem Land sagt man, dass jede Frau die Fähigkeit in sich trägt, einen Mann, den sie begehrt, für sich zu gewinnen. Ein Mann kann sich mit vielen Frauen fortpflanzen, aber eine Frau muss sich sorgfältig den Vater ihrer Kinder auswählen.«

Lady Smiras Stirn legte sich in Falten, so angestrengt dachte sie nach. »Das hat Mama so ähnlich formuliert. Aber wie? Was kann ich tun?«

»Morgen erzähle ich Euch mehr darüber. Schlaft jetzt.«

»Bleibt Ihr hier bei mir?«

»Aber ja.«

LEVARDA ERWACHTE, ALS JEMAND IHR DIE DECKE WEGZOG UND entsetzt aufschrie.

»Kein Grund zur Sorge, Lina, deine Herrin und ich haben uns nur die Nacht über unterhalten, und dabei bin ich eingeschlafen.«

Lady Smira kicherte, als sie die aufgerissenen Augen ihrer Dienerin sah, der es die Sprache verschlagen hatte.

»Ich muss heute erst mit den Hofdamen frühstücken und mich vorstellen. Seid Ihr auch da?«, erklärte die hohe Gemahlin.

Levarda hatte ihre Sachen hastig zusammengesucht. Der forschende Blick der Magd bereitete ihr Unbehagen. Sie nickte kurz als Antwort und verschwand aus dem Raum, um der Situation zu entfliehen.

SIE NUTZTE FÜR DEN RÜCKWEG DEN UNTEREN FLUR DER Dienerschaft. Unbemerkt blieb sie nicht, rief neugierige Blicke hervor und hinterließ Getuschel. Wenigstens hatten die Dienerinnen etwas zum Reden, wiegelte sie das unangenehme Gefühl ab, zu viel Aufmerksamkeit zu erregen.

Als sie zum Turm kam, verstellte ihr ein unbekannter Soldat den Weg. Levarda schickte einen Stoßseufzer um Ruhe an Lishar. Das hier ging ihr allmählich auf die Nerven.

»Mein Name ist Lady Levarda«, ging sie zunächst mit Höflichkeit vor, »ich möchte nur in meine Gemächer, damit ich mich anziehen kann.«

»Tut mir leid«, kam es sonor zurück, »Ihr müsst mir folgen,

Befehl von Lord Otis. Keine Unbekannten betreten die Gemächer der Hofdamen.«

»Wunderbar, da ich direkt von der hohen Gemahlin komme, habe ich den Trakt der Hofdamen überhaupt nicht verlassen, befinde mich also darinnen, das ist Eurem wachen Verstand aufgefallen, nehme ich an? Ihr braucht mich folglich nur noch in mein Zimmer hineinzulassen.«

Verwirrt sah sie der Soldat an.

Schritte erklangen auf der Treppe und Levarda hörte Adrijanas Stimme.

»... war sie verschwunden!« Das Mädchen blieb abrupt stehen, als ihr Blick auf Levarda fiel.

Hinter ihr tauchte Lord Otis auf, und Levarda konnte einen Seufzer nicht unterdrücken. Die erste Ladung seiner Wut bekam der Wachposten zu spüren.

»Mein ausdrücklicher Befehl lautete, dass die Tür in der Nacht verschlossen bleibt! Was daran habt Ihr nicht verstanden?«

Der Soldat wurde rot. »Verzeiht, Lord Otis, aber die Tür war verschlossen, als ich Adrijana hineinließ.«

»Und wie erklärt Ihr Euch, dass Lady Levarda draußen ist und vor Euch steht?«

»Das – ähm, ich – also, ich weiß nicht«, stotterte der Mann.

Sie hob die Hand.

»Verzeiht, dieser Soldat hat mich nicht rausgelassen.«

»Schweigt!«, donnerte Lord Otis, »Mit Euch spreche ich später. Geht mit Adrijana hoch und zieht Euch an.«

Adrijana und der Wachposten zogen hastig die Köpfe ein. Sie konnte es ihnen nicht verdenken. Lord Otis' Aura umloderten Flammen, sichtbar für sie, fühlbar für die beiden anderen. Sie widersetzte sich seinem Befehl, funkelte ihn zornig an. Er würde sie nicht rumkommandieren. Weder war sie eine Dienstmagd noch einer seiner Soldaten und bisher auch keine Gefangene. Den Gedanken, dass er sie nachts einsperren ließ, schob sie vorerst beiseite.

Die Ruhe in ihrer Stimme klang bedrohlicher als der Ausbruch des Lords, als sie sagte: »Melisana kam in der Nacht, weil es Lady Smira schlecht ging, und ich blieb die Nacht über bei ihr. Eure Soldaten handelten im Sinne der hohen Gemahlin und es ist mehr als unwürdig, ihnen das als Fehler auszulegen. Sie besaßen keine Entscheidungsgewalt, vergesst das nicht. – Und wenn Ihr, Mylord«, setzte sie hinzu, »mit mir zu sprechen wünscht, so könnt Ihr mich jederzeit höflich darum bitten«, sie atmete tief ein, trat bedächtig einen Schritt auf ihn zu, um ihren Worten Nachdruck zu verleihen, »aber wagt es nie wieder, mir einen Befehl zu erteilen.«

Lord Otis verzog süffisant die Lippen. »Seid gewiss, werte Lady – wem ich wann einen Befehl erteile, wird auch in Zukunft allein meine Sache sein. Zieht Euch an, sonst nehme ich Euch im Nachtgewand mit, wenn Ihr meinen Männern lieber in diesem Aufzug vorgestellt werden möchtet.«

»Ich habe noch nicht gefrühstückt.«

»Euer Problem. Ich habe mehr zu tun, als mich um verwöhnte Frauen zu kümmern. Meine Zeit ist begrenzt.« Sie standen sich gegenüber. Feuer flammte an Feuer, das Flimmern in der Luft und der Schweiß auf Adrijanas Gesicht ließen sie nachgeben.

LORD OTIS EILTE DURCH DIE GÄNGE, UND LEVARDA HATTE Mühe, Schritt zu halten. Schließlich blieb sie einfach stehen. Er drehte sich um und kam zu ihr zurück.

»Das alles wäre nicht notwendig, wenn Ihr gestern auf dem Fest Euren vorgesehenen Platz eingenommen hättet.«

Seine Stimme schnitt durch die Luft. Levarda hielt diesmal den Mund. Langsam bekam sie Übung darin, sich zu beherrschen. Sie gingen weiter, aber er mäßigte seine Schritte.

Schließlich betraten sie einen Hof ähnlich dem der beiden anderen Burgen, die sie kannte, nur maß dieser das Vierfache in der Größe. Sie erkannte Ställe, davor Plätze, auf denen Männer trainierten, die meisten mit nacktem Oberkörper. Einige übten mit Schwertern, andere mit den bloßen Händen, wieder andere hatten einen Bogen in der Hand. Sie erkannte unter den Trainierenden auch Soldaten, die sie auf der Reise begleitet hatten. Staub und Schweiß standen in der Luft.

»Aufgepasst, Männer!«, donnerte Lord Otis' Stimme über den Platz. »Antreten!«

Die Männer ließen augenblicklich von ihrem Training ab, und der Platz füllte sich mit Soldaten. Sie sah Sendad, Lemar, Wilbor, Timbor und Eremis, konnte hingegen Egris und Oriander nicht entdecken.

»Dies«, Lord Otis wies auf Levarda, »ist Lady Levarda. Prägt Euch ihr Gesicht ein, damit es in Zukunft keine Probleme mehr mit der Identifizierung dieser Dame gibt.«

Sie wusste nicht, wie viele männliche Augenpaare sich auf sie richteten. Am liebsten wäre sie im Erdboden versunken und einfach verschwunden. Sie konnte sich nicht entscheiden, ob sie die Mannschaft ansprechen, was sie überhaupt mit der Situation anfangen sollte. Sie wusste einzig und allein, dass dieser Mann neben ihr sich in ihrer Unsicherheit aalte und sich gerade unvergleichlich wohlfühlte. Er kostete den Moment aus, wartete, bevor er weitersprach.

»In Ordnung, ihr kennt sie jetzt. Macht Euch wieder an die Arbeit.«

Levarda machte auf dem Absatz kehrt und schlug den direkten Weg zurück ins Quartier der Frauen ein. Er holte sie nicht ein, sondern folgte ihr in gewissem Abstand.

Den Kopf gesenkt, bemühte sie sich, den Mann nicht zu hassen, der sie so gedemütigt hatte. War sie für ihn ein Gegenstand, den man herumzeigte, den Männern präsentierte wie – ja, wie was? Sie benutzte ihre Augen nicht, fand mühelos den Weg zurück durch die Gänge und stand schließlich vor der Eingangstür zum Frauentrakt.

»Ihr braucht mich nicht hineinzubegleiten«, erklärte sie kurzangebunden. »Seht es als einen Test für Eure Männer an.«

»Ihr habt ein erstaunliches Ortsgedächtnis, Lady Levarda«, bemerkte er mit einem Hauch echter Anerkennung, die seine nachfolgenden Worte sofort zunichtemachten: »Die Soldaten in der jetzigen Schicht kennen Euch allerdings noch nicht alle.«

Sie drehte sich um und starrte ihn an. »Ihr habt doch nicht vor, mich von Turm zu Turm zu schleppen?«

»Korrekt. Und die Mauern entlang. Wäret Ihr nicht so eilig zurückgerannt, hätten wir auf dem Rückweg die Hälfte durchgehabt.«

Sie sah ihn an. Welchem Zweck mochte dieses Theater dienen? War das wirklich notwendig, damit sie in Zukunft den Trakt der Hofdamen ohne Probleme betreten konnte, oder sollte sie für ihren Widerspruch bestraft werden? Wenn Letzteres der Fall war, hatte er Pech. Sie würde ihm nicht den Gefallen tun, sich weiter aufbringen zu lassen. Diese Genugtuung gönnte sie ihm nicht.

»In diesem Fall übernehmt Ihr am besten wieder die Führung, werter Lord.«

Ein diabolisches Grinsen zuckte über sein Gesicht, als er sich umdrehte und voranschritt. Natürlich nahm er nicht den unteren Gang durch die Dienstbotenquartiere, vermied auch den Weg über Lady Eluis‘ Gemächer, und lief stattdessen mit ihr durch den Flur mit den Räumen der Hofdamen. Jedes zart gehauchte ‚Guten Morgen, Lord Otis‘, nahm er mit einem kurzen Nicken zur Kenntnis, ignorierte aber die schmachtenden Blicke, die ihn trafen. Als Levarda peinlich berührt ihre Schritte verlangsamte, packte er sie am Arm und zog sie mit sich.

Sie sah das schadenfrohe Grinsen der anderen Frauen, wagte aber diesmal keinen offenen Widerstand. »Lasst mich los«, forderte sie ihn nur leise auf.

»Versprecht Ihr, keinen Ärger mehr zu machen und in

Zukunft gehorsam zu sein?«, fragte er, indem er sie fester packte und ihren Arm schüttelte.

Mit einer gewissen Genugtuung stellte Levarda fest, wie wenig er sich selbst noch im Griff hatte, war aber klug genug, dies mit Vorsicht zu genießen.

»Ich verspreche Euch, den Rundgang mitzumachen.«

»Etwa anderes hätte mich auch überrascht.«

Er stieß ihren Arm von sich. Dort wo seine Hand ihn umschlossen hatte, verspürte Levarda Schmerzen, etwas, das sie gar nicht kannte. Verwirrt und verängstigt von diesem ungewohnten Gefühl blieb sie diesmal auf seiner Höhe.

Der Rundgang auf den Mauern einschließlich der Außenmauer der Festung mit ihrem Ausblick stellte sich als atemberaubend heraus. Vor allem von der Westseite, wo sich die Festung zur Stadt und dem Fluss hin öffnete, war Levarda überwältigt. Noch nie hatte sie eine Stadt dieser Größe gesehen.

Sie konnte die Energie und das Pulsieren des Lebens bis hinauf zu den Mauern spüren wie eine Vibration, die durch die Luft zog.

Während ihres schweigsamen Gangs am Ende ihrer Vorstellungsrunde verrauchte offenbar Lord Otis' Wut. Das Wetter war klar und ließ einen weiten Blick zu.

»Dort hinten ...«, er zeigte mit der Hand auf die Bergkette am Horizont, »... liegt meine Burg Ikatuk.«

»Der Ausblick von hier ist wunderschön«, rutschte es Levarda heraus. Sogleich ärgerte sie sich über ihre Worte, da sie weiterhin hatte schweigen wollen, dann aber kam ihr eine andere Idee, wie sie ihn beschämen konnte.

»Ja, die Stadt ist ebenfalls bemerkenswert und aufregend, doch davon werdet Ihr nichts zu Gesicht bekommen«, stellte er seinerseits boshaft klar. »Wir sind durch. Gerolim, bring Lady Levarda zurück in die Frauengemächer.«

Gerolim kam von seinem Posten zu ihnen herüber.

Levarda sah Lord Otis an. »Danke für den Rundgang, Lord

Otis, und danke für das außergewöhnliche Kleid. Danke auch für das Buch und besonders für meine bequeme Sitzgelegenheit am Fenster.«

Sie knickste, senkte kurz den Kopf, wie es sich für eine Frau gegenüber einem Lord ziemte. Beim Umdrehen lächelte sie zufrieden, während sie dem Gesichtsausdruck von Lord Otis mit offenem Mund einen festen Platz in ihrem Gedächtnis zuwies.

ADRIJANA HATTE IHR EINE REICHHALTIGE MAHLZEIT organisiert, über die sich Levarda hungrig hermachte.

Dann nahm sie ihre Tasche mit Pflanzen, die zum Teil von ihrer Wanderung mit Sendad zum See stammten und zum Teil aus dem Garten von Burg Ikatuk, und machte sich auf den Weg.

Lady Smira wartete bereits auf sie.

»Wo wart Ihr denn so lange? Ihr habt mir versprochen, Ihr würdet beim Frühstück dabei sein.«

»Es gab ein kleines Problem mit Lord Otis.«

»Ja, davon hörte ich. Ihr wart heute durchaus Gesprächsstoff bei Tisch. Aber weshalb dauerte es so lange?«

»Er meinte, er müsse mich jedem einzelnen Soldaten vorstellen, damit ich mich in den Frauengemächern bewegen kann.«

»Stimmt es, dass Ihr Euer Zimmer im Turm des Todes habt?«

»Was für ein treffender Name! Ja, aber es gefällt mir.«

»Und auch, dass Ihr nachts eingesperrt werdet?«, fragte sie ungläubig.

»Offensichtlich, ja.«

Levarda räusperte sich. »Aber nun lasst uns lieber an vergnüglichere Dinge denken.« Levarda breitete die Blumen in Gruppen auf dem Boden aus. Kaum aus ihrem Behältnis befreit, entfalteten die Blüten einen Duft, der ihr selbst einen erregenden Schauer über den Körper schickte. Lady Smira ging es offensichtlich nicht anders. Sie kicherte. Levarda rief sich zur Ordnung.

»So«, begann sie, »Ihr nehmt jetzt jede einzelne Blume,

schließt Eure Augen und riecht daran. Danach entscheidet Ihr, ob wir sie einbinden sollen oder nicht«, erklärte sie lächelnd.

Einen Großteil des Tages verbrachten sie damit, Blumen herauszusuchen und zu vier Sträußen zusammenzubinden. Levarda befestigte einen Strauß an jedem Pfosten des Bettes, gab den Pflanzen von ihrer Energie, damit sie die Nacht über ihren Duft verströmten. Dabei erzählte sie Lady Smira alles, was sie von Lady Eluis und den anderen Frauen auf dem Fest erfahren hatte.

Ihre Cousine plauderte ihrerseits von Lord Hectors Frau, die eine recht griesgrämige Dame sein musste. Außerdem habe sie den Abend über mit allen Herrschaften am Tisch tanzen müssen. Einige von Ihnen stellten sich äußerst ungeschickt an, weshalb ihre Zehen schmerzten.

Levarda sah sich Lady Smiras Füße an. Sie nahm sie in ihre Hände, heilte die Blasen und blauen Flecke, erzählte Lady Smira, was eine Frau alles tun könne, damit ein Mann sie begehrenswert fände. Dabei stützte sie sich auf die Erzählungen ihrer Schwestern und Freundinnen. Sie hatte nie den Drang verspürt, einen Mann für sich zu gewinnen oder gar das Lager mit einem geteilt. Dennoch fand sie die Beschäftigung mit dem Thema diesmal sogar amüsant, denn insgeheim hatte sie das Gefühl, dass dies Lord Otis‘ Interessen zuwiderlief.

Ihre Gedanken gingen zurück zur Theorie der Attraktivität. Da war einmal das Äußere einer Frau, an dem bei Lady Smira nichts auszusetzen war. Dasselbe galt für ihren Körperbau. Sie besaß eine schmale Taille, ein festes Hinterteil und einen wohlgeformten Busen.

Als nächster Punkt galt es, die Sinne des Mannes anzusprechen. Levarda rieb zwei Tropfen eines Öls hinter Lady Smiras feine Ohrläppchen sowie einen Tropfen zwischen ihre Brüste und einen weiteren auf ihren Bauchnabel. Mit kreisenden Bewegungen massierte sie das Öl ein. Die Arbeit mit den Liebesdingen verursachte sogar einen Anstieg ihrer eigenen Energien, was

Levarda ein wenig erstaunte, denn immerhin verbrauchte sie bei der Tätigkeit gleichzeitig welche.

Zufrieden mit ihrem Werk verließ sie endlich mit Lady Smira das Schlafgemach, und sie begaben sich in den Aufenthaltsraum, wo sie gemeinsam zu Abend aßen. Die Hofdamen beachteten Levarda nicht weiter, während sie ihre Cousine umschwärmten wie Motten das Licht.

NACH EINEM KUSS AUF DIE STIRN WÜNSCHTE LEVARDA LADY Smira eine wunderschöne Nacht. Sie selbst sehnte sich indessen nur nach ihrem eigenen Bett. Von der vorherigen kurzen Nachtruhe, dem langen Rundgang durch die Festung und der Arbeit mit Lady Smira war sie wohlig müde geworden.

Adrijana erwartete sie, öffnete dienstbeflissen ihr Kleid, und Levarda holte tief Luft. Sie hatte sich immer noch nicht an die Enge der Kleidung gewöhnt. Am Morgen war keine Zeit geblieben, ihren langen Nachtzopf zu öffnen. Dankbar gab sie sich Adrijanas geschickten Händen hin, die ihre Haare entflochten und sie durchzubürsten begannen. Beim Klopfen an der Tür zuckten beide zusammen.

»Lady Levarda, Lord Otis erwartet Euch unten!«, klang es barsch hinter der Tür.

Düster sah Levarda Adrijana im Spiegel an. »Was habe ich diesmal verbrochen?«

»Ich weiß es nicht, aber ich schwöre Euch, ich habe heute kein Wort mit ihm gewechselt.«

Levarda stand auf, zog sich ein Wolltuch über ihr Nachtgewand.

»Ihr solltet Euch etwas Richtiges anziehen«, schlug Adrijana vor.

»Warum? Er sieht mich nicht das erste Mal in einem Nachtgewand und ich werde mich gewiss nicht von ihm zu einem weiteren Rundgang zerren lassen.«

Sie öffnete die Tür und stieg die Treppe hinab, wo Lord Otis mit ungeduldiger Miene auf sie wartete, zog ihr Tuch dichter um den Körper, und bereute, dass sie nicht auf Adrijana gehört hatte. Etwas von dem Gefühl durch die Arbeit mit den Pflanzen pulsierte noch immer in ihr.

Die Art, wie sein Blick über sie wanderte, und ein kurzes Funkeln in seinen Augen gaben ihr das unangenehme Gefühl, selbst diese Aura auszustrahlen. Sie zog ihren Schutzschild zur Eindämmung hoch.

Er fasste sich, betrachtete sie nachdenklich.

»Ihr wolltet mich sprechen, Lord Otis?«, brach sie das Schweigen.

»Ja, folgt mir.« Er wandte sich schroff ab.

Levarda blieb stehen. »Ich bin müde und bereits im Nachthemd, Mylord, hat die Angelegenheit nicht bis morgen Zeit?«

Er stand so blitzschnell vor ihr, dass sie erschrocken zur Wand zurückwich.

»Hätte es Zeit, Mylady, so wäre ich nicht hier. Ihr kommt jetzt mit! Haltet mich nicht für blind und ohne Sinne! Ihr habt das Schlafgemach von Lady Smira präpariert und ich will wissen, was Ihr gemacht habt! Es gibt für Euch exakt zwei Möglichkeiten. Ihr folgt mir brav oder ich zerre Euch hinter mir her. Entscheidet.« Seine Augen blitzten zornig auf.

Sein Feuer prallte heftig gegen ihren Schutzschild, durchbrach ihn sogar an einigen Stellen. Dort, wo es auf ihre Haut traf, spürte sie einen Schmerz, wie sie ihn nur allzu gut aus ihren Träumen kannte, und er trieb ihr Tränen in die Augen. Wie hatte sie ihr Leben in seine Hände legen können? Diesem Mann voller Zorn, Wut und Hass? Sie musste vorsichtiger mit ihm sein. »Ich komme mit«, erwiderte sie gelassener, als sie sich fühlte.

Diesmal nahmen sie den Weg durch die Dienstbotenquartiere. Er öffnete die Tür zu Lady Smiras Schlafgemach, ohne anzuklopfen.

Suchend sah sich Levarda nach ihrer Cousine um. »Wo ist Lady Smira?«

»In ihren Aufenthaltsräumen. Ich prüfe das Zimmer immer allein, damit es nicht zu Missverständnissen kommt.«

»Ihr prüft das Gemach?«

»Es ist meine Aufgabe, für die Sicherheit des hohen Lords zu sorgen.«

»Oh«, entfuhr es Levarda zynisch, »wie romantisch, so erfährt die hohe Gemahlin, dass ihr Mann gedenkt, vorbeizuschauen. Fast so lauschig, wie ein Wachoffizier im Zimmer.«

Er packte sie am Arm und zog sie zum Bett, deutete auf die Sträuße. »Wofür ist das?«

Levarda wusste sich nicht zu erklären, wieso der Übermut sie packte. Es mochte an all ihrer Frustration über die Art und Weise liegen, wie er mit ihr umsprang, seiner Ignoranz, Überheblichkeit, seiner Kälte oder der Tatsache, dass er hemmungslos Frauen dem Henker auslieferte. Alles, was sich in ihr aufgestaut hatte, verschaffte sich Luft. Sie verringerte ein wenig ihren Schutzschild, sodass ihre Aura durchschimmern konnte. Seine Körperhaltung für den Fall einer notwendigen Flucht beobachtend, trat sie einen Schritt auf ihn zu, und unwillkürlich wich er zurück.

Ihre Augen hielten ihn unerbittlich fest, während sie abwartete, bis er wenigstens ein oder zwei Züge von dem Duft der Blüten eingeatmet hatte. Sie konnte die Wirkung in seinen Pupillen, die sich weiteten, ablesen.

Zufrieden lächelte sie ihn an. »Ist es so furchtbar, dass sich eine Frau Zärtlichkeit von ihrem Gemahl wünscht? Dass sie liebkost werden möchte? Geküsst? Diese Pflanzen bewirken nicht mehr als das, was Ihr jetzt verspürt, Lord Otis, nichts weiter als das unstillbare Verlangen nach einer Frau und das Bedürfnis, sich mit ihr zu vereinigen.«

Sie wich zurück, bevor er die Beherrschung verlieren konnte, doch er hatte sich im Griff. Er war noch gefühlskälter, als es ihr erschienen war. Sie selbst hingegen brachte die Erregung in ihrem

Inneren völlig durcheinander. Sie hielt es für angemessen, das Weite zu suchen, musste aber erst noch etwas loswerden.

»Ich habe einen Eid auf die Göttin Lishar geleistet, ich habe geschworen, dass ich niemandem etwas zuleide tue. Für Euch mag das keine Bedeutung haben, Lord Otis. Für mich ist es hingegen mehr als eine Frage der Ehre, den Schwur zu halten, denn er entscheidet, ob ich mein Leben in Frieden beenden kann oder ob ich durch die Hölle gehen muss.«

Damit ließ sie ihn stehen.

13

ALLTAG

Am nächsten Morgen hatte Levarda aus den zufriedenen Gesichtern der Frauen geschlossen, dass ihnen gefiel, wie Lord Otis sie behandelt hatte.

Von Lady Eluis wusste sie, dass er unter den unverheirateten Hofdamen als begehrtester Junggeselle galt.

Als sie Lady Smira sah, atmete Levarda auf. Ihre Augen glänzten, die Wangen waren rosig und sie lächelte zufrieden. Also war die Nacht nach ihren Vorstellungen verlaufen. Es beruhigte sie, dass ihre Cousine Gefallen an ihren Ehepflichten gefunden hatte. Die Erinnerungen von Adrijanas Schicksal brannten in ihrem Herzen und der Gedanke, Lady Smira hätte es ähnlich ergehen können – nein, daran wollte sie besser nicht denken.

Lady Eluis ließ sich an diesem Tage genauso wenig sehen wie an den darauffolgenden.

Dass sie Lord Otis in den nächsten Tagen nicht mehr zu Gesicht bekam, brachte Ruhe in Levardas Alltag. Sie war entschlossen, sich in das träge, eintönige Leben der Hofdamen einzufinden, hielt dabei ihren Geist mit dem Lesen des Heilkräuterbuchs wach und disziplinierte ihren Körper mit den Übungen der Elemente, sodass er seine Kraft nicht verlor. Sie nahm an der gemeinsamen Handarbeit der Frauen teil, die an einer Decke für den Abendtisch des hohen Lords stickten. Der Grundstoff besaß eine dunkelblaue Farbe, und mit unendlich winzigen Stichen nähten sie in regelmäßigen Abständen die Symbole des Herrscherhauses und der Garde ein.

Während Levarda die Arbeit als solche gefiel, weil sie Konzentration und Genauigkeit erforderte – und hier bewies sie vor allem bei dem Pferd besonderes Geschick –, war das Gerede der Frauen zermürbend. Alles drehte sich um die zur Verfügung stehenden Heiratskandidaten und allerlei Klatsch aus den Familien der Herrschaftshäuser. Neben Serafina zu sitzen, empfand sie als erträglich. Diese folgte zwar dem Tratsch, aber ohne allzu viel dazu beizutragen, was Levarda ihr nicht genug zugutehalten konnte.

Fünf Tage nach dem Fest erhielt Levarda Besuch von Lady Eluis‘ Zofe, die sie in deren Gemächer bat.

In ihrem Aufenthaltsraum saß die alte Dame in einem Sessel, eine Decke über sich geworfen. Ihr Gesicht war erschreckend blass und ihre Haut zeigte einen grauen Schimmer. Obwohl draußen die Sonne an Kraft gewann, hatte ein Diener das Feuer im Kamin entfacht.

Levarda zog sich einen Hocker heran und ließ sich bei den Füßen der alten Dame nieder, die daraufhin tief aufseufzte.

»Ach Kind, es tut mir leid, dass ich Euch so lange allein den Hofdamen zum Fraß vorgeworfen habe.«

»Macht Euch darüber keine Gedanken. Was ist mit Euch?«, fragte Levarda sanft nach.

»Ich bin nur alt, meine Jahre sind gezählt, und so ein Fest zehrt an meinen Kräften.«

»Darf ich Eure Hand halten?«

Lady Eluis lächelte und reichte ihr die Hand. Levarda legte sie auf ihre linke Handfläche und bedeckte sie mit ihrer rechten. Unendlich sachte ließ sie ihre Energie in Lady Eluis einfließen.

»Die Gemälde an Euren Wänden sind wunderschön. Woher habt Ihr sie?«, lenkte Levarda die Aufmerksamkeit der alten Dame weg von dem, was mit ihrer Hand geschah.

»Die habe ich selbst gemalt«, verkündete die Lady stolz.

Verblüfft sah sich Levarda die Bilder genauer an, die sie von ihrer Position aus sehen konnte. Die Farben strahlten hell und die Darstellungen erschienen so realistisch, dass sie das Gefühl hatte, sich selbst an dem jeweiligen Ort zu befinden.

Lady Eluis begann ihr von den Orten, die sie dargestellt hatte, zu erzählen. Sie erklärte, dass es früher üblich war, an den Ehrentagen des Gottes Lethos in kleinere Burgen, die rund um die Stadt lagen, auszuschwärmen, beschrieb, wie die Männer jagen konnten, während die Frauen sich mit Spielen vergnügten. Abends habe man gemeinsam gegessen und getanzt oder es kamen Schausteller, die mit ihren Künsten den Hofstaat unterhielten. »Eine herrliche Zeit«, schloss sie ihre Ausführungen ab, »ohne Soldaten, die Frauengemächer bewachen mussten, oder Offizieren, die eine Hofdame durch die Gegend zerrten, damit die Wachen ihr Gesicht kannten und ihr Zutritt zu den ihr zugewiesenen Gemächern gewährten.«

Bei ihren Worten errötete Levarda.

»Er hält Euch an einer äußerst kurzen Leine, das ist selbst für Otis' Verhältnisse ungewöhnlich. Ich frage mich, woran das liegt.«

Nachdenklich musterte sie Levarda, die ihren Kopf senkte, um Lady Eluis nicht in die Augen sehen zu müssen, aber die entzog Levarda ihre Hand und zwang sie zum Blickkontakt.

Levarda spürte, dass ihre Energie bereits die Schwäche der alten Frau vertrieb. Ihr Blick war wach und das Grau aus ihrem Gesicht verschwunden.

»Wie geht das sonst, wenn neue Hofdamen kommen?«, lenkte Levarda von sich selbst ab.

Lady Eluis seufzte. »Früher kam eine neue Hofdame, sobald sich eine andere verheiratete. Heute gibt es zwei Tage im Jahr, an denen die Einführung eines Mädchens am Hof stattfindet. Alle Männer der Garde versammeln sich vor der Festung. Das Mädchen steigt aus der Kutsche so wie Ihr und muss die Reihen der Garde entlanggehen.

Für die meisten jungen Dinger ist das ein furchtbarer Gang, wie Ihr Euch gewiss denken könnt. Vermutlich hat Lord Otis bei all den Vorbereitungen zur Hochzeit vergessen, dass seine Männer Euch nicht kannten. Ähnlich fragwürdig ist seine Entscheidung, was Eure Unterbringung betrifft. Ich muss allerdings zugeben, mein Kind, dass ich daran nicht unschuldig bin«, sie atmete tief durch, als müsse sie Kraft sammeln, »aber das war, bevor ich Euch kannte.«

Levarda lachte spontan auf bei dem ungewöhnlichen Geständnis ihrer neuen Freundin. »Ihr weckt meine Neugierde. Bitte, wieso seid Ihr denn daran schuld?«

»Er fragte, ob Ihr einen meiner Räume beziehen dürftet, was ich ihm rundheraus verweigerte. Ich war fuchsteufelswild deswegen!«

Bei der Erinnerung blitzten die Augen von Lady Eluis, ihre Faust hob sich drohend. »Wie konnte er es zulassen, dass ein unschuldiges Mädchen zur Spielfigur in den Ränken der Herrschaftshäuser wird? Er hätte es nicht akzeptieren dürfen, dass Ihr mit Lady Smira reist! Eine weitere unschuldige Seele dem Tod geweiht. Also sagte ich ihm, er könnte Euch auch gleich in den Todesturm stecken. Ich dachte nicht, dass er es wörtlich nimmt.« Zerknirscht sah Lady Eluis Levarda an.

»Lady Eluis, ich bin keine Spielfigur. Ich habe Euch bereits einmal gesagt, dass ich aus freien Stücken hier bin, im Gegensatz zu Lady Smira, die die Wahl des hohen Lords nicht ablehnen konnte.«

»Das weiß ich inzwischen, damals wusste ich es nicht.

Dennoch finde ich irritierend, was Ihr über Lady Smira und die Wahl des hohen Lords sagt.«

»Ich kann es auch anders formulieren, wenn es Euch mehr behagt, schließlich ist es eine Ehre, wenn der hohe Lord seine Frau wählt, nur in der heutigen Zeit nicht.«

Levarda sah, dass Lady Eluis um eine Entscheidung rang. Schließlich sagte sie: »Ich werde Lord Otis mitteilen, dass Ihr in einen meiner Räume umziehen könnt.«

Sie lachte. »Das braucht Ihr nicht. Mir macht es ja nichts aus, in dem Turmzimmer zu wohnen, im Gegenteil, ich habe einen wunderbaren Ausblick auf den Fluss und die Wälder, die dahinterliegen. Das andere Fenster geht zum Garten hinaus, ich möchte es nicht missen!«

Lady Eluis lächelte. Sie hob ihre Hand und strich ihr übers Haar. »Euer Lachen macht mein Herz leicht. Ihr erinnert mich mit Eurer Art an einen Menschen, den ich sehr liebte.«

Überrascht sah Levarda Lady Eluis an. »Aber Ihr sagtet doch, Ihr wäret nie verheiratet gewesen.«

»Nein, das war ich auch nicht. Obwohl das nie in meiner Entscheidung lag, und er hätte niemals die Erlaubnis erhalten, einen Heiratsantrag für mich zu stellen.« Sie brach ab, ihre Augen versanken in Erinnerungen, und ein weicher Schimmer legte sich auf ihre Züge.

Levarda wartete ab, bis sie sah, dass Lady Eluis wieder bei ihr war. Jetzt lächelte sie Levarda an. »Kommt, ich zeige Euch sein Bild. Reicht mir Eure Hand.«

Levarda half ihr beim Aufstehen, und gemeinsam gingen sie ins Schlafzimmer. Direkt gegenüber vom Bett hing ein Gemälde, das einen Gardeoffizier zeigte. Auf seiner Uniform prangte das Wappen mit dem Schild. Seine Figur wirkte zierlich, aber er hatte kräftige Schultern, dicht gelockte schwarze Haare, unglaublich helle blaue Augen. Auf dem Bild blickte er ernst in die Weite, und ein trauriger Zug lag um seine Lippen. Sein Gesicht war so ausgewogen proportioniert, seine Hautfarbe ein wenig dunkler als bei den Menschen in Forran üblich, und seine Augen standen ganz leicht schräg.

Wenn Levarda in ihrer Vorstellung diese Augen runder und braunschwarz werden ließ, die Wangenknochen etwas ausgeprägter malte, dann konnte sie in den Zügen des Offiziers das Gesicht von Lord Otis ohne die Narbe erkennen oder zumindest eine verblüffende Ähnlichkeit mit ihm. Die Augenfarbe des Mannes auf dem Gemälde war mit der von Sendad identisch.

»Wer ist das?«, fragte Levarda heiser, obwohl sie die Antwort kannte.

»Bihrok, ein Offizier der Garde. Glaubt mir, es gab keine Frau am Hof, die ihm nicht verfiel, keine, die ihn nicht gern getröstet hätte, wenn er diese Traurigkeit um sich trug wie einen Schutzschild. Wenn er lachte, fühlte man die gleiche Freude und Unbeschwertheit wie bei Eurem Lachen.«

»Bihrok«, hauchte Levarda und trat dichter an das Bild.

»Ihr kennt ihn?«, frage Lady Eluis überrascht.

»Nein, aber ich hörte die Offiziere von ihm erzählen.«

»Ja, ohne ihn wäre das Geschlecht des hohen Lords bereits ausgestorben. Alles, was die Garde heute leistet, all die Herausforderungen, denen die Leute sich stellen müssen – ohne die harte Schulung durch Bihrok hätten sie keine Chance, es zu meistern.«

Levarda fragte sich, ob Lady Eluis nicht auffiel, wie sehr die weiblichen Akzente in Bihroks Gesicht hervorstachen.

»Hat er Eure Liebe erwidert?«

Lady Eluis seufzte »Nein, aber ich verbrachte viel Zeit mit ihm.« Sie deutete auf ihren Nachttisch, auf dem ein dickes, schweres Buch lag. »Er bat mich, seine Geschichten, die er an den Ehrentagen auf den Burgen erzählte, wenn wir ihn alle darum baten, zu illustrieren. Er hatte sie auf ausdrücklichen Wunsch des hohen Lords für seinen Sohn Gregorius aufgeschrieben.«

Ein Leuchten trat in Levardas Augen. »Darf ich?«

Als Lady Eluis nickte, ging sie hinüber, öffnete vorsichtig den

Buchdeckel. Sofort erkannte sie die klar gestochene Schrift von Larisan. »Minta und Taran«, las sie laut vor.

»Ihr könnt lesen!«, rief Lady Eluis entzückt aus.

Levarda nickte nur, gefesselt von dem Buch, das die Geschichten ihrer Heimat enthielt. Jede Seite war mit fein gezeichneten Bildern illustriert: Menschen, Tieren, Flüssen, Wäldern, dem Asambra mit einer leuchtenden Aura.

Wenn Larisan alle Erzählungen aufgeschrieben hatte, dann musste auch der See Luna vorkommen. Ihre Finger zitterten beim Blättern. – Da, die Geschichte des Sees Luna, und am Ende gab es ein Bild von ihm, so getreu gezeichnet, als wäre Lady Eluis selbst dort gewesen. Die Illustration löste ein Sehnen in Levarda aus, das ihr den Hals zudrückte.

»Die Legende vom See Luna.« Lady Eluis trat neben sie. »Ich hätte mir denken können, dass Ihr sie mögt. Schließlich habt Ihr vor, Euch zu opfern.«

»Ich opfere mich nicht, ich bin hier, um zu retten. Ihr vergesst, dass Lady Smira eine Frau mit Potenzial ist.«

»Oh ja, das bezweifle ich nicht, mein Kind, sonst wäre Lord Blourred das Risiko niemals eingegangen.«

Levardas Hand strich über das Bild. »Wie konntet Ihr ihn nur so getreu zeichnen?«, fragte sie leise.

»Seid Ihr ein Kind des Elements Wasser?«

Levarda nickte. Es überraschte sie nicht mehr, dass Lady Eluis sich mit diesen Dingen auskannte.

»Der See liegt in Mintra, nicht wahr?«

»Woher wisst Ihr das?«, fragte sie, obwohl sie die Antwort ahnte.

»Er erzählte und zeigte es mir. Wenn er meine Hände hielt, zauberte er all die Landschaften, die Ihr in dem Buch seht, in meine Gedanken.«

Levarda blätterte weiter und betrachtete die Bilder ihrer Heimat.

»Würdet Ihr mir eine Geschichte vorlesen?«, bat die alte Frau.

Levarda sah sie an, fühlte den Schmerz und seufzte tief. »Heute nicht, Lady Eluis. Heute würde es mir das Herz zerreißen, aber morgen wäre es mir eine Ehre, wenn ich Euch etwas vorlesen darf.«

Lady Eluis nahm Levardas Hände in ihre. »Ihr seid ein Licht in meiner Dunkelheit. Ich bin froh, dass es Euch gibt.«

DAS VORLESEN VON GESCHICHTEN AUS MINTRA WOB EIN starkes Band zwischen den Frauen. Beim Lesen schien es Levarda, als würden die Legenden von Mintra durch die Bilder lebendig. Auf Levardas Stimme zu lauschen, brachte Lady Eluis eine Ruhe und einen Frieden, wie sie sie lange nicht mehr empfunden hatte, das sagte sie ihr jeden Tag. Sie behielten dieses Geheimnis für sich.

BEIM NÄCHSTEN FEST WAR LADY ELUIS NICHT DABEI. SIE fühlte sich der Feierlichkeit nicht gewachsen. So blieb Levarda nichts anderes übrig, als sich zu den unverheirateten Hofdamen zu gesellen. Das hieß, den Abend im Tanzsaal zu verbringen.

Egris konnte ihr nicht mit seiner Gesellschaft helfen. Es ziemte sich nicht, dass er sie zu sich holte, da Celina wegen einer Unpässlichkeit zu Hause geblieben war. Levarda hatte es durch den Tratsch der Hofdamen erfahren. Sie hielt sich im Hintergrund, vor allem, wenn Männer ihren Weg zu den Frauen suchten, um sie zum Tanzen aufzufordern. Zum Glück interessierte sich niemand für sie. Sie bemühte sich, in Serafinas Nähe zu bleiben. Die Gespräche der anderen Mädchen waren langweilig wie immer.

Erst, als Lemars Name fiel, horchte sie auf. Zwar gab es viele Geschichten über ihn, was Levarda nicht überraschte, aber diesmal ging es darum, dass er eine Hofdame entehrt haben sollte. Man erzählte sich, sie sei von ihrer Familie daraufhin verbannt worden, und niemals hätte jemand mehr von ihr gehört oder sie gesehen.

Für die Mädchen, die sich von Lemars Charme angezogen fühlten, galt dies als ernsthafte Warnung.

Levarda gab sich einen Ruck und fragte, warum man Lemar nicht gezwungen hatte, die Frau zu heiraten.

Hamada erklärte ihr mit herablassendem Unterton, dass ein Offizier der Garde schließlich keine im Ruf beschädigte Frau ehelichen könnte. Die Logik darin verstand Levarda beim besten Willen nicht. Er selbst hatte doch die Frau entehrt? Weil alle sie anstarrten, stellte sie diese Frage nicht, wollte aber wissen, welche Konsequenzen sein Handeln für ihn selbst gehabt hatte. Hamada erwiderte, Lord Otis habe ihn zur Strafe einen Monat lang die Ställe ausmisten lassen.

»Mit anderen Worten: Das Mädchen verliert seine Familie und jeden Schutz, während Lemar einfach für einen Monat Stallknecht spielt?«, fragte Levarda fassungslos.

»Glaubt mir, für einen Offizier ist das eine harte Strafe.«

»Gewiss«, spottete Levarda, »dagegen ist die Frau wahrlich glimpflich davongekommen, nicht wahr?«

»Ihr solltet Euch das zu Herzen nehmen, Lady Levarda. Solche Mädchen wie Ihr sind seine Spezialität.«

»Mädchen wie ich? Könnt Ihr das präzisieren, Lady Hamada?«

»Mädchen vom Land, die keine Erfahrung im Umgang mit Männern haben, und die sich hinter den anderen verstecken. Ihr seid wie meine Schwester Serafina«, sie warf einen herablassenden Blick auf Letztere, »einfach naiv und unerfahren!«

»Wie Ihr meint«, lächelte Levarda und spürte fast Mitleid, wenn sie daran dachte, was für Hamada die sogenannte Erfahrung im Umgang mit Männern bedeutete.

»Hast du gesehen?, flüsterte Ilana eben Hamada zu, »das ist heute bestimmt das sechste Mal, dass er zu uns herüberschaut.«

Mit glänzenden Augen senkte diese ebenfalls die Stimme. »Ja, ich habe es auch bemerkt. Aber welcher von uns gilt sein Interesse?«

Levarda stöhnte innerlich auf. Die Unterhaltung wurde unterbrochen, als neue Tanzpartner die beiden aufforderten. Selbst Serafina wurde geholt – von Timbor. So blieb Levarda allein zurück.

Sie musste an Lemars Schmerz denken, den sie damals in der Nacht so deutlich empfunden hatte, als sie sich weigerte, zu fliehen. Sie fragte sich, ob er mit dieser Geschichte zusammenhing. Sie wusste zwar, dass Lemar mit den Frauen spielte, dennoch kannte sie ihn als verlässlichen und ehrenwerten Mann. Der Gedanke, dass er eine Frau entehrte und dann ihrem Schicksal überließ, passte nicht zu ihm.

Als Egris mit fragendem Blick um einen Tanz an sie herantrat, schüttelte sie leicht den Kopf. Es reichte ihr, dass man sie für naiv hielt, sie wollte nicht auch noch als Tollpatsch auf der Tanzfläche dastehen.

Gerne hätte sie sich zu Sendad gesellt, der nicht weit von ihr entfernt in einer Männergruppe stand. Von allen Offizieren vermisste sie ihn am meisten. Er bemerkte ihren Blick und sah sie fragend an, machte mit der Hand ein Zeichen zum Tanzen, zog die Brauen hoch. Levarda musste kichern, schüttelte erneut den Kopf.

Mit dem Weinglas prostete er ihr zu, bevor er sich wieder seinen Gesprächspartnern zuwandte. Diese hatten das stumme Gespräch zwischen ihnen verfolgt, und an seinen unruhigen Bewegungen und seinem Gesicht erkannte sie, dass sie ihn damit neckten. Sie fragte sich, was Hamada wohl von ihren stummen Zwiegesprächen mit den Offizieren der Garde halten würde, und seufzte tief. Wie einfach war ihr Leben in Mintra gewesen.

Auf der Tanzfläche hatte sich ein weiter Platz um Lord Otis und Lady Smira gebildet, die über die Fläche zu schweben schienen. Lady Smira war eine begehrte Tanzpartnerin. Jeder Mann glänzte auf der Tanzfläche mit ihr. Sie hatte eine so anmutige Art, sich zu bewegen, dass man die Musik an ihrem Körper sehen konnte. Levarda beneidete sie um diese Art des Tanzens.

Lord Otis' Geschick im Tanzen stand dem ihrer Cousine in nichts nach. Seine Partnerwahl beschränkte sich an diesem Abend auf Lady Smira und die Ehefrauen der Offiziere sowie einige Damen der Herrschaftshäuser, allesamt verheiratete, wie Levarda amüsiert feststellte, nachdem sie seine Wahl eine Weile beobachtet hatte. Die Hofdamen forderte er nie zum Tanzen auf.

Sein Blick streifte ihren kurz und eine steile Falte erschien zwischen seinen Augenbrauen. Sie fragte sich, worüber er sich diesmal ärgerte.

Die Offiziere der Garde tanzten nicht mit Lady Smira.

Die Tanzrunde war beendet und die Hofdamen kehrten zu Levarda zurück. Manche Tanzpartner brachten ihre Dame ohne Umwege an ihren Platz, andere wiederum ließen sich Zeit.

»Deiner Mutter sind seine Blicke ebenfalls aufgefallen«, sagte Felicia kichernd.

Hamada verzog das Gesicht, als hätte sie in eine saure Frucht gebissen. »Ich bezweifle, dass sein Interesse Serafina gilt.«

»Vielleicht ja doch Lady Levarda?«, mutmaßte Galina.

Sie sprachen über sie, als wäre sie nicht anwesend.

»Ich glaube eher, dass es ihm um Dajana geht«, murmelte Hamada mit einem neidischen Blick auf eine andere Dame, deren vorheriger Tanzpartner den Rückweg möglichst lange ausdehnte.

Inzwischen war Levarda klar, dass es sich bei ‚ihm' um Lord Otis handelte. Die Mutmaßungen hielten an. Jedes Mal, wenn sein Blick auch nur kurz über die Hofdamen hinwegging, wurde dies ausführlich diskutiert. Sie verdrehte die Augen, betete vorwurfsvoll fragend zu Lishar, weshalb sie diesen Frauen ein Hirn gab, wenn sie es nicht einzusetzen gedachten.

Endlich kam der Zeitpunkt, an dem Levarda sich zurückziehen konnte, ohne die Regeln des Anstandes zu verletzen. Dankbar verabschiedete sie sich von den anderen.

. . .

Lady Smira bekam ihre Monatsblutung. Den Tag verbrachte Levarda damit, ihre Cousine zu trösten, erklärte, wenn es so einfach wäre, dass schon vor ihr ein Mädchen vom hohen Lord schwanger geworden wäre. Daraufhin wandelte sich das Selbstmitleid in einen Wutanfall. Gelassen nahm Levarda ihre Launen hin, massierte sie mit Ölen und verwöhnte sie mit heißem Kräutersud.

Abends waren ihre eigenen Muskeln verkrampft von der Anspannung, die die Geduld ihr abforderte. Sie brauchte selbst ein Bad und hätte gern jemanden gehabt, der ihr die Schultern massierte. Leider verfügten Lady Smira und Lady Eluis als Einzige über den Luxus eines eigenen Raumes für ein Bad. Die übrigen Hofdamen teilten sich ein gemeinsames Zimmer und sie hatte keine Lust, irgendeiner der tratschsüchtigen Frauen über den Weg zu laufen.

Immerhin gelang es ihr, Lady Smira klarzumachen, dass sie, wenn ihr Gemahl sie das nächste Mal besucht hatte, umgehend nach Levarda schicken sollte. So konnte sie feststellen, ob ihr Mann über lebensspendende Kräfte verfügte.

Auf dem nächsten Fest, das schon bald darauf stattfand, gab die Anwesenheit von Lady Eluis Levarda die Gelegenheit, den Abend an ihrer Seite zu verbringen, anstatt mit dem Geplapper der Hofdamen. Herren und Damen kamen bei Lady Eluis vorbei, und Levarda verfolgte gebannt die Gespräche über frühere Zeiten. Amüsiert bemerkte sie, wie ein älterer Mann sich aufmerksam um Lady Eluis bemühte. Auf ihr Nachfragen erfuhr sie, dass er Witwer war und in der älteren Dame eine zweite Gefährtin für sich erhoffte.

»Geht tanzen, Kind, Ihr sitzt seit Stunden an meiner Seite, und mir geht es hervorragend. Es ist lange her, dass ich mich so munter fühlte.«

Sie schüttelte den Kopf. »Nein, ich habe auf der Hochzeit nicht gelogen. Ich kann nicht tanzen.«

»Unfug! Jedes Mädchen kann tanzen, wenn es den richtigen Partner hat.«

Ehe sich Levarda wehren konnte, winkte Lady Eluis Sendad heran, der soeben an der Tür vorüberkam.

»Sendad, tut einer alten Frau den Gefallen und nehmt Lady Levarda mit zum Tanzen.«

Sendad lächelte ihr zu, verbeugte sich vor ihr. »Es ist mir ein Vergnügen.«

»Aber mir nicht!«, rief sie entsetzt aus. Erschrocken schlug sie sich die Hand vor dem Mund, als ihr klar wurde, wie verletzend ihre Worte geklungen haben mussten.

Sendad lachte. »Vor Räubern habt Ihr keine Angst, aber vor dem Tanz?«

»Räubern?«, fragte Lady Eluis verständnislos nach.

»Hat sie Euch die Geschichte etwa vorenthalten?«

»Das hat sie allerdings. Setzt Euch zu uns und erzählt.«

Erleichtert, vorläufig dem Tanzen entronnen zu sein, hoffte Levarda nur, Sendad wäre klug genug, nicht alles zu erwähnen, was passiert war.

Überrascht stellte sie fest, dass er die Erzählkunst ausgezeichnet beherrschte. Er machte Pausen zur Steigerung der Spannung. Gebannt folgte sie seiner Geschichte, obwohl sie dabei gewesen war.

Ihre Rolle beim Kampf unterschlug er, schilderte dafür, wie sie seine Wunde versorgte hatte. Allerdings ließ er die Schwere seiner Verletzung völlig unter den Tisch fallen. Die anderen Zuhörer warfen Levarda überraschte Blicke zu.

»Ihr seid Heilerin?«, fragte eine der Damen.

»Sendad übertreibt. Wir wohnen weit ab von einer Siedlung, und aus diesem Grunde bestand meine Mutter darauf, dass wir uns in der Verwendung von Kräutern und der Behandlung von Wunden auskennen.«

Sie log nicht. In ihrem Land galt sie nicht als Heilerin. Nach den Maßstäben in Forran allerdings wäre sie weit mehr als das, soviel stand für sie fest.

Die Zeit war fortgeschritten. Sendad verabschiedete sich mit einem angedeuteten Handkuss bei Lady Eluis. Bei Levarda berührten seine Lippen ihren Handrücken, wobei seine blauen Augen einen schelmischen Glanz bekamen.

Gemeinsam mit Lady Eluis verließ Levarda die Feier.

»Ihr mögt ihn«, stellte die alte Dame fest.

»Sendad?«, versicherte sie sich, bevor sie Lady Eluis antwortete: »Ja, ich mag ihn.«

»Er mag Euch auch, ich habe ihn noch nie so gesprächig erlebt wie heute Abend.«

»Ich weiß, dass er mich mag. Worauf wollt Ihr hinaus, Lady Eluis?«

»Er würde Euch heiraten.«

»Zwischen Mögen und Lieben besteht ein Unterschied, das solltet vor allem Ihr wissen.«

Levarda seufzte. Wie kam es, dass sie diesem leidigen Thema nicht für einen Abend entfliehen konnte?

»Im Ernst, junge Dame«, sagte Lady Eluis mit Nachdruck, »es könnte Euch das Leben retten. Die Frau eines Offiziers kann vom Rat nicht so einfach zum Tode verurteilt werden.«

»Ich habe nicht die Absicht, zu heiraten, und bevor Ihr weiter mit mir schimpft – ich habe auch nicht die Absicht, zu sterben.«

»Manchmal ist es besser, jemanden zu heiraten, der einen mag, als auf den Menschen zu warten, der einen liebt.«

»Es ist nicht meine Bestimmung, zu heiraten und Kinder zu bekommen, sonst wäre ich nicht hier, sondern in meiner Heimat.«

Sie hatten die Tür zu den Frauengemächern erreicht, die Soldaten öffneten sie ihnen. Der Weg zu Lady Eluis' Räumlichkeiten führte über Levardas Turm. Sie begleitete die Lady bis zu ihrer Tür, bevor sie sich von ihr verabschiedete.

»Levarda«, rief Lady Eluis ihr nach, »nur aus reiner Neugier: Was, meint Ihr, ist Eure Bestimmung in diesem Leben?«

Sie sah die alte Dame an, bevor sie antwortete: »Den Menschen eine Zeit des Friedens zu schenken.«

IN DER NACHT KLOPFTE ES AN IHRER TÜR.

»Lady Levarda, seid Ihr wach?«, hörte sie die Stimme von Melisana.

»Ja, ich komme.« Hastig zog sich Levarda den Umhang über das Nachthemd und nahm ihre Tasche mit.

Lady Smira lag nackt in ihrem Bett ausgestreckt, mit rosig gefärbten Wangen und glänzenden Augen. Ihre porzellanweiße Haut stand im Kontrast zu der dunkleren von Levarda. Noch nie war es ihr so aufgefallen wie heute.

»Wollt Ihr Euch nicht bedecken?«, fragte Levarda.

»Ich dachte, Ihr wolltet mich untersuchen? Stört es Euch, mich nackt zu sehen?«

»Nein, ich dachte vielmehr, es wäre Euch unangenehm.«

Ihre Cousine lachte gurrend. Wann hatte sich die Wandlung von dem schüchternen, unschuldigen Mädchen in diese verführerische Frau, die sich ihres Körpers und dessen Wirkung so überaus bewusst war, vollzogen?

»Ihr sprecht wie Lord Otis. Ich glaube inzwischen, dass es ihm wesentlich unangenehmer ist, mich nackt zu sehen, als es mir sein sollte.«

Levardas Wangen röteten sich. Statt einer Antwort konzentrierte sie sich auf ihre Arbeit.

Sie legte beide Hände auf Lady Smiras Unterleib, schloss die Augen und lenkte ihre Konzentration auf den Körper unter ihren Handflächen. Sie spürte das Pulsieren der Liebeslust als Vibration in Smiras ganzem Leib, ebenso die Lebensenergie, die unterhalb des Zentrums strahlte, in dem sich bei einer Frau Leben einnistete. Was sie nicht fühlte, war die fremde Energie eines Mannes.

Sie runzelte die Stirn, ließ mehr Energie in den Körper unter ihren Händen einfließen. Da rutschte das Mädchen nach oben, so dass ihre Finger sich näher an dem Ort befanden, an dem der Mann eindrang.

»Lasst das«, herrschte Levarda sie an.

Ihre Cousine lachte heiser. »Ich dachte, Ihr würdet gern ein weniger näher an der Stelle sein.« Gehorsam blieb sie liegen und schickte stattdessen Bilder durch ihren Körper, die Levarda hastig abblockte. In diesem Augenblick nahm sie ganz schwach den Impuls einer fremden Energie wahr, nicht sicher, ob dies von dem Echo der Bilder herrührte oder von der Präsenz einer anderen Energie im Körper der Frau.

»Hört mit dem Unfug auf und lasst mich endlich meine Arbeit machen.«

Sofort hielt ihre Cousine inne. »Ist da etwas?«, flüsterte sie aufgeregt.

Levarda nahm all ihre Konzentration zusammen und richtete sie auf den Punkt, an dem sie das Echo der Energie gespürt hatte. Es war sehr schwach. Vorsichtig sandte sie einen Energiepuls aus, und unglaublich träge wanderten die lebensspendenden Säfte nach oben, bis sie auf die wartende Frucht Lady Smiras trafen.

Levarda öffnete die Augen, sah die junge Frau an und lächelte. »Es besteht Hoffnung.«

Sie nahm aus ihrem Beutel einige Kräuter heraus.

»Das nächste Mal, wenn Euch Euer Gemahl besucht, trinkt einen Absud aus diesen Kräutern. Melisana soll sie mit heißem Wasser aufkochen, dann kann sie die Pflanzen entfernen. Das Getränk könnt Ihr mit Wein mischen, das erhöht seine Wirkung. Am besten wäre es, wenn der hohe Lord etwas davon trinkt, bevor –« Sie brach ab, Röte kehrte auf ihre Wangen zurück.

Smira gurrte vor Vergnügen. »Es ist unglaublich! Ihr sorgt dafür, dass ich schwanger werde, aber geniert Euch, mit mir darüber zu reden. Jetzt verstehe ich, warum meine Mutter meinte, Ihr wäret zu jung für diese Aufgabe. Ihr solltet Euch einen Liebhaber zulegen, Levarda, damit Ihr wisst, worum es geht.«

Levarda stand auf und verließ wortlos das Schlafgemach der hohen Gemahlin.

In der Nacht wälzte sie sich im Bett herum, geplagt von Träumen, die mit einem Feuer ganz anderer Art als sonst zu tun hatten.

DIESMAL WAR LADY SMIRA LÄNGER ALS EINE WOCHE ÜBER IHRE Zeit, und als die Blutungen doch kamen, wurde sie von heftigen Krämpfen begleitet. Zwei Tage blieb Levarda an Lady Smiras Seite. Was der Körper ausstieß, war ein unvollkommenes beginnendes Leben.

Dieser Umstand gab Anlass zur Hoffnung, machte Levarda aber klar, dass es nur eine Möglichkeit gab, dafür zu sorgen, dass Lady Smira eine Schwangerschaft austragen konnte: Sie musste den hohen Lord untersuchen, aber das würde Lord Otis niemals erlauben. Lady Smira erzählte sie nichts.

Als Levarda am dritten Tag erschöpft und müde zurück in ihr Zimmer kam, wurde sie von Adrijana mit einem Kleid in den Händen empfangen.

Obwohl seine Gemahlin zu Bett lag, plante der hohe Lord einen Festempfang für einen Gesandten, der aus den Ländern hinter dem Gebirge gekommen war.

Levarda winkte ab. »Leg das weg. Ich gehe heute auf kein Fest.«

»Das geht nicht, Lady Levarda, Ihr habt keine Wahl.«

»Wer sagt das?« Levarda sah Adrijana an, die ihren Mund für eine Antwort öffnete, hob herrisch ihre Hand. »Halt, nicht! Es ist mir völlig egal, was er sagt. Ich bin seit zwei Tagen ununterbrochen auf den Beinen und habe all meine Kräfte aufgezehrt. Es reicht. Ich bin müde!«

Adrijana hatte ihr einen Teller mit Essen beladen, den sie ihr hinhielt. »Esst, dann kommt ihr zu Kräften, und danach kleide ich Euch an.«

»Ist das ein Scherz?«

Adrijana schüttelte den Kopf. »Nein. Es ist sein voller Ernst. Glaubt mir, taucht Ihr nicht in der nächsten Stunde im Saal auf, wird er Euch höchstpersönlich abholen. Der Gesandte ist angereist, um die hohe Gemahlin kennenzulernen. Lady Smira ist dazu nicht in der Lage, wie Ihr wisst. Ihr sollt die Wogen glätten, damit es nicht zu einem Affront kommt.«

»Was habe ich mit diesem Gesandten zu tun?«, fauchte Levarda entnervt.

Adrijana seufzte. »Ich verstehe diese Dinge genauso wenig wie Ihr. Er sagte, der Mann sei gekommen, um seine Aufwartung zu machen, wolle aber in Wirklichkeit sehen, wie es diesmal mit dem hohen Paar läuft, und er wüsste, dass Lady Smira nicht allein hierhergezogen ist. Jetzt will er Euch unbedingt kennenlernen, und wenn Ihr nicht auf dem Fest erscheint, kann das als Schwäche ausgelegt werden und es wäre extrem unhöflich, und das wiederum kann zu einem Krieg führen.«

Levarda starrte Adrijana an, die endlich Luft holte. Das alles ergab für sie nicht den geringsten Sinn. Müde und erschöpft wollte sie nur in ihr Bett.

Es klopfte an ihrer Tür, aber der Ankömmling wartete nicht, bis man ihm antwortete, sondern öffnete einfach.

Lady Eluis trat ein. »Ihr seht entkräftet aus, Lady Levarda.«

»Das bin ich auch.«

»Wie geht es Lady Smira?«

»Sie hat das Leben nicht bei sich behalten.«

»Sie war schwanger?«, riefen die beiden anderen Frauen gleichzeitig aus.

»Ja.«

»Aber das ist ja wunderbar.« Lady Eluis klatschte vor Freude in die Hände.

»Sie hat es verloren.«

»Ja, aber ich habe immer geglaubt, Gregorius könne überhaupt kein Leben spenden. Diese Neuigkeit ist großartig!«

Levarda schwieg.

»Es ist doch kein Problem, dass sie das Kind verloren hat, oder kann sie keine Kinder mehr bekommen?«

»Nein, mit Lady Smira ist alles in Ordnung. Allerdings wäre es besser, wenn sie in den nächsten Wochen keinen Besuch von ihrem Gemahl bekäme. Denkt Ihr, dass Ihr das dem hohen Lord klar machen könnt, Lady Eluis?«

Die Lady nickte. »Was kann ich noch für Euch tun?«

Levarda überlegte, ob sie ihr helfen könnte, damit sie Gelegenheit erhielt, den hohen Lord zu untersuchen, entschied sich aber dagegen, sie zu fragen. An Lord Otis ging in diesem Fall kein Weg vorbei.

»Nichts, ich bin einfach erschöpft und möchte schlafen.«

Lady Eluis setzte sich auf ihr Bett und klopfte neben sich. Gehorsam setzte sie sich zu ihr. Adrijana gab ihr den Teller in die Hand und unter den wachsamen Blicken der beiden Frauen begann Levarda zu essen. Dabei kämmte Adrijana ihr das Haar und öffnete ihr Kleid.

»Der Gesandte ist nicht irgendein Gesandter. Es ist Prinz Tarkan«, erklärte Lady Eluis.

Sie zuckte die Achseln. »Na und, dann ist er halt ein Prinz.«

»Er ist der Bruder der ersten Gemahlin von Gregorius.«

Levarda hielt mit Essen inne. »Die erste Gemahlin des hohen Lords war eine Prinzessin?«

»Ja. Nach vielen Jahren des Krieges haben König Shaid und der Vater von Gregorius einen Friedensvertrag geschlossen, den die Heirat ihrer beiden Kinder besiegelte. Ihr müsst wissen, dass Gregorius das einzige Kind seines Vaters ist.« Sie zog die Stirn kraus. »Diese Familie ist seit langer Zeit nicht mit vielen Kindern gesegnet. Sein Vater starb kurz darauf. Als seine Tochter König Shaid vier Jahre später noch immer nicht zum Großvater gemacht hatte, kam er zu einem Besuch auf die Festung. Er wollte den Grund erfahren, weshalb es keine Kinder gab. Seine Tochter brach mit ihm einen Streit vom Zaun, der mit ihrem Tod endete.«

»Er hat seine eigene Tochter umgebracht?«, rief Levarda entsetzt, und Adrijana ließ ihre Haare fallen.

»König Shaid behauptete, sie hätte sich selbst gerichtet wegen der Schande, dem hohen Lord keine Kinder schenken zu können. Sie habe den Weg freimachen wollen für eine andere Frau. – So begann alles«, seufzte Lady Eluis. »Sie warten nur darauf, dass sich unser Land zerstreitet, und wenn Lord Otis gegen die Herrschaftshäuser kämpfen muss, werden sie zuschlagen. Die Frage ist nur, wie viel Zeit uns bleibt.«

Lady Eluis stand auf. »Und um uns diese Zeit zu verschaffen, wird Euch Adrijana jetzt in Euer Ballkleid stecken.«

Levarda hatte aufgegessen. Sehnsüchtig sah sie auf ihr Bett.

»Ihr rettet damit vielleicht mehr Menschenleben, als Ihr Euch vorstellen könnt.«

Levarda verzog das Gesicht. Lady Eluis war eine geschickte Strategin und kannte die Schwächen der Menschen.

GEMEINSAM MIT LADY ELUIS BETRAT SIE DEN FESTSAAL. SIE trug das Kleid, das sie bei der Hochzeit getragen hatte. Aus Zeitgründen gab es keine Hochsteckfrisur, stattdessen hatte ihr Adrijana an jeder Seite zwei Zöpfe geflochten und sie an ihrem Hinterkopf zusammengeführt.

Sie erkannte Prinz Tarkan sofort. Breitbeinig, selbstbewusst und Arroganz ausstrahlend stand er zwischen dem hohen Lord und Lord Otis, der einen gewissen Abstand wahrte. Seine schwarze Haarpracht reichte bis auf seine Schultern, war aber zum Pferdeschwanz zusammengebunden, und er hatte einen gepflegten Bart. Seine wachsamen Augen huschten über die Menge hinweg, ohne dass er jemand seine Beachtung schenkte. Im Gegensatz zum hohen Lord, der eine schlanke, hohe Gestalt besaß, war Prinz Tarkan massig, und seine Muskeln zeugten davon, dass er aktiv in Kämpfe eingriff.

Bei ihrem Eintreten hatte sein Blick sie kurz gestreift und war weitergeglitten, was Levarda mit Erleichterung erfüllte. Wenn sie sein Interesse nicht erregte, konnte sie sich vielleicht früh zurückziehen.

Lady Eluis begleitete Levarda zu den Hofdamen. An den spöttisch verzogenen Lippen der Frauen sah sie, dass sie genau so müde aussehen musste, wie sie sich fühlte. Sie setzte sich, nahm ein Glas Wein entgegen, das sie in wenigen Zügen leerte.

Egris kam zu ihr. »Lady Levarda, würdet Ihr mich bitte begleiten? Prinz Tarkan möchte Euch kennenlernen.«

»Seid Ihr sicher, Egris?«, fragte sie, ohne sich zu erheben.

Verwirrt sah er sie an. »Ja, gewiss!«

»Seinem Blick von vorhin entnahm ich, die Sache hätte sich erledigt.«

Die Hofdamen unterbrachen ihr Gespräch und wandten sich ihr alle gleichzeitig zu. In ihren Gesichtern spiegelte sich ihr Entsetzen, aber auch deutliche Schadenfreude.

An Levarda prallte das ab, sie ließ ihrem Unmut darüber, auf diesem Fest erscheinen zu müssen, freien Lauf. Allerdings hatte sie sich dafür den falschen Offizier ausgesucht. Als verheirateter Mann kannte sich Egris mit der schlechten Laune einer Frau aus. Er grinste ungezwungen.

»Aber Lady Levarda, da wusste er noch nicht, dass Ihr es seid«, erwiderte er galant.

»Und das bedeutet einen Unterschied?«

»Einen sehr großen Unterschied, wie ich Euch versichern kann.«

Ihr Geplänkel zog inzwischen die Aufmerksamkeit von Lord Otis und Prinz Tarkan auf sich. Glühende Augen trafen sie und sie wusste, er würde sie im Zweifel zu dem Gast zerren, sollte sie seinem Offizier nicht folgen.

Levarda griff kurz an ihr Amulett für ihre letzten Energiereserven, die der Stein in sanfter Wärme an sie abgab, und erhob sich langsam.

»Dann sollten wir Prinz Tarkan nicht warten lassen.«

Sie nahm Egris' Hand und ließ sich von ihm durch die Menge zu dem Podest führen, auf dem sonst der hohe Lord mit Lady Smira saß.

»Ihr seht müde aus«, flüsterte ihr Egris zu.

»Wirklich? Und ich dachte, es läge nur am Licht!«

Diesmal warf Egris ihr einen besorgten Blick zu und Levarda bedauerte ihre Worte. Eine solche Stimmung kannte er von ihr nicht. Aber es war zu spät, sie zurückzunehmen, da sie die erste Stufe bereits erreicht hatten. Bei der dritten stolperte sie, und ihr Begleiter musste sie auffangen. Ärgerlich fragte sie sich, wann es aufhören würde, dass sie sich ständig blamierte. Sie straffte ihren Körper, strich ihr Kleid glatt und wartete kurz, bis sie die Wärme des Amuletts spürte.

Egris führte sie direkt zu Prinz Tarkan. Sie versank in einem tiefen Knicks und senkte demutsvoll den Kopf.

»Prinz Tarkan, darf ich Euch Lady Levarda vorstellen?«, wandte sich der Offizier mit einer Verbeugung an den Gast.

Prinz Tarkan neigte kurz sein Haupt, sodass sie aus ihrem Knicks hochkommen durfte.

»Lady Levarda, es ist mir eine Ehre, Euch kennenzulernen.«

Sie hob den Kopf und musterte den Mann vor sich aus der Nähe. Sein Gesicht trug markante und harte Züge, seine grauen Augen erinnerten sie an den Nebel an einem Novemberabend auf dem See Luna. Um seine Augen zeigten sich erste Falten.

»Ich würde gern sagen, dass es mir eine genauso große Ehre ist, aber ich gestehe, Ihr habt mich von meiner wohlverdienten Ruhe abgehalten, darum bin ich Euch im Moment nicht besonders wohl gesonnen.«

Das Gesicht von Lord Otis verwandelte sich in das, was Levarda inzwischen heimlich ‚ihr Gesicht' nannte: die steile Falte zwischen den Augenbrauen, seine Augen schmale Schlitze, die zusammengepressten Lippen und heraustretenden Kiefermuskeln. Diesmal allerdings kam noch ein seltsames Funkeln in seinen Augen hinzu, das sie nicht deuten konnte.

Der hohe Lord Gregorius starrte sie offen entsetzt an. Sie fragte sich, ob eine Frau im Land Forran wegen mangelnder Manieren ihr Leben riskierte.

Prinz Tarkan, zunächst sprachlos, brach in schallendes Gelächter aus. Er trat einen Schritt näher auf sie zu.

»Ihr gefallt mir, Lady Levarda, und ich nehme Eure Herausforderung mit Freuden an.«

Sie ließ sich von ihm nicht einschüchtern und blieb stehen, ohne den Blick zu senken.

»Tatsächlich? Ich wüsste nicht, welche«, erwiderte sie kühl, seinen charmanten Tonfall ignorierend.

»Euch einen Grund zu geben, der es wert ist, dass ich Euch von Eurer wohlverdienten Ruhe fernhalte.« Der Blick aus seinen grauen Augen vertiefte sich in Levardas, was sich anfühlte, als träte er ihr körperlich zu nahe.

Er reichte ihr die Hand. Sie beachtete es nicht.

Seine Augenbrauen wanderten in die Höhe, ein amüsiertes Lächeln umspielte seinen Mund. »Wollt Ihr mir nicht die Ehre erweisen, mit mir zu tanzen?«

Diesmal bekam Levarda Unterstützung von ungewohnter Seite. Lord Otis trat ein Stück dichter heran, reichte ihr seine Hand, die sie erst nach einem eindringlichen Blick seinerseits annahm, und führte sie weiter auf dem Podest zu einem Stuhl.

»Ich denke, Prinz Tarkan, es ist keine gute Idee, heute mit Lady Levarda zu tanzen«, gab er zu bedenken. »Selbst im wachen Zustand ist sie keine begnadete Tänzerin.«

Sie presste die Lippen zusammen. Er hatte recht, aber es so unverblümt aus seinem Mund zu hören, kränkte sie. Bevor sie sich setzen konnte, stand Prinz Tarkan an ihrer anderen Seite.

»Dann hattet Ihr sicher noch nicht den richtigen *Mann* zum Tanzen«, gab der Prinz zum Besten. Levarda befand sich mit einem Mal in einem Zusammenprall von Energien, ihr Amulett leuchtete kurz, als die Feindseligkeit zwischen den beiden Männern heftig aufwallte.

Sie hatte keine Ahnung, wo Prinz Tarkan einen so deutlichen Energiefluss hernahm. Auf keinen Fall von einem der vier Elemente. Sie spürte, dass sie heute Abend nicht die Kraft aufbringen würde, die Energiefelder zu bändigen. Einer Schutzreaktion ihrer eigenen Energie würde die Festung allerdings trotzdem nicht standhalten, geschweige denn die Menschen darin.

Sie sah an Prinz Tarkans Haltung, an seiner Arroganz, dass er nicht so einfach nachgeben würde. Lord Otis hingegen riskierte ihretwegen garantiert keinen Affront gegenüber einem Gast des hohen Lords. Sie reichte dem Prinzen ihre Hand.

»Ich bin gespannt, ob Ihr Euren Worten Taten folgen lasst. Behauptet später nicht, Ihr wäret nicht gewarnt worden.«

Der triumphierende Blick, den Lord Otis von Prinz Tarkan kassierte, zeigte, dass ihre Einschätzung stimmte. Sie sah die Reaktion von Lord Otis nicht, aber da er schwieg, lag sie mit ihrer Vermutung bei ihm wohl ebenso richtig.

Levarda ließ sich von dem Gast auf die Tanzfläche führen. Erst hier überfiel sie die Misslichkeit ihrer Lage. Sie konnte fühlen, wie die Menschen am Hof das neue Tanzpaar beobachteten. Bisher hatte sie diese Fläche immer erfolgreich gemieden.

Prinz Tarkan legte ihr einen Arm um den Oberkörper, die Hand auf ihr Schulterblatt. Seine andere Hand hielt ihre Rechte.

In dieser Haltung war er ihr viel zu nahe. Sie wich zurück, soweit es ging, konnte erneut eine Art von Energie spüren, die von ihm ausstrahlte. Es irritierte sie, da diese eine Intensität besaß, die sonst nur Menschen erzeugten, die Energie von einem Element bezogen. Bei ihm nahm sie aber keine Präsenz eines Elements wahr. Sie ließ seine Energie durch ihren Körper fließen, nahm sie aber nicht in sich auf. Genauso verbarg sie instinktiv ihre eigenen Fähigkeiten.

Die Musik begann, und Levarda machte den ersten Schritt, doch Prinz Tarkan war stehengeblieben. Der Schritt brachte sie wieder ein Stück näher an seinen Körper.

Lächelnd sah er auf sie herab. »Ihr lasst Euch nicht gerne führen.«

Levarda trat den Schritt zurück. »In der Tat, es liegt mir nicht, meinen Weg einem Mann anzuvertrauen.«

Sein Lächeln vertiefte sich. »Das müsst Ihr aber beim Tanzen.«

»Wenn Ihr als Nächstes sagt, ich solle meine Augen schließen, so schwöre ich Euch, lasse ich Euch auf der Tanzfläche stehen und verschwinde in meine Räumlichkeiten, Ehrengast hin oder her.«

Der leise geführte Wortwechsel blieb ungehört, nicht jedoch die Spannung zwischen ihnen.

Es war Levarda egal, sie war an ihrer Grenze angelangt. Sie hatten sie gezwungen, auf dieses Fest zu gehen, also mussten der hohe Lord und ganz gewiss Lord Otis, der die Gefahr ihres Zornes kannte, mit den Konsequenzen klarkommen.

»Das würde ich niemals sagen. Eure Augen sind das Ungewöhnlichste an Euch. Sie sind nicht blau, nicht braun, nicht grün, nicht grau, sie sind von allem etwas.«

Überrascht von seinen Worten vergaß Levarda für einen Moment die Spannung in ihrem Körper. Prinz Tarkan schien nur darauf gewartet zu haben, denn elegant drehte er sie einmal um ihre Achse. Die Leichtigkeit der Bewegung, passend zur Musik, fühlte sich gut an. Zögernd nahm sie seine Führung an, was ihr durch seine Nähe und seine Hand auf ihrer Schulter überraschend leichtfiel. Er besaß eine natürliche Autorität und Sicherheit. Seine Energie legte sich um sie wie eine Hülle, die sie schützte und ihr half, sich seinen Bewegungen anzupassen. Ein ungewöhnliches, interessantes Gefühl, dem sie sich mit nach innen gekehrter Konzentration hingab.

»Woran denkt Ihr so intensiv, Lady Levarda?«

»Ihr könnt tatsächlich gut führen.«

Er lächelte zufrieden. Wie leicht sich ein solcher Mann von Worten einfangen ließ.

»Ihr tragt ein ungewöhnliches Schmuckstück um Euren Hals.«

Sie sah herab auf ihren Kristall, der – zumindest hatte es den Anschein – sanft die Lichter im Saal reflektierte. In Wahrheit reagierte er auf die Energie des Prinzen. Ob er das spürte? Sie legte den Kopf zur Seite und musterte Prinz Tarkan, der ihrem Blick genauso offen begegnete.

»Es ist ein Geschenk von meinen Eltern, gefällt es Euch?«

Er lachte auf. »Nein, dafür ist es zu schlicht. An den Hals einer solch außergewöhnlichen Frau gehört ein Schmuckstück, das ihr ebenbürtig ist.«

Lemar konnte bei Prinz Tarkan zur Lehre gehen, stellte Levarda fest.

»Ihr braucht Euren Charme an mir nicht zu vergeuden, Prinz Tarkan«, erwiderte sie, »das Schmuckstück ist genau passend für mich.«

»Ihr seid hart zu mir, haltet Ihr das mit allen Männern so oder habt Ihr diese Behandlung für mich reserviert?«

»Vermutlich würdet Ihr das als Ermutigung auffassen.«

»Ihr habt recht, ich bin ein Mann, der die Herausforderung liebt.«

»Nun, dann muss ich Euch enttäuschen. Ich neige dazu, allen Männern so zu begegnen.«

Durch die Energie, die sie einhüllte, kam es Levarda vor, als wären sie völlig allein. Außerdem weckte der Mann ihr Interesse, verscheuchte die Müdigkeit. Er war auf so unkonventionelle Art anders als die Männer, die ihr bisher in diesem Teil der Welt begegnet waren. Dass sie bereits drei Musikstücke getanzt hatten, fiel Levarda nicht auf. Sie hörten erst auf zu tanzen, als die Musiker eine Pause einlegten.

Er ließ sie los, und seine Hand wanderte langsam von ihrem

Schulterblatt ihren Rücken herunter. Sie erschauderte unter seiner Berührung. Ihre Reaktion blieb ihm nicht verborgen.

»Ich habe Euch gesagt, dass Ihr bisher nur die falschen Tanzpartner hattet.«

Darauf erwiderte Levarda lieber nichts. Sie war froh, dass sie seinem Bann entfliehen konnte, aber statt sie zurück zu den Hofdamen zu führen, lenkte er ihre Schritte zu den Gärten. Sie blieb stehen. Es ziemte sich nicht für eine unverheiratete Frau, mit einem unverheirateten Mann – mochte er Ehrengast oder Prinz sein – in die Gärten zu gehen.

»Keine Angst, Mylady, ich bin kein Unhold, ich weiß, was sich gehört. Ihr könnt mir vertrauen.«

Davon war Levarda weit entfernt. In ihrem Kopf hallten noch die Worte von Lady Eluis. In ihrem Land gab es das Sprichwort, dass ein Apfel nie weit von seinem Stamm falle, was bedeutete, dass kein Kind völlig anders als seine Eltern war.

Auf einen kurzen Wink des Prinzen näherten sich vier Männer, die rote Uniformen mit einem goldenen Drachen darauf trugen. Gleichzeitig kamen Egris, Sendad, Oriander und Wilbor heran.

»Ihr seht, wir gehen nicht allein in den Garten.«

Sie warf einen kurzen Blick zu Egris hinüber, der ihr beruhigend zunickte. Sie zog ihre Hand von Prinz Tarkan zurück, blieb aber an seiner Seite. Er verschränkte die Hände hinter seinem Rücken. Gemeinsam gingen sie in den Garten.

Es war eine laue Nacht. Der Mond stand voll am Himmel. Levarda schloss die Augen und hob ihm ihr Gesicht entgegen. Das silberne Mondlicht hatte eine besondere Wirkung auf sie, tauchte in sie ein, bis hinab an ihre Quelle. Sie genoss die Anziehungskraft des Mondes, die sie vergessen ließ, dass sie an diese Erde gebunden war. Erstaunlicherweise geschah noch etwas anderes mit ihr. Das Licht strömte unter ihrer Haut entlang und bildete eine eigene Schutzschicht, an der die Energie Prinz Tarkans abperlte wie Wasser von einer Fettschicht. Ein seltsames

Gefühl, doch Levarda ließ den Mond gewähren. Bis zu diesem Moment war ihr nicht bewusst gewesen, dass sie sich in ihr eingenistet hatte. Sie runzelte die Stirn, irritiert von diesem Kampf zwischen den beiden Kräften, den sie nicht aktiv beeinflusste.

»Wenn Ihr Euer Gesicht dem Mond zuwendet, um mich zu bezaubern, habt Ihr Euer Ziel erreicht.«

Sofort öffnete sie die Augen. »Verzeiht, Prinz Tarkan, ich vergaß, dass Ihr an meiner Seite steht.«

»Autsch, das tat weh, Lady Levarda.«

Sie lachte. »Ich glaube nicht, dass man Euch so leicht wehtun kann, Prinz Tarkan.«

Er sah sie an. »Euer Lachen erinnert mich an jemanden, der mir sehr viel bedeutet hat.« Seine Traurigkeit flutete zu Levarda herüber und mit ihr eine weitere Welle seiner Kraft, die sie an sich vorbeifluten ließ.

»Ihr seid nicht der Erste, der das zu mir sagt.«

»Ich weiß natürlich, dass ich nicht der einzige Mann bin, der Eurem Zauber erlegen ist.«

Sie schüttelte den Kopf. »Ihr könnt es nicht sein lassen, oder? Aber wir kennen beide den wahren Grund, weshalb Ihr mich kennenlernen wolltet.« Sie drehte sich um und ging ein Stück auf dem Weg.

Der Prinz folgte ihr. Weiter hinten liefen die acht Wächter mit.

»Ihr habt eine erfrischend direkte Art, Lady Levarda.«

»Andere würden es unhöflich nennen.«

In seinen Augen blitzte es, und sie war sich seiner Nähe ungewohnt bewusst.

»Warum ist Lady Smira heute nicht auf dem Fest erschienen?«

»Ihr seid nicht minder direkt, muss ich sagen.«

»Ihr habt mich dazu aufgefordert«, erinnerte er sie.

»Die hohe Gemahlin verlor vor zwei Tagen ein beginnendes Leben und braucht Ruhe.«

Levarda sprach sich Mut zu. Sollte sie nicht Zeit gewinnen?

Wenigstens hatte sie Lady Eluis so verstanden. Die Antwort musste selbst ihn verunsichern.

»Sie war schwanger?«

In seiner Stimme schwang etwas mit. Mehr als bloßes Erstaunen. Es klang nach Ungläubigkeit. Sie betrachtete ihn aufmerksam, aber sein Gesicht war genauso verschlossen wie sonst das von Lord Otis. Sie zuckte mit den Achseln.

»Also muss ich nach all den Jahren erfahren, dass meine Schwester tatsächlich versagt hat.«

Bitterkeit lag in seiner Stimme. Die Zuneigung zu seiner Schwester weckte Levardas Interesse.

Sie erreichten eine Bank. Sie setzte sich, und der Prinz tat es ihr gleich – in geziemendem Abstand.

»Erzählt mir von Eurer Schwester«, forderte Levarda den Prinzen zur Ablenkung auf.

»Sie war ein fröhlicher Mensch, lachte viel und tanzte, im Gegensatz zu Euch, überaus gerne.«

»Wie sah sie aus?«

Er beschrieb sie ihr. Levarda lauschte seinen Worten, spürte die Liebe hinter seiner Beschreibung, die er für seine Schwester empfunden hatte. Sein Gesicht nahm weichere Züge an, während er von ihr sprach. Lag hier die Feindschaft zu Lord Otis begraben? Aber sie verwarf den Gedanken, da die Prinzessin laut Lady Eluis entweder durch ihre eigene oder ihres Vaters Hand zu Tode gekommen war.

Ob es ein Fehler gewesen war, ihm von Lady Smiras Schwangerschaft zu erzählen? Nicht einmal der hohe Lord Gregorius wusste davon. Aber niemand hatte sie danach gefragt. Sie war zum Fest beordert worden, ohne dass sich jemand dafür interessiert hatte, was in den letzten Tagen los gewesen war. Prinz Tarkan schenkte ihr Aufmerksamkeit. Sein Interesse war echt und sie spürte etwas, das ihr nicht behagte. Sie musste sich eingestehen, dass er sie in seinen Bann zog, auf eine Art, die ihr missfiel und die sie irritierte. Sie nutzte die Gunst der Stunde, um mehr über den Mann, sein Volk und seine Sitten zu erfahren.

»Wie ist das Leben für eine Prinzessin in Eurem Land?«, fragte sie.

Das Lächeln erreichte diesmal seine Augen und ließ sie sanft glänzen. Er erzählte ihr von seinem Land, davon, wie er und seine Schwester aufgewachsen waren – in einem Königshaus. Er beschrieb die Sanftmut seiner Schwester, die sie zum Liebling der Dienerschaft machte.

Levarda lachte mit ihm, als er von der Schwäche seiner Schwester für Schuhe erzählte. Wie konnte ein einziger Mensch so viele Schuhe besitzen? Das Bild, das er von der ersten Frau des hohen Lords zeichnete, machte ihr die Frau sympathisch. Ein schweres Los, den Sohn des Feindes heiraten zu müssen. Wie hatte es sich angefühlt, im Land der Feinde zu leben? Wenn sie selbst sich hier fremd fühlte, wie musste es dann erst der Prinzessin ergangen sein! Ihr Nacken schmerzte, und sie drehte ihren Kopf ein wenig hin und her.

»Ihr seid verspannt.«

»Ja, und müde.«

»Ich verstehe, aber Ihr seid selber schuld daran. Es ist normalerweise nicht meine Art, so unbekümmert über mein Leben zu reden, erst recht nicht gegenüber einer Frau, von der ich überhaupt nichts weiß. Ich hoffe, Ihr gebt mir eines Tages Gelegenheit, dieses Wissen nachzuholen.«

»Sofern ich das alles hier überlebe, gern«, überraschte Levarda sich selbst mit ihrem Angebot.

»Kommt, ich bringe Euch zurück.«

Er stand auf, reichte ihr die Hand und zog sie nach oben. Dabei setzte er viel mehr Kraft ein, als notwendig gewesen wäre, sodass sie das Gleichgewicht verlor und gegen seine Brust prallte. Seine Arm umschlang ihre Taille.

»Mir ist noch keine Frau begegnet, die sich so wenig ihrer

eigenen Anziehungskraft bewusst ist wie Ihr«, raunte er ihr ins Ohr.

Ein heftiger Strom seiner Energie traf sie, der sich wie Nadelstiche auf ihrer Haut anfühlte. Ihr Kristall sandte eine Hitzewelle über ihre Körperoberfläche.

Der Prinz ließ sie nicht los, sah stattdessen mit gerunzelter Stirn auf seine Hand hinunter, die ihre brennende Haut umfasste.

Bevor sie ihm seine Grenzen aufzeigen konnte, wurde ihr die Aufgabe abgenommen. Sendad stand hinter Prinz Tarkan, die Hand auf dessen Schulter. Hinter ihm standen die Soldaten des Prinzen, jeder mit halb gezogenem Schwert.

»Ihr vergesst Euch, Prinz Tarkan. Lasst Lady Levarda auf der Stelle los«, zischte er leise, und obwohl er keine Waffe gezogen hatte, erschien er ihr gefährlicher als die bewaffneten Soldaten des Prinzen.

»Ihr werdet streng bewacht, Mylady.«

Es blieb unklar, ob sich seine Worte auf Sendad oder auf ihren Kristall bezogen.

»Und Ihr habt gelogen, als Ihr behauptetet, Ihr wüsstet etwas von Anstand.« Levarda sah ihn mit zornigem Blick an, befreite sich aus seinem Griff und trat zwei Schritte zurück.

»Lord Otis möchte Euch sprechen, Prinz Tarkan. Es ist an der Zeit, dass Ihr in den Tanzsaal zurückkehrt.«

Sendads Stimme hatte einen samtigen Ton. Das Lächeln im Gesicht des Prinzen verschwand.

»Verratet mir, Sendad, woher Ihr das wissen wollt.«

Er schwieg.

Der Prinz wandte sich an Levarda. »Ich kann es ihm nicht verdenken, dass er sich um Euer Wohlergehen Sorgen macht. Ich an seiner Stelle täte es auch.«

Die Zweideutigkeit seiner Worte hinterließ ein unbehagliches Gefühl. Sie gingen zurück zum Tanzsaal. Die Soldaten und die Garde schlossen sich an. Sendad hielt den Abstand zu Levarda kürzer als auf dem Hinweg.

»Verzeiht mir die Frage, Prinz Tarkan, aber kann es sein, dass Ihr und Lord Otis Euch nicht besonders mögt?«

»Seinetwegen ist meine Schwester nicht mehr am Leben.«

»Ich habe gehört, sie soll sich selbst das Leben genommen haben.«

»Das mag sein, aber gäbe es keinen Lord Otis, so gäbe es den hohen Lord schon längst nicht mehr.«

Sie hatten den Eingang erreicht, Levarda blieb stehen, drehte sich zu ihm um und starrte ihn offen an. Hatte er ihr soeben unverblümt erklärt, dass er Attentäter auf das Leben des hohen Lords ansetzte?

Seine Augen waren diesmal kalt.

»Er steht mir im Weg«, sagte er so leise, dass niemand außer ihr es hörte, »und es wird der Tag kommen, dass er auch Euch im Wege steht. Erinnert Euch an mich, ich werde immer für Euch da sein.«

Er nahm ihre rechte Hand, hob sie zu seinen Lippen. Sein Kuss brannte heiß auf ihrem Handrücken.

»Träumt von mir, wenn Ihr heute Nacht schlafen geht.«

Eilig durchquerte Levarda den Saal, ließ die Hofdamen stehen und flüchtete stattdessen in den Raum der älteren Damen.

Lady Eluis war nicht da. Aufgewühlt setzte sie sich. Der ältere Herr, der für Lady Eluis schwärmte, kam zu ihr.

»Ist Euch nicht wohl, Lady Levarda?«

»Nein, ganz und gar nicht. Würdet Ihr mir etwas zu trinken bringen?«

»Ein Glas Wasser?«

Er war ein aufmerksamer Mann und wusste von ihrer Vorliebe.

»Lieber etwas Stärkeres.«

Sie senkte ihre Stimme, und er kam dichter zu ihr heran.

»Ein Glas Wein?«

»Noch stärker.«

Er nickte wissend, verschwand und kam mit einem Glas zurück, das eine hellbraune Flüssigkeit enthielt. In kleinen Schlucken trank Levarda, und es lief ihr brennend durch die Kehle. Sie reichte das Glas zurück und lehnte sich nach hinten.

»Besser?«, fragte der Herr, dessen Namen sie sich nicht gemerkt hatte.

»Ja.«

»Was hat Euch so in Aufruhr versetzt?«

»Prinz Tarkan.«

»In der Tat ein Mann, der eine junge Frau aus der Bahn werfen kann. Ihr solltet vorsichtig sein. Er ist nicht ungefährlich.«

»Warum ziehe ich solche Männer an?«, fragte Levarda sich selbst laut.

Der alte Herr lachte. »Ihr seid eine ungewöhnliche Frau, selbstbewusst, nicht auf der Jagd nach dem anderen Geschlecht. Aus jeder Pore Eures Wesens strahlen Freiheitsdrang und Unbezähmbarkeit. Schwache Männer lassen sich davon abschrecken. Durchschnittliche bewundern Euch, wissen aber, dass Ihr für sie unerreichbar seid. Für starke Männer seid Ihr eine Herausforderung. Sie wollen Euch besitzen!«

Levarda sah ihn zweifelnd an. »Was kann ich tun, damit das nicht mehr passiert? Den Kopf neigen, andere Sachen tragen, demütig schauen? Was noch? Bitte sagt es mir.«

»Wieso wollt Ihr jemand anderes sein als Ihr selbst?«

»Das will ich nicht«, flüsterte sie. »Ich möchte nur in Ruhe gelassen werden.«

»Heiratet, dann ist das Thema erledigt.«

Levarda stöhnte.

»Und genau das wollt Ihr nicht, denn es würde Euch die Unabhängigkeit kosten, die Ihr in diesem Rahmen hier genießt«, fügte er mit einem Blinzeln hinzu.

»Woher seid Ihr nur so klug und könnt meine Gedanken lesen?«

»Ich beobachte Menschen gern – so wie Ihr. Aber jetzt habe ich eine Frage an Euch: Wird sie jemals meinem Werben nachgeben?«

Sie sah ihn an. »Gebt mir Eure Hand.«

Er legte seine Hand in ihre, sie schloss die Augen, suchte nach einem Bild, das nicht seiner Vergangenheit angehörte, nicht seiner Gegenwart und nicht seiner Phantasie. Sie lächelte, öffnete die Augen.

»Ja, eines Tages«, und in Gedanken fügte sie hinzu: nur nicht in diesem Leben.

Er zwinkerte ihr zu. »Danke für diese nette Lüge.«

Wäre der Stuhl ein Sessel gewesen, Levarda hätte ohne Hemmungen darin geschlafen. Schweigend schützte der alte Herr ihre Ruhe.

Er sah auf, tätschelte ihre Hand. »Ich fürchte, Ihr seid für heute noch nicht fertig.«

Sie drehte sich um. Von der Tür her kamen Wilbor und Oriander auf sie zu.

»Würdet Ihr uns bitte folgen, Lady Levarda?«

»Habe ich eine Wahl?«

Beide lächelten höflich.

Sie stand auf und stellte mit Erstaunen fest, dass sich außer ihr und ihrem Begleiter nur noch vier weitere Personen in ihrer Ecke aufhielten. Verärgert, dass sie nicht rechtzeitig die Flucht ergriffen hatte, seufzte sie tief. Der ältere Herr nahm ihre Hand und führte sie bis knapp vor seine Lippen. Er nickte ihr aufmunternd zu.

Levarda schloss sich den beiden Offizieren an. Auch im Festsaal standen nur noch vereinzelte Gruppen herum. Prinz Tarkan war nicht zu sehen, genauso wenig der hohe Lord oder Lord Otis. Hoffnung stieg in ihr auf, dass die Offiziere ihre Begleitung in die Frauengemächer darstellten. Ungewöhnlich, aber durchaus denkbar nach dem ungebührlichen Benehmen des Prinzen. Ihre Hoffnung schwand, als sie in das Reich des hohen Lords abbogen.

Seufzend ergab sie sich ihrem Schicksal, das es heute nicht gut mir ihr meinte. Sie hielten vor einer Tür an. Oriander klopfte und sie hörte das ‚Herein', einer ihr nur allzu vertrauten Stimme. Sie ging hinein, während die beiden Männer die Tür offen ließen und sich draußen postierten.

Lord Otis hatte sich seiner Uniform entledigt, der Kragen seines Hemdes stand offen. Er saß im Sessel vor einem Kamin. Ein unangenehmes Prickeln lief ihr über die Rücken, als sie an das letzte Mal dachte, als sie mit ihm in einem Sessel vor dem Kamin gesessen hatte. Sie setzte sich ihm gegenüber.

»Warum quält Ihr mich so? Was habe ich Euch getan?«, ergriff sie die Initiative.

In seinem Gesicht sah sie eine Spur von schlechtem Gewissen.

»Es tut mir leid, Lady Levarda. Ich verspreche, es wird nicht lange dauern. Das meiste, worüber Ihr gesprochen habt, weiß ich bereits. Aber Ihr müsst wissen, dass Prinz Tarkan nicht ungefährlich ist. Möchtet Ihr etwas trinken?«

Sie verzog ihr Gesicht. »Nein, danke. Ich erinnere mich lebhaft an das letzte Mal, als Ihr mir etwas zu trinken anbotet.«

Ein flüchtiges Lächeln huschte über sein Gesicht, das genauso müde wirkte, wie sie sich selbst fühlte. Es stimmte sie immerhin versöhnlicher. Sie entschied, dass sie schneller in ihr Gemach käme, wenn sie ihm die wichtigen Dinge erzählte.

»Er hat gesagt, dass Ihr ihm im Weg seid und er ohne Euch den hohen Lord bereits beseitigt hätte. Aus diesem Grund schiebt er Euch auch den Tod seiner Schwester in die Schuhe. Er hasst Euch, aber das ist sicherlich keine Neuigkeit für Euch.«

»Das hat er Euch alles gesagt?«

»Ja, und er hat mir angeboten, dass ich mich an ihn wenden kann, wenn ich Euch eines Tages loswerden möchte.«

Sie hatte Lord Otis bisher nur einmal sprachlos erlebt und das war, als sie sich nach dem demütigenden Rundgang bei ihm bedankt hatte. Sie genoss dieses zweite Mal weitaus mehr. Eine kleine Rache für all seine Quälereien am heutigen Tag.

Er fasste sich wieder. Aufmerksam ruhte sein Blick auf ihr. »Gebt mir Eure Hand.«

Sie seufzte abgrundtief. Dem unnachgiebigen Ausdruck in seiner Miene nach zu urteilen würde sie nicht ins Bett kommen, bevor er ihre Hand gehalten hatte. Sie gab ihm ihre Linke.

»Die andere.«

»Wieso?«

»Er hat laut Sendad Eure rechte Hand an seine Lippen gehoben.«

Widerwillig gab sie ihm die rechte Hand. Er hielt sie, ließ seine Energie darüber fließen, prallte jedoch genauso an ihrer im Mondlicht gebadeten Haut ab wie Prinz Tarkan mit seiner Kraft.

Aufmerksam betrachtete er die Hand, die einen sanften silbernen Schimmer ausstrahlte. Levarda begann, sie ihm zu entwinden, doch er verstärkte seinen Griff.

»Was sucht Ihr? Denkt Ihr, er hätte mir Gift auf meine Hand gespuckt, als er sie küsste?«, versuchte sie ihn von einer weiteren Untersuchung ihrer Hand abzuhalten. Es funktionierte.

»Er hat sie geküsst?«, fragte er perplex.

Sie errötete, verpasste den Moment, ihm ihre Hand zu entziehen. Sein Griff war augenblicklich wieder unnachgiebig fest. Zähneknirschend erwog sie andere Möglichkeiten, sich zu befreien.

»Seht mich an, Lady Levarda. Hat er sie geküsst? Mit seinen Lippen berührt?«, fragte er eindringlich.

»Ja!«, fauchte sie ärgerlich.

»Wie hat es sich angefühlt?«

»Eklig. Zufrieden?«

Er ließ ihre Hand los und musterte sie mit einem undurchdringlichen Blick.

»Lord Otis, Ihr seid ziemlich anstrengend. Wenn Ihr keine weiteren Fragen habt, würde ich gern ins Bett gehen.« Sie rieb sich ihre Hand, die sich an der Stelle, wo Prinz Tarkans Lippen sie berührt hatten, auf einmal schmutzig anfühlte.

Lord Otis reagierte nicht auf ihre Worte, wechselte stattdessen das Thema.

»Wie geht es ihr?«, aus seiner Stimme klang echte Besorgnis. Sie wusste sofort, dass er Lady Smira meinte.

»Den Umständen entsprechend.« Sie ergriff die Gelegenheit beim Schopf. »Allerdings sollte sich der hohe Lord in der nächsten Zeit mit Besuchen im Schlafgemach seiner Gemahlin zurückhalten.«

Er nickte.

»Stimmt es, wie Ihr Prinz Tarkan gegenüber erwähntet, dass Lady Smira schwanger war?«

»Ja.«

Er beugte sich zu ihr herüber und sah ihr tief in die Augen. »Wann hättet Ihr es mir mitgeteilt?«

»Überhaupt nicht«, provozierte sie ihn.

Er blieb gelassen.

»Oriander und Wilbor werden Euch zu den Frauengemächern begleiten. Ich habe für heute Nacht die Wachen verstärkt. Außerdem stehen zwei meiner Männer direkt vor Eurer Tür. Haltet die Fenster geschlossen – wenigstens das zum Garten.«

»Habt Ihr Angst, dass ich mich mit Prinz Tarkan verbünde?«, hakte Levarda nach. »Ich habe Euch nichts verheimlicht!«

»Ich habe keine Angst, dass Ihr Euch mit ihm verbündet. Ich möchte nur keine weiteren Probleme Euretwegen, nicht dass ein Prinz von Euch den Kopf verdreht bekommt und er sich daraufhin unziemlich benimmt.«

Levarda fehlten die Worte. Es war bezeichnend für seine Art, über sie zu denken. Er gab ihr die Schuld dafür, wie sich Prinz Tarkan aufführte, dabei hatte sie ihn nicht ermutigt und trug ihr Kleid höher geschlossen als jede andere Hofdame. Sie hatte ihn sogar beleidigt, aber was für eine Rolle spielte das für das Urteil eines Lord Otis?

14
LEVITUS

Levarda schlief zwölf Stunden, frühstückte in ihrem Zimmer. Ihr nächster Weg führte sie zu Lady Smira, der es erstaunlich gut ging und die sich ärgerte, dass sie den Abend mit Prinz Tarkan verpasst hatte. Beruhigt sah Levarda als Nächstes bei Lady Eluis vorbei, erzählte der alten Dame von dem Gespräch mit deren Verehrer und erfuhr, dass er Eduardo hieß.

Kaum zurück in ihrem Zimmer, aß und trank sie zum zweiten Mal und legte sich hin. Sie musste Schlaf nachholen.

VIER TAGE SPÄTER KLOPFTE ES NACHTS AN IHRE TÜR. IHR erster Gedanke galt Lady Smira. Levarda setzte sich alarmiert auf.

»Ja?«

»Darf ich reinkommen?«, flüsterte eine männliche Stimme. Levarda erkannte Egris sofort.

»Natürlich, kommt rein.«

Sie sprang aus dem Bett und zog ein wollenes Tuch über ihre Schultern. Der Mond schien noch immer so hell, dass sie keine Kerze brauchte, um die Panik in Egris' Gesicht zu sehen.

»Was ist passiert?«

»Celina. Sie klagte am Nachmittag über Schmerzen. Die Hebamme ist gekommen und meinte, es wäre viel zu früh für die Geburt, sie solle sich hinlegen und ausruhen. Aber – Levarda, sie sieht so furchtbar aus. Etwas stimmt nicht. Bitte, Ihr müsst mit mir kommen.« Er raufte sich die Haare.

Levarda überlegte nicht lange, packte ihre Tasche, wollte nach ihrem Umhang greifen, doch Egris hielt sie zurück.

»Nein, ich muss Euch rausschmuggeln. Hier. Zieht das an.« Er holte unter seinem Umhang ein Bündel Kleidung heraus. Kleider einer Dienstmagd.

Egris drehte sich um und Levarda zog die Sachen hastig über ihr Nachtgewand. Sie steckte ihre Haare unter die Haube. Er trat zu ihr, zupfte ein paar Strähnen hervor, zog ihr die Kapuze des Umhangs tiefer ins Gesicht.

»Bleibt immer dicht hinter mir, damit Euch niemand direkt ins Gesicht sieht.«

»Ich hoffe, es funktioniert«, flüsterte sie.

Gemeinsam gingen sie die Treppe hinunter. Levarda übte sich darin, Egris' Schatten zu sein. Zum Glück war er kräftig gebaut. Sie traten durch die Tür.

»Alles in Ordnung, Feldtus. Ihr könnt eintragen, dass Lady Levardas Zimmer überprüft ist. Sie schläft tief und fest.«

Der Soldat wandte sich zum Wachzimmer ab, und sie schlüpften zur Treppe durch, diesmal Levarda voran.

Im Geschoss der Dienstmägde blieb sie stehen. Er packte sie am Arm und schob sie auf eine Nische zu, die sich als Treppe entpuppte und in ein weiteres Geschoss hinabführte, das sich, wie sie überrascht feststellte, unter der Erde befinden musste. Egris hatte eine Fackel entzündet, hielt aber weiter ihren Arm fest.

»Wenn wir jemandem begegnen, tut so, als wäre es Euch unangenehm. Sträubt Euch ein wenig, dann wirken wir überzeugender.«

»Wo sind wir hier?«

»Das sind die Gänge für die Garde, schweigt jetzt.«

Soldaten kamen ihnen entgegen, nickten Egris zu. Manche warfen einen überraschten Blick auf die verhüllte Frauengestalt, andere grinsten nur wissend. Langsam ahnte Levarda, was die Männer dachten. Gewissheit bekam sie, als Egris abrupt stehen blieb. Sie stolperte gegen seinen Rücken. Sein Griff verstärkte sich.

»Egris, du versetzt mich in Erstaunen«, hörte sie Lemars Stimme.

»Weil ich auch Bedürfnisse habe?«, erwiderte er kühl.

»Das bezweifle ich nicht. Bei deiner Frau ist es ja bald soweit, wie es aussieht«, er streckte die Arme in einer ausladenden Geste von sich, »aber eine Dienstmagd vom Hof? Welche hast du da – Lina?« Er verrenkte den Hals.

»Das geht dich nichts an. Kümmere dich um deinen eigenen Kram. Haben nicht deine Leute den letzten Attentäter durchschlüpfen lassen?«

Lemar knurrte ärgerlich. »Es wird Zeit, dass der hohe Lord seine Aufgabe erledigt, sonst mache ich es für ihn.«

»Lemar!«, wies er ihn scharf zurecht.

»Keine Angst, Egris, ich kenne meinen Platz.«

Egris zog Levarda mit sich, die geschickt Lemar den Rücken zukehrte, als er einen Blick auf sie erhaschen wollte.

Der Gang führte bis zu den Quartieren der Soldaten. Sie überquerten den Vorplatz, gingen über die Brücke und passierten das Eingangstor. Niemand hielt sie auf. Als sie um die Ecke bogen, wo die Straßen des inneren Ringes begannen, ließ Egris sie los.

Gemeinsam liefen sie die Straße hinunter, bogen in abzweigende Seitengassen ab. Levarda merkte, dass die lange Zeit in ihrem Zimmer an ihrer Ausdauer gezehrt hatte. Ungeduldig trieb Egris sie vorwärts.

Endlich erreichten sie ein kleines Haus, wo ein Diener ihnen die Tür öffnete. Egris zog sie die Treppe hoch und riss eine Tür auf.

Was Levarda als Erstes wahrnahm, war der Geruch des nahen Todes.

»Ich brauche heißes Wasser, viel heißes Wasser, verdünnten Wein, Tücher, einen Becher. Los, los, beeilt Euch!«, scheuchte sie Egris aus dem Zimmer.

Dann trat sie neben Celina, die leise stöhnend und zusammengekrümmt im Bett lag, ihr Gesicht mit kaltem Schweiß bedeckt und verzerrt vor Schmerzen. Levarda legte ihr die Hand auf die Stirn, dann auf ihr Herz. Es schwächelte, schlug aber regelmäßig. Als sie eine Hand auf ihren Leib legte, fühlte sie, dass auch das Kind lebte, aber mit dem Kopf nach oben lag. Sie ließ ihre Energie in Celinas Körper einfließen, und deren Stöhnen verstärkte sich.

Das Gift, das manchmal bei einer Schwangerschaft entstand, arbeitete sich langsam durch ihren Leib. Levardas praktische Erfahrung, was Geburten betraf, war gering, sie hatte von solchen Dingen nur gelesen. Das Kind musste schnellstens den Mutterleib verlassen, sonst würde das Gift beide töten. Sie legte ihre Hände auf den geschwollenen Unterleib der Frau und begann, das Baby im Bauch der Mutter vorsichtig zu drehen.

Egris kam mit zwei Dienerinnen herein und brachte die geforderten Dinge. Levarda nahm Kräuter aus ihrem Beutel, schüttete sie in den Becher, goss das heiße Wasser hinein, fuhr dann mit ihrer Arbeit fort.

»Was macht Ihr da?«, rief Egris entsetzt.

»Ich drehe Euren Sohn, damit er mit dem Kopf zuerst kommt. Er ist früh dran und braucht alle Hilfe, die er kriegen kann.«

Es klappte besser, als sie gedacht hatte. Als Nächstes trank sie das halbe Glas mit verdünntem Wein leer und schüttete das Wasser mit den aufgegossenen Kräutern durch ein Tuch in das Glas hinein.

»Ihr müsst Celina stützen, damit ich ihr das einflößen kann.«

Er sah sie mit weit aufgerissenen Augen an und wirkte völlig hilflos.

»Egris, setzt Euch auf das Bett, packt Eure Frau unter den Armen und lehnt sie gegen Eure Brust.«

Mit Befehlen konnte der Offizier umgehen. Er gehorchte der Anweisung, und vorsichtig flößte Levarda Celina das Getränk ein. Sie setzte sich ebenfalls neben Egris auf das Bett, schlang ihren Arm um die Schultern seiner Frau, legte die rechte Hand abwechselnd auf ihre Stirn und auf ihr Herz.

»Was machen wir jetzt?«, flüsterte Egris verzweifelt.

»Warten, bis ihr Körper signalisiert, dass wir anfangen können.«

»Ich fühle mich so hilflos.«

Sie warf ihm einen Blick zu. »Ich brauche Euch, Egris, wagt nicht, mir hier schlappzumachen, verstanden?«

Sie würde Egris für die Geburt brauchen. Er musste einfach durchhalten.

»Ja«, presste er heraus.

ZWEI STUNDEN SPÄTER GING ES LOS. EGRIS SCHLIEF UNRUHIG neben ihr. Sie hatte ihn gelassen, denn so bekam er die intimen Berührungen nicht mit, die sie bei Celina vornehmen musste, damit sich ihre Öffnung für die Geburt weitete.

Celina sah sie mit ängstlich aufgerissenen Augen an. Sie war inzwischen bei klarem Bewusstsein.

»Beruhigt Euch, Celina, wir schaffen das«, redete sie ihr zu. »Nicht pressen, halt! Hechelt wie ein Hund.« Levarda zeigte es ihr und Celina machte es nach.

»Ihr dürft immer nur pressen, wenn ich es Euch erlaube.«

Gemeinsam arbeiteten sich Heilerin und werdende Mutter Schritt für Schritt durch die Geburt. Das Köpfchen kam heraus, und Levarda stützte es und führte Celinas Hand dorthin, damit sie es fühlen konnte und Kraft bekam, als Nächstes die Schultern herauszupressen. Celina weinte stumm, bevor sie die Kräfte verließen. Das hatte Levarda befürchtet. Sie gab dem Schlafenden einen Faustschlag auf den Arm.

»Egris, wacht auf, schnell!«

Er zuckte zusammen.

»Los, helft mir, Celina ist am Ende. Wir müssen sie aus dem Bett holen und aufrichten.«

Er reagierte sofort, packte seine Frau unter den Achseln und stand mit ihr auf.

Levarda rutschte hinterher.

Die Kraft der Erde zog Celina schließlich das Kind aus dem Leib. Sie presste mit einem langen Schrei ihre letzten Kraftreserven in die Geburt.

Levarda fing das Baby in ihren Armen auf, legte ihre Lippen über den kleinen Mund und pustete sachte Luft in seine Lungen. Der Junge riss die Augen auf und begann zu schreien.

Celina lachte hysterisch auf.

Die Dienerin, die immer wieder neues Wasser erhitzt hatte, kam mit Tüchern.

»Meine Tasche! Ich brauche meine Tasche«, befahl ihr Levarda und bekam sie angereicht, holte ihr Messer heraus.

Egris brüllte auf, als er das Messer sah, doch da hatte sie bereits die Nabelschnur durchtrennt. Sie presste das Wundheilungsmoos auf die Wunden, verband den Nabel mit einer Bandage, dann überreichte sie das Baby der Dienerin.

Egris stierte sie aus glasigen Augen an.

Levarda schüttelte nur den Kopf. »Was dachtet Ihr? Dass ich Euren Sohn umbringe, nachdem ich ihn auf die Welt geholt habe?«

Dem Krieger liefen Tränen die Wangen herab.

»Wir sind noch nicht fertig, Egris, Ihr bekommt keine Zeit, zusammenzubrechen, klar?«

Sie gab Celina, deren Augen nur auf das Baby gerichtet waren, ein paar Klapse ins Gesicht. »Ich gebe ihn Euch gleich, aber jetzt müssen wir den Rest herausholen. – Egris, hebt Eure Frau hoch und stützt sie.«

In einer letzten gemeinsamen Anstrengung holte Levarda den Teil aus Celinas Leib heraus, der dem Baby als Wohnort in ihrem Körper gedient hatte. Als Egris sah, was aus seiner Frau herauskam, kippte er um.

Die Dienerin legte das Kind in die Wiege und gemeinsam schafften sie es, Celina wieder ins Bett zu legen.

»Was machen wir mit dem Herrn?«, fragte die Magd.

»Lass ihn da liegen, er wird zu sich kommen, wenn er soweit ist.«

Levarda trat zu der Wiege, holte das Baby heraus und legte es Celina in die Arme. Trotz ihrer Erschöpfung strahlte die Mutter über das ganze Gesicht.

»Es ist ein Sohn, dem Ihr das Leben geschenkt habt.«

Während Celina ihren Sohn küsste und streichelte, gab ihr Levarda Energie von sich ab. Ihre Hand lag auf der Stirn der frischgebackenen Mutter. Sie hatte sich auf das Bett zu ihr gelegt. Gemeinsam betrachteten sie das Baby.

»Er nuckelt an meinem Finger«, flüsterte Celina erstaunt.

»Er hat Hunger, außerdem beruhigt es ihn. Alles in der Welt hier draußen ist für ihn fremd, laut und hell.«

»Ich habe noch gar keine Amme.«

»Ihr habt selber Milch. Ihr könnt ihn füttern.«

»Aber das ist nicht gut für mich.«

»Versucht es, und Ihr werdet merken, dass es nichts Besseres gibt. Das Saugen Eures Babys an der Brust wird Eurem Körper signalisieren, dass er kein Baby mehr in sich nähren muss. Es hilft Euch bei der Umstellung. Vertraut mir.«

Zögernd öffnete Celina ihr Nachthemd. Levarda half ihr, das Kind anzulegen. Die schmatzenden Geräusche zeigten, dass ihr Sohn seine Nahrungsquelle gefunden hatte. Zärtlich streichelte Celina den Kopf ihres Kindes.

»Achtet darauf, dass Ihr ihm immer beide Brüste gebt. Sonst wird sich die eine zu sehr füllen.«

»Es zieht in meinem Unterleib, wenn er saugt.«

»Genau das meinte ich, als ich sagte, er gebe Eurem Körper die richtigen Signale. Seht Ihr, dort, wo er in Eurem Körper gewohnt hat, ist eine Wunde, die sich von selber heilt. Dafür braucht es entsprechende Impulse. Ihr solltet auch sehr vorsichtig sein, was Euren Fluss betrifft, der in der nächsten Zeit aus Euch austritt. Es ist Wundflüssigkeit, gefüllt mit sterbendem Gewebe. Wascht Euch immer die Hände, bevor Ihr Euren Sohn berührt und auch sonst regelmäßig. Egris sollte sich zurückhalten, bis der Fluss wieder klar und rein ist.«

»Woher wisst Ihr all diese Dinge?«

»Ich habe acht Geschwister, da lernt man so etwas.«

Schweigend betrachteten die beiden das kleine Wesen.

Celina wechselte die Seite und Levarda half ihr erneut beim Anlegen. Nach dieser Mahlzeit schlief der kleine Mann zufrieden ein. Sie lauschten seinem regelmäßigen Atem. Für Levarda war es ein Augenblick höchsten Glücks, dass sie an diesen ersten Stunden eines Erdenlebens teilhaben durfte, die Celina bereitwillig mit ihr teilte.

Dann hörten sie ein Geräusch. Egris wachte auf.

Die Dienerin hatte die Nachgeburt aus dem Zimmer gebracht und war dabei, alles sauber zu machen.

»Was ist passiert?« Sein Blick fiel auf Frau und Baby, und sein Gesicht begann zu leuchten.

»Du hast einen Sohn, Egris.« Celina lächelte ihren Mann glücklich an.

Als Levarda die zärtlichen Blicke zwischen den beiden sah, fragte sie sich, wie er jemals an der Liebe seiner Frau hatte zweifeln können.

. . .

NACHDEM LEVARDA MUTTER UND KIND UNTERSUCHT HATTE, packte sie einige Kräuter in Tücher. Sie erklärte der Dienerin, was sie damit machen sollte, gab zuletzt Celina ein kleines tönernes Gefäß mit einem Öl darin.

»Reibt regelmäßig Eure Brustwarzen damit ein und wartet nach jeder Mahlzeit wenigstens zwei Stunden, bevor Ihr ihn erneut anlegt.«

Sie verließ das Zimmer und gab den beiden frischgebackenen Eltern Zeit für sich. Gerne hätte sie sich auf den Rückweg in die Festung gemacht, doch sie hatte keine Ahnung, wie sie unbemerkt hineinkommen sollte. Voll Sorge sah sie, dass die Nacht verklang und es zu dämmern begann.

Egris kam herunter.

»Wir müssen uns beeilen, bevor der Morgen anbricht«, erklärte er.

»Habt Ihr ein Pferd oder eine Kutsche?«

Er schüttelte den Kopf.

Levarda stöhnte, aber es blieb ihr nichts anderes übrig, als zu laufen. Ohne Schwierigkeiten kamen sie durch das Tor in die Burg. Levarda verbarg sich erneut hinter dem ausladenden Rücken des Offiziers, und sie stiegen die Treppe hinauf, erreichten die Nische im Gang der Dienstboten.

Levarda erstarrte. – Von Weitem war die scharfe Stimme von Lord Otis zu hören.

»Du bist sicher, dass sie in ihrem Zimmer ist?«

»Ja, Herr gewiss«, antwortete Adrijana.

»Ich sehe doch, dass du lügst!«

Levarda reagierte als Erste. Sie raste in irrwitzigem Tempo die Treppe hinauf. Am Absatz wartete sie auf Egris und er sprang vor ihr heraus.

»Guten Morgen, Feldtus, habt Ihr den neuen Plan für den Wachwechsel?«

»Sicher.«

Feldtus holte das Papier und Levarda schlich zu der verriegelten Tür, zog den Riegel und war auch schon verschwunden. Den Rest musste Egris allein schaffen.

Sie hastete die Treppe hinauf, entledigte sich dabei ihrer Kleidung. Als sie die Tür öffnete, hörte sie die Stimmen von Egris und Lord Otis hinter sich auf der Treppe.

Sie stopfte die Kleider unter die anderen in ihrer Truhe, hechtete in ihr Bett, rollte sich zusammen und zog die Decke über den Kopf.

Jemand öffnete mit Schwung ihre Tür. Levarda brauchte all ihre Konzentration, um ihren Atem unter Kontrolle zu halten. Sie hörte seine Schritte, bevor er ihre Decke wegriss.

Ihr Entsetzen war nicht gespielt, als sie sich aufrichtete und an ihr Bettende drückte.

Lord Otis starrte sie finster an. Als sein Blick an ihren nackten Beinen hängenblieb, verschwanden die Falten auf seiner Stirn, sein Blick veränderte sich in einer Art, die Levarda ihre Blöße in unangenehmer Weise bewusst machte. Er warf ihr die Decke zu, die sie hastig über sich zog.

»Verzeiht mein rüdes Benehmen. Ich glaubte, Ihr hättet die Festung verlassen.«

Sie wagte nicht zu reden, starrte ihn nur an.

Er drehte sich weg.

Egris und Adrijana, blass und mit eingezogenem Kopf an der Tür wartend, ließen Lord Otis durch. Levarda tauschte einen letzten Blick mit Egris, dann war sie wieder allein. Erschöpft und mit klopfendem Herzen fiel sie zurück in ihr Bett.

DREI TAGE DAUERTE ES, DANN HATTE LORD OTIS DIE Wahrheit aus ihnen heraus. Levarda war es absolut schleierhaft, wieso er überhaupt an diesem Morgen nach ihr hatte sehen wollen. Das hatte er bisher noch nie gemacht.

Es gab einen furchtbaren Krach zwischen Egris und Lord Otis, wie sie von Adrijana erfuhr. Schließlich kamen auch bei den

Hofdamen die Gerüchte an, wo es hieß, die beiden Männer wären sich nicht einig über die Handhabung gewisser Einschränkungen, die für Levarda galten.

Man brachte es gleichzeitig mit der erhöhten Anzahl Soldaten in Verbindung, die seit dem Besuch von Prinz Tarkan am Turm des Todes eingesetzt wurden.

Insgeheim dachte Levarda, Lemar sei der Verräter gewesen, weil er sie im Gang erkannt hätte, Lemar bekam aber auch Ärger, denn die Bewachung des Ganges der Garde hatte in der Nacht seinem Befehl unterstanden.

Sie bekam ihre Strafe erst zu spüren, als Lady Eluis sie in ihrem Turmzimmer besuchen wollte.

»Tut mir leid, Lady Eluis, es ist eine ausdrückliche Anordnung von Lord Otis, dass außer ihm und Adrijana niemand zu Lady Levarda hinein darf.«

Levarda ging hinunter und beruhigte die empörte Lady Eluis an der Tür. Erleichtert verzog sich der Soldat auf seinen Posten und gewährte ihnen ein kurzes Gespräch.

Eingesperrt zu sein hatte ein Gutes. Sie bekam nichts mehr von den hämischen Bemerkungen der Hofdamen mit. Besuche bei Lady Smira waren ihr erlaubt, wobei sie ständig von Soldaten begleitet sein musste.

Das Schlimme an der Sache war, dass sie nichts darüber erfuhr, wie es Celina und dem Neugeborenen ging. Sie bekam Egris nicht zu Gesicht, und auch Adrijana konnte ihr nicht weiterhelfen. Schließlich bat sie um eine Audienz bei Lord Otis. Er ließ sie drei Tage zappeln, bevor er sie ihr gewährte, und empfing sie in dem Wachzimmer unter ihrem Turm.

»Worum geht es, Lady Levarda?«

»Er wusste nicht, was er machen sollte.«

»Verteidigt ihn nicht.«

Tapfer trat sie dichter an den Tisch, obwohl sie den Zorn in roten Flammen über seinen Körper huschen sah.

»Das möchte ich auch nicht. Ich will nur nicht der Grund dafür sein, dass Ihr Euch mit Egris streitet.«

»Darüber hättet Ihr vorher nachdenken sollen.«

»Das konnte ich nicht, denn es liegt nicht in meiner Natur, einem Menschen meine Hilfe zu verweigern.«

Er stand auf, kam um den Tisch herum auf sie zu. Sie blieb stehen, und er trat dicht zu ihr.

»Dann wird es Zeit, dass Ihr es lernt, Mylady. Es gibt hier Dinge, die wesentlich wichtiger sind und mehr Menschen das Leben retten können. Darauf solltet Ihr Euch konzentrieren.«

Sein Zorn brannte auf ihrer Haut. Seine Energie war viel heftiger als das letzte Mal und durchbrach mühelos ihren Schutzschild. Sie wich zurück.

»Er hat mir gesagt, dass er Euer bester Freund sei. Dann solltet Ihr auch verstehen, dass er zuerst seine Familie schützen muss. Ihr hättet in seiner Situation genauso gehandelt.«

»Ich wäre erst gar nicht in seine Situation geraten. Und wenn, so hätte ich mich an meinen Freund gewandt.«

»Oder auch nicht. Manchmal machen Menschen Fehler und Ihr müsst ihnen verzeihen.«

»War das alles?«, versetzte er kühl.

Levarda senkte den Kopf. Sie hatte das Gespräch äußerst ungeschickt angefangen und wagte nicht, ihm in die Augen zu sehen, andererseits war dies ihre einzige Chance.

»Wie geht es Celina und dem Baby?«

Er sog scharf die Luft ein. »Das fragt Ihr mich?«

Vorsichtig sah sie ihn an. »Nein, das würde ich gern Egris fragen.«

Da er sich nicht rührte, fügte sie hinzu: »Oder noch lieber würde ich Celina selbst fragen, wenn Ihr es erlaubt.«

»Ich erlaube Euch weder den Kontakt zu Egris«, seine Stimme gewann an Schärfe, »noch werde ich erlauben, dass Ihr die Festung ein zweites Mal verlasst. Ihr könnt Euch glücklich schätzen, dass Ihr Euren Dienst gegenüber Lady Smira wahrnehmen und Euch nun wieder in den Frauengemächern bewegen dürft. Nicht, dass Ihr mich falsch versteht – diesen Umstand habt Ihr nicht meiner Nachsicht, sondern Lady Eluis zu verdanken. Wenn Ihr klug seid, verspielt Ihr Euch diese Gunst nicht.«

Levarda hob den Kopf und sah ihn an. Seine Augen glühten, und sie wusste, dass ihr Widerspruch unabsehbare Folgen hätte. Sie würde einen anderen Weg finden, um sich Informationen zu verschaffen.

Sie knickste höflich. »Danke, Lord Otis, dass Ihr mir eine Audienz trotz Eurer begrenzten Zeit gewährt habt.«

In der Nacht riskierte sie es. Sie kniete sich auf den Boden, fing an zu meditieren und setzte alles daran, sich zu erinnern, wie sie ihren Geist auf die Reise schicken konnte. Sie hörte Schritte auf der Treppe, dann Stimmen.

»Alles in Ordnung?« – »Alles ruhig, Lord Otis.«

»Keine Geräusche?« – »Nein.«

Bei dem Wortwechsel zwischen Lord Otis und den Wachen war Levarda leise ins Bett zurückgekrochen.

Die Tür ging auf und sie schloss blitzschnell die Augen. Schritte näherten sich. Sie spürte, wie er sich über sie beugte. Sein warmer Atem berührte ihr Ohr.

»Vergesst nicht, was ich Euch auf der Reise gesagt habe. Es ist gefährlich, wenn Euer Geist den Körper verlässt, denn dann bleibt dieser schutzlos hier bei mir zurück.«

Seine Worte jagten ihr einen kalten Schauer über den Rücken. Woher wusste er, was sie vorhatte? Sie tat weiter, als schliefe sie.

»Ich warne Euch nur einmal, Lady Levarda. Denkt nicht, es wäre Zufall, dass ich heute Nacht hier bin. Ich merke es genau, wenn Ihr so etwas plant.«

. . .

Seine letzten Worte bereiteten ihr Kopfzerbrechen. Sie grübelte, was sie bedeuten könnten. Lag es daran, dass sie sich mit ihm verbunden hatte, als sie Sendad gemeinsam heilten? Oder lag es an ihrem Schwur, mit dem sie ihr Leben in seine Hände gelegt hatte? Wieso spürte er, was sie vorhatte, und sie hatte ihrerseits keine Ahnung, was er machte? Müsste diese Verbindung nicht in beide Richtungen funktionieren?

In den folgenden Tagen tastete sie vorsichtig nach dem Muster von Lord Otis, kein einfaches Unterfangen, da dieses sich überall in der Festung verteilte. Es verwirrte sie. Niemand konnte an so vielen Orten gleichzeitig sein. Sie fragte sich, ob sie überhaupt wissen wollte, was Lord Otis plante und entschied sich letztlich dagegen.

Lady Eluis hatte Levarda eine Dienerin mit einer Einladung zum Frühstück in ihren Gemächern geschickt, das sie gerne annahm.

Gleich fiel ihr die Staffelei auf, über die eine Decke geworfen war, als sie die Räumlichkeiten der ersten Hofdame betrat. Immer wieder wanderte ihr Blick dorthin, sodass sie Mühe hatte, sich auf das Gespräch mit Lady Eluis zu konzentrieren.

»Ihr wollt doch wissen, was sich darunter verbirgt, nicht wahr?«, fragte diese schließlich amüsiert.

»Darf ich es sehen?«

Statt zu antworten, erhob sich die alte Dame, trat zu ihrer Staffelei und zog die Decke herunter. Levardas Augen weiteten sich. Sie vergaß zu atmen. Der See Luna strahlte ihr entgegen.

»Gefällt es Euch?«

»Es ist überwältigend.« Levarda standen die Tränen in den Augen.

»Ja, nicht wahr?« Lady Eluis freute sich wie ein kleines Kind. »Ich habe bemerkt, wie sehr Euch die Geschichte bewegt und wie liebevoll ihr das Bild betrachtet habt. Ich finde sie traurig. Mir ist es lieber, wenn die Geschichten damit enden, dass die Liebenden für immer und ewig zusammenbleiben.«

»Aber das tun sie ja. Auf immer und ewig werden sie sich im Leben wiederbegegnen. Manchmal ist es ihnen vergönnt, sich zu treffen, manchmal, sich zu lieben. Manchmal stirbt er zuerst, manchmal sie.«

»Ja, wenn man daran glaubt, dass die Seelen immer wieder aufs neue in Menschen geboren werden. Bihrok hat diese Geschichte auch nie gefallen. Allerdings sagte er, dass eines stimmt: Wenn man traurig sei und Wasser aus dem See trinke, dann verstärke sich erst die Trauer, um dann einem unendlichen Trost zu weichen.«

»Das hat er gesagt?«

»Ja, und als er einfach so verschwand, habe ich mir oft gewünscht, ich könnte das Wasser aus dem See Luna kosten.«

Eine Weile betrachteten sie beide das Gemälde, jede in ihre Gedanken versunken, dann hob Lady Eluis das Bild herunter und gab es Levarda.

»Hier. Es ist Eures. Hängt es in Eurem Zimmer auf, und vielleicht wird es Euch ein wenig trösten. Er ist unnachgiebig mit Euch. Egris hat mit Engelszungen auf ihn eingeredet, damit er Euch erlaubt, bei der Willkommenszeremonie für seinen Sohn dabei zu sein. Ich gestehe, ich probierte es erst gar nicht aus.«

»Also sind Celina und das Baby wohlauf?« Levarda strahlte.

»Aber gewiss!« Überrascht sah Lady Eluis sie an.

Levarda stellte das Bild ab und fiel der ersten Hofdame, die Etikette vergessend, um den Hals.

»Das wusstet Ihr nicht?«

»Nein. Wie dumm von mir, dass ich nicht einfach Euch gefragt habe.« Sie drückte Lady Eluis einen Kuss auf die Wange.

»In der Tat. Ihr solltet wissen, dass ich immer bestens informiert bin.«

. . .

GLÜCKLICH BETRACHTETE LEVARDA DAS GEMÄLDE AN IHRER Wand. Seine Farben leuchteten, und wenn sie die Augen ein wenig zukniff, konnte sie sich vorstellen, wie sie am See stand.

»Lord Otis wartet unten auf Euch. Ihr sollt Euren Umhang anziehen.«

Überrascht sah Levarda Adrijana an, die in der Tür stand und auf ihren fragenden Blick mit den Achseln zuckte. Mit zusammengekniffenen Augen betrachtete sie ihre Dienstmagd, die still geworden war in den letzten Wochen.

»Adrijana, ist etwas mit dir?«

»Nein, Mylady.«

Während sie sprach, stiegen ihr die Tränen in die Augen. Levarda ging zu ihr und nahm sie in die Arme, aber das Mädchen hielt es nicht lange aus.

»Geht, Lady, eilt Euch, Lord Otis ist kein geduldiger Mensch, wie Ihr wisst, und heute ist er in noch schlechterer Stimmung als sonst.«

»Lass ihn warten. Behandelt er dich schlecht?«

»Nein. Er beachtet mich nicht mehr.« Sie fing an zu weinen.

Tröstend streichelte Levarda ihr über den Rücken und sie fasste sich. Aufmerksam betrachtete sie ihre Magd.

»Du liebst ihn«, stellte sie sanft fest.

Das Mädchen wischte sich die Tränen aus den Augen.

»Sag mir, was ich für dich tun kann.«

»Schnell gehen, damit er nicht wieder wütend auf mich wird.«

Levarda nickte, zog ihren Umhang über ihr Kleid und lief die Treppe hinunter. An der unteren Tür stiefelte Lord Otis auf und ab. Als er sie erblickte, blieb er stehen. In seinem Gesicht hatte sich die steile Falte über der Nasenwurzel tief eingegraben.

»Kommt, bevor ich es mir anders überlege.«

Ohne auf sie zu achten, lief er den Gang hinunter. Levarda musste laufen, um den Anschluss nicht zu verlieren.

»Wohin soll ich mitkommen?«

Abrupt blieb er stehen, sodass sie gegen seinen Rücken prallte und durch all den Stoff die Wärme seines Körpers spüren konnte. Er drehte sich um und schob sie von sich.

»Es ist keine gute Idee. Kehrt in Euer Zimmer zurück.«

»Nein, bitte nicht. Was immer Ihr vorhabt, ich werde gehorsam sein, mich benehmen und schweigen, versprochen.«

In seinen Augen sah sie Skepsis, aber er setzte seinen Weg fort. Schweigend lief sie neben ihm her. Als sie die Eingangstür der Festung erreichten, wäre sie fast erneut stehengeblieben. Mühsam unterdrückte sie jeden Laut der Überraschung, wagte nicht, sich zu freuen. Auf dem Platz stand eine Kutsche.

Er hielt ihr die Tür auf, sie stieg ein und er setzte sich ihr gegenüber. Noch immer schwieg er und betrachtete sie finster. Das dämpfte ihre Freude, aber sie sah aus dem Fenster der Kutsche und biss sich auf die Zunge, damit ihr keine Frage herausrutschte.

Der Weg war nicht lang und bald ahnte sie, wo sie halten würden. Ihr Herz klopfte bis zum Hals. Sie wartete, bis er ausgestiegen war und ihr die Hand reichte.

Gemeinsam gingen sie zur Tür, ein Diener öffnete, sah Lord Otis an, sah dann mit einem erstaunten Ausdruck auf Levarda.

Als sie hineinstürmen wollte, hielt sie der Offizier zurück.

»Eine falsche Bewegung, ein falsches Wort, ein falscher Gedanke, und Ihr seid schneller wieder in Eurem Zimmer, als Ihr es Euch vorstellen könnt.«

Sie nickte nur, viel zu aufgeregt, um irgendetwas zu antworten. Als sie die Tür zum Wohnraum aufmachten, schrie Celina überrascht auf.

»Lady Levarda, Ihr seid hier! Oh, Lord Otis, was für eine Freude Ihr mir macht!« Celina lief ihr entgegen und umarmte sie. »Ein schöneres Geschenk hättet Ihr mir nicht machen können.«

Levarda lachte und drückte sie zurück. »Celina, geht es Euch denn gut?«, fragte sie besorgt.

Celina blinzelte vergnügt. »Sieht man das nicht?«

In der Tat leuchtete sie von innen heraus wie die Sonne selbst.

Egris trat zu seiner Frau und legte seinen Arm um sie.

»Celina, lass Lady Levarda und Lord Otis erst mal ablegen.«

Hastig machte sie einen Knicks. »Verzeiht, Lord Otis, ich bin unhöflich.«

Als sie gemeinsam in den Wohnraum eintraten, warfen ihnen die versammelten Offiziere und deren Frauen verstohlen neugierige Blicke zu. Ungerührt gesellte sich Lord Otis zu den Männern, während die Gastgeberin Levarda mit zu den Frauen nahm, die es sich um den Kamin gemütlich gemacht hatten. Dort stand auch die Wiege mit dem Baby.

Levarda musste sich zusammenreißen, denn eigentlich zog es sie direkt dorthin. Sie begrüßte zuerst höflich jede einzelne der anwesenden Damen. Danach stellte ihr Celina ihre Eltern und die von Egris vor. Endlich traten sie gemeinsam an die Wiege und Levardas Herz öffnete sich vor Freude. Celina lachte, als sie Levarda strahlen sah.

»Wollt Ihr ihn nehmen?«

»Darf ich?«

»Aber natürlich!«

»Celina, Ihr solltet das nicht zulassen«, ereiferte sich Orianders Frau, »diese jungen Mädchen haben doch keine Ahnung, wie sie so ein kleines Ding halten sollen. Sie sind immer so ungeschickt.«

Levarda hob das Baby aus seiner Wiege, hatte es unter den Achseln gepackt, stützte mit dem Daumen seine Brust, mit den Fingern sein kleines Köpfchen, das es selbst nicht halten konnte.

»Na, mein kleiner Mann, wie gefällt dir diese Welt?«

Der kleine Mann zog ein Schnütchen, als überlegte er, ob er lieber weinen solle.

»Seht Ihr, das meine ich«, schrillte die Stimme der Frau durch die Wohnung und zog aller Aufmerksamkeit auf Levarda und das Kind. Diese bettete den kleinen Mann an ihre Brust, stützte das Köpfchen mit der Hand und küsste zärtlich seine weichen, flaumigen Haare. Sie ignorierte die anderen Personen im Raum vollständig. Nur einen Blick nahm sie mit aller Intensität wahr – den von Lord Otis. In der Hoffnung, dass ihre Handlung nicht seinen Unwillen hervorrief, kuschelte sie ihre Wange an das Baby und musterte ihn verstohlen.

Die steile Falte zwischen seinen Augen war verschwunden. Er sah nicht sie an, sondern betrachtete das Kind in ihrem Arm. Erleichtert atmete sie auf.

»Wollt Ihr nicht wissen, wie er heißt?«, fragte Celina.

»Hmm, er riecht so wunderbar«, wisperte Levarda und steckte ihre Nase noch ein Stück tiefer in sein Haar.

Die Mutter streichelte mit zwei Fingern die Wange ihres Sohnes.

»Wie heißt er?«, fragte sie schließlich.

»Levitus«, antwortete Celina mit einem verschmitzten Lächeln.

»Und ich dachte, Ihr würdet ihn nach seinem Großvater nennen!«, schnaubte Celinas Schwiegermutter. »Der Name ist wirklich seltsam, muss ich schon sagen.«

Celina warf Egris einen Blick zu, der ihr lächelnd mit seinem Glas zuprostete.

»Uns gefällt er. Er ist uns spontan eingefallen, als er geboren wurde«, erklärte Egris seiner Mutter freundlich, aber keinen Widerspruch duldend.

Celina zwinkerte Levarda zu.

Den restlichen Abend ließ Levarda den kleinen Levi, wie sie ihn liebevoll nannte, nicht mehr aus den Armen, was seine Mutter nicht im Geringsten störte. Erst als Levi Hunger bekam, reichte sie ihn ihr, und gemeinsam verließen sie das Zimmer. Lord Otis hielt sie auf und wollte sie begleiten, aber als ihm Celina unmissverständlich erklärte, dass er dabei nicht erwünscht war, und versprach, Levarda sofort zurückzubringen, gab er widerwillig nach.

Zuvor suchte sein Blick Levardas Augen. Er brauchte nichts zu sagen, sie verstand ihn ohne Worte und wusste, wie auch immer er es anstellte, er würde sie überwachen.

Sie zogen sich in Celinas private Räume zurück. Levarda musste tausend Fragen zum Thema Babys beantworten, zumindest kam es ihr so vor. Zusammen wickelten sie Levitus, nachdem er seinen Hunger gestillt hatte. Erst dann kehrten sie zu den anderen zurück.

Das Essen war aufgetragen worden. Zwischen Egris und Lord Otis waren zwei Plätze frei geblieben. Es blieb Levarda nichts anderes übrig, als sich neben ihren Kerkermeister zu setzen. Sie behielt Levitus in ihren Armen, nachdem sie sich versichert hatte, dass Celina nichts dagegen hatte. Die anderen Frauen beobachteten sie pikiert.

»Ein Baby sollte nicht ständig in den Armen herumgetragen werden. Es braucht seine Ruhe«, erklärte Wilbors Frau.

»Er sieht nicht aus, als ob es ihm missfallen würde und – mit Verlaub – ich kann es ihm nicht verdenken«, erwiderte Lord Otis mit einem Seitenblick auf Levarda.

Sie verbarg ihr Gesicht hinter Levitus, damit man nicht die Röte auf ihren Wangen sah. Wie ungewohnt es sich anfühlte, Rückendeckung von Lord Otis zu erhalten! Leise sprach sie Levi ins Ohr, erzählte ihm, was es alles zu essen gab, und dass er sicher bald ein Stück Brot kosten wolle.

Levitus beobachtete sie mit wachen Augen, gluckste, streckte seine Finger nach Levardas Haaren aus, grapschte eine Strähne und zog daran.

»Au!«

Lord Otis griff beherzt, aber vorsichtig ein, befreite die Strähne aus den kräftigen kleinen Fingern des Säuglings und steckte sie Levarda in die Frisur zurück.

»Egris«, kommentierte er dazu, »ich glaube, Ihr müsst Eurem Sohn noch Manieren beibringen, was den Umgang mit Ladys betrifft.«

Alle lachten.

Man wandte sich dem Essen zu. Lord Otis unterhielt sich mit Egris‘ Vater, der ihn bat, über die Lage im Land zu berichten. Der Name von Prinz Tarkan fiel einige Male, allerdings schenkte Levarda diesem Gespräch keine Aufmerksamkeit. Sie schnitt Levi Grimassen, die dieser zu imitieren versuchte. Dabei vergaß sie, zu essen.

Celina bat Lord Otis, das Essen für Levarda zu zerteilen und darauf zu achten, dass sie etwas zu sich nahm. Er kam der Aufforderung nach und schnitt das Fleisch in kleine Stücke, die sie mit der Gabel aufpicken und essen konnte. Völlig versunken in ihrem Spiel mit Levitus, schob sie ab und an ein wenig in den Mund. Als sie merkte, dass das Baby müde wurde, summte sie leise ein mintranisches Schlaflied, und sofort schloss er die Augen und schlief in ihren Armen ein.

»Ihr verfügt über außergewöhnliche mütterliche Instinkte, Lady Levarda«, merkte Egris‘ Mutter an.

»Ja, ich liebe Kinder. Ich habe acht jüngere Geschwister, um die ich mich als Älteste oft kümmern musste. Damals fand ich es lästig, heute vermisse ich sie.«

»Acht!«, rief Wilbors Frau entsetzt.

»Ich weiß, das hört sich viel an, aber meine Mutter liebt Kinder und mein Vater hatte nichts dagegen.«

»Ihr seid mit der neuen hohen Gemahlin in unser Land gekommen?«, fragte Celinas Mutter.

»Ja.«

»Hat deren Mutter, Lady Tibana, nicht ebenfalls sieben Kindern das Leben geschenkt?

»Sechs Söhnen und einer Tochter«, bestätigte Levarda, obwohl sie sicher war, dass dies alle wussten.

»Die Familie scheint überaus fruchtbar zu sein«, stellte Egris‘ Mutter fest.

»Es ist spät. Lady Levarda und ich müssen aufbrechen«,

mischte sich Lord Otis in die Diskussion über Fruchtbarkeit, die unweigerlich irgendwann zum hohen Lord führen musste.

»Aber Levarda hat noch nicht zu Ende gegessen«, protestierte Celina.

»Dafür müsste ich sie wohl auch noch füttern«, erwiderte Lord Otis trocken.

Einige der Damen kicherten über die Bemerkung. Levarda stand artig auf, obwohl es ihr schwerfiel, so schnell von Levi Abschied zu nehmen. Vorsichtig legte sie das Baby in seine Wiege, und es öffnete kurz erschrocken die Augen, aber als sie leise ein Lied summte, drückte es seine kleine Faust in den Mund und schlief weiter. Ein letztes Mal strich ihm Levarda über den Kopf.

Erstaunlich geduldig wartete Lord Otis, bis sie fertig war. Egris und Celina begleiteten ihre Gäste zur Tür. Celina drückte Levarda fest an sich, und auch Egris zog sie zu ihrer Überraschung an seine Brust. Das brachte die steile Falte auf dem Antlitz von Lord Otis zum Vorschein, die den ganzen Nachmittag nicht zu sehen gewesen war.

Als sie in der Kutsche saßen, blickte sie aus dem Fenster. Sie fuhren nicht denselben Weg zurück, sondern nahmen einen längeren. So bekam sie den restlichen Teil des inneren Rings zu sehen. Sie spürte, wie Lord Otis sie nachdenklich betrachtete, wagte aber nicht, ihn zu fragen, was ihn beschäftigte.

Sie erreichten die Festung. Er half ihr beim Aussteigen, sie gingen gemeinsam hinein, und er begleitete Levarda bis zum Fuß ihres Turmzimmers.

Sie sah ihn mit einem glücklichen Lächeln an. »Ich weiß nicht, wie ich Euch für diesen Nachmittag danken kann, Lord Otis.«

»Ihr braucht mir nicht zu danken. Ich habe es für Egris getan, nicht für Euch.«

Ihr Lächeln vertiefte sich. »Gute Nacht.«

Als sie langsam die Treppe hinaufstieg, spürte sie, wie sein Blick ihr folgte.

15

DER HOHE LORD

Levarda prüfte ihren Kräutervorrat. Noch war genug vorhanden, dennoch, das Tempo, in dem er sich verringerte, beunruhigte sie. Sie müsste Wochen draußen in den Wäldern verbringen, um die richtigen Stellen zu finden und ihre Vorräte aufzufrischen, und sie wusste, dass sie niemals dafür die Erlaubnis erhielt.

»Adrijana, kannst du Lord Otis fragen, ob ich einen Brief nach Hause schreiben darf?«

Das Mädchen hatte seinen traurigen Blick verloren. Levarda wusste nicht, ob es daran lag, dass Lord Otis sie wieder in sein Bett rief. Sie wollte es auch nicht wissen. Seit dem Nachmittag bei Egris gefiel ihr der Gedanke noch weniger, dass sich Lord Otis eine Gespielin ins Bett holte. Sie ärgerte sich selbst über dieses Gefühl, das sie im Moment überhaupt nicht gebrauchen konnte.

Am Abend kam Adrijana mit der Nachricht zurück, dass sie einen Brief schreiben dürfe, allerdings würde Lord Otis diesen lesen, selbst versiegeln und auf den Weg bringen.

Levarda setzte sich an ihren Schreibtisch, tauchte die Feder in die Tinte und begann zu schreiben.

Zuerst kümmerte sie sich um die vorrangigen Themen, die

Auflistung der von ihr benötigten Kräuter. Erst danach fragte sie ihre Mutter nach dem Befinden ihrer Geschwister. Sie erzählte von ihrer Ankunft auf der Festung, der Hochzeitszeremonie und ihrem Leben am Hof, wobei sie immer darauf achtete, dass ihre Worte unverfänglich klangen.

Sie berichtete über Lady Eluis und ihr Buch mit den Märchen aus Mintra. Über Levitus schrieb sie drei Seiten. Zuletzt beschrieb sie den See bei Burg Ikatuk, der sie einerseits an den See Luna erinnerte, und doch in seiner Art einzigartig war.

Adrijana beobachtete sie beim Schreiben, während sie ihre Kleider ausbesserte. Schließlich lagen zwanzig beschriebene Blätter vor Levarda.

»Fertig«, erklärte sie.

»Ich sage Lord Otis Bescheid.« Adrijana verschwand.

Sie starrte auf das Papier, das über und über mit ihrer verschnörkelten Schrift bedeckt war. Sie fühlte sich innerlich leer.

Schließlich stand sie auf, machte es sich auf ihrem Fenstersims bequem mit einem Becher heißen Suds aus Blütenblättern, die sie im Sommer im Garten gepflückt hatte. Vier Monde war es inzwischen her, seit sie die Burg das erste Mal betreten hatte. Gefühlt kam es ihr viel länger vor. Sie beobachtete den Regen, der sich seit Tagen aus dem Himmel ergoss.

Anstelle von Adrijana kam Lord Otis in ihr Zimmer. Er hatte Siegellack und eine Kerze bei sich. Die Tür blieb offen, und zwei Soldaten positionierten sich davor. Er setzte sich an den Schreibtisch und begann ihren Brief zu lesen.

Levarda wusste jetzt, warum sie sich so leer fühlte. Es lag an ihren Erinnerungen, die beim Schreiben hochgekommen waren. Ihr Ziel lag kein Stück näher und sie vermisste ihre Familie unendlich. Außerdem hatte sie begriffen, dass sie ihre Mutter, ihren Vater und ihre Geschwister nie wiedersehen würde.

Sie ließ die Tränen einfach fließen, legte ihren Finger an die Scheibe, und die Regentropfen sammelten sich außen am Fenster darum herum, bildeten verschiedene Formen: eine Blume, einen Baum, den Mond, einen Hirsch, einen Adler.

»Wie macht Ihr das?«

Erschrocken fuhr sie zusammen. Sie hatte nicht bemerkt, dass er aufgestanden und neben sie getreten war. Sie zog ihren Finger von der Scheibe weg. Die Formen lösten sich auf, und das Wasser rann am Glas herab.

Er schob einen Finger unter ihr Kinn und drehte ihr Gesicht zu sich, sodass sie ihn ansehen musste. Mit seiner anderen Hand wischte er ihr die Tränen von der Wange.

»Heimweh«, stellte er leise fest.

Sie zog ihr Kinn von seiner Hand und lehnte ihren Kopf an die Fensterscheibe. Kaum berührte er die Scheibe, bildete sich ein Blütenkranz aus Wasser.

»Und ich dachte, Euer Element wäre die Luft, aber es ist das Wasser.«

Sie antwortete nicht. In ihr steckte eine tiefe Traurigkeit, die sie einfach nicht abschütteln konnte. Sie wollte mit dieser Traurigkeit allein sein, aber Lord Otis machte keine Anstalten, sie zu verlassen.

»Das Bild, das Euch Lady Eluis gemalt hat – ist das der See Luna?«

Sie schwieg, starrte aus dem Fenster.

Er trat an das Bild und betrachtete es. »Er sieht geheimnisvoll aus. Wer ist die Frau, die am Ufer steht?«

Überrascht rutschte sie von ihrem Fenstersims herunter und stellte sich neben ihn. »Welche Frau?«

Er lächelte sie an. »Ihr habt also Eure Sprache doch nicht verloren.«

Sie warf ihm einen deutlichen Blick zu und ging zurück zum Fenstersims. Er folgte ihr und schwang sich auf der anderen Seite auf das Sims. Da dieses nicht viel Platz bot, berührten sich unweigerlich ihre Beine. Levarda rutschte ein wenig dichter an die Wand und zog ihre Füße zu sich heran.

»Wie werde ich Euch wieder los?«, fragte sie ihn mürrisch.

»Indem Ihr mir ein Lächeln schenkt.«

Sie verzog Ihr Gesicht zu einem Lächeln, schaffte aber nur eine Grimasse.

»Warum ist Lady Smira nicht wieder schwanger geworden?«

Sie biss sich auf die Lippen. Bisher hatte sie noch mit niemandem darüber gesprochen, und das, obwohl ihre Cousine sie mehrmals zu sich gerufen hatte, nachdem ihr Mann bei ihr gewesen war, was er mit Sicherheit wusste. Sie wagte es nicht mehr, Lord Gregorius' lebensspendenden Kräften mit Energie nachzuhelfen. Es war, als läge ein dunkler Schatten auf ihnen. Sie musste unbedingt den hohen Lord untersuchen, damit sie die Ursache für den Schatten fand. Konnte sie darüber mit ihrem Gegenüber sprechen? Ihr Blick ging zu den Soldaten hinüber, die an der offenen Tür standen.

»Ich kann sie nicht wegschicken, aber wenn Ihr leise redet und in Eurer Sprache, können sie nicht verstehen, was Ihr sagt«, beantwortete er flüsternd ihre unausgesprochene Frage.

»Es ist irgendetwas mit Lord Gregorius, das ich so nicht behandeln kann.«

»Ist er in der Lage, Leben zu spenden?«

»Doch, er könnte es, allerdings ist da etwas, das seine Lebenskraft blockiert.«

»Was ist es?«

»Ich weiß es nicht, dafür müsste ich ihn untersuchen.«

Er schwieg und betrachtete sie nachdenklich.

Levarda legte in Gedanken versunken ihren Finger an die Scheibe, und diesmal formte sie ein Pferd, was ihre volle Konzentration erforderte. Lord Otis glitt vom Fenstersims herunter.

»Ich werde darüber nachdenken.«

. . .

Nach dem folgenden Fest bekam sie ihre Gelegenheit. Adrijana wollte ihr eben aus dem Kleid helfen, als Sendad an der Tür erschien. Hastig drehte er sich um.

»Verzeiht, Mylady, ich vergaß anzuklopfen. Lord Otis bat mich, Euch zum hohen Lord zu geleiten. Er fühlt sich unwohl.«

Adrijana verschloss ihr Kleid wieder. Levarda nahm ihre Tasche und folgte Sendad. Der Offizier legte ihr eine Augenbinde an, bevor er sie die Treppe hinunter in die Gänge der Garde führte.

»Ihr wisst, dass Euch das nichts bringt?«, knurrte sie, weil ihr bei dem Gedanken, ihm hilflos ausgeliefert zu sein, nicht ganz wohl war. Er platzierte ihre Hand auf seiner Schulter.

»Das wisst Ihr, ich weiß es und Lord Otis, aber alle anderen nicht. Abgesehen davon solltet Ihr wissen, dass Ihr mir vertrauen könnt.«

»Sagte der Wolf zu dem Schaf.«

»Es liegt mir fern, Euch als Schaf zu betrachten.«

Schließlich erreichten sie die Tür zum Schlafzimmer des hohen Lords.

»Es wird nicht angenehm sein. Ihm ist übel.«

»Keine Sorge, ich bin nicht empfindlich.«

Sie öffnete die Tür und trat in das Schlafgemach ein. Beherrscht wurde es von einem Bett, in dem Levarda mit allen ihren Geschwistern Platz gefunden hätte. Der Raum war riesig und verschwenderisch ausgestattet, voller Prunk und Protz. Sie fragte sich, wie jemand nur so viel Kram besitzen konnte. Ein scharfer Geruch lag im Zimmer.

In dem Gemach befanden sich außer dem hohen Lord noch zwei Diener, Lord Otis und Egris. Levarda trat an das Bett, wo der hohe Lord bleich in seinen Kissen lag, die Stirn glänzend von kaltem Schweiß.

»Normalerweise empfange ich in so einem Zustand keinen Damenbesuch«, krächzte er heiser, »aber man versicherte mir, Ihr wäret in der Lage, mir zu helfen.«

Levarda reagierte gleich, als sie seinen Gesichtsausdruck sah. Bevor der Diener reagieren konnte, schnappte sie sich die Schüssel aus seiner Hand und hielt sie Gregorius hin. Der würgte pure Galle heraus.

Sie setzte sich zu ihm, legte ihre Hand auf seine Stirn – und hatte im selben Augenblick ein Messer an ihrem Hals.

»Sachte, Lady Levarda, nicht so eilig.« Lord Otis hockte mit einem Knie hinter ihr auf dem Bett, seine Hand mit dem Messer umschlang sie.

Gregorius' Krämpfe hörten auf. Er ließ sich erschöpft in sein Kissen zurückfallen.

»Ich dachte, Ihr vertraut ihr, Lord Otis.«

»Dennoch bin ich vorsichtig.«

»Könntet Ihr das Messer von meinem Hals nehmen?«, mischte sich Levarda ein.

»Ja, wenn Ihr mir versprecht, Euch dem hohen Lord sachte zu nähern, und wenn Ihr mir sagt, was Ihr zu tun gedenkt.«

»Ich möchte aus meiner Tasche ein wenig Pfefferminzöl holen. Wenn mir der Diener ein Glas Wasser bringt, tropfe ich es hinein. Der hohe Lord kann mit dem Wasser gurgeln und es ausspucken – wohlgemerkt: ausspucken – bitte nicht schlucken. Zum einen wird es den unangenehmen Geschmack aus seinem Mund entfernen, zum anderen wird es beruhigend auf seinen Magen einwirken.«

Lord Otis ließ sie los.

Der Diener brachte ein Glas Wasser, und Levarda tropfte das Öl hinein. Gregorius gurgelte gehorsam und spuckte das Wasser in die Schüssel, die ihm der andere Diener hinhielt. Als er fertig war, versank er in seinen Kissen und schloss die Augen. Nach und nach kehrte Farbe in sein Gesicht zurück. Er öffnete die Augen und sah Levarda an.

»Erstaunlich, mir geht es tatsächlich besser.«

»Das freut mich. Dennoch möchte ich Euch gern untersuchen, sofern Lord Otis nichts dagegen hat.«

»Fahrt fort«, ordnete dieser an.

Sie schaute auf Gregorius, der ein Nachtgewand trug. Da sie sich nicht mit den nächtlichen Kleidungsgewohnheiten der Männer in diesem Land auskannte, blieb ihr nichts anderes übrig, als sich zu erkundigen.

»Verzeiht mir die ungehörige Frage, hoher Lord«, begann Levarda vorsichtig mit der Ansprache des heiklen Themas, »wenn ich Euch untersuche, muss ich meine Hand etwa hier«, sie legte eine Hand unter ihre eigenen Rippen, »hinlegen.«

Auffordernd sah sie den hohen Lord an, der ihre Andeutung nicht begriff. Auch vonseiten der anwesenden Offiziere und Diener kam keine Hilfe, lediglich neugierige Blicke, die ihren Ausführungen folgten. Sie entschloss sich, die Frage direkter zu formulieren: »Tragt Ihr eine Hose unter Eurem Nachtgewand?«

Es trat Stille ein – dann brüllten die Männer los. Levarda schoss die Röte ins Gesicht.

»Verzeiht, hoher Lord, ich möchte nicht, dass Ihr falsche Schlüsse aus meinen Worten zieht. Ich möchte Euch lediglich untersuchen.«

Lord Otis wischte sich die Lachtränen von seinem Gesicht. »Keine Angst, Lady Levarda, niemand wird falsche Schlüsse ziehen, schließlich habe ich Euch selbst hergebeten. Mir war nur nicht klar, dass Ihr –«, er brach ab und schnappte nach Luft. »Geht es nicht durch den Stoff?«

Sie schüttelte den Kopf, wagte aber nichts mehr zu sagen.

Lord Otis nickte Sendad zu, der Levarda an den Schultern packte und sie aus der Tür bugsierte.

»Was war an meiner Frage so belustigend?«, frage sie Sendad ärgerlich, der sich erneut ein Lachen verkniff.

»Alles. Die Art, wie Ihr gefragt habt, wie Ihr ganz unbekümmert auf dem Bett gesessen habt, Eure Hand –«, er brach ab.

»Sie war unterhalb meiner Brust und weit über jeder anderen verfänglichen Position.«

»Und zuletzt die Frage, ob er Hosen anhabe. Als ob man unter einem Nachtgewand Hosen tragen würde.« Sendad schüttelte den Kopf, ein belustigtes Funkeln in den Augen. Dann wurde sein Blick ernst. »Ihr solltet darauf achten, dass er Eure Untersuchung nicht missversteht.«

»Sendad, Lady Levarda kann wieder hereinkommen«, wurden sie unterbrochen.

Als sie erneut ans Bett trat, lag der hohe Lord dort mit nacktem Oberkörper, nur mit einer Hose bekleidet. In seinen Augen spiegelten sich Neugierde und gespannte Erwartung.

Sie bemühte sich, ihre Unsicherheit, ausgelöst von Sendads Worten, zu verbergen. Noch nie war ihr der Gedanke gekommen, dass ihre Berührungen, wenn sie jemanden untersuchte, falsch aufgefasst werden könnten.

»Lady Levarda, Ihr wisst, dass ich Euch nicht erlauben kann, den hohen Lord allein zu untersuchen«, versicherte sich Lord Otis.

»Ich hatte nicht vor, Euch rauszuschicken«, unterbrach sie ihn rasch.

Er stutzte, fing sich. In seinen Augen blitzte etwas auf. »So meinte ich das nicht. Ich möchte, dass Ihr mich mitnehmt«, konkretisierte er.

Es verunsicherte sie, wie er vor dem hohen Lord so einfach über ihre Fähigkeiten sprach. Er schien ihre Gedanken zu lesen.

»Ihr vergesst, dass Bihrok ein Offizier der Garde des hohen Lords war. Wir alle in diesem Raum wissen, dass es Dinge gibt, die wir mit unserem Willen beeinflussen können.«

Levarda warf einen kurzen Blick auf den hohen Lord, dann nickte sie. »Einverstanden, das macht es mir leichter. Allerdings kann ich Euch nicht ...«, sie suchte nach einem unverfänglichen Wort, »... mitnehmen, wie Ihr es nennt.«

Lord Otis runzelte die Stirn. »Weshalb nicht? Ihr habt mich damals bei der Behandlung von Sendad mitgenommen.«

»Ihr könnt das nicht miteinander vergleichen. Damals habt

Ihr mir Energie gegeben, die mir fehlte. Dies ist eine andere Situation.«

»So oder überhaupt nicht.«

»Ich muss mich konzentrieren und kann mich nicht um die Kontrolle Eurer Energie kümmern«, probierte Levarda ihn umzustimmen. Sie mochte nicht sagen, dass es für den hohen Lord gefährlich werden konnte, versuchte aber, es mit ihrem Blick zu verdeutlichen.

»Keine Sorge, ich kontrolliere meine Energie.«

Er verstand sie nicht oder wollte sie nicht verstehen.

»Auf Eure Verantwortung«, gab sie sich geschlagen, weil sie keine andere Möglichkeit sah, bei dem hohen Lord eine genaue Untersuchung durchzusetzen.

Er nickte spöttisch.

Sie setzte sich an Gregorius' Bettkante, Lord Otis trat hinter sie und legte eine Hand auf ihre Schulter.

»Nein, wenn Ihr die Hand auf meine Schulter legt, kann ich Euch nicht mitnehmen. Ihr müsst Eure Gedanken kontrollieren und Euch zuerst auf mich konzentrieren. Ich warne Euch: Ein Fehler, und Ihr seid raus.«

Das Ganze hatte noch einen anderen Aspekt, der ihr erst bei ihren eigenen Worten ins Bewusstsein drang.

Der hohe Lord ließ seinen Blick amüsiert zwischen ihr, deren Gesicht kühle Entschlossenheit ausdrückte, und seinem obersten Gardeoffizier hin und her schweifen. Levarda wusste, dass es selten oder nie vorkam, dass jemand diesem Mann mit der Narbe im Antlitz drohte. Sie presste die Lippen zusammen und hoffte, dass Lord Otis sie nicht missverstehen würde. Sie strich ihre offenen Haare auf die rechte Schulter, sodass ihre linke Halsseite freilag. Tief durchatmend richtete sie ihre Konzentration nach innen und kontrollierte den Zugang zu all ihren Energien, hob zuletzt die rechte Hand zu ihrer Schulter.

»Gebt mir Eure linke Hand.«

Sie konnte die Wärme seiner Finger in ihrer Hand fühlen. Er

kontrollierte seine Energie, sodass diese nicht in sie drang. Sie führte seine Hand an ihren Hals, zu einem Punkt knapp über ihrem Schlüsselbein. Für einen Moment spürte sie Widerstand.

»Nehmt am besten Euren Zeige- und Mittelfinger und legt sie genau an die Stelle, wo Ihr meinen Puls fühlt«, erklärte sie ihm sachlich.

Noch immer zögernd näherte er sich diesem Punkt, seine Finger berührten ihre Haut. Diesmal schoss seine Energie durch ihren Körper. Levarda reagierte sofort, schloss die Augen und fing den Fluss ab, bevor er sich mit ihrer Energie vereinigen konnte.

»Ich sagte, Ihr sollt es kontrollieren«, fauchte sie ihn an.

Im Raum herrschte gespannte Stille. Der intensive Blick des hohen Lords erschwerte Levarda zusätzlich die Arbeit. Sie fokussierte ihre Konzentration erneut auf ihren Energiefluss. Lord Otis tat es ihr gleich, was sie am Abschwellen des Energiestroms merkte.

»Besser?«, fragte er leise nach.

»Ja.« Sie öffnete die Augen. »Könnt Ihr meinen Herzschlag fühlen?«

»Ruhig und gleichmäßig«, antwortete er ihr.

Klang da Bedauern in seiner Stimme mit? Sie schob auch diesen Gedanken beiseite und konzentrierte sich auf ihre Aufgabe.

»Orientiert Euch daran. Das ist der Rhythmus, dem Ihr lauschen und dem Ihr folgen sollt, damit Ihr nicht verlorengeht. Ich brauche für die Untersuchung nicht Eure Energie, sie ist lediglich die Verbindung zu mir, damit Ihr sehen könnt, was ich sehe. Habt Ihr das verstanden?«

Sie ließ seine Hand los. Statt einer Antwort legte sich sein Messer an ihren Hals. Sie unterdrückte ihren Ärger über die Art, wie er sie behandelte.

»Muss das sein?«

»Ja«, antwortete er kurz und bündig.

»Dann seid wenigstens achtsam.«

»Ich bin niemals unachtsam mit einem Messer in der Hand.«

Sie legte eine Hand an das Handgelenk, welches das Messer hielt. Gerade in der ersten Phase der Untersuchung fühlte sie sich so sicherer. Er ließ sie gewähren.

Langsam näherte sie sich dem hohen Lord, legte ihre andere Hand auf seine Stirn. Der Herrscher von Forran schloss bei der Berührung entspannt die Augen, als würde er es nicht zum ersten Mal erleben. Levarda tat es ihm nach. Sie orientierte sich in ihrem Innern, bis sie die Präsenz von Lord Otis' Energie kanalisiert hatte.

In diesem Moment wurde er zu einem Teil ihrer selbst. Er konnte ihre Gedanken und Gefühle wie seine eigenen wahrnehmen. In Mintra würde Levarda dieses Zusammenspiel der Kräfte zweier Menschen nur einem Lebensgefährten, einem Meister oder besonderen Freund gestatten. Sie hoffte, dass er die Intimität dieser Handlung nicht wahrnahm.

Sachte führte sie ihre eigene Energie mit seiner in den Körper des hohen Lords und ließ sein Handgelenk los. Während ihre linke Hand auf der Stirn des hohen Lords blieb, wanderte die rechte seinen Hals herunter. Mit leichten Berührungen glitten ihre Fingerspitzen Stück für Stück über seinen Körper. Die Atemwege waren in Ordnung, genauso sein Herz. Der Magen wies Spuren von Verdorbenem auf, und Levarda schickte heilende Impulse dorthin. Ihre Hand wanderte weiter bis zu seinem Energiezentrum. Da waren sie, die schwarzen Schatten, waberten in seinem Zentrum und schlossen es fast ein.

Sie merkte, dass Lord Otis den Rhythmus verlor, konzentrierte sich auf ihn, sandte ihm ihren Herzschlag beruhigend zu. Er nahm ihren Takt auf. Sie überlegte, ob es besser wäre, die Untersuchung abzubrechen. Lord Otis besaß nicht genügend Erfahrung in solchen Dingen. Wenn er unkontrolliert seine Energie durch ihren Körper sandte, konnte das ernsthafte Verletzungen für sie und den hohen Lord zur Folge haben. Nur, würde sich diese Gelegenheit ein weiteres Mal bieten?

Sie hatte die Ursache der Magenverstimmung erkannt. Jemand hatte ihm ein harmloses Mittel mit Hilfe von Wein eingeflößt. Sie ahnte, dass es Lord Otis gewesen war, und entschloss sich, die Untersuchung fortzuführen.

Mit ihrer Energie näherte sie sich den Schatten. Ein kleiner Impuls genügte, und sie stoben auseinander, um sich alsbald mit neuer Kraft wieder genau am Energiezentrum des hohen Lords zu ballen. Diese Schatten blockierten seine lebensspendende Kraft, das konnte Levarda deutlich an dem Energiemuster erkennen. Es entsprach der dunklen Hülle, die seine Samen umschloss.

Sie konzentrierte sich, sammelte Energie aus ihrem Zentrum, visualisierte in ihrem Kopf das Bild eines sachte fließenden Stroms, glitzernd im Licht der Mittagssonne. Sanft ließ sie diesen Fluss durch ihre Hand in die Mitte des hohen Lords fließen. Der glitzernde Strom floss in die Dunkelheit seines Zentrums, vermengte sich mit ihr wie in einem Spiel.

Levarda spürte, wie die Dunkelheit durstig von ihrer Energie trank. Das fühlte sich völlig falsch an. Ihr Herzschlag veränderte sich. Gleichzeitig bemerkte sie, wie Lord Otis Anstalten machte, ihren gemeinsamen Strom aus der Dunkelheit zurückzuführen, mit der gleichen Behutsamkeit, mit der sie selbst vorgegangen war.

Dann geschah es.

Als wehrte sich die Dunkelheit, den glitzernden Energiestrom zu verlieren, kristallisierte sich eine Schattengestalt aus der Dunkelheit hervor, warf sich auf die Energie, und für einen Moment blitzte ein Gesicht in Levardas Bewusstsein auf. So stark und intensiv war dieses Bild mit Gefühlen verwoben, dass Levarda völlig geschockt alle Kontrolle fahren ließ. Von dem plötzlichen Energieverlust sackte sie nach vorn und mit dem Hals in das Messer.

Feuer flammte ihre Energiebahn entlang, und der Schatten verlor seinen Halt. Mit der letzten Kraft ihrer Energie, gestärkt von der, die ihr Lord Otis sandte, löste Levarda die Verbindung mit dem hohen Lord und nahm ihre Hände von seinem Körper.

Erst dann griff sie sich an den Hals. Das Messer war fort, dafür spürte sie eine warme, klebrige Flüssigkeit an ihren Fingern. Sie konnte ihr eigenes Blut riechen und sah, wie der hohe Lord sie entsetzt anstarrte.

»Ihr habt sie getötet«, hörte sie noch. Dann verlor sie das Bewusstsein.

16

VERBÜNDET

»Verdammt, Otis, Ihr hättet sie töten können«, vernahm sie die vertraute Stimme von Egris.

»Beruhige dich, es ist nur ein kleiner Schnitt.«

»Ein kleiner Schnitt!«, hörte sie Sendad grollen. »Sie hat dir ihr Leben anvertraut und dich gebeten, achtsam mit dem Messer zu sein. Stattdessen schlitzt du ihr den Hals auf.«

»Ich habe ihr nicht den Hals aufgeschlitzt, sie hat sich auf das Messer fallen lassen!«

Levarda konnte fühlen, wie ihre Hand in der von Lord Otis lag. Sie spürte die Energie, die von ihm ausging und Impulse zu ihrer Kehle sandte – ein unbeholfener Versuch seinerseits, ihre Heilkräfte zu aktivieren.

Ihre Energiemuster, so eng miteinander verbunden, gaben ihr Geborgenheit, und der Schock wich aus ihrem Körper. Sie öffnete die Augen.

Sie befand sich nicht mehr im Raum des hohen Lords. Dieses Zimmer war viel kleiner und vor allem schlichter. Lord Otis saß an ihrer Bettkante. Als er merkte, dass sie wach war, ließ er ihre Hand los. Egris saß auf der anderen Seite und sah sie besorgt an. Sendad stand am Fußende.

Levardas Finger tasteten nach ihrem Hals. Jemand hatte ihn verbunden, und sie konnte die Heilkräfte des blutungsstillenden Mooses fühlen. Sie stöhnte auf.

»Habt Ihr Schmerzen?«, fragte Sendad furchtsam.

»Ja, es tut weh«, stellte sie erstaunt fest. Selten empfand sie körperliche Schmerzen und schon gar nicht so intensiv wie in diesem Fall.

»Hört auf mit dem Theater und heilt Euch«, befahl Lord Otis grob.

Sie richtete sich langsam auf, so dass sie ihren Oberkörper an das Kopfende des Bettes lehnen konnte.

»Gebt mir ein Messer«, befahl sie kalt.

»Ihr bekommt kein Messer, ich werfe mein Leben nicht leichtsinnig weg«, erwiderte er.

»Ich gebe Euch eines«, antwortete Egris und reichte ihr sein Messer.

Sie richtete sich auf.

Egris beobachtete sie gelassen, wohingegen Sendad und vor allem Lord Otis sie genau im Auge behielten. Anstatt das Messer entgegenzunehmen, umfasste sie Egris' Hand am Griff. Langsam führte sie diese so weit, bis die Schneide ihre andere Handfläche berührte, und machte damit einen Schnitt hinein.

Entsetzt zog Egris seine Hand mit dem Messer von ihr fort.

»Bringt mir Wasser«, befahl sie und sah Sendad an.

Gehorsam nahm er den Krug vom Tisch, goss Wasser in einen Becher und reichte ihn ihr. Sie schüttete ein wenig Wasser auf die Schnittwunde, konzentrierte ihre Energie auf den verletzten Punkt in ihrem Körper.

Das Wasser zischte und dampfte, spülte das Blut weg, und nichts außer makelloser Haut blieb übrig. Der Schnitt war verschwunden. Levarda betrachtete die Gesichter der Männer, die das soeben Gesehene erst in ihren Köpfen verarbeiten mussten, mit allen Konsequenzen, die sich daraus ergaben, so hoffte sie.

Lord Otis fasste sich als Erster. »Seht ihr, Männer, das ist alles kein Problem.«

In dem Ton seiner Stimme klang neben dem Schock die Erkenntnis durch, dass er ihre Fähigkeiten unterschätzt hatte. Ihn zu überraschen gelang vermutlich nicht vielen Menschen in seiner Umgebung.

Er war so geschickt im Umgang mit der Energie und lernte so unglaublich schnell. Ohne sein Eingreifen hätte sie all ihre Energie an den weiblichen Schatten verloren. Ihr Leben hatte sicher in seinen Händen gelegen, wenigstens, was ihre Lebensenergie betraf.

»Lady Levarda, jetzt schüttet das Wasser über den Schnitt an Eurem Hals, damit sich Egris und Sendad entspannen können.«

»Ich bin noch nicht fertig«, erwiderte sie, nachdenklich geworden durch die neue Erkenntnis.

Lord Otis, dessen Hand sich zu ihrem Hals bewegt hatte, hielt inne. Sie nahm seine Hand und fixierte ihn mit ihren Augen.

»Legt Euer Messer in seine Hand, Egris.«

Die Männer tauschten einen Blick, dann nickte Lord Otis, und Egris legte ihm sein Messer in die Hand.

Wie zuvor bei Egris umschloss sie seine Hand mit ihrer eigenen. Diesmal führte sie den Zeigefinger ihrer anderen Hand leicht über die scharfe Messerschneide. Dann ließ sie Lord Otis los, tauchte ihren Zeigefinger in das Wasser, richtete ihre Energie auf die Wunde, aber nichts geschah.

Sie war sich selbst über den Ausgang des Versuchs unsicher gewesen. Wie würde es sich anfühlen, durch sein Schwert zu sterben?

Weder dampfte noch zischte es, stattdessen färbte sich das Wasser von ihrem Blut.

»Ich kann diesen Schnitt nicht heilen, weil Eure Hand das Messer hielt.« Sie betrachtete aufmerksam den Schnitt in ihrem Finger, hob den Kopf und sah in die Augen von Lord Otis, in denen sie eine Mischung aus Erleichterung und Skepsis sah.

»Ich habe mein Leben in Eure Hände gelegt.«

Sie sagte es langsam, Wort für Wort. Dann steckte sie ihre blutende Fingerspitze in den Mund.

Die Männer schwiegen. Levarda richtete sich an Sendad.

»Ich danke Euch für Eure Worte, Sendad. Ich hätte es nicht besser sagen können. Was Euch betrifft, Lord Otis, so wäre es nett, wenn Ihr in Zukunft mit meinem Leben achtsamer umgehen würdet. Noch ist das Todesurteil nicht über mich gesprochen, und Ihr wisst nun: Es gibt für mich kein Entrinnen vor Euch.«

Seine Miene war eine undurchdringliche Maske. Vorsichtig tastete Levarda nach seiner Aura, die in den letzten Stunden ein Teil von ihr gewesen war, und stieß an einen Schutzschild, den er um sich errichtet hatte.

»Egris, Sendad – lasst uns allein«, befahl er den Offizieren.

Widerstrebend verließen die Männer ihre Plätze. Egris sah Levarda fragend an. Sie nickte. Egal, was die Zukunft mit sich brachte, heute war ihr Leben in Lord Otis‘ Gegenwart so sicher wie das des hohen Lords.

»Wir sind hinter der Tür, wenn Ihr uns braucht, Lady Levarda«, versprach Sendad. »Ein Wort von Euch, und wir sind bei Euch.« Er warf Lord Otis einen warnenden Blick zu.

Dieser verzog das Gesicht. »Ihr habt zwei neue Beschützer.«

»Es spielt keine Rolle, das wisst Ihr so gut wie ich.«

Er nickte. »Ich habe einen Fehler gemacht. Es tut mir leid. Ihr habt allen Grund, böse auf mich zu sein«, er beugte sich etwas vor, »aber Ihr habt hoffentlich auch bemerkt, dass ich Euch das Leben gerettet habe.«

Levarda schloss die Augen, legte die Hand an ihren Hals und dachte über seine Worte nach. Es überraschte sie, dass er ihr gegenüber einen Fehler eingestand und sich bei ihr entschuldigte. Sie beide hatten heute viel voneinander gelernt. Vielleicht waren sie in der Lage, wenigstens für einen begrenzten Zeitraum miteinander und nicht gegeneinander zu arbeiten. Es könnte von Vorteil sein gegen das, womit sie es hier zu tun hatten. Lord Otis war nicht in Panik geraten, er hatte seine Energie unter Kontrolle behalten, trotz der heiklen Situation. In Zukunft musste sie vorsichtiger sein.

Sie öffnete die Augen. »Ich nehme Eure Entschuldigung an und bin Euch nicht böse.«

»Sicher?«

»Ja, ich bin kein rachsüchtiger Mensch.«

Seine Mundwinkel zuckten. »Nein, in der Tat, das seid Ihr nicht.«

»Wer war die Frau?«, lenkte sie das Gespräch auf die Schattengestalt, die ihnen erschienen war. Allein der Gedanke an sie ließ ihr einen kalten Schauer über den Rücken laufen.

Er verstand sofort, was sie meinte, setzte sich auf die Bettkante und lehnte seinen Rücken an den Pfosten. Levarda zog die Beine an und überkreuzte sie. So konnte sie ihre Rückenmuskulatur entspannen, die durch die Arbeit mit Gregorius schmerzte.

»Prinzessin Indiras«, antwortete er schließlich.

Levarda, die ihren Kopf hin und her gedreht und sich mit den Händen seitlich den Hals entlanggestrichen hatte, um zu testen, ob alles in Ordnung war, hielt inne.

»Die erste hohe Gemahlin?«

Er nickte, und sein Gesicht verdüsterte sich. »Die Schwester von Prinz Tarkan.«

»War das eine Vision von Euch?«, fragte sie nach.

»Nein, ich glaube nicht. Es hat mich genauso überrascht wie Euch, als sich das Gesicht aus den Schatten formte, sonst wäre ich schneller mit dem Messer gewesen. – Ihr solltet die Finger von der Stelle lassen.«

Tatsächlich hatte Levarda unbewusst an dem Verband gezupft. Sie starrte auf ihr eigenes Blut an ihren Fingern und merkte, dass ihr Kopf leicht wurde.

»Ihr seid unglaublich«, Lord Otis schüttelte den Kopf, »es hat Euch nichts ausgemacht, Eure Hand in Sendads Wunde zu legen, aus der das Blut nur so strömte. Wegen ein paar Tropfen Blut von Euch selbst an Euren Händen kippt Ihr um. Ihr habt mich bei Gregorius mit Eurer Ohnmacht in Schwierigkeiten gebracht.«

Levarda schluckte. »Es liegt nur daran, dass es mein eigenes Blut ist.«

»Wollt Ihr Euch waschen, bevor wir weiterreden?«

Sie sah sich im Zimmer um. An einer Wand stand ein Regal mit Büchern. Es gab einen Schrank und einen Waschtisch mit einer Schüssel, keine Goldverzierungen, keine samtenen Stoffbahnen, keine Bilder an den Wänden.

»Wo sind wir hier überhaupt?«

Er verbeugte sich im Sitzen spöttisch vor ihr. »In meinem Reich, Mylady, und Ihr liegt in meinem Bett.«

Levarda beherrschte den Impuls, herauszuspringen. Sein Gesichtsausdruck bereitete ihr Unbehagen, aber sie wollte sich keine weitere Blöße geben. Es reichte, dass er sich über sie lustig machte, weil sie wegen ein wenig Blut in Ohnmacht gefallen war. Langsam, mit wackligen Beinen, stand sie auf, wusch sich die Hände und kehrte auf ihren Platz zurück.

»Diese Prinzessin Indiras – verstand sie etwas von den Elementen und deren Energien?«

Nachdenklich runzelte er die Stirn, sah sie aus schmalen Augen an. »Was denkt Ihr?«

Sie zuckte die Achseln und schüttelte den Kopf. »Ich kannte die Frau nicht.«

»Ich meine aus dem, was Ihr in Gregorius' Innerem gesehen habt. Ist es die Energie eines Elements?«

»Mir ist so etwas noch nie begegnet. Es ähnelt ein wenig der Dunkelheit, die mich in der Nacht umgab, als die Toten zu mir kamen.«

»Ihr meint, nach dem Überfall?«

Sie nickte. »Aber das war außerhalb meines Körpers, nicht in meinem Innern. Es zog mich heraus und ging nicht in mich hinein. Habt Ihr den Geruch bemerkt?«

»Es stank nach Verwesung.«

»Hat sich der hohe Lord in den letzten Jahren verändert?«

Er lehnte seinen Kopf an den Bettpfosten. »Schwer zu sagen, ich bin fast ständig mit ihm zusammen.« Sein Blick schien in die Ferne zu schweifen. »Vielleicht. Als ich nach der langen Reise auf die Festung kam, da wirkte seine Aura dunkler als sonst. Allerdings lichtete sie sich nach ...«, sein Blick fiel auf sie, als hätte er bei seinen Ausführungen vergessen, wer ihm gegenübersaß.

»Nach?«, fragte sie. Immerhin konnte diese Erkenntnis der Schlüssel zu dem Problem sein.

Er lächelte anzüglich, seine Augen wanderten ihren Körper hinunter.

Ihr schoss die Röte ins Gesicht.

Amüsiert betrachtete er sie einen Moment, dann wurde er wieder ernst. »Was genau bewirken die Kräuter, die Lady Smira ihm vorher in seinen Wein mischt?«

Verlegen betrachtete sie ihre Hände, die in ihrem Schoß lagen.

»Für die Aufgabe, die vor Euch liegt, Lady Levarda, seid Ihr erstaunlich prüde. Werdet Ihr auch ständig rot, wenn Ihr mit der hohen Gemahlin über diese Dinge redet?«

Noch mehr Hitze breitete sich in ihr aus. Am liebsten wäre sie aus dem Raum geflohen. Sie biss sich auf die Unterlippe. »Es verstärkt die Manneskraft«, sagte sie verhalten.

Seine Augen wanderten durch das Zimmer, blieben an einer Schale auf dem Nachttisch hängen. Er stand auf und holte sie zum Bett, dann machte er es sich wieder an seinem Ende gemütlich. Die Schale war voll mit verschiedenen kandierten Nüssen. Er nahm sich eine Handvoll und bot ihr ebenfalls welche an.

Dankbar, dem unangenehmen Thema entronnen zu sein, pickte sie sich ihre Lieblingsnüsse aus der Schale. Die Süße, gepaart mit dem Fett, entfaltete unmittelbar die energetische Kraft in ihrem Körper.

»Er wirkt im Moment tatsächlich etwas entspannter.«

Konzentriert blickte er auf die Nüsse in seiner Hand und wählte eine davon aus, die er sich in den Mund schob. Er hob den Blick, sah Levarda tief in die Augen.

»Die letzten Jahre haben uns alle verändert. Ich weiß, dass Ihr über ihn bereits Euer Urteil gefällt habt. Aber er müsste ein Herz aus Stein haben, wenn ihm das Schicksal der Frauen egal wäre, die sein Bett teilen.«

»Dann sollte er es ändern. Immerhin ist er der hohe Lord.«

Besorgt erwartete sie seine Reaktion. Die Vertrautheit der Energieverbindung zwischen ihnen war für sie noch so spürbar, dass sie offen ihre Meinung geäußert hatte, Kritik am hohen Lord aus dem Mund einer Frau!

Er nahm ihre Worte gelassen auf. »Auch ein hoher Lord ist nicht frei in seinen Entscheidungen. Vielleicht noch weniger als wir beide.«

Nachdenklich sah sie ihn an. Mit Lady Eluis hatte sie schon öfter über Pflicht und Verantwortung gesprochen. Für Levarda stand an erster Stelle immer das Gewissen, mit dem ein Mensch seine Entscheidung abgleichen musste, egal welche Konsequenzen es für ihn nach sich zog. Gern hätte sie mit Lord Otis darüber diskutiert, aber da war ein dringenderes Problem, mit dem sie sich befassen musste, eines, von dem ihr Leben abhing.

»Ihr habt meine Frage noch nicht beantwortet, was Prinzessin Indiras‘ Fähigkeiten betrifft.«

»Ihr habt mit ihrem Bruder getanzt.«

»Weil Ihr mich gezwungen habt, auf diesem Fest zu erscheinen«, warf Levarda mürrisch ein, da er vom Thema ablenkte.

Er lachte sie schelmisch an. »Ihr habt mich nicht aussprechen lassen. Was fühltet Ihr in seiner Gegenwart?«

Sie starrte ihn verständnislos an, nicht sicher, weshalb er sie das fragte. Sein Gesichtsausdruck lieferte ihr keinen Anhaltspunkt.

Da sie schwieg, konkretisierte Lord Otis seine Frage. »Fühltet Ihr Euch zu ihm hingezogen?«

»Nein«, erwiderte sie schroff. »Ihr lenkt vom Thema ab!«

»Geht in Euch und denkt genau darüber nach. Es ist wichtig!«

Die Dringlichkeit in seiner Stimme ließ Levarda die Augen schließen. Sie dachte an den Abend zurück, erinnerte sich an die seltsame Energie, die sie umfangen hielt, und die nicht aus einem Element kam, denn das hätte sie gespürt. Im Nachhinein erschien sie ihr losgelöst, anders konnte sie es nicht ausdrücken. Die Energie hatte sich über sie gelegt, wie ein Mantel, bis das Mondlicht sie schützte, war aber nicht in sie eingedrungen – oder doch?

»Nein, nicht hingezogen, eher eingehüllt, umfangen.« Levarda drehte sich unbehaglich herum. »Gefangen? – Nein, auch nicht. Eigentlich habe ich es nicht bemerkt, bis mich das Mondlicht schützend umhüllte.«

»Ihr habt es nicht wahrgenommen?«, entgegnete er scharf.

Verärgert sah sie ihn an. »Nein, offensichtlich besitze ich nicht die gleiche Erfahrung wie Ihr. Schließlich weiß ich auch nicht, wie Ihr es bewerkstelligt, ständig über das, was ich tue, Bescheid zu wissen.«

Er lächelte zufrieden. Dieser Gesichtsausdruck erinnerte sie an etwas, das mit Prinz Tarkan zusammenhing. Angestrengt dachte sie nach, dann kam ihr die Erkenntnis. Sein zufriedener Ausdruck, der sich wandelte, als sie ihm davon erzählte, dass Lady Smira schwanger gewesen sei.

»Er bringt ihn langsam um«, stellte sie nachdenklich fest.

»Ihr meint, Prinz Tarkan, mit seiner Energie?«

Sie nickte.

»Nein. Unmöglich, ich war den ganzen Abend beim hohen Lord und habe ihn mit Prinz Tarkan nicht allein gelassen. Er hat keine Energie an den Körper des hohen Lords heranbekommen. Im Gegensatz zu Euch weiß ich, worauf man achten muss. Ich hoffe, auch Ihr habt Eure Lektion gelernt.«

»Nein.«

»Nein?«

»Ich meine, das braucht Prinz Tarkan gar nicht mehr.«

»Wie soll ich das verstehen?«

»Weil die Energie bereits in ihm drinnen ist«, erklärte sie, ungeduldig gegenüber seiner Begriffsstutzigkeit.

»Nein, auch das ist unmöglich, ich würde das merken.«

»Auch, wenn es von Prinzessin Indiras käme?«, fragte sie spitz. Ihr war das kurze Aufblitzen eines Gefühls in der Verbindung nicht verborgen geblieben, als das Gesicht in ihrem Kopf erschien.

Er musterte sie mit zusammengekniffenen Augen.

»Das ist der Grund, weshalb wir eine solche Energieverbindung in Mintra nicht mit jedem eingehen«, setzte sie erläuternd hinzu.

»Das ist mir wohl bewusst geworden, Lady Levarda, als ich in Euch war.«

Sie schloss kurz die Augen, um die Fassung wiederzugewinnen. Ja, sie hatte ihn tiefer in sich hineingelassen, als sie jemals einen Menschen bei sich einlassen wollte. Er konnte nicht alles wissen, denn sie hatte sich abgeschirmt. Außerdem gab es nichts in ihrem Leben, für das sie sich schämte. Der Gedanke half ihr, sich wieder auf das eigentliche Problem zu konzentrieren.

»Prinz Tarkan sagte mir, dass Prinzessin Indiras versagt habe, als ich ihm von Lady Smiras Schwangerschaft erzählte. Ich dachte, er habe es darauf bezogen, dass seine Schwester nicht schwanger geworden ist, immerhin hat sie sich deshalb umgebracht.«

»Nein. Sie hat sich nicht umgebracht.«

»Aber das hat er gesagt.«

»Ihr Vater hat sie getötet.«

»Nein!«

»Doch, ich war dabei und konnte es nicht verhindern. Sie bat mich, sie zu ihrem Vater zu begleiten. Ich dachte, sie hätte Angst vor seinem Zorn oder seiner Verachtung, weil sie jetzt die Frau des Feindes war. Dass er sie töten würde, damit rechnete ich nicht.«

»Was ist geschehen?«

»Wir gingen in sein Zimmer, er öffnete seine Arme und sagte: Komm an meine Brust, Tochter. Dann stieß er ihr den Dolch ins Herz.« Sein Gesicht war, während er sprach, zu einer steinernen Maske geworden. »Sie hatte mir ihr Leben anvertraut, so wie Ihr, Lady Levarda.«

Sie schwiegen.

Levarda wusste nicht, was sie sagen sollte. Es war ein großer Vertrauensbeweis, dass er ihr von seinem Versagen erzählte. Sendad kam herein.

»Otis, Lord Gregorius verlangt nach Euch.«

Lord Otis stand auf und sah Levarda an. »Könnt Ihr ihm helfen?«

»Das kann ich nicht sagen. Dafür muss ich mehr wissen.«

»Gut, ich drücke es anders aus. Findet eine Lösung dafür, dass die Schatten aus dem hohen Lord verschwinden.«

Ja, die Welt war einfach für Lord Otis. Er erteilte einen Befehl und sie hatte zu gehorchen. Wie sollte sie eine Lösung finden, wenn sie noch nie mit einer solchen Sache konfrontiert gewesen war?

ADRIJANA SAH SIE ENTSETZT AN, ALS SIE DIE BANDAGE UM ihren Hals und das Blut auf ihrem Kleid sah. Levarda erklärte schlicht, dass sie eine Meinungsverschiedenheit mit Lord Otis gehabt hätte, was Adrijana zum ersten Mal, seit Levarda sie kannte, sichtbar gegen ihren Herrn einnahm. So hatte ihre Wunde wenigstens einen Zweck erfüllt.

DIE HALBE NACHT LIEF SIE GRÜBELND IM ZIMMER AUF UND AB. Noch nie hatte sie von einer Energie gehört, die keinen Elementarursprung besaß. Genauso wenig hatte sie jemals Schatten auf einer Lebensquelle gesehen. Es erinnerte sie an eine Geschichte, die ihr einmal Freunde erzählten, als sie in einem Unwetter

Schutz in einer Höhle gesucht hatten. Sie wollten ihr damit Angst einjagen und hatten stattdessen sich selbst damit bange gemacht.

Es ging um einen Mann, der seine Frau liebte und verehrte. Dann kam der Tag, da sie von Lishar in die Quelle der Energie zurückgerufen wurde. Aber er wollte sich nicht von ihr trennen, also wendete er seine Kräfte gegen Lishar an, die ihn daraufhin bestrafte, indem sie ihn seines Elements und somit seiner Energie beraubte. Verzweifelt über den Verlust sowohl seiner geliebten Frau als auch der Verbundenheit zu seinem Element, flüchtete er aus Mintra. Er machte sich auf den Weg in die Dunkelheit des Todes der verzweifelten Seelen, der Menschen, die nicht zur Quelle von Lishar zurückkehrten.

Der See der Dunkelheit lag den Legenden nach in den hohen Bergen von Gestork. Angeblich liehen ihm die toten Seelen ihre Energie, und fortan rächte sich der Mann an jeder Frau aus Mintra, die so leichtsinnig war, in die Berge von Gestork zu kommen – sein Geschenk zurück an die verlorenen Seelen.

Levarda schüttelte den Kopf. Das war eine Geschichte, die kleinen Kindern Angst machen sollte. Lishar würde niemals eines ihrer Kinder fallen lassen, oder? Eine neue Erinnerung tauchte aus Levardas Gedächtnis auf: die Berge von Gestork. Hatte sie nicht vor Kurzem über den Ort gelesen oder davon gehört? Dann fiel es ihr wieder ein. Die Berge von Gestork – dahin flüchtete Larisan, und traf sie dort nicht den hohen Lord?

Am liebsten wäre Levarda direkt zu Lord Otis gelaufen, um ihm von der Geschichte zu erzählen. Sie musste unbedingt das dritte Buch von Larisan lesen. Vielleicht enthielt es Informationen über diese Sache, die sie entdeckt hatten. Oder sie war komplett verrückt geworden und schenkte einem Schauermärchen mehr Beachtung, als es verdiente. Abgesehen davon musste Burg Ikatuk mit seiner reichhaltigen Bibliothek eine Fundgrube an Wissen sein. Ob es so einen Ort des Wissens auch in der Festung gab? Wenn ja, war es vermutlich Frauen nicht gestattet, sie zu betreten.

Levarda beschloss, sich endlich schlafen zu legen.

Sie hatte eine unruhige Nacht. In ihrem Traum sah sie eine dunkelhaarige Frau vor sich, die ihr ähnlichsah. Ein alter Mann stieß ihr einen Dolch in die Brust, dann änderte sich das Bild. Sie stand in lodernden Flammen und Lord Otis stieß ihr sein Schwert durchs Herz, dann veränderte sich sein Gesicht und sie sah in das höhnisch lachende Antlitz von Prinz Tarkan.

SCHWEIẞGEBADET WACHTE SIE AM NÄCHSTEN MORGEN AUF. SIE wusch sich gründlich, bis ihre Haut gerötet war, weil sie das Gefühl, beschmutzt zu sein, nicht loswurde. Adrijana kam herein und sah sie überrascht an.

»Ihr seid auf?«

»Adrijana, kümmere dich bitte darum, dass ich ein Bad nehmen kann.«

»Ja, Mylady.«

»Und kannst du Lord Otis ausrichten lassen, dass ich ihn sprechen möchte?«

»Obwohl er Euch das angetan hat?«

»Ja, es ist wichtig, und er tat es nicht mit Absicht.«

»Wie kann man jemandem unabsichtlich in den Hals schneiden?«

Sie hob an, Lord Otis zu verteidigen, hielt aber inne und sagte nur: »Ich werde auf mich aufpassen, versprochen.«

LEVARDA ÜBERLEGTE, OB SIE HEUTE IN IHREM ZIMMER frühstücken sollte, um sich den Hofdamen mit ihrem Gerede zu entziehen, entschied sich dann dagegen. Irgendwann würde sie sich sowieso dem Tratsch stellen müssen.

Erhobenen Hauptes und mit gelassenem Gesichtsausdruck betrat sie den Speiseraum, wo alle Damen außer Lady Eluis bereits versammelt waren. Die Bandage um ihren Hals zog wie magisch die Blicke der Frauen an.

»Die Gerüchte sind also wahr«, stellte Hamada schadenfroh fest.

»Welche Gerüchte, Lady Hamada?«, fragte Levarda unschuldig. Sie wollte keinen Fehler machen, indem sie Informationen preisgab, die noch nicht bekannt waren.

Hamada deutete auf ihre Bandage. »Ihr seid dem hohen Lord zu nahe gekommen und Lord Otis hat Euch – leider nur fast umgebracht.«

»Wenn Ihr Wert darauf legt, Lady Hamada, werde ich Lord Otis gern ausrichten, dass Ihr seine mangelhafte Präzision im Umgang mit dem Messer missbilligt.«

Hamada wurde blass, fasste sich aber schnell. »Ihr könnt von Glück reden, dass er Euch nicht umbringen wollte. Ich zweifle gewiss nicht daran, dass er es getan hätte, wenn es notwendig gewesen wäre.«

»Es beruhigt mich, dass Ihr den Gedanken verwerft, es sei sein Wunsch gewesen, mich zu töten.«

Hamada schwieg verwirrt, als ihr bewusst wurde, dass Levarda sie in ihren eigenen Worten verstrickte.

»Mich würden allerdings die genauen Umstände interessieren, weshalb er Euch fast die Gurgel durchgeschnitten hat«, meldete sich Lady Smira ruhig vom anderen Ende her.

»In der Tat, Mylady, kann ich Euren Wunsch nachempfinden«, erwiderte Levarda, die fieberhaft überlegte, was sie sagen sollte. Sie konnte nicht lügen, musste also so nahe wie möglich bei der Wahrheit bleiben. »Der hohe Lord litt nach dem Fest an Übelkeit, und Lord Otis bat mich, ihm mit meinen Kräuterkenntnissen zu helfen.«

Inzwischen wusste jeder am Hof, dass Levarda sich mit Kräutern auskannte, so war es ungefährlich, darüber zu sprechen. Aber wie erklärte sie den Schnitt? Tapfer wagte sie sich weiter vor.

»Wie Ihr wisst, ist Lord Otis sensibel, wenn es um den hohen

Lord geht. Er legte mir ganz plötzlich das Messer an den Hals, als ich mich ihm näherte. Ich erschrak, und so passierte es durch meine eigene Unachtsamkeit.«

»Es muss furchtbar schmerzhaft gewesen sein.« Mitfühlend legte Serafina ihre Hand auf Levardas.

»Es ist jedenfalls keine angenehme Erfahrung.« Sie sah das zufriedene Lächeln von Hamada und hoffte, dass die Fragerei ein Ende hätte.

»Geht es Gregorius wieder gut?«

Lady Smira sprach gern den Namen ihres Gemahls ohne seinen Titel aus und zeigte dadurch ihre Machtstellung bei Hofe.

»Ich nehme es an. Ich bekam ihn später nicht mehr zu Gesicht.«

Endlich ließen die Frauen sie essen.

Kaum verließ sie danach den Raum, hörte sie, wie das Getuschel losging. Sie hoffte, dass ihre Geschichte glaubwürdig genug war.

Adrijana hatte ein Bad für sie vorbereitet. Dankbar gab Levarda sich dem heißen Wasser hin und nickte ein. Die Magd weckte sie später, half ihr beim Abtrocknen und Ankleiden.

Im Zimmer unter dem Turm wartete Lord Otis auf sie. Er saß am Schreibtisch, vertieft in Papiere. Als sie eintrat, hob er kurz den Kopf und forderte sie ungeduldig auf, näherzukommen.

»Ihr wolltet mich sprechen, Lady Levarda, aber bitte fasst Euch kurz, ich habe heute einen engen Zeitplan. Habt Ihr eine Lösung für unser Problem gefunden?«

Er hatte wieder seinen üblichen Befehlston an sich und die tiefen Falten im Gesicht. Auch das Spiel seiner Kiefermuskeln war zurück. Die Vertrautheit von ein paar Stunden zuvor war einfach verschwunden.

»Das nicht, aber ich weiß, wo ich darüber Informationen finden kann.«

Er lehnte sich in seinem Stuhl zurück. »Ihr macht mich neugierig.«

»Sicher erinnert Ihr Euch noch an die Bücher, die ich in der Kiste fand, nachdem Ihr mir diese so großzügig zur Verfügung stelltet?«

»Ich habe sie alle gelesen, aber ich sehe nicht, wie uns das weiterhelfen soll.«

Wenigstens sagte er diesmal ‚uns' und schob die Lösung des Rätsels nicht ihr allein zu.

»Die Bücher wurden für eine Frau geschrieben, Mylord, nicht für einen Mann«, umschrieb Levarda mit geschickten Worten ihre Auffassung, dass er etwas übersehen haben musste. Sie hielt ihn nicht für kritikfähig.

Ein flüchtiges Lächeln erschien auf seinem Gesicht. »Tut mir leid, aber ich kann sie Euch nicht zur Verfügung stellen.«

»Ich brauche nur das letzte Buch«, beharrte sie auf ihrem Standpunkt.

»Gerade das letzte Buch enthält Dinge, die Euch nichts angehen.«

Sie atmete scharf ein und seufzte. »Ich weiß, dass Sendad der leibliche Sohn Larisans ist, falls es Euch darum geht, das zu verbergen.«

»Woher wisst Ihr das?« Seine Stimme schnitt mit erschreckender Schärfe durch die Luft, aber Levarda hatte mit einer heftigen Reaktion gerechnet.

»Sendad hat es mir erzählt, als er mit mir am See war.«

»Ihr lügt. Er weiß es selbst nicht.«

»Aber er weiß, wer sein Vater ist.«

Er zögerte, schluckte schwer, bevor er sprach.

»Wie kommt es, dass Euch die Menschen so vieles erzählen?«

Sie lächelte. »Ich bin eine ausgezeichnete Zuhörerin. Bei Gelegenheit könnt Ihr Euch davon überzeugen. Es wird Euch das Gewissen erleichtern.«

»Ich werde es mir durch den Kopf gehen lassen.«

»Das mit dem Gewissen erleichtern oder mit dem Buch?«

»Mit dem Buch.«

Die Zeit verging und nichts tat sich. Sie erfuhr über Adrijana, dass Lord Otis nach Hause gereist war und hoffte, dass er das Buch holen würde.

Einige Tage später wurde sie in den Abendstunden von Sendad abgeholt. Wieder verband er ihr die Augen und führte sie durch die Gänge der Garde.

Der hohe Lord lag mit Hose, nacktem Oberkörper und einer Art weitem Mantel auf einer Chaiselongue. Es waren dieselben Offiziere anwesend wie das letzte Mal, die Diener ebenfalls. Der hohe Lord machte diesmal einen munteren Eindruck, und Levarda fragte sich, was ihm Lord Otis erzählt hatte, damit sie hier erscheinen konnte.

»Wie geht es Euch, Lady Levarda? Ist Eure Wunde verheilt?«

In der Tat trug sie seit einem Tag die Bandage nicht mehr. Die Wunde hatte sich zwar geschlossen, aber das rote Gewebe war deutlich für jedermann sichtbar. Levarda war sicher, dass eine Narbe zurückbleiben würde.

»Mir geht es ausgezeichnet. Danke der Nachfrage, Mylord. Aber weshalb habt Ihr mich zu Euch rufen lassen?«

»Es ist nicht meine Idee, sondern die von Lord Otis. Er meinte, Eure Ohnmacht sei nicht von dem Schnitt gekommen, sondern von dem, was Ihr in meinem Innersten entdeckt hättet – was ich Euch in der Tat nicht verdenken kann.«

Unsicher, was sie von seinen Worten halten sollte, wollte sie einen Blick zu Lord Otis hinüberwerfen und fuhr zusammen, als sie merkte, dass er neben ihr stand.

»Das kann er gut, nicht wahr?«, amüsierte sich Lord Gregorius, bevor er mit seiner Erklärung fortfuhr. »Jedenfalls denkt er, dass Ihr mir bei meinem kleinen Problem helfen könnt, Ihr versteht?«

Ein anzüglicher Ausdruck trat in seine Augen und Levarda

hoffte, dass sich ihre Gefühle nicht allzu deutlich in ihrem Gesicht spiegelten.

»Ihr habt doch keine Angst vor mir, Mylady?«

»Vor Euch nicht, hoher Lord, aber davor, dass mir Euer Leibwächter sein Messer an den Hals legt.«

Gregorius lachte.

»Ja, das war kein schöner Anblick, muss ich gestehen. Auch mir wäre es nicht recht, wenn er erneut sein Messer an Euren hübschen Hals legte. Ich denke, er kann Euch mit Leichtigkeit auch ohne töten, nicht wahr, Lord Otis?«

Levarda hatte ihre Haare hochgesteckt. Lord Otis legte ihr seine rechte Hand um die Kehle, eine abschreckende, aber gleichzeitig intime Geste.

»Es dürfte kein Problem sein«, sprach er leise in ihr Haar hinein.

Levarda fühlte, wie Wut in ihr aufstieg. Wie konnten sie es wagen, ihre Hilfe einzufordern, und sie dabei dermaßen mit Anzüglichkeiten und Machtdemonstrationen durch pure Gewalt zu demütigen?

Sie spürte seine Energie und begegnete ihr mit einer eiskalten Flut. Ohne Weiteres spülte sie ihn hinaus. Er ließ ihren Hals los.

»Verzeiht Mylady, wir vergaßen unsere Manieren. Dennoch hoffe ich, dass Ihr uns Eure Hilfe nicht verweigert. Immerhin hängt Euer Leben davon ab.«

»Fragt sich nur, wann. Heute oder in acht Monaten«, erwiderte sie unverblümt.

»Hmm, denkt Ihr, es war eine gute Idee von Euch? Sie erscheint mir nicht sonderlich kooperativ zu sein«, bemerkte der Herrscher gegenüber seinem ersten Offizier.

»Ja, Mylord, gebt mir nur einen Moment Zeit, um mit ihr zu reden.«

Er bugsierte Levarda in eine Ecke des Raumes, weit genug entfernt, dass die anderen ihr Gespräch nicht verfolgen konnten.

»Ich dachte, uns würde ein gemeinsames Ziel einen!«, fuhr er sie bemüht leise an.

»Oh ja, natürlich! Deshalb verweigert Ihr mir den Zugang zu dem Buch Eurer Großmutter.«

»Darüber können wir später reden.«

»Selbstverständlich, jetzt sorgen wir zunächst für ein wenig Klatsch bei den Hofdamen, nicht wahr? Erklärt mir: Warum werde ich noch gleich abends ins Schlafgemach des hohen Lords zitiert, wo er halb nackt auf seiner Chaiselongue liegt und mir lüsterne Blicke zuwirft?«

Er grinste sie an. »Und ich dachte, Ihr würdet über dem Gerede des Hofes stehen.«

»Nicht mehr seit Ihr mir diese sehenswerte Narbe verpasst habt.« Zornig wies sie auf ihren Hals.

»Lady Levarda, hier sind drei Offiziere, zwei Diener und der hohe Lord anwesend. Haltet Ihr uns für Barbaren?«

Sie verbiss sich die Erwiderung, schwieg und hielt seinem Blick stand.

»Die Türen sind weit geöffnet.«

Zugegeben, er hatte recht, gestand sie sich missmutig ein.

»Würde es Euch beruhigen, wenn Lady Smira anwesend wäre?«

»Ja.«

»Sicher?«

»Nein.«

»Ihr könnt mir vertrauen, Lady Levarda, Euch wird nichts passieren, und ich werde Sorge tragen, dass Eure Ehre keinen Schaden nimmt.«

Sie sah ihn herausfordernd an.

»Wenn es sein muss, mit meinem Leben«, fügte er hinzu.

»Ihr würdet den hohen Lord dafür umbringen?«

»Lady Levarda, ohne Eure Anziehungskraft infrage stellen zu wollen, aber Ihr selber habt dafür gesorgt, dass eine enge Verbindung zwischen dem Herrscher und seiner Gemahlin entstanden ist. Glaubt mir, er braucht all seine Kräfte dafür.«

Sie nickte.

Gemeinsam kehrten sie zurück zum hohen Lord. Egris brachte einen Stuhl für Levarda.

»Darf ich meine Hand an Euren Hals legen?«, fragte Lord Otis höflich.

»Ihr dürft.«

Er legte zwei Finger seiner linken Hand an die Stelle an ihrem Hals, wo er ihren Puls fühlte. Die rechte Hand ließ er locker herunterhängen. Levarda legte ihre Linke auf Lord Gregorius' Stirn, und er schloss die Augen. Ihre rechte Hand ließ sie langsam über sein Gesicht, seinen Hals, seine Brust herunterwandern bis zum Ende der Rippen.

An diesem Ort verharrte sie. Mit der Bewegung ihrer rechten Hand drang ihre Energie gleichzeitig – gepaart mit der von Lord Otis – in seinen Körper ein. Ihrer aller Atem nahm einen einzigen Rhythmus auf.

Sie konnte die dunklen Schatten, die sich minimal weiter verdichtet hatten, wahrnehmen. Auch diesmal erschien das Gesicht von Prinzessin Indiras, löste sich auf, bildete sich wieder neu.

Sachte sandte Levarda ein feines Wasserrinnsal in die Schatten hinein. Erst wichen sie davor zurück, dann kapselten sie es ein und schnitten den Fluss ab. Mit der Luft pustete sie die Schatten beiseite, bis sie das Rinnsal wieder freigelegt hatte. Sie reduzierte es zu einem Tropfen. In den Schatten bildeten sich Löcher, die sich aber immer wieder schlossen. Sie nahm ein wenig Erde und warf sie auf die Schatten, sie explodierten sofort und die Schatten gewannen an Kraft.

Rasch zog Levarda diese Energie zurück. Ihr Puls hatte sich beschleunigt und sie spürte, wie der hohe Lord sich unter ihren Fingern verkrampfte. Sie atmete ruhig und stetig, bis sich ihr Herzschlag auf einen gleichmäßigen Rhythmus einpendelte.

Lord Otis blieb erstaunlich gelassen. Nur kurz hatte sie ein Zucken seiner rechten Hand wahrgenommen. Sie wagte es nicht, das Feuer zu testen. Solange sie ihre Energie fühlte, tropfte sie das Wasser auf die Schatten und wehte einen leichten Wind durch sie hindurch. Einige wenige verzogen sich daraufhin an einen anderen Ort im Körper von Lord Gregorius.

Ihre Erschöpfung zeigte ihr an, dass sie aufhören musste. Sie zog sich zurück und Lord Otis nahm seine Finger von ihrem Hals. Sie öffnete die Augen. Lord Gregorius atmete ruhig und gleichmäßig. Seine Gesichtszüge wirkten entspannt. Sein Mund verzog sich zu einem flüchtigen Lächeln und sie fragte sich, was für eine Last er mit sich trug, dass er im wachen Zustand ihr so unnahbar und gefühlskalt erschien.

Ein Diener kam und legte eine Decke über den hohen Lord. »Es ist lange her, dass ich ihn so entspannt habe schlafen sehen«, flüsterte der Diener offenherzig.

Lord Otis nickte, und leise zogen sich die Offiziere mit Levarda aus dem Zimmer zurück.

Die Sitzungen mit dem hohen Lord bekamen einen festen Platz in Levardas Alltag, allerdings strengten diese sie so an, dass sie am Ende immer völlig erschöpft war. Inzwischen zeigten ihre Bemühungen Fortschritte, indem die Dichte der Schatten abnahm, leider nur längst nicht in der Geschwindigkeit, wie sie es erwartet hatte.

Nach einer Warnung an Lord Otis testete sie zuletzt das Element Feuer. Die Reaktion glich einem Vulkanausbruch und schleuderte Levarda fast aus seinem Körper, hätte ihr Mitstreiter sein Feuer nicht dagegengehalten.

Wasser und Luft waren somit die einzigen Energieformen, die halfen.

Inzwischen wusste Lord Otis, dass Levarda nicht nur mit der Energie des Elements Wasser umgehen konnte. Sie hoffte, dass er nicht begriff, dass ihre Fähigkeit im Umgang mit allen Elementen gleichermaßen eine absolute Seltenheit darstellte.

Ein weiterer Monat verging, und Levarda schreckte immer mehr davor zurück, die lebensspendende Kraft des hohen Lords – so durchtränkt mit dunklen Schatten voller Energie – in das Leben Lady Smiras einzupflanzen.

Obwohl sie Levarda regelmäßig zu sich rief, nachdem ihr Gemahl sie besucht hatte, ließ ihre Cousine doch ihre Angst und Frustration über den ausbleibenden Erfolg gnadenlos an ihr aus.

Adrijana schimpfte mit ihrer Herrin, weil sie immer mehr an Gewicht verlor. Meist schlief sie über der Abendmahlzeit ein, die sie in ihrem Zimmer einnahm. Auch Lady Eluis bemerkte ihren Zustand und erklärte streng, dass sie sich erholen müsse.

Also verbrachte Levarda vier Tage in ihrer Gesellschaft, wurde die ganze Zeit mit Essen vollgestopft, und niemand störte ihren Schlaf. Selbst Lady Smira hielt sich daran, nachdem ihr Lady Eluis eine Aufwartung gemacht hatte.

Die Zeit tat ihr unglaublich gut, vor allem, weil sie mit Lady Eluis über ihr Lieblingsthema – Bihrok – sprechen konnte. Zudem fand sie die Geschichte von den dunklen Seelen in dem Märchenbuch. Hier endete sie damit, dass die Göttin Lishar ihre Botin zu dem Mann schickte, der seine Seele heilte, da sie in Gestalt seiner geliebten Ehefrau erschien. Wie dies im Einzelnen geschah, darüber schwieg das Märchen leider.

Levarda fand immerhin heraus, dass es ein Ritual gab, mit dem der Mann den dunklen Schatten sein Innerstes als Zufluchtsort zur Verfügung gestellt hatte. Im Gegenzug verliehen sie ihm die Macht über ihre Energie.

Lady Eluis ließ ihr keine Zeit für trübe Gedanken. Sie lud ihre Freunde ein, mit denen sie Karten spielte, und nachdem sie Levarda in die Regeln eingewiesen hatte, hingen sie vergnügt zusammen diesem Zeitvertreib nach.

Am meisten machten Levarda die Gespräche mit Lord Eduardo Freude. Er war witzig und charmant. Sein Leben lang war er von Land zu Land gereist und hatte viel erlebt, da sich seine Familie ihren Unterhalt durch Handel verdiente.

Fasziniert hörte Levarda ihm zu, wenn er von fernen Ländern sprach, von anderen Menschen und ihren Kulturen. Sie merkte, wie weit die Mintraner inzwischen in ihrer eigenen Welt lebten, fernab von anderen Völkern, und sie grübelte darüber nach, was der Rat der Ältesten mit einem weiteren Rückzug gemeint hatte. Wo sollten sie noch hin? Wie weit konnten sie sich zurückziehen?

Sie dachte an die Worte der Göttin Lishar: ‚*Meine Töchter und Söhne haben sich zurückgezogen von der Welt. Sie verschließen die Augen vor dem Leid der anderen Menschen, und es wird schlimmer kommen, viel schlimmer.*‘ Ein kalter Schauer lief ihr bei der Erinnerung über den Rücken.

Lord Otis lockerte Levardas Zügel, und jede Woche durfte sie Egris einmal nach Hause begleiten. Celina nahm sie mit zu ihren Freundinnen, wo ihr die kranken Kinder präsentiert wurden, da sich ihr Wissen um Heilkräuter herumgesprochen hatte. Bald füllten sich auch diese Tage mit Heilen und kosteten sie Kraft.

Da die Lieferung aus Mintra noch immer nicht eingetroffen war, nahm Celina sie mit auf einen Markt in den äußeren Stadtteil. Zu ihrem Erstauen fand Levarda einiges, was sie gebrauchen konnte.

Als Lord Otis davon erfuhr, bekam er einen Wutanfall und hätte fast ihre Freiheit wieder eingegrenzt. Erst, als sie versprach, nicht mehr ohne seine ausdrückliche Erlaubnis den äußeren Stadtteil zu besuchen, beruhigte er sich. Das Versprechen fiel ihr nicht leicht. Die Begegnung mit Menschen von unterschiedlichster Herkunft und seltsamer Hautfarbe, eigenartigen Gerüchen und fremdartiger Kleidung faszinierte sie. Das Gedränge war unglaublich gewesen, und es gab Waren, die sie noch nie zuvor zu Gesicht bekommen hatte.

Trotz des Treibens war ihr aber noch etwas aufgefallen: Viele Frauen liefen mit schwarzen Bändern um den Arm herum, und als Levarda Celina darauf ansprach, erfuhr sie, dass jedes Band für den Tod eines Ehemannes oder eines Sohnes stand, der im Krieg gefallen war. Zahlreiche Bänder hatte sie an diesem Tag zu Gesicht bekommen.

Auf dem Rückweg in die Festung fragte sie Egris nach dem Krieg. Er erklärte ihr, dass es offiziell keinen Krieg mehr zwischen dem Reich von König Shaid und dem des hohen Lords gab. Dennoch käme es immer wieder zu Überfällen und kleineren Scharmützeln an den Grenzen, und in den letzten Jahren hätten diese zugenommen.

»Ihr seht nachdenklich aus, Lady Levarda«, sprach Lady Eluis sie an.

Es war früher Abend und Levarda hatte mit ihr zusammen zu Abend gegessen.

»Ich überlege, ob die Menschen in meinem Land richtig handeln, wenn sie sich aus den Angelegenheiten der übrigen Menschheit heraushalten. Wisst Ihr, es gibt mehr Frauen wie mich, die sich mit Heilkräutern auskennen, und sie könnten viel Gutes bewirken.«

»Aber Euer Ältestenrat verhindert das.«

Vor Überraschung glitt Levarda das Weinglas aus der Hand. Die Dienerin kam, beseitigte die Glasscherben und säuberte den Boden. Erst, als die Magd an ihrem Platz an der Wand stand, sprach Lady Eluis weiter.

»Ich habe Euch doch erzählt, dass Bihrok und ich sehr viel über Mintra sprachen. Natürlich ging es auch darum, wie Euer Volk lebt und regiert wird. Es muss wunderbar sein, als Frau dort aufzuwachsen, mit all den Freiheiten. Allerdings erkenne ich heute, dass es Verantwortung bedeutet.«

»Im Grunde genommen leben wir nicht freier als Ihr. Wir treffen eigene Entscheidungen, aber wir sind einem Regelgefüge unterstellt, das ähnlich streng ist wie das im Land Forran.«

»Ihr könnt deswegen Eure Heiler nicht nach Forran schicken.«

»Ja, jedenfalls nicht so leicht, wie es Lord Gregorius bestimmen könnte.«

»Auch er ist nicht frei in seinen Entscheidungen. Er muss die Herrschaftshäuser hinter sich wissen.«

»Vielleicht sind unsere Länder nicht so verschieden, wie ich immer dachte.«

»Es gibt etwas, das ich Euch seit Langem sagen möchte, aber ich weiß nicht, wie Ihr es aufnehmen werdet«, erklärte Lady Eluis vorsichtig.

»Nur zu. Ich halte kein Weinglas mehr.«

Nachdenklich schaute Lady Eluis sie an. Diese Zurückhaltung bei der älteren Frau war Levarda neu.

»Ihr seid viel zu gutmütig, was die Launen von Lady Smira angeht. Es wäre an der Zeit, dass Ihr Eurer Cousine Grenzen setzt.«

Levarda seufzte. Sie wusste, wie sehr das stimmte. »Sie tut mir einfach leid, weil sie in dieses Schicksal gezwungen wurde.«

»Und das ist der zweite Punkt. Wie kommt Ihr darauf, dass sie sich nicht selber dafür entschieden hat?«

Verwirrt sah Levarda sie an. »Das müsstet Ihr doch am besten wissen.«

»Nein, ich weiß es nicht.«

»Niemand kann die Ehre ablehnen, wenn der hohe Lord sich eine Tochter aus hohem Hause wählt.«

»Wer hat Euch gesagt, dass Gregorius das getan hat?«

»Lord Blourred und Lady Tibana.«

«Beide?«

Levarda zögerte, dachte nach. »Nein, eigentlich nur Lady Tibana.«

»Dann solltet Ihr eines wissen: Nach der letzten Hinrichtung weigerte sich Gregorius, eine neue Frau zu nehmen. Er meinte, es sei für das Volk an der Zeit, zu akzeptieren, dass er keinen Nachfolger zeugen könne. Ich fand das sehr mutig von ihm.«

»Warum hat er dann die Hinrichtung nicht verhindert?«

»Weil es den Schmerz brauchte, für den Tod einer weiteren Gemahlin verantwortlich zu sein, damit er bereit war, die Konsequenzen seines Entschlusses zu tragen. Ihr müsst wissen – ein hoher Lord kann nicht ersetzt werden. Erst sein eigener Tod macht Platz für einen Nachfolger.«

Levarda hörte regungslos zu.

»Nach dem ersten Schock fing sich der Rat überraschend schnell. So etwas ist in der Geschichte des Landes Forran noch nicht vorgekommen. Die Konsequenz, nämlich ihn hinrichten zu müssen, ließ einige der Ratsmitglieder erschreckend kalt. Die Frage, welche Blutlinie in Zukunft über das Land herrschen sollte, führte hingegen zu hitzigen Diskussionen. Schließlich musste es einer aus ihren Reihen sein. Mehr als einmal griff die Garde ein. Die Schwierigkeit besteht darin, eine Person zu finden, die neben der Unterstützung der Herrschaftshäuser auch den Respekt und das Vertrauen der Truppen hat. Die Feinde des Landes Forran müssen seinen Namen fürchten. Einen König Shaid mit seinen Begehrlichkeiten hält niemand mit bloßen Worten in Schach. Im Grunde gibt es nur einen Menschen, auf den all dies zutrifft – und das ist Lord Otis.«

Levarda stieß die Luft, die sie angehalten hatte, aus.

Lady Eluis trank einen Schluck von ihrem Wein und sprach weiter. »Er weigerte sich, diese Ehre anzunehmen. Er ist Gregorius gegenüber absolut loyal. Seit Jahren verteidigt er dessen Leben mit seinem eigenen, wie könnte er Zeuge – oder gar Grund – seiner Hinrichtung sein? Niemand aus dem Rat wagte es, offen gegen seine Entscheidung anzugehen. Ihr habt keine Ahnung, unter welcher Anspannung dieses Land seitdem steht.«

Der Blick von Lady Eluis streifte Levarda. Dann seufzte sie tief. »Als es keine Lösung mehr zu geben schien, trat Lord Blourred hervor. Hättet Ihr nur den gierigen Glanz seiner Augen gesehen! Er berichtete, seine Tochter habe sich bereit erklärt, hohe Gemahlin von Lord Gregorius zu werden, das war die ungewöhnliche Bedingung des hohen Lords. Ihr müsst Euch das vorstellen – die ausdrückliche Einwilligung einer Frau, die hohe Gemahlin zu werden! Auch das gab es noch nie zuvor in Forran.« Die alte Dame schüttelte den Kopf. »Lord Blourred muss sich absolut sicher sein, dass seine Tochter dem hohen Lord ein Kind gebären kann. Doch er hat eines dabei vergessen.«

Sie schwieg, und Levarda spürte, wie ihre klugen Augen auf sie gerichtet waren, vermied es, ihrem Blick zu begegnen.

»Dass eine Frau nicht ohne den Samen eines Mannes ein Kind zur Welt bringen kann.« Lady Eluis trank den Rest ihres Weines.

»Ihr seht, Lady Levarda, es gibt nur eine Person, die Ihr bedauern solltet, und das seid Ihr selbst. Dennoch hoffe ich, dass Ihr Erfolg haben werdet, denn das würde diesem Land den langersehnten Frieden und Einigkeit bringen.«

Fassungslos schwieg Levarda. Sie konnte nicht glauben, was sie eben gehört hatte.

»Ihr lügt mich an.«

»Aber nein, mein Kind«, die alte Dame lächelte nachsichtig, »seht mich an, schaut mir in die Augen, nehmt meine Hand, wenn Ihr wollt. Ich lüge nicht.«

Sie erhob sich, streichelte ihr übers Haar.

»Ich könnte Euch kein bisschen mehr lieben, wenn Ihr meine eigene Tochter wärt. Ich verspreche Euch: Wenn Ihr scheitert, finde ich einen Weg, um Euch zu retten.«

Levarda rührte sich nicht. Es war, als hätte ihr jemand alle Kraft entzogen.

17

PLÄNE

Am nächsten Tag blieb Levarda für sich. Selbst Adrijana jagte sie aus dem Zimmer. Erst, als ein Soldat ihr höflich an der Tür erklärte, dass am Tag zuvor eine Kiste für sie angekommen sei, gewährte sie zwei Dienern Zugang, die ihr eine Truhe sowie einen Brief brachten. Beides war geöffnet, die Truhe durchsucht worden.

Der Brief war sehr dick und kam von ihrer Familie. Jeder hatte ihr geschrieben. Sie setzte sich auf das Fenstersims und begann zu lesen. So erfuhr sie, dass sie Tante geworden war und außerdem zwei ihrer Geschwister noch in diesem Jahr heiraten würden.

Die liebevollen Worte ihre Mutter streichelten ihre gequälte Seele, und sie las ihn mehrmals, weinte, bis keine Tränen mehr kamen.

In der Truhe lagen nicht nur die langersehnten Heilkräuter und kostbaren Öle, sondern auch Kleider aus Mintra in Levardas zwei Lieblingsfarben – grün und blau. Sie ließ den knisternden Stoff verträumt durch ihre Finger gleiten.

Zuletzt entdeckte sie Miffel, ihr Kuscheltier aus Kindertagen, einen braunen Bären, der nicht nur immer auf ihrer Matte einen Platz gehabt, sondern auch mit ihr unglaublich viele Abenteuer erlebt hatte. Sie nahm ihn in die Arme und drückte ihr Gesicht in sein Fell. Es duftete nach Lavendel und Rosen. Levarda steckte ihn zwischen ihre Tagesdecke und das Kopfkissen und fragte sich, was die Männer wohl gedacht hatten, als sie Miffel in der Truhe entdeckten.

Am Abend kam Sendad. »Fühlt Ihr Euch kräftig genug für eine Sitzung? Wenn nicht, sollt Ihr Euch noch ausruhen.«

Levarda schüttelte den Kopf. Die Zeit wurde immer knapper und sie hatten bereits fünf Tage verloren. Gemeinsam gingen sie durch die Gänge der Garde zum hohen Lord, sie mit verbundenen Augen.

Ihr grünes Kleid aus Mintra hatte sie über den Tag mit Energie aufgefüllt, die der Stoff während ihrer Sitzung beim hohen Lord langsam an sie zurückführte. Obwohl sie viel mehr als in den vorherigen Sitzungen schafften, war das Ergebnis niederschmetternd. Am Ende schmerzte Levarda jeder einzelne Muskel in ihrem Rücken, und ihr Nacken war völlig verspannt von der Anstrengung.

Statt sie wie üblich zurück in ihr Zimmer zu bringen, schlug Sendad einen anderen Weg ein. Sie strauchelte, da sie den Weg innerlich so klar sah wie mit ihren Augen.

Als Sendad ihr die Augenbinde abnahm, befand sie sich in Lord Otis' Arbeitszimmer, das, wie sie mit einem Blick durch die Zwischentür feststellte, an sein Schlafgemach angrenzte. Im Kamin brannte ein Feuer und auf einem Tisch neben den Sesseln war ein reichhaltiges Abendmahl aufgetischt.

»Setzt Euch und esst«, forderte Sendad sie auf, »Lord Otis wird gleich hier sein.« Er schloss die Tür zum Schlafgemach, drehte den Schlüssel um und nahm ihn mit.

Levarda zog die Schuhe aus und machte es sich im Sessel bequem, lud sich einen Teller mit Essen auf, prüfte aber jeden Bissen sorgfältig auf Substanzen, die sie nicht kannte. Sie traute ihm nicht. Der gepanschte Wein war ihr zu lebhaft in Erinnerung.

»Ihr seht müde aus.« Lord Otis kam herein und ließ die Tür zum Flur offen. Zwei Soldaten standen dort.

»Vielleicht hätte ich Euch doch noch einen Tag gönnen sollen, auch wenn ich das Gefühl habe, wir wären erfolgreicher als sonst gewesen.«

Levarda schluckte einen Bissen herunter. »Eure Entscheidung war richtig. Jeder Tag, an dem wir nichts tun, wird uns am Ende fehlen.«

»Ihr denkt, Ihr schafft es?«

Levarda betrachtete die Trauben in ihrer Hand. »Ich weiß es nicht. Vielleicht, wenn –« Sie stellte den Teller ab, drehte ihren schmerzenden Nacken, dessen Verspannung nach oben in einen stechenden Kopfschmerz mündete. Das Nachdenken fiel ihr schwer.

»Dreht Euch um«, befahl Lord Otis und trat an ihren Sessel, »ich massiere Euch den Nacken ein wenig.«

Misstrauisch sah sie ihn an. Ein verlockendes Angebot, aber sie besaß eine Narbe am Hals von ihm.

Er lächelte.

»Heilerin aus Mintra, habt Ihr im Umgang mit Euren Männern ebenfalls so viel Angst? Oder liegt es immer noch an dem Schnitt in Eurer Kehle, dass Ihr zögert, mir zu vertrauen?«

»Es liegt daran, dass ich einem Mann aus Mintra, wenn er sich ungebührlich verhält, ein blaues Auge verpassen kann, ohne verbannt oder hingerichtet zu werden.«

»Ich verspreche Euch, Ihr dürft mir ein blaues Auge verpassen, sofern ich mich ungebührlich benehme, ohne dass es Konsequenzen für Euch hat.«

Levarda bückte sich, holte ein Ölfläschchen aus Ihrer Tasche und reichte es ihm. Dann drehte sie sich so, dass er ihren Nacken vor sich hatte.

Statt das Öl auf ihre Haut zu tropfen, hörte sie, wie er es in seinen Händen verrieb. Bevor sie fragen konnte, warum er das tat, legten sich seine warmen Hände auf ihren Nacken. Ein leises

Stöhnen entwich ihr, weil es so viel angenehmer war, als wenn er das kalte Öl auf ihren Nacken getropft hätte. Seine Fingerspitzen glitten an ihrem Nacken auf und ab, massierten die Stelle hinter ihren Ohren, und die Kopfschmerzen ließen nach. Mit festen Bewegungen fuhren seine Hände über den Bereich zwischen Nacken und Schultern, soweit es ihr Kleid zuließ.

Levarda war mit dem Umgang seiner Energie so vertraut, dass sie die Wärme seines Feuers überall spüren konnte. Alles in ihr wurde weich und nachgiebig. Auf ihrem Arm bildete sich eine Gänsehaut vor Wohlbehagen. Entspannt bog sie sich seinen Händen entgegen, und er ließ abrupt von ihr ab.

»Fertig.« Er nahm eine Serviette von dem Tisch, wischte sich die Hände ab und setzte sich ihr gegenüber, die steile Falte zwischen den Augenbrauen.

»Danke. Wo habt Ihr das gelernt?«

Jetzt lächelte er, antwortete aber nicht. Levarda fragte sich, ob er das tat, bevor er eine Frau verführte oder nachdem er sie verführt hatte.

Immerhin konnte sie Adrijana ein wenig besser verstehen. Sie selbst war sich nicht sicher, was sie getan hätte, wären seine Hände weiter ihren Rücken heruntergewandert. Nein, der Gedanke war absurd.

»Ihr wolltet Euren Gedanken fortführen, Lady Levarda, bevor Euch Eure Verspannung ablenkte.«

»Vielleicht, wenn ich das Buch hätte, könnte ich genauer sagen, ob die Zeit reicht«, ergänzte sie ihren Gedankengang von zuvor.

»Ich habe es mir mehrmals durchgelesen. Es steht nichts von Schatten oder Energie ohne ein Element darin.«

»Auch nicht, weshalb sie ihren Kristall ablegte?«

»Nein, aber das kann ich Euch sagen. Sie tat es, nachdem bei dem Brand in der Festung Menschen durch ihr Feuer starben.«

Levarda nickte – ja das war eine Erklärung, allerdings nicht dafür, weshalb der Kristall Lord Otis diente.

»Steht über König Shaid etwas in dem Buch? Schließlich soll Bihrok laut Egris mit Euch zusammen bei der letzten großen Schlacht gewesen sein.«

»Nichts.«

Sie schwiegen und aßen von der Mahlzeit. Levarda konnte nicht verstehen, warum er sich weigerte, ihr das Buch zum Lesen zu geben.

»Ich kann es nicht in die Festung mitbringen«, erklärte er unaufgefordert, »selbst, es zu Hause zu haben, stellt eine große Gefahr dar.«

»Warum?«

Er lächelte sie schief an. »Ich bitte Euch! Stellt Euch vor, was passiert, wenn die Menschen erfahren, dass ihr großer Held in Wahrheit eine Frau war.«

»Ich verstehe.«

»Nein, das tut Ihr nicht.« Er sagte es gelassen, ohne eine Spur von Sarkasmus. Seine Stimme klang todmüde. »Habt Ihr noch eine Idee, was wir tun können?«

Sie schwieg. Tatsächlich war ihr eine weitere – riskante – Idee gekommen. Vor kurzer Zeit hatten Adrijana und sie ein langes Gespräch über Bettzofen und Fruchtbarkeit geführt. Levarda war neugierig gewesen, wie viele Kinder Lord Otis bereits gezeugt haben mochte. Die Magd hatte ihr daraufhin erklärt, dass es keine Kinder von Lord Otis gäbe, weil er etwas benutze, worin er seine lebenspendenden Kräfte auffange, so dass die Frau sie nicht empfangen könne. Er hüte dieses Hilfsmittel wie seinen Augapfel, das wusste Adrijana von Rika, die einmal versucht hatte, es zu stehlen, um ein Loch hineinzumachen. Sie hatte gehofft, dass Lord Otis sie dann zur Frau nähme, wenn sie schwanger würde, da er schließlich ein anständiger Mann sei.

Levarda wollte darüber kein Streitgespräch vom Zaun brechen. Zwar war durch diese Geschichte eine Idee aufgeblitzt, aber sie hatte sie gleich wieder verworfen.

Nun kam ihr der Gedanke erneut.

»Habt Ihr einen Schluck Wein?«

Er hob überrascht die Augenbrauen.

Auf seinem Tisch stand ein voller Krug. Er nahm ein Glas, füllte es, nippte daran und blinzelte ihr zu. »Nur damit Ihr sicher sein könnt, dass nichts Verdächtiges darin ist.«

Levarda nahm das Glas entgegen. »Ich hätte Euch auch so vertraut.«

»Tatsächlich? Gut zu wissen. Braucht Ihr viel Mut, um mir die Idee zu erzählen? Ihr solltet wissen, dass ich nichts machen werde, was in irgendeiner Weise Zweifel über die Herkunft des Kindes aufkommen lassen könnte. Eher lebe ich mit den Konsequenzen.«

»Ich weiß.«

Sie schwieg und trank das Glas in einem Zug leer. Interessiert beobachtete er sie.

»Ich gestehe, Ihr macht mich neugierig.«

Levarda hielt ihm ihr Glas hin und er füllte es ein weiteres Mal, diesmal allerdings nur halb.

»Könntet Ihr Euch kurz umdrehen?«

Er zögerte.

»Ihr wisst, dass Eure Reflexe wesentlich schneller sind als meine, und außerdem steht die Tür offen, und zwei Soldaten davor. Welche Chance hätte ich, Euch zu verletzen?«

Gehorsam drehte er sich um.

Levarda stellte ihr Glas ab, öffnete die Verschnürung ihres Kleides weit genug, dass sie mit der Hand unter ihre Brust gelangte, und zog einen Beutel heraus, verschnürte dann ihr Kleid wieder.

»Ihr könnt Euch umdrehen.«

Langsam legte sie den Beutel auf den Tisch. Lord Otis erstarrte, als sein Blick darauf fiel.

Röte schlich sich in ihr Gesicht. Verlegen betrachtete sie den Beutel und mied jeden Augenkontakt mit ihm.

»Ich bin gespannt, was nun kommt.«

Seine Stimme war sanft, streichelte ihre Haut und ließ darauf eine Gänsehaut entstehen. Ihr Herz klopfte gegen ihr Kleid und sie spürte, dass sich Schweiß auf ihrer Stirn bildete.

»In meinem Land gibt es eine Tradition«, hob sie an, zu sprechen. »Nichts darf verschwendet werden. Wenn eine Frau beschließt, sich einen Bettgefährten zu nehmen, ...«

»Ach nein«, warf Lord Otis ein, »und was unterscheidet Euch darin dann von uns?«

»Dass es auf freiwilliger Basis geschieht. Niemand wird gezwungen.«

»Ich zwinge auch niemanden.«

»Aber Eure Bettgefährtinnen sind abhängig von Euch. Wie könnten sie sich Euch verweigern?«

»Woher wollt Ihr wissen, dass es nicht bereits vorgekommen ist?«

»Ihr lenkt ab«, kritisierte Levarda.

»Fahrt fort, ich höre Euch ab jetzt stumm zu.«

»Jedenfalls entscheiden die Frauen, ob sie von dem Mann ein Kind haben möchten oder nicht.«

»Armer Mann.«

»Ihr wolltet mir stumm zuhören.«

Ärgerlich sah ihn Levarda an, schlug aber sofort die Augen nieder, als sie das Funkeln in seinen Augen bemerkte. Sein Zeigefinger legte sich auf seinen Mund und er wartete.

»Wie gesagt, es darf nichts verschwendet werden. Aus diesem Grund wird die ...«, sie holte tief Luft für die nächsten Worte, »... lebensspendende Kraft des Mannes der Erde zurückgegeben, vorzugsweise an eine Pflanze, die Früchte trägt.«

Sie hielt inne, schloss die Augen, sortierte ihre Gedanken. Ab jetzt war alles reine Theorie, eine wage Idee. Saubere Energie der lebensspendenden Kraft würde dem Körper von Lord Gregorius auf eine andere Art zugeführt, durch das Essen. Eine natürliche Art der Energieaufnahme, die unbemerkt von den Abwehrmechanismen der dunklen Energie das Zentrum direkt erreichen konnte. Sie öffnete die Augen, wagte es aber nicht, Lord Otis direkt anzusehen. Hastig stieß sie die nächsten Worte aus, bevor sie den Mut verlor.

»Stellt mir Euren Beutel mit Inhalt zur Verfügung, mit dem Ritual führe ich ihn einer Pflanze zu, die gerade Früchte bildet, und drei Tage später gebt Ihr etwas davon an sein Essen.«

War es möglich, dass sich die Röte in ihrem Gesicht noch steigern konnte? Ihre Wangen glühten. Sie musste es schaffen, ihren Atem zu drosseln, entfesselte dafür die Energie der Luft und kühlte endlich ihren Körper ab.

»Wäre es egal, wann das getan wird?«

»Nein, nicht ganz. Die Frucht müsste vier Tage später reif genug zum Essen sein. Und seine Gemahlin sollte sich in einer fruchtbaren Phase befinden, damit er danach –« Sie brach ab, unfähig, den Satz zu Ende zu bringen.

Schweigen breitete sich zwischen ihnen aus.

Levarda nutzte die Zeit, um sich wieder komplett unter Kontrolle zu bringen.

Dann schien Lord Otis etwas einzufallen. »Darf ich Euch etwas Intimes fragen?«

Sofort war es mit ihrer Selbstkontrolle vorbei. Nein, auf keinen Fall, dachte sie. Stattdessen antwortete sie zögernd: »Ja.«

»Haben solche Beutel nur die Frauen in Eurem Land oder auch die Männer?«

»Natürlich nur die Frauen.«

»Ich nehme an, der Inhalt müsste frisch sein. Wie erfahre ich, dass der Zeitpunkt gekommen ist?«

»Ich schicke Adrijana zu Euch.«

»Ich verstehe.«

Es entstand eine Pause, in der Levarda am liebsten aufgesprungen wäre.

»Und das widerspricht nicht Eurer Tradition?«

Statt zu antworten, presste Levarda ihre Zähne aufeinander.

Sie wollte nicht, dass er merkte, wie sehr ihr der Gedanke zusetzte. Die Zeit dehnte sich zu einer gefühlten Ewigkeit.

»Ich werde mir Euren Vorschlag durch den Kopf gehen lassen.«

Eine Woche später war es soweit. Alles passte genau zusammen, als hätte Lishar selbst ihre Hände im Spiel. Die späten Himbeeren im Garten der Frauengemächer näherten sich ihrer Reife, Lady Smira befand sich in ihrer fruchtbaren Phase. Sie hoffte auf eine Gelegenheit, bei ihrer Sitzung mit dem hohen Lord mit Lord Otis zu sprechen. Aber zum ersten Mal, seit sie mit der Behandlung von Gregorius begonnen hatte, war Lord Otis nicht anwesend. Sendad stand hinter ihr, beschränkte sich auf die Rolle des Zuschauers, weshalb Levarda die Sitzung nutzte, das Bedürfnis des hohen Lords nach seiner Frau ein wenig zu intensivieren. Ein anderer Gedanke schlich sich in ihren Kopf: Würde Lord Otis da sein, um seinen Anteil zu der Sache beizutragen?

Von Sendad erfuhr sie, dass er am späten Abend zurückerwartet wurde.

Seit Levarda vermehrt die Kleider aus Mintra trug, kam es vor, dass Adrijana abends gar nicht mehr zu ihr zu kommen brauchte, um ihr beim Umziehen für die Nacht zu helfen. Heute jedoch brauchte sie das Mädchen für ihren Plan.

Sie beobachtete das Gesicht ihrer Magd im Spiegel, als sie ihre Haare bürstete. Adrijana summte ein Lied vor sich hin.

Levarda fiel auf, dass sie verändert aussah. Ihre Haut besaß einen zarten Schimmer, die Augen glänzten und sie strahlte Zufriedenheit aus.

Sie nahm Adrijanas Hand, ließ ihre Sinne tasten – nein das war es nicht.

»Was ist, habe ich Euch wehgetan?«

»Nein, du siehst nur so verändert aus, dass ich dachte, du wärest schwanger.«

Ein Lächeln umspielte die Lippen des Mädchens.

»Liebt Ihr Lord Otis immer noch?«

Ihre Augen trafen sich im Spiegel.

»Nein, ich bin über ihn hinweg«, sie lachte und blinzelte Levarda verschwörerisch zu, »aber verratet es keinem.«

Levarda war, als hätte jemand ihr alle Energie auf einen Schlag entzogen. In ihrem Kopf hallten Lord Otis' Worte: ‚*Und das widerspricht nicht Eurer Tradition?*'

Überhaupt hatte er ihr in keiner Weise ein Signal gegeben, ob er auf ihre Idee einsteigen würde oder nicht. Levarda spürte, wie sich Verzweiflung in ihr ausbreitete.

»Wer ist es, den du liebst?«

»Ihr kennt ihn nicht, es ist einer der Soldaten aus Lemars Truppe.«

»Aber nicht Gerolim?«, fragte sie tonlos.

Überrascht sah Adrijana auf. »Ihr kennt ihn? – Was ist los mit Euch, Ihr seht aus, als wäret Ihr dem Tod höchstpersönlich begegnet.«

»Das bin ich«, erwiderte Levarda erstickt, schlug die Hände vors Gesicht und stöhnte.

Das Mädchen kniete sich vor sie hin, zog ihr die Hände vom Gesicht und sah sie an.

»Lady Levarda, gibt es irgendetwas, was ich für Euch tun kann? Egal was. Vergesst nicht, mein Leben ist mit Eurem verbunden.«

Levarda schüttelte den Kopf. Ihr Magen krampfte sich schmerzhaft zusammen.

»Ihr habt mir ein neues Leben geschenkt«, Adrijana zeigte auf ihr Gesicht, in dem das alte Mal nur noch blass zu sehen war, »mit diesem Gesicht. Sagt mir, was ich für Euch tun kann – bitte.«

»Ich wollte Euch bitten –« Sie brach ab, schüttelte den Kopf.

»Ihr möchtet, dass ich zu Lord Otis ins Bett gehe? Habt Ihr mich deshalb gefragt, ob ich ihn noch liebe?«

Levarda nickte. »Verzeih mir, es war eine furchtbare Idee.«

Adrijana sah sie nachdenklich an. »Ist er so schlimm zu Euch?«, fragte sie mit sanfter Stimme.

Levarda antwortete nicht. Was hätte sie auch sagen können? Nein, ich brauche nur seine lebensspendenden Kräfte für eine wage Idee, deren Erfolg fraglich ist? Ausgeschlossen.

Das Mädchen setzte sich vor ihr auf den Boden. »Wisst Ihr noch, wie ich auf Burg Ikatuk sagte, Ihr würdet die Frau von Lord Otis werden?«

Sie nickte. Es kam ihr mehr als nur ein paar Monate vor. Damals war sie voller Hoffnung gewesen, überzeugt, das Richtige zu tun und voller Überheblichkeit in dem Glauben, dass es nichts gab, was sie mit ihren Kräften nicht erreichen konnte.

»Er hat seit dem Tag, als er mit Euch im Gepäck nach Hause kam, weder Rika noch mich noch irgendeine andere Frau berührt. Ich würde Euch gerne dabei helfen, glaubt mir, und ich habe es oft versucht, aber ich habe keinen Weg mehr zu ihm gefunden.«

»Er würde es heute tun.«

»Seid Euch da nicht so sicher.«

»Wenn es stimmt, was Ihr sagt – wenn ich ihm tatsächlich nicht gleichgültig bin, dann wird er dich heute Nacht nicht ablehnen.«

»Liebt Ihr ihn?«

Levarda schüttelte den Kopf. »Nein, es ist nicht meine Bestimmung, einen Mann zu lieben.«

»Unglaublich, wie Ihr Euch in Eurer Sturheit ähnelt. Ihr seid füreinander bestimmt, ich weiß es. Ich habe Eure Blicke gesehen, als Ihr zusammen in seinem Zimmer wart. Und trotzdem weigert Ihr Euch, es zuzugeben.«

Levarda schwieg. Adrijana würde nicht verstehen. Selbst wenn sie lieben wollte, könnte sie das nicht. Und nach dem Buch von Larisan wollte sie es auch nicht. Zu lebhaft standen ihr Larisans

Worte vor Augen, was passierte, wenn jemand wie sie sich auf eine Liebschaft einließ, ohne Hoffnung auf ein Zusammenleben.

Sie würde nicht den gleichen Fehler wie Larisan begehen. Wenn es gelang, dass Lady Smira einem Thronfolger das Leben schenkte, wäre es ihre Aufgabe, ihn zu einem Menschen zu erziehen, der sein Land mit Weisheit und Weitsicht führte. Der sein Leben selbstlos in den Dienst seines Volkes stellte.

Adrijana nickte. »Einverstanden, ich versuche es. Für Euch. Aber Ihr müsst mir versprechen, dass Gerolim niemals etwas davon erfährt.«

»Versprochen.«

MIT SCHLECHTEM GEWISSEN LIESS LEVARDA ADRIJANA GEHEN. Unruhig wanderte sie im Zimmer auf und ab. Was, wenn es nicht klappte? Was, wenn Adrijana anfing, Fragen zu stellen, wenn er ihr sein wohl gehütetes Erbstück seiner Großmutter mitgab? Ihre Gedanken wirbelten durcheinander, und sie sah lebhafte Bilder davon, was die beiden miteinander machten, arbeitete krampfhaft daran, sie zu verdrängen. Sie hatte ein seltsames Gefühl, das keine positive Energie verströmte.

Müde und angespannt holte sie Miffel unter ihrer Tagesdecke hervor. Sie legte sich aufs Bett, ihren Kopf auf ihrem Bären, und steckte die Nase tief in den vertrauten Duft von Lavendel und Rosen. Das hatte sie das letzte Mal mit zwölf Jahren gemacht. Ihr Herzschlag verlangsamte sich, die Aufregung legte sich, und die Augen fielen ihr vor Erschöpfung zu.

LEVARDA ERWACHTE DURCH DIE WÄRME EINER ENERGIE, DIE ihr entgegenstrahlte. Sie öffnete die Augen und sah direkt auf Lord Otis, der neben ihr ausgestreckt auf dem Bett lag. Sein Hemd stand an der Brust offen und die Enden waren lose in die Hose gestopft.

»Wer ist das?« Seine Hand zeigte auf den Bären, der unter ihrem Kopf lag.

»Das ist Miffel, mein Bär, den ich als Kind immer in meinem Bett hatte. Meine Mutter hat ihn mir geschickt. Sie dachte, er würde mir in der Fremde guttun.«

»Ich verstehe – eine Art Beschützer für die Beschützerin. Hätte ich mir gleich denken können, als meine Männer fragten, ob sie den Bären in der Kiste lassen sollten.«

»Was wollt Ihr? Wo ist Adrijana?«

»Vermutlich in ihrem Bett. Ihr dachtet doch nicht ernsthaft, dass ich ihr den kostbaren Beutel mitgebe? Das hätte womöglich Fragen aufgeworfen, die wir beide nicht beantworten wollen, oder?«

»Sehr umsichtig von Euch.«

»Außerdem bekommt Ihr ihn nicht einfach so.«

Levarda gelang es in der zunehmenden Dämmerung nicht, in seinem Gesicht zu lesen. Ihre Energie zu verwenden, wagte sie nicht in Lord Otis‘ Gegenwart. Sie war sich ihrer eigenen Gefühle, was ihn betraf, nicht mehr sicher. Allein der Anblick seiner halbnackten Brust weckte etwas in ihr, das sie lange im verborgensten Winkel ihres Selbst versteckt gehalten hatte: das helle Licht.

Sorgsam hielt sie ihren inneren Schutzschild hoch.

»Was wollt Ihr?«, fragte sie erneut, unsicher.

Er stützte seinen Kopf in die Hand und legte mit der anderen den vollen Beutel zwischen sich und Levarda. Sie konnte das Strahlen der Lebensenergie durch ihren Schutzschild hindurch spüren. Es raubte ihr den Atem, weil sie so viel Energie auf einen Punkt konzentriert bisher nur in ihrem Amulett gefühlt hatte.

»Im Hinblick auf Eure strenge Tradition, da Männer einen solchen Beutel nicht besitzen dürfen, möchte ich sicherstellen, dass ich in Zukunft nicht ohne einen dastehe. Ich schlage Euch einen fairen Tausch vor: den vollen ...«, er legte eine kurze Pause ein, und diesmal sah Levarda das Lächeln, das über sein Gesicht huschte, »... gegen Euren leeren, jungfräulichen.«

»Wie kommt Ihr darauf, dass er jungfräulich ist?«

Sie sah seine Irritation nicht, fühlte sie dafür umso stärker in einem Ungleichgewicht seiner Energie. Es dauerte nur einen Moment, sie lächelte, und er erkannte, dass sie mit ihm gespielt hatte.

»Also steigt Ihr darauf ein?«

»Dreht Euch um.«

Er rührte sich nicht.

»Dreht Euch um, habe ich gesagt.«

Er verharrte in seiner Haltung.

Levarda drehte sich um, öffnete ihr Kleid vorne und holte ihren Beutel, der unterhalb ihrer Brust befestigt war, heraus. Sie schnürte ihr Kleid zu, versah es sicherheitshalber mit einem doppelten Knoten und drehte sich zu Lord Otis herum.

Er lag regungslos an seinem Platz, nur seine Energie glühte und durchbrach an einigen Stellen ihren Schutzschild. Sie musste ihn schnell loswerden. Levarda legte ihren Beutel ab.

Bevor sie ihn loslassen konnte, lag die freie Hand von Lord Otis auf ihrer. Die Wirkung faszinierte sie. Ihr Schutzschild brach im selben Augenblick zusammen. Das Licht, so lange in der Enge gehalten, brach aus ihr hervor. Ihre Feuerenergie flammte über ihre Haut, verband sich mit seiner rotglühenden und beide wirbelten umeinander.

Levarda verfolgte wie erstarrt das Geschehen. Erst, als sich seine Lippen auf ihre legten, bemerkte sie die Gefahr. Sie schloss die Augen, unfähig, ihn abzuwehren. Ihr ganzer Körper wurde von einem Verlangen überschwemmt, das sie weich und nachgiebig machte.

Seine Lippen wanderten ihr Gesicht entlang. Seine Hand streichelte ihren Hals. Es fühlte sich an wie glühende Lava, die sich an ihrem Körper entlangbewegte. Das konnte nicht sein. Sie sollte zu solchen Gefühlen nicht fähig sein! Ihr Leben gehörte nicht ihr selbst, sondern Lishar, sie durfte nicht schwach werden, sich dem nicht hingeben.

Sie stöhnte auf, seine Lippen legten sich erneut über ihre, die sich öffneten und seinen Kuss erwiderten. Nur einmal, nur einen kostbaren Moment lang fühlen, spüren, lieben.

Es gab eine Art kleine Explosion, und abrupt ließ Lord Otis von ihr ab, nahm den Beutel und sprang aus dem Bett.

Levarda keuchte auf, benommen von der Energie, die in ihr tobte, und die zu kontrollieren ihr schwerfiel.

Sein Blick ruhte auf ihr. »Wir sind zu weit gegangen.« Erregung lag in seiner Stimme. »Wir beide wissen, wohin das führt.«

Er bewegte sich auf das Fenster zu und verschwand in der Nacht.

Levarda wartete, bis sich der Sturm in ihrem Innern gelegt hatte. Wie konnte sie nur so leichtsinnig sein? Stöhnend setzte sie sich auf, so viel Energie war in ihr, dass sie alles, was sie besaß, damit auffüllte. Danach ging es ihr besser.

Das helle Licht verbannte sie in ihr tiefstes Inneres. Irgendwann würde sie sich mit dieser Energie, die sich so völlig ihrer Kontrolle entzog, auseinandersetzen müssen, aber nicht jetzt. Sie musste sich auf das konzentrieren, was vor ihr lag.

Sie stand auf, sah aus dem offenen Fenster hinaus in die schwarze Nacht. Dabei war sie sicher, dass sie das Fenster nicht offen gelassen hatte. Zu kalt waren die Nächte in den letzten Tagen. Der Neumond stand am Himmel und die Nacht war dunkel – die perfekte Nacht für das, was sie heute zu tun gedachte. Sorgfältig schloss sie das Fenster, hob ihren Rock und befestigte den vollen Beutel an einem Band an ihrer Taille. Sie hatte das Gefühl, jeder, der in ihre Nähe kam, würde die Kraft und Energie darin spüren.

Um die Kontrolle über ihre Energie komplett zurückzugewinnen, begann sie, eine komplizierte Abfolge von Versen aufzusagen, die sie in einen meditativen Zustand versetzten. Sie brauchte ihre Konzentration, damit ihr kein Fehler unterlief, wenn sie die

Samen von Lord Otis der Pflanze zuführte. Eine zweite Chance würde sich ihr gewiss nicht bieten. Sie öffnete das Fenster. Wenn er diesen Weg gewählt hatte, konnte sie das schon lange. Ein Geräusch ließ sie stocken, hastig sprang sie zurück ins Bett. Es klopfte.

»Lady Levarda?«, hörte sie die verweinte Stimme der ersten Magd der hohen Gemahlin.

»Was ist?«

»Bitte, Ihr müsst kommen, Lady Smira geht es furchtbar schlecht.«

Levarda ließ einen Moment verstreichen, bevor sie die Tür öffnete, damit sich das Mädchen nicht wunderte, dass sie angezogen war. Erst, als sie sich mit ihr im Flur befand, spürte sie den Beutel an ihrem Bein. Zu spät, um zurückzukehren. Sie hoffte nur, dass die Magd den Energiestrom nicht bemerkte.

Sie gab Lady Smira einen beruhigenden Trank wie häufiger in letzter Zeit, da ihre Cousine verstärkt unter Albträumen litt, denn ihr wurde bewusst, dass ihre verbleibende Lebenszeit sich unaufhaltsam dem Ende zuneigte. Tränen rannen ihr die Wange herab.

»Ich will nicht sterben«, sagte Lady Smira leise. Sie streichelte ihre Cousine beruhigend, bis sie an ihren regelmäßigen Atemzügen merkte, dass sie eingeschlafen war. Seufzend erhob sie sich von dem Bett. Der Beutel an ihrem Bein verbrannte Levarda. Eine sanfte Stimme flüsterte in ihr Ohr. »Es liegt in deiner Hand, ihr Leben zu retten.«

Wie in Trance griff sie nach dem Beutel, die pulsierende Kraft des Lebens durchflutete sie, drängte alle anderen Gedanken weg. Mit der Energie des Wassers führte Levarda die Hälfte der lebensspendenden Kraft in Lady Smira ein, allerdings erst, nachdem sie restlos alles von Gregorius‘ eigener, mit Schatten verseuchter Kraft entfernt hatte. Ihre Hände zitterten, als sie aus dem Schlafgemach kam. Niemand begleitete sie auf ihrem Weg zurück in ihre Gemächer. Sie nutzte die Chance, schlüpfte im Gang der Dienerinnen in den Garten hinaus und vergrub den Rest der Samen von Lord Otis in der Erde an den Wurzeln des Himbeerstrauches, wie sie es Lord Otis gesagt hatte. Sie gab die Energien der Erde und des Wassers hinzu. Die Worte des Rituals flossen durch ihre Gedanken, die Wurzeln nahmen das Feuer von Lord Otis auf und führten es in die Früchte.

VIER TAGE SPÄTER LEUCHTETEN DIE HIMBEEREN IN EINEM SO verlockenden Rot, dass selbst Hamada, die sonst jegliches Obst ablehnte, davon naschte.

Dem hohen Lord wurde eine Schale mit Beeren gebracht.

LORD OTIS BLIEB LEVARDAS SITZUNGEN MIT DEM HOHEN LORD weiterhin fern, was sie dankbar zur Kenntnis nahm. Sie hatte Angst vor der Ungewissheit, was passieren würde, wenn seine Finger ihren Hals berührten. Konnte sie das, was sie getan hatte, vor ihm geheimhalten? Und wenn er die Wahrheit erfuhr, was würde er tun? Nein, daran wollte sie nicht denken. Ihr selbst kam ihr eigenes Handeln falsch vor, wenn sie entdeckt würde, lud sie den Tod von Menschen, die ihr viel bedeuteten, auf ihre Schultern.

Sendad stand hinter ihr.

Nachdem Lord Gregorius die Himbeeren gegessen hatte, spürte Levarda unmittelbar eine Veränderung in seinem Inneren: Die Schatten verloren schlagartig an Kraft. Mehr als in allen vorherigen Sitzungen zusammen. Levardas Magen verkrampfte sich. Hätte ein wenig Geduld gereicht? Wessen Stimme war sie in der Nacht gefolgt? Der von Lishar oder der ihrer eigenen Angst?

»Lady Levarda, Ihr zittert. Ist alles in Ordnung mit Euch?« Besorgt legte ihr Sendad die Hand auf ihre Schulter.

»Ich fühle mich heute nicht bei Kräften, es tut mir leid. Hoher Lord, wir müssen die Sitzung abbrechen.«

Sie zog sich aus seinem Körper zurück, faltete die Hände. Was geschehen war, war geschehen. Sie konnte es nicht mehr rückgängig machen.

TAGE UND NÄCHTE GINGEN DAHIN, OHNE DASS SIE IHN SAH. Auf den Festen blieb sie an der Seite von Lady Eluis. Es blieb nicht unbemerkt, allerdings schrieb es jeder der verstreichenden Zeit zu. Es gab Nächte, da wünschte Levarda sich, er würde durchs Fenster zu ihr kommen, und alle Konsequenzen einer solchen Nacht kümmerten sie nicht. Ihr Köper verzehrte sich nach seiner Nähe, seiner Energie.

Die Wochen verstrichen, und Lady Smiras monatliche Blutungen blieben aus. Levarda konnte das beginnende Leben deutlich in ihrem Unterleib spüren. Ein kräftiges Leben, rein und klar, ohne Schatten, von keiner Dunkelheit umgeben. Ein Kind, gezeugt aus dem Samen von Lord Otis und der Frucht von Lady Smira. Was hatte sie sich dabei gedacht? Auch wenn beide von dem Betrug nichts wussten, was würde passieren, wenn das Kind Ähnlichkeit mit Lord Otis aufwies? Schlimmer – er würde es wissen, wenn das Baby das erste Lebensjahr vollendet hätte. Dann trat langsam das Energiemuster des Erzeugers hervor, das vorher von dem der Mutter überlagert wurde. Ein Jahr blieb ihr. Sie konnte nur zu Lishar beten, dass das Kind mit blonden Haaren und den feinen Zügen von Lady Smira zur Welt kam und die Spuren des Vaters nicht in seinem Äußeren sichtbar waren.

Sie unterrichtete Lady Smira nicht von dem Ergebnis ihrer Untersuchungen. Sie brachte es nicht über sich, die Freude in den Augen ihrer Cousine zu sehen oder ihre Angst, das Baby zu verlieren.

Lady Smira erstrahlte so von der Energie des beginnenden Lebens in ihr, dass Levarda glaubte, jeder müsse es sehen. Wenn sie sah, wie der hohe Lord seine Gemahlin aufsuchte, lauschte sie die Nacht über auf die Schritte zu ihrem Turm. Sie blieben aus, als würde ihre Cousine ahnen, dass es nicht mehr notwendig sei. Bemerkte es Lord Otis ebenfalls? Seit der Nacht kreisten ihre Gedanken beständig um ihn. Das Licht in ihrem Inneren strömte wie eine warme Quelle durch ihre Adern, füllte sie aus.

Gleichzeitig zehrte die Einsamkeit an ihr und sie vermisste ihre Familie schmerzlich. Nachts lag sie zusammengerollt im Bett, ihren Kopf in das Kissen vergraben, dem noch sein Geruch anhaftete, im Arm ihren Bären Miffel. Manchmal wachte sie auf, weil sie träumte, dass seine Hand ihr Haar streichelte oder ihren Arm. Aber jedes Mal, wenn sie die Augen aufschlug, war sie allein. Sie verlor ihren Appetit und die Hofdamen fingen an, über sie zu tuscheln. Die Frauen schoben ihren Zustand auf ihre Angst vor dem Ende der Frist, in der die hohe Gemahlin eine Schwangerschaft nachweisen musste, um der Hinrichtung zu entgehen. Ihrer beider Tod schien den Hofdamen sicher. Und auch wenn Levarda mit jedem Tag, in dem das beginnende Leben an Kraft gewann, wusste, dass sie weiterleben würde, erschien es ihr nicht mehr wichtig.

Wie konnte es sein, dass er solche Macht über sie besaß?

ALS SIE EINES NACHMITTAGS NACH DEM BESUCH BEI CELINA und Levitus ihr Bett frisch bezogen vorfand, fiel sie auf die Knie, schlug die Hände vor ihr Gesicht und fing bitterlich an zu weinen.

Adrijana, die alarmiert von den Wachen in ihrem Turm zu ihr kam, nahm sie in die Arme, wiegte sie wie eine Mutter.

»Keine Angst, ich werde bei Euch sein, auch in der Stunde Eures Todes. Unser Schicksal hält uns zusammen, Ihr braucht den letzten Schritt nicht alleine zu gehen«, flüsterte die Dienerin mit tränenbrüchiger Stimme in ihr Ohr.

Wie selbstsüchtig sie sich verhalten hatte. Levarda setzte sich auf, rückte von Adrijana ab, wischte sich die Tränen aus den Augen.

»Wir werden nicht sterben.«

»Wie meint Ihr das?«

»Lady Smira ist schwanger.«

Erneut traten Levarda die Tränen in die Augen.

»Aber weshalb weint Ihr, esst nichts mehr, schlaft nicht mehr?«, sie brach ab, ihre Augen weiteten sich, »hat er Euch bedrängt?«

Levarda schüttelte den Kopf. »Ich bin nur erschöpft und froh, dass die Last von meinen Schultern genommen ist.«

Sie sah den Zweifel in den Augen der Dienerin und war froh, dass sie nicht weiter in sie drang.

»Weiß Lady Smira, dass sie schwanger ist?«

»Nicht von mir, aber ich denke, sie spürt es.«

»Der hohe Lord?«

Sie schüttelte den Kopf.

»Lord Otis?«

Levardas Augen füllten sich mit Tränen. Zitternd zog sie den Atem ein.

»Aber er liebt Euch, und wenn Lady Smira einem Thronfolger das Leben schenkt, dann wird doch alles wunderbar?«

Adrijana hatte keine Ahnung, in welchem Schlamassel Levarda steckte. Nichts würde gut werden. Im Gegenteil, wie sollte sie Lord Otis davon überzeugen, dass der hohe Lord weiterhin die Sitzungen mit ihr benötigte, wenn er ein Kind gezeugt hatte? Was würde passieren, wenn er nach dem Jahr merkte, dass es sein Kind war und nicht das des hohen Lords? Schlimmer, was, wenn es tatsächlich ein Sohn war, dem Lady Smira das Leben schenkte? Oh Lishar, was habe ich getan?

Nein, sie durfte sich nicht erneut gehenlassen. Sie würde nicht zulassen, dass dem Kind etwas passierte. Es lag in ihrer Verantwortung, es zu schützen. Irgendetwas würde ihr einfallen müssen. Ein Leben mehr lag in ihren Händen, das es zu bewahren galt.

Mit zittrigen Knien stand sie auf und zog Adrijana vom Boden hoch.

»Wem gehört deine Loyalität?«

Das Mädchen senkte den Kopf. »Euch, Lady Levarda«, flüsterte es.

Sie schob den Zeigefinger unter das Kinn der Dienerin und hob es an, so dass diese ihr in die Augen sah. »Dann schwöre mir, dass Lord Otis niemals etwas von dem erfahren wird, was hier passiert ist.«

»Ja, Mylady – aber er wird es wissen.«

Levarda straffte ihre Schultern. Adrijana hatte recht. Es wurde Zeit, dass sie aufhörte, sich gehenzulassen. Sie musste die Verbindung zwischen sich und ihm trennen. Immerhin war sie die Meisterin aller Elemente und er nur ein Mann des Feuers, jemand, der Leidenschaft entfachte. Aber sie konnte sie löschen. Ihr Leben lag weder in ihrer Hand noch in seiner, sondern in der von Lishar.

LADY SMIRAS KÖRPER BEGANN SICH UMZUSTELLEN, UND Levarda bekam reichlich zu tun. Jede Unpässlichkeit verursachte der werdenden Mutter Panik, weil sie das Kind auf keinen Fall erneut verlieren wollte. Gemeinsam entschieden sie, dass sie warten wollten, bevor sie die Schwangerschaft offiziell bekanntgaben.

Nachdem der hohe Lord seine Gemahlin aufgesucht hatte, stellte Levarda eine Spur dunkler Energie fest. Zum Schutz des beginnenden Lebens verbannte sie den hohen Lord aus dem Schlafzimmer von Lady Smira. Kein einfaches Unterfangen, das sie aber geschickt über Lady Eluis einfädelte, da sie in keinem Fall Lord Otis begegnen wollte, der jeden Kontakt mir ihr genauso vermied.

. . .

Als Folge der Verbannung aus dem Schlafzimmer seiner Gemahlin wurden die Sitzungen mit dem hohen Lord unerträglich, und Levarda sah sich zweimal gezwungen, sie abzubrechen. Zum Glück war Sendad ihr Fels in der Brandung, ließ sich weder von den Launen des hohen Lords noch von denen Levardas aus dem Konzept bringen. Er gab ihr ein äußeres Gleichgewicht – und er besaß ein Feingefühl für ihre Stimmungen.

Eines Abends küsste er sie scheu auf die Wange, als er sie in ihre Räumlichkeiten gebracht hatte.

Der Unterschied hätte für Levarda nicht deutlicher sein können. Sie liebte Sendad als einen Freund – einen sehr guten Freund. Er löste keine Reaktion ihrer Energie aus und ließ das helle Licht in ihr nicht aufstrahlen.

Sanft schob sie ihn zurück, und er sah sie mit seinen blauen Augen lächelnd an.

»Verzeiht, ich bin zu weit gegangen«, sagte er. »Ich wünschte, ich könnte Euch in Eurem Kummer helfen.«

»Das macht Ihr jeden Tag, Sendad.«

»Einst sagte ich zu Euch, dass ich Euch nicht mehr helfen könne, wenn Ihr erst einmal in der Festung des hohen Lords seid.«

»Ich weiß, und Ihr wisst auch, dass ich das niemals von Euch erwarten würde.«

Er nahm ihre Hände und hielt sie fest in seinen. Es strömte keine Energie von ihnen aus, und die Berührung verursachte keine Gänsehaut bei ihr, aber sie gab Halt.

»Die Zeit rennt Euch davon. Ihr sollt eines wissen: Ich werde nicht zulassen, dass Ihr Euer Leben verliert.«

»Ihr seid der zweite Mensch, der mir das sagt.«

Überrascht sah er sie an. »Lord Otis hat Euch das ebenfalls gesagt?«

Sie schüttelte den Kopf. »Nein, er wird tun, was dieses Land ihm abverlangt. Wenn er mir dafür sein Schwert durchs Herz stoßen muss, so wird er nicht zögern. – Es war Lady Eluis.«

»Er verdient Euer Verständnis nicht, aber ich danke Euch für die Information über Lady Eluis, die zu gegebener Zeit von Nutzen sein kann.«

»Ich erzähle das, weil ich es eben nicht in Anspruch nehmen werde.«

Sendad nickte. »Ich weiß.« Er machte Anstalten, zu gehen.

»Sendad, ich danke Euch für alles und hoffe, Ihr versteht, dass Ihr mir nicht gleichgültig seid.«

»Ihr habt mein Leben gerettet. Ich möchte Euch nur wieder lachen sehen.«

DIE KUNDE VON LADY SMIRAS SCHWANGERSCHAFT GING schneller um, als sich ein Feuer durch trockenes Holz frisst. Das beginnende Leben hatte sich fest in ihrem Körper eingenistet. Levarda konnte den Herzschlag spüren, der Bauch wölbte sich ein wenig, und Lady Smiras Körper hatte alle Anpassungen wunderbar überstanden. Inzwischen wusste sie, dass die werdende Mutter einen Sohn in sich trug.

Der hohe Lord selbst überzeugte sich von der Schwangerschaft. Als Levarda sah, wie ehrfurchtsvoll er die Hand auf Lady Smiras Bauch legte, wie sein Blick den ihren suchte, konnte sie die Liebe zwischen ihnen körperlich fühlen. Die Pein ihres Verrates pochte elendiglich in ihrem Herzen.

Auch diesmal begleitete Sendad den hohen Lord, was zu allerlei Gerüchten über das Verhältnis zwischen Lord Otis und dem Lord Gregorius führte.

Eines der Gerüchte besagte, dass Lord Otis mit Zustimmung des hohen Lords der Vater des Kindes sei. Zum Glück gab es keinerlei Hinweise, dass dies der Wahrheit entsprach. Dennoch gab es eine Krisensitzung, bei der jeder verhört wurde, angefangen vom hohen Lord selbst über Lady Smira, Lord Otis und die Dienstmägde bis hin zu Levarda.

Als sie den Sitzungssaal betrat, breitete sich ein flaues Gefühl in ihrem Magen aus. Wenn ihr jemand eine direkte Frage stellte, blieb ihr nichts anderes übrig, als die Wahrheit zu sagen. Ihre Hoffnung lag darin, dass niemand wusste, welche Frage er stellen musste.

Der Zeremonienmeister baute sich vor ihr auf.

»Ihr seid vor das höchste Gremium dieses Landes geladen, um Zeugnis abzulegen über das ungeborene Kind der hohen Gemahlin. Schwört Ihr bei Lethos, dem Schöpfer der Erde, des Himmels und sämtlicher Geschöpfe, dass Ihr die Wahrheit sagen werdet?«

Levarda sah den Zeremonienmeister fragend an. Sie hatte keinen Schimmer, wie sie den Schwur abgeben sollte.

Eine gefährliche Stille entstand im Saal.

Levardas Blick fiel auf Sendad, den einzigen Offizier im Gremium. Er bewegte kurz seine linke Hand, sein Blick ging nach oben. Zögernd hob Levarda die linke Hand hoch, bis Sendad die Augen kurz schloss.

»Ich schwöre bei Lethos, dem Schöpfer der Erde, des Himmels und sämtlicher Geschöpfe, dass ich die Wahrheit sagen werde.«

Das erleichterte Aufatmen einiger Anwesenden signalisierte ihr, dass sie alles richtig gemacht hatte.

Der Zeremonienmeister führte sie zu einem Stuhl in der Mitte. Rundherum saßen auf prunkvollen Sesseln die Berater des hohen Lords. Auch Lord Gregorius selbst war anwesend. Er saß an der Spitze einer Reihe und hob sich durch nichts von den anderen Männern ab.

»Lady Levarda, ist es richtig, dass Ihr seit Monaten den hohen Lord regelmäßig aufsucht?«

»Ja.«

»Welchem Zweck dienen Eure Besuche?«

»Ich kenne mich mit den Heilkräften der Natur aus, den Pflanzen, die Li... verzeiht, Lethos«, sie stolperte über den Namen, »... wachsen lässt, und ich lindere mit ihrer Hilfe die Beschwerden des hohen Lords.«

»Ihr braucht nicht nervös zu sein, Mylady, wenn Ihr nichts Unrechtes getan habt.«

»Es fällt mir recht schwer, nicht nervös zu sein, wenn mich sechzehn Männer so intensiv anschauen und meinen Worten lauschen«, erwiderte sie mit einem unschuldigen Lächeln und sah, wie sich einige Männer aufrichteten, den Bauch einzogen und den Kopf hoben.

»Um welche Beschwerden ging es?«

»Der hohe Lord hatte Probleme mit dem Essen, er hatte Krämpfe, erbrach sich –«

»Das reicht, Lady Levarda, Ihr braucht nicht ins Detail zu gehen. Habt Ihr ihn auch anderweitig untersucht?«

»Ja.«

»Was habt Ihr untersucht?«

»Seine Temperatur, seinen Geruch, seinen Pulsschlag –«

»Auch seine Manneskraft?«, wurde sie unterbrochen.

Es fiel ihr nicht schwer, rot zu werden und peinlich berührt den Kopf zu senken.

»Nein.«

»Verzeiht, Mylady, aber Ihr müsst wissen – seit zehn Jahren wünscht sich das Volk von Forran nichts mehr als einen Thronfolger, und wir müssen sicherstellen, dass er über alle Zweifel erhaben ist. Denkt Ihr mit Eurem Wissen als Heilkundige, dass der hohe Lord in der Lage ist, ein Kind zu zeugen?«

Levarda lächelte. Auf diese Frage konnte sie eine Antwort geben, denn inzwischen war sie sicher, dass der hohe Lord eines Tages Kinder würde zeugen können.

»Ja.«

Ein Raunen ging durch die Reihen.

»Bedenkt, dass ich nur eine Frau bin und ein solches Urteil auch nur aus dieser Sicht fällen kann.«

»Mehr wird nicht von Euch erwartet. Ihr könnt gehen.«

Sie verließ den Raum und machte sich auf den Rückweg in die Frauengemächer.

. . .

»Was hat man Euch gefragt?«

Lord Otis blockierte die Tür zu ihrem Turm. Von den Soldaten war nichts zu sehen. Sie fasste sich kurz.

»Ob ich denke, dass der hohe Lord in der Lage ist, Kinder zu zeugen.«

»Und – ist er das?«

»Ja.«

Es klang diesmal nicht so sicher wie im Sitzungssaal. Sie konnte die vertraute Energie spüren, wollte sie berühren, sich mit ihr verbinden. Monatelang hatte sie sich nach seiner Nähe verzehrt, aber gleichzeitig griffen ihre Übungen, die sie seit ihrem Zusammenbruch regelmäßig morgens durchführte. Sie war stark geworden, viel stärker, als sie es jemals erwartet hatte. Levarda kontrollierte energisch ihr Bedürfnis – keinen Moment zu früh.

Er trat dicht an sie heran, sodass sich ihre Körper fast berührten. Sein Kopf senkte sich, seine Lippen schwebten wenige Zentimeter vor ihrem Ohr.

»Dann frage ich Euch jetzt anders«, sagte er leise. »Ist es sein Kind?«

Levardas Herz klopfte heftig, ihre Gedanken überschlugen sich auf der Suche nach einer unverfänglichen Antwort.

»Das, Lord Otis, müsstet Ihr doch am allerbesten wissen!«

Sie schickte ein stummes Gebet an Lishar, dass er nicht weiter bohren und auf einem Ja oder Nein bestehen möge. Sein Atem beschleunigte sich, seine Lippen streiften ihr Ohrläppchen. Die unachtsame Berührung löste einen Schauer der Erregung in Levarda aus.

Er wandte sich abrupt um und ließ sie stehen.

Sie rührte sich erst wieder, als die Soldaten, die er auf dem Weg hinaus zum Wachzimmer im Turm zurückgeschickt hatte, auf ihrem Posten standen.

18

AGILUS

Der Winter brach mit einem heftigen Sturm über das Land Forran herein. Innerhalb kürzester Zeit verschwanden die Gärten in der Festung unter einer tiefen Schneedecke. Das Essen am Hof reduzierte sich auf einen Getreidebrei am Morgen, eine dünne Suppe am Mittag und Brot am Abend.

Statt eine Kutsche zu rufen, ging Levarda die Distanz zu Egris' Haus zu Fuß, da sie es nicht wagte, die Hofetikette zu durchbrechen, indem sie ritt. Bei ihren Besuchen füllte sich der Wohnraum bei Celina zusehends mit kranken Menschen, die ihre Hilfe benötigten. Fieber, Halsentzündungen, Brust- und Lungenleiden machten den Leuten zu schaffen. Die Frauen der Offiziere trafen sich regelmäßig und fertigten winterfeste Kleidung für die Bedürftigen der Stadt an. Andere Unterstützung lehnten die Offiziersdamen hartnäckig ab.

Stattdessen richteten sie von Wilbors Frau veranlasst in einer Scheune am Rande des zweiten Stadtringes eine Räumlichkeit ein, wo Levarda Kranke behandeln konnte. Froh über ihre reichhaltigen Vorräte an Kräutern half sie den Menschen, so gut sie es vermochte. Kurz vor Wintereinbruch war eine weitere Ladung eingetroffen, als hätte ihre Familie geahnt, dass Levarda diese brauchen würde.

Die Sitzungen mit dem hohen Lord, die Versorgung von Lady Smira und ihre Arbeit in der Stadt, die die Frauen vor ihren Männern geheimhielten, zehrten an Levardas Kräften.

Eines Abends kam sie in ihre Kammer und fand einen Stapel Bücher auf ihrem Schreibtisch vor, daneben ein Tablett mit einer übelriechenden Pampe in einem tiefen Teller, Brot und seltsam verschrumpelten Früchten, die ranzig rochen. Sie nahm sich das Brot, schob den Rest beiseite, schnappte sich eine Decke, die ihr Celina gemacht hatte, und begann auf dem Boden vor dem Kamin zu lesen. Die Bücher waren alle von Heilkundigen geschrieben und enthielten Wissen über Krankheiten und deren Heilung in der Zeit des Winters. Irgendwann fielen ihr die Augen zu. Zu müde aufzustehen, rollte sie sich mit der Decke vor dem Kamin ein. Am nächsten Morgen erwachte sie in ihrem Bett.

Am vierten Abend, nachdem sie die Bücher erhalten und sich jeden Tag das seltsame Essen auf ihrem Tisch befunden hatte, das sie sich anzurühren weigerte, wurde sie bei ihrer Rückkehr von zwei Soldaten direkt zum Wachzimmer geführt.

Levarda seufzte tief, als sie den Mann erkannte, der, statt wie üblich am Schreibtisch vor dem Feuer, diesmal am Kamin stand. In den Flammen konnte sie Pferde erkennen, Bären und eine Schlange. Es war erstaunlich, wie rasch Lord Otis all diese Dinge gelernt hatte.

Es ärgerte sie, dass er das Wissen von ihr nahm, bei ihren gemeinsamen Sitzungen mit dem hohen Lord. Sie freute sich jedoch insgeheim, dass er seit der Nacht, als er ihr den Beutel mit seinem Samen überreicht hatte, diesen Treffen fernblieb. Wer wusste schon, was er sonst noch alles herausfinden würde.

»Setzt Euch.«

Der Befehlston ärgerte sie. Sie verschränkte stur die Arme

und blieb kurz hinter der Schwelle stehen. Sein Blick wanderte über ihren Körper, sein Gesicht eine einzige steinerne Maske, die Augen glühten, seine Wangen zeigten rote Flecke, ob von der Wärme des brennenden Feuers im Kamin oder vor Zorn, konnte sie nicht einschätzen.

»Setzt Euch!«

Diesmal folgte Levarda. Sie kannte ihn gut genug, um zu wissen, dass in dieser Stimmung mit ihm nicht zu spaßen war. Viel zu erschöpft für einen Schlagabtausch, entschied sie sich, ihm ihre Aufmerksamkeit zu geben, was der einfachste und schnellste Weg war, ihn loszuwerden und zu ihren Büchern zu kommen.

»Esst.«

Verwirrt starrte sie ihn an. Mit einer knappen Handbewegung zeigte er auf einen kleinen Beistelltisch neben dem Sessel, auf dem eine Schüssel mit der grauen breiigen Masse und fünf der seltsamen Früchte standen. Sie verzog das Gesicht, suchte nach dem Brot, fand keines.

»Esst.«

»Das ist eklig.«

»Mir ist es egal, ob Ihr es eklig findet, Ihr werdet es essen.«

»Ich kann es in meinem Zimmer essen, sagt mir, weshalb Ihr mich habt herbringen lassen.«

Er starrte sie an und sie erkannte, dass genau das der Grund war.

»Das ist nicht Euer Ernst.«

»Esst.«

Seine Stimme klang bedrohlich leise. Widerwillig nahm sie den Löffel in die Hand und schob sich eine kleine Portion in den Mund. Das Zeug schmeckte so widerlich, wie es roch. Tapfer schluckte sie es herunter, da sie nicht wagte, es auszuspucken. Langsam steckte sie sich den nächsten Löffel voll in den Mund. Nach der Hälfte der Mahlzeit legte sie den Löffel beiseite. Es reichte.

»Entweder Ihr esst den Rest selber auf oder ich werde ihn

Euch in den Mund schieben.«

Mit verschränkten Armen stand er vor dem Kamin, hatte sich die ganze Zeit nicht bewegt, nur geduldig beobachtet, wie sie Löffel für Löffel aß. Immerhin hatte er sie auch nicht mit seiner Energie bedrängt. Aber Levarda sah seinem Gesicht an, dass seine Worte ernst gemeint waren. Sie gab nach und verschlang die restliche Pampe.

»Zufrieden?«

»Die Früchte«, erwiderte er ungerührt von ihrem Tonfall.

Sie sah auf den Teller. Was zu viel war, war zu viel.

»In keinem Fall werde ich diese ekelhaften ranzigen –«

Er tauchte so flink vor ihr auf, dass sie vergaß, den Mund zu schließen. Die erste Frucht landete auf ihrer Zunge. Er kniete sich vor sie, sodass er sich in Augenhöhe mit ihr befand. Sie erwog, ihm die Frucht ins Gesicht zu spucken.

»Kauen!«

Sie kaute einmal, zweimal, die Frucht schmeckte ranzig, aber süß. Was noch erstaunlicher war: Sie spürte sofort die Energie, die durch ihren müden Körper zu zirkulieren begann. Sie kaute, schluckte.

»Was ist das für eine –«

Weiter kam sie nicht, da sich bereits die nächste Frucht in ihrem Mund befand.

»Ihr braucht mich –«

Die dritte fand den Weg in ihren Mund. Bevor er sie weiter füttern konnte, nahm sie sich die letzten zwei Früchte selbst, kaute sie, schluckte und sah ihn herausfordernd an.

Ein Lächeln huschte über sein Gesicht. Er richtete sich auf und setzte sich in den Sessel gegenüber. Levarda hatte genug von seiner herrischen und selbstherrlichen Art, sie zu behandeln. Sie stand auf.

»Ihr bleibt.«

»Ich habe gegessen.«

»Ich habe Euch nicht die Erlaubnis erteilt, zu gehen.«

»Ich bin keiner Eurer Soldaten.«

»Nein. Schätzt Euch glücklich, denn ich dulde keinen Widerspruch bei meinen Männern.«

Das Essen hatte ihr eine erstaunliche Menge an Energie gegeben. Zeit, ihm eine Lektion zu erteilen. Sie wandte sich um und stellte überrascht fest, dass die Männer, die sich vorher außerhalb des Raumes an die Tür gestellt hatten, nun breitbeinig und kampfbereit die Tür versperrten, so, als gelte es, eine Schlacht zu gewinnen. Wann hatte er den Befehl dafür erteilt?

»Setzt Euch.«

Mit einem tiefen Seufzer ließ sich Levarda zurück in den Sessel fallen. Sie wollte nicht für die Bestrafung der Männer verantwortlich sein, wenn sie aus dem Raum stürmte, Schwerter hin oder her.

»Helfen Euch die Bücher?«

»Ja. Danke, dass Ihr sie mir gegeben habt.«

»In Zukunft werden Eure Sitzungen beim hohen Lord unterbleiben.«

»Das geht nicht.«

Verärgert beugte er sich in dem Sessel vor. »Ich dachte, wir hätten uns verstanden. Dies ist keine Bitte.«

»Wenn ich die Sitzungen ausfallen lasse, wird –«

Mit einer herrischen Handbewegung schnitt er ihr das Wort ab. Ein kurzer Blick zu seinen Soldaten. Levarda drehte sich um und sah, wie die Männer aus dem Raum verschwanden.

»Wie macht Ihr das?«, rutschte es ihr heraus. Die steile Falte auf seiner Stirn zeigte ihr, dass sie die Grenzen seiner Geduld überschritten hatte.

»Wird was?«

»Wird die Dunkelheit zunehmen.«

»Wie kann das sein?«

»Ich denke, es sind die Überreste, die sich verstärken, wenn ich nichts mache.«

Schweigend sah er sie an, als versuche er, ihre Gedanken zu

lesen. Unwillkürlich beschleunigte sich ihr Pulsschlag. Ihre Hand griff zum Amulett. Sie fühlte die kühle, ruhige Energie.

»Also gut, wie oft?«

»Zwei, drei Sitzungen in der Woche müssten reichen.«

»Um den Stand zu halten oder zu reduzieren?«

»Zu reduzieren.«

»Wir versuchen es mit zwei Sitzungen. Was ist mit Euren Besuchen bei Lady Smira?«

Sie atmete tief ein und ließ die Luft langsam entweichen. Eigentlich brauchte diese nicht ihren täglichen Besuch, aber es gab sowohl ihr als auch der Erstgebärenden Sicherheit. Außerdem kostete es sie lediglich Nerven, keine Energie.

»Täglich.«

Er nickte zur Bestätigung, als benötige sie sein Einverständnis, um ihre Arbeit zu verrichten.

»Die Besuche in der Stadt werden auf einen Tag reduziert.«

Sie fragte sich, ob er die zu Celina meinte oder ob er eine Ahnung von ihrer Tätigkeit in der Scheune hatte. Die Soldaten begleiteten sie bis zum Haus von Egris, danach schlich sie sich aus dem Hinterausgang weg.

»Auf keinen Fall«, erklärte sie entschieden.

Er beugte sich aus dem Sessel vor. Sie spürte, wie sich um sie herum ein Schild legte. »Das hier ist keine Verhandlung. Ihr befolgt meine Befehle, haben wir uns verstanden?«

»Gebt mir wenigstens drei Tage.«

»Habt Ihr mich verstanden?«

»Klar und deutlich.«

Doch sie wich seinem Blick nicht aus. Sie würde darum kämpfen, wenn es sein musste. Entschlossen schob sie ihr Kinn vor, spannte ihren Körper an. Auf einen körperlichen Angriff war er vielleicht nicht vorbereitet.

»Zwei, das ist mein letztes Wort«, erklärte er unerbittlich.

Sie holte Luft zum Protestieren, doch er ließ ihr für eine Antwort nicht die Zeit.

»Ihr müsst aufhören, mit Eurem Herzen zu denken, und Euren Verstand einschalten. Es nützt nichts, wenn Ihr versucht, die Menschen in der Stadt zu retten, und dabei selber Euer Leben aufs Spiel setzt. Schaut Euch an, Ihr besteht ja selbst nur noch aus Haut und Knochen. Also konzentriert Euch auf die, die es mit Eurer Hilfe schaffen können. Wenn Ihr dazu selber nicht in der Lage seid, werde ich dafür sorgen.«

Sie stand auf, wollte ihm keinen Moment länger zuhören.

»Setzt Euch!«

Seine sprungbereite Haltung signalisierte ihr, dass er seinen Befehl bei ihr mit Gewalt durchsetzen würde. Widerwillig gab sie nach.

»Gebt mir Eure Hände.«

Langsam streckte sie ihre Hand aus.

»Beide.«

Als sie sah, wie er die Augen schloss, sich auf sein Innerstes konzentrierte, verstand sie, was er machen wollte. Sie bildete mit den beiden Händen eine Schale und nahm seinen Energieball an. Er fixierte sie mit einer Miene, die ihr Angst einjagte.

»Ihr esst jeden Tag Euren Teller leer, samt der Pramplon.«

»Pramplon?«

»Die Früchte. Wagt es nicht, Euch meinen Anweisungen zu widersetzen.«

»Darf ich mich jetzt in mein Gemach zurückziehen?«

»Ihr dürft.«

Sie stand auf, würdigte ihn keines weiteren Blicks. An der Tür hielt seine Stimme sie auf.

»Und Levarda – nehmt noch *ein* Gramm ab, und ich streiche Euch die Stadtaufenthalte komplett, auch die bei Celina und Levitus.«

ERST IN IHREM ZIMMER FIEL IHR AUF, DASS ER DIE HÖFLICHE Anrede ausgelassen hatte. Auf ihrem Schreibtisch standen eine angezündete Kerze, ein Teller mit Brot, ein Krug mit Wasser und ein Becher mit einem Schluck Wein. Sie setzte sich, dachte über das nach, was im Wachzimmer geschehen war. Hatte er ihr tatsächlich eine Tagesplanung aufgedrückt, es gewagt, sie, Levarda von Mintra, zu bedrohen? Was nahm sich dieser überhebliche Kerl ihr gegenüber heraus? Verärgert schlug sie eines der Bücher auf und suchte nach der Stelle, an der sie ein ähnliches Symptom beschrieben gefunden hatte, wie es ihr heute bei einem älteren Mann aufgefallen war. Sollte es sich bewahrheiten, könnte die Krankheit auf andere übergreifen. Beim Lesen stopfte sie sich Brot in den Mund. Sie fand die Stelle im zweiten Buch. Aufmerksam las sie den Abschnitt durch und fühlte Erleichterung. Nein, es handelte sich nicht um dieselben Symptome.

Grimmig lächelnd schlug sie das nächste Buch auf. Lord Otis mochte ihre Tage einteilen, aber er konnte nicht bestimmen, wann sie zu Bett ging und wann sie aufstand. Zufrieden griff sie nach dem Becher mit Wein und trank ihn in einem Zug leer.

Als sie die Bitterkeit im Nachgeschmack wahrnahm, war es zu spät. Fassungslos betrachtete sie den leeren Becher. Dieser skrupellose, machtbesessene Sohn einer Schlange hatte ihr einen Schlaftrunk in den Wein gemischt.

Levarda fragte sich, wie kalt es noch in diesem Land werden konnte. Das Essen erfuhr eine weitere Rationierung. Ihre Portionen blieben groß genug, sodass sie ein wenig an Gewicht zunahm. Die Früchte verliehen ihr ausreichend Kraft, dass sie ihre Aufgaben wahrnehmen konnte. Sie versuchte an den zwei Tagen, die sie in die Stadt durfte, der Anzahl an Hilfebedürftigen gerecht zu werden. Ohne Erbarmen achteten die zwei Soldaten, die sie begleiteten, darauf, dass sie pünktlich den Rückweg in die Festung antrat. Selbst mit Bitten und Betteln schaffte sie es höchstens, die Zeit um eine halbe Stunde zu dehnen. Es gab Augenblicke, da hätte sie Lord Otis am liebsten einen Pfeil mitten in sein finsteres Herz geschossen – wenn er überhaupt eines besaß.

»Worüber grübelt Ihr nach? Euer Gesicht sprüht vor Zorn.«

»Das wollt Ihr nicht wissen«, antwortete sie Lemar, der ihr im Wachzimmer gegenübersaß und darauf achtete, dass sie ihr Essen zu sich nahm. Sie verzog ihr Gesicht, als sie den letzten Löffel der Pampe in ihren Mund schob.

»Es ist unglaublich, wie sehr Euch Sita ähnelt. Sie macht das gleiche angewiderte Gesicht, wenn ich ihr den Hafer gemischt mit Fett ins Maul schiebe. Angelegte Ohren, die Nüstern hochgezogen, die Lippen zusammengepresst, als würde ich ihr faule Äpfel vorlegen.«

Levarda musste grinsen. »Und Ihr bekommt es in ihr Maul?«

»Mit viel Geduld.«

»Wie geht es ihr? Wer reitet sie?«

»Ich.«

»Ihr?«

»Nachdem sie ihren ersten Reiter mithilfe eines Astes abstreifte und den nächsten beim Aufsteigen gebissen hat, meinte Lord Otis, sie solle nur noch in der Herde als Zuchtstute verwendet werden. Das fand ich zu schade. Sie ist ein kluges, mutiges, wenn auch eigenwilliges Pferd.«

»Ja, das ist sie in der Tat.«

»Wenn man weiß, wie man sie nehmen muss, ist sie neben Umbra das beste Pferd im Stall.«

Sie betrachtete ihn mit zusammengekniffenen Augen, unsicher, ob er noch immer von ihrem Pferd redete oder versuchte, in seiner eigenwilligen Art mit ihr zu flirten.

»Ich dachte, man würde sich irgendwann an diese Pampe gewöhnen«, lenkte sie das Gespräch auf ein unverfänglicheres Thema und schob sich eine Pramplon in den Mund. Die schmeckten wenigstens.

»Ich gebe Euch mein Wort, daran gewöhnt sich kein Soldat.«

»Soldat?«

»Ja, es ist die Mahlzeit, die der Garde vorbehalten ist. Damit wir während des Winters bei Kräften bleiben.»

Nachdenklich betrachtete sie den Teller, dann Lemar. Seine lockigen Haare glänzten golden im Licht des Feuers. Er hatte die obersten Knöpfe an seiner Uniform gelockert und streckte die Beine aus, rieb mit der Hand den Stoppelbart, der seine untere Gesichtshälfte zierte.

»Soll das heißen, jemand muss meinetwegen auf sein Essen verzichten?«

»Nein, um genau zu sein, es verzichten mehrere auf einen Teil ihrer Portion und Ihr braucht Euch keine Gedanken zu machen – es sind immer andere.«

Sie starrte ihn an. »Wieso?«

Er lächelte. »Anweisung von Lord Otis.«

Als er ihr Gesicht sah, fuhr er hastig fort. »Keine Sorge, es geschieht auf freiwilliger Basis, niemand wird gezwungen.«

Er beugte sich vor, griff nach ihrer Hand. »Die Familien vieler Männer leben in der Stadt. Sie sind Euch dankbar für Eure Hilfe. Das ist ihr Beitrag, Euch ein wenig von dem, was Ihr ihnen schenkt, zurückzugeben.«

»Lebt Eure Familie hier?«

Er ließ ihre Hand los, starrte ins Feuer.

»Nein.«

Die Traurigkeit, die ihn umgab, erinnerte Levarda daran, dass sie nie aus seiner Sicht die Geschichte von der entehrten Adeligen gehört hatte.

»Erzählt mir von ihr.«

Er verstand sofort, von wem sie sprach. Spöttisch verzog er den Mund. »Oh, sagt nicht, man hätte Euch nicht von meiner Schandtat erzählt. Es ist das Erste, was eine Hofdame erfährt, wenn sie die Festung betritt.«

»Ich möchte sie von Euch hören.«

»Nein, wollt Ihr nicht.«

Sie spürte, dass er es entgegen seinen laut ausgesprochenen

Worten erzählen wollte. Statt ihn zu überreden, streifte sie die Stiefel von ihren Füßen, rückte ihren Sessel dichter an das Feuer und wärmte sich daran.

»Sie hatte langes, goldblondes Haar und amberfarbene Augen, mit dichten dunklen Wimpern. Keine Ahnung, weshalb sie dunkel waren. Sie war so schüchtern, dass sie es nicht wagte, ihren Kopf zu heben. Eine feine Röte zauberte sich auf ihre Wangen, wenn ich sie zum Tanzen aufforderte, und wenn sie einen Blick in mein Gesicht wagte, dann ging für mich die Sonne auf.»

Levarda hütete sich davor, zu grinsen, denn wie er sprach, das wollte nicht zu dem Mann passen, den sie kannte. Seine Füße hatte er angezogen, die Arme auf die Knie gestützt. Mit hängenden Schultern starrte er in das Feuer, seine so ungemein hellblauen Augen in die Vergangenheit gerichtet.

Sie hörte den Schmerz und seine Liebe in jedem einzelnen Wort und versuchte sich den jungen, verliebten Lemar vorzustellen.

»Sie kam aus einem Haus, das zwar einer alten Blutlinie entstammte, aber keinen Reichtum besitzt. Auch meine Familie hat viel in den letzten Kriegen verloren. Es gab nichts, was ich ihr hätte bieten können. Ihre Eltern strebten eine standesgemäße Heirat mit einem wohlhabenden Mann an und lehnten meinen Antrag ab.«

»Ihr habt ihr ein Heiratsantrag gemacht?«

»Nicht, bevor ich nicht wusste, dass sie es auch wollte», erklärte er hastig.

»Das meine ich nicht.«

»Oh, natürlich, das hat Euch niemand erzählt, nicht wahr?«

Sie nickte. »Habt Ihr das Nein akzeptiert?

»Sie gab mir kein Nein zur Antwort, und ja, ich hätte es respektiert.« Er blinzelte ihr mit einem verschmitzten Lächeln zu. »Aber ein Mann weiß, wenn eine Frau ihn liebt.«

»In der Tat?«

Spöttisch erwiderte sie sein Blick. Das Lächeln verschwand.

»Ich weiß, Ihr denkt, wir wären ungehobelte, dumme Kerle, die sich nehmen, was sie wollen, aber das stimmt nicht.« Lemar runzelte die Stirn. »Jedenfalls nicht für alle Männer hier am Hof.«

Sie biss sich auf die Lippen, schob ihre Fragen beiseite, wartete, dass er fortfuhr.

»Als ihre Eltern den Heiratsantrag eines Mannes annahmen, der einer wohlhabenden Kaufmannsfamilie entstammte und doppelt so alt war wie sie, wollte sie nur noch mit mir fliehen. Sie war davon überzeugt, dass ihr Vater die Entscheidung akzeptieren würde, wenn wir die Familie vor vollendete Tatsachen stellten. Er liebte seine Tochter über alles, müsst Ihr wissen.«

Lemar nahm sich einen Becher, schüttete Wein hinein und trank ihn in einem Zug leer.

»Der Rest ist schnell erzählt. Jemand verriet unser Vorhaben an ihren Bruder. Unsere Flucht endete nach dem zweiten Stadtring.«

»Was geschah dann?«

»Ihr Bruder glaubte, ich hätte sie entehrt, und all unsere Beteuerungen halfen nichts. Auch nicht mein Angebot, sie zu heiraten. Er meinte, seine Schwester hätte die Familie bloßgestellt.« Sein Gesicht verzog sich hasserfüllt. »Ich wollte ihn zum Duell fordern, doch Lord Otis bremste mich und warf mich in den Kerker. War die Familie auch arm, hatte sie im Kreis der Adligen ein hohes Ansehen. Er dachte, wenn er mich so drastisch bestrafen würde, könnte er mit dem Bruder über die Heirat verhandeln. Er hatte sich geirrt. Noch in derselben Nacht verschwand Sinja aus der Festung. Als Lord Otis seine Fehleinschätzung bemerkte, holte er mich aus dem Kerker. Ich war so wütend auf ihn, dass es zu einem Streit zwischen uns kam, der uns Zeit kostete. Als wir zum Hafen kamen, konnten wir nur noch die Segel des Schiffes am Horizont sehen.

»Ihr habt sie nie wiedergesehen?«

Er schüttelte den Kopf.

»Auf jeder Reise hielt ich meine Augen offen und suchte nach ihr. Aber jede Spur verlor sich.«

Sie hörte den Schmerz in seiner Stimme und hatte Angst vor dem, was er als Nächstes sagen würde.

»Eines Tages, als der Bruder bei einem Kampf ums Leben kam, beorderte mich sein Vater auf seine Burg. Er zeigte mir ihr Grab in einem Waldstück fernab des Familienfriedhofs.«

»Gebt mir Eure Hand.«

Skeptisch sah er sie an. »Was wollt Ihr damit?«

»Ihr habt gesagt, dass sie Euch liebte?«

»Ja.«

»Dann gebt mir Eure Hand.«

»Sie ist tot.«

»Ich weiß.«

»Was wollt Ihr mit meiner Hand?«

Statt einer Antwort erhob sie sich von dem Sessel und kniete sich vor ihn, ergriff seine Hand. Er machte Anstalten, sie ihr zu entziehen, aber sie hielt sie fest.

»Wenn es Euch Kraft kostet, werde ich einen Kopf kürzer gemacht.«

»Seid nicht so melodramatisch. Lord Otis wird Eurem hübschen Hals schon keinen Schaden zufügen. Und je mehr ihr Euch wehrt, desto anstrengender wird es für mich. Also haltet still.«

Er gab seinen Widerstand auf.

»Schließt die Augen, Lemar, und ruft sie Euch ins Gedächtnis.«

Auch Levarda schloss ihre Augen, Sinja in ihren Gedanken. Sie sah eine junge Frau voller Liebe und Leid. Das war die Traurigkeit, die Lemar umgab.

»Sie ist bei Euch.«

Er entzog ihr hastig seine Hand. »Wie meint Ihr das?«

»Dass sie Euch nie verlassen hat«, flüsterte Levarda, »denn manchmal, wenn Liebende gewaltsam voneinander getrennt werden, schafft es ihr Geist nicht, in das Licht von Lethos zu gehen. Sie verweilen bei den Menschen, denen ihre Liebe galt.«

Sie öffnete die Augen, sah die Tränen in seinen, und war tief getroffen. Was sie von ihm verlangen müsste, würde sein Herz ein weiteres Mal zerreißen, und doch war sie es der Frau, die er geliebt hatte, schuldig.

»Habt Ihr sie denn nie in Euren Träumen gesehen?«, fragte sie sanft, »wenn es Euch schlecht ging? Konntet Ihr nicht fühlen, dass sie bei Euch war? Sie liebt Euch, so wie Ihr es gesagt habt, und wenn Ihr es zulasst, wird sie in Eurem Herzen wohnen, solange Ihr lebt. Nur, weil wir etwas nicht sehen können, heißt es nicht, dass es das nicht gibt.«

Ihm rannen die Tränen über sein Gesicht. Sie legte ihre Hand an seine kratzige Wange.

»Aber Lemar, Ihr müsst sie gehen lassen. Ihr Geist darf nicht länger hier verweilen, sonst wird er den Weg ins Licht nicht finden, wenn es Euch nicht mehr gibt.«

Langsam zog er ihre Hand von seinem Gesicht. Einen Moment fürchtete sie, dass er sich ihrem Wunsch verweigern würde. Stattdessen führte er ihre Handfläche zu seinem Mund und küsste sie, bevor er sie mit seinen Händen fest umschloss. »Sagt mir, was ich dafür tun muss.«

DIE LETZTEN ZWEI MONATE DER SCHWANGERSCHAFT WAREN für Levarda die furchtbarste Zeit. Ihre Cousine hasste ihren dicken, runden, vollen Körper, während Levarda ihn liebte. Unablässig summte sie dem Kind Lieder vor, sprach mit ihm, was die Nerven von Lady Smira bis aufs Äußerste spannte.

Als der Termin für die Geburt näher rückte, zog Levarda in das Gemach der hohen Gemahlin um, wo sie auf einem dicken, weichen Fell vor dem Kaminfeuer schlief. Draußen war es noch immer kalt, die Erde begann sich erst nach und nach von dem harten Winter zu erholen.

Erstaunlicherweise verbesserte sich dadurch das Verhältnis zwischen den beiden Frauen, vor allem, weil sich in Lady Smiras Erwartung die Angst mischte, wie dieses Wesen nur aus ihr herauskommen sollte.

Alle Beteuerungen von Levarda, dass es ein natürlicher Prozess sei, halfen nicht. Lieber hörte Lady Smira den Hofdamen zu, die von allerlei furchtbaren Ereignissen zu berichten wussten.

INZWISCHEN HATTE SICH VIEL VERÄNDERT. FELICIA UND Dajana waren verheiratet. Serafina schmachtete weiterhin Timbor von der Ferne an.

Die Übrigen buhlten um die Gunst, Lady Smiras beste Freundin zu sein, was dieser überaus schmeichelte. Einer der Gründe hierfür war ihr naher Kontakt zu Lord Otis. Smira wurde zu jedem kleinen Detail über ihn befragt: was er gern aß, welche Farbe er mochte, wie es war, mit ihm zu tanzen, wie er roch. Über all diese Dinge gab Lady Smira in epischer Breite Auskunft, und Levarda war davon überzeugt, dass sie einiges erfand.

Auf Festen hatte Lady Smira sehr häufig mit Lord Otis getanzt, ihn wiederum bei diesen Gelegenheiten zu den Hofdamen befragt. Jeder andere als Lord Otis hätte Levardas Mitgefühl geweckt.

Vor allem Hamada ließ keine Anstrengung aus, sich Lord Otis als Mann zu angeln. Sie zog Kleider in der Farbe an, die er angeblich bevorzugte, schminkte sich die Lippen voll und rot, und trug ihren Ausschnitt so tief, dass sich die Tanzpartner für einen Tanz mit ihr anstellten. Levarda amüsierte sich offen über ihre Bemühungen, beobachtete sie auf den Festen, auch wenn sie dafür giftige Blicke erntete. Inzwischen kannte sie so viele Menschen am Hof, dass es für sie leicht war, sich von den Hofdamen entfernt an einem für eine unverheiratete Frau schicklichen Platz aufzuhalten.

. . .

Mitten in der Nacht erwachte Levarda von Smiras Stöhnen. Sofort war sie hellwach, zündete die Kerzen an, verstärkte mit ihrer Erdenergie die Intensität der Kräuterdüfte, tat alles, damit die Geburt für Lady Smira und das Baby so leicht wie möglich vonstatten ging.

Nach einer problemlosen Geburt lag keine acht Stunden später der kleine Mann im Arm seiner Mutter. Einmal mehr hielt Lishar ihre Hand über Levarda, denn das Haar des kleinen Jungen war kaum sichtbar, weil es so blond war wie das seiner Mutter. Insgesamt ähnelten seine Gesichtszüge eher dem Großvater, Lord Blourred, als seinem leiblichen Vater. Allein in seinem Energiemuster, noch nicht ausgeprägt, sondern überlagert von dem der Mutter, konnte sie Lord Otis erkennen, aber auch nur, weil es ihr so vertraut war wie ihr eigenes.

»Ich glaube, er hat Hunger«, flüsterte Lady Smira.

Gemeinsam mit Melisana und Lina hatte Levarda die Spuren der Geburt beseitigt, und ihre Cousine lag gekämmt und gewaschen in einem frisch bezogenen Bett.

Sie setzte sich zu ihr. »Dann gebt ihm, wonach er verlangt, immerhin ist er der Thronfolger.«

Die frischgebackene Mutter lachte glücklich. »Lina, hol die Amme.«

»Wollt Ihr es nicht doch selbst übernehmen?«

Die letzten Wochen hatte Levarda versucht, ihre Cousine dazu zu überreden, ihr Kind selbst zu füttern. Sie hatte Celina und Levitus eingeladen, aber Lady Smira hielt an ihrem Vorhaben fest.

»Ich habe mich lange genug seinetwegen eingeschränkt.«

Die Amme wurde geholt und das Kind gefüttert.

»Der hohe Lord wünscht seine Gemahlin und seinen Sohn zu sehen«, verkündete Lina.

»Oh nein, ich sehe schrecklich aus.«

»Ihr seid wunderschön, eine frischgebackene Mutter! Wer könnte sich Eurem Liebreiz entziehen?«, beruhigte sie Levarda, die das Neugeborene an ihrer Schulter liegen hatte. Sie klopfte ihm sanft auf den Rücken, damit es die Luft herauslassen konnte, die es beim hastigen Trinken verschluckt hatte.

»Darf er reinkommen?«, fragte Lina.

»Er steht draußen?«

»Ja, schon die ganze Zeit. Ein Soldat hat ihn geweckt, um ihn mitzuteilen, dass er Vater wird.«

»Lasst den armen Mann rein«, antwortete Levarda lachend anstelle von Lady Smira.

Ein angespannter, erschöpfter, aber strahlender Lord Gregorius kam mit Lord Otis zusammen ins Zimmer. Während Lord Otis an der Tür stehen blieb, die steile Falte zwischen den Augenbrauen, eilte der hohe Lord zu Lady Smira, küsste ihre Hand und sah sich suchend um.

»Hier ist Euer Sohn, hoher Lord.«

Levarda hob das Baby von ihrer Schulter in ihre Arme. Im Gegensatz zur hohen Gemahlin hatte sie noch keine Zeit gehabt, sich umzuziehen. Sie hatte die oberen Bänder ihres mintranischen Kleides gelockert, weil die Hilfestellung für die Geburt sie erhitzt hatte. Ihre Ärmel waren hochgekrempelt. Die Haare hatte sie geknotet und am Kopf mit mehreren Holzstäben fixiert. Strähnen hingen ihr ins Gesicht. Um sich flinker bewegen zu können, hatte sie einen Teil des Rockes einfach in den Taillengürtel gestopft.

Als sie auf nackten Füßen zum hohen Lord hinübertapste, ließen sie sein irritierter Blick und die Haltung von Lord Otis innehalten, dessen Arme sich aus ihrer Verschränkung gelöst hatten.

»Levarda!«, merkte Lady Smira auf. »Verzeiht, Gregorius, wir hatten nicht mit männlichem Besuch gerechnet.« Sie lächelte ihren Sohn an. »Jedenfalls nicht mit so großem.«

Damit lenkte sie die Blicke ihres Mannes von Levardas nacktem Bein weg auf seinen Sohn in deren Armen.

Der hohe Lord stand auf. »Darf ich ihn halten?«

Vorsichtig legte Levarda das Baby in seine Arme.

Er war kein Mann, der Energie von den Elementen besaß, doch noch nie hatte sie einen Mann so hell strahlen sehen. Sie konnte die Liebe zu seinem Sohn spüren, ebenso wie das Baby, das mit ernster Miene das Gesicht des großen Mannes musterte.

»Kommt her, Lord Otis, und schaut Euch dieses kleine Wunder an.«

Widerstrebend kam Lord Otis näher.

Levarda zuckte zusammen, als sie seine Hand an ihrer Taille spürte, die ihren Rocksaum aus dem Gürtel löste. Das Kleid rutschte herunter und bedeckte ihre Beine. Er sah sie dabei nicht an. Sein Blick war mit düsterer Miene auf das Baby geheftet.

»Er sieht Euch leider überhaupt nicht ähnlich, Mylord«, sagte er mit kalter Stimme.

Levarda blieb beinahe das Herz stehen. Ein scharfer Blick von Lord Otis traf sie.

»In der Tat.« Der hohe Lord runzelte die Stirn und betrachtete seinen Sohn näher.

»Er sieht meinem Vater ähnlich«, warf Lady Smira ein.

Die beiden Männer musterten das Gesicht, das Baby verzog weinerlich den Mund und fing an zu schreien. Hilfesuchend sah der hohe Lord Levarda an, die ihm das Kind abnahm und es schützend an ihre Brust drückte, ihm beruhigende Worte ins Ohr flüsterte und es sanft streichelte. Sie spürte den Blick aus Lord Otis' Augen auf ihrem Gesicht brennen, hielt ihren eigenen auf den kleinen Kopf des Neugeborenen gerichtet.

»Ihr habt recht, Lady Smira«, lenkte der erste Offizier der Garde unvermittelt ein, »er ist Lord Blourred wie aus dem Gesicht geschnitten.«

DIE NÄCHSTEN WOCHEN WAREN ERFÜLLT VON BESUCHEN UND Glückwünschen für den neuen Erdenbürger und seine Mutter. Die Stadt feierte ein Freudenfest am Tag der Geburt, von dem Levarda nichts mitbekam, weil sie bei Lady Smira und dem Baby blieb, das den Namen Agilus der Dritte erhielt. Von den Hofdamen bekamen sie erzählt, wie berauschend die Feier gewesen war. Hamada schwebte im siebten Himmel, weil Lord Otis sie zum Tanz aufgefordert hatte. Levarda lächelte. Wenn er so wählte, dann hatte er es nicht besser verdient. Mit der Geburt des Thronfolgers wuchs der Druck auf Lord Otis, sich eine Frau zu wählen, das wusste Levarda vom Klatsch der Hofdamen. Auch seine Wahl schien begrenzt auf diesen Kreis zu sein, was Levarda nicht verstand, obwohl Ilana geduldig versuchte, es ihr zu erklären.

Für sie an Lord Otis‘ Stelle wäre nur eine Hofdame in Frage gekommen, nämlich Serafina. Die unverheirateten Offiziere, mit Ausnahme von Lemar und Timbor, schienen mit ungewohntem Eifer die Gesellschaft der Damen zu suchen.

Immer häufiger wählte Sendad Serafina als Tanzpartnerin aus. Die beiden waren sich vom Wesen her ähnlich, und Levarda hoffte, dass Sendad den Mut finden würde, sie um ihre Hand zu bitten. Vielleicht würde sie ihm, wenn sich die Gelegenheit bot, einen kleinen Schubs in diese Richtung verpassen.

LADY SMIRA UND LEVARDA STELLTEN AGILUS GEMEINSAM DEN Beratern des hohen Lords vor. Die hohe Gemahlin gab sich würdevoll und strahlte in ihrer Mutterrolle Selbstsicherheit aus. Nach nur acht Wochen besaß sie fast wieder ihre gewohnte Figur, war nur ein wenig fraulicher als zuvor, was ihr aber gut stand.

Levarda konnte sehen, wie sie die Berater mit ihrer Ausstrahlung um den Finger wickelte. Ein neuer Glanz, eine neue Fröhlichkeit herrschte in der Festung, dennoch nahm Levarda daneben schemenhaft den dunklen Schatten einer drohenden Gefahr wahr.

BEI IHRER NÄCHSTEN SITZUNG MIT DEM HOHEN LORD erinnerte sie sich daran, wie er gestrahlt hatte, als er seinen Sohn zum ersten Mal in den Armen hielt. Sein Strahlen ähnelte dem Licht, das Lord Otis in ihr entzündet hatte. Sie versetzte sich in die Nacht zurück, als er auf ihrem Bett gelegen hatte, lockte damit ihr Licht hervor und ließ diese Energie aus sich heraus in den Körper des hohen Lords fließen.

Er krampfte sich vor Schmerzen zusammen, wand sich unter ihren Händen, und Sendad packte sie fest an den Schultern, aber sie ließ Lord Gregorius nicht los.

Schritte kamen ins Zimmer, sie spürte die geballte Energie von Lord Otis, bevor sie von ihr getroffen und durch den Raum geschleudert wurde.

Keuchend vor Schmerz blieb sie am Boden liegen. Lord Otis hatte sein Schwert gezückt und richtete es auf ihre Brust, bereit sie zu durchbohren. Levarda schloss die Augen und ergab sich ihrem Schicksal.

»Otis, nicht! Haltet inne!«, fuhr Gregorius hastig dazwischen. »Sie hat mir nichts getan – im Gegenteil. Ich habe mich noch nie so stark gefühlt wie in diesem Moment. Überzeugt Euch selbst.«

Lord Otis schob sein Schwert zurück in die Scheide, riss Levarda auf die Beine, packte sie an den Schultern und zerrte sie zu Lord Gregorius hinüber. Sendad schaute mit einiger Missbilligung zu.

»Kein Grund, sie so zu behandeln, Otis«, ließ Lord Gregorius sich vernehmen.

»Ich behandle sie so, wie ich es für richtig halte, hoher Lord. Wenn die Art und Weise, wie ich Euch schütze, Euch nicht passt, dann setzt mich von meinem Posten als oberster Befehlshaber der Garde ab.«

Alle anwesenden Offiziere und Soldaten traten einen Schritt zurück.

Die beiden Männer maßen sich mit Blicken, der Griff an Levardas Schulter verstärkte sich. Sie verbiss sich ein Stöhnen, Tränen traten ihr in die Augen.

Endlich nickte der hohe Lord.

»Ihr wisst, dass es niemanden in diesem Land gibt, der mich besser beschützen kann als Ihr. Überzeugt Ihr Euch jetzt von meinem Wohlbefinden, bevor Ihr sie mit bloßen Händen zerquetscht?«

Der Griff der Hand an ihrer Schulter lockerte sich ein wenig.

»Macht«, befahl ihr Lord Otis, und zwei seiner Finger legten sich an ihren Hals, wo ihr Puls raste. Sein Messer drückte an ihren Hals.

Levarda versuchte, sich zu beruhigen.

Lord Gregorius schenkte ihr ein freundliches Lächeln und tat so, als bemerke er das Messer an ihrem Hals nicht.

Sie konnte spüren, wie es ihre Haut ritzte.

Der hohe Lord trat an sie heran, nahm ihre eine Hand und legte sie auf seine Stirn, nahm ihre andere Hand und legte sie auf seinen Bauch, knapp unter den Rippen.

Sie schloss die Augen. Der Puls von Lord Otis raste ähnlich schnell wie ihrer. In ihrem Kopf malte sie das Bild vom See Luna, tauchte ein in sein Wasser, ließ es um sich fließen, bis sich ihr Herz beruhigte. Dann stieg sie aus dem Wasser, verband sich mit der Energie des Feuers von Lord Otis und führte ihn in das Zentrum der Lebensenergie des hohen Lords.

Kein Schatten war zu sehen, nur das helle Leuchten seines Energiezentrums, das wie eine Wasserquelle sprudelte. Das Messer an ihrem Hals verschwand.

»Zeigt mir alles«, flüsterte er an ihrem Ohr.

Gemeinsam durchforsteten sie den Körper des hohen Lords bis in den letzten Winkel. Nichts, keine Spur eines Schattens, keine Dunkelheit war mehr da.

»Zufrieden?«, presste Levarda angstvoll hervor.

Statt zu antworten, ließ er sie los. Levarda nahm die Hände vom hohen Lord. Sie zitterte. An ihrem Hals rann ein einzelner kleiner Blutstropfen herab. Bei jedem Atemzug schmerzten ihre Rippen. Am liebsten hätte sie sich auf die Knie sinken lassen. Aber die Blöße wollte sie sich nicht geben.

»Darf ich gehen?«

Ihre Stimme versagte ihr den Dienst. Sanft legte Sendad seinen Arm schützend um sie, und sie ließ dankbar ihren Kopf an seine Schulter sinken.

»Ich bringe Euch zurück, Mylady.«

Statt sie einfach gehen zu lassen, hob Sendad sie in seine Arme und trug sie zurück. Sie ließ ihn gewähren. In ihrem Zimmer legte er Levarda in ihr Bett, deckte sie zu, nahm ihren Bären und drückte ihn ihr in den Arm.

»Er ist im Moment unausstehlich«, sagte er. »In den letzten Monaten dachten wir, es gäbe keine Steigerung mehr, aber seit dem Tag der Geburt von Agilus hat sich seine Laune noch verschlechtert. Dennoch hätte er Euch nicht so behandeln dürfen.«

»Ich dachte, mein letztes Stündlein hätte geschlagen«, flüsterte Levarda, die ihr Gesicht in das Fell des Bären drückte, während ihr stille Tränen des Schocks über die Wange liefen. Sie fror am ganzen Körper. Sendad rieb ihr den Rücken.

»Um ehrlich zu sein, dachte ich es auch. Das Schlimmste war, dass ich wusste, ich wäre nicht schnell genug, um mein Versprechen Euch gegenüber zu halten.«

»Er hasst mich so sehr.«

Sendad seufzte. »Nein, das glaube ich nicht, aber er hat in jedem Fall ein Problem mit Euch, und es wäre besser, wenn Ihr Euch in Zukunft von ihm fernhieltet.«

»Nichts lieber als das.«

»Von Lord Gregorius solltet Ihr Euch besser ebenfalls fernhalten. Ihr hättet mich warnen sollen, dass Ihr etwas Neues vorhabt.«

»Die Idee kam mir spontan, und es hat funktioniert.«

»Und Euch fast das Leben gekostet.«

❧ 19 ❧

LORD OTIS

Levarda hielt sich an die Abmachung mit Sendad. Sie hatte mehrere Prellungen, eine gebrochene Rippe und blaue Flecken überall am Körper. Durch die Soldaten erfuhr sie, dass Lord Otis ihr drei Tage absolute Bettruhe verordnet hatte. Wie zuvorkommend. Erst verletzte er sie, dann sperrte er sie in ihrem Turm ein.

In der zweiten Nacht kam die Amme mit dem schreienden Agilus zu ihr – nach einer heftigen Diskussion mit den Turmwachen.

Levarda nahm ihr das Baby ab, das sich in ihrer Nähe sofort beruhigte, und die Amme zog sich erschöpft zurück.

Sie legte das Kind neben sich ins Bett, sprach leise mit Agilus, summte ein Schlaflied, bis er gleichmäßig atmend einschlief.

Sein Gesicht war so sanftmütig, und wäre da nicht das Energiemuster von Lord Otis erkennbar gewesen, hätte sie es niemals für möglich gehalten, dass er der Vater war. Sie überlegte, ob es an ihrer Energie lag, dass sein Gemüt so ausgeglichen war.

Als sie hörte, wie sich ihre Tür öffnete, stellte sie sich schlafend. Sie konnte die harsche Stimme von Lord Otis und die verunsicherte des Soldaten hören.

»Ich habe gesagt, absolute Bettruhe für Lady Levarda!«

»Verzeiht, die hohe Gemahlin selbst hat die Amme begleitet.«

»Seit wann unterstehst du dem Befehl der hohen Gemahlin?«

»Verzeiht, Mylord, ich dachte nicht, dass Euer Befehl den Thronfolger einschließt.«

»Er schließt alles und jeden ein. Habe ich mich nicht deutlich ausgedrückt?«

»Bitte um Vergebung, Lord Otis, das kommt nicht wieder vor. Soll ich die Amme holen lassen, damit sie den Thronfolger abholt?«

»Nein, ich werde Agilus selbst zu ihr bringen. Du kannst auf deinen Posten gehen, und lass die Türen auf.«

Als Levarda die Augen aufschlug, kniete Lord Otis auf ihrem Bett und streckte die Hände nach Agilus aus. Als er ihren Blick spürte, verharrte er. Das Feuer im Kamin war zu weit heruntergebrannt, als dass es genügend Licht gegeben hätte, um seine Stimmung aus seinen Gesichtszügen zu lesen.

»Wagt es nicht ...«, warnte Levarda mit verhaltener Stimme, »... ihn anzufassen. Er bleibt genau dort, wo er liegt.«

Lord Otis setzte sich auf das Bett und entzündete mit einer kleinen Fingerbewegung eine Kerze an der Wand. Das Feuer sandte ein warmes Licht in den Raum. Levarda beobachtete das tanzende Spiel des Feuers an der Wand.

»Wie geht es Euch?«

Sie wandte ihm das Gesicht zu.

»Ihr meint abgesehen von dem Rippenbruch, den Prellungen und den blauen Flecken?«

»Ihr hättet Sendad sagen sollen, was Ihr vorhabt.«

»Hätte Euch das aufgehalten?«

»Vermutlich nicht, bei der heftigen Reaktion in seinem Körper«, antwortete er ehrlich.

Das Reden, jeder einzelne Atemzug tat Levarda weh. Sie verzog das Gesicht.

»Habt Ihr die Rippe verbunden?«

»Ja, Adrijana hat mir bei dem Verband geholfen.«

»Adrijana. – Sie spricht kein Wort mehr mit mir.«

»Wenn Ihr denkt, ich würde Euch bedauern, irrt Ihr Euch.«

»Egris und Sendad haben ebenfalls einen Groll auf mich, und Lady Eluis hat mir ausrichten lassen, dass ich ein herzloser, kaltschnäuziger Schuft sei.«

Ein zufriedenes Lächeln huschte über Levardas Gesicht. Agilus regte sich in seinem Schlaf, und beruhigend strich sie ihm mit ihren Fingerspitzen übers Haar.

»Euch ist bewusst, dass der hohe Lord weitere Nachkommen zeugen muss?«

Levarda hielt in der Bewegung inne. Ihr blieb kein Jahr, wie sie es gehofft hatte, bis er die Wahrheit erkannte. Wie machte er es, schließlich war es selbst für sie schwer zu erkennen gewesen.

»Ja, und dank meiner Behandlung kann er es tun.«

»Dennoch ist er hier der erste Sohn.«

Levarda rückte dichter an Agilus, legte schützend einen Arm um ihn.

»Was habt Ihr vor?«

»Das wird die Zeit zeigen, noch ist es zu früh, sich darüber Gedanken zu machen.«

Sie forschte in seinem Gesicht. Seine Augen ruhten auf seinem Sohn.

»Ihr wollt ihn doch nicht töten?«, flüsterte sie entsetzt. Als er ihr in die Augen sah, konnte sie den Schmerz darin fühlen.

»Denkt Ihr wirklich, ich wäre so grausam?«

Erleichtert atmete sie aus und schüttelte unbewusst den Kopf. Nein, für so grausam hielt sie ihn nicht. Aber seine Loyalität Gregorius gegenüber war unerschütterlich, das hatte ihr in der Zeit, seit sie auf der Festung lebte, jede seiner Handlungen vermittelt.

Er stand auf und legte ein paar Holzscheite in den Kamin. »Ihr solltet Euch ausruhen. Ihr werdet gebraucht.« Seine Arme streckten sich nach Agilus aus.

»Was genau, Lord Otis, habt Ihr an meinen Worten nicht verstanden? Agilus bleibt bei mir.«

Halb belustigt, halb verärgert sah er sie an. »Und was, Lady Levarda, habt Ihr an meinen Worten nicht verstanden? Für Euch gilt absolute Bettruhe in den nächsten zwei Tagen.«

»Das Baby stört meine Bettruhe nicht.«

»Ach nein? Dann setzt Euch auf und nehmt ihn in den Arm.«

Sie verfluchte innerlich seine Unbarmherzigkeit. »Ihr wisst genau, dass ich das nicht kann.«

Er nickte, und bevor sie es gewahr wurde, hatte er das Baby aus ihrem Bett geholt und hielt es geschickt in seinen Armen.

Agilus hatte die Augen aufgerissen und öffnete den Mund zum Protest.

Lord Otis sah seinen Sohn streng an. »Du wirst schön still sein, junger Mann, und nicht protestieren. Haben wir uns verstanden?«

»Er ist ein Baby, nicht einer Eurer Soldaten.«

Doch zu Levardas Unmut schloss Agilus den Mund und sah den Mann, der ihn in den Armen hielt, fasziniert an.

Ein Lächeln huschte über Lord Otis‘ Gesicht, und zärtlich küsste er das weiche Haar des Säuglings.

Levarda sah ihnen zu, wie sie das Zimmer verließen. Erst dann wurde ihr bewusst, dass Lord Otis mal wieder seinen Willen durchgesetzt hatte.

LEVARDAS VERLETZUNGEN HEILTEN SCHNELLER ALS VON IHR erwartet. Die Bettruhe hatte ihr gutgetan und sie war voller Energie, als sie wieder ihre gewohnten Aufgaben wahrnahm.

Lady Smira war erleichtert, dass sie Agilus wieder in ihre Obhut geben konnte. Sechs Wochen später fand die Willkommensfeier für den Thronfolger des hohen Lords statt. Alles, was im Reich Rang und Namen hatte, war eingeladen worden. Selbst

Lord Blourred und Lady Tibana hatten die lange Reise angetreten.

Zu der Feier trug Levarda das Kleid, das ihr Lord Otis geschenkt hatte. Seit sie wieder Sachen aus Mintra besaß, fiel es ihr schwer, andere Stoffe zu tragen. Da sie aber für den Hof des hohen Lords als unpassend galten, war das Kleid von Lord Otis der beste Kompromiss, den sie fand.

Bei der Feier in der Sirkadel bekam sie den Platz neben Lady Eluis, die sich selbst als Levardas Beschützerin auserkoren hatte. Sobald Lord Otis nur wagte, sie mit seinem Blick zu streifen, bekam er einen bitterbösen Blick von ihr ab. Levarda gefiel es, dass der erste Offizier immer noch ihretwegen Ärger hatte.

Wie bereits bei der Hochzeit gab es eine lange Litanei über die Eltern und Vorfahren des neugeborenen Thronfolgers. Interessanterweise folgte die Zeremonie denselben Gesetzen, wie sie in Mintra galten. So wurde der Säugling erst angehaucht, dann mit Erde bestreut, ins Wasser getaucht und zuletzt um ein Feuer getragen, das in einer eisernen Schale im Zentrum einer aufgemalten Sonne aufgestellt war. Eltern und Großeltern übergaben das Kind dann in den Schutz des Gottes Lethos. Stumm, nur in ihrem Kopf, erbat Levarda den Schutz von Lishar.

Gemeinsam verließen sie in ihrer Rangfolge die Sirkadel: zuerst der Zeremonienmeister mit dem Thronfolger und den Eltern, von außen geschützt durch die Offiziere der Garde, dahinter die Männer des Rates mit ihren Frauen, die Hofdamen, angeführt von Lady Eluis, die Frauen der Offiziere mit ihren Kindern. Es folgten die einzelnen Herrschaftshäuser nach Rang und Namen, ebenfalls mit ihren Kindern.

Es war das erste Mal, dass Levarda ein Fest mit den Kindern erlebte. Fröhliches Lachen und ein buntes Treiben prägten die Stimmung der Feierlichkeit, gaben ihr eine Unbeschwertheit, von der Levarda sich anstecken ließ. Während die Halle den Erwachsenen zum Feiern vorbehalten war, hatte sich der innere Garten in ein Land voller Magie verwandelt. Aus dem ganzen Land waren Feuerspucker, Artisten, Barden und Tänzer geladen, und die Festung erschien in leuchtende Farben getaucht.

Die Kinder, allen voran Levitus, der seine ersten Schritte machte, scharten sich um Levarda, die mit ihnen im Garten von einer Attraktion zur anderen zog, ein Privileg, das sie in vollen Zügen genoss. Die Eltern vergnügten sich in der Festung beim Essen, Trinken und Tanzen. Noch nie hatte Levarda so etwas gesehen und es gab nichts auf der Welt, das sie aus dem Garten hätte fernhalten können. Sie lachte über die Späße der Narren, bewunderte die Gelenkigkeit eines Schlangenmenschen und sah den Puppenspielern zu, wie sie eine alte Geschichte vom Feuer zum Leben erweckten.

Am späten Abend brachten die Mütter ihre Kinder nach Hause, nur Levitus, der auf Levardas Arm eingeschlafen war, blieb da, sein Köpfchen an ihre Schulter gekuschelt.

»Seid Ihr sicher, dass er Euch nicht zu schwer wird?«, fragte Egris besorgt.

»Lasst ihn mir noch ein wenig, ich habe ihn in letzter Zeit so selten gesehen. Immerhin ist er das erste Kind, das ich zur Welt gebracht habe.«

Sendad und Egris hatten neben Lady Eluis den Tag über dafür gesorgt, dass Lord Otis Levarda nicht zu nahe kam.

Levarda sah zu, wie sich Männer und Frauen über die Tanzfläche bewegten, und zum ersten Mal verspürte sie selbst Lust, zu tanzen. Nicht so, wie man im Land Forran tanzte, strikt vorgeschriebene Figuren und nach Regeln, sondern so wie in Mintra, frei nach der Musik, jeder auf seine eigene Art.

Als Egris Celina auf die Tanzfläche führte, regte sich Levitus auf ihrem Arm. Er hob müde das Köpfchen, rieb sich mit den Fäusten die Augen und sah sich um. Seine kastanienbraunen Haare waren verstrubbelt, dort wo er seinen Kopf an ihre Schulter gekuschelt hatte. Sein rundes Gesicht hatte vom

Schlafen noch rote Bäckchen. Seine hellbraunen Augen strahlten, als er sah, wie sich seine Eltern auf der Tanzfläche bewegten. Grübchen erschienen auf seinen Wangen, von denen Levarda wusste, dass sie einmal die Herzen der Frauen erobern würden. Ihres brauchte er nicht zu gewinnen, er besaß es bereits.

»Da da», jauchzte er und klatschte in die Hände.

Levarda lachte. »Möchtest du auch tanzen?«

Er hüpfte auf ihrem Schoß.

Sie neigte den Kopf. »Darf ich bitten, junger Mann?« Sie platzierte ihn auf ihrer Hüfte, stand auf und ging auf die Tanzfläche, wo sie sich mit ihm zu drehen begann.

Levitus fing an zu glucksen und kreischte bald vor Vergnügen. Die missbilligenden Blicke von Lady Tibana und einigen anderen Frauen entgingen Levarda zwar nicht, aber sie störten sie auch nicht weiter. Der heutige Tag gehörte ein Stück weit ihr und sie gönnte sich die Übertretung von Regeln. Außerdem wurde sowieso ständig über sie getratscht, egal ob sie den Versuch unternahm, sich zu benehmen oder nicht. Die Musik lief auf ihr Ende zu und Levarda drehte sich in schnellen Kreisen um ihre eigene Achse. Da wurde sie festgehalten, und gleichzeitig erstarb die Musik.

Lord Otis hatte seinen Arm um ihre Taille gelegt.

Egris und Sendad tauchten mit Celina und Serafina an ihrer Seite auf und sahen ihren Befehlshaber finster an.

Levitus krallte sich an Levarda fest und versteckte seinen Kopf in ihren Haaren.

Lord Otis ließ sich davon nicht beirren.

»Würde es Euch etwas ausmachen, Celina, Levitus nach Hause zu bringen? Er sieht müde aus.«

»Gewiss, Lord Otis.«

Celina nahm Levarda gehorsam das Kind ab, das sich mit dem Daumen im Mund an seine Mutter kuschelte.

»Der nächste Tanz gehört mir«, bestimmte Lord Otis mit einem Blick auf die ihn umgebenden Offiziere, sein Gesicht freundlich, keine Falten zwischen den Augenbrauen, keine hervorstehenden Kiefermuskeln. Levarda sah kurz zu Egris und Sendad hinüber, nickte.

Auf einen Wink von Lord Otis begann die Musik erneut.

Levarda ließ seine Energie durch ihren Körper fließen, so wie sie es von Prinz Tarkan gelernt hatte. Ein vertrautes und angenehmes Gefühl. Sie folgte mühelos seinen Bewegungen.

Die anderen Paare hatten ihren Tanz noch nicht wieder aufgenommen. Die Augen aller Leute im Saal waren auf sie beide gerichtet.

»Ihr wisst, dass ich keine gute Tänzerin abgebe, Ihr werdet der Mittelpunkt des Geredes über den heutigen Abend sein«, bemerkte Levarda spöttisch.

Die anderen Tänzer, einschließlich Serafina und Sendad gesellten sich zu ihnen auf die Tanzfläche. Letzterer führte seine Partnerin immer wieder geschickt in Levardas Nähe.

»Ich denke eher, Ihr werdet diejenige sein, über die man redet.«

Levarda lachte. »Das ist nichts Neues, das habe ich erwartet, seit ich mit Levitus auf die Tanzfläche ging.«

»Vielleicht doch«, erwiderte er mit einem tiefgründigen Lächeln.

Misstrauisch sah sie ihn an. »Ihr werdet mir doch nicht eine gebrochene Rippe verpassen, nur weil ich mit Egris' Kind getanzt habe?«

Die steile Falte erschien. »Ich dachte, das Thema wäre zwischen uns beiden geklärt.«

Sie musste grinsen. »Verzeiht, aber hattet Ihr Euch bei mir entschuldigt?«

»Nicht direkt, aber ich kann das nachholen, wenn Ihr es wünscht.«

Lachend warf Levarda ihren Kopf in den Nacken. Sie fühlte sich so leicht wie lange nicht mehr. »Nein, nicht nötig, ich bin heute in großmütiger Stimmung und verzeihe Euch das Vergehen.«

»Es wäre gut, wenn Ihr das auch Adrijana und Lady Eluis, Sendad und Egris sagen würdet.« Er schaute ein wenig zerknirscht drein.

»Das überlege ich mir noch«, antwortete sie verschmitzt. »Es ist viel zu schön, Euch mal nicht auf einen Sockel gestellt zu sehen.«

Schweigend tanzten sie weiter. Levarda hatte das Gefühl, über die Tanzfläche zu schweben, wie sie es noch nie erlebt hatte. Sie und Lord Otis waren so oft durch ihre Sitzungen verbunden gewesen, dass sie nicht darauf zu achten brauchte, wie er seine Füße bewegte. Sie konnte seinen Bewegungen mühelos folgen und genoss das Gefühl der Leichtigkeit.

Sendad entspannte sich und konzentrierte sich auf seine Partnerin, und bald verschwanden sie in der Menge der tanzenden Paare, die ihre Aufmerksamkeit von ihnen abgewandt hatten.

Beim nächsten Musikstück glitt Lord Otis' Hand mit einem sanften Streicheln ihren Rücken hoch zu ihrer Schulter, und er zog Levarda ein wenig dichter an sich heran. Dieser Stil hatte sich nach Prinz Tarkans Tanz mit ihr am Hofe eingeschlichen.

Die Bewegung seiner Hand, durch den Stoff ihres Kleides hindurch fühlbar, verursachte Levarda eine Gänsehaut, was Lord Otis nicht verborgen blieb. Levarda tat, als sei nichts passiert.

Aufmerksam beobachtete er sie. Sie konzentrierte sich auf die unzähligen Lampen, die den Festsaal erleuchteten, fing an sie zu zählen, um ihre Gedanken mit anderen Dingen zu beschäftigen als mit dem, was sich in ihrem Innersten regte.

Endlich war auch dieses Stück zu Ende und die Musiker legten eine Pause ein.

Lord Otis ließ Levarda los und reichte ihr seinen Arm. Da Celina und Egris nicht mehr da waren, schlug er den Weg zu den Hofdamen ein, blieb jedoch abrupt stehen, grinste und steuerte dann auf die Ecke zu, in der sich die älteren Herrschaften aufhielten.

Schon von Weitem sah Levarda, wie Lady Eluis mit einem Ruck aus ihrem Sessel aufstand und Lord Otis zornig anfunkelte. Sie schüttelte den Kopf.

»Ihr seid heute überaus mutig, Mylord. Erst legt Ihr Euch mit Euren Offizieren an und nun mit Lady Eluis.«

»Manchmal muss man im Leben etwas riskieren, damit man etwas Wertvolles gewinnt.« Seine Stimme klang geheimnisvoll und weckte Fragen in ihr, die zu stellen sie keine Gelegenheit mehr hatte.

»Lady Eluis, hier bringe ich Euch Lady Levarda wohlbehalten und ohne einen Kratzer«, beeilte sich Lord Otis zu versichern.

»Das erwarte ich auch in Zukunft von Euch.« Lady Eluis' Haltung hatte sich nach einem prüfenden Blick auf Levarda entspannt.

Statt Lady Eluis zu antworten, hob er Levardas Hand an seine Lippen, ohne diese zu berühren. In seinen Augen glitzerte es gefährlich. Die Wärme seines Atems traf auf ihre Haut, und erneut konnte sie einen Schauer der Erregung nicht unterdrücken. Sie kam sich vor wie ein Tier, das in einer Falle saß, ohne es zu wissen. Dann ließ er mit einem zufriedenen Lächeln ihre Hand los und verschwand in Richtung Tanzsaal.

Levarda verbarg ihre Hand hinter dem Rücken.

»Hat er Euch einen Heiratsantrag gemacht?«, hörte sie Lord Eduardos besorgte Stimme.

Sie musste lachen. »Nein, Lord Eduardo, wir haben lediglich beschlossen, unseren Streit zu beenden.«

»Oh, das sah für mich anders aus, was meint Ihr, Lady Eluis?«

Lady Eluis seufzte tief. »Ich fürchte, Lord Eduardo hat recht. Für mich erweckte es ebenfalls den Eindruck, als hätte Lord Otis Euch betreffend einen Entschluss gefasst. Und ich muss hinzufügen: Wenn er sich einmal ein Ziel gesetzt hat, dann gibt es nichts, was ihn davon abhalten kann, es zu erreichen.«

»Verzeiht, Lady Eluis, aber ich denke, Ihr liegt falsch, was seine Absichten betrifft. Abgesehen davon gedenke ich auf keinen Fall zu heiraten.«

»Ach, Lady Levarda, Ihr solltet eine Heirat in Eurem Alter nicht rundheraus ablehnen. Ihr seid eine attraktive Frau, und das Beil des Henkers schwebt nicht mehr über Euch«, warf Lord Eduardo galant ein.

Sie schüttelte heftig den Kopf. »Mein Platz ist hier am Hof, an der Seite von Lady Smira und Agilus, nicht an der Seite eines Mannes.«

»Ihr werdet Eure Meinung überdenken, wenn Ihr den Antrag eines Mannes erhaltet, der Euch zu schätzen weiß.« Lord Eduardo zwinkerte ihr zu.

»Mein guter Freund! Heißt das, Ihr verheimlicht mir etwas?« Lady Eluis' scharfer Blick richtete sich auf Lord Eduardo, der begann, sich zu winden.

»Nein, aber Ihr müsst zugeben, dass jeder Mann heute feststellen konnte, dass Lady Levarda eine Frau mit tiefen mütterlichen Gefühlen ist. So etwas ist gefragt.«

Lady Eluis runzelte die Stirn. »Ihr habt recht, Lord Eduardo. In gewisser Hinsicht wäre Lord Otis eine geschickte Wahl, Lady Levarda. Versprecht mir, dass Ihr Euch ein Angebot seinerseits überlegen werdet.«

»Ich versichere Euch, er hat mir keinen Antrag gemacht«, erwiderte Levarda, nur teilweise belustigt von der Hartnäckigkeit der beiden.

»Nein, natürlich nicht, denn den erhält immer zuerst der hohe Lord, und der entscheidet, ob er ihn in Eurem Namen annimmt oder nicht«, klärte Lady Eluis sie auf.

»Dann werde ich wohl den hohen Lord Gregorius um eine Audienz bitten müssen, damit er mich nicht verheiratet.«

Die älteren Herrschaften fingen an zu kichern wie kleine Kinder. Verärgert runzelte Levarda die Stirn.

»In diesem Fall müsst Ihr mir versprechen, dass Ihr mir bis ins kleinste Detail berichtet, was für eine Antwort Euch der hohe Lord darauf gegeben hat«, brachte Lady Eluis schließlich mühsam hervor.

Die nächsten Tage waren angefüllt mit Feierlichkeiten. Lord Otis mied Levarda, forderte weder sie noch eine andere Hofdame zum Tanz auf. Die Tage verflogen, und die Abreise von Lady Smiras Familie kam schneller als gedacht.

Lady Tibana hatte Levarda komplett ignoriert. Beim Abschied von ihrer Tochter bedankte sie sich bei Levarda für ihre Bemühungen und drückte förmlich ihre Hoffnung aus, dass Agilus noch Geschwister bekommen würde.

Levarda hegte den Verdacht, dass sie ahnte, etwas stimme mit der Geburt des Kindes ihrer Tochter nicht.

Lady Smira störte das Babygeschrei in ihrer Nachtruhe, obwohl Agilus in einem eigenen Zimmer schlief, daher schlug Levarda vor, dass das Baby in ihr Turmzimmer ziehen solle, und die hohe Gemahlin gab ihr nach.

Erneut stand Levarda im Mittelpunkt von Klatsch und Tratsch, doch hatte sie eine ungewisse Ahnung, dass Agilus bei ihr sicherer aufgehoben war. Während sich Volk und Hof noch im Freudentaumel befanden, träumte sie immer öfter von Prinz Tarkan. Morgens erinnerte sie sich nie daran, worum es in ihren Träumen gegangen war. Alles lag in Dunkelheit, und das bereitete ihr Unbehagen, denn sie wurde das Gefühl nicht los, dass sie etwas Wichtiges übersah. Außerdem konnte sie die Worte von Lady Eluis und Lord Eduardo zum Thema Heiraten nicht vergessen. Als Erstes erkundigte sie sich bei ihrer Cousine, ob der Herrscher von Forran gedachte, sie zu verheiraten. Diese beruhigte sie.

Lord Gregorius hatte ihr als Dank für die Unterstützung zur Geburt seines ersten Sohnes einen Wunsch freigestellt, und Lady

Smira wollte ihrerseits dem hohen Lord nahelegen, dass Levarda auch in Zukunft bei ihr blieb. In Anbetracht dieser kleinen Bitte und ihrer herausragenden Rolle bei der Heilung des hohen Lords und der Betreuung seines Thronfolgers erschien ihr eine Audienz beim hohen Lord nicht mehr so dringlich. Wer würde eine Heilerin an ein anderes Herrscherhaus verheiraten und damit riskieren, sie zu verlieren? Nein, der Gemahl ihrer Cousine mochte ein Mann sein, aber er war nicht einfältig.

EINIGE TAGE SPÄTER KLOPFTE ES ABENDS AN LEVARDAS TÜR. Mit einem Blick auf das schlafende Kind in der Wiege ging sie zur Tür.

Lord Otis stand draußen mit Sendad und Lemar.

Levarda trat auf den Flur und zog vorsichtig die Tür hinter sich zu, was der erste Offizier mit einem Hochziehen seiner Augenbrauen quittierte.

»Darf ich nicht eintreten?«

»Agilus schläft, ich möchte nicht, dass Ihr ihn weckt. Was wollt Ihr?«, flüsterte sie.

»Etwas, das ich hier draußen nicht mit Euch bereden kann.«

Levarda warf den beiden Offizieren an seiner Seite einen schnellen Blick zu. Lemar unterdrückte ein Grinsen, wohingegen Sendad ernst dreinsah.

Widerstrebend ließ sie die Männer ein. Die Offiziere positionierten sich rechts und links der Tür. Aus der Wiege kam ein Laut, und Levarda huschte hin und streichelte sanft Agilus' Köpfchen, kontrollierte die Funktionen seines kleinen Körpers – inzwischen eine unbewusste, automatische Handlung. Erleichtert spürte sie die kindliche Vitalität.

Lord Otis trat an ihre Seite.

»Wie einfach es für ihn ist, Euch Befehle zu erteilen, die Ihr ohne Widerwort und mit Freude befolgt.«

Levarda zeichnete mit den Fingern die Linien des kleinen

Gesichts nach und schwieg. Die Vollkommenheit dieses neuen Lebens faszinierte sie. Sie konnte stundenlang beobachten, wie das Baby schlief.

»Er sieht zufrieden aus, und seine Ähnlichkeit mit Lord Blourred ist verblüffend«, flüsterte Lord Otis andächtig.

Sie lächelte. Ja es war ein Geschenk von Lishar.

Er sah sie an. »Ihr wisst gar nicht, wie bezaubernd Ihr ausseht, wenn Ihr so lächelt. Es ist, als würde man in die reine Liebe eintauchen.«

Unbehaglich verschränkte Levarda die Arme vor ihrer Brust. Nichts, was er bisher gesagt hatte, passte zu ihm. Sie war es gewohnt, grimmige Blicke von ihm zu ernten, Befehle entgegenzunehmen, Diskussionen zu führen – mit Ausnahme dieser einen Nacht, in der sie ohne sein Wissen Agilus gezeugt hatte.

Unsicher warf sie ihm einen Blick zu. Sein Gesicht war für sie unlesbar, seine Gefühle für sie nicht spürbar. Sie ging von der Wiege zurück, ein wenig dichter zur Tür, wo Lemar mit dem Lachen kämpfte.

Lord Otis warf ihm einen ärgerlichen Blick zu. Schließlich schien er einen Entschluss zu fassen, trat zwei Schritte vor, ging vor Levarda auf die Knie und nahm ihre Hand. »Lady Levarda, ich möchte Euch bitten, meine Frau zu werden.«

Levarda erstarrte, sie spürte, wie ihr Herz für einen Augenblick aufhörte zu schlagen, und brauchte lange, bis sie sich gefasst hatte. Nach Worten suchend zog sie sachte ihre Hand aus seiner, während ihr die Röte ins Gesicht schoss.

»Bitte, Lord Otis, steht auf, Ihr braucht nicht vor mir zu knien.«

Sie hatte keine Ahnung, wie sie mit der Situation umgehen sollte. Während ihr Verstand nach einem Ausweg suchte, wie sie seinen Antrag ablehnen konnte, ohne seinen Stolz zu verletzten, kamen ihr die Worte von Lady Eluis in den Sinn.

»Ihr habt doch noch keinen offiziellen Antrag beim hohen Lord gestellt?«

Vor Panik rutschte ihre Stimme ein Stück höher, als ihr bewusst wurde, dass sie keinen Entscheidungsspielraum hatte, um einen Heiratsantrag abzulehnen.

Er stand auf und betrachtete sie aus zusammengekniffenen Augen. »Nein, meine Offiziere«, er richtete einen scharfen Blick auf seine Männer, »bestanden darauf, dass ich Euch zuerst frage.«

Levarda warf Sendad und Lemar einen dankbaren Blick zu. Letzterer verbeugte sich galant mit einem spöttischen Lächeln.

»Ausgezeichnet.« Sie atmete erleichtert aus.

Er stand vor ihr, sein Blick aus den schwarzen Augen hielt sie fest. »Ihr habt mir keine Antwort gegeben.«

»Ihr wisst, wie sie lautet.« Sie schlug die Augen nieder, wich seinem Blick aus.

»Nein, weiß ich nicht.«

»Nein.«

Er reagierte nicht auf diese schlichte Antwort.

»Sie lautet Nein«, wiederholte Levarda diesmal mit mehr Kraft in der Stimme. »Verzeiht, Lord Otis, aber ich habe nicht vor, jemals zu heiraten, weder Euch noch sonst jemanden.«

Sie sah, wie die steile Falte zwischen seinen Augenbrauen entstand. Hastig sprach sie weiter: »Ihr wisst, Lord Otis, dass es nicht geht. Bitte, seid vernünftig. Es gibt nichts, was ich Euch geben könnte.«

Sie warf einen bedeutsamen Blick zur Wiege, sah dann ihn eindringlich an. Die Narbe in seinem Gesicht färbte sich dunkel. Er machte ihr Angst. Zu lebhaft erinnerte sie sich an die Schmerzen, die sein letzter Zornausbruch ihr gebracht hatte.

»Mein Platz ist hier.«

Tränen krochen in ihre Augen, was sie wütend machte, denn sie wollte nicht vor ihm heulen. »Hier, an der Seite von Agilus, Lady Smira und all den anderen Menschen, die meine Hilfe brauchen«, setzte sie fast stimmlos wispernd hinzu.

»Otis«, hörte sie die mahnende Stimme von Sendad, »Ihr habt versprochen, ihre Antwort zu akzeptieren, egal, wie sie lautet.«

Lemar brach in Lachen aus. »Ich habe Euch gesagt, dass sie Nein sagen wird. Ich habe die Wette gewonnen.«

Für einen Moment hatte Levarda die Befürchtung, Lord Otis würde sich auf Lemar stürzen, doch er kontrollierte seinen Zorn, nickte ihr kurz zu, und verließ das Zimmer ohne ein weiteres Wort, gefolgt von den Offizieren.

Es dauerte, bis sich ihre Panik gelegt hatte. Sie musste dringend um eine Audienz beim hohen Lord bitten.

In der Nacht schlug sie die Augen auf, weil es in ihrem Bett ungewöhnlich warm war. Neben sich sah sie Lord Otis liegen, komplett in seinen Waffenrock gekleidet. Was wollte ihr Unterbewusstsein ihr damit sagen? Vorsichtig streckte sie die Hand aus, überwand die kurze Distanz und zog sie erschrocken zurück, als sie merkte, dass der Mann neben ihr lebendig war und kein Bild ihrer Phantasie. Bevor sie schreien konnte, lag seine Hand bereits auf ihrem Mund.

»Ihr wollt Agilus doch nicht wecken, oder?«

Sie schüttelte den Kopf. Langsam nahm er seine Hand weg.

»Was wollt Ihr hier?«, krächzte sie.

Ein gefährliches Lächeln erschien auf seinen Lippen. In seinen Augen brannte ein Feuer.

»Lady Levarda, willigt Ihr ein, meine Frau zu werden?«

»Ihr habt meine Antwort zu dieser Frage erhalten.« Sie nahm all ihren Mut zusammen. »Nein.«

»Ich habe Euch nicht verstanden, sagt es noch mal.«

»Nein. Lord Otis, versteht doch, es ist kein Weg, den ich gehen kann, selbst wenn ich es wollte.«

Sein Gesichtsausdruck veränderte sich.

»Was ich nicht tue«, fügte sie hastig hinzu, um die Endgültigkeit ihrer Entscheidung deutlich zu machen.

»Seid vernünftig, Ihr wisst genau, dass es nicht geht. Ihr selbst habt zu spüren bekommen, was passiert, wenn ich bei einem Kuss die Kontrolle verliere. Ihr wart damals vernünftig genug und seid gegangen. Eure Entscheidung in dieser Nacht war richtig.«

Sie biss sich in die Unterlippe, als sie das Grinsen in seinem Gesicht sah. Sofort brannte die Röte in ihren Wangen. Die Nacht mit ihren Möglichkeiten hatte sich in ihr Gedächtnis eingebrannt. Seine Anwesenheit in ihrem Bett machte die Sache nicht einfacher.

»Ich habe meine Meinung geändert«, erklärte er gefährlich gelassen. Er rückte ein Stück näher, ließ seine Energie zu ihr herüberfließen, und da sie vergessen hatte, sich zu schützen, entzündete sich ihre daran. Das Licht strahlte hell in ihrem Innern, heller als je zuvor.

Aus seinem Gesichtsausdruck schloss sie, dass er um seine Wirkung wusste. Er spielte mit ihr, aber das war ein gefährliches Spiel, das ihn sein Leben kosten konnte. Es war an der Zeit, ihm klarzumachen, wie gefährlich es war, denn ihre Worte schien er nicht zu verstehen. Ihre Hand wanderte zu ihrer Bettdecke und sie zog sie vorsichtig zurück.

»Ist es das, was Ihr wollt, Lord Otis?«

Er hielt ihre Hand fest. »Nein, Levarda, ich will, dass du meine Frau wirst. Ich möchte, dass du mir gehörst.«

Gehörst! Sie war kein Besitz, sondern ein Mensch. Eine Tochter von Mintra, die ihr Leben Lishar geweiht hatte, damit sie allen Menschen dienen konnte.

Levarda nutzte ihre zweite Hand, um die Decke wegzuziehen. Erneut reagierte er unglaublich schnell und packte auch diese Hand. Sie merkte, wie sein Atem sich beschleunigte, fühlte den Anstieg seiner Energie, so dicht war er ihr. Sein Gesicht beugte sich zu ihr, seine Lippen legten sich auf ihre. Sie öffnete die Lippen, konzentrierte sich darauf, die Kontrolle über die Energie zu behalten. Diesmal wollte sie seinen Kuss erwidern. Aber sie besaß in diesen Dingen keine praktische Erfahrung. Es gab einen hellen Lichtblitz, einen Rückschlag, der sie ins Bett drückte und ihr die Luft nahm.

Lord Otis fand sich auf dem Boden wieder, verblüfft, aber lebendig.

Levarda atmete auf, erleichtert, dass ihm nichts passiert war. Aus der Wiege hörte sie ein Wimmern. Sie sprang auf und nahm Agilus in den Arm, sang ihm leise ein Lied vor.

Langsam stand Lord Otis auf und prüfte seinen Körper auf Verletzungen.

Soweit Levarda es beurteilen konnte, hatte er keinen ernsthaften Schaden davongetragen. In Gedanken schalt sie sich für ihren Leichtsinn. Es hätte ganz anders ausgehen können.

Die gleichmäßigen Atemzüge des Kindes signalisierten ihr, dass es eingeschlafen war. Sanft legte sie es in seine Wiege.

Lord Otis wich vor ihr zurück, als sie auf ihn zuging.

Sie sah in an, legte den Kopf kokett zur Seite. »Ich denke, Ihr habt Eure Lektion gelernt«, erklärte sie und legte sich in ihr Bett.

Er sammelte sich, setzte sich in sicherem Abstand an das entfernteste Ende. »Ich hatte nicht erwartet, dass es so schwierig ist mit Euch.«

Amüsiert stellte sie fest, dass er die höfliche Anrede verwendete. »Wir werden genug Zeit haben, einen Weg zu finden, wenn wir verheiratet sind.«

Sie schüttelte über so viel Sturheit den Kopf.

»Ich heirate Euch nicht.«

»Sagt Ihr mir, wovor Ihr Angst habt?«

»Ihr meint, abgesehen davon, dass ich mit meiner Energie einen Mann töte, wenn ich –«

Sie brach verlegen ab.

Sein Lachen klang wie das Plätschern des Sees Luna, wenn sie durch die Oberfläche brach.

»Schscht, seid leise, Ihr weckt Agilus.«

Sie lauschten gemeinsam auf die gleichmäßigen Atemzüge des Kindes.

»Ich bin bereit, das Risiko einzugehen.« Seine Stimme war dunkel und sanft.

»Aber ich nicht. Außerdem gibt es noch viele weitere Gründe, die gegen eine Heirat sprechen.«

»Und die wären?«

»Lest das Buch Eurer Großmutter genauer, dann kennt Ihr sie.«

»Sagt es mir, ich will es von Euch hören.«

»Ich möchte meine Freiheit nicht verlieren.«

Er lächelte. »Das ist kein Grund. Ich werde Euch Eure Freiheit nicht nehmen.«

»Jedenfalls nicht mehr als bisher, nicht wahr?«

»Ihr irrt Euch. Wenn Ihr meine Frau seid, bekommt Ihr mehr Freiheiten. Ihr könnt reiten, so oft Ihr wollt, Ihr dürft mit dem Bogen jagen, wann immer es Euch danach verlangt. Ihr könnt die Nächte im Wald verbringen – das allerdings nur mit mir zusammen. Ich weiß, was Ihr braucht, und ich bin kein Mann, der davor Angst hätte.«

»Ich kann und werde Euch nicht heiraten.«

»Liebt Ihr mich nicht, Lady Levarda?«

Diese samtige Stimme, die ihr Schauer der Erregung über den Körper jagte! Sie schluckte. Darüber hatte sie noch nie nachgedacht, schließlich war er das immerwährende Ärgernis, die ständige Bedrohung in ihrem Leben, wenn sie an die Albträume aus ihren Kindertagen dachte. Sie verstand nicht, warum sich seit der Nacht am See dieses helle Licht in ihr eingenistet hatte, woher es kam, seine Energie bezog.

»Ich weiß es nicht. Ich weiß überhaupt nicht, ob ich in der Lage bin, jemanden zu lieben«, erwiderte sie ihm ehrlich.

»Levitus und Agilus liebt Ihr, das sieht jeder, der nicht blind ist.«

»Das ist etwas anderes. Wenn Ihr es damit vergleicht, liebe ich auch Adrijana, Sendad, Lemar und Egris.«

»Wenn einer von ihnen Euch berührt ...«

Seine Stimme, samtig weich, vibrierte in seiner Brust und ließ das Licht in ihr erneut auflodern, schürte ein Verlangen nach seiner Berührung. Wie konnte allein seine Stimme das bewirken?

»... reagiert Ihr dann genauso, wie jetzt?«

Sie hatte befürchtet, dass er die Zunahme der Energie fühlen konnte.

»Nein.«

»Dann liebt Ihr mich«, stellte er zufrieden fest.

Verunsichert schloss sie die Augen und betrachtete das hell leuchtende Licht in sich. War das Liebe? Sie öffnete die Augen. Sie starrte auf den Platz, wo er kurz zuvor gesessen hatte. Levarda sah sich im Raum um, schaute unter dem Bett nach, prüfte die Fenster und die Tür. Alles war verschlossen.

Verwirrt kroch sie zurück in ihr Bett. Hatte sie etwa alles nur geträumt?

AM NÄCHSTEN TAG BAT SERAFINA LEVARDA UM IHRE HILFE BEI den Stickarbeiten für eine Decke von Agilus. Die Arbeit mit der jungen Frau beruhigte Levardas aufgewühlte Gedanken. Inzwischen war sie überzeugt, dass ihre überstrapazierten Nerven ihr in der Nacht einen Streich gespielt hatten.

Sie stickten gemeinsam an einem Pferd, das den Großteil der Decke einnahm. Levarda spürte, dass Serafina etwas auf dem Herzen hatte. Geduldig wartete sie, bis das Mädchen Mut fassen würde, und lauschte derweil den Gesprächen der Hofdamen. Wie so oft stand der erste Befehlshaber der Garde im Mittelpunkt der Diskussion. Es amüsierte sie, dass niemand sie nach ihrem Tanz mit ihm fragte, obwohl es zweifellos allen durch den Kopf ging. Sie spielte mit dem Gedanken, die Anmerkung fallen zu lassen, dass er ihr einen Heiratsantrag gemacht hatte, wusste aber, dass sie das in ernsthafte Schwierigkeiten bringen würde. Mit einem leichten Kopfschütteln hörte sie sich die Mutmaßungen der Hofdamen darüber an, ob Lord Otis‘ Bemerkung gegenüber Lady Smira, Lady Hamada sei ein nettes Mädchen, bedeute, dass er sie zur Frau wählen würde oder nicht. Strategisch womöglich eine sinnvolle Wahl, dachte Levarda, Hamada war die Cousine von Prinz Tarkan. Sie stellte sich die Hochzeit vor und fühlte Mitleid mit ihm. Abgesehen davon, dass sie Hamada nicht mochte, würde es politisch keine einfache Ehe werden.

Eine verwandtschaftliche Beziehung mit dem Königshaus der Eldemarer wäre nach der Geburt des Thronfolgers unerlässlich. Erstmals seit dem Tod der ersten hohen Gemahlin würde der Frieden zwischen den Ländern mit einem solchen Bund wieder gestärkt.

Sie runzelte die Stirn. Was für eine Wahl hatte er überhaupt? Er war ein Gefangener der Politik, unter diesem Gesichtspunkt hatte sie ihn noch nie betrachtet.

»Denkt Ihr, dass Lord Otis Hamada fragen wird?«, flüsterte ihr Serafina zu. Es erstaunte sie nicht, dass Serafina ihre Nachdenklichkeit wahrnahm. Sie besaß eine empathische Ader.

»Ich habe keine Ahnung, aber es muss furchtbar anstrengend sein, ständig jedes Wort und jede Geste eines Mannes abzuwägen auf ein Zeichen seiner Zuneigung hin. Vielleicht sollte sie um eine Audienz bei ihm bitten und ihn direkt fragen. Dann hätte das Spekulieren endlich ein Ende.«

»Das habe ich gehört, Lady Levarda«, sagte Lady Hamada spitz.

»So war es gedacht, Lady Hamada. Bitte tut uns allen den Gefallen und nehmt Euch meinen Vorschlag zu Herzen. Vielleicht finden sich dann interessantere Gesprächsthemen in diesen Räumlichkeiten.«

»Keine Sorge, Lady Levarda, Ihr müsst meine Gegenwart nicht mehr lange ertragen.«

»Also neigt Ihr dazu, die Worte von Lord Otis als Antrag zu verstehen?«

»Das nicht. – Aber Ihr werdet bald selbst verheiratet sein.«

Levarda stach sich mit der Nadel in den Finger und steckte

ihn in den Mund. Ein ungutes Gefühl machte sich mit einem Kribbeln in ihrem Nacken bemerkbar.

»Wie meint Ihr das?«

»Ihr seid eine Hofdame, und auch wenn Ihr es offensichtlich nicht anstrebt, einen Mann für Euch zu erobern, habe ich gehört, dass Euch jemand einen Antrag stellen wird. Es ist kaum zu glauben, doch angesichts Eurer verwandtschaftlichen Beziehung zum hohen Lord ...«, Lady Hamada sah sich im Raum nach Lady Smira um, die ebenfalls gebannt an ihren Lippen hing, »... scheinen Eure Mängel in diesem Fall keine Rolle zu spielen.«

Lady Smira schüttelte den Kopf. »Ihr müsst da etwas falsch verstanden haben. Gregorius versicherte mir noch gestern, dass Lady Levarda an meiner Seite bleiben wird. Er wird meinen Wunsch respektieren.«

»Vielleicht habt Ihr, Lady Smira, mit Verlaub, ein falsches Bild von dem Zweck einer Hofdame. Sie kommt an den Hof, damit der hohe Lord eine passende Verbindung für sie arrangieren kann. Da über Lady Levarda nicht mehr das Todesurteil schwebt, wird sie genauso verheiratet werden wie jede andere von uns. Außerdem stellt sie politisch eine interessante Wahl dar.«

»Aber Lady Eluis ist nicht verheiratet und ebenfalls eine Hofdame«, bemerkte Levarda.

»Ja, nachdem drei Heiratskandidaten nach ihrem Antrag einen frühzeitigen Tod fanden, wagte niemand mehr, einen weiteren Antrag zu stellen.«

Ihre Worte lösten bei Levarda ein unbehagliches Gefühl aus. Sie sah Lady Eluis, wie sie vor dem Bild von Bihrok stand und es anhimmelte. Hatte Larisan etwas damit zu tun?

»Aber freut Euch nicht zu früh, Lady Levarda, dass es einen Ausweg geben könnte«, setzte Lady Hamada boshaft dazu, »der Mann, der den Antrag stellt, wird nicht so leicht zu töten sein.«

Serafina schwieg, schielte kurz zu ihr, bevor sie sich konzentriert über die Arbeit beugte.

In Levarda kroch eine Befürchtung hoch.

»Wisst Ihr, von wem Lady Hamada spricht?«

Serafina sah nicht auf und war kaum zu hören. »Prinz Tarkan.«

Levarda holte entsetzt Luft.

»Bitte, Lady Levarda«, sprach Serafina. »Ich weiß, Ihr seid dem Gedanken an eine Heirat nicht wohlgesonnen, aber Ihr dürft nicht vergessen, welche Ehre es ist, wenn er Euch ausgewählt hat. Ich glaube, er hat sich an dem Abend, als er Euch kennenlernte, ernsthaft in Euch verliebt!« Zaghaft lächelte ihr Serafina zu.

Levarda gelang es, zurückzulächeln, obwohl sich ihre Gedanken im Kopf überschlugen. Um nicht verrückt zu werden, zwang sie sich, ihre Arbeit an der Decke wieder aufzunehmen.

Im Wachzimmer traf Levarda anstelle eines Soldaten nur Timbor an, der die Wocheneinteilung seiner Männer vornahm. Er sprang auf, als sie eintrat.

»Was ist los, Lady Levarda, irgendetwas mit dem Thronfolger?«

»Nein, Timbor, mit Agilus ist alles in Ordnung.«

»Lady Smira?«

»Nein, auch mit ihr ist alles bestens.«

»Verzeiht, aber Ihr wirkt so blass und besorgt.«

»Timbor, ich brauche dringend eine Audienz beim hohen Lord.«

»Beim hohen Lord? Weshalb?«

»Ist das wichtig?«

»Ja, Lord Otis wird es wissen wollen.«

»Können wir Lord Otis nicht außen vor lassen?«

Timbor setzte sich langsam auf die Schreibtischkante und musterte sie mit seinen wachen grünen Augen. Er fuhr sich durch seine verstrubbelten, schwarzblauen Haare, schob seinen muskulösen Oberkörper vor und wirkte dadurch trotz der sitzenden Haltung fast bedrohlich.

»Hat die Audienz etwas mit ihm zu tun?«

»Nein. Bitte Timbor, könnt Ihr nicht einfach zum hohen Lord gehen und das für mich klären?«

»Nein, tut mir leid, alles, was den hohen Lord betrifft, geht über Lord Otis.«

»Der von Euch wiederum wissen möchte, weshalb ich eine Audienz wünsche?«

»Ihr habt es erfasst.«

Levarda schloss die Augen. Warum drehte sich in ihrem Leben alles nur noch um diesen Mann?

Sie öffnete die Augen. »Sagt ihm, es ginge um Lady Eluis.«

SIE BEKAM ÜBERRASCHEND AM SELBEN ABEND IHRE AUDIENZ. Timbor holte sie ab. Gemeinsam gingen sie den offiziellen Weg in den mittleren Trakt, am Sitzungssaal vorbei in einen Flur, wo Timbor an eine Tür klopfte. Lord Gregorius‘ Bariton ertönte und Levarda betrat den von Kerzen hell erleuchteten Raum.

Hinter einem wuchtigen Holztisch saß der hohe Lord, tropfte roten Siegellack auf ein Papier und drückte seinen Ring hinein. Er trug seine offizielle bestickte goldrote Robe. Unter seinen Augen sah sie dunkle Ringe. Wieso fiel ihr zum ersten Mal auf, dass weder das Leben eines hohen Lords noch das seines Befehlshabers aus Müßiggang bestand, sondern Opfer forderte. Aber sie konnte und wollte keine weiteren Opfer bringen. Sie verschloss ihr Herz vor seiner Erschöpfung.

»Lady Levarda, ein ungewöhnlicher Besuch in diesen Räumen. Erfreulich, aber ungewöhnlich.«

Die Tür schloss sich, und sein Blick wanderte zu jemandem, der sich hinter ihr befand. Sie brauchte sich nicht umzudrehen, um zu wissen, wer dort stand.

»Verzeiht, hoher Lord, dass ich Eure kostbare Zeit in Anspruch nehme. Wäre es vermessen von mir, Euch um eine Unterredung unter vier Augen zu bitten?«

Gregorius lehnte sich in seinem Stuhl zurück, legte die Hände aneinander.

»Lady Levarda, Ihr solltet am besten wissen, dass eine unverheiratete Frau, vor allem eine Dame von meinem Hofe, niemals mit einem Mann allein im Raum sein sollte.«

Levarda senkte den Blick. Er hatte recht, es wurde bereits genug über sie geredet. Allerdings behagte ihr der Gedanke nicht, das Thema in Anwesenheit von Lord Otis zu bereden.

»Vielleicht, wenn die Tür offenbliebe und Lord Otis sich draußen hinstellte?«

»Lady Levarda, entweder Ihr setzt Euch und nennt Euer Anliegen, oder Ihr verlasst diesen Raum«, beendete Lord Otis jede weitere Diskussion über diesen Punkt.

»Was immer Ihr auf dem Herzen habt, Ihr könnt gewiss sein, dass alles unter uns bleibt.« Mit einem Lächeln und einem kurzen Blick zu seinem obersten Befehlshaber fügte der hohe Lord hinzu: »Ich vertraue Lord Otis mehr als mir selbst.« Nachdenklich runzelte er die Stirn und betrachtete sie. »Oder habt Ihr einen Grund, Euch über sein Verhalten zu beschweren?«

Sie sah Lord Gregorius an. Eine verlockende Möglichkeit, die sich ihr bot. Aber nein, nicht nur, dass sie ihr Leben in seine Hände gelegt hatte, Lord Otis war der Einzige am Hof, der um das Geheimnis von Agilus wusste. Ihrer beider Leben waren untrennbar miteinander verbunden, eine erschreckende Erkenntnis, die sich auf ihrem Gesicht und in ihren Gefühlen spiegelte, denn die Energie im Raum begann, sich zu verändern. Mit schmalen Augen wandte sich der hohe Lord an seinen obersten Befehlshaber.

»Nein, hoher Lord«, entgegnete Levarda hastig, »mein Anliegen betrifft nicht Lord Otis ...«

»... sondern Lady Eluis«, ergänzte der Mann hinter ihr in einem gefährlich leisen Ton.

Levarda biss sich auf die Lippen. »Ja, in gewisser Weise.« Sie knetete ihre Hände, sah angestrengt auf das Muster in ihrem

Kleid. »Seht, hoher Lord, mir war bisher die Stellung einer unverheirateten Dame an Eurem Hof nicht bewusst.«

Sie sprach so leise, dass sich der Herrscher aus Forran vorbeugte, um sie besser zu verstehen. Levarda rutschte auf ihrem Stuhl hin und her.

»Meine Gedanken galten der Schwangerschaft Eurer Gemahlin und der Geburt und dem Wohlergehen Eures Sohnes.« Sie zögerte.

»Ja, Lady Levarda, ich weiß Eure Fähigkeiten und Eure Unterstützung überaus zu schätzen«, ermunterte sie der hohe Lord zum Weitersprechen. »Auch mich habt Ihr geheilt. Wir alle sind froh, Euch hier am Hof zu haben.«

Dieser letzte Satz aus seinem Mund half Levarda, den Mut für ihre nächsten Worte zu fassen.

»Dann lasst mich hier für immer bleiben, hoher Lord. Ich möchte nicht heiraten und fortgehen. Bitte.«

Die Energie in dem Raum verdichtete sich ein zweites Mal.

»Versteht mich nicht falsch, hoher Lord«, ergänzte sie hastig, »aber der Gedanke, von Lady Smira und Agilus getrennt zu sein, schmerzt mich. Außerdem möchtet Ihr gewiss nicht, dass Agilus Euer einziges Kind bleibt. Hier bin ich von Nutzen für Euch und das Volk von Forran.«

Sie hielt inne, entschied sich dann, weiterzusprechen: »Ich habe angenommen, da Lady Eluis nicht verheiratet ist, dass es in Eurer Macht steht, auch mir ein ähnliches Leben zu ermöglichen.«

Das Gesicht des hohen Lords erstarrte zu einer steinernen Maske. »Lady Eluis hat dieses Leben nicht freiwillig für sich gewählt«, sprach er eindringlich, »eine Heirat hätte ein starkes Bündnis für dieses Land darstellen können, doch leider verstarben ihre Anwärter.«

Levarda hielt die Luft an. Hatte sie damit ihre Chance vertan?

Der Lord fuhr fort: »Ihr könnt beruhigt sein. Mir liegt kein Antrag für Euch vor. Ich versprach meiner Gemahlin, dass ich keine Verbindung für Euch arrangieren werde.» Ein warmer Blick traf sie. »Glaubt nicht, ich wüsste nicht, wie viele Menschen aus Forran Euch seit dem letzten Winter ihr Leben verdanken. Ich denke, ich darf mich glücklich schätzen, dass ich Euch als Geschenk mit meiner Gemahlin bekam.«

Erleichtert atmete sie aus. »Danke, hoher Lord, mehr verlange ich nicht.«

»Verlangen?« Seine Stimme veränderte die Tonlage.

»Verzeiht, ich wählte die falschen Worte.«

»Lady Levarda, ich war bisher Eurem Verhalten gegenüber sehr tolerant. Euch ist hoffentlich klar, welche Ehre Euch zuteilwird, indem Ihr hier an meinem Hofe lebt. Sollte jemand mir einen Antrag um eine Verbindung mit Euch stellen, die nach meiner Ansicht von Vorteil ist, so erwarte ich von Euch absoluten Gehorsam.«

Bevor sich ihr Zorn in Form von Energie Luft machen konnte, spürte sie sachte die Berührung von Lord Otis' Händen auf ihren Schultern. Gleichzeitig leitete er geschickt ihre Feuerenergie in seinen eigenen Körper und sandte ein Bild von fließendem Wasser, das sie einhüllte, in ihren Kopf.

Levarda hatte nicht geahnt, dass er in der Lage war, so tief in sie einzudringen. Der Schock dieser Erkenntnis brachte sie einen Moment aus dem Gleichgewicht.

»Lady Levarda, ich bin nicht auf der Suche nach einem Ehemann für Euch. Es kommt in Anbetracht unserer verwandtschaftlichen Verhältnisse ohnehin nur eine begrenzte Anzahl von Kandidaten in Frage. Zerbrecht Euch über diese Dinge nicht Euren hübschen Kopf. Ihr könnt Euch getrost auf mein Urteil verlassen.«

Der Gedanke an Lord Otis' Antrag überlagerte sich mit dem Bild von Prinz Tarkan. Sie wagte nicht, die Frage laut zu stellen, ob Letzterer dem hohen Lord als geeigneter Kandidat erschien. Besser diese Idee nicht in seinen Kopf zu pflanzen. Ihr musste etwas anderes einfallen. Sie bemühte sich, ihre angstvollen

Gefühle unter Kontrolle zu bekommen. Der Griff auf ihren Schultern verstärkte sich schmerzhaft.

»Ihr könnt gehen, Lady Levarda«, beendete der hohe Lord die Audienz.

Sie stand auf, versuchte ihre eigene von Lord Otis' Energie zu trennen und einen Schutzschild zu errichten.

Ohne ihre Schultern loszulassen, schob er sie aus dem Raum.

Timbor öffnete die Tür von außen, als hätte er ein Zeichen erhalten. Ein Blick in das Gesicht seines Befehlshabers genügte ihm. Hastig schloss er die Tür hinter ihnen und ging auf Distanz. Lord Otis drückte Levarda mit dem Rücken gegen die Wand.

»Wie kommt Ihr auf diesen Gedanken?«, fragte er scharf.

Bevor sie antworten konnte, fühlte sie einen enormen Druck auf ihren Kopf einwirken. Vor Schmerzen schloss sie die Augen. Kurz blitzte das Bild von Lady Serafina in ihren Gedanken auf. Ihr Amulett reagierte, leuchtete auf und schleuderte Lord Otis von ihr weg.

»Wagt es nie wieder, ohne meine Erlaubnis in meine Gedanken einzudringen.«

Levarda brachte ihren Zorn unter Kontrolle, drehte sich um und ging den Weg zurück in die Frauengemächer, ohne die Männer eines weiteren Blickes zu würdigen.

IN IHREM ZIMMER KNIETE SIE SICH HIN. SIE WUSSTE NICHT, WAS ihr mehr Angst machte. Der Gedanke, Prinz Tarkan könnte ihr einen Antrag machen, den der hohe Lord annahm, oder die Art und Weise, wie Lord Otis in ihr Leben, ihre Gedanken, nein, in ihre Seele eindrang? Das glich nicht dem unangenehmen Gefühl, das ihr die Energie von Prinz Tarkan verursacht hatte, sondern fühlte sich eher wie ein Teil von ihr selbst an, eine erschreckende Erkenntnis, die sie völlig aus dem Gleichgewicht brachte.

War das der Grund, weshalb er immer wusste, was sie machte? Besaß er diese Macht erst, seit sie gemeinsam den hohen Lord heilten oder womöglich viel länger? Wie hatte ihr das verborgen bleiben können?

Stöhnend schlug sie die Hände vor das Gesicht. Sie hatte keine Ahnung, wie sie dem Schicksal einer Heirat entgehen sollte.

»Ich bitte dich Lishar«, flüsterte sie, »halte deine schützende Hand über deine Tochter und schenke ihr nach deinem Willen Einsicht und Klarheit.«

20

ENTSCHEIDUNG

Levarda fiel in der Nacht in einen unruhigen Schlaf. Ihr alter Albtraum suchte sie mit aller Macht heim, lebhafter, mit körperlichen Schmerzen verbunden. Das Gesicht des Mannes, der ihr das Schwert in die Rippen stieß, wechselte regelmäßig zwischen denen von Lord Otis und Prinz Tarkan. Am Morgen fühlte sie sich so erschöpft, als wäre sie zwei Tage und Nächte hindurch geritten. Sie blieb im Bett und die Amme nahm Agilus mit zu Lady Smira.

Obwohl sie in sich genug Energie spürte, verharrte sie in ihrer Lethargie. Ihr Amulett hatte aufgehört zu leuchten. Sorgfältig achtete Levarda darauf, dass ihr Schutzschild erhalten blieb.

Wie eine sanfte Welle schwappte das Energiemuster von Lord Otis an ihre Mauer, nie aufdringlich oder mit Gewalt. Das erste Mal, kurz vor dem Einschlafen, hatte die Wärme ihres Amuletts sie darauf aufmerksam gemacht. Seitdem wusste sie, worauf sie achten musste.

Adrijana war am Morgen leise in ihr Zimmer gekommen, mit einem Tablett voll mit den Köstlichkeiten, unter denen sich ihre Lieblingsspeisen fanden: Obst, Getreidebrei, kandierte Nüsse und heißes Wasser für einen Kräutersud.

Unberührt stand es auf dem Tisch, an dem sie normalerweise saß und schrieb. Sie hatte darüber nachgedacht, zu schreiben. Oft half es ihr, Klarheit in ihre Gedanken zu bekommen und so ein Problem zu lösen. Doch sie hatte Angst, dass ihr Handeln Signale an Lord Otis aussandte, die ihr nicht bewusst waren.

»Ihr habt Euer Essen nicht angerührt.«

Es überraschte sie nicht besonders, seine Stimme zu hören.

»Es wird Zeit, dass Ihr aufsteht und Euch anzieht.«

Langsam drehte sie sich in ihrem Bett in die Richtung, aus der die Stimme kam, faltete die Hände und legte ihre Wange darauf.

Die Tür ihres Raums war geschlossen – im Gegensatz zu seiner sonstigen Gewohnheit.

Er saß auf dem Stuhl am Schreibtisch. Sie hatte nicht bemerkt, dass er eingetreten war. Statt seiner üblichen Uniform trug er seine Galauniform, leuchtend blau und mit Gold dezent abgesetzt. Einzig das Schwert an seiner linken Seite zeugte davon, dass er sich im Dienst befand.

Levarda fixierte ihn mit zusammengekniffenen Augen, konzentrierte sich, aber sie hatte keine Ahnung, wie man Gedanken las. Sein Gesicht war eine undurchdringliche Maske.

»Seit wann?«

Er senkte den Blick, betrachtete aufmerksam die Spitze seines Stiefels. Schließlich hob er den Kopf und sah sie an.

»In der Nacht an dem See, wo ich Euch half, das Ritual auszuführen.«

»Also ist das Licht in mir ein Rest von Eurer Energie und wird von ihr genährt. Es ist diese Verbindung, die ihr nutzt, um mich zu kontrollieren.«

»Nein, so einfach ist es nicht. Es hätte seinen Reiz, wenn es so wäre. Aber nein, es lässt sich von mir genauso wenig beeinflussen wie von Euch.«

»Aber Ihr seht es?«

Er schwieg, seine Stirn krauste sich und es sah aus, als suche er nach Worten, die er nicht fand.

»Sehen nicht, eher spüren, ähnlich einem Energiemuster, nicht so klar, dafür intensiver«, bemühte er sich, ihr zu antworten. In Wahrheit war das seine Art, sich bei ihr zu entschuldigen, was sie sehr wohl verstand.

»Lady Levarda, es tut mir leid, wenn ich Euch verletzt habe, und ich verspreche Euch ...«, er legte die Hand auf sein Herz, »... in welcher Form Ihr es auch immer wünscht, dass ich es nie wieder tun werde ohne Euer Einverständnis. Außer in einem Notfall«, fügte er ruhig hinzu.

Sie sah ihn an, wie er dort auf ihrem Stuhl saß – ein Mann, der ohne zu zögern den Tod brachte, Unschuldige dem Henker zuführte und absolut loyal gegenüber dem hohen Lord Gregorius. Welchen Weg wollte er diesmal wählen?

Sie stand an einem Scheideweg und hatte trotz ihrer Gebete an Lishar nicht die geringste Ahnung, welchen Weg sie wählen sollte. Sie war sich in ihren Entscheidungen immer so sicher gewesen, doch diesmal fühlte sie sich hilflos.

Aufmerksam beobachtete er ihr Mienenspiel, strich sich müde mit der Hand durchs Gesicht.

»Ich möchte, dass Ihr die Entscheidung trefft. Euch ist hoffentlich bewusst, dass bei einem Antrag von Prinz Tarkan der hohe Lord keine Wahl hat. Er muss und wird Euch verheiraten.«

Sein Blick schien in ihrem Gesicht nach etwas zu suchen. Sie schwieg und er fuhr fort: »Niemand von uns möchte Krieg. Die Wunden in diesem Land sind lange nicht verheilt und die Tränen der Trauer fließen weiter. Die Möglichkeit, das Bündnis mit einem neuen Band des Blutes zu stärken, ist –«, er brach ab, suchte nach einem passenden Wort, das er nicht fand.

Seine Augen wanderten unruhig durch das Zimmer, ruhten kurz auf dem Gemälde vom See Luna, richteten sich auf sie. »Ihr wisst, dass ich das nicht zulassen kann«, flüsterte er.

Levarda erstarrte. »Ihr wollt keinen Frieden?« Entsetzen flammte durch ihren Körper.

Er lachte hart auf, seine Miene versteinerte.

»So denkt Ihr über mich? Dass ich mich an dem Tod anderer Menschen labe?« Seine Stimme war laut und heftig geworden, Flammen erhellten seine Aura.

Er schwieg, sammelte sich.

»Ihr habt keine Ahnung, wozu Prinz Tarkan fähig ist. Er hat die Zeit der Ruhe nicht ungenutzt verstreichen lassen. Ich kann spüren, wie seine Kraft bei jedem seiner Besuche zunimmt. Ihr an seiner Seite – das würde das Ende der Welt bedeuten, so wie wir sie kennen.«

Abrupt sprang Levarda aus dem Bett.

»Und Ihr, Lord Otis, habt nicht die geringste Ahnung, wozu ich fähig bin!«

Langsam stand er auf.

»Doch, Lady Levarda, ich weiß es, seit ich Euch das erste Mal sah. Genau aus diesem Grunde habe ich Euch immer die Wahl gelassen, Euch frei zu entscheiden. – Wählt.«

Sie schlang die Arme um ihren Körper und begann unruhig im Zimmer umherzustreifen. Sie hatte sich die Nacht über den Kopf zerbrochen, wie sie dieser Mausefalle entkommen konnte. Auf keinen Fall würde sie Prinz Tarkan ehelichen. Sie musste hier an der Seite von Lady Smira bleiben, dafür Sorge tragen, dass diese dem hohen Lord einen Sohn gebar. Außerdem gab es im Land Forran unzählige Menschen, die ihrer Hilfe bedurften. Mit einem Ruck blieb sie stehen.

»Ich werde auf keinen Fall Prinz Tarkan heiraten«, stellte sie fest.

Mit einem Kopfnicken akzeptierte Lord Otis ihre Entscheidung. Erneut nahm sie ihre Wanderung auf. Die Flucht. Sie konnte ohne Weiteres die Festung verlassen und in die Wälder flüchten. Dort war immer ihr Zuhause gewesen. Sie hatte keine Ahnung, ob der hohe Lord sie verfolgen lassen und wen er damit beauftragen würde. Die Männer, mit denen sie gereist war, wussten, dass sie im Wald überleben konnte.

Allein der Gedanke, draußen zu sein, die frische Luft, die

Sonne, den Regen auf ihrer Haut zu spüren, all den Intrigen am Hof zu entgehen – verführerisch. Aber was würde dann aus Lady Smira? Und vor allem, wie sollte sie Agilus weiterhin schützen?

Sie blieb stehen, sah Lord Otis an.

»Würdet Ihr mich verfolgen?«

»Ich kann nicht zulassen, dass er Euch findet.«

»Also bleibt mir nur der Tod? Nennt Ihr das eine Entscheidung?«, brauste sie auf.

Seine Hand blieb neben dem Griff seines Schwertes. Traurig sah er sie an.

Worauf wartete er? Ihr Blick fiel auf seine festliche Kleidung. Ein Bild schob sich in ihr Gedächtnis von dem Tag, als er vor ihr niedergekniet war.

»Euch heiraten?«

Sein Gesichtsausdruck änderte sich nicht.

Nachdenklich runzelte sie die Stirn. »Ihr habt bedacht, dass ich das Bett nicht mit Euch teilen kann?«

Er schwieg.

Der Gedanke nahm in ihrem Kopf Gestalt an.

»Kann ich hier in meinen Räumlichkeiten bleiben?«

»Ja.«

»Agilus?«

»Solange er klein ist und Eures Schutzes bedarf.«

»Denkt Ihr, der hohe Lord würde Euren Antrag für mich annehmen?«

»Das hat er bereits getan.«

»Ihr habt gesagt, es sei meine Entscheidung.«

Ein mattes Grinsen huschte über sein Gesicht.

»Wir haben keine Zeit zu verlieren. Ich rechne damit, dass Prinz Tarkans Botschafter innerhalb der nächsten zwei Tage eintreffen wird. Liegt sein Antrag dem hohen Lord vor, habt Ihr keine Wahl mehr.«

»Und der hohe Lord hat keine Vorbehalte, eine verwandtschaftliche Beziehung mit Euch einzugehen?«

»Ich habe ihm keine Wahl gelassen.«

Sie überlegte, was er damit meinte, doch es wollte ihr nichts einfallen.

Wieder wanderte sie im Zimmer auf und ab, während sie sich alles durch den Kopf gehen ließ – ein Zweckbündnis, kaum etwas anderes als die Kompromisse, die sie in den letzten Monaten immer wieder eingegangen waren. Ein Weg, der es ihr ermöglichte, weiterhin auf der Festung des hohen Lords zu leben. Seine körperlichen Bedürfnisse konnte er mit einer Zofe befriedigen, wobei sie darauf achten würde, dass diese es aus freiem Willen tat. Wenn er Nachkommen wünschte, stünde sie ihm nicht im Weg. Sie liebte Kinder. Ihre Gedanken wanderten zu ihren tiefen Gefühlen, die sie für Levitus und Agilus hegte. Sie blieb vor ihm stehen, versuchte seine Gedanken zu lesen.

»Ein Zweckbündnis?«

»Wenn Ihr es so nennen wollt.«

»Einverstanden, ich nehme Euren Antrag an«, stieß sie hastig aus, bevor sie es sich anderes überlegen konnte.

»Ist das Eure Entscheidung?«

Levarda zögerte. Übersah sie etwas?

»Ja.«

»Dann zieht Euch ein passendes Kleid an. Die Zeremonie findet in einer Stunde statt.«

Sie spürte, wie ihr Hals schlagartig trocken wurde.

»Noch heute?«

»Ich habe Euch gesagt, dass uns nicht mehr viel Zeit bleibt.«

»Wie habt Ihr dem hohen Lord die Eile erklärt?«

Ein boshaftes Grinsen trat auf sein Gesicht. »Euer Auftritt gestern Abend war recht hilfreich.« Er ging zur Tür.

»Lord Otis! – Hättet Ihr mich getötet?«

Er sah ihr lange und intensiv in die Augen, bis sie ihren Blick senkte.

»Diese Frage müsst Ihr Euch selbst beantworten.«

. . .

Die Tür flog auf und Adrijana kam herein – strahlend. Erst, als sie Levardas Gesicht sah, hielt sie inne. Schweigend einigten sie sich auf ein grünes Kleid aus Mintra, nachdem Levarda das von Lord Otis geschenkte vehement abgelehnt hatte.

Ohne eine Miene zu verziehen, ließ sie die Prozedur über sich ergehen, hübsch gemacht zu werden. Für sie bedeutete all das nichts. Ein Versprechen vor Lethos, wie es die Zeremonie der Forraner vorsah, besaß keine Bindung für sie. Ein Ehegelöbnis in Mintra bestand aus der Segnung der Ehe zwischen Lishar und Lethos, der weiblichen und männlichen Seite des Lebens, die zusammen erst alles vollkommen machten.

»Erinnert Ihr Euch noch an die Nacht, als Ihr mich zu Lord Otis schicktet, in der Annahme, dass er mich in sein Bett holen würde?«, unterbrach Adrijana leise ihre Gedanken.

»Er hat mich weggeschickt.«

»Das kann nicht sein.«

Schließlich hatte er ihr seine Gabe in der Nacht überreicht, und Agilus war der lebende Beweis dafür. In ihrem Spiegelbild sah Adrijana ihren Zweifel.

»Er meinte, ich bräuchte mir keine Sorgen zu machen. Er würde einen Weg finden, Euch Euren Wunsch zu erfüllen. Worte, die ich nicht verstand.«

Levarda spürte, wie sich ihr Magen verkrampfte. Dieser Mann kontrollierte und manipulierte sie seit ihrer ersten Begegnung. Doch welche Alternative blieb ihr als Frau in einem Land wie Forran, um das Schicksal der Menschen zu beeinflussen?

»Er liebt Euch«, erklärte Adrijana trotzig.

Levarda sah sie traurig im Spiegel an. »Nein, ich bin nur nützlich für ihn.« Mit einem grimmigen Lächeln fügte sie hinzu: »Und er ist nützlich für mich.«

. . .

Lemar erwartete sie draußen vor der Sirkadel. Sie sah erstaunt, dass zwei seiner Soldaten den gesattelten Hengst von Lord Otis und auch Sita bereithielten.

Lemar lächelte, als er Levardas Gesicht sah.

»Es ist besser, wenn Ihr für ein paar Tage aus dem Weg seid, bis sich der Sturm gelegt hat.«

»Ihr meint, wenn dem hohen Lord ein Licht darüber aufgeht, was hinter der plötzlich aufflammenden Leidenschaft seines obersten Befehlshabers steckt?«

»Das sind bösartige Worte aus Eurem Mund, die Euch nicht stehen.«

»Es ist die Wahrheit.«

»Er versicherte mir und vor allem Sendad, es sei Eure Entscheidung gewesen. Habt Ihr es Euch anders überlegt, Lady Levarda?«

»Gewinnt Ihr Gold oder verliert Ihr es, wenn ich mich anders entscheide?«

In seinen Augen blitzte es auf.

Sie legte ihre Hand auf seinen dargebotenen Arm. »Schreiten wir zu Tat, Lemar.«

Als sich die Tür der Sirkadel öffnete, zögerte sie. In der Atmosphäre spürte sie heute etwas anderes als bei den bisherigen Zeremonien in diesen Räumlichkeiten: eine Präsenz, eine Energie, die sie noch nie zuvor wahrgenommen hatte. Erst an der Reaktion des hohen Lords bemerkte sie, dass sie stehen geblieben war.

Er straffte sich und bedachte sie mit einem herrischen Blick. Auch Sendad und Egris musterten sie besorgt.

Lemar murmelte ihr ins Ohr: »Ihr könnt immer noch flüchten, Euch auf Sita schwingen und fliehen. Ich habe Proviant in Eure Satteltaschen gepackt.«

Sie musste wider Willen lächeln. Leicht drückte sie seinen Arm und schritt weiter.

»Also verliert Ihr gerade?«

»Noch seid Ihr nicht verheiratet.«

Sie erreichten Lord Otis, der ihr seinen Arm bot und kaum, dass sie ihre Hand hineingelegt hatte, seine zweite Hand auf ihre bettete, dabei sanft ihr Handgelenk umfassend.

Sie stutzte. Dies war keine zärtliche Geste. Sie sah auf ihre Hand, sah Lemar an, der bedauernd die Schultern hob und sich an seinen Platz zu den anderen Offizieren begab. Levarda sandte noch mehr Energie in ihren Schutzschild, trotz des leichten silbernen Schimmers, den dies ihrer Haut verlieh.

Neben den Offizieren, Lord Otis und dem hohen Lord waren außer ihr nur noch Lady Smira und Celina anwesend. Celina tupfte sich die Freudentränen von den Augen. Sie hatte ja keine Ahnung.

Levarda richtete ihre Aufmerksamkeit auf den Zeremonienmeister, der mit dem Stab auf den Boden klopfte. Die Energie der Erde hallte in ihr nach.

Er begann mit dem Aufzählen der Blutlinie von Lord Otis, die auf der väterlichen Seite lang war. Bei der Herkunft seiner Mutter beschränkte er sich auf die Linie des Großvaters. Die großmütterliche Seite blieb unerwähnt. Mit einer gewissen Neugierde erwartete Levarda ihren eigenen Stammbaum. Was hatte Lord Otis dem Zeremonienmeister mitgeteilt? Aber außer ihrer Verwandtschaft zu Lord Blourred und damit zu Lady Smira, der hohen Gemahlin und Mutter des zukünftigen Thronfolgers, blieb ihr Stammbaum in der Aufzählung aus.

Ein leichtes Stirnrunzeln war die einzige sichtbare Reaktion darauf beim hohen Lord.

Sie erhielten den Segen des Lethos und erleichtert seufzte Levarda tief auf. Sie wollte sich abwenden, doch ihr frisch angetrauter Gemahl hielt sie fest.

»Fahrt fort, Zeremonienmeister.«

Irritierte Blicke wurden gewechselt und wanderten zwischen dem Zeremonienmeister und Lord Otis hin und her, der gelassen seine Augen auf den Mann richtete.

Der strich unsicher über sein prachtvolles Gewand, räusperte sich und schlug erneut mit dem Stab.

Diesmal spürte Levarda ein Prickeln durch ihren Körper ziehen. Sanft begann das Licht in ihr zu leuchten. Sie schloss kurz die Augen, konzentrierte sich darauf, es zu kontrollieren.

»Wir rufen dich an, Lishar, und bitten um deinen Segen für Lord Otis und Lady Levarda.«

Sie riss die Augen auf und starrte den Mann neben sich entsetzt an. Der Griff um ihre Hand verstärkte sich.

»So, wie Lethos der Herrscher über Wind und Flammen ist, so bist du, Lishar, die Herrscherin der Erde und des Wassers. Was getrennt ist, führt ihr zusammen. Lishar ist der Beginn des Lebens, Lethos das Ende. So wandeln wir mal in deinem Licht, mal in seiner Dunkelheit auf dieser Welt, immer auf der Suche nach dem, was uns vollendet.«

Die leise gesprochenen Worte hallten in Levardas Kopf wider, woben einen Kreis um sie und Lord Otis.

Er drehte sich zu ihr, legte seine Handflächen auf die ihren, und gemeinsam beschrieben ihre Hände einen Kreis. Oben in der Mitte trafen sie sich, er faltete ihre Hände und umfasste sie mit seinen. Erst führte er sie zu seiner Stirn, dann zu ihrer, zu seinem Mund, dann zu ihrem, und legte sie auf sein Herz.

»Bei Lethos und Lishar schwöre ich, dich, Levarda, zu schützen, zu ehren und zu lieben – im Licht und in der Dunkelheit.«

Die Sirkadel verschwamm um sie herum. Sie waren eingetaucht in das Licht von Lishar, umhüllt von der Dunkelheit des Lethos. Langsam legte er ihre ineinander gefalteten Hände auf ihr Herz.

Ohne zu begreifen, was sie tat, hörte Levarda ihre eigene Stimme: »Bei Lishar und Lethos schwöre ich, dich, Otis, zu schützen, zu ehren und zu lieben – im Licht und in der Dunkelheit.«

Die Anspannung in Lord Otis‘ Gesicht machte einem Lächeln Platz. Er führte ihre Hände zu seinem Mund, küsste sie und ließ sie schließlich los.

Levarda war entsetzt von dem, was sie soeben getan hatte. Wie konnten die Worte ohne ihren Willen über ihre Lippen kommen? Völlig verwirrt, hatte sie keine Ahnung, was um sie herum geschah. Wie in Trance nahm sie die Glückwünsche entgegen.

»Ich wusste nicht, dass Ihr so mit den alten Traditionen behaftet seid, Lord Otis«, hörte sie Lord Gregorius sagen.

»Ich nicht, hoher Lord, aber dort, wo meine Frau herkommt, ist Lishar ein Bestandteil des Lebens. Sie nimmt dieselbe Stellung ein wie Lethos.«

Erst, als das Licht der Sonne ihr Gesicht wärmte, bemerkte Levarda, dass ihr Gemahl sie aus der Sirkadel herausgeführt hatte. Ihr Verstand meldete sich und Zorn wallte in ihr hoch. Was, in Lishars Namen, war mit ihr los gewesen?

»Und Ihr seid sicher, dass Ihr keine Kutsche für den Weg nehmen wollt?«, fragte Lord Gregorius eben kopfschüttelnd.

Lord Otis schaute auf Levarda. »Soll ich dir helfen oder kommst du noch allein auf ein Pferd?«

»Wagt es nicht, mir nahezukommen«, fauchte sie. Ihre Hand griff in Sitas Mähne, und mit einem Schwung saß sie im Sattel, ohne dass ihre Füße die Steigbügel berührt hätten. Zum Glück trug sie ein Kleid aus Mintra, dessen Rock weit und dessen Material robust war, sodass es diese Behandlung nicht übel nahm. Es störte sie nicht, dass der Rock hochrutschte und den Blick auf ihre Wade freigab.

»Ich hoffe, Lord Otis, Ihr seid Euch sicher, dass Ihr die richtige Entscheidung getroffen habt«, kommentierte der hohe Lord mit einem vielsagenden Blick auf Levarda.

Ihr Gemahl schwang sich auf Umbra, sie wohlgefällig betrachtend.

»Ich war mir noch nie in meinem ganzen Leben so sicher.«

»Dann hoffe ich, dass Ihr beide lebend zurückkommt. Ich erwarte Euch in einer Woche.«

Levarda stieß Sita ungewohnt heftig die Fersen in die Seite, eine Behandlung, die die Stute mit Steigen beantwortete, bevor sie sich anschickte, aus der Hinterhand loszupreschen. Lord Otis manövrierte Umbra geschickt in den Weg und griff ihr in die Zügel.

»Ganz ruhig, mein Mädchen«, raunte er der Stute zu, »auf den Wiesen darfst du rennen, soviel du willst. In der Stadt möchte ich, dass du an meiner Seite bleibst.«

Auf der Stelle beruhigte sich Sita und verharrte brav an Umbras Seite.

Levarda beugte sich zu dem Ohr ihres Pferdes vor und flüsterte, laut genug für die Ohren ihres Gatten: »Verräterin, das wirst du mir büßen.«

21
STILLE

Nachdem sie den zweiten Ring passiert hatten und erste Blicke von Männern an Levardas Beinen hängen blieben, zog sie den Rock auf beiden Seiten bis zu ihren Knöcheln herunter. Weiter ging es nicht. Die Menschen erkannten Lord Otis auf Umbra und machten ihm Platz, ihr hingegen nicht. Unruhig tänzelte Sita, und sie lenkte sie dichter an Umbra heran, damit sie nicht einen Fußgänger verletzte.

Die Stute so nahe bei sich zu haben, veranlasste Umbra zu nervösem Ohrenspiel und Schweifschlagen.

»Es wäre besser, wenn du zu mir auf mein Pferd kämest. Ihr seid es beide nicht gewohnt, in einer Stadt zu reiten und die Forraner sind es nicht gewohnt, eine Frau auf einem Pferd zu sehen.«

»Ich würde auch reiten, wenn ich zu Euch hinüberwechsle.«

»Ja, aber säßest du im Damensitz vor mir, würde es keiner wagen, dir einen falschen Blick zuzuwerfen. Außerdem könnten wir dann Sita hinter Umbra laufen lassen, was meinem Hengst wesentlich mehr behagen würde, da dies der natürliche Platz einer Stute ist.«

Statt einer Antwort lenkte Levarda ihre Stute weiter von

Umbra weg. Wenn er sich in der Lage sah, sein Pferd durch das Gedränge zu lenken, könnte sie das mit Sita schon lange. Sie erwartete, dass er ihr einen Befehl erteilte oder sie zurechtwies. Stattdessen verfolgte er amüsiert ihre Anstrengung, Ruhe zu bewahren. Ihre Stute piaffierte, trat einmal nach dem Wagen eines Händlers aus, daraufhin ließ Levarda sie zweimal steigen, was ihr den notwendigen Platz verschaffte. Als sie den breiten Weg zum Stadttor erreichten, atmete sie auf.

AUF DEM OFFENEN FELD HINTER DER STADT GAB LEVARDA SITA die Zügel. Die Stute griff unter ihr weit aus, mit flach gelegtem Körper jagten sie zusammen über die Wiesen. Unter Levarda spielten die Muskeln des Pferdes. Das Tier war in ausgezeichneter Kondition. Auf den ersten Metern beschleunigte Sita in einem irrwitzigen Tempo.

Levarda lachte. Für den Moment vergaß sie ihren Zorn und genoss das unerwartete Gefühl der Freiheit, den Wind in ihrem Gesicht, das dumpfe Dröhnen der Erde, über die hinweg die Hufe ihres Pferdes donnerten. Von wegen – natürlicher Platz einer Stute! Es dauerte, bis Umbra Sita eingeholt hatte. In der Beschleunigung sowie auf kurzer Distanz zählte Sita selbst in Mintra zu den schnellsten Pferden. Erst nach zwei Decads ließ ihr Tempo nach.

Beide Pferde, ausgeruht und ausgezeichnet durchtrainiert, behielten ihr flottes Tempo bei. Lemar pflegte sie hervorragend.

Lord Otis wahrte Distanz, ließ ihr ihren Freiraum. Er führte sie nicht den direkten Weg zur Burg Ikatuk, sondern wählte einen Weg über einen Berg. Auf der Kuppe saßen sie ab. Es ärgerte sie, dass seine Aura völlige Entspannung und Zufriedenheit ausstrahlte, ein Muster, das sie bei ihm nicht kannte. Der Gedanke, dass seine Gemütsverfassung mit der Heirat zusammenhing, schürte ihren Missmut.

Es gab eine Quelle mit frischem Wasser. Levarda fühlte die

prickelnde Energie in diesem Stückchen Erde. Von der Stelle aus konnte man weit über das Land blicken, bis zu dem Gebirge Gestork, hinter dem das Territorium von König Shaid begann. Sie führte Sita zum Wasser und gemeinsam löschten sie ihren Durst. Sich an die Worte von Lemar vor langer Zeit erinnernd, löste sie nicht den Sattelgurt. In ihrer Satteltasche fand sie ein Tuch, tränkte es mit Wasser und wischte den Schweiß von ihrem Pferd. Sie konnte fühlen, wie Otis sie bei ihrer Arbeit beobachtete.

Zufrieden mit der Erfrischung, ließ sich die Stute einen Klaps auf die Kruppe geben und suchte sich einen Fleck mit saftigem Gras.

»Du solltest sie nicht frei rumlaufen lassen.«

»Mag sein, dass Euer Hengst das Weite sucht, wenn Ihr ihm die Chance gebt, was ich ihm nicht verdenken kann. Aber Sita bleibt bei mir.«

Sie wartete vergebens auf seine Antwort. Dabei wäre ihr ein Streit mit ihm gerade recht gekommen. Der Zorn über ihre Einfältigkeit loderte noch in ihr.

Nachdem Otis Umbra auf die gleiche Weise versorgt hatte, nahm er ein Seil und einen Pflock aus der Tasche, band das Seil um einen Vorderhuf und suchte eine Fläche zum Grasen für sein Pferd.

Levarda machte es sich auf einem Stein gemütlich, kreuzte die Beine, schloss die Augen und ließ den Wind ihr Gesicht streicheln. Otis setzte sich neben sie und breitete den Inhalt seiner Satteltasche zwischen ihnen aus. Brote, ein Stück gebratenes Fleisch, Äpfel, getrocknete Aprikosen, Feigen und Pramplon. Als sie nach einer greifen wollte, hielt er ihre Hand fest.

»Du hast genug Energie, die sind für mich.« Ein schelmisches Grinsen erschien auf seinem Gesicht, viel gefährlicher war jedoch der Ausdruck in seinen Augen.

Hastig entzog sie ihm ihre Hand.

»Kennst du die Geschichte von dem Krieg und der letzten Schlacht zwischen Forranern und Eldemarern?«

»Nein.«

»Willst du sie hören? Du könntest etwas daraus lernen.«

»Über das Töten?«

Er schwieg, sah zu dem Gebirge hinüber. Mit leiser Stimme begann er zu erzählen.

»Damals stand es schlecht um Forran. Die Eldemarer hatten viele Dörfer und Städte um ihre Grenzen erobert, und sie marschierten auf die Hauptstadt zu. Der hohe Lord führte selbst seine Garde in den Krieg zu einer Offensive.

In den ersten Schlachten konnten sie die Eldemarer zurückdrängen – bis ins Gebirge. Seit langer Zeit liegt es als Grenze zwischen beiden Ländern auf dem Gebiet von Eldemar. König Shahids Krieger kannten sich dort bestens aus.«

Er machte eine Pause.

»Was geschah dann?«

Seine leise Stimme hatte Levarda ungewollt in ihren Bann gezogen.

»Sie stellten eine Falle, aber die Forraner konnten sich mit Mut und kämpferischem Geschick daraus befreien. Allein der hohe Lord fehlte, als sich die Forraner neu formierten.

Als man ihn fand, stellte sich heraus, dass ihn ein Bär angefallen hatte. Ein unbekannter junger Mann rettete ihm das Leben – Bihrok.«

Sie wechselten einen vielsagenden Blick, aber Otis ging nicht auf die Sache ein.

»Sie zogen sich weiter zurück und berieten, wie sie die Eldemarer aus Forran vertreiben konnten, sodass sie in Zukunft keine weiteren Übergriffe wagten.«

Er zwirbelte einen Grashalm zwischen seinen Fingern. »In der Nacht kamen die Schatten. – Niemand hatte so etwas jemals erlebt. Schwärze wand sich wie ein Umhang um die Soldaten, drang in Körper und Geist ein. Manche der Männer befiel eine furchtbare Traurigkeit.« Seine Kiefermuskeln traten hervor, als er innehielt.

»Mein Vater sah Krieger, die sich selbst mit ihrem Dolch töteten. Alles schien verloren. – Bis ein helles Feuer ausbrach. Es raste um die Forraner, trieb sie in der Mitte zusammen. Zuletzt flammte es in die Wälder des Gebirges hinein und vertrieb jeden dunklen Schatten. Dort, von wo das Feuer herbeigeschossen kam, stand der junge Mann mit hoch erhobenem Schwert, und wo immer er mit ihm hinzeigte, dorthin liefen die Flammen. In dieser Nacht erlitten die Eldemarer eine furchtbare Niederlage.

Am nächsten Tag kamen der hohe Lord und König Shaid zu Verhandlungen zusammen. Der erste Friedensvertrag zwischen Eldemar und Forran wurde geschlossen.«

»Ihr habt mich belogen, als Ihr sagtet, in den Büchern von Larisan stünde nichts über die dunklen Schatten.«

»Du hast mich belogen.«

»Ich? Nein, Ihr.«

Er lachte: »Nein, ich meine ‚du', ich meine natürlich, ich, aber du kannst ‚du' zu mir sagen, Levarda, wir sind Mann und Frau. Auch nach dem Recht von Mintra.«

Sie runzelte die Stirn, kniff die Augen zusammen und kaute auf ihrem Brot.

»Wie lange willst du wütend auf mich sein?«

»*Ihr* habt mich benutzt, betrogen, belogen und manipuliert. – Für immer!«

Er nickte belustigt. »Das ist eine lange Zeit.«

Sie brachen auf. Am späten Abend kamen sie auf Burg Ikatuk an. Bernar und Rika begrüßten sie. Erstaunlicherweise trug es die Dienerin mit Fassung, dass Levarda nun Herrin auf Burg Ikatuk war. Levarda gab dem Diener ihren Umhang, dann folgte sie Rika die Treppe hoch. Sie wollte den Weg zu den Frauengemächern einschlagen, aber die Magd ging in die andere Richtung.

Sie blieb stehen. »Ich habe nicht vor, in den Räumen von Lord Otis zu schlafen.«

Anstatt irritiert zu reagieren, lächelte Rika. »Der Herr dachte, Ihr würdet gern ein Bad nehmen nach dem langen Ritt.«

Eine verlockende Aussicht. Sie erinnerte sich mit Genuss an das eingelassene Becken in seinem Zimmer. Nicht zu vergleichen mit der kleinen Zinkwanne, die sie sich in der Festung mit den anderen Hofdamen teilte und in der sie sich nie ausstrecken konnte.

»Kann ich den Raum abschließen?«

Erstaunt zog Rika die Augenbrauen hoch. »Wenn Ihr es wünscht.«

Levarda atmete befreit durch. »Ja, das wünsche ich.«

DIE DIENERIN HATTE EIN NACHTGEWAND HERAUSGELEGT. »Darf ich Euch zur Hand gehen?«

»Nein danke, den Rest schaffe ich allein.« Sie schloss die Tür ab, entledigte sich ihrer Kleidung und stieg in das heiße Bad.

Ein betörender Duft von Lavendel umschmeichelte ihre Nase. Levarda tauchte in ihr Element ein. Sie vergaß, wo sie sich befand, wie sie hergekommen war, dass sie verheiratet war, dass es Agilus gab, dass es Lady Smira gab. Für diesen Moment war sie nur sie selbst. Zweimal erhitzte sie das Wasser, dann ging die Türklinke.

»Levarda, bist du da drin?«

»Ja.«

»Warum hast du abgeschlossen?«, fragte er mit samtiger Stimme.

»Damit Ihr nicht herein könnt.«

»Lass das Wasser bitte drin. Ich möchte auch noch baden.«

Nachdem sie wusste, dass Lord Otis in seinen Räumen weilte, konnte sie das Bad nicht mehr genießen. Sie seufzte bedauernd und stieg heraus. Statt eines Handtuches nutzte sie die Luft und das Feuer zum Trocknen. Ihr Körper glühte von der Hitze des

Wassers. Einem biestigen Impuls folgend kühlte sie das Badewasser ganz ab, legte aber eine Schicht von Hitze obenauf, damit es nicht sofort auffiel. Sie zog ihr Nachthemd an, machte sich einen Nachtzopf und schloss die Tür auf.

Otis hatte seinen Waffenrock abgelegt, sein Hemd geöffnet und die Schuhe ausgezogen, die Hose hatte er noch an.

Levarda prallte gegen seine Energie und tat so, als würde sie die Hitze nicht bemerken, die sich diesmal in ihrem Innern ausbreitete. Das hatte nichts mit dem Licht zu tun und auch nichts mit ihrer Feuerenergie. Pures Verlangen nach ihm, nach seiner Berührung erfüllte sie. So oft hatte sie davon geträumt. Nein, auf keinen Fall würde sie diesem Bedürfnis nachgeben.

Er ließ sie an sich vorbeigehen.

In der Tiefe ihres Herzens wünschte sie sich, er würde sie aufhalten, an sich reißen. Röte schoss in ihr Gesicht und sie drückte den Gedanken gewaltsam nieder, bevor er sich mit der Vision vermischte, die sie damals in diesen Räumen gehabt hatte. Entsetzt von ihren Gefühlen und Empfindungen sprach sie still ein Gebet an Lishar.

Froh, sein Reich verlassen zu können, prallte sie gegen die verschlossene Tür. Als sie sich umdrehte, steckte sich ihr Gemahl eben den Schlüssel in die Hose.

Sie lächelte ihn charmant an. Immerhin kannte sie die Vorteile dieses Zimmers. Zielsicher ging sie auf die Geheimtür zu, betätigte den Hebel – und nichts passierte. Sie probierte es erneut, bevor sie sich zu Lord Otis umwandte, der immer noch, diesmal mit einem breiten Grinsen, im Türrahmen stand.

»Der Gang lässt sich verriegeln, damit man keine ungebetenen Gäste bekommt.«

»Ich dachte, ich hätte mich klar ausgedrückt. Ich werde das Bett nicht mit Euch teilen und Ihr wisst, wie gefährlich es sein kann, mir zu nah zu kommen.«

Mit einem Neigen seines Kopfes bestätigte er ihre Worte. »Keine Sorge, Levarda, ich bin kein Mann, der seiner Frau Gewalt antut oder etwas von ihr fordert, das sie nicht zu geben bereit ist. Aber wir können nicht riskieren, dass irgendein Zweifel an dem Vollzug dieser Ehe besteht.«

Er ging hinüber zum Bad, ließ die Tür offen, und noch im Gehen glitt sein Hemd zu Boden.

»Macht die Tür zu!«, rief Levarda hinter ihm her.

»Das kannst du gerne machen, wenn es dich stört.«

Hundemüde von all den seelischen und körperlichen Anstrengungen, dem ungewohnten Ritt, der frischen Luft und nicht zuletzt von dem heißen Bad, entschied sie sich, den Kampf für heute ruhen zu lassen. Sie kroch unter die Bettdecke. Aus dem Bad hörte sie einen Schrei, gefolgt von seinen Flüchen. Sie musste grinsen, schloss die Augen und schlief ein.

In der Nacht wachte sie auf. Er lag neben ihr im Bett unter der Decke, sie spürte die Wärme seines Körpers, fühlte und sah, dass er sie beobachtete. Sie konnte sein Gesicht im Schein des Vollmonds erkennen.

»Hört auf, mich so anzustarren«, befahl sie.

Mit ausgestrecktem Finger näherte er sich ihrem Gesicht, strich vorsichtig über ihre Nase. Ihr Schutzschild, vom Vollmond genährt, trennte ihre Feuer voneinander. Sie zuckte vor seiner Berührung nicht zurück. Sie wusste, dass sie diesem Mann Macht über sich gab, sobald sie Angst vor ihm zeigte. Er betrachtete fasziniert seine Fingerspitze, die für einen kurzen Moment silbern aufleuchtete, bevor sie verblasste.

»Ich habe dich noch nie so voller Energie gesehen.«

»Ja, und Ihr solltet vorsichtig sein, dann verschone ich Euch vielleicht.«

»Du würdest niemals einem Menschen mit deiner Kraft Schaden zufügen.«

»Nein, einem Menschen nicht.«

Sein Lächeln erstarb. »Und ich bin kein Mensch für dich«, stellte er leise fest.

Sie wollte ihre verletzenden Worte zurücknehmen, wusste

aber nicht, wie. Statt zu antworten, drehte Levarda ihm den Rücken zu.

Der Schlaf blieb aus. Sie konnte seine Nähe wie ein körperliches Brennen spüren. Ihre Vision schob sich als klares Bild vor ihre Augen. Ein leises Stöhnen entfuhr ihr.

»Vielleicht solltest du den Kräutern an den Bettpfosten Energie zuführen?«, spottete er.

Tatsächlich hingen an den vier Pfosten noch ihre Kräutersträuße. Nein, das waren neue. Jemand hatte viel mehr Lavendel darin verarbeitet. Wortlos stieg sie aus dem Bett, wanderte von einem Strauß zum anderen und führte ihnen Erd- und Wasserenergie zu.

Sein Blick folgte ihr.

Die Kräuter strömten einen intensiven, beruhigenden Duft aus. Der Mehranteil an Lavendel erhöhte die Wirkung. Sie nahm sich Zeit für die zwei Sträuße am Fußende, sog tief ihre Aromen ein. Sie ließ ihren Atem bis hinunter in ihr Kraftzentrum fließen und wieder heraus. Ein inneres Gleichgewicht stellte sich ein. Zuletzt ging sie zu dem Bündchen, das sich an Otis' Kopfende befand.

Er hatte die Augen geschlossen und sie hörte seine gleichmäßigen Atemzüge. Noch nie zuvor hatte sie ihn beim Schlafen betrachtet. Seine Gesichtszüge völlig entspannt, lag der Hauch eines Lächelns um seine Lippen. Die Führung seiner Augenbrauen und die fein modellierten Ohren waren ihr so vertraut von Agilus' Gesicht – Agilus, den sie liebte, als wäre er ihr eigenes Kind.

Seine Narbe war blasser als sonst. Sie wusste, woher sie stammte, das hatte sie damals gesehen, als sie seine Energie für die Heilung von Sendad nutzte. Nie war es ihr in den Sinn gekommen, ihm diesen Schmerz zu nehmen. Wie alt mochte er gewesen sein, als er mit ansehen musste, wie der Feind seine Mutter abschlachtete? Sie versuchte sich an das Gesicht in der Vision zu erinnern, es gelang ihr aber nicht. Sachte strich sie ihm über sein Haar, das sich erstaunlich weich anfühlte.

Am nächsten Morgen schlief sie lange.

Als Levarda die Augen aufschlug, befand sie sich allein im Bett. Sie hatte den Rest der Nacht tief und fest geschlafen. Neben ihrem Bett stand eine Truhe. Neugierig ging sie hin und öffnete den Deckel. Langsam ließ sie sich auf den Boden gleiten, starrte auf den Inhalt. Sie griff hinein, zog Hosen, Hemden, Westen, Jacken heraus. Ihre alten Sachen aus Mintra, hier auf Burg Ikatuk? Sogar ihre Lieblingsjacke hielt sie nach einigem Wühlen in den Händen. Sie zog sie über ihr Nachthemd an, sog tief den Geruch des feingegerbten Leders ein. Kaja, ihre Mutter, hatte sie vor einer Ewigkeit liebevoll mit den Symbolen von Sonne, Mond, Wasser, Erde, Luft und Feuer bestickt.

Die Tür öffnete sich und Lord Otis kam mit einem Tablett herein, beladen mit Essen für mindestens vier Personen. Er stellte es in die Mitte des Bettes und machte es sich mit gekreuzten Beinen auf seiner Seite bequem – mit einem schelmischen Grinsen im Gesicht und leuchtenden Augen.

Levarda biss sich auf die Lippen. Sie erinnerte sich an ihre gemeinen Worte in der Nacht. Sie hatte selbst die Entscheidung getroffen, ihn zu heiraten. Er hatte sein Versprechen gehalten, war ihr im Bett nicht zu nahe gekommen, weder körperlich noch energetisch.

»Ich sehe, du hast die Truhe entdeckt.«

»Woher habt Ihr die Sachen?«

»Deine Mutter hatte sie für Dich zusammengestellt.«

»Aber wann?«

»Die erste Sendung aus Mintra.«

»Und seitdem ...«

»Sind sie hier.«

Sie strich mit ihren Händen über die Ärmel, hätte vor Freude am liebsten gejauchzt und sich gedreht, so wie damals, bei ihrem ersten Besuch hier, als sie das Kleid von Larisan getragen hatte. Sie setzte sich auf das Bett.

»Das sieht lecker aus.«

Er sah sie belustigt an. »Greif zu und iss. Wir haben einen anstrengenden Tag vor uns.«

»Es tut mir leid, dass ich gestern Abend so gemein zu Euch war.«

»Nein, du warst nicht gemein zu mir, nur ehrlich.« Seine Antwort tat ihr weh, denn er hatte recht.

Kurz darauf saßen sie auf ihren Pferden, und Lord Otis zeigte ihr das Gebiet, das zu seinem Besitz gehörte, und seit ihrer Heirat auch zu ihrem. Gemeinsam besuchten sie die Pächter seines Landes.

Überall, wo er hinkam, begegneten die Menschen ihrem Gemahl mit Achtung. An einem Feld standen zwei Männer, der eine hockte auf der Erde, zerbröselte den trockenen Dreck zwischen den Händen. Der Lord lenkte Umbra zu ihnen. Die Männer, vertieft in ein Gespräch, bemerkten seine Anwesenheit erst, als er sie ansprach.

»Sieht es überall so aus, Fabas?«

Der Angesprochene stand auf und verbeugte sich, so wie es der andere bereits getan hatte.

»Mylord, verzeiht, ich dachte nicht, dass ich Euch heute hier sehen würde.« Er warf ihnen einen neugierigen Blick zu, riss die Augen auf, als er Levardas Kleidung bemerkte. Seine Augen wanderten zurück zu seinem Herrn, der ihn streng ansah.

»Meine Gemahlin, Fabas, Lady Levarda.«

Der Mann verbeugte sich hastig vor ihr. »Es ist mir eine Ehre, Mylady.«

»Ihr habt meine Frage nicht beantwortet.«

»Ja, Mylord es sieht im Moment überall so aus. Wir haben im

Frühjahr gepflanzt, es gab genügend Regen und Wärme. Doch jetzt verdorrt uns das Getreide auf dem Acker. Bei dem Gemüse und Obst bleibt uns noch Zeit, aber das hier –«, mit einer weit ausladenden Geste zeigte er auf die Felder. Otis glitt vom Pferd und Levarda folgte seinem Beispiel. Er bückte sich, bohrte Zeige- und Mittelfinger tief in die Erde. Als Nächstes nahm er das Blatt einer Pflanze, zerrieb es zwischen Daumen und Mittelfinger. Kannte er sich nicht nur mit dem Schwert, Kampf, Tanz, Politik, sondern auch mit dem Ackerbau aus?

»Es zeigt sich noch Feuchtigkeit.«

»Ja, aber die Pflanzen brachte Euer Großvater Kilja, Lethos habe ihn selig, von seiner langen Reise mit. Sie sind überaus widerstandsfähig und kommen mit einer Dürre zurecht. Anders sieht es bei dem Getreide dort drüben aus.«

Otis drückte Levarda die Zügel seines Pferdes in die Hand und gemeinsam mit den zwei Pächtern wanderte er über die Felder. Ihr Gemahl hörte die Ausführungen von Fabas an, und auch der zweite Mann begann sich an dem Gespräch zu beteiligen, nachdem er erst Abstand gehalten hatte.

Levarda bückte sich und betrachtete die Pflanze. Sie legte ihre Hand auf den Boden, schloss die Augen. Das Grundwasser befand sich zu weit entfernt für die Wurzeln. Dieser Fabas hatte recht, es bestand die Gefahr, dass die Frucht des Getreides vertrocknen würde. Die Gruppe kehrte zu ihr zurück.

»Ruft die Pächter zusammen, Fabas, wir werden morgen entscheiden, was wir machen. Bis dahin möchte ich eine Aufstellung aller Vorräte aus dem letzten Jahr sowie die Anzahl der Frauen, Männer und Kinder, unterteilt in Altersgruppen.

»Sehr wohl, Mylord.«

Levarda schwang sich mit einem eleganten Sprung auf Sita, Otis folgte ihrem Beispiel.

»Mylord?«

»Ja, Fabas?«

»Wir freuen uns, dass Ihr Euch eine Frau ins Haus geholt

habt.« Er verbeugte sich vor Levarda. »Mögt Ihr fruchtbar sein und unserem Herrn einen würdigen Nachfolger schenken.«

Levarda fühlte die Röte in ihrem Gesicht aufsteigen, wendete hastig ihre Stute und preschte davon, ohne dem Mann eine Antwort zu geben. Erst außer Sichtweite parierte sie Sita durch. Otis schloss zu ihr auf, ein anzügliches Grinsen auf den Lippen. Sie wartete darauf, dass er eine Bemerkung machte, doch er schwieg.

»Wohin reiten wir?«

»Zu jemandem, der mir helfen kann.«

Sie stoppte ihr Pferd. »Wobei?«

Er ließ Umbra weiterlaufen, achtete nicht darauf, ob sie ihm folgte.

»Bei meinem Problem mit dem Wasser.«

Sie ritten durch ein Dorf bis zu einer Hütte, die am äußeren Rand der Siedlung lag. Otis erklärte ihr, dass der Pächter, den er besuchen wollte, früher einmal der Müller der Gemeinde gewesen war und sich am besten mit den Fragen rund um das Getreide auskannte.

Der Alte saß auf einer Bank vor seiner Hütte. Ihr Gemahl stieg ab. »Du kannst auf deinem Pferd bleiben, es wird nicht lange dauern.« Aus seinen Satteltaschen holte er Essensvorräte. Die beiden sprachen miteinander.

Levarda sah sich um, und ihr fiel der liebevoll gepflegte Garten auf. Otis, der sich vor den Alten gehockt hatte und seine Hände hielt, erhob sich, nahm die Vorräte und begab sich in die Hütte. Erstaunt, dass er den Mann berührt hatte, betrachtete sie ihn genauer. Sie bemerkte seinen starren Blick, stieg von Sita ab, ging hinüber und hockte sich vor ihm auf den Boden.

Mit einem Lächeln wandte er sich ihr zu, ohne in ihr Gesicht zu sehen. Milchig-trübe Augen blickten an ihr vorbei.

»Warum seid Ihr vom Pferd gestiegen, gnädige Frau?«

»Wie könnt Ihr wissen, dass ich es bin und nicht Lord Otis?«, fragte Levarda neugierig.

Er lachte. »Weil Ihr Euch viel zarter bewegt als er und außerdem besser riecht.«

Sie musste lachen.

»Wie ist das mit Euren Augen passiert?«

»Vor langer Zeit, als die Eldemarer über das Dorf herfielen, da verbrannten sie meine Mühle. Meine Frau und unsere drei Töchter hatten Zuflucht gesucht und versteckten sich darin. Ich wollte sie retten, aber ein Balken stürzte auf mich nieder. Seit dem Tag kann ich nicht mehr sehen.«

»Was passierte mit Eurer Familie?«

»Sie starben in dem Brand, und seitdem bin ich ein nutzloser alter Mann.«

»Erzählt meiner Frau nicht so einen Unsinn, Anthis, Ihr seid nicht nutzlos. – Schau dir seinen Garten an.«

Ja, der Garten stand in einem erstaunlichen Kontrast zu dem übrigen, trockenen Land.

»Er versorgt die Gemeinde mit Gemüse, Früchten und Nüssen.«

»Und Euer Lord Otis bringt mir dafür Fleisch und Mehl.«

In Anthis‘ Stimme lagen Zuneigung und Wärme.

»Wollt Ihr mich sehen?«, fragte sie sanft.

Der Gesichtsausdruck des alten Mannes zeigte Verwirrung. »Ich kann Euch nicht sehen.«

Sie nahm seine rechte Hand und legte sie an ihre Wange, dann nahm sie seine linke Hand.

Er verstand. Langsam, mit sanften Fingern, tastete er ihr Gesicht ab. Seine Augen begannen zu leuchten. Levarda konnte ganz leicht eine Energie des Wassers in dem Mann fühlen, der wahre Grund, weshalb sie ihm das Sehen mit den Händen erlaubt hatte.

»Ich kann Euch sehen. Ihr seid wunderschön.«

Sie lachte, seine Finger lagen an ihrem Mund und er lachte mit ihr.

»Vorsicht, Anthis, sie ist meine Frau.« Lord Otis trat hinter sie und der alte Mann zog seine Hände zurück.

»Komm, Levarda, wir müssen weiter.«

Sie nahm die Hand des alten Mannes und drückte einen Kuss darauf. »Darf ich Euch einmal besuchen kommen?«

»Wann immer Ihr wollt, sofern es Euer Gemahl erlaubt.«

Nachdenklich ritt sie hinter Lord Otis her. Der Garten des Mannes hatte Wasser, weil er seine Energie nutzte, um Wasser aus dem Boden zu ziehen. Sein Vorteil lag darin, dass das Grundwasser sich an dieser Stelle viel dichter an der Oberfläche befand. Dennoch ahnte sie die mühselige und anstrengende Arbeit dahinter. Für einen kleinen Garten mochte das funktionieren, für ein Gebiet in der Größe der Besitztümer ihres Mannes nicht. Sie fragte sich, wie viele Menschen mit ihrem Leben von ihm abhingen.

Sie kamen in einen Wald, doch anstatt ein grünes Dach zu bilden, hingen auch hier die Blätter müde von den Ästen.

Levarda zügelte Sita und stieg ab. Sie schob die Kapuze ihres Mantels zurück. Lord Otis parierte Umbra durch und wandte sich zu ihr um.

»Was ist?«

Levarda antwortete nicht. Ihr war eine Idee gekommen – für etwas, das sie noch nie probiert hatte. Was, wenn sie das Wasser nicht aus dem Boden, sondern aus dem Himmel holte? Der alte Mann hatte nur die Kräfte des Wassers nutzen können. Doch sie konnte mehr Elemente mit ihrem Willen lenken.

Sie sammelte ihre Energie, trennte alles, was sie nicht für ihr Leben benötigte, ab, breitete die Arme aus. Ihre Sinne tasteten in die Weite des Horizonts auf der Suche nach Feuchtigkeit. Sie verdichtete die Luft, kühlte sie ab, was all ihre Konzentration erforderte. Aus all ihren Poren rann der Schweiß ihren Leib herab, ein winziges Stück mehr, nur noch ein bisschen. Sie erinnerte sich an ihren Zorn, der die Erde zum Beben gebracht und einen Sturm heraufbeschworen hatte. So musste sie ihre Energie fließen lassen.

Sie verlor die Gewalt über ihre Kräfte. Ihr Körper fing unkontrolliert an zu zittern, ihr Amulett glühte auf und unterbrach den Strom.

Bevor sie auf den Boden stürzen konnte, hatte Lord Otis sie bereits in seinen Armen aufgefangen.

Donner grollte über den Himmel, der sich verdunkelt hatte, sachte prasselte der Regen auf sie nieder. Gierig saugte die Erde die Nässe auf.

»Verdammt, Levarda! Wie kannst du nur so leichtsinnig sein!«

Warme Flammen umhüllten sie, ihr Schutzschild brach zusammen, ließ seine Energie zu ihr durch. Das Licht in ihr, entzündet von seinem Zorn und seiner körperlichen Nähe, schoss durch ihre Adern, weckte ein tiefes, unersättliches Verlangen nach ihm. Anstatt zu antworten, zog sie sich an ihm hoch und küsste ihn gierig auf den Mund.

Überrascht von ihrem Angriff, zögerte er kurz, bevor er sie an sich zog. Seine Lippen öffneten sich und erwiderten den Kuss in einer Art, wie sie es nicht erwartet hatte. Sanft, voller Wärme nahm er sie in Besitz. Drang mit seinem Feuer in jeden Winkel ihres Körpers, weckte mit seinen Händen, die ihren Weg unter ihr Hemd fanden, uralte Instinkte. Völlig ausgesaugt von der Anstrengung, das Wasser aus dem Himmel zu holen, spürte sie eine neue Kraft in sich. Sanft nahm sie ihn in sich auf, ließ sein Feuer durch ihre Adern fließen, verzehrte sich danach, musste ihren Hunger stillen. Ein kurzer Schmerz ließ sie innehalten, die Augen öffnen.

Liebevoll strich er ihr Haar aus dem Gesicht, verharrte regungslos auf ihr. Er senkte seine Lippen auf ihre und ihr Verlangen erwachte erneut, viel intensiver, genährt von seiner Berührung und seiner Bewegung. Das Gefühl von Vollkommenheit und Einssein mit allem Leben raubte ihr den Atem.

. . .

Feiner Sprühregen voller Wärme benetzte die Erde. Dort, wo sie sich geliebt hatten, wuchs dichtes Gras. Blumen verströmten einen betörenden Duft. Die Blätter der nahe stehenden Bäume bildeten ein schützendes Dach über ihnen.

Otis lag nackt auf dem Rücken, Levarda hatte ihren Kopf auf seine Brust gebettet. Sein Arm hielt sie fest umfangen, die andere Hand spielte mit ihren Haaren. Die Hitze seines Feuers trocknete das wenige Wasser, das durch die Blätter zu ihnen drang.

Levarda hatte die Augen geschlossen und fühlte dem Pulsieren ihres Körpers nach. Ein Rausch der Sinnlichkeit, frei von jeder Angst vor zerstörerischer Energie, hatte sie fortgetragen. Alles, was sie selbst nicht brauchte, ließ sie in die Erde, die Luft und das Wasser strömen.

Leise lachend küsste Otis ihren Kopf.

»Das wird nicht einfach werden in einem geschlossenen Raum«, wisperte er in ihr Haar.

Levarda strich mit ihren Lippen über seine nackte Brust. »Nein, aber es ist ein fruchtbarer Segen für das Land.« Sie arbeitete sich langsam mit Küssen seinen Körper hoch. »Lass uns eine andere Stelle suchen.«

Er hob sie in seine Arme und suchte ein ausgedörrtes Plätzchen Erde für ihre Liebe.

Die Woche verging wie im Flug. Jeden Tag ritten sie aus. Jeden Tag zeigte ihr Otis ein Stückchen mehr von dem Land, das zu seinen Besitztümern zählte. Nach dem langen Regen sah man überall die Pächter auf ihren Feldern bei der Arbeit. Die Menschen machten einen wohlgenährten Eindruck, trugen Kleidung aus festen Stoffen, die Levarda deutlich machten, dass niemand hier in Armut lebte.

Levarda lernte die Komplexität im Leben eines Lords und

seiner Untergebenen kennen. Im Grunde ähnelte es der Gesellschaft in Mintra, wenn auch mit ein paar wesentlichen Unterschieden.

Seinen Titel erbte der Mann hier durch Geburt, genauso wie die Pächter. Der Lord traf die Entscheidungen, trug die Verantwortung für seine Untertanen und ihren Schutz. Dafür bewirtschafteten sie sein Land, traten in seine Dienste, als Magd, Knecht oder Soldat.

An der Art, wie die Menschen Otis entgegentraten, spürte Levarda sein Ansehen und den Respekt, der ihm entgegengebracht wurde. Sie lernte förmlich einen völlig anderen Lord Otis kennen: unbeschwert, in schlichter Kleidung, mit einem fröhlichen, ansteckenden Lachen und voller Zärtlichkeit ihr gegenüber. Es fiel ihr schwer, diesen mit dem Mann zusammenzubringen, den sie bisher kannte. Er hatte ihr etwas Wertvolles geschenkt – das Gefühl, eine Frau zu sein. Und sie versprach sich selbst, eines Tages den Mut aufzubringen, ihm ebenfalls ein Geschenk zu machen: ihm seinen Schmerz zu nehmen. Es würde dauern, bis Otis seinen Schutzschild fallen lassen konnte. Solange musste sie warten. Sie schwor sich, ihn nicht zu bedrängen, sondern geduldig mit ihm zu sein. So geduldig, wie er sich ihr gegenüber verhalten hatte. Wenn sie sich liebten, kam er immer zu ihr, hielt sie aus seinem Innersten fern, als hüte er ein Geheimnis.

Die meiste Zeit verbrachten sie in den Wäldern und am See. Gemeinsam jagten sie, schliefen auf dem Boden, bedeckt von dem Sternenzelt am Himmel. Sich in dem See zu lieben, gab ihr neues Wissen um die Kraft in ihrem Körper. Hier, in ihrem Element, konnte sie die Kontrolle völlig aufgeben, ohne dass einer von ihnen zu Schaden kam.

»Sendad hat recht, dieser Ort ist etwas Besonderes für mich und wird es immer sein.«

Otis stützte seinen Kopf auf die Hand und betrachtete ihren nackten Körper, während das Wasser sie umspülte. Es machte ihr nichts aus, wenn er sie so sah. Im Gegenteil – sie liebte es, sein Verlangen nach ihr in seinen Blick zu sehen.

»Liebst du ihn?«

Sie schloss die Augen. »Ja.«

In seinem Inneren loderte es auf. Auch wenn er sie fernhielt, sah sie seine Gefühle besser und nahm sie intensiver wahr.

Sie beschwichtigte ihn: »Du bist eifersüchtig. Jetzt weiß ich, was mich geplagt hat, als ich damals in der Nacht Adrijana zu dir schickte.«

Die Flamme ebbte ab.

»Ich liebe ihn nicht so wie dich«, sprach sie das erste Mal laut aus, was sie für ihn empfand. Sie drehte sich um, stützte ebenfalls ihren Kopf auf die Hand. Mit der anderen fuhr sie die Gesichtslinien ihres Gemahls ab. Ihre Finger wanderten weiter über seine Brust.

Stöhnend ließ sich Otis ins Wasser fallen. »Nicht schon wieder.«

»Wir haben noch nicht alles herausgefunden«, beschwerte sie sich.

LEVARDA SCHWOR SICH, DIE ERINNERUNG AN DIESE KOSTBARE Zeit lebendig zu halten, als sie in die Festung zurückkehrten.

Nachdem sie ihre Pferde abgegeben hatten, standen sie in der Eingangshalle, wo sie überrascht feststellte, wie schwer es ihr fiel, Otis loszulassen. Ihre Hand glitt nur widerstrebend aus der seinen.

Es zuckte in seinem Gesicht, dann packte er zu und schob sie hinter die nächste Säule, wo er sie an sich zog. Inzwischen ging es mit dem Küssen auch in einem Gebäude gefahrlos, nachdem sie häufig geübt hatten.

»Anscheinend war es nicht nur politisches Kalkül, das Euch zur Heirat bewegte«, überfiel sie die Stimme des hohen Lords.

Sie ließen voneinander ab. Im Gegensatz zu Levarda schien Otis die Situation keineswegs unangenehm zu sein.

»Ihr seht verändert aus, Lady Levarda. Eine verheiratete Frau zu sein, steht Euch.«

Sie knickste. »Danke hoher Lord. Ich werde zu Eurem Sohn gehen und schauen, ob alles in Ordnung ist.«

»In der Tat eine ausgezeichnete Idee. Sein Temperament bringt meine Gemahlin bereits an den Rand ihrer Kräfte, und damit auch mich.«

Otis hielt immer noch Levardas Hand fest. Sie drehte sich um und ihre Hände lösten sich langsam voneinander.

»Ich hoffe, Eure Frau lenkt Euch nicht von Euren Pflichten ab, Lord Otis.«

»Keine Sorge, hoher Lord, die Ablenkung war größer, als sie noch nicht mir gehörte.«

Levarda musste bei seinen Worten schmunzeln, obwohl sie seine Besitzansprüche ärgerten. Sobald sie sich auf dem Weg zu den Frauengemächern befand, fehlte ihr seine Gegenwart, die Wärme seiner Energie, die Möglichkeit, ihn jederzeit zu berühren, wenn sie das Verlangen danach verspürte.

Sie fand Agilus in Lady Smiras Nebenzimmer, wo die Türen offen standen. Schon von draußen konnte man außer Agilus' Geschrei hören, wie Lady Smira die Amme anfauchte, gefälligst dafür zu sorgen, dass er damit aufhörte.

Agilus sah sie als Erster. Er schnappte nach Luft und seine Tränen versiegten. Ihre Cousine ließ sich erschöpft in den Sessel fallen. »Was für ein Segen. Ihr seid wieder da.«

Die Amme drückte ihr Agilus in die Arme und Levarda tanzte mit dem Baby durch den Raum, machte Späße, warf es in die Luft und tobte mit ihm herum. Lady Smira betrachtete die beiden kopfschüttelnd, aber entspannt.

Mitten im Spiel schlief das Kind auf dem Boden ein. Levarda streichelte zärtlich sein Köpfchen mit den blonden Haaren.

»Ich dachte, die Heirat hätte Euch ein wenig ausgeglichener

gemacht, doch ich sehe – das Gegenteil ist der Fall. Aber das ist ja nun das Problem Eures Mannes.« Nachdenklich glitten ihre Augen über Levarda. »Ihr seht verändert aus – glücklich.«

»Das bin ich, und Ihr solltet es auch sein, denn ich werde immer für Euch da sein können.«

»Das ist wunderbar. Die letzten Tage waren anstrengend. Hamada war nicht sehr erfreut über Eure plötzliche Heirat, und Gregorius habe ich noch niemals so zornig erlebt wie in dem Moment, als der Bote mit Prinz Tarkans Heiratsantrag eintraf.«

Levarda biss sich auf die Lippen. Daran hatte sie nicht mehr gedacht.

»Hat er seinen Besuch abgesagt?«

»Nein, zum Glück nicht. Gregorius war sehr erleichtert. Er sagt, Lord Otis hätte mit der Heirat einen Krieg heraufbeschwören können.«

»Das ist lächerlich. Niemand beginnt einen Krieg wegen einer Frau.«

»Euer Wort in Lethos' Ohren.« Müde schloss Lady Smira die Augen.

»Was ist mit Euch? Fühlt Ihr Euch nicht wohl?«

Sie ging zu ihr und nahm ihre Hand, schickte ihre Sinne in den vertrauten Körper. Ein winziges, schwaches Zeichen neuer Lebensenergie pulsierte dort. Levarda konnte ihr Glück kaum fassen. Sie war zum zweiten Mal schwanger – vom hohen Lord. Sie prüfte, ob sie irgendwelche Schatten in ihrem Körper wahrnahm, aber alles schien in Ordnung. Sie öffnete die Augen.

Ihre Cousine sah sie an. »Ich bekomme ein Kind, nicht wahr?«

Sie nickte. Diesmal von dem Mann, der es zeugen sollte.

Lady Smira stöhnte.

»Ihr solltet Euch freuen und nicht stöhnen«, schalt Levarda sie.

»Wir sprechen uns, wenn Ihr schwanger seid.«

Das brachte Levarda zum Schweigen. Sie hatte keine Ahnung, ob sie in der Lage war, ein Kind zu empfangen und auf die Welt zu bringen. Wie jedes andere Mädchen in Mintra hatte sie einen Beutel bekommen, als sie das Alter erreichte, aber ihr Meister hatte ihr erklärt, dass sie niemals einem Kind das Leben schenken könne. Die Energie der vier Elemente war viel zu stark in ihrem Körper.

Als sie an ihr Liebesspiel mit Otis dachte, breitete sich ein Glücksgefühl in Levarda aus. Er war geschickt und stark genug gewesen, mit der Gefahr umzugehen, die von ihr ausging, wenn sie die Kontrolle verlor. Eine dunkle Wolke schob sich vor das Gefühl. Ein beginnendes Leben würde dieses Geschick nicht besitzen.

Mit trübsinnigen Gedanken ging sie zu ihrem Turmzimmer und setzte sich auf das Fenstersims. Eine Woche lang hatten sie sich geliebt, ohne auf die Idee zu kommen, den Beutel zu nutzen. Weshalb auch, sie waren verheiratet, Mann und Frau. Aber Otis hatte zwischendurch einige Blessuren in Kauf nehmen müssen, die sie zum Glück heilen konnte. Ein anderer Mann ohne seine Kraft und seine Fähigkeiten hätte die Liebe mit ihr kaum überlebt.

Um wie viel verletzlicher wäre ein kleines Wesen in ihrem Innern, so dicht an der Stelle, wo ihre Energie am stärksten pulsierte. Sie schloss die Augen und erforschte ihren Körper, konnte keine Veränderung feststellen und atmete auf. In Zukunft mussten sie vorsichtiger sein.

LEVARDA BESUCHTE LADY ELUIS. ERSCHROCKEN ÜBER DIE Zerbrechlichkeit ihrer Freundin nach der einen Woche ihrer Abwesenheit, nahm sie ihre Hand. Deutlich konnte sie fühlen, dass der Frau in diesem Leben nicht mehr viel Zeit blieb, und verbrachte den Tag an ihrer Seite.

Abends kehrte sie in ihren Turm zurück, und Adrijana half ihr beim Zubettgehen. Die Wiege stand an ihrem Platz im Zimmer.

Die Amme brachte Agilus vorbei, nachdem er gegessen hatte, und Levarda nahm ihn mit in ihr Bett.

Der Gedanke, heute Nacht allein zu schlafen, fühlte sich unerträglich an. Sie spielte ein Fingerspiel mit dem Säugling, der leise brabbelnd versuchte, ihre Bewegungen zu imitieren. Sie bemerkte Otis erst, als er ihr einen Kuss aufs Haar drückte, sie weiter in das Bett schob, damit er sich zu ihr legen konnte.

»Du willst ihn aber jetzt nicht die Nacht über hier behalten, oder?«

Sie ließ sich gegen seine Brust sinken. »Bleibst du bei mir?«

Er küsste ihre Augenlider. »Du hast doch nicht ernsthaft geglaubt, ich würde dich allein schlafen lassen?«

Statt einer Antwort umschlang sie ihn und kuschelte sich an ihn. Augenblicklich begann Agilus zu weinen. Sie ließ Otis los und nahm das Kind in ihren Arm.

Otis seufzte. »Ich wusste, dass ich dich teilen muss, sobald wir in der Festung sind, aber gib mir wenigstens das Gefühl, dass ich dir genauso wichtig bin wie dieser kleine Mann.«

Er stand auf und nahm ihr Agilus geschickt ab.

»Pass mal auf, kleiner Lord, das ist meine Frau, und wenn du groß bist, kannst du dir eine eigene suchen. Du bist hier geduldet, aber dein Bett ist genau – da.«

Er hatte die Wiege erreicht und legte ihn hinein. Agilus begann zu protestieren. Sein Vater sah ihn streng an.

»Wage es nicht, zu widersprechen, sonst bist du schneller raus aus dem Zimmer, als du sprechen kannst.«

Agilus fügte sich und Otis kam zurück ins Bett. Er legte seinen Kopf auf Levardas Brust und sie umschlang ihn mit ihren Armen.

»Wie schafft du es, dich mir zu nähern, ohne dass ich es merke?«

»Ungefähr so, wie du es immer geschafft hast zu vergessen, dass ich in deiner Nähe bin.«

»Das habe ich nicht.«

»Das hast du ständig und zu meinem Ärger. Dann bemerkte ich, wie es geht, und habe es zu meinem Vorteil genutzt.«

»Und wie funktioniert es?«

»Das verrate ich dir nicht.«

Sie spürte seine Müdigkeit und Erschöpfung, und bald schlief er tief und fest.

22

ÜBERFALL

Die Tage folgten ihrem alten Rhythmus, nur besaß Levarda viel mehr Freiheiten. Sie konnte kommen und gehen, wie es ihr behagte. Es standen keine Soldaten vor ihrem Wachturm, die Tür wurde nicht verriegelt, und als sie Otis erklärte, sie würde am Nachmittag gern Celina besuchen, sagte er nur: »Mach, was immer du möchtest, mein Mondlicht.« Und er küsste sie zärtlich auf den Mund.

Celina freute sich, als Levarda vor der Tür stand, genauso wie Levitus.

Sie hatte einen Beutel voll Silberlinge mitgebracht, da sie gerne mit Celina auf den Markt gehen wollte. Sie ließen Levitus bei der Magd zurück, nahmen den Diener mit und gingen.

Wie beim ersten Mal war Levarda von der Vielfalt der Menschen beeindruckt, die sich dort tummelten, und von der angebotenen Ware. Sie kaufte verschiedene Kräuter ein, sie fanden Stoffe, die sich Celina für ein neues Kleid mitnahm. Gemeinsam schlenderten sie an den Ständen vorbei. Während ihre Begleiterin die Schmuckstände inspizierte, suchte sie die Kräuterstände auf.

Ein Stand zog Levardas Aufmerksamkeit auf sich, wo ein

Mann Heilmittel vor einer Menge von Menschen anpries. Levarda näherte sich neugierig dem Geschehen. Eine Frau mit einer Warze, die ihr Kinn verunzierte, stand bei dem Mann.

»Seht Euch die Hässlichkeit dieser Frau an«, rief er gerade. »Mein Mittel wird sie verschwinden lassen, sodass ihr eigener Mann sie nicht mehr wiedererkennen wird.«

»Nur zu, wenn er mich nicht erkennt, kann ich mir auch einen anderen suchen.«

Gelächter erschallte aus der Menge.

»Nur, dass dich keiner nehmen wird, Birte, denn wir alle wissen, weshalb du eine Warze im Gesicht trägst!«, rief ein Mann der Frau zu.

Die winkte nur wegwerfend und machte eine anzügliche Bewegung mit dem Oberkörper. »Ich werde dich erinnern, wenn du das nächste Mal zu mir gekrochen kommst, Gilbald. Und nun gebt mir das Zeug, guter Mann, ich habe nicht den ganzen Tag Zeit.«

Der Mann gab ihr eine kleine Phiole mit einer dunklen Flüssigkeit. Die Frau drückte ihm Geld in die Hand und verschwand.

Levarda folgte der Frau durch die Gassen, ihr Interesse war geweckt und sie wollte wissen, worum es sich bei der Flüssigkeit handelte. Ein Heilmittel, wie es der Mann anpries, konnte auf zwei Weisen funktionieren: Entweder die Frau musste es äußerlich auf die Warze auftragen oder die Flüssigkeit trinken, sodass sich die Verunreinigung von innen löste. In beiden Fällen wäre das Heilmittel für sie eine Bereicherung. Sie sah, wie die Frau bei einem Wirtshaus in den Hintereingang schlüpfte. Während sie noch überlegte, ob sie ihr folgen sollte, hörte sie einen gellenden Schrei von drinnen.

Ohne zu zögern trat sie in den Gang. Ihre Augen brauchten einen Moment, um sich an die Dunkelheit des Raumes zu gewöhnen. Sie befand sich in einer Art Lager, angefüllt mit Bier- und Weinfässern, Kisten mit Nahrungsmitteln und Fleisch. Zwischen den Kisten huschte und wuselte es – Ratten.

Die Frau lag zusammengekrümmt auf dem Boden, die Phiole zerbrochen neben sich. Eine Spur von dunkler Flüssigkeit rann aus ihrem Mundwinkel. Ihre Augen waren verdreht und nur noch das Weiße sichtbar.

Levarda beugte sich zu ihr, legte ihr eine Hand auf die Stirn, nahm mit der anderen Birtes Hand. Die Frau röchelte, ihr Atem ging flach, aber sie lebte.

Levarda konzentrierte sich und schickte einen Heilimpuls in den Körper der Frau. Er versank in einem Meer von Dreck, der sich durch die Adern zog. Dennoch holte er die Frau zurück ins Bewusstsein. Sie überlegte, wo sie mit der Heilung beginnen konnte. Sie brauchte als Ausgangspunkt einen Platz im Körper, der rein war. Während sie ihre Sinne in den Körper der Frau ausstreckte, kam Birte ganz zu sich. Sie zog ihre Hand weg und kroch blitzschnell davon.

»Was macht Ihr da?«, kreischte sie.

»Ich möchte dir helfen«, erwiderte Levarda mit ihrer sanftesten Stimme. Sie sah die Panik im Gesicht der Frau.

»Ihr habt mir Schmerzen gemacht.«

»Ich habe dir geholfen. Das Zeug, das du getrunken hast, verursachte die Schmerzen.«

Die Frau starrte auf die zerbrochene Phiole. Dann packte sie sich ins Gesicht. Die Warze war verschwunden. Sie grinste breit, ein fiebriger Glanz trat in ihre Augen. »Es hat geholfen.«

Verärgert runzelte Levarda die Stirn. »Es hat dich fast umgebracht. Gib mir deine Hand, damit ich dir helfen kann.«

Eine Tür wurde aufgerissen. Lärm drang in das Innere des Lagers. »Birte, erheb gefälligst deinen faulen Hintern, die Gäste wollen bedient werden. Brauchst du erst wieder eine Abreibung, bevor du spurst?«

»Halt dein Maul, ich komme ja.« Die Frau rappelte sich auf und wollte an ihr vorbei.

Levarda hielt sie fest. »Sei vernünftig und lass mich dir helfen.«

Die Frau schüttelte sie los. »Fasst mich nicht an oder ich rufe meinen Mann, der weiß, wie man eine Frau dazu bringt, dass sie spurt.« Sie hob ihren Ärmel hoch und Levarda sah ein Brandmal.

»Auch dabei kann ich Dir helfen«, erwiderte sie gelassener, als sie sich fühlte.

Die Frau brach in irres Gelächter aus. »Verschwindet, ich kann mir selber helfen.«

Levarda blieb nichts anderes übrig, als auf die Gasse hinauszutreten. Sie konnte einem Menschen nicht helfen, der sich ihrer erwehrte, das war eine unumstößliche Regel in der Heilkunst. Noch nie war sie deshalb in Schwierigkeiten geraten, aber heute haderte sie damit. Das, was sie in dem Körper der Frau gefühlt hatte, machte ihr Angst.

Der Händler war der Schlüssel. Sie würde ihn zur Rede stellen. Entschlossen lenkte sie ihre Schritte zurück zum Markplatz, suchte den Stand des Händlers. Die Menschenmenge hatte sich aufgelöst.

»Da seid Ihr ja.« Mit blassem Gesicht tauchte Celina mit ihrem Diener vor ihr auf. »Ist alles in Ordnung mit Euch?«

»Ja, verzeiht Celina, ich muss noch etwas klären.«

»Oh nein, Lady Levarda.« Entschlossen trat ihr die zierliche Celina in den Weg. »Ich bin zweimal in Schwierigkeiten geraten, weil ich mich nicht an die Anweisungen von Lord Otis hielt. Ich riskiere es kein drittes Mal.«

Levarda sah die Entschlossenheit in ihrem Gesicht. »Ihr bekommt keine Schwierigkeiten. Otis ist mein Mann und er gewährt mir meine Freiheiten.«

»Aber wäre er damit einverstanden, dass Ihr Euch in den Gassen des Hafenviertels herumtreibt? Jede Lady weiß, dass sie sich nur in dem oberen Teil des Marktes aufhalten darf, und auch das nur in Begleitung eines Dieners. Ihr hingegen geht schnurstracks auf den Pöbel zu ...«, sie sah mit verkniffenem Blick um sich, den Teil des Marktes einschließend, in dem sie sich befanden. »... und verschwindet in den Gassen zum Hafen, dort, wo sich eine Lady niemals aufhält, wenn sie nicht lebensmüde ist.

Verzeiht mir mein offenes Wort, aber Ihr kommt vom Lande. Ihr müsst erst lernen, Euch in einer Stadt zu bewegen.«

Levarda schluckte ihre Antwort herunter. Es hatte keinen Sinn, mit ihr zu streiten. Sie hatte Egris‘ Frau noch nie so wütend erlebt. Ohne ein weiteres Wort zu verlieren, begleitete sie Celina und den Diener in den oberen Teil des Marktes und zurück in Egris‘ Haus.

SIE SPRACHEN NICHT MEHR ÜBER DEN VORFALL, ABER CELINA verhielt sich ihr gegenüber kühler als sonst. Am späten Nachmittag verabschiedete sich Levarda. Sie schlug die Richtung zur Festung ein, überlegte es sich dann kurzentschlossen anders. Sie war keine wehrlose Lady und sie hatte keine Ahnung, ob der Händler immer diesen Markt mit seinem Stand aufsuchte.

Sie musste der Sache auf den Grund gehen. Je länger sie bei Celina über all das nachgedacht hatte, umso wichtiger erschien es ihr. In der Festung würde niemand sie vermissen. Otis ging davon aus, dass sie bei Celina war, und Celina ging davon aus, dass sie in die Festung gegangen war.

Otis würde sich heute sicherlich erst spät bei ihr zeigen, da Prinz Tarkan für den kommenden Tag erwartet wurde, was seiner Laune ohnehin abträglich war. Sie wäre zurück, bevor irgendjemand etwas bemerkte.

Als Levarda den Marktplatz erreichte, war der obere Bereich leer. Nur auf dem unteren boten noch vereinzelt Händler ihre Ware feil. Sie ging zu dem, neben dessen Stand der Heilkundige gewesen war.

»Verzeiht, mein Herr, könnt Ihr mir sagen, wohin der Heilkundige verschwunden ist?«

»Er ist zurück zum Hafen, dort steht sein Boot. Wenn Ihr ihn erreichen wollt, müsst Ihr Euch beeilen.«

Sie zögerte kurz, spürte die Blicke der Händler, die ihr folgten, als sie den Weg einschlug, den ihr der Mann gezeigt hatte.

Je näher sie dem Hafen kam, desto enger rückten die Häuser aneinander. Exkremente flossen in schmalen Kanälen die Straße hinab Richtung Fluss. Ein entsetzlicher Gestank.

Die Gasse öffnete sich zu einem kleineren Platz, auf dem sich Lagerhallen befanden. Ein alter Mann, ausgemergelt, mit zerrissenen Sachen und ohne Zähne, bettelte sie um Geld an. Levarda nahm seine Hand und legte ihm ein paar Silberstücke darauf. Es erschreckte sie, in welch schlechtem Zustand sich dieser Mann befand. Sie sandte kurze Heilungsimpulse an die bedürftigsten Infektionsherde, aber um diesem Mann wirklich helfen zu können, hätte es mehr Zeit gebraucht. Der Alte sah sie aufmerksam an.

»Jemand wie Ihr sollte sich nicht am Hafen herumtreiben, erst recht nicht in den frühen Abendstunden.«

»Ich danke für Euren Rat.«

Er verschwand um eine Ecke.

Ihr Herz fing an zu klopfen, ihr Hals verengte sich. Aufmerksamer als bisher sah sie sich um. Langsam bewegte sie sich auf die Mitte des Platzes zu. Die Sonne stand tief und warf dunkle Schatten. Sie brauchte nur die restliche offene Fläche zu überqueren, ein Stück durch eine Gasse gehen, und der Hafen läge vor ihr. Sie konnte das Wasser fühlen.

Als sie bemerkte, dass die Schatten sich bewegten, blieb sie stehen, wob hastig einen Schutzschild um sich herum.

Aus den Hauseingängen hinter ihr, vor ihr, rechts und links kamen kräftige Männer in schwarzer Kleidung heran. Der Kontrast zu dem ausgemergelten Bettler in seinen zerfetzten Lumpen hätte nicht deutlicher sein können. Am meisten beeindruckten Levarda allerdings die Waffen, die sie trugen. Sie machte die Schlaufe ihres Umhangs auf, öffnete ihre Sinne und zählte acht Mann, die sie sehen konnte, sowie zwölf weitere, die sich aus den anderen Gassen zielstrebig zu diesem Ort aufmachten.

Hier fand kein Raubüberfall auf eine Dame statt, die sich vorwitzig in einen Stadtteil gewagt hatte, wo sie nicht hingehörte.

Die Männer gingen strategisch vor. Es gab einen inneren Kreis, den sie mit ihren Augen sehen konnte, und einen äußeren, der sich langsam näherte und dabei jede Gasse deckte, die ihr als Fluchtweg hätte dienen können.

Aber ihre Angreifer irrten sich, wenn sie auf eine wehrlose Frau hofften, deren einziger Gedanke der Flucht galt. Ihr Meister hatte immer darauf geachtet, dass sie sich gegen körperliche Angriffe verteidigen konnte. Abgesehen davon hatte sie ihre Kräfte, die sie allerdings kontrolliert und vorsichtig einsetzen musste. Niemand, auch nicht diese Angreifer durften durch die Energie der Elemente sterben.

Auf offenem Feld hätten sie keine Chance. Hier, zwischen den Häusern hütete Levarda sich, die Situation zu unterschätzen. Sie verfluchte ihren Leichtsinn und die Tatsache, dass niemand wusste, wo sie sich aufhielt. Sie atmete tief durch und bewahrte Ruhe.

Der Kreis schloss sich um sie, die Männer warteten in einer Distanz von vier Schritten. Einer verbeugte sich höhnisch lachend vor ihr. Sie erkannte ihn sofort: der Händler mit seiner schwarzen Heilflüssigkeit. Unverkennbar war seine hagere Gestalt, die schiefe Nase, die dunklen Knopfaugen und das strähnige, fettige Haar.

Also gut, dachte sie grimmig, wenigstens bekomme ich meine Chance, diesem Herrn Fragen zu stellen. Seine straffe Haltung zeichnete den Mann eindeutig als Anführer der Gruppe aus. Ihn musste sie zunächst ausschalten.

»Ich fürchte, Mylady, Ihr habt Eure hübsche Nase zu tief in Angelegenheiten gesteckt, die Euch nichts angehen.«

»Ich bin erfreut, dass ich Euch hier treffe, ich suchte nach Euch. Ich habe ein paar Fragen die Ware betreffend, die Ihr anpreist.«

Ihre Stimme klang gelassen, so, wie sie sich fühlte. Das irritierte die Männer immerhin. Levarda konzentrierte sich auf den

Händler. Sie streckte ihre Sinne nach ihm aus und nahm eine dunkle Aura um ihn wahr.

»Ihr habt erstaunlich viel Mut«, sagte der Anführer mit einem hinterhältigen Blick.

»Ich bin nicht mutig, nur neugierig. Woher habt Ihr die Flüssigkeit?«

Er grinste, holte eine Phiole aus seinem Umhang hervor. »Meint Ihr das, Mylady?«

Levarda vergaß, auf die Männer zu achten. Sie konnte gleichzeitig zweierlei spüren, als sie ihre Sinne auf das Fläschchen richtete: Ein Teil davon bestand aus Wasser, der andere aus Gefühlen – Verzweiflung, Wut, Hass –, die alle von der Phiole auf sie einströmten. Es verwirrte sie, denn auf dem Marktplatz hatte sie das nicht wahrgenommen, auch nicht, als sie die Frau untersuchte.

Am Rande ihrer Sinne nahm Levarda etwas Weiteres wahr, das sich ihrem Zugriff aber sofort entzog, als sie ihre Aufmerksamkeit darauf lenkte.

Die Männer des äußeren Kreises rückten beständig näher.

»Kommt mit mir und ich zeige Euch die Wirkung dieses Wundermittels.«

Sie verzog den Mund mit einem Blick in die Runde.

»Ich vermute, diese Männer sollen helfen, mich von der Wirkung zu überzeugen?«, fragte sie sarkastisch.

»Nein, sie sind nur da, damit nichts Unerwartetes geschieht.«

Das Tor einer Lagerhalle öffnete sich und ein Städter kam zum Vorschein, eine Melodie pfeifend. Mit einem Blick erfasste der Mann die Lage. Das Pfeifen brach ab und blitzschnell schloss sich das Tor wieder. Von den Menschen hier brauchte sie keine Hilfe zu erwarten. Das unmerkliche Zusammenzucken des Händlers und sein angestrengtes Grinsen zeigten, dass ihm die öffentliche Situation nicht gefiel.

»Es wäre besser, wenn Ihr mitkämet. Ich kenne einen Platz, wo wir uns in Ruhe unterhalten können.«

»Und der wäre wo?«

Überrascht, dass sie darauf einging, antwortete er ihr: »Beim Fluss, Mylady, in der Nähe vom Hafen. Dort wartet ein Schiff mit einer gemütlichen Kajüte auf Euch.«

»Ein Schiff? Und wem verdanke ich die Einladung?«

An seinen Augen erkannte sie, dass er mehr verraten hatte, als ihm lieb war.

Das Ende des Wortwechsels zeichnete sich an der Haltung der Angreifer ab. Levarda wartete nicht darauf, dass sie sich auf sie stürzten. Sie wirbelte um ihre eigene Achse, verteilte Fußtritte, wich Händen aus, die nach ihr griffen. Sie duckte sich unter den Armen weg, brachte zwei Männer zu Fall und brach einem weiteren mit einem Hieb die Nase.

Der Kreis öffnete sich, sie bekam mehr Raum. Aber sie hatte es nicht mit Hafenarbeitern zu tun, sondern mit Kämpfern. Nach der ersten Verblüffung reagierten sie zügig. Die Art, wie sie ihre Waffen benutzten, zeigte ihr, dass sie nicht die Absicht hatten, sie zu töten.

Levarda kam in Bedrängnis und nutzte vorsichtig ihre Luftenergie, um sich Raum zu verschaffen.

»Achtung, Männer, sie wendet ihre Kräfte an!«

Der Ausruf des Händlers und das Eintreffen weiterer Angreifer warfen sie aus dem Konzept. Ein Gegenstand traf sie am Kopf. Vor ihren Augen explodierten Sterne.

Ihre Instinkte arbeiteten blitzschnell. Sie schloss die Lider, sandte heilende Kräfte an die schmerzende Stelle, während sie in die Knie ging. Sie konzentrierte sich auf das dreckige Wasser in einem der Kanäle, die am Rande des Platzes entlangflossen, sammelte es und ließ es über die Angreifer herabregnen, kam wieder auf die Beine.

Erneut wirbelte sie herum, traf zwei Männer mit ihren Füßen an der Brust, brachte sie aus dem Gleichgewicht. Mit der Faust schlug sie zwei anderen ins Gesicht, die sie greifen wollten. Mindestens eine weitere Nase und einen weiteren Kiefer brach sie mit ihrer Gegenwehr. Sie befand sich noch immer auf dem Platz und hatte sich nicht in eine Ecke treiben lassen. Die Männer zogen sich ein Stück zurück, formierten sich neu. Sie erkannte, mit Kämpfen allein käme sie aus der Situation nicht heraus. Sie brauchte einen Fluchtweg. Die Verstärkung aus den umliegenden Gassen gesellte sich zu den anderen, das würde sie zu ihrem Vorteil nutzen. Sie prüfte den Trupp auf eine Schwachstelle hin.

»Jetzt«, rief in diesem Moment eine samtig dunkle Stimme über ihr.

Bevor Levarda den weiteren Gegner in Augenschein nehmen konnte, vor dem kein Sinn sie gewarnt hatte, umwallten sie schwarze Tentakel, umfassten und fesselten sie. Unsichtbar umspannten sie ihren Schutzschild und reduzierten ihre Kräfte auf ihren innersten Bereich. Wie eine Hülle schlossen die Tentakel ihren Körper ein.

Levarda fühlte, wie sie den Kontakt zu ihrer Energie verlor. Panik durchflutete sie. Ihr Verstand setzte aus. Die Männer griffen an. Jemand packte sie, bog ihre Hände auf den Rücken, ein anderer versetzte ihr einen Fausthieb in den Magen. Ein weiterer zerrte an ihren Haaren, zog ihr den Kopf gewaltsam zurück.

Sie sah das hämisch verzerrte Gesicht des Händlers über sich schweben, seine Lippe aufgeplatzt, ein Zahn fehlte ihm. Mit der Hand presste er ihren Kiefer zusammen, sodass ihr Mund sich öffnete. Sie sah die Flüssigkeit aus der Phiole auf sich zukommen. Ihr Amulett begann zu glühen, die Flüssigkeit bog vor ihrem Mund ab und ergoss sich über ihr Kleid, wo sie sich mit den dunklen Tentakeln verband. Da, wo ihr Amulett glühte, wich die Dunkelheit zurück und Levarda bekam Zugang zu ihrer Macht.

»Nehmt ihr das Amulett ab!«, rief dieselbe samtige dunkle Stimme von eben.

Der Anführer langte nach ihrem Hals.

Wut brodelte in Levarda hoch. Niemand würde ihr das Amulett wegnehmen. Sie verlagerte ihr Gewicht auf ihre Schultern, stützte sich auf den Mann, der ihr die Hände festhielt. Sie schwang ihre Füße hoch und trat dem Händler mit aller Kraft vor die Brust, dass er vor die nächste Hauswand geschleudert wurde. Der Rückstoß brachte den Mann, der sie hielt, aus dem Gleichgewicht, und gemeinsam stürzten sie zu Boden.

Eine Hand griff nach ihrem Amulett, erwischte ein Stück ihres Oberteils. Der Stoff zerriss, und der Anblick ihres Dekolletés ließ die Männer für einen Augenblick innehalten.

Levarda sprang auf die Beine und sprintete los. Sie wusste, eine solche Chance käme kein zweites Mal.

»Verflucht! Was seid ihr für Idioten! Habt ihr noch nie einen Busen gesehen? Holt sie ein und nehmt ihr das verdammte Amulett ab!«, hörte sie die Stimme ihres unsichtbaren Angreifers hinter sich.

Sie rannte durch die Gassen. Die Sinne zum Aufspüren ihrer Gegner noch immer von den Tentakeln blockiert, konnte sie dennoch spüren, dass diese an Macht verloren, je weiter sie sich fort bewegte. Sie hörte viele Verfolger, und sie waren so schnell wie sie.

Ihr Atem ging stoßweise. Mit letzter Kraft erreichte sie den unteren Marktplatz. Einige Händler und Kunden befanden sich noch dort. Hier würden sie es nicht wagen, sie anzugreifen.

Aber sie irrte sich. Die Menschen wendeten ihr den Rücken zu, packten eilig ihr Zeug zusammen und machten, dass sie vom Platz verschwanden.

Keuchend blieb Levarda stehen, drehte sich um. Ihre Verfolger näherten sich in einem Halbkreis. Noch waren nicht alle da. Mit einem Wutschrei stürzte sie sich auf die ersten von ihnen, fackelte diesmal nicht lange, sondern schlug kraftvoll zu. Aber auch die Angreifer nahmen sich nicht zurück.

Sie kämpfte verbissen, teilte Tritte aus, ohne Rücksicht auf Knochenbrüche, die sie hinterließ. Trotzdem musste sie jetzt bald ihre Kräfte anwenden, wenn sie am Leben bleiben wollte, bevor sie die dunklen Tentakel erneut daran hinderten. Im gleichen

Moment drang ein anderes Geräusch an ihre Ohren – das Donnern von Pferdehufen.

Levarda drehte sich um und bekam einen Fausthieb ins Gesicht, der sie von den Füßen hob. Sie fiel zu Boden, rappelte sich auf und sah Sendad auf seinem Pferd vor sich, der ihr die Hand reichte. Sie sprang auf und klammerte sich an seinen Oberkörper, während er in einer gleitenden Bewegung sein Schwert zog und dem Mann, der sie am Bein vom Pferd zu ziehen begann, einen gezielten Hieb versetzte.

Der Kampf zwischen den Soldaten der Garde und den Angreifern war kurz, aber blutig. Am Ende lagen sieben schwarz gekleidete Gestalten getötet auf dem Marktplatz, darunter der Händler. Der Rest suchte das Weite. Levarda starrte auf das Blut, das sich über den Markplatz ergossen hatte. Ihre Schuld. Ihr Leichtsinn hatte die Männer das Leben gekostet.

»Habt ihr noch welche lebend fassen können, Nikodis?«

Sendads Stimme war hart und scharf wie die Klinge seines Schwertes.

»Nein, sie sind weg, als hätte sich der Boden aufgetan und sie verschluckt.«

»Verflucht!«

Sendad schob sein Schwert in die Scheide.

»Kümmert euch darum, dass die Toten in die Festung gebracht werden, Lord Otis wird sich dafür interessieren.«

Sendad griff hinter sich und berührte sie. »Alles in Ordnung mit Euch, Lady Levarda?«

Sie hielt immer noch seinen Oberkörper eng umschlungen und hatte ihre Wange an den rauen Stoff seiner Uniformjacke gedrückt. Durch die Jacke spürte sie die Wärme seines Rückens, ein beruhigendes Gefühl. Sie bemühte sich, das Zittern in ihrer Stimme und ihr Entsetzen über den Tod, der sie umgab, zu bändigen.

»Ja, Sendad, alles in Ordnung.«

Er wendete sein Pferd und sprengte im Galopp über den Platz.

»Was habt Ihr Euch bloß dabei gedacht?«, fragte er heftig.

»Nicht viel, sonst wäre das nicht passiert«, gab Levarda müde zurück. Der Schock, von ihrer Energie getrennt gewesen zu sein, steckte ihr in den Knochen.

»Ihr könnt froh sein, dass Ihr noch am Leben seid. Das waren keine gewöhnlichen Räuber.«

»Ich weiß«, erwiderte sie schwach.

Er parierte sein Pferd durch in den Schritt. Sie hatten den Übergang von der inneren Stadt zur Festung erreicht.

Levarda packte die Furcht. Otis durfte auf keinen Fall wissen, was genau ihr passiert war. Erleichtert stellte sie fest, dass ihr Amulett den Schutzschild um ihren Körper aufrechterhielt.

»Woher wusstet Ihr, dass ich Hilfe brauchte?«

»Zufall. Ihr hattet Eure eingekauften Kräuter bei Celina vergessen. Sie kam in die Festung, um sie Euch zu bringen und fand Euch nicht in den Frauengemächern vor. Zum Glück informierte sie die Soldaten, und meine Männer gaben es an mich weiter. Ich sprach mit Celina und sie erzählte mir, dass Ihr heute Nachmittag im Hafenviertel wart. Darum machte sie sich Sorgen, dass Ihr nochmal zurückgegangen wäret, um einen Händler aufzusuchen. Grund genug für mich, mit meinen Männern auszurücken.«

»Weiß Otis davon?«

Sie hatte keine Ahnung, auf welche Distanz ihre Verbindung zueinander funktionierte, hoffte allerdings, dass sie weit genug entfernt gewesen war. Wenn er wusste, was passiert war – nein, besser, sie dachte nicht darüber nach.

Sendad schnaubte.

»Bitte, Sendad, können wir das nicht für uns behalten?« Sie musste einen Weg finden, es vor ihm zu verbergen.

Er schüttelte den Kopf. »Auf keinen Fall, er macht mich einen Kopf kürzer, wenn er erfährt, was passiert ist.«

»Bitte, Sendad, ich möchte nicht, dass er sich noch mehr Sorgen macht, er hat genug am Hals.«

»Tut mir leid. Warum auch immer diese Leute es auf Euch abgesehen hatten, Lord Otis muss davon erfahren.«

Sie erreichten den Vorhof. Auf dem Platz standen Otis und Egris mit zwanzig Männern. Die Krieger wandten sich Sendad zu, der sein Pferd vor ihnen durchparierte.

Sendad hob beruhigend die Hand, als er Otis' Gesicht sah.

»Alles in Ordnung, Lord Otis, sie ist unverletzt.«

Levarda konnte seine Energie fühlen, die an ihren Schutzschild brandete. Sie wehrte ihn ab. Um keinen Preis wollte sie riskieren, dass er die Bilder des Angriffs in ihrem Kopf sah, auch wenn sie ihn so noch mehr reizte.

Sie hielt sich an Sendad fest, schwang ihr Bein über die Kruppe des Pferdes und ließ sich heruntergleiten. Als ihre Füße den Boden erreichten, musste sie sich an Sendads Bein festhalten, sonst wäre sie gestürzt. Der Kampf hatte ihre Kräfte aufgezehrt.

Otis kam und zog sie in seine Arme.

Sie unterdrückte einen Schmerzensschrei, als er sie umschloss. Seine Energie strömte zu ihr, aber sie wehrte ihn ab. Sie konnte seine Irritation spüren.

Er schob sie von sich. Sie sah, wie sein Gesicht die Farbe wechselte, die Lippen eine schmale Linie formten.

Der Kampf hatte seine Spuren hinterlassen. Bevor er alle ihre Verletzungen in Augenschein nehmen konnte, schickte Levarda ihre letzten Energiereserven als Heilimpulse durch ihren Körper. Es gab so viele Stellen, und an ihrem Äußeren konnte sie nichts ändern.

Der Geruch der Exkremente aus dem Abwasserkanal umwehte sie. Ihre Haare hingen in feuchten Strähnen herab. Ihr Gesicht war verdreckt, die Lippe aufgeplatzt. Zum Glück fühlte sie noch alle Zähne. Dort wo sie der letzte Fausthieb getroffen hatte, spürte sie die wachsende Schwellung unterhalb ihres rechten Wangenknochens.

Stumm musterte sie Otis von oben bis unten, ihr Gesicht, ihren Körper, bis zu dem Riss im Kleid.

»Unverletzt«, seine Stimme sprach Bände.

Er verlor die Kontrolle, seine Energie prallte mit voller Wucht gegen sie und warf sie von den Füßen. Erschrocken starrte er sie an.

Sendad sprang vom Pferd und stellte sich schützend vor Levarda, hob erneut die Hände.

»Otis, beruhige dich. Sie lebt und ist gesund. Sie hat ein paar Kratzer, aber das bekommt sie hin.«

Seine Stimme hatte einen beruhigenden Klang, der seine Wirkung bei Otis nicht verfehlte. Er zog sie auf die Füße.

Der Blick ihres Mannes verfing sich erneut in ihrem zerrissenen Kleid. Sendad folgte seinem Blick, zog hastig seinen Umhang aus und legte ihn über Levardas Schultern.

»Lady Levarda, geht jetzt besser rein, nehmt ein Bad und zieht Euch um, während ich Eurem Gemahl berichte, was passiert ist.«

Sie nickte wortlos, löste sich von seiner Hand, nahm all ihre Kraft zusammen, damit ihre Beine nicht zitternd unter ihr nachgaben. Jeder Schritt bereitete ihr Schmerzen, die kurze Treppe erschien ihr wie ein unüberwindbares Hindernis.

»Medan und Rudmer, ihr begleitet meine Frau und lasst sie nicht aus den Augen, habt ihr mich verstanden?«, bellte Otis.

Eine Welle seiner Energie brandete sanft zu ihr und sie erkannte seine Absicht, ihr zu helfen. Diesmal blockte ihr Amulett sie ab. Nichts Fremdes durfte in sie eindringen. Sie spürte seine Überraschung, doch bevor er sie zur Rede stellen konnte, ging sie die Treppe hoch.

23

PRINZ TARKAN

Levarda lag mit geschlossenen Augen in dem warmen Wasser. Medan und Rudmer standen vor der Tür zum Badezimmer der Hofdamen. Adrijana hatte frische Kleidung bereitgelegt. Die zerrissene, verdreckte verbrannte sie im Kaminfeuer.

Während die Diener heißes Wasser in die Wanne füllten, hatte sie still auf einem Stuhl gesessen und gewartet, dass sich das Zittern in ihrem Körper legte.

Adrijana hatte sie nur mit großen Augen schweigend angesehen.

Seit Levarda im Wasser lag, war sie allein, und das war gut so. Ihr Amulett leuchtete inzwischen nicht mehr. Mit dem Wasser hatte sie ihre Wunden geheilt. Was blieb, war ihre innere Wunde. So also fühlte es sich an, wenn man ohne Zugriff auf Energien existierte – leer und abgeschnitten von dem, was die Welt umgab. Niemals würde sie so leben können. Eher wollte sie sterben. Tränen rannen über ihre Wangen und sie ließ es geschehen. Sie hatte ihre Kräfte geschont und das Wasser nicht ein weiteres Mal erwärmt.

Seufzend stieg sie aus dem Wasser und schlang ein Tuch um sich.

Adrijana kam herein. »Ich bin froh, dass Ihr besser ausseht«, bemerkte sie.

Levarda gelang ein Lächeln. »Ja, ich auch.«

Das Mädchen half ihr beim Anziehen, bevor Levarda sich auf den Weg in ihre Gemächer begab.

Draußen warteten die beiden Soldaten.

»Mylady, Lord Otis wünscht Euch zu sprechen.«

»Natürlich.«

Sie wollte weitergehen, doch Medan blockierte ihr den Weg.

»In seinen Räumen.«

Levarda zögerte kurz, dann nickte sie.

Sie folgte den Männern durch die offiziellen Gänge in den Teil der Festung, die der hohe Lord bewohnte.

Sendad fing ihr Geleit auf dem Gang ab. »Ihr könnt gehen, ich bringe Lady Levarda zu ihrem Gemahl.«

»Tut mir leid, Sir, aber der ausdrückliche Befehl von Lord Otis lautete, dass wir Lady Levarda nicht aus den Augen lassen. Ihr habt es gehört.«

Sendad runzelte die Stirn und zog sie mit sich. Medan und Rudmer verstanden den Wink und blieben diskret ein wenig zurück.

»Egal, was er von Euch verlangt, egal was er macht, denkt daran, er macht alles nur, weil er Euch liebt.«

»Ist es so schlimm?«

»Schlimmer. Ich habe ihn noch nie so erlebt.«

Sie seufzte tief. Ihr Gemahl war anstrengend, schwierig und kompliziert. Er verlangte, dass sie sich ihm offenbarte, ohne ein Stück von sich selbst preiszugeben. Das dritte Buch von Larisan hatte er ihr nicht gegeben. Obwohl sie sich eingestehen musste, dass sie das Problem verdrängt hatte, in Anbetracht dessen, was es zwischen ihnen zu entdecken galt.

»Ihr habt Euch das selber eingebrockt, vergesst das nicht«, mahnte Sendad.

»In jeder Hinsicht, ich weiß.«

»Keine Sorge, wenn er sich beruhigt hat, ist er Wachs in Euren Händen.«

»Wohl kaum.«

Er hielt vor der Tür inne, sah ihr in die Augen. »Denkt daran, es wird nur für kurze Zeit sein.«

Er öffnete die Tür und Levarda konnte nicht mehr fragen, worauf sich seine Anspielung bezog.

Otis saß hinter dem Schreibtisch. Seine Schultern hingen herab, unterhalb seiner Augen sah sie Ränder – die Folge des Schlafmangels der letzten Tage. Seine Miene spiegelte den Druck, unter dem er stand.

Levarda wollte den Tisch umrunden.

»Nein, bleib, wo du bist«, befahl er streng.

Sie verharrte an der Stelle und fühlte einen Stich in ihrem Herzen. Dies war der alte Lord Otis, wie sie ihn nur allzu gut kannte.

»Setz dich, wir haben nicht viel Zeit.«

Es klopfte an der Tür und ein Diener kam herein.

»Der hohe Lord lässt fragen, wann Ihr im Sitzungssaal erscheinen werdet.«

»Sag ihm, sie sollen fortfahren. Ich komme, sobald ich fertig bin.«

Die Tür schloss sich.

»Sendad hat mir erzählt, was passiert ist oder besser, was er von dem Vorfall weiß.«

Er unternahm keinen Versuch, in sie einzudringen, wofür Levarda ihm überaus dankbar war. Im Moment fehlte ihr das Vertrauen, irgendetwas an sich heranzulassen.

»Wieso hast du dich im Hafenviertel herumgetrieben?«

»Ich war auf der Suche nach einem Händler.«

»Weshalb?«

»Er hatte einer Frau ein Heilmittel verkauft, das nicht wirkte«, wich sie aus.

»Und deshalb bist du allein auf den Markt zurückgekehrt, obwohl du von Celina erfahren hattest, wie gefährlich es ist?«

»Ich wollte den Händler zur Rede stellen und wusste nicht, ob ich dazu nochmals Gelegenheit haben würde.«

Er sprang auf. »Levarda! Kannst du einmal auf den Rat von Menschen hören, die nichts anderes möchten, als dir zu helfen? Willst du jeden Quacksalber in Zukunft zur Rede stellen? Hast du eine Ahnung, wie viele es davon allein in dieser Stadt gibt?«

Erregt lief er durch den Raum. Schweigend folgte Levarda ihm mit den Augen. Er blieb stehen, zwang sich auf den Stuhl zurück.

»Was passierte danach?«

»Der Händler war weg und am Stand neben ihm erfuhr ich, er sei auf seinem Boot am Hafen …«

Erneut sprang er auf, fuhr sich mit den Händen durch seine Haare. »Und du hast dich auf den Weg gemacht, um dem Mann einen Besuch abzustatten?«

»Ich bin nicht wehrlos, Otis, vergiss das nicht«, schoss sie auf ihn ab.

Fauchend drehte er sich um. Er baute sich vor ihr auf und beugte sich mit funkelnden Augen über sie. Ihr Amulett regte sich.

»Genau, Levarda, reden wir darüber. Erzähl mir, warum du mit sieben bis auf die Zähne bewaffneten Kriegern kämpfst – und ich betone für dich nochmals das Wort: Krieger –, ohne deine Kräfte einzusetzen.«

Sie waren bei der heikelsten Frage angekommen. Soweit es ging, machte sie sich auf dem Stuhl klein, senkte den Blick, wagte es nicht, ihm in die Augen zu sehen. Allein die Erinnerung an die dunklen Tentakel löste das Zittern in ihr aus. Sie hatte beschlossen, ihm nichts davon zu erzählen. Erst musste sie selber verstehen, was mit ihr geschehen war.

»Ich wollte keine unschuldigen Menschen verletzen.«

Mit knirschenden Zähnen ließ er von ihr ab, wandte ihr seinen Rücken zu. Sie hatte ihn noch nie so zornig und unkontrolliert erlebt. Seine Aura loderte um ihn herum. Erst, als die Intensität abflachte, drehte er sich zu ihr um.

»Das ist das Dümmste, was ich je von dir gehört habe.«

Sie schluckte. Ahnte er etwas von dem, was ihr passiert war?

Er setzte sich auf seinen Stuhl, rieb sich mit den Händen das Gesicht. »Sag mir eines. Wie viele Männer waren es insgesamt? Und wage nicht, mich anzulügen. Sendad vermutet, dass es sich bei den sieben nur um eine Vorhut handelte, die dich auf dem Marktplatz umzingelt hatte. Leider kann er Energiemuster nicht so exakt trennen wie du.«

»Mehr als zehn.«

Seine Augen funkelten. Er blieb stumm.

»Etwa fünfzehn«, machte sie einen erneuten Versuch.

Seine Finger trommelten auf die Tischplatte.

Sie seufzte tief und gab nach. »Ich habe einundzwanzig gezählt.«

Er verharrte bewegungslos auf seinem Stuhl.

Levarda betrachtete konzentriert ihre Hände, die bis auf die abgebrochenen Fingernägel vollkommen verheilt waren. Ihre Muskeln würden eine Weile schmerzen, die Prellungen ebenfalls. Zum Glück hatte sie sich nichts gebrochen. Das wäre auch für sie zeitaufwendiger gewesen.

»Ist das die genaue Zahl?«

Levarda nickte stumm.

»Warum braucht man einundzwanzig bewaffnete Männer, um eine Lady zu überfallen?«

Dieselbe Frage beschäftigte sie.

Es klopfte an der Tür.

»Der hohe Lord lässt Euch mitteilen, dass sie nicht mehr länger warten können.«

»Sag ihm, ich komme.«

Er stand auf, und Levarda folgte ihm aus der Tür. Gemeinsam

mit seinen Männern und Sendad, der ebenfalls draußen gewartet hatte, begleitete er sie zu den Frauengemächern. Kaum befand sie sich in ihrem Zimmer, flog die Tür hinter ihr zu und der Riegel wurde vorgeschoben.

Er hatte es gewagt, sie einzusperren. Sie schlug mit der Hand gegen die Tür. Sie vibrierte von ihrer Energie. Mörtel rieselte auf den Boden.

»Levarda!«, hörte sie Otis' verärgerte und Sendads mahnende Stimme gleichzeitig rufen.

»Du sperrst mich ein!«

»Ja, zu deinem Schutz.«

»Wo ist Agilus?«

»Bei Lady Smira, und dort wird er heute Nacht auch bleiben.«

»Und du?«, fragte sie nach einem kurzen Zögern.

»Ich muss mich auf das konzentrieren, was morgen vor mir liegt. Ich kann keine Ablenkung gebrauchen.«

Seine Stimme klang unnachgiebig und sie wusste, es gab nichts, was ihn umstimmen konnte. Sie lehnte sich an die Tür und fühlte die Schwäche in ihrem kompletten Körper, die seine Worte in ihr auslösten. Sie rutschte mit dem Rücken an der Tür herab, verbarg ihr Gesicht auf ihren Knien und ließ die Tränen fließen – stumm.

Sie hörte die Männer einige leise, erregte Worte miteinander wechseln, aber sie konnte nicht verstehen, worüber sie sprachen.

In dieser Nacht schlief Levarda schlecht. Sie wühlte sich durch das Bett auf der Suche nach Otis' wärmendem Körper. Das Gefühl, nicht vollständig zu sein, hinterließ eine Leere in ihr. Sie wollte ihn mit ihrer Energie erreichen, wurde aber abgeblockt. Trotzig zog sie ihren Schutzschild hoch, obwohl er keine Anstalten machte, sich ihr zu nähern. Sie träumte von den dunklen Tentakeln, die nach ihr griffen und sie hinabzogen in ein tiefes, schwarzes Loch.

. . .

Erschöpft wie am Abend zuvor von ihrer Heulerei, wachte sie am nächsten Morgen auf, als Adrijana mit ihrem Frühstück das Zimmer betrat. Die Magd fühlte sich sichtlich unwohl in ihrer Haut.

»Er meint, Ihr dürftet heute Eure Räume nicht verlassen.«

»Ich möchte nur Lady Eluis besuchen, mehr nicht, bitte sage ihm das.«

Adrijana nickte und verschwand. Eine Stunde später kamen zwei Soldaten aus der Einheit von Sendad, die sie abholten. Die Männer begleiteten sie zu den Gemächern von Lady Eluis.

Obwohl diese im Bett lag, wirkte sie munterer als die Tage zuvor. Erleichtert atmete Levarda auf. Sie war noch nicht so weit, dass sie die alte Frau loslassen konnte.

»Ich habe heute nicht viel Zeit«, eröffnete ihr Levarda. Otis hatte ihr exakt eine Stunde eingeräumt. Sie hatte nicht vor, die Männer in Schwierigkeiten zu bringen.

»Ich weiß, ich habe gehört, dass Ihr überfallen wurdet. Kind, was treibt Ihr Euch im Hafenviertel herum? Hat Euer Gemahl nicht genug andere Sorgen am Hals?«

»Es ist nett, dass alle so ungemein fürsorglich mit meinem Mann sind.«

»Er liebt Euch.«

»Wie konnte ich das nur vergessen?«, erwiderte sie in schnippischen Ton. Ihre Auffassung von Liebe entsprach einer anderen Vorstellung und dazu zählte gewiss nicht das Einsperren in einem Zimmer.

Lady Eluis seufzte tief. »Tut mir den Gefallen und achtet auf Euch. Dieses Land braucht Euren Mann ...«, sie sah mit ihren klaren Augen Levarda an, »... und Euch.«

Draußen vor der Tür gab es eine Diskussion.

»Ich fürchte, Eure Soldaten lassen meinen lieben, teuren Freund Lord Eduardo nicht durch.«

Levarda stand auf und öffnete die Tür. »Was ist los?«

»Anordnung von Lord Otis, niemand darf in Eure Nähe«, rechtfertigte sich der eine Soldat. Beide stellten sich schützend an ihre Seite.

»Es ist erfreulich, Euch unversehrt zu sehen, Lady Levarda. Ich dachte, nach dem, was man sich erzählt, dass Ihr etwas zerknautscht aussehen würdet.«

»Lord Eduardo, Ihr wisst, dass die Leute bei ihren Schilderungen gern übertreiben.«

Der Soldat auf ihrer rechten Seite schüttelte den Kopf, bevor er Haltung annahm. Beide gehörten zu dem Trupp, der ihr zu Hilfe gekommen war.

»Ich verabschiede mich nur kurz von Lady Eluis, dann könnt Ihr herein.«

Sie ging zurück, küsste die alte Dame auf beide Wangen, schickte über ihre Hände Energie in den alten Körper.

»Benehmt Euch auf dem heutigen Empfang und macht Euch hübsch. Immerhin ist es das erste Mal, dass Ihr am Hof als seine Gemahlin erscheint«, verabschiedete sich Lady Eluis von ihr.

Der Empfang zu Ehren von Prinz Tarkan! Ein Schauer lief Levarda über den Körper. Das hatte sie völlig verdrängt. Sie verließ das Zimmer.

Lord Eduardo machte einen Schritt und durchkreuzte ihren Weg. Sofort packte ihn einer der Soldaten und zog ihn weg von ihr. Der andere stellte sich schützend vor sie.

»Ich sehe, Ihr werdet gut beschützt, Mylady.«

Lord Eduardos Worte lösten Unbehagen in ihr aus.

»Ich wollte Euch nur den Briefumschlag von Lady Eluis geben, der Euch aus der Hand gefallen ist.«

Verdutzt sah sie auf dem Boden. Tatsächlich lag dort ein Umschlag mit dem Siegel von Lady Eluis. Einer der Soldaten hob ihn auf und reichte ihn Levarda.

Lord Eduardos Augen suchten die ihren. Er sah sie eindringlich an. Zögernd nahm sie den Brief an sich.

. . .

In ihrem Zimmer sah sie sich den Briefumschlag eine Weile an, bevor sie sich auf das Fenstersims setzte und ihn öffnete.

»Verehrte Lady Levarda,

mit Bestürzung hörte ich gestern von dem Überfall auf Euch. Ihr wisst, dass ich häufig gereist bin und mich meine Wege in viele Länder führten. Aus Sorge um Euch stellte ich Nachforschungen an, und was ich erfuhr, beunruhigt mich sehr. Ich muss dringend mit Euch sprechen, allein. Das wird in Anbetracht des Schutzes durch Euren Gatten nicht einfach sein, doch ich bin mir sicher, dass Ihr eine Lösung findet. Verbrennt diesen Brief, sobald Ihr ihn gelesen habt. Damit Ihr wisst, wie wichtig mir unser Gespräch ist, möchte ich nur so viel sagen: Ich weiß, welche Flüssigkeit sich in der Phiole des Händlers befand.

Verbindlichst Euer Lord Eduardo

Levarda ließ den Brief sinken. In ihrem Kopf drehte es sich. Lord Eduardo wusste, was sich in der Phiole befand? Sie nahm den Brief und verbrannte ihn im Kamin. Dann machte sie das Fenster auf und überlegte, ob sie hinunter in den Garten klettern sollte.

Hinter ihr räusperte sich jemand. Einer der Soldaten war hereingekommen. »Bitte nicht, Lady Levarda, Ihr erspart uns einen Haufen Ärger, wenn Ihr Euch einfach an die Anweisung Eures Mannes haltet.«

»Ich wollte nur frische Luft schnappen.«

Der Soldat schüttelte den Kopf und trat neben sie ans Fenster. »Seht Ihr die zusätzlichen Wachen auf den Mauern?«

Levarda schaute, wohin sein ausgestreckter Arm zeigte.

»Sie haben die Aufgabe, alles, was sich an Eurem Turm bewegt, zu töten, egal, ob es ein Vogel, eine Biene oder ein Mensch ist. Sie werden sicherlich nicht auf Euch schießen, aber sie sorgen dafür, dass Ihr aus dem Garten nicht herauskommt.«

»Ich verstehe.«

»Ich denke, noch nicht ganz, Lady Levarda, und weil ich Euch mag, verrate ich Euch etwas, das mich Kopf und Kragen kosten kann: Es hat meinen Offizier Sendad viel Mühe gekostet, dafür zu sorgen, dass Ihr Euch heute in diesem Zimmer frei bewegen dürft. Lord Otis zog ernsthaft in Erwägung, Euch anzuketten.«

Der Soldat zeigte auf einen Ring an der Wand. Eisen, ein Element, das sie nicht beeinflussen konnte. Als er ihren Gesichtsausdruck sah, nickte er.

»Ich denke, jetzt habt Ihr verstanden.« Er ging zum Fenster und schloss es.

LEVARDA WANDERTE DURCH IHR ZIMMER UND ÜBERLEGTE, WAS sie mit Otis anstellen würde, wenn sie ihn in die Finger bekam. Schließlich entschied sie sich, ihre Energie sinnvoller zu verwenden.

Sie setzte sich an den Schreibtisch, konzentrierte sich und schrieb alles, was sie gestern erlebt hatte, nieder: die dunkle Flüssigkeit, die Tentakel – aber auch ihre Erfahrungen mit den Schatten im Innern des hohen Lords. Nach einigem Zögern fügte sie ihr Erlebnis am See, damals auf ihrer Reise nach Forran, hinzu. Nachdenklich las sie sich das Geschriebene durch. Etwas übersah sie hier, doch ihr wollte nicht einfallen, was. Völlig vertieft in ihre Gedanken bemerkte sie nicht, dass Adrijana ins Zimmer kam.

»Verzeiht die Störung, Lady Levarda. Es ist spät und ich soll Euch für den Empfang hübsch machen.«

»Hübsch machen?«

Sie erinnerte sich an die Worte von Lady Eluis und lächelte grimmig. Das Mädchen sah sie beunruhigt an.

»Fang an, Adrijana, und gib dein Bestes, wir wollen doch nicht den Unwillen meines Mannes erregen, nicht wahr?«

Ihr Blick fiel auf das zarte Wesen, welches sich hinter dem Rücken der Magd versteckt hatte. »Wie ich sehe, hast du dir Verstärkung mitgebracht?«

Adrijana zog das Mädchen hinter ihrem Rücken hervor. »Das ist Ruth, sie kann wunderbare Frisuren machen. Ich bin froh, dass Ihr heute meiner Meinung seid, was das Zurechtmachen betrifft. Immerhin habt Ihr die Ehre, Prinz Tarkan den zukünftigen hohen Lord Agilus vorzustellen.«

Levarda zog voll Unbehagen die Schultern hoch. Ihr gefiel weder die Vorstellung, dass Agilus in Prinz Tarkans Nähe kam, noch die, dass sie selbst ihm nahekommen musste.

Adrijana beobachtete sie verstohlen. »Ihr hegt doch keine Gefühle für den Prinzen?«

»Aber nein!«

»Ihr dürft die Ehre in keinem Fall ablehnen, die Euch Lady Smira zuteilwerden lässt. Sie hatte eine heftige Auseinandersetzung mit Lord Otis deshalb.«

»Er wollte nicht, dass ich Agilus Prinz Tarkan vorstelle?«

Adrijana blinzelte ihr verschmitzt im Spiegel zu. »Ich fürchte, Euer Gemahl ist eifersüchtig auf den Prinzen.«

»Das ist lächerlich«, tat Levarda die Behauptung ab.

»Das denke ich nicht. Prinz Tarkan hat beim hohen Lord um Eure Hand angehalten und bei seinem letzten Besuch einen Mondscheinspaziergang mit Euch gemacht.«

»Lord Otis ist nicht eifersüchtig auf Prinz Tarkan!«

»Wie Ihr meint«, lenkte Adrijana ein.

Nachdenklich runzelte Levarda die Stirn. Er hatte keinen Grund eifersüchtig zu sein. Es musste einen Grund geben, dass Otis ihr Zusammentreffen mit Prinz Tarkan verhindern wollte. Sie schloss die Augen und ließ die Prozedur über sich ergehen. Hätte sie sich nur gestern nicht so zügig geheilt. Gäbe es noch Blessuren, wären sie nützlich als Ausrede für den heutigen Abend. Sie hatte keine Lust, zwischen den beiden Männern zu stehen, die einen Krieg gegeneinander führten und sie für ihre Zwecke benutzten.

LEVARDA STAND MIT LADY SMIRA AUF DEM GANG, DER SICH AN die Gemächer der hohen Gemahlin anschloss. Agilus lag friedlich schlafend in ihren Armen, nachdem ihn die Amme gefüttert hatte. Gemeinsam warteten sie auf den hohen Lord und seine Garde.

Diesmal fühlte sich Lady Smira mit ihrer Schwangerschaft blendend und brauchte nicht ständig erbrechen. Dennoch hatte ihr Levarda einen Trank gemixt, der die werdende Mutter stärkte. Sie hatte sicherheitshalber selbst davon einen Becher genommen. Seit Agilus in ihren Armen lag, fühlte sie sich gelassener. Sie sah ihre Aufgabe darin, ihn vor jeder Gefahr mit ihrem Leben zu schützen.

»Ich beneide Euch«, sagte Lady Smira.

»Dann nehmt Agilus, ich werde dafür sorgen, dass er still bleibt.«

Ihre Cousine schüttelte den Kopf. »Ich meine nicht Agilus. Ich spreche von Eurem Gemahl. Ich wünschte, Gregorius hegte solche Gefühle für mich.«

Innerlich stöhnte Levarda auf. Sah denn niemand, worum es ihrem Mann wahrhaftig ging?

»Ihr solltet nicht jammern«, erwiderte sie stattdessen, «er behandelt Euch gut, liest Euch jeden Wunsch von den Augen ab und teilt das Bett mit keiner Bettzofe.«

»Ja, darüber möchte ich mich auch nicht beklagen. Es ist angenehm, das Bett mit ihm zu teilen. Aber er wäre nie eifersüchtig, wenn ich mit einem anderen Mann tanze.«

Levarda reichte es langsam, dass jeder von Lord Otis sprach, als bete er den Boden an, auf dem sie wandelte, denn das war nicht der Fall.

»Oh ja, ich vergaß. Er sperrt mich in mein Turmzimmer ein,

überlegt, mich anketten zu lassen, verdoppelt die Wachen, weil er so besorgt um mich ist.«

Lady Smira lachte auf. »Das habt Ihr Euch selbst zuzuschreiben. Würdet Ihr Euch wie eine Lady benehmen, käme es dazu nicht.«

Sie sah Levarda an, die schwieg. »Obwohl – vermutlich ist es das, was ihn an Euch reizt: Eure Unabhängigkeit.«

Bevor sie etwas erwidern konnte, öffnete sich die Tür zu einem Gang, der den Mittelteil der Festung mit den Gemächern von Lady Smira verband.

Der hohe Lord schaute von seiner anmutigen Frau zu seinem Sohn und zuletzt auf Levarda. Seine Augen weiteten sich.

»Lady Levarda?«

Verunsichert sah sie ihn an. Erkannte er sie nicht?

»Verzeiht, Ihr seht so verändert aus. Es freut mich, dass Ihr heute auf Euer Äußeres solchen Wert gelegt habt. Die Frisur und das Kleid stehen Euch ausgezeichnet.«

Galant verbeugte er sich vor ihr und trieb damit Levarda die Röte ins Gesicht.

Sie spürte den Blick von Otis auf sich, hob den Kopf und funkelte ihn an. Sie war nicht gewillt, ihm zu vergeben, weder das, was er getan, noch das, was er in Erwägung gezogen hatte.

In seinen Augen blitzte es auf und für einen kurzen Moment huschte ein anzügliches Grinsen über sein Gesicht.

Levardas Herz begann heftig zu klopfen. Es ärgerte sie, dass er es mit einem Blick schaffte, ihr Verlangen nach ihm zu wecken. Sie richtete ihre Aufmerksamkeit auf den Thronfolger, prüfte sorgfältig die dichte Struktur ihres Schutzschildes.

Während Otis mit Egris den hohen Lord und Lady Smira begleitete, stellten sich Sendad und Lemar an Levardas Seite. Vor ihnen gingen Timbor und Eremis, und ganz vorne an der Spitze, noch vor dem hohen Lord und seiner Gemahlin, Oriander und Wilbor.

Levarda fühlte sich geborgen inmitten der Männer. Sie

betraten den Festsaal von der Rückseite aus auf dem erhöhten Teil, nachdem der Zeremonienmeister den hohen Lord, seine Gemahlin und den Thronfolger lautstark angekündigt hatte.

Prinz Tarkan befand sich mit seinen Wachen auf der Plattform. Er verbeugte sich vor dem hohen Lord, nahm mit einem charmanten Lächeln Lady Smiras Hand und führte sie an seine Lippen, wobei er ihr tief in die Augen sah.

Ein zufriedenes Lächeln huschte über Levardas Gesicht. Sie hatte recht behalten, es gab keinen Grund für ihren Mann, eifersüchtig zu sein. Immerhin konnte er sehen, wie Prinz Tarkan seinen Charme auch bei Lady Smira versprühte.

»Darf ich Euch meinen Sohn vorstellen, Prinz Tarkan?«

Die Art und Weise, wie Smira seinen Namen gurrte, zeigte Levarda, dass sie es darauf abgesehen hatte, ihren Mann eifersüchtig zu machen. Sie trat mit Agilus hinter ihrer Cousine hervor.

Das Lächeln des Prinzen vertiefte sich.

Sie ignorierte es, aber als sich ihre Blicke trafen, senkte sie rasch die Augen angesichts seiner deutlich erkennbaren Begierde. Seine Energie umhüllte sie, doch im Gegensatz zu der von Otis, bei der sie sich warm und sicher fühlte, löste Prinz Tarkans Energie ein Unbehagen in ihr aus, das sich direkt auf ihren Kristall übertrug. Augenblicklich brannte dessen Hitze auf ihrer Haut. Sie bemerkte die Spannung in der Haltung ihres Mannes.

Prinz Tarkan trat dicht an sie heran, betrachtete Agilus aufmerksam.

Levarda konnte nicht anders, als ihren Schutzschild noch intensiver um sich und Agilus zu weben. Diese Person machte ihr Angst, auch wenn sie das der Überreizung ihrer Nerven durch das gestrige Erlebnis zuschrieb. Sendad wich ihr nicht von der Seite. Seine Nähe beruhigte sie.

»Wunderschön, Lady Smira. Ihr habt einem prächtigen Sohn das Leben geschenkt. – Ich freue mich, Euch wiederzusehen,

Lady Levarda«, sprach er sie direkt an. »Ich habe viel an Euch gedacht, seit wir uns das letzte Mal begegnet sind.«

»Seitdem ist viel Zeit vergangen«, antwortete Sendad anstelle von Levarda, die nicht wusste, ob sie überhaupt zu einem Ton fähig gewesen wäre. Sie konnte spüren, wie schwer es Otis fiel, still an der Seite des hohen Lords zu verharren.

»Sendad, mein guter alter Freund«, bemerkte Prinz Tarkan ironisch. »Wie ich sehe, seid Ihr wieder an der Seite von Lady Levarda.«

Er lenkte seine Aufmerksamkeit erneut auf sie und Agilus. Sie konnte spüren, wie seine Energie nach einer Lücke in ihrem Schutzschild tastete. Er trat noch dichter an sie heran.

»Ich finde, das ist nahe genug«, quetschte Otis zwischen den Zähnen hervor.

Der hohe Lord warf ihm einen tadelnden Blick zu.

»Wir wollen doch zu unserem Gast nicht unhöflich sein. Ihr könnt meinen Sohn gern auf den Arm nehmen, Prinz Tarkan, wenn Ihr es wünscht. Ich schenke Euch mein volles Vertrauen.«

Levarda drückte Agilus enger an ihre Brust, das Baby hob die Hand und ergriff die Haarsträhne, die Levarda an der Wange herabhing. Aus der kunstvollen Hochsteckfrisur mit kleinen eingeflochtenen Perlen hatte Ruth ein paar Strähnen herausgezogen, die Levardas Gesicht umschmeichelten. Da sie keine Hand frei hatte, konnte sie sich nicht aus dem Griff des Babys befreien.

Prinz Tarkan packte die kleine Faust, öffnete vorsichtig die Finger des Thronfolgers.

Die Hände der Offiziere und die von Prinz Tarkans Männern lagen allesamt auf den Griffen ihrer Schwerter.

Das Baby ließ von Levardas Haar ab und Prinz Tarkan wickelte die Strähne um seinen Finger, um sie so vor einem erneuten Zupacken des Kindes zu sichern.

Levarda senkte Agilus‘ Körper in ihrem Arm, damit er nicht mehr nach ihren Haaren greifen konnte.

»Lasst meine Haarsträhne los, Prinz Tarkan«, befahl sie ihm kühl. Mit Höflichkeit käme sie bei ihm nicht weit.

Er grinste, wickelte ihr Haar ab und streifte dabei wie unabsichtlich ihre Wange mit seinen Fingern, wobei sie auf ihrer Haut eine brennende Spur hinterließen.

Böse funkelte Levarda ihn an. In seinem Gesicht sah sie das gleiche anzügliche Grinsen, das sie kurz zuvor im Gang bei ihrem Mann gesehen hatte. Mit dem Unterschied, dass er so dicht bei ihr stand, dass sie seine Erregung fühlen konnte.

Sendads Worte unterbrachen den Bann zwischen ihnen.

»Prinz Tarkan«, sprach er den Prinzen direkt an. »Als ich sagte, es sei viel Zeit vergangen, seit Ihr Lady Levarda das letzte Mal gesehen habt, meinte ich das vor allem in dem Sinne, was diese Zeit mit sich gebracht hat. – Sie ist jetzt eine verheiratete Frau.«

»Ich weiß, Sendad, und es ist sehr bedauerlich, da ich selbst die Absicht hatte, Lady Levarda zu ehelichen.«

Er wandte sich zum hohen Lord. »Das hätte unser Bündnis gestärkt.« Sein Blick wanderte zu Otis. »Allerdings gebe ich zu, es hat mich überrascht, dass Ihr sie geheiratet habt, Lord Otis. Ich dachte, Euer Interesse hätte bisher eher ihrem Tod gegolten.«

Für Levarda wurde die Spannung zwischen den Männern unerträglich. Sie kniff Agilus und er reagierte prompt mit lautem Geschrei. Sie hob ihn an ihre Schulter und küsste schuldbewusst sein Köpfchen.

Otis warf ihr einen erleichterten Blick zu, während Prinz Tarkan sie amüsiert betrachtete.

»Lady Levarda«, mischte sich Lady Smira ein, »es ist besser, wenn Ihr Agilus in seine Räume zurückbringt. Er braucht seinen Schlaf«.

In Begleitung von Sendad und Lemar trat sie erleichtert den Rückzug an.

. . .

»IHR SCHEINT EINE AUßERORDENTLICHE ANZIEHUNGSKRAFT AUF Prinz Tarkan zu besitzen«, bemerkte Lemar.

»Es ist besser, du hältst deinen Mund, Lemar«, knurrte Sendad.

»Warum? Das könnte ein Vorteil sein, wenn wir ihm das nächste Mal in einem Gefecht gegenüberstehen. Sie stellt sich einfach vor ihn, er vergisst vor lauter Gier seine Verteidigung und sie streckt ihn mit dem Schwert nieder.«

»Lemar! Das ist nicht lustig!«

»Ich werde niemals in einen Kampf ziehen«, erklärte Levarda mit zusammengebissenen Zähnen. Sie gönnte sich eine Pause und ließ sich Zeit, Agilus in den Schlaf zu singen. Geduldig warteten die beiden Offiziere vor der Tür, wobei Levarda ihre aufgebrachten Stimmen vernahm. Sie wollte nicht wissen, worüber sie stritten, aber sie konnte sich nicht ewig in dem Zimmer verstecken.

»Sendad, muss ich wieder nach oben zum hohen Lord?«

»Nein, wir haben Anweisung, Euch zu den Frauen der Offiziere zu bringen. Dort werden Egris, Wilbor und Oriander sein.«

Sie atmete auf. »Wunderbar, dann lasst uns gehen.«

DAS ESSEN WAR IN VOLLEM GANG, ALS SIE DEN FESTSAAL VON der Eingangshalle aus betraten. Die beiden begleiteten sie zu den verheirateten Offizieren und nahmen danach ihren Platz auf der erhöhten Ebene ein, diesmal an der Seite des hohen Lords und Lady Smiras.

Glücklich, sich unauffällig in der Masse der Menschen verstecken zu können, suchte Levarda die Gesellschaft der Offiziersfrauen, was sie bald bereute.

»Wie ich hörte, Lady Levarda, seid Ihr gestern im Hafenviertel überfallen worden«, erkundigte sich die Frau von Wilbor.

Sie nippte an ihrem Glas Wein und überlegte, ob die Worte eine Frage oder eine Feststellung sein sollten.

»Jedes kleine Kind weiß, wie gefährlich dieses Viertel ist. Ihr habt nicht nur Euch selbst, sondern auch die Garde des hohen Lords mit Eurem Leichtsinn gefährdet«, mischte sich die Gattin von Oriander ein.

»Ich denke, jetzt übertreibst du ein wenig, Noema«, tadelte der Offizier seine Frau.

»Verzeiht meinen Widerspruch, Oriander, Eure Frau hat recht. Es war überaus leichtsinnig von mir, was ich gestern getan habe. Ich hätte es mir niemals verziehen, wäre einem der Männer etwas passiert.«

»Ihr solltet mehr Vertrauen in die Fähigkeiten Eures Mannes haben, Noema. Meint Ihr wirklich, ein paar Räuber könnten es mit der Garde des hohen Lords aufnehmen?«, mischte sich Egris in das Gespräch ein.

»Ich hörte, dass es sich nicht um eine Bande Räuber handelte«, erwiderte Noema spitz.

Obwohl sie bereits ein Jahr am Hof des hohen Lords lebte, faszinierte es Levarda immer wieder, wie sich solche Nachrichten am Hof verbreiteten.

»Noema, es reicht. Aus welchem Grund sollte jemand Lady Levarda angreifen, außer um sie zu berauben oder sie zu entführen und als Sklavin zu verkaufen?«

Sie zuckte bei der letzten Bemerkung zusammen.

Oriander verbeugte sich vor ihr. »Verzeiht meine rüde Sprache. Andererseits scheint Ihr behütet groß geworden zu sein. Ein wenig mehr Realitätssinn um die Gefahren einer Stadt käme Euch zugute.«

Egris hustete, er hatte sich an seinem Wein verschluckt. Er unterdrückte ein Grinsen.

»Ihr scheint das belustigend zu finden«, wies ihn Noema zurecht.

»Ja, die Vorstellung von Lady Levarda als Sklavin belustigt mich in der Tat«, bestätigte Egris.

Oriander und Wilbor verzogen bei seinen Worten ebenfalls das Gesicht.

Empört stieß Noema die Luft aus, aber Egris hob beschwichtigend die Hände.

»Ihr vergesst, Noema, dass Lady Levarda die Frau von Lord Otis ist.«

»Oh, das vergesse ich bestimmt nicht, denn ich bin mir nicht so sicher, ob die Garde bei einer anderen genauso flink reagiert hätte.«

»Noema, du weißt, dass jede von uns unter einem besonderen Schutz steht«, wies Celina sie zurecht.

In die entstandene Stille hinein räusperte sich Wilbors Frau. »Noema, ich habe gehört, dass du dein Wohnzimmer mit neuen Stoffen verschönert hast.«

Das Gespräch schweifte dem neuen Thema zu und die Frauen vertieften sich in ein anregendes Gespräch über Farben und Stoffe.

Levarda trank ihr Weinglas in einem Zug aus. Ein Diener kam und hob fragend die Augenbrauen. Wortlos nahm Levarda ein zweites Glas. Ihr war noch nicht nach Wasser zumute.

Egris beugte sich zu ihrem Ohr. »Zum Glück haben sie nicht Euren Zustand nach dem Zusammenprall gesehen, das wäre schwer zu erklären gewesen.«

»Und was wäre erst passiert, wenn sie wüssten, dass ich den Männern Nasen und Kiefer gebrochen habe?«, konterte Levarda, indem sie seinen lockeren Ton aufnahm.

»Nicht auszudenken!«

Sie sahen sich an und fingen an zu lachen.

Egris' Gesicht wurde ernst. Er nahm ihr das Weinglas ab. »Ich fürchte, Ihr habt erneut Interesse geweckt.«

Sendad stand hinter ihr. »Mylady, der hohe Lord wünscht Euch zu sprechen.«

Gehorsam folgte Levarda Sendad die Treppe hoch. Mit versteinertem Gesicht zauberte Otis einen Stuhl hervor und platzierte ihn zwischen sich und Prinz Tarkan. Zu diesem Stuhl führte Sendad sie.

Prinz Tarkan hatte einen freudigen Ausdruck im Gesicht. »Lady Levarda, wie schön, dass wir Euch in unserer Runde begrüßen dürfen.«

Während ihr auf der einen Seite das warme Feuer von Otis entgegenschlug, konnte sie auf der anderen Seite die Kälte der dunklen Energie von Prinz Tarkan fühlen. Dies war zweifellos der unbehaglichste Platz auf dem heutigen Fest.

»Ich erzählte soeben eine Geschichte, die mir Euch betreffend zu Ohren gekommen ist.«

Levardas Haltung wurde wachsam.

»Sie hat das Interesse des hohen Lords geweckt, nicht wahr?«

Die Miene von Gregorius erschien ausdruckslos, und dennoch konnte sie seine Missbilligung an den schmalen Lippen erkennen. Ihr Pulsschlag beschleunigte sich.

»In der Tat, Prinz Tarkan. Stimmt es, Lady Levarda, dass Ihr gestern im Hafenviertel überfallen worden seid?«

»Ja, hoher Lord. Es überrascht mich, dass Prinz Tarkan von diesem Vorfall Kenntnis erhalten hat.«

»Vielleicht würde es helfen, Lady Levarda, wenn Ihr Euch mit den Familien meiner Hofdamen vertraut gemacht hättet, dann wüsstet Ihr, dass Hamada und Serafina Cousinen von Prinz Tarkan sind«, tadelte Gregorius.

Sie klärte ihn nicht darüber auf, dass sie die Stammbaumlinien jeder Hofdame bis zur dritten Generation auswendig kannte. Ein unerlässlicher Aspekt, um die Politik des Herrscherhauses im Land Forran zu verstehen.

»Ja, vermutlich habt Ihr recht.« Sie senkte den Blick, sah auf den Teller, den ein Diener ihr gefüllt hatte.

»Weshalb habt Ihr Euch in diesem Viertel aufgehalten, Lady Levarda? Keine Lady würde jemals auf den Gedanken kommen, dort hinzugehen«, verlangte der hohe Lord zu wissen.

»Ja, das würde mich auch interessieren, Lady Levarda«, hakte Prinz Tarkan ein. Neugier schwang in seiner Stimme mit.

Sie warf ihm einen raschen Blick zu und entschied sich, mit Orianders Kommentar zu kontern.

»Diesbezüglich, Prinz Tarkan, hätte sich Eure Cousine wohl näher mit meiner Familie beschäftigen sollen.«

Otis zuckte neben ihr merklich zusammen.

»Dann wüsstet Ihr, dass ich aus einem wohlbehüteten Hause komme. Mir sind die Gefahren einer Stadt vollkommen unbekannt. Nennt es einfach eine Dummheit, die ich bereue, aber nicht mehr rückgängig machen kann.«

»In diesem Fall hoffe ich, Ihr habt Eure Lektion gelernt.« Lord Gregorius stimmte ihre Reue offenbar versöhnlich.

»Ja, hoher Lord, durchaus. – Ist das der einzige Grund, warum Ihr mit mir zu sprechen wünschtet? In diesem Fall würde ich gerne an meinen Platz zurückkehren.«

»Und ich dachte immer, der Platz einer Frau sei an der Seite ihres Mannes«, wandte Prinz Tarkan ein, bevor ihr der hohe Lord die Erlaubnis erteilen konnte, zu gehen.

Die Musik setzte ein und Lady Smira lehnte sich leicht neben ihrem Mann vor. »Verzeiht meine Nachfrage, Prinz Tarkan, ich hörte von Lady Levarda, dass Ihr ein ausgezeichneter Tänzer wäret.«

Er verstand den Wink. »Es freut mich, dass Lady Levarda sich daran erinnert. Würdet Ihr mir diesen Tanz gewähren, Lady Smira?«

»Sehr gern.«

Levarda atmete erleichtert auf, als die beiden sich auf die Tanzfläche begaben.

Der hohe Lord richtete sich an seinen obersten Befehlshaber. »War das der Grund, weshalb Ihr gestern den Sitzungssaal verlassen habt und wir eine Stunde auf Euch warten mussten?«, fragte er mit vorwurfsvollem Unterton.

Otis sah ihn an. »Es ging hier nicht allein um den Überfall auf meine Frau, hoher Lord. Ich musste abwägen, ob es sich um ein Sicherheitsrisiko für Euch handelte.«

»Ich bin gespannt, wie Ihr mir das erklären wollt. Welches Sicherheitsrisiko besteht für mich, wenn Eure Gemahlin sich leichtsinnig ins Hafenviertel begibt und überfallen wird?«

»Sie fiel keinem Raubüberfall zum Opfer. Es handelte sich um Krieger, hoher Lord, wir konnten es anhand ihrer Kleidung, der Waffen, des Kampfstils und der Art ihrer Vorgehensweise feststellen.«

Levarda stutzte. Woher wusste Otis von der Vorgehensweise der Krieger bei dem Überfall?

»Das ist lächerlich«, winkte Lord Gregorius ab.

»Ihr vergesst, dass Ihr einen Thronfolger habt.«

»Ich hätte Euch niemals meine Erlaubnis erteilen dürfen, Lady Levarda zu heiraten. Ihr habt einen strategischen Fehler begangen, Lord Otis, und ich hoffe, er wird uns keinen Krieg bescheren.«

Die beiden Männer maßen sich kalt.

Am liebsten wäre Levarda aufgesprungen und hätte sich im Wald verkrochen. Wann war es dahin gekommen, dass sie Anlass für Feindseligkeiten bot? Wusste Lord Gregorius nicht, dass ihr Gemahl niemals seine Pflichten ihretwegen vergessen würde? Wie konnte er die Loyalität von Lord Otis in Zweifel ziehen? Nach all dem, was er für ihn getan hatte.

Levarda öffnete den Mund.

»Verzeiht hoher Lord, ich hatte bisher keine Gelegenheit mit meiner Frau zu tanzen.« Otis wartete weder die Antwort des hohen Lords noch Levardas Einwand ab und zog sie mit sich auf die Tanzfläche.

Obwohl sie ihm sein Verhalten nicht verziehen hatte, verstand sie, in welch schwierige Lage sie ihn mit dem Wortwechsel gebracht hatte. Ohne Protest ließ sie sich deshalb seine Behandlung gefallen. Sein Arm legte sich um ihre Taille, der Zorn verschwand aus seinem Gesicht. Sie spürte die Hitze seines Verlangens durch den Stoff ihres Kleides.

»Du bist heute unwiderstehlich«, raunte er ihr ins Ohr. Mit seinem Arm zog er sie dichter zu sich heran.

Ihr Puls beschleunigte sich, Energie breitete sich durch ihre Adern in einem warmen Strom aus, ließ ihre Beine weich werden. Das Licht in ihrem Innern drängte nach außen, ihrem Mann und Liebhaber entgegen. Sie musste sich konzentrieren, um dem Wunsch nicht nachzugeben und sich an seinen Körper zu schmiegen. Es ärgerte sie, dass er eine solche Wirkung auf sie ausübte und sie so mehr an sich fesselte, als es jede Eisenkette hätte tun können.

»Spar dir deine Schmeicheleien, du hast mich in meinem Turm eingesperrt«, zwang sie sich selbst, sich seinem Zauber zu entziehen und auf den Boden der Tatsachen zurückzufinden.

Sein Blick wanderte zu Prinz Tarkan und Lady Smira hinüber. »Wo ich dich besser gelassen hätte.«

»Ihr seid euch so ähnlich«, rutschte es Levarda heraus. Sie wusste selbst nicht, woher der Gedanke kam.

Seine Miene verfinsterte sich. »Ich weiß. Wir beide wissen, was wir wollen, und zögern nicht, es uns zu holen. Außerdem standen wir uns in all den Jahren viel zu häufig als Feinde gegenüber.«

»Und das heißt?«

»Dass wir uns intensiv mit der Persönlichkeit des anderen beschäftigt haben. Verstehe deinen Feind, dann kannst du ihn besiegen. Du denkst wie er, fühlst wie er, und weißt, was er begehrt.«

Er sah ihr tief in die Augen mit einem eigenartigen, dunklen Glitzern. »Macht es dir Angst?«

Ein Schauer lief über ihren Körper. »Ja«, wisperte sie.

Er nickte zufrieden mit einem grimmigen Lächeln. »Perfekt. – Das sollte es auch.«

Bevor sie nachfragen konnte, was er meinte, hörte die Musik auf.

»Ich hoffe, Lord Otis, Ihr gewährt mir die Gunst des nächsten Tanzes mit Eurer Frau.«

Sie zuckte zusammen.

»Sofern Ihr Euren Abstand wahrt, Prinz Tarkan«, erwiderte Otis kalt. Er verbeugte sich vor dem Prinzen, anschließend vor Levarda. Keiner von beiden hatte sie gefragt. Steif stand sie vor Prinz Tarkan.

»Entspannt Euch, Lady Levarda, ich habe nicht vor, mich auf einem Fest mit Eurem Mann anzulegen. Ich weiß aus vielen Kämpfen mit ihm, dass er mir an Schnelligkeit und Gewandtheit überlegen ist.«

Sie lockerte ihre Haltung, sah an ihm vorbei und schwieg. Er betrachtete belustigt ihre zusammengepressten Lippen.

»Ihr solltet vorsichtig mit solchen trotzigen Reaktionen sein. Ihr erhöht damit bei Männern wie mir und Lord Otis nur Euren Reiz.«

Sie reagierte nicht und schwieg weiter.

»Ihr habt mich bei meinem letzten Besuch mit Euren Fähigkeiten hinters Licht geführt. Doch schon damals habt Ihr eine ungewöhnliche Anziehung auf mich ausgeübt.«

Er würde sie nicht zum Sprechen bekommen.

»Es hätte mich stutzig machen müssen, wie Euch Lord Otis überwacht hat – als wäret Ihr ein kostbarer Diamant.«

»Wohl eher wie eine Gefangene«, rutschte es Levarda heraus und er lächelte zufrieden.

»Bei Männern wie uns gibt es da manchmal keinen Unterschied.«

Sie presste die Lippen aufeinander und schalt sich dafür, dass sie in seine Falle getappt war.

»Gestern habe ich Euch ein zweites Mal unterschätzt. Ich hätte nicht gedacht, dass Ihr so wehrhaft seid ohne Eure Kräfte.«

Diesmal hatte er ihre volle Aufmerksamkeit. Sie musterte ihn, sandte vorsichtig ihre anderen Sinne aus.

»Jetzt«, flüsterte er mit einer samtig dunklen Stimme.

Sie wollte sich von ihm losreißen und ihm eine Ohrfeige verpassen, aber er hielt sie fest in seinen Händen.

»Beruhigt Euch, sonst könnte Euer Mann auf die Idee kommen, ich wäre Euch zu nahe getreten. Ihr wollt doch nicht schuld sein an dem Tod der hier Anwesenden.«

Sie atmete verhalten aus.

Die Musik endete und Otis blieb mit Lady Smira an ihrer Seite stehen. »Wechsel, Prinz Tarkan?«, fragte er.

Die Männer verbeugten sich voreinander und tauschten die Tanzpartnerinnen.

»Alles in Ordnung? Du siehst ein wenig blass aus.«

»Er hat zugegeben, dass er für den Überfall auf mich verantwortlich ist.«

»Interessant«, erwiderte Otis.

»Seit wann weißt du es?«, zischte sie.

»Die Erkenntnis kam mir heute Nacht.«

»Und du hältst es nicht für nötig, mich zu warnen?«

»Nein, es ist viel aufschlussreicher, zu beobachten, was passiert. Mir ist noch nicht ersichtlich, wie er dich so zielsicher entdeckte, da der Besuch des Hafens von dir nicht geplant war. Hör auf, mich so giftig anzuschauen, Levarda. Du weißt nicht, wie anziehend du in diesen Momenten bist.« Er deutete mit den Lippen einen Kuss an.

Sie schnappte nach Luft. »Du meinst, für solche Männer wie dich und Prinz Tarkan!«

Er grinste boshaft. »Andere wären dir nicht gewachsen. Tanz noch eine Runde mit ihm, vielleicht erfahren wir mehr.«

»Du benutzt mich!« Es kostete sie Mühe, nicht laut zu sprechen.

»In Wahrheit bist du genauso abenteuerlustig wie ich. Es könnte uns einen Vorteil verschaffen. Denk nur an Agilus' Sicherheit, dann fällt es dir leichter.«

Die Musik endete und erneut wechselten sie ihre Tanzpartner.

»Euer Gemahl wusste, dass ich es war, habe ich recht?« Prinz

Tarkan drehte sie in einer schnellen Bewegung, und ihr blieb nichts anderes übrig, als sich ihm mit dem Oberkörper zu nähern. Sie schwieg, doch das schien ihm als Antwort zu genügen.

»Er möchte wissen, wie ich auf Euch gestoßen bin?« Er blickte ihr forschend ins Gesicht. »Ihr wisst es. Warum erzählt Ihr es ihm nicht selbst?«

Verwirrt sah sie ihn an, runzelte die Stirn. Sein Appell an ihren Verstand verfehlte seine Wirkung nicht. »Ihr meint die Ware des Händlers?«

»Habt Ihr herausgefunden, worum es sich handelt?«

»Erzählt es mir.«

Er lachte. »Das müsst Ihr selbst herausfinden.«

Die Worte jagten ihr einen kalten Schauer über den Rücken. Er hatte sie beim Tanzen weder körperlich noch mit seiner seltsamen Energie bedrängt. Als ihr bewusst wurde, dass er die Macht hatte, sie von ihren Elementen abzutrennen, fing ihr Herz wild an zu klopfen.

Mit einem wissenden Lächeln in den Augen beobachtete er sie, als könne er das Wechselbad ihrer Gefühle erkennen. Ihr ging es wie einer Maus, die vor einer Eule in einen Gang flüchtete, nur um festzustellen, dass ein Fuchs darin lauerte.

Die Musik endete und die Musiker legten eine Pause ein.

Den restlichen Abend verbrachte Levarda nur so lange im Spannungsfeld zwischen Otis und Prinz Tarkan, wie es der Anstand erforderte, bevor sie in ihr Gemach flüchtete.

24
LORD EDUARDO

Nachdenklich starrte Levarda in die Dunkelheit, eine Dunkelheit, die ihr keine Angst machte. Sie hörte das Lied einer Nachtigall. Insekten summten und die Luft war vom Duft der Sommerblumen, die unter ihr im Garten blühten, erfüllt. Trotz der Wärme am Tag waren die Nächte kühl. Sie schloss das Fenster, blieb aber auf dem Fenstersims sitzen. Licht und Dunkelheit – sie gehörten zusammen. Je nach Jahreszeit gab es länger Licht oder länger Dunkelheit und dann gab es die Tage, wo sie sich die Zeit gerecht teilten.

Es ergab keinen Sinn, dass die Dunkelheit, die von Prinz Tarkan ausging, sich so bedrohlich anfühlte. Woher bezog sie ihre Energie?

Ihr Kopf begann zu schmerzen. Sie war erschöpft von den letzten Stunden, als sie ihren Schutzschild so dicht gewoben hatte, dass ihr jetzt jede Kraft fehlte. Sie konnte nicht einmal mehr ihren Körper warmhalten. Aber statt ins Bett zu gehen und sich unter der Decke zu wärmen, saß sie hier am Fenster und hing ihren Gedanken nach.

Sie suchte die Erinnerung daran, wie Otis in der einen Woche auf Burg Ikatuk gewesen war. Sie hatte ihn tief in sich eingelassen, seit sie sich als Mann und Frau verbunden hatten. Doch er gewährte ihr dasselbe bei sich nicht. Trotz aller Zärtlichkeit, die er ihr entgegenbrachte, hatte er sie nicht bei sich aufgenommen. Levarda spürte deutlich die Grenzen, die er zog, wann immer ihre Energie zu ihm floss.

Nach diesem Abend fragte sie sich, ob sie überhaupt noch in ihm sein wollte. Sie liebte ihn so sehr, dass er ihr mit seiner Abwesenheit körperliche Schmerzen bereitete. Sie hatte immer gedacht, dass sie sich vollkommen fühlte, doch jetzt, da sie wusste, wie es sich anfühlte, reichte sie sich selbst nicht mehr aus.

Und was empfand er für sie?

Sie war nicht mehr als ein Besitz, den er wie ein Kind seinem ärgsten Feind vorgeführt hatte: Sieh her, sie gehört mir und nicht dir. Jede seiner Berührungen am Abend war nicht der Zärtlichkeit seiner Gefühle entsprungen, sondern dem Bedürfnis, zu zeigen, dass er das Recht besaß, ihr nahe zu sein.

Tränen rannen ihre Wange hinunter. Sie ließ sie laufen, zu müde, um sie wegzuwischen.

»Ich habe dir wehgetan.«

Sein warmer Finger wischte die Träne von ihrer Wange.

Sie zog mit trockenem Schluchzen die Luft ein. Wieder einmal hatte sie nicht bemerkt, dass er ins Zimmer gekommen war.

Er nahm ihre Hand, hielt inne. »Du bist eiskalt, Levarda. Verdammt, warum sitzt du hier auf der Fensterbank? Warum liegst du nicht im Bett?«

Sie entzog ihm ihre Hand, lehnte den Kopf an das Fenster, schlang die Arme um sich. »Du wolltest mich in Ketten legen.«

»Wie kommst du darauf?«

Sie hatte gehofft, er würde es leugnen. Wo war der Mensch hin, den sie in ihm gesehen, gefühlt hatte?

»Der Soldat, der mich bewachte, hat es mir verraten.«

»Ich werde ihm die Zunge herausschneiden lassen«, knurrte er.

Sie ruckte herum. »Das wirst du nicht!«

Reumütig ließ er den Kopf hängen. »Es tut mir leid, Levarda, aber ich musste sicher sein, dass dir nichts geschieht.«

Bevor sie sich selbst daran hindern konnte, streckte sie die Hand aus und strich über sein Haar. Oh, Lishar, wieso quälst du deine Tochter mit der Liebe zu diesem Mann?

Er hob den Kopf, fasste ihre Hand und küsste ihr Handgelenk genau dort, wo ihr Puls schlug. Wärme floss von diesem Punkt in ihren Körper.

Du gibst ihm viel zu viel Macht über dich, schalt Levarda sich selbst, doch diese Stimme verstummte, als er ihre andere Hand an sich zog und dort die gleiche Stelle küsste.

»Lass mich dich wärmen«, sagte er leise. Er hob sie vom Fenstersims, legte sie aufs Bett. Ohne Eile ließ er seine Lippen über ihre Haut wandern, bis die Hitze durch ihren Körper strömte und jede Kälte vertrieb.

Langsam entspannte sie sich, verdrängte ihre Sorge, gab sich ihm völlig hin. Sie liebten sich innig und zärtlich, anders als je zuvor. Levarda ließ all ihre Schutzschilde fallen, nahm ihn in sich auf, bis er sie ausfüllte bis zum letzten Winkel ihrer Seele. Sie konnte sein Feuer in jeder Faser ihres Körpers spüren, das Licht in ihr vibrierte von seiner Nähe. Wie hatte sie sich jemals von dieser Energie und Liebe abgeschnitten fühlen können?

Er strich ihr das Haar aus dem Gesicht, zeichnete mit dem Finger ihre geschwungenen Augenbrauen nach, beugte sich zu ihrem Ohr und flüsterte: »Ich liebe dich.«

Erschöpft ließ er sich ins Bett zurückfallen.

Levarda legte ihren Kopf auf seine Brust und lauschte dem Klang seines Herzens.

Sie hatte sich noch nicht entschieden, wie sie mit dem Brief von Lord Eduardo verfahren sollte. Ihr Innerstes sträubte sich gegen eine heimliche Zusammenkunft hinter Otis‘ Rücken. Ihr letzter Alleingang hing ihr in den Knochen, aber Lord

Eduardo bestand ausdrücklich darauf, sich allein mit ihr zu treffen.

Hatte sie sich so verändert? Ihren Mut verloren und ihre Selbstsicherheit – eine Frau, die sich gehorsam den Befehlen ihres Mannes fügte? Nein, sie traf weiterhin ihre eigenen Entscheidungen. Sie würde ihn später über den Brief informieren.

Sie setzte sich an ihre Aufzeichnungen. Die Angst hatte der Dunkelheit ihre Kraft gegeben. Ihr inneres Licht hatte die Schatten aus dem Körper des hohen Lords vertrieben, so wie das Leuchten ihres Amuletts den Griff der Tentakel gelockert hatte. Aber wie konnte sie überhaupt diese Macht ausüben? Von wem oder woher bezog diese Dunkelheit ihre Energie, die stärker war als die Energie der Elemente, die Basis allen Lebens?

Otis kam herein, stellte sich hinter sie und küsste ihren Nacken. »Was schreibst du da?«

»Ich halte fest, was ich bisher über die Schatten herausgefunden habe.«

»Eine hervorragende Idee – darf ich es lesen?«

Sie schlug das Buch zu, in dem sie ihre Aufzeichnungen niedergeschrieben hatte. Er hatte es ihr geschenkt.

»Erst, wenn du mir das dritte Buch von Larisan aushändigst.«

Er sah sie aufmerksam an. »Also gut, aber du kannst es nur auf Ikatuk einsehen.«

»Einverstanden.«

Er hielt die Hand auf.

Sie lächelte. »Du kennst die Bedingungen.«

»Und ich habe ihnen zugestimmt.«

Sie schüttelte den Kopf. »Nein, zuerst du.«

»Soll das heißen, du traust mir nicht?«

Statt zu antworten, schwieg sie. Er setzte sich auf die Kante ihres Schreibtisches. »Und soeben wollte ich dir einen aufregenden Tag schenken.«

Sie lachte. »Auch damit bekommst du mich nicht weichgekocht.«

»Jede andere Antwort von dir hätte mich überrascht. Ich zeige dir, wie großzügig ich bin, und schenke dir den morgigen Tag, trotz deiner Ungezogenheit.«

Ihre Augen bekamen einen warmen Glanz. »Einen Tag nur wir zwei?«

Er seufzte. »Leider nein, aber ich bin mir sicher, es wird dir trotzdem gefallen. Du fährst morgen mit einem Boot nach Tinau, das ist eine Stadt, die Lethos gewidmet ist. Ich glaube, es wird für dich interessant sein, mehr über die Geschichte von Lethos zu erfahren. Wusstest du, dass er der Liebhaber von Lishar war, bis zu dem Moment, wo er sie für eine andere verstieß?«

»Ich kenne die Geschichte anders. Keiner konnte von dem anderen lassen und sie vergaßen ihre Pflichten gegenüber den Menschen, die von Hungersnöten, Krankheiten und Unwettern heimgesucht wurden. Die Ernten verdarben. Da erkannte Lishar, dass ihre Liebe den Menschen Leid zufügte, und sie beschloss, sich von Lethos zu trennen. Sie wurde zum Mond und er zur Sonne. Im Wasser und in der Erde finden wir ihre Liebe, in Feuer und Luft seine Leidenschaft. Nur in den kurzen Augenblicken, wenn der Tag zur Nacht oder die Nacht zum Tag wechselt, begegnen sich die beiden, und wenn sie sich lieben, erkennen wir das an dem Feuer des Himmels.«

»Das ist eine wesentlich sentimentalere Geschichte, für Frauen geeignet, allerdings lässt sie den Mann ohne Verstand erscheinen. Vermutlich ist das der Grund, warum ihr sie in eurem Land pflegt. Aber ich wusste bisher noch nicht, dass auch ihr Lethos verehrt.«

»Das tun wir nicht, wir sind Töchter von Lishar und lehnen die Gewalt, die Macht, das Feuer und den Wirbelsturm ab, dessen Hüter er ist.«

»Also wird auch jede Tochter, die ihre Energie aus einem dieser Elemente bezieht, abgelehnt?«

Sie seufzte, er hatte mit scharfem Verstand den Schwachpunkt ihres Volkes berührt, der Anlass für Debatten enthielt. Auch sie hatte Probleme bekommen, als der Rat der Ältesten erkannte, dass sie ihre Energie von allen vier Elementen bezog.

»Jedenfalls hast du recht, ich würde mich freuen, Tinau zu sehen.«

»Wunderbar. Du wirst mit Lord Eduardo fahren, er ist so großzügig, es dir zu ermöglichen.«

Sie lehnte sich zurück. »Lord Eduardo?«, dehnte sie den Namen laut.

»Hast du etwas dagegen? Ich bin davon ausgegangen, dass du seine Gesellschaft magst. Auf den Festen hast du viel Zeit mit ihm verbracht.«

»Ja, das stimmt.« Der perfekte Zeitpunkt, um Otis von dem Brief zu erzählen. Doch sie zögerte. »Vertraust du ihm?«, fragte sie stattdessen.

Er lächelte sie an. »Ich freue mich, dass du vorsichtiger geworden bist, mein Mondlicht. Ja, ich vertraue ihm voll und ganz. Es gibt außer Lemar, Sendad und Egris niemand anderen, dem ich ohne zu zögern dein Leben anvertrauen würde.«

»Dann freue ich mich und nehme dein Geschenk gerne an.« Sie stand auf und küsste ihn auf den Mund. Er zog sie zu sich heran, erwiderte ihren Kuss in einer Art, die sie die Welt um sich herum vergessen ließ. Er langte hinter ihr nach dem Buch. Sie setzte sich darauf, lächelte gespielt vorwurfsvoll.

Er grinste zurück. »Einen Versuch war es wert.«

LORD EDUARDOS SCHIFF WAR EINE BARKE MIT RUDERN UND einem Mast, an dem ein Segel hochgezogen werden konnte, wenn der Wind günstig stand.

Ein tiefblauer Himmel versprach einen wunderschönen Tag. Levarda fühlte sich lebendig und musste eingestehen, dass es einen Vorteil bedeutete, die Frau von Otis zu sein.

Er und acht seiner Männer hatten sie zum Hafen begleitet. Sie konnte spüren, wie schwer es ihrem Gatten fiel, sie gehen zu lassen.

Geschickt balancierte sie über die Planke. Lord Eduardo reichte ihr die Hand, die sie nur annahm, um ihn nicht zu verletzen, und sprang leichtfüßig ins Boot.

Otis folgte ihr.

»Ich möchte Euch vier meiner Soldaten zur Seite stellen«, erklärte er Lord Eduardo, bevor dieser seinen Gruß erwidern konnte.

Levarda lachte. »Ich dachte, du würdest Lord Eduardo vertrauen?«

Er ging auf ihren leichten Ton nicht ein. »Das tue ich, dennoch fühle ich mich wohler, wenn dich meine Männer begleiten. Es macht Euch doch nichts aus, Lord Eduardo?«

»Auf keinen Fall macht mir das etwas aus, Lord Otis. Auch ich an Eurer Stelle würde eine Frau wie die Eure nicht aus den Augen lassen« er nahm Levardas Hand und führte sie galant an seine Lippen, »allerdings ist das Boot klein. Wir sind voll beladen mit Ware für Tinau und Ihr versteht, dass dies keine reine Vergnügungsreise ist, obwohl die Anwesenheit von Lady Levarda sie kurzweilig gestalten wird. Ihr bringt mich also ein wenig in Verlegenheit.«

Auf Otis‘ Stirn drohte die Falte zu entstehen. Sein Blick wanderte über Lord Eduardos Besatzung. Er focht deutlich einen inneren Kampf aus und seine Unruhe übertrug sich auf Levarda.

»Otis, wenn es dir nicht recht ist, komme ich mit dir zurück.« Sie bemühte sich, ihre Enttäuschung zu verbergen.

Sein Gesicht hellte sich auf. »Nein, auf keinen Fall sollst du auf den Tag verzichten. Ein wenig Abwechslung tut dir gut. Lord Eduardo, ich vertraue sie Eurer Obhut an.«

Er zog Levarda in seine Arme, küsste sie auf den Mund, bevor sie sich abwenden konnte. Seine öffentliche Zärtlichkeit war ihr peinlich, zumal so etwas als unschicklich galt, doch das störte

Otis nicht. Er sprach ihr leise ins Ohr: »Genieße deinen Tag in Freiheit und spare dir deinen Dank für heute Abend auf.«

Levardas Wangen färbten sich tiefrot. Lächelnd strich er mit seinem Finger über die Hitze.

»Wann kann ich Euch zurückerwarten, Lord Eduardo?«

»Ich denke, es wird das Beste sein, ich bringe Eure Frau nach Hause. Lasst die Kutsche in meine Lagerhalle schaffen. Ihr könnt am frühen Abend mit uns rechnen.«

»Ich erwarte meine Gattin wohlbehalten zurück, Lord Eduardo, Euch ist hoffentlich klar, dass Ihr dafür mit Eurem Leben haftet.«

Mit einem schelmischen Lachen versuchte ihr Gemahl, den Worten die Schärfe zu nehmen.

»Keine Sorge, Lord Otis. Eure Frau wird in den besten Händen sein.«

Otis ließ beim Gehen Levardas Hände aus seinen gleiten. Er ging über die Planke ans Ufer zurück. Das Schiff erwachte zum Leben. Die Seeleute zogen die Planken ein.

Levarda suchte sich einen Platz, an dem sie den Männern nicht im Weg stand. Gebannt verfolgte sie die Arbeiten der Leute, die in einem eingespielten Rhythmus ohne viele Worte das Schiff in Fahrt brachten. Ihre erste Reise auf einem Boot.

Sie winkte Otis zu, und gegen ihre Gewohnheit küsste sie ihre Hand und pustete den Kuss zu Otis hinüber.

Er machte eine Handbewegung, als finge er ihren Kuss auf, und führte ihn an seine Lippen.

Sie wusste nicht, weshalb ihr Tränen in die Augen stiegen. Einfach ein lächerliches Gefühl, schließlich verbrachten sie in der Festung den Tag auch nicht zusammen.

Am Abend zuvor hatte er seine Hand auf ihren Unterleib gelegt und ihr ins Ohr gehaucht: »Ich wünsche mir eine kleine Levarda von dir. So ein süßes, freches Mädchen, das immer dreckig ist und mit zerrissenen Kleidern vor dir steht, um zu erklären, dass ein blöder Ast einfach alles kaputtgemacht hat.«

Sie hatte gelacht. »Das hast du gesehen?«

»Du warst schon damals ein Wildfang.«

»Was ist, wenn ich kein Kind bekommen kann?«

»Hast du Angst, deine Kraft könnte es töten?«

Sie fand es erschreckend, mit welcher Klarheit er ihre unausgesprochene Befürchtung verstand und nickte.

»Ich habe darüber nachgedacht, und dann kam mir der Gedanke, wenn du alle Energie des Lebens in dir vereinst, warum nicht auch die Energie eines neuen Lebens? Und wieso sollte sie dem Ungeborenen schaden? Außerdem denke ich, dass meine Lebensenergie stark genug ist. – Levarda, ich liebe dich, egal ob wir Kinder bekommen oder nicht, aber versprich mir, dass du geschehen lässt, was immer geschieht, mehr verlange ich nicht von dir.«

Sie beide kannten die Geschichte von Larisan. Doch sie hatte keine Angst davor, wegen eines Kindes ihre Freiheit einzubüßen. Im Gegenteil, sie konnte sich nichts Schöneres vorstellen, als ihre gemeinsame Liebe in einem eigenen Kind wachsen zu sehen.

Statt einer Antwort hatte sie ihn geliebt.

LORD EDUARDO HATTE AUF DER FAHRT BIS NACH TINAU hinunter alle Hände voll zu tun.

Drei Stunden später legten sie in einem Hafen an, halb so groß wie der, von dem sie abgelegt hatten. Die Stadt lag angeschmiegt an einen Berg, auf dessen Plateau Levarda ein hohes Gebäude entdeckte. Auf seiner Kuppel brachte die Sonne eine aus Gold geschmiedete Sonne zum Funkeln. Dort hinauf wollten sie gemeinsam wandern, sobald Lord Eduardo seine Handelsgeschäfte abgewickelt hatte. Lord Eduardo bat sie, solange unter Deck zu bleiben.

Levarda trug zum Glück heute ihre Reisekleidung samt Beinkleidern und Stiefeln. Otis hatte darüber lächelnd den Kopf geschüttelt, doch sie fühlte sich unterwegs darin wohler.

. . .

Eine Stunde später erschien Lord Eduardo in der Kajüte, wo Levarda auf einem am Boden befestigten, gemütlichen Sessel saß.

»Also, Lord Eduardo, was hat es nun mit der Flüssigkeit in der Phiole auf sich?«, kam sie gleich zur Sache.

»Das, Lady Levarda, lässt sich besser zeigen als erklären. Bereit für ein Abenteuer?«

Er gab ihr einen Umhang mit Kapuze und bat sie, diese aufzuziehen. Er erklärte, dass im Tempel von Lethos strenge Regeln herrschten und eine davon besagte, dass Frauen ihren Kopf und ihr Gesicht bedecken mussten. Außerdem wäre es ihr nicht gestattet, in das Allerheiligste einzutreten, sie dürfe nur von einem Raum aus, dessen Front in Richtung Altar mit einer Sichtwand ausgestattet war, hineinsehen und den Zeremonien von Weitem beiwohnen.

Levardas Neugier wuchs ins Unermessliche angesichts dieser strikten Regeln. Gehorsam warf sie den Umhang um die Schultern, zog die Kapuze über den Kopf und befestigte den Schleier davor. Ein seltsames Gefühl, so verhüllt zu sein.

Gemeinsam machten sie sich an den Aufstieg in das Heiligtum des Lethos. Eine Menschenmenge pilgerte den Weg hinauf, hauptsächlich Männer. Die Gesichter der wenigen Frauen unter ihnen waren hinter Schleiern in unterschiedlichen Farben aus dem gleichen transparenten Stoff wie ihrem verborgen.

Sie musste immer wieder Pausen für Lord Eduardo einlegen.

»Ihr springt diesen Berg hoch wie eine junge Gazelle.« Er hatte sich an einen Stein gelehnt und wartete darauf, dass sein Atem zurückkehrte.

Schließlich erreichten sie den Tempel. Die Abbildung einer Sonne aus Mosaiksteinen prägte den Boden des Vorhofes. Levarda sah das Zeichen des Feuers und der Luft. Verborgen in einer Ecke sah sie einen Mond mit dem Symbol für Wasser und Erde. Es überraschte sie, die Embleme Lishars überhaupt abgebildet zu sehen. Nach den Erzählungen von Otis und den vielen Zeremonien zur Verehrung von Lethos, denen sie auf der Festung beigewohnt hatte, erschien es ihr ungewöhnlich, sie in seinem Heiligtum zu finden.

Lord Eduardo gab ihr ein Zeichen, dass sie den Platz nicht überqueren dürfe. Während die Männer über das Mosaik in den Tempel gingen, mussten die Frauen einen Weg um die Symbole herum nehmen. Dort führte eine Treppe auf die zweite Ebene in einen weitläufigen Raum.

Eine mit Sonnen verzierte Holzwand bot zwischen den eingearbeiteten Sonnenstrahlen offene Sicht auf den Innenbereich des Tempels. Im Zentrum dominierte eine männliche Figur das Heiligtum. Schlank und hochgewachsen besaß die Statue einen ausgeprägten Brustkorb, kräftige Arme, einen nackten Oberkörper mit fein ausgearbeitetem Muskelspiel, der in einen flachen Bauch mündete. Eine Art knapper Rock bedeckte die Männlichkeit. Darunter kamen muskulöse Beine zum Vorschein, die Füße steckten in Sandalen. Die Augen des Gottes schienen sie direkt anzusehen. Die Figur strahlte pure Manneskraft in jedem liebevoll ausgemeißelten Detail aus. Die Gesichtszüge erschienen ihr seltsam vertraut.

In ihrer Erinnerung sah Levarda die Gestalt von Lishar, die ihr damals in der Nacht in den Bergen von Ikatuk erschienen war, ihr helles Leuchten, die weichen Züge, das warme Lächeln in ihrem Gesicht. Selbst eine Göttin würde sich der Anziehungskraft eines solchen Mannes nur schwerlich entziehen können. In ihrem Kopf schenkte ihr die Göttin ein verschmitztes Lächeln.

Eine Frau reichte ihr einen Becher. »Hier trinkt.«

»Was ist das?«

»Der Saft aus den Lenden des Lethos.«

Angewidert betrachtete Levarda das milchige Getränk.

Die Frau, deren Gesicht sie nur schemenhaft unter dem

seidigen Stoff erkannte, sah sie an. »Ihr seid zum ersten Mal im Tempel von Lethos, nicht wahr?«

Levarda nickte.

»Das Getränk wird nur so genannt. Es ist aus dem Saft von Bananen gemacht, mit Wasser aus der Quelle im Innern des Tempels vermischt, und ein wenig Zitrone ist auch drin. Es wird Euch die Fruchtbarkeit bringen, die Ihr Euch wünscht.«

»Wie kommt Ihr darauf, dass ich mir Fruchtbarkeit wünsche?«, fragte Levarda unbehaglich berührt.

»Die wünscht sich jede Frau, die diesen Weg zum Tempel von Lethos auf sich nimmt.«

Mit keiner Silbe hatte Otis dieses Ritual erwähnt. Sie runzelte die Stirn, verärgert von der versteckten Absicht ihres Mannes.

Die Frau legte den Kopf zur Seite, irritiert von ihrem Verhalten. Andere Verschleierte wandten ihr den Blick zu.

Um nicht aufzufallen, nahm Levarda den Becher entgegen, sicher, dass dieses Getränk keine unerwünschte Auswirkung auf sie hatte. Immerhin war das Wasser ihr Element. Sie nippte vorsichtig daran. Ein herrlich erfrischender Geschmack breitete sich in ihrem Mund aus.

»Ihr müsst ihn in einem Zug leeren, sonst wirkt er nicht«, drängte sie die Frau. Levarda setzte den Becher an, und noch während sie ihn austrank, bemerkte sie den bitteren Beigeschmack, sah den zufriedenen Blick der Frau, dann schwanden ihr die Sinne.

HINTER IHRER STIRN POCHTE ES. DUNKLE SCHATTEN bewegten sich durch ihren Körper. Jemand riss ihr den Kopf zurück, zwang ihren Mund auf und schüttete ihr eine Flüssigkeit hinein. Sie spuckte sie aus. Sie hörte Flüche. Erneut wurde ihr Kiefer aufgezwungen, diesmal hielt man ihr zusätzlich die Nase zu, und erst nach einem Moment kam die Flüssigkeit in ihre Mundhöhle. Sie schluckte, um wieder Luft zu bekommen.

Krämpfe schüttelten sie, durch ihren Körper jagten die Schatten, kämpften gegen ihre eigenen Kräfte.

Levarda erbrach sich. Eine Hand hielt ihren Kopf und schob eine Schüssel unter ihren Mund. Sie griff nach ihrem Amulett, damit es sie beschützte, aber ihre Finger fanden nur Leere. Sie fiel zurück in die Bewusstlosigkeit. Wann immer sie an den Rand ihres Bewusstseins kam, wiederholte sich die Prozedur. Mit jedem Mal ließ ihre Widerstandskraft mehr nach, und ihr Unterbewusstsein, das sich beständig gegen die Schatten wehrte, beschloss, den Körper aufzugeben, um ihre Seele zu schützen. An der Grenze zwischen Leben und Tod löste sie sich in reine Energie auf.

Eine weibliche Gestalt verwehrte ihr den Weg in die Unendlichkeit. Sie erkannte in ihr die alte Frau aus Forran, der sie einst an den Grenzen von Mintra begegnet war. In ihrem Geist kam die alte Frau auf sie zu und wechselte ihre Gestalt. Sie verwandelte sich in einen Offizier der Garde, dann in eine junge Frau mit schwarzem, lockigen Haar, und Levarda verstand – Larisan. Sie war die Frau gewesen, mit der sie über das Land Forran gesprochen hatte.

»Du hast mir das Versprechen gegeben, ins Gleichgewicht zu bringen, was ich ins Ungleichgewicht gebracht habe. Lässt dich ein wenig Schmerz so leicht aufgeben?«

»Es ist nicht der Schmerz, den ich fürchte, sondern die Dunkelheit.«

»Dort, wo Licht ist, ist auch Dunkelheit. Das eine gehört zum anderen. Lass die Dunkelheit in dein Herz und beides wird darin existieren können.«

»Es ist zu viel Leid, zu viel Zorn, zu viel Hass, als dass ich es ertragen könnte. Was, wenn ich es nicht verzeihen kann und selbst zur Dunkelheit werde?«

»Du trägst das Licht der Liebe in dir, wovor hast du Angst, meine Tochter?«

. . .

Levarda kehrte zurück in ihren Körper. Eine Schmerzwelle schwappte über sie hinweg, zog ihr Unterbewusstsein in das Bewusstsein hinein.

Sie keuchte und riss die Augen auf. Verschwommen nahm sie einen Raum wahr und ein Gesicht schob sich in ihr Blickfeld – Lord Eduardo.

»Ich glaube, ihr Geist ist zurückgekehrt und sie erwacht.«

»Ihr habt die Dosis herabgesetzt, alter Mann.«

»Tot nützt sie Euch nichts. Ihr selbst sagtet, dass Ihr stärker wäret als sie, wenn ihr Amulett sie nicht schützt.«

»Geht beiseite. Ich will sehen, wie machtvoll die Dunkelheit in ihr ist.« Das Gesicht von Prinz Tarkan erschien.

»Ihr«, keuchte sie.

Er sah sie finster an. »Hört endlich mit dem Kämpfen auf! Entweder, Ihr lasst die Dunkelheit in Euch ein oder Ihr werdet sterben.«

Sie presste die Lippen aufeinander, unterdrückte ein weiteres Stöhnen, krümmte sich zusammen und spürte ihren Magen erneut rebellieren. Grob packte Prinz Tarkan ihren Kopf und hielt ihn über eine Schüssel.

»Es wird Euch nichts nützen. Ihr könnt die Dunkelheit nicht erbrechen.« Er wischte ihr den Mund ab und legte ein kühles Tuch auf ihre Stirn. Gierig saugte Levarda das Wasser in ihren Körper, um seine Energie erneut gegen die Dunkelheit zu schleudern. Weitere Schmerzwellen durchzuckten sie.

»Ihr seid unglaublich, jedes bisschen Feuchtigkeit nutzt Ihr für Euren Kampf.«

Er schlug ihr mit der flachen Hand ins Gesicht.

»Nehmt endlich Vernunft an oder Ihr bekommt auch keine Flüssigkeit mehr.«

»Dann stirbt sie«, gab Eduardo zu bedenken.

»Dann ist es so.« Prinz Tarkan verließ den Raum.

Seufzend setzte sich Lord Eduardo an ihr Bett.

»Verräter«, stieß sie hervor.

Er sah sie traurig an und nickte.

»Warum?« Jedes Wort brannte in ihrem Mund.

»Weil ich gegen den Geist seiner Liebe nicht ankam.«

»Sie war eine Frau.«

»Ich weiß, dass Bihrok eine Frau war. Die demütigendste Art der Zurückweisung für einen Mann.«

Levarda starrte ihn an. Seine Worte suchten sich einen Weg durch ihren verwirrten Geist.

»Und jetzt zerstört Ihr all das, wofür Lady Eluis lebt?«

»Ja, ich zerstöre ihren Lebenstraum und ich muss mich beeilen, denn ich will, dass sie den Schmerz mit in ihr Grab nimmt. Ich werde den hohen Lord von seinem Thron stoßen.« Seine Augen bekamen einen fiebrigen Glanz. »Ich hatte so viel Hoffnung in Euch gesetzt. Stattdessen wechselt Ihr die Fronten, schenkt ihm seinen sehnlichst erwünschten Thronfolger und heiratet meinen ärgsten Feind.«

»Ich wollte immer nur den Frieden, nie die Zerstörung.« Tränen liefen aus Levardas Augen. Sie konnte das Leid seiner zurückgewiesenen Liebe fühlen.

»Nun, wenn Ihr die Dunkelheit in Euch akzeptiert habt, wird sich das ändern, so tat es auch König Shaid mit Larisan und zeugte seinen Sohn, Prinz Tarkan.«

Levarda schloss die Augen und hörte die Stimme der alten Frau: Drei Kindern schenkte ich das Leben. Einer Tochter, meinem Kind der Liebe, die mich zurückwies und zerstörte; einem Sohn, meinem Kind der Angst, des Hasses, der Demütigung, weil ich dazu gezwungen wurde, und meinem jüngsten Sohn, einem Kind der Versöhnung. Er schenkte mir den Frieden und bewahrte mich davor, zu zerstören, was ich liebte. – Gunja, die Mutter ihres Mannes, Tarkan und Sendad. Und abermals hallten die Worte in Levardas Kopf: Ihr habt es versprochen.

Ergeben machte Levarda der Dunkelheit Platz in ihrem Körper und alles Licht in ihr versiegte. Der Schmerz ließ nach und sie verlor das Bewusstsein.

. . .

Das nächste Mal erwachte sie in einem Zelt. Sie lag auf einem weichen, dicken Fell, eine Decke über ihren Körper gebreitet. Jemand hatte sie ausgezogen, doch sie trug noch das Unterkleid und die Beinkleider. An einer Stange hing ihr Kleid, davor standen ihre Stiefel. Alles sah frisch gesäubert aus.

Ihre Zunge lag schwer in ihrem Mund, der Geschmack von Erbrochenem haftete daran. Vor ihr standen ein Krug und ein Becher mit einer klaren Flüssigkeit. Sie roch an dem Inhalt, es schien Wasser zu sein. Daneben lagen Kräuter.

Sie stützte sich auf einen Arm. Mit zitternder Hand griff sie nach dem Becher und schluckte gierig das Wasser hinunter, wobei sie die Hälfte auf ihr Gesicht und Oberteil verschüttete. Sie schenkte sich einen zweiten Becher ein, einen dritten, einen vierten, bis der Krug leer war. Dann stopfte sie die Kräuter in den Mund und kaute langsam darauf. Der frische Geschmack von Minze, Thymian und Salbei verbreitete sich in ihrer Mundhöhle. Sie schluckte den Kräuterbrei herunter, wohl wissend, dass sie Nährstoffe enthielten, die ihr Körper dringend benötigte. Erschöpft rollte sie sich in die Decke. Ihre Augen fielen ihr zu und sie schlief ein.

Leise Stimmen weckten sie. Die eine gehörte Prinz Tarkan, die andere Lord Eduardo, und eine dritte konnte sie nicht zuordnen.

»Wir sollten das nicht hier im Zelt erörtern, wo der Feind mithört«, knurrte die fremde Stimme.

»Zweifelst du an meinen Fähigkeiten, Onkel?«

»Nein, aber sie hat es geschafft, deine Pläne den hohen Lord betreffend zu durchkreuzen, also solltest du sie nicht unterschätzen.«

»Ihre Aura ist voll von Dunkelheit. Sie wird sich mir anschließen, ob sie will oder nicht, denn ich kontrolliere die Dunkelheit und niemand sonst.«

»Berichtet lieber, was am Hof geschehen ist«, mischte sich Lord Eduardo ein.

»Es ist so gelaufen, wie du es geplant hast, Tarkan. Der hohe Lord weigert sich, auch nur einen Teil der Garde für die Suche nach Lady Levarda zur Verfügung zu stellen. Es kam zu einem Krach.«

»Wie hat Otis reagiert?«

»Wie du es voraussahst. Er legte sein Amt nieder.«

»Wie haben sich die Offiziere verhalten?«

»Es gab Diskussionen, aber Wilbor vereinte sie. Er meinte, sie könnten keinen Krieg mit Eldemar riskieren, nur auf den bloßen Verdacht von Lord Otis hin.«

»Selbst Sendad ist ihm nicht gefolgt?«, hakte Prinz Tarkan nach. Skepsis schwang in seiner Stimme mit.

»Sie haben sich gestritten. Sendad warf Lord Otis vor, er habe sein Urteilsvermögen verloren, seit er mit Lady Levarda verheiratet ist. Außerdem wäre sie die Letzte, die einen Krieg um ihre Person gewollt hätte. Er würde nicht mehr seine Pflichten dem Land gegenüber wahrnehmen, sondern nur noch an sich denken. Einige haben damit gerechnet, dass Lord Otis sein Schwert gegen Sendad richtet.«

Die Stimme lachte und die anderen fielen ein.

»Zu meinem Bedauern tat er es nicht.«

In Levarda drehten sich die Gefühle umeinander. Erfüllt von der Dunkelheit spürte sie Wut und Zorn in sich auflodern, die den Schatten Nahrung gaben. Sie flammten auf. Doch bevor sich die Energie mit einer gewaltigen Explosion Luft verschaffen konnte, wurde sie eingefangen und verpuffte in einem Windstoß, der die Zeltwände zum Zittern brachte. Die Kraft, die auf Levarda eingewirkt hatte, jagte eine Schmerzwelle durch ihren Körper. Die Tentakel seiner Macht fixierten sie auf dem Boden. Sie konnte sich nicht mehr bewegen.

Panik kroch in ihr hoch. Sie war derselbe Mensch wie immer, mit denselben Gedanken, aber sie fühlte weder Wärme noch Licht in sich. Mit jedem negativen Gefühl schien sie weiter die Kontrolle über sich selbst zu verlieren, als wäre ihr Verstand von ihrer Seele abgeschnitten.

»Hoppla, da scheint jemand wach zu sein. – Geht und esst, ich möchte mich um meinen Gast kümmern.«

»Und du bist sicher, dass du sie beherrschen kannst? Selbst ich konnte die Bewegung in dem Zelt durch den Windstoß wahrnehmen«, sagte die fremde Stimme mit einem zweifelnden Unterton.

Ein raues Lachen kam über Prinz Tarkans Lippen.

»Eine abgeschwächte, harmlose Form ihres Zorns. Hätte ich sie gelassen, wären wir alle von einer Explosion zerrissen worden.«

»Sie hat mehr Macht, als wir dachten.« Furcht färbte die Stimme von Lord Eduardo.

»Ja, das ist ausgezeichnet, besser, als ich es mir jemals vorgestellt habe.«

Sie hörte, wie die Zeltplane zurückgeschlagen wurde. Ihre Augen konnten nur starr zum Dach des Zeltes blicken, weil ihr Kopf in einem unsichtbaren Schraubstock fixiert schien.

Es wurde still. Levarda schloss die Augenlider und suchte den Kontakt mit den Energien der Elemente, damit sie etwas sehen konnte, aber es gab nichts als Dunkelheit in ihrem Innern. Erschrocken riss sie die Augen wieder auf und sah in das hochmütig verzogene Gesicht von Prinz Tarkan. Er kniete neben ihrer Lagerstätte.

»Wie ich sehe, habt Ihr das Wasser und die Kräuter gefunden.«

Sie funkelte ihn an.

»Ihr seid noch immer zornig.«

Der Druck seiner Macht nahm zu. Levarda winselte unter dem Schmerz, den sie spürte.

»Ja, jetzt prallt meine Energie nicht mehr an Euch ab«, zischte er und umschloss mit seinen Händen ihren Kopf. »Seht mich an.«

»Habe ich eine Wahl?«, presste sie zwischen den Lippen hervor.

Er lachte. »Nein, und je eher Ihr lernt, das zu akzeptieren und mir zu gehorchen, desto mehr Freude werdet Ihr an unserer Beziehung haben. Also beruhigt Euch endlich.«

Seine Stimme hatte einen sanften Ton angenommen und jagte Levarda eisige Schauer über ihren Körper.

Sie atmete ein und aus, konzentrierte sich darauf, wie der Luftzug durch ihre Nasenflügel an ihrer Kehle vorbei in einem leisen Wispern ihre Brust füllte und wieder leerte. Sie verbannte alle Bilder, die die Worte des fremden Mannes in ihren Kopf gezeichnet hatten. Sie konnte fühlen, dass die Energie in ihrem Körper abnahm. Das Atmen fiel ihr leichter, die Spannung ihrer Muskeln löste sich. Je weniger sie gegen seine Macht und seine Fesseln aus Tentakeln ankämpfte, desto mehr verebbte der Schmerz.

»Was für eine Disziplin und Selbstbeherrschung!«

Seine Augen glänzten vor Gier. Er ließ sie los.

Vorsichtig richtete sie sich auf. Ihr Körper zitterte unkontrolliert, und er hielt sie fest, als sie zurückfiel. Sie lehnte sich an ihn. Seine Dunkelheit streichelte sie sanft. Heftig stieß sie sich ab.

Ein anzügliches Grinsen trat auf sein Gesicht. »Der Tag wird kommen, an dem Ihr Eure Hände nicht mehr von mir lassen könnt.«

»Träumt weiter«, sagte sie und atmete die Wut, die erneut in ihr hochkam, weg.

Er fokussierte sie mit nachdenklich gerunzelter Stirn. »Ihr lernt rasch.«

»Weil es die Grundlage unseres Umganges mit der Energie ist.«

»Die Beherrschung Eurer Gefühle?«

»Nein, die Disziplin. Wir dürfen nie die Kontrolle verlieren und das bedeutet jahrelanges Lernen.«

»Ihr seid nicht die erste Frau aus Mintra, mit der wir diesen Versuch unternehmen. Ich habe das noch bei keiner Frau erlebt.«

Zorn loderte in ihr hoch. Sie wurde zu Boden geschleudert, und diesmal fixierte er sie nicht mit seiner Macht in Form von dunklen Tentakeln, sondern hielt sie mit den Armen und dem Gewicht seines Oberkörpers unten.

Luft wirbelte in einem Sturm um sie herum, fegte das Zelt weg, Feuer loderte in hohen Flammen auf, hüllte sie ein. Sie konnte den entsetzten Schrei einer Frau hören und sofort fiel ihr Zorn in sich zusammen. Sie versuchte einen Blick auf den Schaden zu erhaschen, den sie angerichtet hatte. Es gelang ihr nicht und kein Geräusch drang mehr zu ihr. Als würden sie sich in einem abgeschlossenen Raum befinden. Wie machte er das?

Ihr Atem ging stoßweise. Seine Augen fixierten sie belustigt.

»Du brauchst nicht eifersüchtig zu sein. Keine ist wie du.«

Sie schloss die Augenlider, spürte die Hitze seines Körpers auf sich, beherrschte den Impuls, ihn von sich zu stoßen.

»Was ist mit ihnen passiert?« Zögernd kam die Frage über ihre Lippen. Sie wollte die Antwort nicht hören, doch sie musste es wissen.

»Nur eine hat die Prozedur überlebt. Aber sie konnte mir kein Kind gebären, was ein Jammer ist, denn sie ist mir treu ergeben. Ihr habt sie übrigens kennengelernt, im Tempel von Tinau.«

Levarda spürte, wie die Tränen unter ihren Lidern die Wange herabliefen.

»Weint Ihr aus Mitleid?« Erstaunen klang aus seiner Stimme. Der Druck auf ihren Körper löste sich.

»Nein, ich habe nur was in die Augen bekommen«, flüsterte Levarda, dankbar für das Gefühl der Trauer über die Frauen, die einen so qualvollen Tod gefunden hatten. Diese Wahrnehmung von Verlust gehörte zu ihr. Es stand keinem Menschen unter dem Einfluss der Dunkelheit zu. Das entnahm sie seinem Staunen. In ihr existierte weiterhin ein Teil von Lishar, irgendwo verborgen in der Dunkelheit, sie musste es nur suchen.

»Öffnet die Augen«, befahl er und sie gehorchte, wollte verhindern, dass Misstrauen in ihm aufkeimte.

»Ihr habt Dreck darin«, er rümpfte die Nase »und Ihr stinkt erbärmlicher als verdorbener Fisch.«

Er zog sie hoch. Die Welt um sie herum existierte wieder. Entsetzt sah sie den Streifen verbrannter Erde von zwei Fuß Breite, der sich kreisförmig um sie zog.

Die Männer seiner persönlichen Leibwache hielten einen respektvollen Abstand mit gezückten Schwertern. Drei hatten sich die Kleider vom Leib gerissen. Sie lagen auf der Erde und qualmten. Finstere Blicke musterten sie.

Eisiger Schrecken packte Levarda. Es war nur Glück gewesen, dass sie niemanden getötet hatte. Die Ebene war voller Krieger, so weit das Auge reichte. Zwischen den lagernden Gruppen standen Zelte, manche geschmückt mit Zeichen, andere einfach ohne Zierde. Das Wissen, dass dies hier die Armee von Eldemar war, erfüllte sie mit Entsetzen. Der Krieg hatte begonnen.

Prinz Tarkan feixte, als er ihren Blick sah.

»Ja, wir sind bereit für Euren Mann. Bald seid Ihr Witwe und nichts steht unserer Heirat mehr im Wege.«

Mit zittrigen Knien folgte Levarda ihm einen schmalen Pfad entlang, der durch den Wald führte. Ein kurzes Zeichen, und die Männer der Leibgarde blieben zurück. Die Bäume lichteten sich und kurz darauf erreichten sie einen See, der dunkel und kalt schimmerte.

»Solus, der See des Lethos.« Er legte seinen Waffenrock ab, knöpfte sein Hemd auf, zog die Hosen aus, bis er komplett nackt vor ihr stand.

Statt ihre Augen abzuwenden, starrte sie ihn an. Seine Statur, die kräftigen Muskeln, die ausgeprägte Brust – und sie verwehrte sich den Blick auf seine Männlichkeit – erinnerten sie an die Statue im Tempel.

»Du kannst mich ruhig betrachten, Levarda, das alles gehört bald dir.«

Sie verzog ihr Gesicht und wandte sich ab. Prinz Tarkan lief ins Wasser und ließ sich hineinfallen.

»Komm rein.«

Sie erfasste mit einem Blick, dass sich außer ihnen niemand beim See befand. Die Männer lagerten hinter dem Wald. Sie wusste nicht, ob ihr der Vorsprung reichen würde, aber sie konnte sich eine solche Gelegenheit nicht entgehen lassen. Sie rannte los, kam keine fünf Schritte, bevor sie vom Ausgreifen seiner Macht umschlungen ins Wasser gezogen und untergetaucht wurde.

Anstatt sich zu wehren, entspannte sie sich einfach, und die Dunkelheit zog sich zurück. Levarda blieb unter Wasser, tauchte ein in die Stille ihres Elements. Aber der See bestand nicht aus reinem, klarem Wasser, war dickflüssig, schwarz, träge – Dunkelheit – sie begriff. Es war die Flüssigkeit in der Phiole, Seewasser, das man ihr gewaltsam eingeflößt hatte, damit die Dunkelheit Besitz von ihrem Körper ergreifen konnte. Solus, der See des Lethos, das Gegenstück von Luna, dem See der Lishar.

Sie wurde gepackt und an die Wasseroberfläche gezogen, schnappte japsend nach Luft.

Prinz Tarkan zerrte sie aus dem Wasser und legte sie auf die Seite.

Sie hustete, fühlte, wie sie würgen musste. Seewasser floss ihr aus Nase und Mund. Kaum atmete sie regelmäßig, riss er sie hoch und schlug ihr kraftvoll auf beide Wangen.

Sie biss die Zähne zusammen, unterdrückte den Schmerzensschrei.

Sein Zorn brachte die Energie seiner Dunkelheit in Wallung, aber sie entlud sich nicht. Mit glänzenden Augen sah er sie an. »Versuch das nie wieder.«

»Ich werde immer versuchen zu fliehen.«

Er schlug sie erneut auf die Wange.

Sie hielt ihm die zweite hin. »Ihr mögt mich mit Dunkelheit füllen können, aber Ihr könnt mir nicht meinen Willen nehmen.«

Ein bösartiger Ausdruck erschien auf seinen Lippen. »Das werden wir sehen.«

Zurück im Lager, ging er mit ihr auf das größte Zelt zu, das unweit der Stelle stand, die ihrem Zorn zum Opfer gefallen war. Seit dem Vorfall am Wasser hatte sich sein Griff um ihr Handgelenk nicht gelockert. Er schleifte sie hinter sich her, egal, ob sie stolperte oder hinfiel. Ihre Knie zitterten von dem verlorenen Kampf gegen die Dunkelheit und dem Mangel an Nahrung. Er warf sie vor einem Baum auf den Boden, holte aus seinem Waffenrock Lederriemen hervor. Mit wenigen Griffen hatte er sie an den Baum gefesselt. Ihr Rücken lehnte an dem Stamm, ihre Hände band er dahinter fest zusammen, so als umarme sie den Baumstamm, nur rückwärts.

»Je mehr du an den Fesseln ziehst, umso fester schneiden sie dir in das Fleisch. Wenn du bereit bist, das Bett mit mir zu teilen, sag mir Bescheid. Ich schlafe direkt neben dir im Zelt.«

Levarda spuckte ihn an. Sie ließ ihren Zorn nicht weiter aufwallen, weil sie wusste, dass er diese Energie mühelos kontrollieren konnte. Die Hitze ihrer Wut reichte allerdings, ihre nassen Sachen zu trocknen.

Er stand auf und wob eine dichte Mauer aus Dunkelheit um sie herum. Wie zuvor bei dem Zelt verstummte jedes Geräusch um sie. Er tat ihr damit einen Gefallen, sie endlich allein zu lassen. Erschöpft ließ sie ihren Kopf gegen den Baumstamm sinken.

Sie bewegte einmal vorsichtig ihre Hände. Er hatte nicht gelogen, die Riemen zogen sich zusammen. Levarda schloss die Augen. Lieber würde sie an diesen Baumstamm gefesselt sterben, als das Bett mit ihm zu teilen. Nicht gewohnt, zu hungern, zu frieren oder Schmerzen zu empfinden, spürte sie Mutlosigkeit in sich hochkriechen. Die Schmerzen waren das Schlimmste für sie, weil sie sich für ihre Schwäche schämte. Bisher hatte sie nur erlebt, dass Eisen ihren Kontakt mit den Energien verhinderte. Jetzt gab es keine Energie von den Elementen mehr in ihr, nur noch Dunkelheit.

Die Sonne verschwand, der Mond erschien am Himmel – eine feine, schmale Sichel.

Sie hob ihren Kopf empor, konnte die Energie aber nicht fühlen. Tränen füllten ihre Augen, Angst kroch durch ihre Adern. Verzweifelt schob sie alle Gedanken beiseite, suchte nach etwas, das sie tröstete. Otis' Gesicht erschien. Für einen Augenblick erhellte der Anblick des geliebten Mannes ihre Seele. Ausgerechnet durch das Bild ihrer Todesvision fühlte sie sich getröstet. Wie viel lieber würde sie von der Hand, die sie liebte, mit einem Schwert getötet, als von der Dunkelheit erstickt. Mit diesem Gedanken im Kopf dämmerte sie weg.

SIE WACHTE AUF, WEIL SIE DAS GEFÜHL HATTE, ANGESTARRT ZU werden. Die Sonne schickte ihre ersten Strahlen über die Ebene. Eine Frau hockte vor ihr auf dem Boden, etwas zu essen und zu trinken in den Händen. Sie vermutete, dass es sich um die Frau aus dem Tempel handelte, deren Gesicht sie unter dem Schleier nicht gesehen hatte.

Wortlos begann sie, Levarda mit Brot zu füttern, einem Streifen kalt gebratenen Fleisches und getrockneten Früchten.

Sie kaute langsam und bedächtig. Schluckte, wartete ab, ob ihr Magen die Nahrung vertrug, bevor sie den nächsten Bissen annahm. Das Fleisch verweigerte sie. Sie wollte nicht noch mehr Totes in sich aufnehmen.

»Wie lautet Euer Name?«

Die Frau schwieg.

»Ihr müsst einen Namen haben.«

Die Frau schob ihr zwei Aprikosen in den Mund.

»Ich weiß, dass Ihr mich versteht und dass Ihr reden könnt.«

Die Frau legte einen Finger auf den Mund.

»Sie darf nicht mit Euch reden. Er wird sie bestrafen, wenn sie seinen Befehl missachtet. Macht Euch und ihr das Leben nicht unnötig schwer.« Lord Eduardo setzte sich neben sie. »Ihr scheint es gemütlich zu finden, an den Baum gelehnt.«

Diesmal schwieg sie und ignorierte den Mann vor sich.

Er betrachtete ihr misshandeltes Gesicht. »Ihr habt Eure Heilkräfte verloren. Schade, jetzt könnt Ihr nicht mehr die Spuren Eurer Prügel verbergen.«

»Was wollt Ihr von mir, Verräter?«

»Ich dachte, Euch wird es interessieren, dass sich Euer Mann nur noch zwei Tagesritte von hier entfernt befindet.« Er sah sie an, als wolle er ihr ein Kompliment machen. »Nicht mehr lange, und er liegt tot vor Euch auf der Erde.«

»Wir werden sehen, wer am Ende tot auf dem Boden liegt.«

»Ihr habt Lord Fenloh gehört, niemand folgt ihm. An den Grenzen befinden sich lediglich Männer von Lord Hector, und der wird Lord Otis für seine Suche nach Euch höchstens eine Abteilung mitgeben. Kein Forraner riskiert einen Krieg mit Eldemar nur Euretwegen. Lord Otis mag seine kriegerischen Fähigkeiten haben, aber eine Armee kann er nicht besiegen, und bei allem Respekt gegenüber Lord Hectors Soldaten – mit den Männern der Garde sind sie nicht zu vergleichen.«

»Und Ihr denkt, Lord Fenloh wüsste, was am Hof passiert? Wie sollte er, wo er doch gestern bei Eurer Besprechung dabei war, habt Ihr Euch das überlegt?«

»Lord Fenloh war gestern nicht hier.«

»Ich habe seine Stimme gehört.«

»Ja, seine Stimme, aber Ihr habt ihn nicht gesehen, nicht wahr?«

»Ich stand unter Prinz Tarkans Bann, ich konnte nichts sehen.«

Lord Eduardo tippte sich an die Stirn. »Stimmt, Ihr lagt ja wie festgenagelt auf dem Boden.« Ein süffisantes Lächeln erschien auf seinem Gesicht.

Levarda spürte Zorn in sich aufwallen, doch ihr war in der Nacht der Gedanke gekommen, dass sie Prinz Tarkans Macht über sich stärkte, wenn sie negative Gefühle zuließ. Sie malte das Bild von Lord Eduardo bei ihrem gemeinsamen Kartenspiel in Lady Eluis‘ Räumen in ihren Kopf: seine Versuche, deren Aufmerksamkeit zu erlangen, die Verletztheit in seinen Augen, wenn es misslang, der Glanz, wenn sie ihm ein Lächeln schenkte. Ihr Zorn verebbte, stattdessen fühlte sie Bedauern.

Lord Eduardo, der ihr Mienenspiel beobachtet hatte, runzelte die Stirn. »Ihr könnt Eure Gefühle überaus geschickt kontrollieren. Das habe ich noch nie erlebt.« Seine Augen verengten sich. »Prinz Tarkan wird wissen, was er mit Euch anstellt.«

Er stand auf, klopfte sich seine Sachen ab. »Ich gebe zu, es macht mir erstaunlich viel Spaß, Euch leiden zu sehen – und in Anbetracht Eurer Dickköpfigkeit wird der Spaß so schnell kein Ende haben.« Er verbeugte sich spöttisch vor ihr und verschwand zwischen den Zelten.

Die Frau, die still gewartet hatte, stand auf und blickte mitleidig auf Levarda herab. »Er wird Euren Willen brechen, verlasst Euch darauf«, brach sie endlich ihr Schweigen. »Es liegt in Eurer Hand, ob Ihr lange leidet oder kurz.«

25

DUNKELHEIT

Levarda fühlte ihre Arme nicht mehr. Sie schmiegte ihren Rücken eng an den Baumstamm, begann schließlich zu meditieren, um sich von der unangenehmen Lage abzulenken.

Sie machte ihren Kopf leer von allen Gedanken. Achtsam atmete sie ein, ließ die Luft durch ihren Körper strömen. Je mehr sich ihr Kopf von Gedanken und Gefühlen befreite, desto schärfer wurde ihr innerer Blick. Sie spürte der Energie nach, die die Dunkelheit abgab, setzte alles daran, sie in eine Form zu bringen, aber sie gehorchte ihrer Willenskraft nicht. Stattdessen bemerkte sie etwas anderes. Ein winzig kleines warmes Licht in der Größe ihres Daumennagels. Geschützt in einer Kugel aus Dunkelheit, die sich liebevoll darum schmiegte. Dieses Licht hielt sich nicht im Zentrum ihrer Lebensenergie auf, dem Hort all ihrer Kraft, der Verbindung zu den vier Elementen. Es befand sich unterhalb, eine Handbreit über ihrer Scham. Während sie noch zu verstehen versuchte, erleuchtete sie förmlich die Erkenntnis. Der Beginn eines neuen Lebens, die Frucht der Liebe zwischen ihr und Otis.

Konnte das sein? Aber wieso fühlte sie es erst jetzt? Vergessend, dass sie gefesselt war, bewegte Levarda unbewusst ihre Hand, um sie auf den Bauch zu legen. Die Riemen schnitten ihr ins Fleisch, und sie stöhnte auf. Tränen traten in ihre Augen. Neues Leben entstand in ihr, während sie um ihr eigenes rang. Aber viel wichtiger war die Frage: Warum schützte die Dunkelheit das Leben?

Sie spürte, dass sie ihre Notdurft nicht mehr länger einhalten konnte. »Bitte, ich brauche einen Moment, damit ich mich erleichtern kann«, bat sie, vor Scham errötend. Die Demütigungen, die Prinz Tarkan ihr zufügte, hielten sich die Waage mit dem Schmerz, mit dem sich die Dunkelheit ihrer bemächtigt hatte.

Er hielt sich nicht in seinem Zelt auf. Niemand beachtete sie. Niemand stand in ihrer Nähe.

»Wenn Ihr mir versprecht, nicht zu fliehen und Euch von mir festmachen zu lassen, helfe ich Euch.«

Zunächst war Levarda nicht sicher, ob sie die leisen Worte wirklich mit ihren Ohren gehört hatte. Sie schienen direkt von dem Baum zu kommen, an den sie gebunden war. Dann fühlte sie weiche Hände an ihren Handgelenken.

»Ich verspreche es bei Lishar.«

»Pah, bei Lishar, zu ihr werdet Ihr nicht mehr lange beten, denn hier an diesem Ort hilft sie Euch nicht.«

Sie spürte, wie sich der Druck der Riemen löste. Ihr Körper schmerzte und war steif von der einseitigen Haltung, als sie sich erhob. Rasch schlug sie sich ins Gebüsch. Sie wollte die Frau mit ihrem Mitleid nicht in Gefahr bringen. Bevor sie sich erneut fesseln ließ, streckte und dehnte sie jeden einzelnen Muskel in ihrem Körper.

»Ich danke Euch. Sagt Ihr mir, welches Euer Energie-Element war?«

»Das Feuer.«

»Hat man Euch aus Mintra entführt?«

»Nein, ich bin freiwillig von Mintra weggegangen. Dort gibt es keinen Platz für Menschen wie mich.«

»Das tut mir leid.«

»Tut Euch selber leid«, sagte die Frau. »Mein Leid ist vorbei.«

Levarda lehnte an dem Baum, die Fesseln kaum lockerer als sie Prinz Tarkan gebunden hatte. Sie zog vorsichtig daran, doch die Frau beherrschte ihr Handwerk im gleichen Maße wie der Prinz. Die Riemen schnitten ihr in die Handgelenke.

Der Tag zog sich dahin. Mittags bekam sie erneut etwas zum Essen und Trinken, sorgsam überwacht von Lord Eduardo. Levarda trank nur so viel wie notwendig, während sie das Essen, bis auf das Fleisch, hemmungslos verschlang. Neben Brot, Früchten und Fleisch gab es eine dickflüssige Gemüsesuppe. Sie bemerkte, dass die Flüssigkeit, die man ihr gab, weiterhin aus Dunkelheit bestand.

Am späten Nachmittag trat Prinz Tarkan mit etwa zwanzig Männern aus dem Versammlungszelt, der Kleidung nach zu urteilen, ranghohen Persönlichkeiten.

Er kam zu Levarda und ging vor ihr in die Knie. »Bin ich so abstoßend für dich, dass du immer noch nicht nachgibst?«

Statt einer Antwort drehte sie ihren Kopf weg.

Er rümpfte die Nase. »Ihr riecht erbärmlich.« Er erhob sich. Aus seinem Zelt holte er eine Tasche, löste Levarda die Fesseln, packte sie am Handgelenk und zog sie mit sich – in Richtung See. »Werdet nicht leichtsinnig, weil ich mich heute in Nachsicht mit Euch übe. Es liegt nur daran, dass ich ausgezeichneter Laune bin, weil mein Plan aufgeht.« Er gab ihr ein Stück duftender weicher Masse.

Angezogen schritt sie in den See hinein.

Prinz Tarkan zog sich aus und folgte ihr. Immerhin blieb er auf Distanz, gewährte ihr einen Freiraum, eine Geste, die Dankbarkeit aufkommen ließ. Auch dass er sie wieder mit der höflichen Anrede ansprach, gab ihr Hoffnung.

Die Dunkelheit des Sees schmiegte sich an ihren Körper, als

sie kurz hineintauchte. Als sie hochkam, war er ein Stück dichter herangeschwommen.

Sie zog ihre Sachen aus.

Die Sonne, im Sinken begriffen, schickte ihre letzten Strahlen über die Oberfläche. Der See war so dunkel, dass sie ihre eigene Haut nur sehen konnte, wenn sie sich knapp unter der Oberfläche befand. So geschützt begann sie, sich zu waschen. Die Masse gab den Duft von Rosenöl ab. Levarda entspannte sich, dehnte ihren Körper in alle Richtungen, behielt ihren Kopf aber oben, damit Prinz Tarkan keinen Grund hatte, sich ihr zu nähern.

»Gebt mir die Seife, ich möchte mich auch waschen.«

Weil er herankam, warf sie ihm hastig die weiche Masse zu und beeilte sich, ihre Kleidung im Wasser anzuziehen.

Während er sich wusch, ruhte sein Blick auf ihr, was ihr ein unangenehmes Kribbeln verursachte.

»Erlaubt Ihr mir, zu schwimmen?«

»Was gebt Ihr mir dafür?«

Ohne eine Antwort lenkte sie ihre Schritte aus dem See heraus.

Er lachte laut auf. »Ihr seid sturer als ein Esel.«

Levarda war insgeheim froh, dass er ihren Widerstand diesmal mit Humor nahm. Sie spürte den Griff seiner Macht, dann seinen Arm um sich. Er hielt sie einfach nur fest, und sie wagte es nicht, sich zu rühren. Sie konnte seine Erregung deutlich spüren.

»Was macht er, das ich nicht mache?«, flüsterte er mit heiserer Stimme in ihr Ohr. Sie stieß ein kurzes, frustriertes Lachen aus.

»Ich kann Euch sagen, was Ihr macht, das er nicht macht. Er schlägt keine Frauen, er fesselt sie nicht, er foltert sie nicht und er nimmt mir auch nicht meine Energie, um mich mit seiner zu füllen.«

»Er hat Euch gezwungen, ihn zu heiraten.«

»Ja, weil er wusste, ich würde es niemals aus freien Stücken tun.«

»Dann ist er in dieser Hinsicht schlechter als ich, denn ich werde dich nicht zur Ehe zwingen.« Er duzte sie, schürte damit die Angst in ihr. Sie erinnerte sich zu genau an die Besitzansprüche von Otis, die er mit diesem einfachen Wechsel der Anrede deutlich signalisiert hatte.

»Nein, weil Ihr Euch holt, was Ihr wollt und niemals Eure Macht teilen werdet.«

Er grinste. »Ich merke, du verstehst allmählich, dass ich immer bekomme, was ich will. Aber in einem täuschst du dich, Levarda«, das Lachen verschwand und sein Gesicht kam dichter an ihres heran, »mit dir teile ich meine Macht, wenn du mich heiratest.«

Sie bog ihren Kopf zurück, soweit es sein Griff zuließ. »Ich bin eine verheiratete Frau.«

»Morgen, spätestens übermorgen, bist du Witwe.«

Er ließ sie los. »Du darfst schwimmen, allerdings wäre es einfacher, wenn du dich deiner Kleider entledigst.«

Sie ärgerte sich über die Dankbarkeit, die erneut in ihr hochkam. Sie glitt ins Wasser, streckte ihren Körper und schwamm, dicht gefolgt von Prinz Tarkan. Die Kleidung behinderte sie, aber mit kräftigen Zügen durchmaß sie die dunkle Flüssigkeit. Sie merkte, dass der See, je weiter sie hineinschwamm, immer tiefer wurde, denn die Kälte blieb zwar gleich, nahm aber an Energiekonzentration zu, ein Hinweis darauf, dass sie mehr Dunkelheit umgab.

Prinz Tarkan blieb an ihrer Seite, sie konnte seine Wachsamkeit über die Vibration der Dunkelheit spüren. Sie schloss die Augen, legte sich aufs Wasser, wurde getragen.

Wäre sie noch mit ihren eigenen Elementen verbunden, es hätte sie nicht verwundert, aber diese Bindung existierte nicht mehr. Die Flüssigkeit streichelte sie, hüllte sie ein und umschmeichelte ihren Körper. Es fühlte sich an wie die zärtlichen Berührungen von Otis. Sie sehnte sich nach ihm.

Dann sah sie die zarte Flamme seines Lichts, das er in ihr entzündet hatte, vor einer Ewigkeit, auf ihrer Reise nach Forran.

Es löste sich von dem Leben, das in ihr wuchs, wanderte zu dem Zentrum ihrer Macht, und die Dunkelheit wich zurück. Vor Schreck verlor sie die Spannung, tauchte ab in den See, wurde von einem kräftigen Arm gepackt und hochgezogen.

»Du vergisst, dass dein Element nicht mehr das Wasser ist. Es ist die Dunkelheit, und die beherrsche ich.«

Ihr Herz klopfte wild. Konnte er den Funken ihrer Energie nicht spüren? Aufmerksam sah sie ihm in die Augen, die kein Misstrauen zeigten. Er interpretierte ihren Blick falsch, seine Lippen senkten sich auf ihre. Sie ließ es geschehen, völlig paralysiert von dem Gedanken, was passieren würde, wenn er mit seinen Sinnen in sie eindrang. Er schien überhaupt nichts wahrzunehmen, kam nicht auf die Idee, in sie einzutauchen. Sein Bedürfnis, sich mit ihr zu verbinden, schien rein körperlich zu sein. Sie wagte, es anders herum zu versuchen.

Er wehrte sie nicht ab, im Gegenteil, er zog sie hinüber in sein Innerstes. Bilder von Schlachten, Toten, Feuersbrunsten durchfluteten ihren Kopf. Sie sah Otis, der durch die Eldemarer Armee pflügte, und Blut spritzte in alle Richtungen. Sie konnte Larisan als Bihrok in seinem Kopf sehen, die mit hasserfülltem Blick ihr Schwert auf Prinz Tarkan niederfahren ließ.

Levarda fühlte seinen Schmerz, als er erkannte, dass seine eigene Mutter entschlossen war, ihn zu töten. In ihr wallte Mitleid mit dem ungeliebten Kind auf, floss in einem warmen, dunklen Strom zu ihm hinüber.

Er löste seinen Griff, drückte sie zornig von sich weg. »Was tust du da, Weib?«, schrie er sie an.

Sie war froh, dass ihr Gesicht nass war vom Wasser, und er ihre Tränen nicht sehen konnte. Sie weinte für ihn. Dass sie das konnte, gab ihr Hoffnung: Sie war nicht verloren.

»Ich habe nichts getan. Ihr habt mich geküsst.«

Mit langen Zügen schwamm Levarda zurück zum Ufer. Ihr Körper zitterte vor Kälte und Erregung. Hatte er wirklich nicht bemerkt, was passiert war? Beherrschte er überhaupt nicht die Dunkelheit, sondern sie ihn? Konnte er das schwache Pulsieren der Energie in ihr aus dem Element Wasser nicht fühlen oder schützte die Dunkelheit sie vor ihm?

Sie wartete auf ihn, wollte ihn im Moment nicht noch mehr provozieren. Mit einem kurzen Griff nach seiner Macht trocknete er zuerst sich, dann Levarda und ihre Sachen. Dabei bemerkte sie, dass die Dunkelheit zum Teil die Energie aus dem Element Feuer und Luft bezog. Aber sie verhielt sich anders, so als würde er ihr befehlen und nicht so, als sei sie ein Teil von ihm. Und wenn diese Kraft sich entschied, seinem Befehl nicht zu folgen?

Im Lager angekommen, setzte sie sich wortlos an den Baum.

Er starrte sie schweigend an.

Levarda senkte den Kopf, wagte nicht, ihm in die Augen zu sehen. Bitte Lishar, halte deine schützenden Hände über mich, betete sie stumm. Adrijanas Erinnerungen zeichneten lebhafte Bilder in ihre Gedanken. In der Zeit der Stille wuchs ihre Angst. Die Dunkelheit verdichtete sich. Sie drückte sich eng an den Baumstamm.

Er packte sie am Kragen und zog sie zu sich. In seinen Augen stand gieriges Verlangen. Ihre Seele schrie auf, doch er lachte nur. »Ich denke, das habe ich mir heute verdient.«

Sie wehrte sich mit aller körperlichen Kraft, die noch in ihr war.

Er zerrte sie in sein Zelt.

Je mehr sie sich wehrte, desto mehr schien sein Verlangen zu wachsen. Als er ihr mit dem Knie in den Leib stieß, hörte sie auf, sich zu wehren, ließ es über sich ergehen. Als er fertig war, rollte sie sich auf dem Lager fest zusammen, umfasste ihre Knie und schmiegte ihren Kopf daran. Die dunkle Kraft seines Samens breitete sich aus, sie konnte es spüren. Panik erfasste sie, was geschah mit ihrem Kind? Würde die Dunkelheit es töten? Sie schluchzte auf, biss sich auf die Lippen, wollte ihm nicht die Befriedigung geben, dass er sie nicht nur körperlich, sondern auch seelisch verletzt hatte.

»In Zukunft wirst du dich meinem Willen beugen, hast du verstanden?«, schnaufte er erschöpft neben ihr.

Levarda schwieg in dem Versuch, sich aus der äußeren Welt in ihre innere Welt zurückzuziehen.

Seine Hand strich sanft ihr Haar von ihrem Ohr.

Sie zuckte zusammen.

»Ja, so ist es recht, habe Angst vor mir«, flüsterte er ihr heiser ins Ohr. »Vergiss die Hoffnung, die in dir aufkeimte. Hast du ernsthaft geglaubt, du wärest mir gewachsen? Oder hegst du immer noch die absurde Vorstellung, Otis würde dich befreien?«, er lachte auf, »dann lass dir eines gesagt sein. Jetzt, da ich dich mit meinem Samen getränkt habe, wird er dich nicht zurücknehmen, sondern töten. Also solltest du mir dankbar sein, dass ich ihn töten werde.«

Sie drehte ihren Kopf, sah ihn einen Moment an, dann brach sie in ein hysterisches Lachen aus. Sie lachte, dass ihr die Tränen liefen.

Sein Gesicht verzerrte sich vor Wut, seine Hand hob sich und schlug sie mit voller Wucht, aber das verstärkte nur ihre Hysterie. Wieder und wieder schlug er sie, bis es dunkel um sie wurde.

Als der Morgen dämmerte, erwachte Levarda mit ausgedörrtem Mund und Schmerzen an jeder Stelle in ihrem Leib. Sie schmeckte das getrocknete Blut an ihren aufgeplatzten Lippen. Für einen kurzen Moment schloss sie die Augen und überlegte, ob sie noch die Fähigkeit besaß, ihren Geist von dem Körper zu befreien. Doch da spürte sie etwas Zartes, Warmes in ihrem Innern. Sachte legte sie die Hand über ihren Bauch. Voller Staunen flüsterte sie stumm in ihrem Kopf: »Du lebst?«

Statt einer Antwort verstärkte sich die Wärme. Oh Lishar, so versperrst du mir auch diesen Weg.

»Ts, ts, Levarda – du solltest wissen, dass ein Kind nicht direkt nach einer Nacht entsteht.«

Prinz Tarkan lachte leise. »Aber es wird nicht lange dauern, wenn wir so weitermachen.«

Sie schwieg und zog die Hand von ihrem Bauch, stützte sich auf. Er hatte ihr nichts gebrochen. Außer den aufgeplatzten Lippen fühlte sich ihr Gesicht nicht geschwollen an.

Er stand, bekleidet nur mit seiner Hose, in der Mitte des Zeltes, wo ein Spiegel an der Zeltstange befestigt war, und stutzte sorgfältig seinen Bart. Ihre Blicke trafen sich. Sie senkte die Augen.

»Ich werde heute keine Zeit für dich haben. Du musst dich gedulden, bis ich zurück bin. Du solltest die Dauer, die ich noch da bin, nutzen, denn dein Platz wird der Baum sein.«

Gehorsam stand sie auf, zog an, was von ihrer Kleidung übrig war. Gerne wäre sie in den See eingetaucht, in der Hoffnung, den Schmutz von ihrem Körper zu waschen, aber sie wollte ihn nicht darum bitten. Abgesehen davon wusste sie, dass es ihr nicht helfen würde, das Gefühl von Beschmutzung loszuwerden. Sie begnügte sich mit dem Krug Wasser, kaute die Kräuter, die daneben lagen. Bevor sie das Zelt verlassen konnte, um ihre Notdurft zu verrichten, hielt er sie mithilfe seiner Macht fest.

»Denke daran, ich weiß immer, was du vorhast. Es gibt nichts, was du vor mir verbergen kannst, und ich kann mit dir machen, was immer ich will.«

Sie straffte ihren Körper, hob den Kopf und sah ihm direkt in die Augen. »Und trotz allem werde ich dir niemals gehören.«

Sie wartete auf seinen Wutausbruch, aber die Tentakel lösten sich von ihr. Er verzog den Mund.

»Du gehörst mir bereits.«

Nachdem sie ihre Notdurft verrichtet hatte, setzte sie sich an den Baum.

Er kam aus dem Zelt, legte ihr die Riemen an. Zuletzt hob er mit der Hand ihr Gesicht und drückte ihr sanft einen Kuss auf den Mund.

»Heute Nacht gehörst du mir wieder, das verspreche ich dir.«

Ein Soldat kam mit seinem Pferd, Prinz Tarkan schwang sich auf den Schimmel und warf Levarda einen letzten Blick zu.

NIEMAND KAM DEN TAG ÜBER ZU IHR. SIE BEKAM WEDER ETWAS zu trinken noch zu essen.

All die Kraft, die sie hatte, führte sie dem Leben in sich zu. Sie fragte sich, ob das kleine Wesen unbeschadet überstanden hatte, was sie ihm gestern zugemutet hatte, aber spielte das eine Rolle? Prinz Tarkan hatte recht und sie hatte es zeit ihres Lebens gewusst. Otis würde sie töten, wenn er sie befreite. Sie war unrein, sein Besitz beschädigt von seinem ärgsten Feind. Es lag nicht in seinem Wesen, zu verzeihen.

Und was, wenn du dich irrst? So flüsterte es in ihrem Kopf. Er hat gesagt, dass er dich liebt. Du hast dich nicht freiwillig Prinz Tarkan hingegeben. Und was, wenn ihn Prinz Tarkan am Ende tötet? Dann bist du es ihm schuldig, dass er in seinem Kind weiterleben kann.

Im Laufe des Tages merkte sie, dass sie in sich einen Kontakt zur Energie der Erde wahrnahm, erst nur eine Wärme, die sie unter sich spürte, dann drang die Kraft ganz in ihren Körper ein. So, wie die Dunkelheit das Licht in ihrem Inneren zuließ, so ließ es auch dieses Element zu. Levarda fühlte, wie ein dünner Strom aus der Quelle von Erde und Luft durch ihren Körper zu fließen begann.

Im Licht der Sonne sah das Heerlager so friedlich aus, still und ruhig, da der Großteil der Männer Prinz Tarkan begleitete.

. . .

Als er am Abend zurückkehrte, hatte er nur eine kleine Gruppe bei sich. Er band sie vom Baum los und zog sie in sein Zelt.

Stundenlang hatte sie überlegt, was sie tun sollte, wenn er zurückkam und ihr seinen Willen aufzwang. Immer intensiver hatte sie im Laufe des Tages die Präsenz des entstehenden Lebens in sich gespürt. Sie musste es schützen, egal, was es sie kostete. Wenn sie sich mit ihm einen Kampf lieferte und er ihr Gewalt antat, bestand die Gefahr, dass er es verletzte. Zeigte sie sich diesmal hingegen willig, so hoffte sie, es behüten zu können.

Sie ließ sich am Feuer nieder. Die Frau vom Vortag kam mit zwei Tellern, bis zum Rand mit Speisen gefüllt, herein. Wie ein Kätzchen schnurrte sie um Prinz Tarkan herum.

»Soll ich heute Nacht bleiben und dein Bett wärmen?«, kokettierte sie.

»Nein, Tamara, du kannst gehen.«

Sie ging zum Zeltausgang und drehte sich um. »Du weißt, es wird dir mit ihr keinen Spaß machen.«

»Lass das meine Sorge sein.«

Levarda aß langsam und bedächtig. Sein Blick ruhte auf ihr, nachdem er seinen Teller geleert hatte. Sie sah ihn nicht an, schob den leeren Teller beiseite, stand auf, zog ihr Kleid aus und legte sich in ihren Unterkleidern auf die Schlafstatt, den Rücken ihm zugekehrt.

Nichts passierte. Er kam nicht zu ihr. Sie konnte spüren, dass er noch immer am Feuer saß.

»Das war es? Einfach so? Kein Widerstand?«, hörte sie ihn sagen. »Woher der Stimmungsumschwung, Levarda? Was versuchst du, vor mir zu verbergen?«

Ihr Herz klopfte bis zum Hals. Er wusste es, er konnte das Leben fühlen, die rückkehrende Energie in ihr spüren.

Sein Körper legte sich dicht an ihren. Seine Hände, die sie gestern so hart geschlagen hatten, wanderten zögerlich über ihre

Schulter zu ihrer Taille. Schließlich strich er ihr Haar zurück und küsste ihren Hals, zärtlich, voll Verlangen. Obwohl Otis es nicht anders machte, fühlte sie nichts, keine Erregung, keinen Schauer, der eine Gänsehaut hervorrief. Alle Gefühle in ihr waren kalt und tot.

Ihm reichte es so. Jedenfalls fügte er ihr diesmal keine Schmerzen zu. Kannte er nur diese zwei Arten von körperlicher Vereinigung? Wusste er nicht, wie sich wahre Liebe anfühlte, deren körperliche Vereinigung nur dem Wunsch entsprang, sich nahe zu sein, jemanden tief in sich aufzunehmen, wo es nicht mehr gab, außer einem selbst? Sie dachte daran, wie allein ein Blick aus den Augen von Otis die Wärme in ihrem Körper pulsieren ließ, Energie in Strömen durch sie floss, wenn seine Männlichkeit sie ausfüllte. Sie hatte die Blumen aus der Erde wachsen lassen. Sie trug Leben in sich, ein Wunder, mit nichts zu vergleichen, ein Kind der Liebe.

Trauer überschattete ihr Gesicht. Mitleid kam in ihr hoch. Er war ein ungeliebtes Kind, von der Mutter zurückgelassen, schlimmer noch – seine Mutter hatte ihn gehasst, hätte ihn am liebsten mit ihren eigenen Händen getötet. Wie konnte ein solcher Mensch Liebe empfinden oder Liebe geben?

»Jetzt weiß ich, was du vor mir verbirgst.«

Ihr Herz setzte aus.

Er legte sich auf sie, brachte seine Augen dicht vor die ihren. »Du empfindest etwas für mich, ich kann es deutlich spüren.« Ein zufriedener Ausdruck huschte über sein Gesicht, als er in sie eindrang.

Levarda wandte den Kopf ab, presste die Lippen zusammen und schloss die Augen. Zu ihrer Erleichterung brauchte er nicht lange. Er rollte sich von ihr herunter.

Vorsichtig ließ sie die angehaltene Luft aus ihrem Körper entweichen. Er hatte sich auf die Seite gelegt. Sein regelmäßiger Atem verriet ihr, dass er schlief.

Levardas Leib zitterte vor unterdrücktem Ekel und Abscheu. Sie hasste sich selbst für das, was sie zugelassen hatte. Am liebsten wäre sie aufgesprungen, in den See getaucht und hätte sich reingewaschen von der Verschmutzung. Aber ihre Scham würde sie niemals loslassen. Sie hatte Otis betrogen mit ihrem Körper und mit ihrem Mitgefühl. Sie rollte sich eng zusammen, legte ihre Hand schützend auf ihren Unterleib und schlief ein.

Sie erwachte von dem Klappern der Schwerter, den Rufen der Männer und der Erregung eines bevorstehenden Kampfes. Die Zeit des Wartens war vorüber.

Sie konnte Prinz Tarkan im Zelt nicht sehen.

Sie wusch sich und zog sich hastig an, tat alles, ohne nachzudenken. Ihr Denken hatte sie in der Nacht ausgeschaltet. Nur noch ein Gedanke beherrschte sie: leben, um Leben zu schenken.

Unschlüssig blieb sie im Zelt stehen. Sie hatte keine Ahnung, ob sie es verlassen durfte oder nicht. Der Lärm draußen nahm zu. Pferde wieherten schrill.

Zögernd ging Levarda auf den Zeltausgang zu und schlug die Plane zurück. Männer sattelten ihre Tiere, prüften den Sitz ihrer Rüstungen. Schwerter sirrten durch die Luft, getestet auf ihre Balance in der Hand. Sie kannte das von dem Training der Garde. In der Luft konnte sie die Energie der Erregung knistern hören. Obwohl es sich für ihre Augen nicht offenbarte, herrschte in dem Treiben eine Struktur.

Scharf zog sie den Atem ein. Kälte kroch durch ihren Körper. Das hier war keine Übung, dies bedeutete den Aufbruch in den Krieg. Sie hatte den weiten Weg von Mintra auf sich genommen, um Forran den Frieden zu bringen und hatte das Gegenteil erreicht. Sie sank auf die Knie, bedeckte ihr Gesicht mit den Händen.

Stille breitete sich um sie herum aus. Levarda hob den Kopf. Prinz Tarkan stand mit seinem Schimmel vor ihr.

»Steh auf!«

»Bitte, hört auf damit.«

Er stieg von seinem Pferd ab, packte sie am Kragen und zerrte sie hoch. »Ich habe gesagt, du sollst aufstehen!«

Levarda legte ihre Stirn auf seinen Handrücken. »Bitte sagt mir, was ich tun kann, damit dieser Wahnsinn ein Ende hat. Ich gebe Euch, was immer Ihr von mir verlangt.«

Verblüfft starrte er sie an, dann brach er in schallendes Gelächter aus. Er packte sie im Nacken, drehte sich zu seinen Männern um.

»Habt ihr gehört, Männer? Das Weib möchte, dass wir die Forraner verschonen.«

Die Männer johlten, klopften auf ihre Schilde oder streckten die Schwerter in die Luft – eine geifernde, sabbernde, nach Blut dürstende Masse.

Angst kroch durch Levardas Adern und mit ihr verdichtete sich die Dunkelheit in ihr.

»Sie will mir geben, was immer ich von ihr verlange.«

Diesmal brüllten die Männer vor Vergnügen. Er bog ihren Kopf zurück und presste seine Lippen kurz auf ihre. »Wir Eldemarer sind Krieger, wir holen uns das, wonach es uns verlangt«, sagte er dann, »merk dir das.«

Seine Männer brachen in wilden Jubel aus. Er ließ Levarda los und sprang auf sein Pferd. Die Soldaten folgten seinem Beispiel. Mit einer Hinterhandwendung jagte er in vollem Galopp die Reihen entlang, drehte erneut und steuerte direkt auf Levarda zu.

Sie blieb stehen, unfähig sich zu bewegen.

Er beugte sich herab, packte sie und zog sie auf sein Pferd. Sie war seine erste Beute.

HINTER DEN SOLDATEN LAG DAS GEBIRGE GESTORK. SIE hatten einen Wald durchquert, der sich vor den Eldemarern öffnete. Eine Ebene erstreckte sich vor ihren Augen, auf der kurzes, hartes Gras wuchs. Dahinter zog sich die Landschaft in Hügeln dahin, unterbrochen von Wäldern.

Prinz Tarkan parierte seinen Schimmel durch.

»Hier befand sich bis heute die Grenze zwischen Forran und Eldemar. Ab morgen gehört sie der Vergangenheit an. Steig ab.«

Levarda ließ sich von dem Tier gleiten.

Er sprang ab, packte sie an der Hand und zerrte sie mit sich. Am Rand des Waldes, erhöht, dort wo man die Ebene gut überblicken konnte, stand ein einzelner Baum, die unteren Äste abgesägt. Andere Bäume, die rundherum gestanden haben mussten, lagen gefällt und in Stücke gehackt um den Stamm herum.

Die Vision ihres Albtraumes brach durch. Das hier war ein Scheiterhaufen für sie. Levarda blieb stehen, begann sich zu wehren. Panik kroch in ihr hoch.

Er lachte nur, packte sie mit der anderen Hand im Nacken, umschlang sie mit seiner Dunkelheit und zerrte sie zu dem Baum. Drei Soldaten folgten ihnen. Sie mussten ihm helfen, damit er sie festbinden konnte.

»Keine Sorge, mein Schatz, der Scheiterhaufen ist nur dazu da, um seinen Zorn zu schüren. Er muss glauben, dass du noch rein für ihn bist. Wir müssen doch sicherstellen, dass er nicht den Schwanz einzieht und sich hinter den Mauern der Festung versteckt.«

Levarda war völlig gelähmt, Angst beherrschte ihre Gedanken und gab der Dunkelheit Macht. Sie versuchte sich an den Zorn zu erinnern, der kürzlich eine Explosion hervorgerufen hatte.

»Versuche es erst gar nicht, ich habe dir deine Energie heute Morgen vollständig abgezogen. Es hat mich überrascht, wie viel du in dir hattest. In Zukunft werde ich besser darauf achten müssen. Aber für heute bedanke ich mich bei dir, denn du gibst mir mehr Macht, als ich es mir je erträumt habe.«

Er betrachtete zufrieden sein Werk, schien nachzudenken. »Etwas fehlt noch. – Ach ja.« Er griff in die Tasche seines Waffenrocks, holte einen Gegenstand heraus.

Der Stein in ihrem Amulett, sonst hell glänzend, leuchtete tiefschwarz. Er legte ihn ihr um den Hals. »Faszinierend, nicht wahr. Die Amulette der anderen Frauen aus Mintra verloren ihr Leuchten, verwandelten sich in Edelsteine. Deiner ist schwarz geworden wie deine Seele.«

»Er ist da«, rief einer der Männer.

Prinz Tarkan ließ von ihr ab und rannte zurück zu seinem Pferd.

Levarda suchte die Hügel ab. Da stand er, bestrahlt vom Licht der Sonne. Umbra erhob sich auf die Hinterläufe und stieß ein schrilles Wiehern aus.

Er war nicht allein, hinter ihm formierte sich eine Einheit aus der Armee des hohen Lords. Mit einem Sprung setzte sich der Hengst in den Galopp. Otis zog sein Schwert und fegte wie ein Sturm durch die erste Reihe der Eldemarer, die sich auf der Ebene in Stellung gebracht hatten. Lord Hectors Soldaten folgten dicht auf.

Prinz Tarkan hob sein Schwert und brüllte einen Schlachtruf. Reiter, die sich in den Wäldern verborgen gehalten hatten, kamen aus allen Richtungen herangeprescht. Der Strom an Eldemarern schien nicht abzubrechen.

Prinz Tarkan griff in das Geschehen nicht ein, sondern behielt die taktisch klug ausgewählte Position bei, von der aus er den Kampf verfolgen konnte.

So wacker die Forraner sich schlugen, so waren sie doch eindeutig in der Minderzahl. Langsam zogen die Eldemarer einen Kreis um ihre Beute. Männer starben unter ihren Schwertern.

Levarda konnte den Tod mehr fühlen als sehen. Der grausame Tod eines Menschen tat ihr immer weh, in dieser Menge auf dem Schlachtfeld erschienen ihr die Schmerzen unerträglich. Sie schrie auf, kämpfte mit den Fesseln. Tränen brachen aus ihr heraus.

»Beruhige dich, Levarda, alles wird gut«, hörte sie die Stimme von Otis in ihrem Kopf. Verwirrt hielt sie inne, suchte mit ihren Augen seine Gestalt.

In diesem Moment durchbrachen die Forraner den Kreis, allen voran Otis. Sie gaben ihren Pferden die Sporen und flüchteten den Weg zurück, den sie gekommen waren.

Jubel und höhnisches Gelächter begleiteten sie. Ein Teil der Eldemarer folgte den Flüchtenden, berauscht vom schnellen Sieg. Prinz Tarkan schrie einen Befehl, und die noch verbliebenen Männer formierten sich in der Ebene neu.

Es überraschte Levarda. Sie hatte gedacht, dass er all seine Kräfte hinter Otis herschicken würde. Hoffnung keimte in ihr auf, dass ihr Mann die Weitsicht besaß, die Falle zu erkennen, und nicht zurückkehrte.

Sie betete still zu Lishar. Lieber wollte sie ihr restliches Leben an der Seite von Prinz Tarkan verbringen, als ertragen zu müssen, dass Otis starb. Wenn der Tod von Kriegern, die ihr nichts bedeuteten, solche Schmerzen verursachte, was würde erst sein Tod in ihr auslösen? Sie wagte es nicht einmal, daran zu denken.

Prinz Tarkan ritt die Reihen seiner Truppe entlang und bellte Befehle, die sie nicht verstand. Nein, auf keinen Fall durfte er Otis folgen. Irgendetwas musste Levarda tun. Sie spürte, wie der Kampf von Dunkelheit und Licht in ihr begann. Schmerzen durchzuckten ihren Körper. Angst durchflutete ihre Adern. Sie keuchte auf, riss an den Riemen, die ihr inzwischen tief ins Fleisch schnitten.

»Levarda, beruhige dich. Je mehr Angst du hast, je mehr Panik, umso stärker ist die Dunkelheit, und umso größer ist seine Macht.«

Eindringlich hörte sie die Stimme von Otis in ihrem Kopf sprechen. Sie schüttelte sich, ihr Geist spielte ihr etwas vor. Sie wurde verrückt. Ihr Amulett erwärmte sich und brachte sie zur Besinnung. Es gab nur eine Möglichkeit, dem Wahnsinn ein Ende zu bereiten. Sie brauchte Zugang zu der Energie ihrer Elemente. Fieberhaft überlegte sie.

Im See hatte sich ihre innere Quelle verstärkt, nachdem das Leuchten des Lebens in ihrem Innern zugenommen hatte. Die

Dunkelheit hatte sich zurückgezogen und es akzeptiert, auch die Energien der Erde und der Luft. Nach dem, was Prinz Tarkan ihr angetan hatte, war die Dunkelheit eine dichte, undurchdringliche Masse geworden und erstickte alles andere in ihr.

Sie schloss die Augen, suchte nach der Lebensenergie ihres Kindes und fand sie. Ein Kreis aus Dunkelheit schützte das Licht, während der äußere Teil der Dunkelheit es zu erreichen suchte.

Neue Geräusche drangen an ihr Ohr, die ihre Konzentration durchbrachen. Alarmiert riss sie die Augen auf.

Die gesamte Armee der Eldemarer hatte sich anscheinend auf der Ebene neu formiert. Entsetzt sah Levarda die Masse an Soldaten und fühlte ihren Durst nach Blut. Das musste die Dunkelheit in ihr sein, die nach Tod und Verderben lechzte. Panik schoss erneut durch ihren Leib, gefolgt von einer weiteren Schmerzwelle. Die Dunkelheit in ihr begann ihren eigenen Krieg. Levarda keuchte auf, Schweiß strömte ihren Körper herab, sie sackte in sich zusammen, nur noch gehalten von den Riemen, die ihr tiefer und tiefer ins Fleisch schnitten.

Auf der Ebene erklang der dunkle Ton eines Horns.

Mühselig sammelte sie ihre Kräfte, hob ihren Kopf und schaute über die Ebene.

In den Reihen der Eldemarer herrschte Spannung. Selbst von der Distanz aus konnte sie Prinz Tarkans Wut spüren, als Vibration der Dunkelheit. Für einen Moment verebbte der Kampf in ihrem Körper und sie bekam Luft. Die Hügelketten füllten sich mit Kriegern, aber es waren keine Eldemarer, diesmal waren es die Forraner. Sie erkannte die Fahnen mit den Symbolen von Sendad, Lemar, Timbor, Egris, Wilbor und Eremis. Alle führten ihre Leute an – jeweils drei Offiziere auf jeder Seite, in der Mitte Otis und mit erhobener Hand neben ihm Lord Hector.

Als Lord Hector seine Hand senkte, kam Bewegung in die Forraner. Für einen Moment begriffen die Eldemarer so wenig wie Levarda, was da auf sie zurollte.

Während sie es für ein Hirngespinst ihres Geistes hielt,

erfassten die Krieger aus Eldemar zügig die neue Lage, machten sich zur Verteidigung bereit und begegneten dem Vorstoß der Truppe mit Schlachtgebrüll.

Die beiden Armeen prasselten gegeneinander. Voller Entsetzten musste Levarda mit ansehen, wie Männer sich gegenseitig zerstückelten, töteten, mit der vollen Wucht ihrer Manneskraft, ihrer Wut, mit Hass und Präzision. Ihr eigener Leib verwandelte sich in ein einziges flammendes Inferno.

Prinz Tarkan und Otis hielten Abstand voneinander. Levarda verstand den Grund dafür, als die beiden Kontrahenten sich einmal zu nahe kamen. Sah die Tentakel der Dunkelheit, die versuchten, Otis zu umschlingen. Kaum erreichten sie seine Aura, flammte Feuer auf, das zwei Männer das Leben kostete, einen Forraner und einen Eldemarer. Die freigelassene Energie unterschied nicht zwischen Freund und Feind.

Otis zog sich blitzschnell von Prinz Tarkan zurück. Entsprechend ihrer eigenen Erfahrung mit Prinz Tarkans Kräften wirkten sie nur auf eine begrenzte Distanz.

In Levarda tobte der Schmerz in einer Heftigkeit, dass sich ihr Körper nur noch taub anfühlte. Das gab ihr die Fähigkeit zurück, sich auf ihre Gedanken zu konzentrieren. Diese Menschen starben ihretwegen. Ihre Aufgabe bestand darin, den Frieden zu bringen. Sie durfte nicht der Auslöser für einen Krieg sein. Sie musste das Ganze beenden. Sie schloss die Augen.

Alle Geräusche um sich herum vertrieb sie aus ihrem Kopf, bis sie in Stille eintauchte. In ihrem Körper herrschte abgrundtiefe Schwärze. Sie konzentrierte sich auf die Liebe zu dem in ihr wachsenden Leben, rief sich die Gefühle für ihre Mutter, ihre Geschwister, ihren Meister in Erinnerung, an Lady Smira, Celina, Levitus, an Egris, Sendad, Lemar und Agilus – und zuletzt an Otis. Wie in einer klaren Sternennacht glitzerten bald überall in ihrem Innern helle Punkte auf, manch ein Stern leuchtete heller, andere weniger hell.

»Dort, wo Licht ist, ist auch Dunkelheit. Das eine gehört zu dem anderen. Lass die Dunkelheit in dein Herz und beides wird darin existieren können«, hörte sie erneut die Worte der alten Frau und sah einen Schatten, vollkommen von Licht umhüllt.

In ihr Herz, nicht in ihren Körper musste sie die Dunkelheit einlassen, begriff sie. Levarda öffnete ihr Herz, das letzte Überbleibsel ihres Seins. Bilder der Dunkelheit überfluteten sie, Trauer, Zorn, Wut, Hass, all das empfing sie mit ihrer Liebe, Vergebung, ihrem Mitgefühl und Trost.

»Ich weiß, dass Ihr leidet, doch ich kann Euch den Schmerz nicht nehmen, ich kann ihn nur verstehen«, sprach sie leise. Erst erschien das Licht in ihrer Kraftquelle klein, umschmeichelt von der Dunkelheit. Langsam kristallisierte sich eine Gestalt heraus, die ihre Arme ausbreitete. Die Dunkelheit verdichtete sich und wurde zu einer Männergestalt, die einen Abstand zu der Frau hielt.

»Sie ist unsere Tochter«, flüsterte die Frauengestalt des Lichts. »Du hast es die ganze Zeit gefühlt und deshalb hast du ihr Kind geschützt.«

Die dunkle Männergestalt trat zur Lichtgestalt und sie umarmten sich. Als sie sich ineinander auflösten, entstand ein Wirbel von Licht und Dunkelheit, der machtvoll aus Levardas Brust entfuhr. Gleichzeitig wurde sie in die Höhe gerissen. Ihr schwanden die Sinne.

SCHREIE UND SCHWERTERKLIRREN HOLTEN SIE ZURÜCK INS Leben. Levarda fand sich immer noch an den Baum gefesselt. Forraner und Eldemarer kämpften erbittert. Blut tränkte den Boden der Ebene. In ihr stiegen Tränen hoch.

Sie richtete sich auf, soweit es ging, ihr Amulett glühte. Die Erde um sie herum begann zu beben und unter ihr grollte ein tiefer Klang, als sich die volle Macht des Lebens einen Weg suchte.

Die Kämpfenden fuhren auseinander. Wind heulte durch ihre

Mitte, und dort, wo Forraner und Eldemarer noch zu dicht standen, drückte er die Männer voneinander weg, bis eine Schneise entstand. Flammen bildeten sich zwischen ihnen, ließen die Krieger mehr Distanz suchen. Das Feuer selbst bewegte sich nicht weiter und zerstörte auch nicht. Es hielt einzig die Kämpfenden auf Abstand voneinander.

Levarda atmete tief ein, konzentrierte sich auf ihre Riemen, sprengte sie mit ihrem Willen auf. Sie erhob sich, begann, ihre Elemente zu verkörpern, wie sie es seit langer Zeit nicht getan hatte, ließ ihren Körper die verschiedenen Formen der Bewegung ausführen. Luft, Erde, Feuer und Wasser. Sie holte die Stürme, schleuderte sie zu den Männern auf der Ebene und löschte die Flammen.

Erde wirbelte auf und vermischte sich mit den Winden. Der Wirbelsturm hatte ein inneres Auge und tobte außen um Forraner und Eldemarer gleichermaßen herum.

Levarda glitt in die Figur des Feuers. Zwei Feuersäulen schossen empor, eine hinter den Eldemarern, die andere hinter den Forranern. Dichte Wolken entstanden über der Ebene, und sie rief das Wasser an. Es begann zu regnen. Mit einer weit ausholenden Bewegung ihrer Arme reckte sie die Hände zum Himmel empor. Sie gab all ihre Heilkräfte in das frische Nass, das auf die Männer regnete, sodass es kleinere Verletzungen sofort heilte, bei tieferen Wunden den Körper dazu brachte, den Heilungsprozess zu beginnen. Blut hörte auf zu fließen, die Erde beruhigte sich. Sterbende schlossen ihre Augen, kehrten zurück zu der Energie, aus der sie geboren worden waren.

Die Feuersäulen fielen in sich zusammen, der Sturm flaute ab. Niemand rührte sich, bis auf zwei Männer.

Prinz Tarkan und Lord Otis hatten beide erkannt, wo das Toben der Elemente herkam. Prinz Tarkan, Levarda um einiges näher, trieb sein Tier an. Aber als er reagierte, trat auch Otis seinem Hengst die Fersen in die Flanken. Umbra streckte sich und gewann an Boden.

Prinz Tarkan schleuderte seine Dunkelheit auf Levarda. Sie glitt an ihrem Körper hoch, trat aus ihren Händen heraus und verstärkte den Regen.

Prinz Tarkan heulte auf. Mit einem weiteren Schlag entzündete er das Holz, auf dem sie noch stand.

Sie faltete die Hände, führte sie zu ihrer Stirn und legte sie auf ihr Herz. Die Flammen machten ihr keine Angst. Sie hatte ihre Hitze im Traum zu oft gespürt. Mit offenen Augen sah sie ihm entgegen. »Ich verzeihe Euch, was Ihr getan habt – alles, was Ihr getan habt.«

Doch er wollte ihre Vergebung nicht. Stattdessen zog er sein Schwert aus der Scheide, drückte seinem Pferd, das vor den Flammen scheute, brutal die Fersen in den Leib. Er stieß mit solcher Kraft die Klinge in Levardas Brust und durch ihr Herz, dass sie aus ihrem Rücken herausfuhr.

Sie hörte den Schrei eines Mannes, der sich wie ein Echo fortsetzte. Mit weit aufgerissenen Augen sah sie Prinz Tarkan an.

»Was habt Ihr getan?«, formten ihre Lippen.

»Wer bist du, dass du glaubst, mir verzeihen zu können?« Seine Stimme überschlug sich.

Unter Tränen, die ihre Wangen herabliefen, antwortete sie:

»Ich bin die Tochter von Lishar, geboren aus ihrer Liebe zu Lethos, beschenkt mit der Gabe der vier Elemente, Wasser, Erde, Luft und Feuer.«

Die Dunkelheit verdichtete sich um Prinz Tarkan. Ein ohrenbetäubendes Grollen ertönte vom Himmel. Ein Blitz zuckte durch das Zwielicht auf die Dunkelheit nieder, und von Prinz Tarkans Körper blieben nur Asche und Wasser.

Das Letzte, was Levarda sah, war der Schmerz im Gesicht von Otis, der sie hielt und nach dem Schwert in ihrer Brust griff.

»Ich liebe dich«, flüsterte sie mit kindlichem Erstaunen.

»Fass das Schwert nicht an, Otis«, hörte sie jemand laut brüllen. Ob Otis dem Folge leistete, konnte sie nicht mehr sehen. Ihr

Leben lag in seinen Händen, und das Schicksal hatte vor langer Zeit bestimmt, dass er es ihr nahm.

Wenn sie wählen dürfte, wodurch sie sterben wollte, dann durch seine aus Liebe geführte Hand. Glücklich schloss sie die Augen.

26
LICHT

Otis kniete vor der Holzkonstruktion in seinem Zelt, auf dem die Offiziere Levarda aufgebahrt hatten. An allen vier Ecken hatte Sendad eine Schale mit Kräutern aufgestellt. Unter ihnen brannten Feuer und verteilten so den Duft der Pflanzen in dem Zelt – eine Zeremonie für Verstorbene, damit Freunde und Angehörige Abschied nehmen konnten.

Er hatte es gegen den Willen von Otis gemacht, der nach zwei Tagen immer noch nicht akzeptieren wollte, dass Levarda zu den Toten zählte.

Alle anderen kamen in das Zelt, erwiesen ihr die letzte Ehre eines in der Schlacht gefallenen Kriegers.

Trotz des aufreibenden Kampfes waren die Opfer unter beiden Armeen gering. Levardas Eingreifen hatte dem Krieg ein Ende bereitet. Im Angesicht der Urgewalten und des Todes von Prinz Tarkan hatten sich die Eldemarer ergeben. Der heilende Regen hatte Feind und Freund gleichermaßen das Leben gerettet. Lord Hector verdankte dem heilenden Nass, dass seine Wunde ihn nicht getötet hatte.

Selbst Eldemarer baten, Abschied nehmen zu dürfen, darunter eine Frau namens Tamara.

Die Scheiterhaufen für die Verstorbenen waren errichtet und seine Offiziere drängten Otis, Levardas Körper dem Feuer zu übergeben, doch alles in ihm sträubte sich dagegen.

Er hatte das Schwert nicht berührt, war sogar Sendad in den Arm gefallen, der ihm daraufhin vor lauter Erregung einen Kinnhaken verpasste.

»In uns fließt dasselbe Blut!«, hatte Otis geschrien und ihn ein zweites Mal daran gehindert, das Schwert aus Levardas Leib herauszuziehen. Seine Worte ließen Sendad erstarren.

Egris vollbrachte am Ende, was keiner von ihnen konnte. Das Schwert war blutbedeckt, doch trat aus der Wunde kein weiteres Blut aus.

Otis war auf Umbra gestiegen und Sendad hatte ihm Levarda hochgereicht. Mit ihr in den Armen war er zum nächsten Fluss geritten, dorthin, wo sich auch das Lager befand. Ihren Kopf stützend, hatte er sie ins Wasser gehalten, aber die Wunde schloss sich nicht, weder die in ihrer Brust noch all die anderen an ihren Hand- und Fußgelenken. Ihr Gesicht wies Spuren von Misshandlung auf. Am meisten entsetzte ihn jedoch die Leichtigkeit ihres Körpers. Aber erst, als er sie aus dem Fluss in sein Zelt trug, sie auszog, um ihr ein kraftgefülltes Kleid aus Mintra anzuziehen, entdeckte er das volle Maß der Misshandlungen.

Er hatte innegehalten. Sie war so dünn, dass er ihre Rippen einzeln hätte zählen können. Ihre Hüftknochen stachen hervor. Ihr Körper war übersät mit Spuren von Schlägen, und auch ihre Oberschenkel wiesen grüne und blaue Male auf. Fassungslos hatte er einen Moment lang nicht mehr gewagt, sie zu berühren. Alles musste ihr Schmerzen verursachen. Zehn Tage, nicht länger hatte Prinz Tarkan sie in seiner Gewalt gehabt. Wie konnte man in zehn Tagen einer Frau so viel Leid zufügen? Und sie hatte diesem Abschaum verziehen.

. . .

Er nahm Levardas leblose Hand, konnte nichts fühlen, keine Wärme, keinen Puls, keinen Herzschlag und nicht die winzigste Spur einer Energie. Otis legte seine feuchte Wange auf ihren Handrücken. Wie sollte er jemals ohne ihre Liebe existieren? Wenn sie ihren Körper dem Feuer übergaben, würde er mit ihr gehen. Ein Leben ohne sie hatte keinen Sinn mehr. Alles in ihm sehnte sich nach ihr.

Sendad trat in das Zelt, Otis brauchte seine Augen nicht zu öffnen, um ihn zu erkennen. Er hatte ihm erklären müssen, dass Bihrok nicht sein Vater, sondern seine Mutter gewesen war, die Mutter von Prinz Tarkan und seine eigene Großmutter. Somit war Sendad sein Onkel und Halbbruder des Eldemarer Prinzen. Sein Offizier verkraftete die Erkenntnis über seine Herkunft mit erstaunlichem Gleichmut.

»Otis, du musst eine Entscheidung treffen.«

»Ich kann sie nicht gehen lassen.«

»Du hast mir gesagt, dass Prinz Tarkan der Sohn deiner Großmutter –«, er stockte, »meiner Mutter ist. Ihr Blut floss auch durch ihn.«

Otis schüttelte den Kopf. »Sie ist nicht tot. Sie darf nicht tot sein.«

»Otis, uns allen fällt es schwer, sie gehen zu lassen. Ihr Lachen, das Leuchten in ihren Augen, die Wärme, die sie jedem gab, egal ob Feind oder Freund – wie sie den Kopf neigte, wenn sie nachdachte oder sich im Spiel mit Agilus völlig vergaß. Doch am meisten werde ich vermissen, dass sie mir zuhört – beim Reden und beim Schweigen.« Die Worte kamen leise, aber ungehemmt aus Sendad hervor.

Otis stöhnte gequält auf. »Wie soll ich ohne sie weiterleben?«

»Wir brauchen dich für den Frieden, Otis. Forran braucht dich. Gregorius braucht dich und Agilus. Lebe für uns weiter.«

»Sie hat Hunderten mit dem heilenden Regen das Leben gerettet und machte dabei keinen Unterschied zwischen Eldemarern und Forranern«, sagte Otis leise. »Sie hat ihm Vergebung angeboten für all seine Taten und er hat sie einfach getötet.«

Das erste Mal, seit sie aufgebahrt in seinem Zelt lag, sprach er das Wort aus. Er hörte, wie Sendad ausatmete, und dachte daran, wie Levarda um Sendad gekämpft, sein Leben in ihren Händen gehalten hatte. Niemals wäre es ihr in den Sinn gekommen, einfach aufzugeben. Seine eigenen Worte klangen in seinen Ohren nach Verrat. Oh, Lishar, ich habe geschworen, dass ich sie beschützen werde. Kein Leid sollte ihr geschehen. Ich habe dir mein Leben dafür angeboten. Warum hast du nicht meines genommen? Sie trägt ein neues Leben in sich, eine Tochter, so wie ich es dir bei meiner Hochzeit versprach. Warum hast du sie nicht beschützt?

Er schluchzte auf, legte ihre Handfläche auf seine Wange.

Sendad zog sich aus dem Zelt zurück.

Alle seine Männer, alle seiner Offiziere, aber vor allem die, die Levarda von Anfang an begleitet hatten, versuchten ihren eigenen Kummer vor ihm zu verbergen. Dennoch sah er es, spürte es, und als er Timbor beim Weinen ertappte, empfand er Wut. Wo sollte er seine Kraft hernehmen, wenn nicht von ihnen? Er war immer ihr Anführer gewesen, klar in seinen Befehlen, weise in seinen Entscheidungen, und er hatte für alles einen Ausweg gefunden. Aber diesmal gab es keinen Weg, nur ein Ende. Sie war seine Hoffnung gewesen, sein Schicksal, sein Leben und seine Liebe. Er war ein Teil von ihr und sie ein Teil von ihm. Jetzt, da er wusste, wie sich Vollkommenheit anfühlte, konnte er mit weniger nicht mehr leben. Er erinnerte sich an jeden Augenblick mit ihr.

Das erste Mal hatte er sie gesehen, als sie mit Sita auf den Hof von Lord Blourred gefegt kam. Er spürte ihre Energie, die wie ein frischer Wind durch die Stallungen blies, die seinen Kopf leicht machte und ihn seine Sorgen vergessen ließ. Er folgte diesem Wesen, sah, wie sie verhinderte, dass Umbra verletzt wurde. In diesem Moment hatte er entschieden, dass er nicht ohne sie zurückreiten würde. Dem Fest, sonst eine lästige Pflicht, fieberte er damals entgegen – und dann ihr Schock, ihre Abscheu, als sie ihn das erste Mal ansah. Hätte sie ihm ein Messer in die Brust gestoßen, es wäre nicht schmerzhafter gewesen. Nach und nach kam die Erkenntnis, dass sie das Schicksal von Lady Smira teilte. Zwischen unbändiger Freude und Verzweiflung darüber, dass er sie eines Tages würde töten müssen, hatte er jeden weiteren Kontakt mit ihr vermieden. Von seiner Großmutter wusste er, dass irgendwo in den Wäldern die Grenze von Mintra sein musste. Bei seiner Suche begegnete er ihr im Wald.

Alles war noch so klar in seinem Gedächtnis: der Moment, als er dachte, er hätte sie getötet, ihr offener Blick, der Mut, mit dem sie ihm begegnete. Er hatte sie laufen lassen, folgte lieber der Stute, in deren Brand er das Zeichen von Mintra erkannt hatte. Das Pferd verschwand, und egal, wie sehr er sich bemühte, er konnte keine Spuren und kein Energiesignal mehr fühlen, bis die Stute urplötzlich aus dem Nichts vor ihm auftauchte. Gesattelt, mit Zaumzeug, Pfeilen und einem Bogen am Sattel versehen. Auf einem der Pfeile steckte der Zettel.

Mann des Feuers aus Forran, hatte er gelesen, *schütze unsere Tochter und gib ihr die Freiheit, zu entscheiden*.

Das hatte er seit jenem Tag getan, egal wie schwer sie es ihm mit ihrer Uneinsichtigkeit für das Richtige machte. Er fühlte sich verpflichtet und wollte es im Grunde selbst nicht anders. Welche Kräfte Levarda in sich barg, verstand er erst, als sie Sendad heilte. Sie war anders als jeder Mensch der Elemente, der jemals zuvor seinen Weg gekreuzt hatte, ihr Innerstes pures Licht und tiefe Liebe für alles, was sie umgab, die Quelle in ihrem Leib reine klare Energie. Er hatte die Dunkelheit in ihr Leben gebracht, als sie sich durch den Angriff der Räuber gezwungen sah, Menschen zu Lady Smiras Verteidigung zu töten. Dabei wäre das seine Aufgabe gewesen. Bereits damals hatte er versagt und sie nicht beschützt.

. . .

»Sie sieht aus, als würde sie jeden Augenblick die Augen aufschlagen und über unsere Trübsal spotten.«

Lemar trat leise zu ihm, der einzige von all seinen Offizieren, der seinen Schmerz verstand. Auch er hatte die Liebe seines Lebens an den Tod verloren. Zum ersten Mal begriff Otis den Mut seines Freundes. Er wusste nicht, ob er genauso mutig sein konnte.

»Sendad sagte, du habest dich einverstanden erklärt, dass wir sie verbrennen.« Lemar brach ab, wischte sich mit der Hand durch das Gesicht. Leise trat er auf Levardas andere Seite. Er streckte die Finger aus, berührte ihr Haar, das Otis so lange gebürstet hatte, bis es glänzend um ihren Kopf lag. Die Heilsteine um ihren Hals und ihr Amulett leuchteten matt. Die Dunkelheit in dem Zelt, nur leicht erhellt vom warmen Kerzenlicht, verbarg die Spuren der Gewalt in ihrem Gesicht. Otis strich mit den Fingern über die tiefen, blutigen Spuren der Lederriemen, getrocknet und mit einer Kruste versehen, mehr nicht.

»Kannst du nichts fühlen?«, seufzte Lemar.

Otis schüttelte den Kopf.

»Kann es nicht sein, dass nur ihr Geist unterwegs ist?«

Erneut schüttelte Otis den Kopf. Insgeheim hatte er den gleichen Gedanken gehegt. Eine furchtbare Vorstellung, dass ihre Seele in der Dunkelheit voller Verzweiflung nach dem Leib suchte wie damals am See. Überall war er umhergestreift in den Stunden, da er sich aufraffen konnte, ihre Seite zu verlassen. Er hatte nach ihrem Energiemuster gesucht und nichts gefunden.

»Nein, so lange würde auch ihr Körper ohne den Geist nicht überstehen können.«

»Sie hat nie getan, was du wolltest«, widersprach Lemar mit einem Lächeln. »Sie hat es dir nie einfach gemacht.«

Nein. Nur einmal auf der Reise hatte sie sich für ihn geöffnet, sich weinend in seine Arme geworfen, nachdem ihr Geist von der

Dunkelheit umzingelt worden war und er sie mit seinem Feuer rettete. Von ihren überstürmenden Gefühlen völlig gelähmt, hatte er keine Ahnung gehabt, was er machen sollte. Sein Bedürfnis mühsam unter Kontrolle haltend, sie in die Arme zu reißen, sie mit Küssen zu überdecken, ließ er den Moment verstreichen, ohne sie tröstend an sich zu drücken. Nein, damals hätte er nicht die Kraft aufgebracht, ihr zu widerstehen. Sie war für ihn eine ständige Verführung gewesen, das Licht, welches seit dieser Nacht in ihr leuchtete, ein Signal, das ihn anzog, um ihn zu verbrennen. Ob sie sich in dem Kleid seiner Großmutter in seinem Schlafraum drehte, dabei seine Gegenwart völlig vergaß, oder im Gegenteil ihm Bilder in den Kopf malte, wie sie nackt unter ihm im Bett lag. Jeder Moment in ihrer Nähe hatte ihm seine komplette Selbstbeherrschung abverlangt.

In den einsamen Nächten konnte er sie wie in der Vision neben sich fühlen. Dieses Bild quälte ihn und er verwendete es, als sie ihn um seine lebenspendenden Säfte bat. Er war bemüht, eine Distanz zu ihr zu wahren, doch das ertrug er nicht besser als die Nähe zu ihr. Einzig ihre Abneigung ihm gegenüber half ihm, die Kontrolle nicht zu verlieren. Als sie ihren Hals entblößte, seinen Finger auf ihren Puls legte, war er um jeden Mann im Raum froh gewesen. Dann hatte sie angefangen, ihn zu akzeptieren, ihn als Freund zu betrachten. Pure Folter, in die er sich Tag für Tag mit Freuden begab, doch das alles bedeutungslos im Vergleich zu dem Tag, als sie ihm ihre Liebe schenkte, der ausgedörrten Erde den Regen gab und Blumen wachsen ließ. Sein Durst nach ihr – genauso unersättlich wie der der ausgetrockneten Pflanzen. Nein, er konnte nicht ohne sie leben. Niemals.

Er hatte sich in der Vergangenheit verloren.

Erst als Lemar die Hand auf seine Schulter legte, kam sein Geist in die schmerzvolle Gegenwart zurück. »Ich kann nicht ohne sie leben.«

»Ich verstehe dich, Otis, glaube mir. Aber wenn du das machst und mit ihr ins Feuer gehst, wird alles, worum sie gekämpft hat, verloren sein.«

»So wichtig bin ich nicht«, entgegnete Otis mit gebrochener Stimme.

»Doch, das bist du. Für uns, für Forran ...«

Otis legte seine Hand auf die von Lemar. »Lass es gut sein, mein Freund, die Aufzählung habe ich bereits von Sendad gehört.«

»Führe fort, was sie begonnen hat. Ehre sie mit dem Frieden, für den sie gestorben ist. Leben ist mutiger als sterben, mein Freund«, erwiderte Lemar eindringlich.

Otis biss die Zähne zusammen, geschlagen von seinen eigenen Worten, die er einst Lemar gesagt hatte.

»Gib mir die Zeit, die mir mit ihr noch verbleibt«, presste er heraus, indem er den Strom seiner Tränen zurückhielt.

Lemar verschwand.

Otis hörte die Stimmen seiner drei treusten Weggefährten vor dem Zelt. Er wusste, er konnte sich auf sie verlassen, dass sie diesen Moment für ihn schützten.

»Du hast sie alle im Sturm erobert, so wie mich, und es war dir nie klar, welche Macht du damit in deinen Händen hieltest. Nie hast du sie genutzt, auch nicht die der Elemente. Du hättest uns alle damit töten können. Alle, ohne Ausnahme.«

Er ließ seine Energie fließen, suchte nach einem Lebenszeichen von ihr. Das Amulett leuchtete auf, schützte den leblosen Körper. Er hatte versucht, ihr das Amulett abzunehmen, in der Hoffnung, sie mit seiner Energie heilen zu können, doch es ließ sich nicht berühren. Wenige Zentimeter darüber traf er immer auf einen Widerstand, den er nicht durchbrechen konnte, weder mit purer körperlicher Gewalt noch mit seiner Energie. Er legte seine Hand auf ihren Unterleib, schloss die Augen, nahm Abschied von dem ungeborenen Leben. Mit seinen Sinnen fühlte er, wie es sich an seine Handinnenfläche schmiegte. Es zerriss ihm das Herz. Wie konnte es leben, wenn die Mutter tot war?

. . .

LEVARDA HÖRTE, WIE DIE ZELTPLANE ZURÜCKGESCHLAGEN wurde. Stille, immer wieder diese Stille. Sie wandte alle Kraft auf, ihre Augen zu öffnen, die Finger zu bewegen oder ihre Lippen zum Sprechen zu bringen. Aber nichts gelang ihr. Ihr Körper lag steif und bewegungslos da. Obwohl sie merkte, wie eine Hand ihr Gesicht streichelte, konnte sie ihre Wärme nicht spüren. Mit angsterfülltem Herzen suchte Levarda nach dem neuen Leben in ihrem Körper und war erleichtert, als sie das zarte Licht entdeckte. Es pulsierte und klopfte im Rhythmus, doppelt so schnell wie ihr eigener Herzschlag.

»Lemar«, klang es leise in ihr Ohr.

»Sendad, Egris, Timbor!«, tönte es lauter.

Wieder wurde die Zeltplane zurückgeschlagen.

»Was ist passiert?«, hörte sie Egris fragen.

»Ihr Puls schlägt.«

Ein tiefes Seufzen drang aus Sendads Mund. »Otis, ich weiß, dass du dir nichts sehnlicher wünschst, als dass ein Wunder geschieht. Sieh den Tatsachen ins Gesicht. Sie ist tot.«

»Dann komm her und erkläre mir, was das ist.«

Levarda konnte hören, wie sich zögernd Schritte näherten.

»Sie sieht aus, als würde sie schlafen«, hörte sie Sendads leise Stimme.

»Gib mir deine Hand«, befahl ihm Otis.

Die Finger legten sich an ihren Hals, dort, wo die von Otis immer ihren Platz gehabt hatten, wenn sie den hohen Lord gemeinsam behandelten.

»Es muss mein eigener Puls sein, den ich fühle.«

»Also fühlst du es auch?«, diesmal klang Otis‘ Stimme ungläubig.

»Sie ist eiskalt und nichts regt sich!«

»Du warst auch kalt, als sie dich behandelte. Sendad, du selbst warst am Herzen verletzt, dem Tod näher als dem Leben. Du müsstest wissen, wie sich das anfühlt.«

»Du hast gesagt, du kannst dich mit ihr verbinden über eure Energien, was ist damit?«

Unsicherheit mischte sich mit Hoffnung in den Stimmen, die sie umgaben.

»Nichts, es funktioniert nicht. Es ist, als ob sie von einer kalten Eisschicht umhüllt wäre, die ich nicht zu durchdringen vermag.«

Sendad seufzte erneut. »Dann ist sie tot.«

Levarda stöhnte innerlich auf. Was würden sie mit ihr machen? Sie begraben? Sie verbrennen? Warum merkten sie nicht, dass sie lebte?

Eine Hand streichelte ihren Arm, fuhr ihren Körper herab, bis zu ihrem Kraftzentrum, verharrte dort, glitt weiter hinunter und blieb auf ihrem Unterleib liegen.

»Wie könnte es leben, wenn sie tot ist? Was für ein Narr ich bin. Beinahe hätte ich ihren Leib verbrannt«, sagte Otis mit rauer Stimme.

»Was meinst du? Was lebt?«

»Unsere Tochter, sie lebt.«

»Otis, ich hole dir jetzt etwas, damit du dich beruhigst. Allmählich befürchte ich, dass du den Verstand verlierst.«

»Und wenn er recht hat?«, fauchte Timbor.

»Eben!«, bekräftigte Lemar Timbors Worte, »Was, wenn er recht hat und sie lebt? Sie hat dich von den Toten zurückgeholt, vielleicht kann sie dasselbe für sich machen.«

Levarda hatte all ihre Kraft aufgebraucht. Sie versank in tiefem Schlaf.

»Holt Lord Otis, ich glaube, sie wacht auf«, hörte Levarda Adrijanas Stimme an ihrem Ohr.

Sie konzentrierte sich auf ihre Augenlider. Bebend, zitternd und mit der größten Anstrengung öffneten sie sich. Grelles Licht stach ihr in die Augen.

»Wartet, ich schließe die Vorhänge.«

Eilige Schritte huschten durch den Raum. Jemand nahm ihre Hand. Sie konnte es spüren, aber nicht so, wie sie es früher gespürt hatte. Es fühlte sich an, als wäre ihre Haut taub.

»Bitte, Lady Levarda, öffnet Eure Augen.«

Sie strengte sich an. Es gelang ihr ein zweites Mal. Sie sah Adrijana ins Gesicht, die sich über sie beugte, und die lächelte, während ihre Tränen auf Levardas Wangen tropften.

»Verzeiht, Mylady«, schluchzte sie und wischte sie mit der Hand ab. »Habt Ihr Hunger?«

Ihre Augen verharrten auf dem vertrauten Antlitz, von dem sie gedacht hatte, dass sie es nie wieder zu Gesicht bekäme.

»Habt Ihr Durst?«

Sie nickte kaum merklich.

Adrijana stützte sie auf, legte ihr einen Becher an den Mund und benetzte sanft ihre Lippe.

Levarda saugte die paar Tropfen gierig ein.

Adrijana schüttete mehr Flüssigkeit in ihren Mund. Hastig schluckte sie das Wasser hinunter.

»Langsam, Mylady, vorsichtig, nicht, dass Ihr Euch verschluckt.«

Mit Adrijanas Hilfe trank Levarda den Becher leer, sank erschöpft in das Bett zurück.

»Wartet, ich werde Euch ein wenig aufrichten.« Das Mädchen zwang sie hoch, stopfte ihr Kissen in den Rücken.

Levarda sah sich um, soweit es das Dämmerlicht im Raum zuließ. Sie lag in ihrem Turmzimmer auf der Festung des hohen Lords.

Die Tür wurde aufgerissen, Otis blieb mitten in der Bewegung wie angewurzelt stehen und starrte sie an.

Adrijana lachte durch ihre Tränen. »Ihr könnt ruhig näher treten, Herr, Euer Blick täuscht Euch nicht, sie ist wach.«

Langsam kam Otis in den Raum, setzte sich auf ihre Bettkante und nahm ihre Hand.

Adrijana ging zur Tür. »Ich werde Euch allein lassen. Sie hat einen Becher Wasser getrunken, soll ich in der Küche Bescheid geben, dass man die Suppe hochbringt?«

»Ja, tu das, Adrijana.« Seine Stimme klang rau.

Für Levarda war es ein Schock, dass sie auch seine Wärme und seine Energie nicht spüren konnte. Sie wollte weinen, aber es gelang ihr nicht, alles in ihr fühlte sich taub und leblos an.

Sie sah die flüchtige Traurigkeit in seinem Gesicht, bevor sie sich in ein Lächeln verwandelte.

»Du hast mir Angst gemacht.«

Sie öffnete den Mund. »Das wollte ich nicht.« Ihre Stimme schmerzte, sie klang heiser und rau.

Er führte ihre Hand zu seinen Lippen, küsste ihre Fingerspitzen. »Ich weiß. Ich dachte, ich hätte dich für immer verloren.« Er schloss seine Augen, schmiegte seine Wange an ihre Handflächen.

Sie starrte ihn regungslos an. »Ich fühle nichts.«

Er lächelte, aber diesmal sah sie Tränen in seinen Augen. »Ich weiß.«

»Warum spüre ich nichts?«

»Die Frage kann ich dir nicht beantworten. Wenn ich wüsste, was er mit dir gemacht hat ... Ich habe versucht, dir meine Energie zu senden. Ich habe versucht, mich zu erinnern, wie du es gemacht hast, als du in den Körper des hohen Lords eingedrungen bist. Aber nichts funktioniert. Es ist, als wärest du von einer Hülle umgegeben, die dich schützt und nichts eindringen lässt, wie früher, wenn du dich mit einem Schutzschild umgeben hast, nur um ein Vielfaches stärker.«

»Mein Amulett«, flüsterte sie leise.

Er seufzte. »Ja, daran habe ich auch schon gedacht, dass es dein Amulett ist, das diesen Schutzschild aufrechterhält. Ich kann es dir nicht abnehmen. Es ist ebenfalls mit einer Hülle abgeschirmt, die ich weder mit körperlicher Kraft noch mit meiner

Energie zu durchdringen vermag.« Er hob seine Hände, die mehrere rote Male aufwiesen.

Levarda schloss die Augen. Alles erschien so anstrengend. Er streichelte ihr Gesicht und sie ließ es geschehen. Ihre Sinne tasteten nach dem Leben in ihr. Es war wieder gewachsen, nicht nur größer geworden, sondern hatte fast die Form eines kleinen Menschen. Das Herz pochte flink.

Levardas Hand legte sich auf ihren Unterleib. Otis bedeckte sie mit seiner.

»Ich bin schwanger«, sprach sie leise.

»Ich weiß. Ich weiß es seit der Nacht, bevor ich dich einem Verräter anvertraute.«

»Lord Eduardo.«

»Er ist tot«, erwiderte er kalt.

Sie brauchte all ihren Willen, um ihre Augen erneut zu öffnen. »Lady Eluis?«

»Sie starb in der Nacht, als ich merkte, dass Lord Eduardo mich ausgetrickst hatte. Ich musste ihr an ihrem Totenbett versprechen, dass ich ihm einen leichten Tod schenke, was ich heute zutiefst bereue. Aber ich habe mein Wort gehalten.«

Levarda atmete auf.

Es klopfte und ein Mädchen brachte ein Tablett herein.

Sie sah auf das Fleisch und das Brot.

Otis lächelte mitfühlend. »Tut mir leid mein Mondlicht, das ist für mich. Ich fürchte, du musst dich heute mit der Suppe begnügen. – Du kannst gehen.«

Die Magd knickste, warf Otis zuvor aber noch einen Blick tiefer Bewunderung zu. Ein weiterer Mensch, der ihren Gemahl auf einen Sockel stellte.

Er nahm die Schüssel und den Löffel und begann, sie zu füttern. Gehorsam wie ein Kind bemühte sich Levarda, ihren Mund zu kontrollieren und schluckte alles herunter, was ihr Otis einflößte. Erst als sie aufgegessen hatte, nahm er sich seinen Teller und aß.

Es klopfte, und einer von Otis‘ Soldaten trat vor. »Verzeiht, Lord Otis, dass ich Euch störe, der hohe Lord fragt, ob Ihr heute noch einmal zu ihm kommen könnt.«

»Nein, ich bleibe bei meiner Frau.«

Levarda schüttelte mühsam den Kopf. »Geh nur, ich bin sowieso müde und ich verspreche, nicht wegzulaufen.«

Ein flüchtiges Lächeln huschte über sein Gesicht. »Bist du sicher?«

Sie nickte.

Er stand auf und küsste ihre Stirn, als wage er es nicht, ihre Lippen zu berühren.

Levarda sah ihm nach.

Mit jedem Tag schaffte sie es länger wach zu bleiben. Nach zwei Tagen zwang sie sich, ihre Suppe selber zu löffeln. Erbarmungslos forderte sie sich bis an ihre körperlichen Grenzen. Stück für Stück erweiterten sich diese. Um ihre Brust, dort, wo die Klinge von Prinz Tarkan eingedrungen war, lag eine Bandage, die die Heilkräuter auf der Wunde hielt. Adrijana erzählte, dass Otis den Verband zunächst täglich gewechselt hatte. Von ihr erfuhr sie auch, dass er Tag für Tag an ihrer Seite gesessen und sie Löffel für Löffel mit Wasser und Suppe gefüttert hatte. Jetzt verstand sie, warum die Magd ihn nach ihrem Aufwachen so bewundernd angesehen hatte. Ein Mann aus Forran, der seine Frau pflegte.

Levarda trank Krüge von Wasser. Ihren ersten Sieg feierte sie, als sie es allein den Gang hinunterschaffte, um ihre Notdurft zu verrichten. Die Tage zuvor hatten ihr entweder Otis oder Adrijana helfen müssen. Ihre Gefühllosigkeit änderte sich nicht.

Sendad besuchte sie, Egris mit Celina, Lady Smira schaute vorbei, deren Bauch sich langsam rundete.

Levarda fragte nach Agilus. »Darf ich ihn sehen?«

»Ruht Euch erst mal aus, er ist recht anstrengend geworden«, antwortete Lady Smira ausweichend. »Wenn es Euch besser geht, könnt Ihr ihn sehen.«

Mit dem Stich, den diese Worte ihrem Herzen gaben, bemerkte sie zuerst die Veränderung, die in der Umgebung ihr gegenüber stattfand. Sie lauschte auf die verhaltenen Stimmen vor ihrer Tür. Man flüsterte, man diskutierte und stritt. Levarda brauchte die Worte nicht zu hören, um zu verstehen, worum es ging.

Sie war nicht sie selbst. Sie war lebendig und doch tot. Das machte den Menschen um sie herum Angst, genau wie ihr. Sie konnte Lady Smira nicht verdenken, dass sie sich weigerte, ihr Agilus zu geben.

Am häufigsten stritten sich Sendad und Otis. Sendad gemahnte ihren Gemahl immer wieder zur Geduld, während Otis überlegte, was er noch versuchen könnte.

»Hast du etwas aus Mintra gehört?«

Sendad stöhnte auf. »Otis, selbst wenn der Bote jedes Pferd zu Tode reitet, braucht er mindestens fünf Wochen für die Strecke hin und zurück. Sie lebt, sie atmet, sie spricht, sie isst. Kannst du damit nicht zufrieden sein?«

»Ich möchte, dass sie lacht, weint und liebt.«

»Otis, du hast das Buch von Larisan gelesen. Was hat sie geschrieben über die Folgen der Dunkelheit?«

»Nichts, aber sie hat seitdem auch nie wieder ihr Amulett getragen und sie hat die Dunkelheit nie aus ihrem Körper getrieben.«

»Vielleicht steckt sie auch noch in Levarda.«

»Nein, ich müsste es fühlen.«

Sendad seufzte tief. »Übe dich weiter in Geduld und wehe dir, wenn du dir deine Sorgen anmerken lässt in ihrer Gegenwart.«

Otis trat nach diesem Gespräch mit einem Lächeln in ihr Zimmer.

Hätte Levarda Tränen in sich gehabt, sie hätte geweint. Er litt ihretwegen und sie war unfähig, ihm zu helfen.

Da sie von Lady Smira nichts über Agilus erfahren hatte, fragte sie Otis. Er konnte ihr nicht viel erzählen, weil er ihn seit ihrem Verschwinden selten gesehen hatte. Er versprach ihr, am nächsten Tag nach ihm zu sehen und ihr zu berichten.

Jede Nacht schlief er bei ihr, hielt sie, seinen Körper an ihren geschmiegt, schützend in seinen Armen. Manchmal konnte sie seine seelischen Qualen, weil sie auf seine zärtliche Nähe nicht reagierte, mit der Hand greifen. Sie wünschte sich, er würde in seinen Räumlichkeiten schlafen, wagte aber nicht, es ihm zu sagen. Sie wollte ihn nicht noch mehr verletzen.

Er fragte sie, was Prinz Tarkan ihr angetan hatte. Sie erzählte ihm von dem Einflößen der Flüssigkeit, dem Ausbreiten der Dunkelheit. Über den Schmerz, die Demütigungen, die Schläge und die Vergewaltigungen schwieg sie.

INZWISCHEN ZOG SICH LEVARDA JEDEN TAG AN. SIE WANDERTE in ihrem Zimmer umher, aber niemand konnte sie dazu bewegen, nach draußen zu gehen. Ihr Lieblingsplatz war nach wie vor das Fenstersims. Dort saß sie stundenlang und starrte auf das lebendige Treiben, das sich vor ihr ausbreitete. Otis ermutigte sie, ihre Aufzeichnungen fortzuführen, aber sie mochte nicht über das schreiben, was ihr passiert war.

Er brachte ihr die Bücher von Larisan.

Levarda las sie und erfuhr so, dass Larisan zum zweiten Mal geflüchtet war, nachdem Gunja sie beim hohen Lord verunglimpft hatte, indem sie behauptete, Bihrok würde ihr nachsteigen. Sie erkannte nicht ihre Mutter in Bihrok.

Im Gebirge von Gestork kam Larisan an den See von Lethos, trank daraus und wurde von der Dunkelheit übermannt. König Shahids Schergen trafen auf sie und lieferten sie dem König aus. Sie wurde als Sklavin gehalten, teilte das Bett von König Shaid und gebar ihm einen Sohn – Prinz Tarkan.

Nachdem sie das Kind zur Welt gebracht hatte, gelang ihr die

Flucht. Sie kehrte an den Hof des hohen Lords zurück und wurde gnädig aufgenommen. In dem Buch sprach sie von der Dunkelheit, die sie den Rest ihres Lebens in sich trug, und die sie von der Energie ihres eigenen Elements abschnitt. Sie empfand es als eine gerechte Strafe, der sie hatte entgehen wollen, indem sie nicht in ihre Heimat zurückgekehrt war.

LEVARDA HÖRTE EINEN STREIT VOR IHRER TÜR.

»Es ist mir egal, was Ihr sagt, Lord Otis. Er ist mein Sohn und ich möchte nicht, dass Lady Levarda ihn berührt. Sie ist seltsam und Ihr habt keine Ahnung, was sie bewirken kann.«

»Ich weiß sehr wohl, was sie bewirkt«, knurrte Otis zurück. »Ohne sie gäbe es Agilus nicht, vergesst das nicht, Lady Smira. Sie würde ihm niemals etwas antun.«

Levarda rutschte vom Fenstersims herab. Das Buch fiel ihr aus der Hand. Ihr Herz klopfte heftig.

Lady Smira versuchte es mit Schmeicheleien. »Lord Otis, ich weiß, dass ich es ihr zu verdanken habe. Ihr wisst selbst, dass Agilus ihr viel bedeutet. Was denkt Ihr, was sie zu Eurem Vorschlag sagen würde?«

Otis zögerte. »Sie wird ihn nicht verletzen.«

»Und wenn doch? Übernehmt Ihr die Verantwortung?«

»Ja.«

Er öffnete die Tür und trat mit dem weinenden Agilus in Levardas Zimmer, dicht gefolgt von Lady Smira.

»Ich schwöre Euch, Lord Otis, diesmal wird es Konsequenzen haben, dass Ihr meine Wünsche nicht respektiert. Auch meinem Gemahl liegt viel an unserem Sohn und er wird es nicht akzeptieren, dass Ihr ihn in Gefahr bringt.«

Als Otis auf sie zukam, wich Levarda zurück. Die Worte von Lady Smira klangen ihr im Ohr. Gefahr. Verletzt. Stellte sie eine Gefahr für Agilus dar? Das Baby weinte im Arm von Otis, der weiter auf sie zuging.

»Schau, Agilus, wer da ist, kennst du Levarda noch?«

Geschickt legte er das Kind in ihre Arme.

Sie sah das kleine Wesen in ihren Armen an. Agilus hatte aufgehört zu weinen. Er zog ein Schnütchen, und Levarda konnte eine steile Falte erkennen, dort wo die Augenbrauen aufeinandertrafen. Ihr Herz begann heftig zu klopfen, das Amulett schimmerte an ihrer Brust.

Agilus' Gesichtsausdruck veränderte sich. Seine Mundwinkel zogen sich hoch, bildeten eine gerade Linie, er betrachtete ihr Gesicht aus aufmerksamen Augen. Dann schien er sich zu erinnern. Er blies seine Backen auf und pustete die Luft mit einem Brummeln heraus. Als Nächstes ließ er seine Lippen mitvibrieren, so wie es Levarda immer mit ihm gemacht hatte.

Levarda imitierte seine Fratze.

Das Kind antwortete mit einem fetten Lachen. Agilus fing an zu brabbeln, in einer Sprache, die nur sie beide kannten.

Levarda lächelte ihn an, beugte ihr Gesicht zu ihm hinunter, küsste zärtlich seine Stirn. Als sie sich aufrichten wollte, krallte er sich mit den Fingern in ihren Haaren fest. Sie rieb ihre Nase an seiner, drehte den Kopf so, dass ihr Augenlid knapp vor seiner Wange lag. Mit schnellen Lidbewegungen strich sie so hauchzart mit ihren Wimpern über seine Wange, dass er vor Vergnügen kreischte, ihre Haare aber losließ.

Levarda lachte, hob ihn hoch an ihre Brust und drückte ihn an sich. Indem sie ihren Schutzschild fallen ließ, wühlte sie ihre Nase in den weichen Flaum des Kindes. Dann übermannte sie der Schmerz. Er kam wie ein Schwertstreich und sie schluchzte auf, drückte Agilus hastig Otis in die Arme. Sie brach zusammen, rollte sich auf dem Boden ein, während sie von Weinkrämpfen geschüttelt wurde.

Das Baby fing an zu weinen.

»Geht mit ihm raus, Lady Smira«, hörte Levarda den Befehl ihres Mannes.

Otis kniete sich vor ihr nieder.

Sie rollte sich hoch und warf sich an seine Brust, hielt sich an ihm fest, so wie damals auf ihrer Reise am See, als die Schatten sie verfolgt hatten. Diesmal jedoch blieb er nicht steif, stattdessen zog er sie in seine Arme, wiegte sie wie ein kleines Kind, streichelte ihr Haar, ihren Rücken. Küsste sie zärtlich, wo immer sein Mund ihre Haut fand. Sie konnte die Energie seiner Flammen spüren, die Hitze in ihren Adern, seinen Geruch in ihrer Nase. Alle ihre Sinne erwachten mit einem Schlag, fühlten sich intensiver an als je zuvor, durch die lange Zeit, in der sie sich selbst unbewusst blockiert hatte.

»Endlich habe ich dich wieder«, sprach er zärtlich in ihr Haar, während seine Tränen auf sie tropften.

Er blieb draußen, drang nicht mit seiner Energie in sie ein. Ihr Licht entzündete sich, breitete sich aus, leckte an ihr empor, in der Sehnsucht, sich mit ihm zu vereinigen.

Er hob sie hoch und trug sie zum Bett, legte sich an ihre Seite. Ihren Kopf bettete er auf seine Brust, dort wo sein Herz schlug.

Sie beruhigte sich langsam, die Tränen versiegten. Durch Levardas Körper zogen weitere trockene Schluchzer. Sie griff nach seiner Hand und verschränkte ihre Finger mit seinen, dann schloss sie die Augen und lud ihn zu sich ein. Sie wusste genau, dass er alles sehen würde, auch das, was sie vor ihm verborgen gehalten hatte.

Langsam ließ er seine Energie in ihren Körper fließen. Er verharrte still, wartete darauf, dass sie ihn durch ihre Erinnerungen führte. Gemeinsam gingen sie durch die Zeit, die sie getrennt voneinander gewesen waren. Schonungslos offen zeigte sie ihm alles.

»Kannst du mir verzeihen?«, fragte sie leise, nachdem er eine Weile schweigend neben ihr gelegen hatte. Sie schloss die Augen aus Angst vor seiner Antwort, aber lieber wollte sie, dass er sie verließ, weil sie Ehebruch begangen hatte, als dass er aufgrund einer Lüge bei ihr blieb.

»Was habe ich dir zu verzeihen?« Seine Stimme streichelte sie sanft. »Kannst du mir verzeihen, Levarda, dass ich so blind war? Dass ich deine Frage nach meinem Vertrauen in Lord Eduardo einfach wegwischte, ohne einmal nachzufragen, warum du sie gestellt hast?«

»Ich habe dir seinen Brief verschwiegen.«

»Ja, aber du hast dich nicht heimlich mit ihm getroffen. Ich habe dich ihm übergeben.«

»Lass uns darüber nicht streiten. Ich habe mit Prinz Tarkan das Bett geteilt.« Es machte ihr Mühe, den Satz auszusprechen.

»Er hat dich vergewaltigt.«

»Nicht das zweite Mal.«

»Er hätte es auch ein zweites Mal getan. Du hast dich nicht gewehrt, um unsere Tochter zu schützen, und das ist eine mutige Entscheidung, die du getroffen hast. Es wäre gelogen, wenn ich behauptete, es mache mir nichts aus. Aber verzeihen kann ich es dir allemal.«

»Woher weißt du, dass unser Kind ein Mädchen wird? Ich weiß es nicht.«

»Weil ich bei unserer Hochzeit Lishar das Versprechen gab, als erstes Kind ein Mädchen mit dir zu zeugen, wenn ich deine Liebe gewinnen könnte. Wie kann ich ein Versprechen an Lishar brechen?«

»Wie kommst du darauf, du wärest in der Lage, zu entscheiden, ob ich ein Mädchen oder einen Jungen von dir bekomme?«, rief sie, empört über seine Anmaßung.

»Du trägst das Kind in dir aus, du bringst es ins Leben. Ich entscheide, was es wird.«

Sie richtete sich auf, legte die Hand auf ihren Bauch. »Du wirst ein Junge, mein Süßer.«

Er lachte. »Ich liebe es, wenn du mir widersprichst. Aber noch mehr, wenn ich recht behalte und du dich geschlagen geben musst.«

Sie ließ sich zurücksinken und kuschelte sich an seinen Hals. »Wie kam es, dass die Garde an der Grenze war? Lord Fenloh hatte Prinz Tarkan berichtet, dass die Garde nicht ausgerückt sei.«

»Das stellte bei unserer Charade die größte Schwierigkeit dar. Ich wollte Prinz Tarkan so lange wie möglich in dem Glauben lassen, dass sein Plan aufgeht. Lemar hat zwei Tage lang Pferde zusammengesucht, damit die Ställe voll blieben. All unsere jungen Gardisten und viele Bauern mussten in die Uniformen der Garde schlüpfen. Zum Glück ist Lord Fenloh kein Mann, der sich gern schmutzig macht, so fiel seine Überprüfung der Soldaten ziemlich oberflächlich aus. Der hohe Lord und Lady Smira arbeiteten hart daran, ihn ständig zu beschäftigen.«

»Wieso wollte Prinz Tarkan, dass du die Grenze überschreitest? Warum ist er nicht einfach einmarschiert?«

»Levarda, du bist eine wunderbare Heilerin, du kannst reiten, bringst Kinder auf die Welt und kannst die Elemente beherrschen, aber Politik ist nicht deine Stärke. Du hast Prinz Tarkans Pläne durchkreuzt. Der hohe Lord hat wider Erwarten einen Thronfolger gezeugt. Der Prinz konnte nicht einfach einmarschieren, ohne dass sich sämtliche Lords im Land Forran gegen seine Vorgehensweise aufgelehnt hätten. Wir hätten zusammengestanden, Fehden wären beigelegt worden. Sein Angriff hätte uns geeint. Da ich ihn hingegen zuerst in seinem Land angriff, war ihm das Recht gegeben, sich zu wehren. Kein Lord hätte uns wegen der Entführung einer Frau unterstützt.«

»Und ich dachte, du liefest ihm blind in die Falle.«

»Ich liebe dich, Levarda, aber blind bin ich deshalb nicht.«

Sie streichelte seine Brust, fuhr mit den Fingern die Linien seines Gesichts nach, folgte dem Lauf seiner Narbe.

Sein Lächeln vertiefte sich.

»Ich konnte deine Stimme in meinem Kopf hören, als ich auf der Anhöhe an den Baum gefesselt war.«

Überrascht sah er sie an. »Was habe ich gesagt?«

»Beruhige dich, Levarda.«

»Das habe ich die ganze Zeit in meinem Kopf gesagt, als ich dich schreien hörte.«

»Du bist viel zu oft in mir drin. Heute Nacht möchte ich, dass du mich zu dir hineinlässt.«

Sie konnte seinen Widerstand fühlen.

»Ich habe dir alles gezeigt, jetzt will ich dich sehen.« Heute würde sie nicht nachgeben.

»Also gut«, gab er sich mit einem Seufzer geschlagen und lud sie in sein Innerstes ein.

Behutsam tastete sie sich vor. Er besaß Licht und Dunkelheit zu gleichen Teilen. Sie konnte sehen, wie er ohne zu zögern Menschen das Leben nahm. Frauen waren vor ihm niedergekniet, hatten ihn angefleht, sie leben zu lassen. Er hatte nicht gezögert, sie dem Henker auszuliefern. Doch das wusste sie bereits. Sie sah Prinzessin Indiras in seinem Kopf, spürte, wie stark er sich zu ihr hingezogen fühlte, und konnte es ihm nicht verdenken. Anmutig und bezaubernd war sie gewesen. Ihr Lachen hallte durch seinen Kopf. Es hörte sich so an wie ihr eigenes Lachen. Sie sah, wie er hilflos mit ansehen musste, wie ihr Vater sie niederstreckte. Levarda konnte spüren, wie mühsam er darum kämpfte, bei allem Zorn, bei aller Verzweiflung die Kontrolle zu bewahren, um König Shaid nicht gleich mit dem Schwert zu richten. Sie sah, wie er und Prinz Tarkan zusammen am Grab der Prinzessin standen, einig in ihrer Trauer und dem Schmerz über ihren Verlust. Nur das hatte sie jemals verbunden, und der Umstand, dass sie gemeinsame Wurzeln teilten.

Sie zog sich langsam aus ihm zurück.

»Sie war schön.«

»Ja, das war sie.«

»Du warst verliebt in sie.«

»Jeder war verliebt in sie, es lag in ihrem Blut.«

Sie spürte einen Stich.

Er drehte Levarda auf den Rücken, beugte sich über sie und musterte ihr Gesicht. »Bist du eifersüchtig?«

»Nein.«

Er lächelte. »Das bist du wohl, ich sehe es dir an. Jetzt weißt du, wie sich das anfühlt, und wirst dich nicht mehr über mich lustig machen.«

Sie sah ihn an, schlang ihre Arme um seinen Hals, zog ihn zu sich herunter und küsste ihn. Erst hielt er sich zurück, doch als ihr Begehren erwachte, ließ er sich mitziehen.

Sie liebten sich langsam, warteten ab, lauschten in sich hinein und genossen es, sich gegenseitig zu spüren, sich auszufüllen. Sie waren wieder eins – Licht und Dunkelheit.

NACHWORT

Bis ein Buch in ihren Händen liegt, vergehen oft viele einsame Stunden konzentrierter Arbeit. Viele kompetente Menschen sind an dem Entstehungsprozess beteiligt. Die Geschichte wird überarbeitet, auseinandergenommen, lektoriert, korrigiert, um ihr den letzten Schliff zu verleihen. Eine Designerin fängt die Stimmung der Geschichte ein und gibt dem Buch einen reizvollen Buchumschlag. Bleibt noch der Klappentext, der Sie als Leserin neugierig macht und Sie zum Lesen einlädt. Ich bin dankbar für mein tolles Team und das schließt Sie als Leserin ein, denn was wäre ein Buch ohne Sie?

Wenn Sie noch einen winzigen Moment Zeit haben, würde ich mich über eine Bewertung ihres Leseerlebnisses auf ihrer Kauf- oder Verleihplattform riesig freuen. Es ist ihre Begeisterung, die ein Buch bekannt macht und ich bin dankbar für jedes Wort, dass Sie bereit sind zu hinterlassen. So wie der Applaus auf der Theaterbühne der Lohn für die Schauspielerin ist, so lebe ich als Schriftstellerin von den Weiterempfehlungen meiner Leserschaft. Ich freue mich sehr Sie mit weiteren Büchern von mir unterhalten zu dürfen.

Wenn Sie sich zum Newsletter auf meiner Autorenwebseite anmelden, bleiben Sie nicht nur auf dem laufenden über Neuerscheinungen, sondern können sich auch zusätzliche Kapitel aus meinen Büchern herunterladen.

Gerne können Sie mir auch schreiben. Manchmal dauert es zwar, bis ich es schaffe zurückzuschreiben, doch ich freue mich immer, von meinen Leserinnen zu hören. Bleibt mir noch zu sagen, vielen Dank für die schöne Lesezeit, die wir miteinander verbracht haben. Ich wünsche Ihnen weiterhin viele tolle Lesestunden und freue mich auf ein Wiedersehen mit Ihnen beim nächsten Buch oder schauen Sie mal auf meiner Autoren Webseite vorbei, wo Sie viele andere Bücher von mir finden, die bereits erschienen sind.

Ihre Kerstin Rachfahl

BÜCHER VON KERSTIN RACHFAHL

Romantische Thriller

Hannas Wahrheit

Hannas Entscheidung

Im Netz der NSA

Die Bundespräsidentin

Tisiphones Tochter

Reihe Sondereinheit Themis:

Auf Probe

Der Terrorist

Menschenhandel

Die Spinne im Netz

Hinter Gittern

Endgame

Romantische Fantasy

Reihe Licht und Dunkelheit:

Levarda

Theona

Vivien

Hüterinnen der Elemente

Liebesromane

Duke - Ein weiter Weg zurück

Duke - Vertrau mir

Sonate ins Glück

Aus dem Schatten

Morning Breeze Café

Eine aktuelle Liste aller erschienen Bücher finden Sie auf der Autorenwebseite: www.kerstinrachfahl.de.

Sie wollen kein Buch mehr verpassen und über Veranstaltungen informiert werden? Dann vergessen Sie nicht, sich für den Newsletter anzumelden.

ÜBER DIE AUTORIN

Kerstin Rachfahl, geboren in Stuttgart schreibt seit 2011. Sie studierte internationale Betriebswirtschaft, arbeitet u.a. als Controllerin in einem Verlag und gründete 1991 mit ihrem Mann zusammen das IT-Unternehmen: Rachfahl IT-Solutions, in der sie noch heute als kaufmännische Geschäftsführerin tätig ist. Von 2012 bis 2016 zählte sie zu den wenigen deutschen Frauen, die mit dem MVP-Award (Microsoft most valueable Award) ausgezeichnet worden sind. 2017 entschied sie sich gegen eine weitere Nominierung, um sich voll auf ihre zweite Karriere als Schriftstellerin konzentrieren zu können. Seit 1996 lebte Kerstin Rachfahl mit ihrer Familie in Hallenberg im schönen Sauerland. Mehr über die Autorin, ihr Leben und ihre Bücher finden Sie auf der Webseite der Autorin: Kerstin-Rachfahl.de.

facebook.com/kerstin.rachfahl

instagram.com/krachfahl

Printed in Poland
by Amazon Fulfillment
Poland Sp. z o.o., Wrocław